沙 汀

1989 年 12 月 23 日，沙汀与吴福辉（左）、秦友甦（右）合影。

1986 年，沙汀看望冰心，并赠送刚出版的上海文艺版《沙汀文集》。

　　回忆录《睢水十年》（1987）、《杂记与回忆》（1988）、
《沙汀自传》（1998）书影。

回忆录

沙汀文集

第十卷

四川文艺出版社

图书在版编目（CIP）数据

沙汀文集 / 沙汀著. —2版. —成都：四川文艺出版社，2018.3

ISBN 978-7-5411-4906-1

Ⅰ. ①沙… Ⅱ. ①沙… Ⅲ. ①中国文学—当代文学—作品综合集 Ⅳ. ①I217.2

中国版本图书馆CIP数据核字（2017）第326836号

沙汀文集　第十卷

HUIYILU

回忆录

沙 汀 著

编辑统筹　卢亚兵　金炀淏
责任编辑　彭　炜　周　轶等
封面设计　叶　茂
内文设计　史小燕
责任校对　文　诺
责任印制　唐　茵等

出版发行　四川文艺出版社（成都市槐树街2号）
网　　址　www.scwys.com
电　　话　028-86259287（发行部）　　028-86259303（编辑部）
传　　真　028-86259306

邮购地址　成都市槐树街2号四川文艺出版社邮购部　610031
排　　版　四川胜翔数码印务设计有限公司
印　　刷　成都东江印务有限公司
成品尺寸　149mm×210mm　1/32
印　　张　168.75　　　　　　　字　　数　4030千
版　　次　2018年3月第二版　　印　　次　2018年3月第一次印刷
书　　号　ISBN 978-7-5411-4906-1
定　　价　2400.00元（共10卷11册）

目　录

沙汀自传

自　序

　　1991 年春，我的眼睛患青白综合征完全看不见了。在黑暗中我痛苦过好一阵子，现在逐渐习惯也就好多了。不过值得庆幸的是，这部动笔已有七八年的回忆录，总算赶在双目失明之前大体完成了。我把繁重的整理、校定工作交给助手秦友甦，于去年 11 月离开北京迁回四川。这辈子我曾几次离川远行，但每次都被一股力量所吸引，又回来了。这次怕是最后一回，毕竟我是快九十的人了。

　　刚回到成都，老家绵阳市就举办了一个隆重的学术讨论会，祝贺我从事文学创作六十年。我很感激家乡人民的厚爱，心里却不太踏实。因为如果以第一部作品正式出版标志创作生涯的开始的话，我的《法律外的航线》是 1932 年 10 月出版的，算起来，六十周年的创作经历就还差几个月。如果从 1931 年 11 月 29 日我和艾芜联名给鲁迅写信算起，时间是没有问题了，不过说从事文学活动六十周年更准确一些。

　　这部回忆录取名《时代冲击圈》，是我觉得这一生都是在时代发展变化的旋涡之中过来的。小时候我曾想当书法家，跟一个姓张的先生用铁笔学着在沙盘上练字。辛亥革命爆发以后，哥老会在四川盛行一时，我舅父便是袍哥出身，以后拖起武装当上了旅长。我对哥老会产生兴趣，跟着舅父跑滩，传递消息。谁知竟是这位袍哥出身的舅父硬把我关进书房读书，又通过军队的势力，走后门把我塞进四川省立第一师范学校十班。在这里我的一生发生了根本的变化。

在省立师范我遇到两位挚友，一个是张君培，我有一篇文章《播种者》是专写他的，另一位就是艾芜，我们的友谊保持至今已有六七十年了。他们俩一个喜欢社会科学、哲学；一个喜欢文学。在他们的帮助和影响下，我开始接受五四新文化的熏陶，大量阅读《新青年》《觉悟》《学灯》等等进步书刊。我喜欢郭沫若的诗歌和鲁迅的小说，鲁迅的《故乡》几乎能背下来。我学会了思考问题，开始探求人生的意义。省师毕业后我去了北京，准备报考北大听鲁迅先生的课，不料鲁迅已南下广州。我回到四川经周尚明介绍，于1927年春加入了中国共产党，然后接受派遣回安县发展组织，培训农村干部。紧接着白色恐怖笼罩四川，我在家乡也站不住脚了，逃亡上海，失掉了组织关系，几乎无所作为，于是把大部分时间用在研读鲁迅、台静农、普希金、契诃夫、托尔斯泰等人的作品上。也许是缘分吧，我和刚从南洋归来的艾芜竟在人流如梭的街头碰面了。我拉他同住，一起读书，相互激励，开始了文学创作。我们联名写信向鲁迅请教。鲁迅的回信为我奠定了创作发展的基本方向。我的第一部小说集《法律外的航线》出版以后，又得到茅盾先生的评介，他对我的帮助终生难忘。我加入"左联"，回到了党的革命文艺队伍，陆续出版了几个短篇集，从那时候起写作就成为我的终生事业。

　　一晃眼六十年过去，我写的作品不算太多，其中也有一些自己喜爱的，如《在其香居茶馆里》《呼嚎》《一个秋天晚上》《替身》《范老老师》《记贺龙》《淘金记》《闯关》等等。解放前我的作品主要以暴露、讽刺的笔法揭露国民党的反动政策，反映社会现实。解放后由于长期陷于行政工作，加上自己不够振奋，仅写了二十多个短篇小说和散文报道，因此客观上给人一种创作难以为继的印象。十年动乱之后，我走出"牛棚"已是年过七十的人了，深感时间紧迫，便不顾一切地投入到创作中去，写出了《青枫坡》《木鱼山》和《红石滩》三部中篇小说。前两部是写社会主义农业化的，《红石滩》是写土豪劣绅如何抗拒时代潮流的，是我八十岁写的最后一部小说，也是我的一部重要作品。这部小说我在解放初期就想写，因为提倡反映社会主义新生活，我就一直未能动笔。但是，我要写的地方对我太熟悉了，那里的人和事给我的印象太深了，尽管一搁三十多年，提起笔来仍旧很顺利。师陀去世前还来信说他很欣赏这部小说，觉得比《淘金记》还好。因此，我觉得自己还能写，而且能够写好，也就对"文革"后这三部小说特别有点自我欣赏了。

回顾我的创作经历，我是一直记得为什么而写作的。在构思任何一篇小说的时候，从没忘记考虑这篇东西对人民是否有利？它将在现实生活中发生怎样一种作用？因为这是一个关键问题，也是鲁迅先生在文学事业上所再三昭示我们的。"选材要严，开掘要深"，我一直未曾忘怀。

写自己所熟悉的。这是我在创作上恪守的最基本的一条。我愿意在一个狭小的范围内看得更深一点，更久一点。与其广阔的浮面，倒不如狭小而深入。雎水十年算是我创作生涯中的一个高峰，写了不少东西，大都是放手而为，好像并没有花过多少力气，至少没有感到多少苦恼。因为我所反映的现实生活，对我简直是太熟悉了。

我是从所谓19世纪俄罗斯文学的染缸中泡过来的，特别推崇托尔斯泰，因此，我一向认为：作家应该从所选择、所塑造的人物自己的生活、性格和处境出发，去刻画人物的内心世界。判断么，让读者去做；更不必担心他们不了解作者的思想倾向。因此，我在艺术上是坚持现实主义的，喜欢写得含蓄一点，自己从不轻易在作品中流露感情，发抒己见。但正如茅盾指出过的那样，有时含蓄过甚，致使读者猝难理解。由此可见，即或含蓄是优点吧，用过头了，也会变成缺点。

60年的文学道路是崎岖坎坷的，我经历了许多挫折和磨难。但是，无论是40年代在特务的追捕下东躲西藏，到处钻山沟；还是十年动乱中被抄家、批斗、蹲"牛棚"，我对自己所选择的文学道路从来没有动摇过，也没想过要另外搞点什么。我热爱创作，这是我的第二生命，任何艰难困苦都无法改变我。只是这双眼睛无情地把我推向黑暗之中，不能握笔写作，不能读书看报……我不知道还有什么比这更残酷、更痛苦的事了。不过，令我感到欣慰的是，我的身边还有两位好秘书。一位是北京的秦友甦，他协助我已有近十年了，勤勤恳恳，认真细致，从生活到工作，为我做了大量的事情。这部回忆录如果没有他，是难以完成的。回到成都，接替小秦工作的钟庆成，是一位思想敏锐、工作热情、认真负责的同志。我们相处不到一年，已帮助我完成了上万字的文稿。像我这样一个两眼墨黑，疾病缠身，年近九十的老人，如果没有他们两位的帮助，很难想象我会是个什么样子。借此，我要向他们表示诚挚的谢意！

最近我特别喜欢背诵陶渊明的《读〈山海经〉》这首诗："刑天舞干戚，猛志固长在……"只要身体还能坚持，我就要像刑天那样以乳为眼，以脐为口，坚持不懈地写下去。我已经学会用录音机工作，把要写的东西口述下来，再由秘书整理成文。我还要写两部小说和几部传记。

我算是走过来的一辈人了，对我经历了千辛万苦所追求的革命文学事业，我从不后悔！

1992 年 10 月 9 日口述

钟庆成记录整理

故乡往事

来龙去脉

根据我十三四岁时看过的族谱，我们原是湖北黄州人，明末清初才迁居四川，到我已经六代了。最高的长辈是"文"字辈，世居绵阳市安县河清镇龙湾子。世代务农，直到祖父杨仁和取得清朝一个典吏的职务，我们这一支才与农业脱节，由龙湾子搬迁到安县城关镇居住。

可以说，从此以后，读书致仕也就成了我们家新的传统。祖父一生着意的是如何使下一代继续成为旧社会的知识阶层。我出生时他早已去世了，我只从神龛上看过他的画像，身着清朝制服，神色威严，令人相当敬畏。

据我所知，祖父写得一手好字，我家好几幅木刻对联全是他的手笔。我少年时代还看到他的墨迹，是几张裱糊过的册页，其中有一幅是写的杜甫赠曹霸将军的《丹青引》，感觉他的功力不凡。而无怪乎他曾经做过书法家李森林的代笔。

这李森林是安县唯一无二的翰林李岷琛的父亲，而由于他不仅写得一手好字，又是翰林之父，求他写点字以光门楣的人太多了，难于应付，于是就请祖父代他书写匾、对、条幅等等。而由此可见祖父在书法上达到的水平。

当然，李森林的书法功底也深，我家里大厅上就有他写的一副木刻对联，是他赠送我祖父的。可惜我现在只记得上联了："闲中立品无人觉"，下联已经忘怀。而由此可见他的书法之名噪一时，并不是他沾了儿子的光。

我不止没有见过祖父，就连我父亲我也没有什么印象，因为我才两三岁时，他老人家就去世了。他是祖父一手培养成才的，考上秀才后，又补了"廪"，可以每月从政府领到相当数目的补贴，进行深造。但他似乎并不热衷于功名禄利，到廪生就止了。只是留下很多书籍，藏在家里的楼上。

青年时期，我从两三位长辈口中听到他一些逸闻旧事，才知道他性情豁达，有点一尘不染的味道，而且从小就有点书呆子气。当地的风俗，大庙会野台班唱戏，开始的那天要"接灵官"镇台，撒红钱，青少年和儿童都争先恐后地去抢。可是，碰到这种场合，即使钱落到父亲脚下，他也从不弯下腰身去捡。

我父亲学名义质，五弟兄，他居长，但他从不料理家业，而让我二叔全权处理。二叔没有留下儿女就去世了。到我懂事时，二叔母也去世了。我父亲这一房有我和一个大我三四岁的哥哥，三叔、四叔都只有一个儿子，当时幺叔更子女俱无，就由亲朋做主，按惯例把我过继给二叔，顶一房人。

分家风波

父亲和二叔相继去世后，剩下的几弟兄就闹起分家来了。我的三叔、四叔和幺叔，以前因为前头有两个哥哥支持门户，就都自顾吃喝玩乐，没有作为，交游也不广。而我和我哥哥这两房，不仅社会关系多，且有不少亲戚故旧有点名望、有点功名，举如詹棠、谢健卿、吴雨人这些人就是。所以，尽管分家时闹得很凶，好几天没有结果，詹、谢、吴这几位一到场，纠纷就合理解决了。我家两房人分得的，是一个大院子的主要部分：两进正房，后面还有一片挺立着两株大皂角树的空地。其余几个叔叔，分得的差不多都是临街的、进深浅的房子。产业呢，我和我哥哥还分得两份田地。

田地、房屋虽然分得不少，表面看起来架子还在，实际上，这次分家也分给我们不少欠账，需要我们两房人偿还。因为这些钱都是为了修建房舍，安葬我父亲、二叔之类的缘故借的。

我还记得，单是一个焦家字号，就欠了二三百两银子，每逢年节就来催收利息。这焦家是安县的大财主，田地、闲钱最多。开票号，请了些陕西人经管。这些人都精明能干，对放账生息很有本领，每年冬至节一过，那些被安县人叫作"老陕"的，就背起褡裢子上门来了！小时候一见到这些人，总经常感到又畏怯又心烦。

母　亲

我母亲并不是我父亲的原配。我父亲的第一个妻子，是安县花荄乡豺狗坝的人，姓陈，我母亲姓郑，是安县城关安昌镇的人。她的叔祖父是县里的名人，叫郑杏园，是个举人，曾经在甘肃花马池做过官。但我母亲的那一支很快就凋零了，她是在后母的挟磨下长大的。下面还有个兄弟也就是我的舅父郑慕周，在母亲出嫁以后，由于忍受不了后母过分严格的管束，就流落市井。最初主要靠我母亲周济，后来就自己做点小生意维持生活。而他之所以操袍哥，可以说就是这么来的。当时袍哥的成分，主要是一些经常遭受差役、地痞欺诈的小商贩和手工业工人，也有慷慨好义的粮户，但数目很少，而且，纵然是财主，大都也得靠手工业者和小商贩给他们当喽啰。

可能正是由于从小家境不好，又是在后母挟磨下长大的，受到了锻炼，母亲相当能干，善于料理家务。在娘家尝到过的艰难困苦，也使得她个性中增添了几分慷慨好义的色彩，有一股男子汉的气概。她在县城里相当受人尊敬，一般人都称她为"杨大老爷娘子"——当时我的家庭还是个地主家庭，又是所谓书香门户。

我并不是吃母亲的奶长大的，有个姓朱的奶母，很小就来我家，带我的时间很长。永安乡人，大家叫她朱大娘，一直到我长大都在我家里，协助母亲料理家务。后来甚至把她丈夫和两个女儿都带进城来，安家落户了。未搬进城以前，她带我到她家去过几次，是永安乡场口上一座烂草房，但我觉得在她那里玩很有趣。她两个女儿都会打草鞋，一串串草鞋就挂在屋檐口招揽过往客商。大女儿在搬进城不久就结婚了，丈夫是当警察的，叫陈炳正；在我成年后又变成贩卖杂货的商贩。

去永安乡，要经过白马堰。那是涪江上游，河面很宽，有一座铁索桥。那座桥很长，铁索上面铺着木板，走过时摇摇晃晃。但我总喜欢蹦蹦跳跳地走过，感觉越摇晃越好玩。就在枯水时节，也不愿意从临时搭起的、比较短小平稳的木桥上过河。

到永安乡还要经过一两处在孩子们心目中相当有趣的地方，特别是金霞洞。这是座很有名的寺院，离铁索桥、白马堰只有一里多路。我感觉有趣，并不因为庙子里的千手观音远近驰名，也不只因为那里夏季特别凉爽，我感觉有趣的是那个莫测深远的石洞。石洞里曲折、幽深，有不少奇形怪状的钟乳岩，一走进去就寒气浸人，叫人发生一种神秘感觉。可是，也许自己缺乏冒险精神，火把也准备得不充足，大人在洞口一阵吼起，就又退出来了。不过，从来也没有人走到尽头……

有件事我印象很深。我舅父一个在淘金生活中当过沙班，也就是所谓"金夫子"的朋友谢森隆（谢象仪），有一年犯了刀案，杀死一个经常同袍哥滋事的差役，官厅要逮捕他。当时已是数九寒天，快过年了，就是通过朱大娘的女婿陈炳正，半夜里打起警察巡哨用的风雨灯，领到我家来避难的。这件事引起我一种既神秘又有趣的感觉。

谢在我家堂屋后面，一个搁菜坛子、酒坛子和杂物的屋子里躲了一个多月，一直到春节过完才走。在他留住期间，我经常缠着他摆龙门阵，讲说生活中各种有趣见闻。当时虽然还不懂得什么叫作保密，也不明确理解哥老会同官厅之间存在矛盾的实质，而我之把同情放在哥老会方面，只是出于私人感情、儿童具有的好奇心和冒险心理。因此在母亲嘱咐下，我从来没有把这件事在小朋友中透露过，而且隐隐约约还有点自豪感，仿佛自己也参与了一项重大事件。

核桃字和《聊斋》

我母亲的观点，认为我们是书香人家，只有读书最有出路。所以，当我哥哥七八岁时，家里就接得有老师给他发蒙，而且一直延续到我青少年时代。我家的房子比较宽敞，请来的老师膳、宿方面，乃至聘金，主要由我家负责，其余有子弟附读的人家，则只按家景和年龄凑集一点聘金。

最初，给我哥哥发蒙的老师姓王，没有功名，懂得点外科医术，时常帮人义务治病。是乐兴乡的人，年近花甲，人很老成，读书也不多。那时我还没有上学，只是跟着大孩子玩，有时还想方设法同这位王老师捣乱。

我上学时期，教过我的老师有好几位。一个老师叫孙永宜，给我的印象较深。当时他正在一个初级小学教书，带便教我哥哥，就是他给我发的蒙。他是桑枣场人，距城二十华里，不久，因为家里人手欠缺，就辞职回家去了。他在家乡仍然是教小学，后来因为遭受学历高于他、社会关系又多的教师排挤，一气之下，不教书了，改行种庄稼、卖小菜。而正是这一点他给我印象最深，觉得这个人很有志气，同时也很出意外，所作所为不像一般的所谓读书人。

孙永宜老师走后，母亲又另自聘请了一位姓蒋的老师，在我家开馆，教授我两弟兄和邻居子弟。城里人都称他为蒋老师。也是桑枣场人，前清的秀才，教我们最久。他喜欢写字，每天都要写许多"核桃字"。这个老师对我后来喜欢写字，无疑有一定影响。还有一件事，给我印象很深：有一次我的书有一页破烂了，恰恰又是几行注释！他想找人帮我补起来，我说我自己搞。他不相信，说："你能够补好呀？你补好了，我可以给你半天假。"这是因为我过去贪玩，功课又耽误太多，他才不信任我。结果，别的同学两三个钟头能搞完的事，我当天没有完成，第二天一个上午才把它补完。而蒋老师爷很高兴，夸奖了我，还当真给了我半天假。这件事我至今还记得很清楚，十分感激他的激励。

蒋过后，是于瑞五老师。本城人，比较年轻，也是个秀才，风格跟蒋不同，有名士气。他就住在小北街洪官府小院子里面。这个"洪官府"，是个有名的刽子手，大块头，神情严肃，一双鼓鼓的眼睛每每叫一个小孩子感到寒气森森。传说他那把砍掉不少人头的马刀，每逢半夜在刀鞘里动颤，过不两天，就准会有人头落地。而且，他本事高强，只需犯人的亲属给他笔"背手"①，人头便不会同尸体全部分离！……

于瑞五没有蒋那么严肃，性情相当开朗，有时兴致来了，便给学生讲《聊斋》里面的故事。尽管当时并不怎么理解，只是感觉相当有趣。他去世较早，有个儿子叫于绍文，龙绵师范毕业，思想进步，同我曾有数面之缘。据说是个共产党员，50年代初在重庆工作过，可惜未曾会见。

最后，我十二三岁时，开始懂得读书的重要了，还从中江县聘请过一位名叫游春舫的老师。学费很贵，一百多大银圆一年，还要供他伙食。脾气大，架子也大，很难侍候，教了不到一年就不愿再来了。那时舅父已经从军，当上了连长。

---

① 背手：暗中给人的钱财。又叫"袖里财"。

游春舫走后，我母亲还找过谢建卿，我的一个舅父，教过我两弟兄。这谢建卿是我二婶母的兄弟；原籍北川，也是个秀才。那时候他在安县城关一个"师范讲习班"教国文，地方在靠近南门的"自治局"。他主要是给我们补国文课，教材则是《古文观止》里面的文章，同时也开始命题作文，由他批改。但我大体还限于背诵，尽管当时我的童年期已经结束，是十三四岁的少年了，而且读书早已相当认真，不再是从前那样读"耍耍书"，既不认真，有时还要假借各种机会和口实逃学，或者缠着母亲一道去朝山进香。我之认真读书，是在我十一二岁的时候，有天早上，该起床读书了，我却还赖在床上不肯起来，母亲气了，一把掀开被盖就敲打我。可是，她才打了几下，就住手了，哭诉起来，说她是如何省吃省穿，乃至拖起账也要让我们读得上书，我却只会顽皮！我是从来不惧怕母亲的，当时我可有一点恐惧了！也感到难受、羞惭……

我们两弟兄的情况有点异样，相当发人深省，我哥哥杨朝绶，幼年时很本分，规矩得很，见了生人都要红脸，我却十分调皮，七八岁的时候，就能跟着舅父或者其他亲戚一道去坐茶馆。舅父杀死陈红苕后，我还常常跟他出门"跑滩"。因此，就连绵竹、什邡一带有名的袍哥头目，都同我"熟识"，叫我"杨二"。

黄庭坚的字

同志会起义后，不少知识分子都参加了袍哥。这些人知道我的身世，有些人还沾亲带故，他们对我大都很好，其中有个叫张著成的，对我影响最大。他就在我家对门居住，是个很偏僻的场镇晓坝乡街上的人。家境衰败，只剩他一个人，因为城里有些亲戚，就到城里来教书，婚事也是在城里办的。他的老丈人原籍中江，在李翰林家开的票号"蔚生桓"当管账先生，姓蓝。蓝家的女儿是个独生女，就嫁给张著成，这对他的帮助很大。张受过近代高等教育，在安县高等学校代点课，收入不多。那时高等学校里出来的学生，都说相当于过去的秀才，里面的老师，不少举人、拔贡之类的人物。学校的地点在北门外，挨近文庙，其实只相当于现在的中学。

张著成喜欢川戏，爱"摆围鼓"①，就跟北京的票友一样，由一群川剧业余爱好者分担不同角色，凑一台戏，夜间在茶馆里清唱。他唱胡子生，还当鼓师。我之喜欢川戏，受他的影响更为直接，因为他的剧本很多，我常常借来看。也跟他一道去"摆围鼓"，甚至于后来也学到哼几腔，唱黑头，唱过《全三节》里的《夜奔》。后来家里人看我太小，怕我把身体搞坏，不准我唱，我才逐渐同"围鼓"疏远了。

这个张著成还有一点对我的影响更大，就是写字。他喜欢写字，也写得可以，不少人经常请他写对联、喜对、挽联。我跟他学写字，特别是我知道我祖父能够写字，兴趣很浓。记得我正正经经学写字，最先学的是黄庭坚的《松风阁》帖。这个帖就是跟他借的，直到我去成都上学时还经常临摹。初学写字就听他说，要写悬腕，用铁笔在沙盘上练习，我就特别做了个沙盘，找铁匠打一杆铁笔，每天清早一起床，就躲起来，用铁笔在沙盘上写几十个字。这事虽然是开始于少年时期，但却坚持了很久。

我之认真学习写字，而且临摹《松风阁》，除了直接受张著成的影响外，还由于他告诉过我一些掌故：说是安县过去有位县长，叫伍生辉，陕西人，黄字写得最好，后来成为成都的"五老七贤"之一。当他到成都候缺的时候，在望江楼写了一副对联："枯井冷斜阳问几树枇杷何处是校门书巷？大江横曲槛占一楼烟月平分工部祠堂。"这副对联大概现在还在。当时成都的一群大官僚到望江楼去，认为这副对联不仅对文好，书法也很不错，查问下来，知道他是从陕西来候缺的，就马

---

① 摆围鼓：相当于北京过去的"票房"。

上放他到安县去当县长。

一位老中医董文采还曾津津乐道过这位县太爷家庭生活的闲适儒雅，对人不拘形迹，特别在挥毫为人书写屏、对、条幅时潇洒自若，这就越发助长了我对书法的爱好。

我的同学

同我读书时间最长的，当然要数谢象仪两个儿子了，一个叫谢荣华，一个叫谢荣贵。其次就是青云堂药铺的刘佑炳、刘佑昭两弟兄。另外还有三位：李发和、李增璜、李增悟，在我家读书也久。我舅父虽是袍哥出身，在吕超部下供职以后，却越来越不准他的弟男子侄参加袍哥，连朋友的子女他也都劝告不要参加袍哥。因为自己从小没有好好读过书，他总是要我们和朋友的子弟认真学习，乃至资助清寒子弟到成都升学。

后来，他还通过吕超的介绍，资助谢荣贵、刘佑昭，以及我爱人黄玉顺的大哥黄章甫，一起前去广东投考黄埔军校。结果只有刘佑昭去成了，也考上黄埔。谢荣贵到了宜昌后，就寻花问柳，以致病倒，拖死了。黄章甫因为要看护他，埋葬他，钱花光了，只好回来，以后就以教书为业。

还有个同学李发和，小名叫李和尚。因为他家三代单传，按当地习俗，起名和尚，说是出家人命贱，容易活得出来。可他又并非独生子女，上面还有两个姐姐。不久就辍学了。

除了这几个人外，还有一两个不是同学，关系却比较深。一个叫陈克玺，一个叫杨承祺。认识他两个比较迟，是我十四五岁的事。他们书读得很好，也喜欢学字。我就是从学字认识他们的，相识以后，才开始读《史记》一类古文。他两个都立志要从军，也怂恿我将来去住军事学校。过后这两个人都成了军人。杨承祺号冠斌，以后还当了副旅长，一直到四川解放。因为起义，生活相当安定，后来中风死了。陈克玺抗战时期驻防广州，是在日机狂轰滥炸下牺牲的。这两个人同我的关系最久。

谢荣华在上海光华大学肄业时参加了共产党，毕业后在"艺术剧社"混过一段时间，于被捕后自首了，随即回到四川，在一些国民党县党部当县委委员，书记，因为民愤大，解放后在南充地区劳改。

刘佑昭虽是黄埔军校毕业，下落怎样，很少留心，也很少听乡亲们讲起过。当时的青年人都喜欢从军。

辛亥革命在川西

离安县县城二十里路的桑枣场，出了个妇孺皆知响当当的人物，叫何鼎臣。辛亥革命前夕，他带领过一千多人开进县城示威，随后经绵阳开到成都，跟其他县份的"同志会"会师，一直到武昌起义才回来。回来后，他的名气就更大了，成了全县哥老会的头目。在川西一带，一般哥老，乃至一般群众，都叫他"何天王"。

他手下的人马，主要是乡下的农民、邻近各场镇的哥老。使用的武器，全是旧时戈矛、大刀、明火枪。穿着也奇奇怪怪，他们都感到"光复"以后，服饰需要变革，但又不知如何变，于是，身着"勇"字号褂，打起"靠腿"，就像川戏舞台上的演员。他带队伍到成都的目的，是捉拿赵尔丰，因而到成都就同别的民军汇合，攻打将军衙门。虽然曾经被清军打死不少，然后才回安县，但却为推翻清王朝制造了声势和舆论。

"同志会"这么一闹，清朝政府派端方从湖北带领新军，到四川增援赵尔丰。孰料新军在内江哗变了，杀了端方。接着赵尔丰也被杀了。由于新军入川，武汉三镇兵力空虚，这就为辛亥革命提供了有利条件，促成了武昌起义的成功。其时，何鼎臣已经回安县了。到1915年，何在吕超部下当了预备团团长，驻防在什邡、绵阳、梓潼一带。

"开山"、改服制、剪辫子

保路同志会起义后，何鼎臣曾进城举行"开山"典礼，成立"公口"①，袍哥大为发展，许多知识分子和粮户都纷纷参加。所谓"开山"，就是由一些哥老会头子择定一个日子，给新入流的人们一个名目：从小老幺到一排大爷。因为经过"同志会"变乱，袍哥的组织公开化了，而且成为一些地区的主要政治力量，因而许多人都想参加袍哥。有的场镇、村庄，甚至于粮户们自立"公口"。那时，城里面有种说法，把参加了袍哥，叫作"掐了眼睛"，变了人了，似乎没有当袍哥以前都没眉没眼，人都没有复全。

有些赞成革命的新一代知识分子，虽然没有哥老那样引起普遍重视，而对我说来，印象却比较深，其中有李复之、文国成、杨铸成、文练三，等等，这些人有的毕业于官办法政学校，还有人到日本留过学。杨铸成是学理工的，秀水乡人。文练三是学音乐绘画的，桑枣乡人。这两个人就都是留日学生。辛亥革命不久，文的眼睛就瞎了。这些知识分子的进步，常常表现在男子剪发，女子放脚上面。辛亥年李复之从成都剪辫子回来，在安县城里最热闹的地方十字口喝茶，围起很多人看。他的头发样式当时称为"拿破仑头"，这使他显得与众不同，比城里一般知识分子剪掉辫子后的发式漂亮。一般市民，有的赶时髦，把头发剪了；有的就像鲁迅讲的那样，把辫子盘到头顶上；有的是把辫子挽成一个髻子，像道人一样。我记得，我们那里有个朱裁缝，就是这样挽个髻子，戴个和尚帽子。

那时，大家把辛亥革命称为"光复"，意思是兴汉灭清。男的一般装束是用黑绫子、黑纱帕包头，后头吊半截，有些拖得长，有些拖得

---

① 公口：个别哥老会组织的名号、堂名，如"永和公"、"三义公"之类。

短，说是给崇祯皇帝戴孝，因为明朝是叫清灭了的，现在恢复汉制了，应该为他志哀。听说城里面开山，成立公口，一般旧文人参加时，其中有些人由于头脑冬烘，又缺乏历史知识，就用川剧舞台上的戏装，把自己打扮起来，穿员外和小生服装的都有，自以为这是恢复汉制。

当时有一个人的打扮更加特别，是从成都回来的本地人，因为个子长得魁梧，大家呼之为"肖大汉儿"。他是巡防军的一名士兵。杀赵尔丰的时候，巡防军是参加了的，打过潘军。他趁火打劫，抢了些银子，还带了支自己背的五子快枪回来。那时安县的袍哥或者粮户，能够有老式的九子枪就算顶不错了。因而，他还没有回到县城，枪就被一批袍哥大爷打起吃了。但他照样十分神气，把自己打扮得像川戏舞台上的武松一样，鬓边拖起水发，背上背把宝剑。他常在十字口茶馆里吃茶，吹嘘他在成都的见闻，就连我也跑去当过他的听众。不过，不到半年，他身上的银子就被些赌棍在赌场上把他"烫了毛子"①，搞光了！只得流落市井，提个篮子卖凉拌猪头肉和薄饼。

说到剪发，我想起小时见到、听到的一些琐事。那时的理发师叫待诏，剃头担子上有个桅杆样的东西，据说是清朝入关的时候，要大家蓄辫子。"待诏"的意思是说，理发师奉的是皇帝的圣旨，不遵命留上辫子，就是违抗朝廷。

反正以后，开始剪辫子了。有些乡下人也自己剪，因为农村里自发成立的"公口"不少，强悍一点的农民，或是乡下的土老财就当"大爷"。但一般的农民都不愿意剪发。读鲁迅的小说《风波》，我读起来感到十分亲切。我记得，每逢赶场，来往行人最多的南门城门口，就站起许多团丁、警察把守，拿把成衣匠用的大剪刀，看见有赶场的农民拖起辫子，抓住就几剪刀剪掉。随剪随把这些剪掉的辫子放在箩筐里面，每每一次场集要装大半箩筐。以后，这些赶场的农民就在头上包

① 烫了毛子：赌棍在赌博中耍手脚，欺骗富家子弟。

笼帕子，把辫子藏起，或者盘起。而一旦被守城军警发觉，就把他们的帕子揭了，不由分说，照样是几剪刀。

儿子也拉老子的"肥猪"

每逢赶场，安县南门外那条街最热闹，南河上搭了一座便桥，叫南桥。所谓"民国"成立，袁世凯当了第一任总统后，随着剪辫子出现了另一种景象，县城南门外桥头上经常挂些约一尺见方的木笼子，里面装起脑袋示众！这是那些被官厅捉来的土匪于大劈后留下的头颅。其实这些牺牲者大都是饥寒交迫、铤而走险的贫苦农民！我记得，民国初年安县有个县大老爷，叫林崇道，他杀人最多，老百姓对他印象也最坏，把他叫作"林贼娃子"。

我说那些被捉来砍头示众的，大都是些贫苦农民，是有根据的。当时的社会秩序确实很乱，经常有抢案发生，财主们被绑票，四川人叫作"拉肥猪"。但是，这类事多是所谓浑水袍哥干的，多少有点名气，甚至同当时的基层政权有勾结，他们很少被捕。被抓到大劈的，大都是贫苦农民。抗战时期我曾经翻过安县司法部门的档案，看后使人大吃一惊：有些所谓土匪，仅仅因为一床烂棉絮，或者一口破锅，就把脑袋丢了！我就没有发现一个真正杀人越货的土匪头子的档案。

即或不是浑水袍哥，因为钱财不够挥霍，或者意图报复，也有借"拉肥猪"解决问题的，我有两个姓罗的表叔，就拉过他姐姐婆家的公公。这个公公是桑枣场乡下一个土老财，绰号叫"肖狠人"，单从名字，就可知道他的悭吝刻薄了。由于两兄弟没有职业，又是地主家庭出生的子弟，花钱的门路多，碰到困乏，又缺钱用，有时去向肖狠人借贷，但都往往空手而归，有时还要受点奚落。他们的姐姐也经常受虐待，吃饭连海椒也不准吃，怕吃了海椒饭量增加。有时阴到吃点，看见老头子来了，就得赶紧把海椒藏起。

说起来有点奇怪，我两位表叔是事先跟狠人的儿子串通后拉他的"肥猪"的。半夜里去，把肖狠人的眼睛用黑布一蒙，然后真像抬肥猪一样，弄两根杆杆抬起，就在他院子周围转来转去，假装报了很多地名，最后关在他家的苕窖里，一直到他讲出哪里有银子，钱财到手，这才把他放了。

由儿子直接下手拉父亲"肥猪"的也有。前面我提到姓陈的那位舅父，是我第一个母亲的娘屋人，算得花蹊乡豺狗坝很有名的财主。他的两个儿子在安县读高小时，在我家里住过，因为他父亲抽大烟，又接了个小老婆，他两弟兄和他们母亲经常遭受虐待。久而久之，忍无可忍，于是找机会把父亲的"肥猪"拉了。

一次逃难

辛亥革命不久，1913年的光景，邻县绵竹有个很有名的袍哥头子叫侯国志，是个"浑水"袍哥。四川的袍哥，当时有"清水"、"浑水"之分。"浑水"袍哥，他们的职业就是"跟门神打仗"，专干打家劫舍之类的勾当。另一种"清水"袍哥，主要是靠赌博，并做些容易赚钱但又违法的生意，借以维持生活。那一次侯国志搞了一两千人的队伍，浩浩荡荡地来攻安县城，因为李焦两大家都很有钱，开设"字号"，进行大利盘剥，一般大粮户也不少。

我舅父得到消息，怕他打进城后会不分皂白地烧、杀、抢劫，于是赶紧通知我们，叫我们当天夜里就撤走。半夜三更，舅父帮着我们悄悄来到西门城墙上，分别一个人一个人地坐在大箩筐里，再用绳子坠下城去。出城，渡过西河便是西山。西山山峰连绵不断，树木繁茂，我们就住在山上一户农民家里避难。这个农民经常到城关镇卖柴，叫吴麻子，同我家里很熟。我对他家里什么都感觉新奇，乃至黑夜里爬坡上坎，也觉得太好玩了，毫无恐怖感觉。

当时，安县城里住得有一个连北方军队，我记得是冯玉祥的队伍。他们人数虽少，武器却很精良，也训练有素，这一条，侯国志完全没有想到。他在县城东门外灵官楼上指挥攻城，打了两三天，结果叫北洋兵一枪把他手臂打伤了，格外还打死打伤了一些人，就全部撤退了。直到这时，我们才从西山回到家里。

又一次逃难

1915年正月十九，按照安县的风俗，这一天是过"上九会"，又叫"灵官会"，每年都要在东门外城墙边搭个台子，唱几本大戏。就在唱开台戏这一天，我舅父郑慕周打死了永安乡一名叫作陈红苕的袍哥头子。

辛亥革命不久，陈红苕乘机收编了一队从内战中溃散到安县的所谓"垦殖军"，约有一连多人，于是自称为司令官，驻扎在安县城里。当时，袍哥都各有各的"码头"，安县的"码头"是由李丰亭主持，他是我舅父的"拜兄"。陈为了霸占安县这个"码头"，几次当众侮辱李丰亭。李长得有几颗麻子，陈就骂街说："哪天老子把他的麻子炒起来下酒吃！"李因不断遭受陈的侮辱，武力又远远比对方差，自觉颜面扫地，从此闭门不出。

那时，我舅父和谢森隆，都是袍哥里的执行管事，感到愤愤不平，就向李丰亭说："我们一定给你报仇。你敢不敢'承事'？"李说："只要你们两个肯帮我把这口气出了，我拿五十亩田来给你们'跑滩'。""跑滩"四川俚语中就是浪荡江湖的意思。

正月十九那天，陈红苕带起几个马弁，从永安乡家里进城来了。陈和我舅父私交很好，我舅父一早就安排好人，把他请到南街上的西南局烧鸦片烟。他一躺下烧烟，他的马弁就去看戏，我舅父眼见时机已到，掏出手枪，几枪就把陈打死了。陪陈红苕一起烧烟的，还有个叫陈幺长子的，家里很有声望，相当有钱，同辈中又有举人，又有拔贡。辛亥革命"反正"以后，有些绅粮，甚至是有功名的旧文人参加到袍哥里面去，他也就参加了。听到枪响，他从厕所里钻出来，也被谢森隆几枪当场打死，陈红苕身边其他的人，也被事先安排好的人监视起来。这时他们听见街上有人奔跑到戏场上嚷叫，这才往城里跑，可立刻给报销了！

首先，南街上的店铺、住户听见枪响早已惊慌起来。我舅父他们边走边喊："陈红苕是我郑慕周打死的，与你们老百姓无关！——不要害怕！……"

随即闯出城门，前去通知住在下南街的李丰亭，相约一道渡过南河，沿南塔梁子跑掉了。

最先知道这个消息的，是林伯琴。此人做过典吏，又是袍哥。他先跑到东门外戏场里，劝告观众各自回家，不必惊惶，然后又到我家告诉我母亲说："你兄弟把陈红苕打死啦！赶快带起你两个小孩子避避相吧！"

这位典吏跟我家有亲戚关系，我叫他作表爷。听到这个消息后，我母亲害怕仇杀报复，就把我两兄弟送到"青云堂"中药房刘家躲藏起来。

过后，陈红苕的一个兄弟伙叫刘世荣的，果然从永安乡带起一两百人进城来了，城里秩序大乱。他们把南门外下南街，李丰亭新盖不久的一所院子，点起火焚毁了。

我们当时还躲在青云堂，这样一来，我母亲就又不大放心了，不知道刘世荣他们还要搞些什么。于是，就喊我两弟兄头上包笼帕子，挎个提兜，里面放上些糖果什么的，乔装成一般老百姓，混过城门口的岗哨，过南河下乡，到南塔梁子后面林伯琴家里避难。因为林伯琴为人比较正派，又以慷慨好义著称，同陈红苕也没有什么私怨。还有几家跟李丰亭同宗，比他更有钱的绅士，也怕受到牵连，来到他家躲避。而我们的居停主人，则每天照常上街，同那批复仇者周旋。

大约两个多星期后，因为我舅父和谢森隆拖起队伍，先到罗兴场住了些时候，然后又跑到秀水河找到一个叫向莫高的袍哥大爷。这个人诨名向昏，同我舅父私交很好，跟前面提到的"何天王"何鼎臣的关系也很不错，他给何写了信，何就从绵阳带了几连军队回来，会同西南乡，特别是秀水和桑枣的袍哥队伍，约有一千多人开进县城，这才把刘世荣的队伍赶回永安。

那一次，何鼎臣亲自在南门河对岸离林伯琴家不远、附近有座榨油房、地名滚钱坡的地方指挥。我们一听这个消息，还跟我哥哥跑到滚钱坡去看过。何的身材魁梧。已经迈入老境。因为一场轩然大波平息，在南门城门边"自治局"住了几天，就把他的队伍开回绵阳、梓潼一带防区去了。

贩卖武器和运输武器

不久，一个叫张鹏武的旅长，带起队伍驻防安县。刚一驻下，就把外号小霸王的陈元藻抓了，缴获了一些枪支后又把人干掉。我舅父怕出事情，就在乡下隐蔽起来，经常带起一二十个人在身边，以防不测。

张鹏武是南充一带的人，也是大袍哥出身，他有个侄儿叫张少武，强占了我们几间房子安家。那时旧军队是可以随便带家眷的。张的生活阔绰，使人想不到他只是一个上尉副官。他自己有很漂亮的红豆木杆杆轿子，其财源就是从做枪生意来的，凭着张鹏武的关系，经常从部队里搞些枪出来贩卖。

当时我舅父正在避难，既要提防刘世荣派人报仇，又要警惕官府和驻防部队滋事，需要枪支加强防卫，就通过我母亲找他妻子买过好几次手枪。而运送枪支也就成了我的差事，因为我年龄虽小，胆子却相当大。照例是手里提个篮子，把枪放在底下，上面盖块毛巾，放块盐肉、挂面和其他送情的礼物，借以诓骗城门口的岗哨，给我舅父送去。他经常转移，石梯子、何家沟、肖家堰这几处地方他都住过，因而也是我到过的地方，因为不止运送枪支才去，大多是为了探望他。

张鹏武在安县病死后，何金鳌代替他当旅长。那位副官又是何金鳌的亲戚，就更加公开地同我舅父搞枪生意了。后来，还将自己的女儿拜寄给我舅父，送了我舅父一匹马。这一来，我就经常骑马到乡下去给他送东西，所以我才十三四岁就学会骑马了。

后来，何鼎臣的预备团被编为吕超的 18 团，我舅父就拖起队伍到他那里，当即被改为 18 团的预备营。由于多年浪荡江湖，一向慷慨好义，他把营长让给谢森隆当，自己当连长。何鼎臣死后，谢当了团长，我舅父成为第三营的营长。大约 1920 年，吕超在军阀混战中被打败，跑到广州去投奔孙中山，我舅父的队伍就被刘成勋的第三师收编，后来当上第八混成旅旅长，驻扎灌县、松茂一带。谢森隆则改任藏族地区的汉军统领。这时候我已经是个青少年了。

两位袍哥首脑人物轶事

何鼎臣，就是前面提到过的"何天王"，这个人有些古怪脾气，比如，他爱赌钱，打麻将或是打纸牌，输了他的钱，非给现钱不可。如你输了他十元钱，不给他不行；但若是你跟他当场借五十元，甚至一百元，从中拿出十元还他，他都十分高兴。

"反正"以后，安县除了挖金子以外，就是盛行种鸦片烟，过去只是藏族地区种，后来，地方上的军队、官府，为刮地皮搞什么"寓禁于征"，只要你肯上税，谁都可以种烟、贩烟和开烟馆，于是内地也种起烟苗来了。一般袍哥趁水浑摸鱼，也收烟捐，如你不交烟捐，就找人来割你的烟苗，何鼎臣当然毫不例外。他有几件大的刀案干得十分出色，因而威信很高。但他很看重读书人，这一点也如同一般袍哥一样。

他们桑枣场有个举人叫蒋雨霖，此人刚刚进学，不曾中举以前，家境很穷，何鼎臣就经常资助他，让他安心攻读。何幼小时读过书，粗识文字，爱看《三国演义》，据说，有一次他被官府用所谓"猪屎链子"的大铁索，锁押在省政府大门外示众的时候，他也神态自若，专心专意看《三国演义》。

我前面提到的向奠高，诨名叫向昏，秀水河人，名气也大。别人"叫梁子"①，他为援助那位善良的对手，结果被砍伤了，严重到失去行动的自由，他可一声不哼，叫人用门板把他抬到码头上开设的茶馆面前，请当时秀水乡一个哥老头子"井大爷"支持他将来报仇雪耻！而他的表现获得哥老们的普遍赞扬。操袍哥就讲义气，打抱不平，也忍受不了任何侮辱。

还有件事可以说明向奠高的为人。有一次，他到成都"花会"②。当时东大街青石桥路口上，有一家叫马裕隆的大百货商店，很有名，外地来的绅粮一般都会跑去买点东西。一天，他也去了，穿得比较普通，因而当他看中一套江西景德镇的细瓷餐具时，伸手去摸，店员却阻拦他，随又含讥带讽问道："看来你想买呀?!"于是他问明价钱，叫兄弟伙把钱给了，然后把碗抱起，"哗啦"一声，扔在地上砸碎，返身扬长而去。

他还经常资助当地一些贫寒学生。大凡由于家贫辍学的青年人，他认为可造的，就帮助学费，鼓励他们深造。

强悍的民风

安县一带农民，生性强悍，给人印象很深。前面我曾提到，侯国志攻城时，我家在西山一户农民吴麻子家里躲避过。那里林木茂盛，

---

① 叫梁子：报仇。
② 花会：跟现在的物资交流会相仿。

多系山上圣灯寺的庙产。后来，所谓士绅借口看管那座庙宇的寺僧乱搞男女关系，把树林砍伐了，于是吴跟城里一位名叫梁温如的合伙，在西山上栽种果树。梁温如具有一定近代文化水平，以为人修理钟表营生。后来果树长成了，在收益上两位合伙的为分配问题经常扯皮。梁因为占不到便宜，就捏造谎言，向县政府把吴麻子告了。农民哪里有知识分子会说话呢？当官的一看大家身份不同，就把梁温如断赢了。退堂下来，吴麻子忍不住就对梁温如拳打脚踢，这下又被抓去关了一两个月。刑满刚出监狱，吴在十字口一瞧见梁温如，就又不声不响跟过去抓住梁又是一顿拳头。结果又被抓去关起。如此反复两三次后，梁温如只好请人出面调解，这才把问题比较合理地解决了。

前面提到"拉肥猪"，一般是把财主抓走，关在隐秘地方，然后由其家属托请当地有名望的哥老头子设法营救，实则是出钱赎取。另外还有一种方式，叫"送人情"，就是把他们杀伤的人或死人的腿杆、手杆割下来，连同一封信，晚上挂在地主老财的门口，指明要在某日之前，送好多银子到某处去，不然就会如法炮制，也就是把你的手脚搞掉。粮户害怕，就照样把钱如数送到指定的地方。

辛亥革命后，我家里曾住过军队。在旧社会，有一种迷信，叫作"宁叫别人停丧，不让别人成双"，认为若是有外来的男女在自己家里同床共枕，比停放死人还不吉利。而"反正"以后，我们县里军队经常过路，驻扎，这些军队纪律大都很差，招了安的袍哥队伍，更加不必说了。一般军官都带得有家眷，或者"女客"①，老百姓把她们叫作"大行李"。有时部队也驻扎比较像样的院落，给人民带来种种骚扰，因此，不少房舍宽敞的人家，纷纷改装门面，明明是个两进、三进的院子，却把大门改成铺面，使人看不出后面的宽敞正房。《祖父的故事》就是写的这一类事。也有把房子尽量租佃给别人，免得军队或者他们

---

① 女客：这里指妓女。

的家眷驻扎。张鹏武的部队走后，我家里就出租过房子。那时乡下有些粮户，怕"拉肥猪"，纷纷搬进城来找房子住。我家里招的佃客，就是这一类土粮户。

1911年"反正"以后，四川成立的第一个政府叫"蜀政府"。社会风气相当混乱，当时我才五六岁，一直到十多岁，局势还不怎么安宁。因为袍哥的活动范围有限，受害者又多半是地主老财，一批有权有势的豪绅，更往往假借名义，公开向人民敲诈勒索。

给我印象最深的，是本县的豪绅敲诈圣灯寺的和尚，以致林木茂盛的西山变成了赤身裸体的童山。我记得，他们还曾在一个荒年，诳称救济灾民，用"义卖"的名义，把清朝从老百姓征收来的"积谷"开仓出售。因为卖价很贱，大部分暗中由他们套购了，城区一般贫民得到的实惠非常有限。

县城东门外有个闻名全城的妓女，诨号叫"小把戏"，经常有豪绅们暗中前去寻欢作乐，靠在烟盘子边策划怎样敛财。这个女人我还有点印象，喜欢浓妆艳抹，每逢庙会演戏，她一到场，立刻就把观众的视线从舞台上牵到她身上去。后来由那个被张鹏武干掉的小霸王陈天藻独占了，而且不顾亲属反对，还堂哉皇哉地举行婚礼。可是，每逢陈去外州县参加什么集会，也有人大起胆子跑去找她叙旧，结果被小霸王碰上了，立刻几枪把她打死。

还有个诨名"老腊肉"的寡妇，也有点名气，但她不是妓女，只是情夫多一点。她的诨名是这么来的：年轻时很漂亮，后来虽然风韵犹存，毕竟已是半老徐娘；鲜肉已经变成腊肉，而且已经搁置过久，吃起来喉咙不大舒服。货真价实的妓女当然也有，那就是西门外的两三名流娼。对于这些流娼，绅士们只会摇头嘲笑，感觉恶心，不会跑去调情。因为那些可怜人在大河河滩上搭个茅草棚子居住，以便应酬本地和外来的苦力、船夫。因为这些劳动者大都无家无室，而生理上又迫切需要解决一下人类必不可免的问题。

贫　民

那时吃东西不像现在，是先吃后给钱。有些人腰无半文，可又饿得不可开交，就大胆到饭馆里要些饭菜，先吃了再说。他们都晓得规矩，吃了过后，自己拿根板凳，顶到头上，跪到铺堂门口，遇到好人，问他吃了好多钱，帮他把钱给了，这才脱身。有的一直跪到关铺子还没人大发善心，那就会在一顿耳光拳头下自行滚蛋。我开始有些莫名其妙，怎么头上顶起一条板凳，面向大街，在铺店堂前跪起呢？回家一问母亲，才知道这叫作"吃胆大"！

还有一种"告地狱"的，多是些落魄文人，如同川剧《迎贤店》里的情形一样，无家可归，卧倒长街，结果弄得用木炭在街边写出自己的身世、因何流落异地，希望有人疏财仗义，帮助他回转故乡。

还有"烤大火"的。这类人一般社会地位都比较低，冬天来了，衣服可已进了当铺，吃掉或赌钱输掉，而又冷得无法，于是就赤裸着上身，站中"红锅馆子"——就是炒菜馆子门前的灶门口烤火。

还有一种别致营生，叫作"卖风"。当时，没有什么电扇之类的用具，有些流民和贫苦人家的小青年，每年夏天，就拿把大蒲扇，在馆子里给一些美食家扇风。遇到心眼好的，还给你几个钱；遇到恶棍，还会扭转头骂道："不要把老子扇凉倒了！——快滚！……"

形形色色的人物和社会相

我们城里有几个有名人物，我在童年就知道他们了，青年时代还同他们其中少数人有过交往。我写过二个短篇叫《龚老法团》，这个人物的原型我就相当熟识。他原名钟子吉，为人和善、风趣，从外貌到习性，《龚老法团》几乎全都保留下来了。

还有一位叫杨幺大人，是个受过现代教育的知识分子。青年时代，有一次，他在成都一家大旅馆住起，尽情吃喝玩乐。虽然家境并不富裕，但他能言会语自有一套，让一些到省城谋事的外乡人为他提供诸多方便。他自称"幺大人"，把安县一两家达官富室说成他的至亲，不是舅父便是姑爹，而他的大哥，不久就可能到某某省做知府去了。回到安县，也是大吹其牛，讲他同某些名人的子弟曾经拈香结盟，交情深厚。

还有一个叫唐酥元的，也是个有名人物，一辈子没结过婚，喜欢哼唱戏文，什么人愿意听，他都高高兴兴哼唱几板。此人也做过我一个短篇小说中的模特儿。

那时安县还有个福音教堂，在大北街。一般老百姓对外国传教士是不信任的，因而流传着一些奇闻异事。福音堂是西式房子，只有两个"洋人"，男的叫侯牧师，女的叫吴教士，信教的差不多都是些无钱无势的平民，或者个别最有钱的粮户，凭借教堂的势力，利用"洋人"来保护自己。那时候关于洋人的传闻很多，说洋人有尾巴；还说教友死了，牧师借口为他们做祷告，暗中把他们的眼睛剜了，拿回国去做药。有个卖洋钉的老头，叫"徐钉子"，死后牧师到他家做过祷告，就流传过这类奇闻。

说到教堂，我又联想起一件事。纸烟是怎么销行起来的？现在的青少年恐怕不甚了解。那是我十岁左右的事，一天，听见洋鼓洋号吹吹打打，我立刻跑上街去，原来是推销纸烟的。价钱便宜，还有奖券！买包"强盗牌"、"双刀牌"纸烟，有的凭奖券可以得到闹钟一类新鲜玩意儿。画片，那就每盒"强盗牌"都有，而且都是中国古典章回小说中的人物，如果你兴趣大，一包一包地买下去，一个故事中的人物就会凑合齐全。不用说，从此你也就纸烟不离手了！当时我感觉很有趣，到了青年时代，才慢慢懂得，这是帝国主义经济侵略的一种表现……

安县也常来一些奇奇怪怪的手艺人。有一次，来了个修理眼镜子的，喂得有两条狗，每次他做完活路去饭铺里吃饭，就留下狗来为他看守收藏工具的木箱，如果有人走近木箱，狗就狂吠起来。他吃完饭，一定带回两份饭来喂他的狗，一问旁边的人，这才知道，原来他带过两三个徒弟，结果呢，有的经常偷他的钱，有的还连他的工具箱也扛上跑掉了。一气之下，他就喂了这两条狗，说是狗比人有情义，大有愤世嫉俗之慨。

当年，逃荒的难民也很多，主要来自河南。由于黄河泛滥成灾，庄稼房舍被淹没了，于是只好出来逃荒，乞讨谋生。一般是挑个担子，一头搁起奶娃，一头装上烂锅烂家什。也有河南人来耍把戏：蹬坛子、爬云梯、踩软索。一来，就在城内米市坝表演。大多是些十三四岁的女娃娃，也有二十几岁的青年妇女，穿起红布衣服，扎根红布腰带。年岁大的妇女蹬坛子、蹬云梯，女娃儿则在云梯上翻爬或踩软绳。场子拉开以后，管事的一面敲开铜锣，一面问那些女娃娃：

"小把戏，你们哪里来的？"

"河南来的。"

"河南来做什么？"

"耍把戏。"

……

等大家给了些钱，这才开始玩耍起来。

那时看到，觉得好玩，现在想起来，却感到相当凄惨。

安县的艺人和小吃

那个时候，沿街唱"善书"的很多，若是和尚，身上背的是装在框架里的韦陀像，道士背的则是灵官。很多唱"善书"的都是瞎子或者残废人，其处境比乞儿好不了多少。另一种与此相似的娱乐方式，叫作"讲圣谕"，夜间用条桌在阶沿上搭个台子，自己一个人在上面又说又唱。都是有书本子的，一本一本、一部一部说说唱唱下去，就像后来的《说说唱唱》。当时有个李裁缝说得最好，说到动情处，往往催人泪下。帝制时代，说书人还会在桌案上立个牌位，上书"圣谕"二字，后来清王朝垮台了，牌子也取消了。

还有打金钱板、打竹琴、讲评书的，都是相当普通的娱乐，大都集中在县城南门外，一个叫作"半边茶铺"一带，那里比较接近下层劳动人民。"讲评书"的时间，一般都在晚上，我有时也摸去听过《七侠五义》和《济公传》。赶场天，在南门河滩上还可以见到拉洋片的，嘴里哼着："往里看来往里瞧!"然后介绍洋片上描绘的故事。有的还用《洋姑娘洗澡》之类的节目招徕观众。

小时候，我家里"庆坛"算得一件大事。根据长辈解说，家里既然供得有"坛神"，每年冬天就得庆祝一番，否则坛神就会作怪。主要是请十多名巫师，戴起各式各样的面具进行表演。大庆要搞个两三天，小庆呢，一天一夜。左邻右舍都要前来祝贺，看热闹的闲人就更多了。

赶场天，安县城区有几种小吃摊总是顾客盈门，它们是："朱凉粉"、"陈油茶"、"牛肉豆花"，我也经常讨点钱挤去吃。城内东西街、南北街的交叉点，叫十字口，一到晚上就热闹起来了，什么小吃都有。有卖各种卤菜的。酒铺里有卖"碗碗酒"的。那些坐在柜台边吃酒的，从附近的小贩手里买点花生下酒，安县人名之为"吃木脑壳酒"。一个姓余的卖"担担面"最有名。还有个姓尹的，卖汤圆有名。还有个姓潘的专门卖酱牛肉，那个卖"烧烤鸭子"的生意更加兴隆。

逢到赶场，城区有几个地方最热闹。米市坝是卖粮食的地方，在北街尽头城隍庙跟黄州馆之间，是个大坝子，常常可以看到一些贫苦老婆婆拿起撮箕、兜兜、扫把，连沙子一起，扫起撒落在地上的米，回家择过后煮饭吃。这些人都是城墙边的棚户，孤老头子、孤老婆子最多。

一些拉洋片、打金钱板的艺人，有时也在城中心的十字口一带卖艺。一般是赶场天集中在南门外河坝里招徕雇主，因为那里的地盘大，又有多种多样的买卖人，听众因而也最多。

一年一度“梓潼会”

南门河坝在涪江的支流边上，赶场天，主要是卖竹器、陶器、木料、木器的地方，也是最热闹的地方。

但这是就平日而言，真正热闹好玩的是一年一度的“梓潼会”。一般都是在阴历二月举行，一到会期，就从安县周围各县，乃至成都，聚集起成批的生意人和手艺人，分门别类地组织成所谓“八大帮”，从梓潼出发，一路做起生意来了。各色人等都有，有做刀剪生意的，卖膏丹丸散的，卖农具的，赌钱的，卖针的，卖洋钉的，卖各种线装书的，等等。到时，安县几乎四条正街都变成了闹市，加上吃的、喝的，有时还有皮影戏、木偶戏。

卖膏药的，照例在摊子上摆个狗熊脑壳，自诩他的膏药是真资格的熊油熬的。卖书的在面前摊开四书、五经、孝经、尔雅。还有一种叫作挓“牌坊架子”的，一个竹片编成的架架，上面挂满了书，大都是成都卧龙桥的书商印制出来的川戏和曲艺唱本。各种赌博都公开进行，不算犯禁，“红黑宝”、“单双宝”最简单，乡下人也最容易受骗。他们一向又少于上街，不懂“行情”。比如，“宝官”罩上盖子前，分明看到是“红”的、“双”的，可是等到押上注了，把宝盖子一揭开，却又变成“黑”的、“单”的，把你下的注给你吃了！

赶“梓潼会”的小偷也不少，大都善于割包剪绺。这类结伴来的小偷，同那些摇单双宝、玩红黑宝的家伙也算一帮：被人呼之为“孽钻帮”！意思是说他们手段毒狠，专门作弄一般平常很少上街的农民。

但是，至多三天，所谓“八大帮”就赶往邻近另一个城镇，专制造一番短期繁荣。而在我十岁左右，所谓金厂梁子的繁荣，则一直持续过一年多时间。

这金厂梁子，也就是我前面提到过的那位谢森隆，背过金沙的地方。它实际叫东山观，就在城外一条叫作下街子的栅门子外面的左手边。那是一座以灵官楼延伸过来的黄土丘陵，早在辛亥革命前就挖过金子。那简直像一个用帐篷临时组成的小场镇。

当然，那里没有"八大帮"凑合起来的排场，但从提起竹篮卖肺片、凉拌猪头肉、凉拌牛肉、花生、瓜子的小贩，到简陋的小酒馆、卖面卖饭的小馆子；从摇单双、掷骰子到压"牌九"的，却也应有尽有。玩呢，有拉洋片、唱被单戏和金钱板，以及清音。

但我最喜欢的却是淘金，老想蹲在矿井洞口，看那些身背尖底背篼，在狭窄、陡峭、深不可测的井道中爬上爬下的人，更喜欢东向西问。而人们可总是警告我："站开呵，看'撒网子'（矿井坍塌的行话）！"或者不让我在洞门口光光亮亮的石头上歇脚，那是"财神"！

"明窝子"（露天开采的金矿）一目了然，没什么神秘味。这里金夫子无不遍体污泥，往往只有一曳破皮遮住下身。尽管看到也有点不舒服，可不会对他们的生命有多少担心，因而神秘感也减弱了。倒是每每在午后进行的最后一个工序比较有趣，这就是把当天挖掘出来、已经堆积在山脚下那条小河边的沙用水冲洗、颠簸，提取金沙。这时候矿井上的主要人物都会在场，而金厂梁子上种种矛盾，如像地段问题、股份问题也往往爆发在这里。

因为一般都是几个人合股挖一个洞子，这些人又多少有点权势，或者有具有权势的人作后台，而这行业是又冒风险、又常叫人垂涎三尺，因此矛盾纠纷是经常的。有一次，甚至发生武斗，三个人当场被杀伤了。而我从此也就被家庭管束起来。

在灵官楼和金厂梁子之间，有座相当考究的坟茔。据说那一地段的金沙质量最高，但是谁也不敢动它，因为那是李翰林家的祖坟，尽管他家大门首"大夫弟"的横匾早已在保路运动中收捡起来了。

"反正"前后，挖金在我们那里最普遍，断断续续的挖了很长一个时期，我对于淘金的知识，主要就是从那里得来的。随着时局的安定，口粮紧俏了，挖金的人就逐渐少了。可能那座山也没有什么可挖的了，这才搁置下来。

还有一处，是安县城西的圣灯山，山上的庙子里主要供的是"之华老祖"。光景谁也不知这位老祖的来历如何，只知道它庙产最大，庙会也最大。前面提到过，民国二年，浑水袍哥侯国志攻安县，我们全家在这座山上避过难。山上的树木多得很，后来因为庙里和尚不守清规，嫖、赌都来，被士绅逮到了，罚款，结果把山林就砍伐了。

刚才提到侯国志造反时，指挥队伍的灵官楼，离我家比较近，也是我平常爱去的地方。出东门不远，就是丘陵地带，面对城楼有一座最高的山梁，它上面建造了一座带有楼房的庙子。面积不大，顶多不过两间普通屋子大小，只有三四十平方米，但它完全是石条砌成的，结构相当巧妙，很有特色。按当地人的说法，灵官可以镇邪。侯国志攻城，在这里被北洋军打伤手臂，他的队伍随即也就纷纷撤退，于是一般善男信女、普通群众马上到处哄传：灵官显了灵了！

那里还有个特点，就是一年四季都有唱木偶戏的。有时一天演出三四场。每年"上九会"，在东门城墙边广场上，还有名牌川戏班进行演唱。当时唱木偶戏的戏班，我还记得有一个叫"蒋木脑壳"，很有名。这个木偶戏班的班主姓蒋。

庙子侧面三间平房里，那位庙祝兼营着一家"火炮房"，专做烟花火炮。春节期间，它还供应些礼花。若果自己拿材料去，还可以帮你做竹筒子大礼花。

因为精力、时间有限，有关我的家世和童年、少年时期的生活、见闻，暂且就写这一些吧。

1986 年 12 月

（载 1990 年 2 期《新文学史料》）

省立师范·"二一六惨案"前后

省立师范

1

1921年，我舅父郑慕周在地方军阀刘禹九部下做了混成旅长，防区相当广阔，以灌县为重点，邻近的郫县、崇宁，还有松潘、茂县、汶川、理番。由谢象仪做汉军统领。

也正是这年，他来信要我去成都上中学，不要在安县继续读私塾了。这也正是我的本愿，曾经去信向他提出过这项要求，不过我是希望投考军事学校，我记得我在信上还曾抛了点文："投笔从戎，甥之初衷。"而当时刘禹九就办了个军事学校。

然而，当我同谢兆华一道，经过荒凉的山区北川、茂县、汶川到达灌县后，我舅父却不同意我投考军事学校，坚持要我到成都去接受一般正规教育。对于我的辩解，举如英语、数学太蹩脚了，怕考不上学，他都置之不理，把入学的事委托给他常去成都的代表黎少农，实现他的愿望。

当时，石室中学最有名了，我舅父的知交向奠高的兄弟向履丰就在那里读书。可是，学校照章办事，十分严格，黎少农实在无能为力。还有个储才中学，素有"大栈房"之称，几乎缴费就可入学，可我又不愿意！

最后，还是第八混成旅设在成都番库街的办事处主任，凭着同乡关系，通过省立第一师范那位"学监"张季刚，把我和谢兆华都塞进去了。此公写得一手好字，后来到第八混成旅任秘书，还做过理番县长。

2

省师在当时也很有名，教员中不少人都学有专长，祝杞怀的历史，彭昌南的地理，蔡松佛的哲学，张秀熟则讲授教育学。陈希虞也教过我们的哲学，而他一上课，外班的同学都纷纷拥进教室，或者站立窗外谛听。他深入浅出，讲得有声有色。此公还有一个吸引人的地方，不拘细节，经常衣履不整，讲到有趣时他会捧腹大笑，若果感觉困乏，他会大打哈欠！有时还把腿子搁在讲桌上，所以有些同学背后取笑他，叫他作"陈棒客"，说他像土匪样。祝杞怀生活俭朴，又精瘦，因而被叫作"祝讨口"。

省立师范是个专科学校，目的在培养小学教育师资，因而不止是教员好，入学后连伙食学费都不缴，只收一点杂费。因为同学多系清寒家庭子弟，校风也格外朴实，单从穿着上说，一般都穿从家里带的粗布长衫。缝制一套咔叽中山服，只能在上体育操、节日游行时用来装点门面。

鞋袜更加不必说了，简直就没有穿皮鞋的！一般都是家制布鞋，乃至价廉物美的麻绳草鞋。相形之下，我和谢就阔绰多了！咔叽制服不说，还有名牌货"简而文"的皮鞋！但我因为是"走后门"入学的，有一些自卑感，很快就把皮鞋收藏起了，换成草鞋。

谢兆华呢，他可满不在乎，因而背后引起一些非议，乃至连学校当局也看不顺眼。一天，校长黄芷香竟然把我们两个叫去了。相见之后，他就当头一棒："你们还记得自己是怎么入学的吗?!"接着就从日常生活到学习，对我们进行批评、教导、鼓励……

这次的训导对我们很有效，谢比我聪明，进步很快；我呢，除开照旧请级友辅导英语、数学而外，还得到英语教员章卓如的允诺，每周到他家里去补习两三次。在级友方面，经常帮助我学习英语的是张君培，但他对我帮助最大的，却在其他方面。

3

张君培原籍涪陵，因为父母双亡，无所依靠，就只身流浪到了成都，在高等师范做了校役，同时在该校师生主办的夜课学校学习，并得到四川老一辈共产党人王右木的辅导，最后考上了省立师范。

可以说，在故乡尽管我也听到"巴黎和会"和"二十一条"，乃至"火烧赵家楼"。还见到过印有袁世凯头像的纸币，以及一副谐联："头儿剃得光光，小民都'无发'矣；银圆使成票票，总统其有脸乎？"可是直到通过他，我才逐步理解到五四新文化运动的精神。

抗战期间，我曾为《良友》写过一篇文章，叫《播种者》，就是记述他对我的帮助和影响。我之接受社会主义思想，爱好社会科学，注意当代社会问题，都同他分不开。而他之对这些问题的钻研，则有赖于王右木对他的帮助。他经常阅读进步书刊，还有少数秘密流行的"禁书"，以及一些抄稿。

他不止于钻研社会问题，还具有社会主义思想，经常在谈话中进行宣传。而且往往和一些思想保守，以及少数认为他出身微贱的同学进行论争。他为人热情、直爽，有些时候，尽管不是向他表白，只要听见谁宣扬落后思想，他也要与之论争，不管是否同一年级，是否相识。

不错！他真可算得是一位新思想新文化的"播种者"！而对我说来，则是一位良师益友。不，实际无异严师，因为从主要功课到课外读物，他都对我起到监督作用，而我也乐于接受。好几个假期，都留校和他同住，尽管我到灌县我舅父家里可以得到很好的生活享受。

4

张君培而外，在同班级友中，艾芜给我的影响也不小。而他的脾味、性情却与君培相反，沉默寡言，极少与人当众进行论争。我虽乐于同他接近，可是绝无敬畏之情，因为他很少指正我的错误言论，以及生活作风上的弱点，纵然是涉及，措辞也很委婉。

因为他的故乡距离成都只有几十里路（五四运动的名流吴虞，就是新繁人），还在读高小时，就在写作白话诗了，还通过一位亲眷同时也是省师七班同学，接触到一些无政府主义思想，以及来自五四运动的新生事物。比如，对于当时北京的工读互助团，他就心向往之。

这里我不禁想起 50 年代初逝世的吴先忧。当年他是外专的学生，搞了个宣传无政府主义的组织"均社"。而更为重要的，他能够身体力行，公然去学习裁剪、缝纫，藉以自食其力。当时被人嘲笑为"卫生"裁缝。而艾芜，还有张君培，对此却津津乐道。

艾芜于我影响最大的可以说是文学。开始是读康自情的《草儿集》，感觉十分新鲜，大异于我过去读过的唐诗。而我至今尚能背诵一些篇章的，却是郭老的《女神》，因为它使我在思想感情上起了一个脱胎换骨的变化，真正接触到了时代的脉搏。

从此，凡是刊载有郭老文章报刊，由他主编的刊物，从《创造月报》到《文化批判》和《洪水》，我都要买来看。当时成都市有个商业场，其中有一家专门出售五四以来涌现的书刊，叫"华阳书报流通处"，是一位姓陈的经营的，就常有我的脚迹。

另一个叫昌福馆，那里有个"普益书报阅览室"，陈列有市场上已经绝迹的久负盛名的书刊。我记得，鲁迅的《故乡》，我就是在那里读到的，当时《呐喊》尚未出版。因为有位同学，对它赞不绝口，可我读了两三遍才读懂！而从此以后，鲁迅的著作，也把我吸住了！

正像读了《女神》以后那样，凡有鲁迅的文章，以及由他主编和推荐过的书刊，作品，以至中译世界名著，我同样尽力搜求。大约三年级的时候，在艾芜的影响下，转向哲学的钻研。而这正是张君培在社会科学方面对我的启迪的发展，思想境界更开阔了。

那时候因为商务印书馆离省师盐道街很近，它设有个相当宽敞的阅览室，陈列有全国各种报刊。我记得，在丁文江和张东荪两个对手之间进行的所谓"科玄之战"扩展以后，参加这场论战的文章，我都是同艾芜一道在这个阅览室读到的。

论战后期，吴稚晖发表在《太平洋》杂志上的《一个新信仰的人生观和宇宙观》，我就是在这个阅览室读的。所谓嬉笑怒骂皆成文章，这个后来自称为"南京"蒋记中央政府中的"刘姥姥"，真是做到家了，有些段落，至今尚能重述，而每一念及就会发笑！……

5

当然，在省师五年的学习，就说本年级吧，也不止张君培和艾芜同我相处得好，受益匪浅！就是其他年级的同学，比我低一年级的周尚明，就同我更谈得来，毕业后更是如此。而"三三一"惨案后，乃至还成为我参加中国共产党的介绍人。

至于同年级的刘尔钰，我们的亲密关系，则一直持续到"文化大革命"以后，他是五年前去世的，他的亲属同我至今还有往来。写到这里，我不由得凝视着我面前那只大理石的笔筒，因为这是他在病势临危时嘱咐他小外孙黑娃送给我的一件遗物。

对我在思想上的帮助来说，他们虽然都不如张君培和艾芜，但是我同他们的交往，却是张君培逝世，艾芜在读到四年级时离开四川后，通过互相激励、研讨，使我在思想、知识方面得以持续和发展的主要同学，而且一直亲密无间。

在张君培逝世以后，艾芜离开四川之前，省师大部分同学都经历过两件大事。一件是争取教育经费独立。这次运动，把全市中专学校都卷进去了，而我们省师的同学更为积极，因为我们的学费，乃至食费，都靠国家供给，而教育经费则来自肉税。

我记得，问题是当年的四川省议会挑起的，它曾经通过一项决议，将肉税划归另外一项事业，而对于教育厅的抗议又置之不理。这就弄来学生直接找省议会算账了！可是议长熊晓岩、副议长曹叔实那天都不在省议会，显然都退避开了！……

这一来更加激起了群众的愤怒，于是部分同学气势汹汹地冲到熊的公馆里去，请他到省议会同群众见面，求得教育经费得到合理解决。而出乎意料的是，门房告诉我们，议长办公去了。这无疑是诳骗！于是我们一拥而入，可又的确没有熊的踪影！

这类在当年十分走运的尖头政客无疑料到了这着棋，避到什么地方饮酒作乐去了。可是，正像人们说的，"和尚走了庙子在"，而他厅堂、卧室里那些豪华家具，举如在当日比较稀罕的"穿衣镜"等器物，也就立刻成了群众泄愤的对象，大肆捣毁！

然而，当我们回到省议会时，地方军阀派遣的军警，正对留在那里的大部分群众进行镇压，我们一看情势不好，赶紧分头撤退，而其时沿途的气氛也大变了！我一连碰到好几起巡逻军警。后来我才知道，不少同学遭到毒打，大多数则越墙逃走。

还有件事，对我、艾芜、其他不少省师同学，特别对在经历了因争取教育经费独立遭到军警镇压之后，两相对照，教育意义十分深远，这就是参加了一次平民教育运动，从而才透过它表面繁华的雾罩，真正了解到成都当年一般贫民的疾苦。

6

我记得，就在参加平教工作之后，艾芜离开四川以前，我们和其他两三位同学，还联名发表过一张油印宣言，表示向旧社会"宣战"！当然，艾芜之远走高飞，一则是逃避包办婚约，二则是为崇信劳工神圣，唯物主义思想，而目的正是改造社会。

艾芜前去云南浪游的计划，动身之前，好些人就知道了，我更清楚，并愿与之同行。而当我从灌县我舅父家里回到成都，他可已经走了！只是给我留下一张便条，说明他的思想，他对人生、社会和知识的观点。现在我还记得一句："我相信世界是唯物的。"这里附带提上一笔，过去我们谈到《红楼梦》时，有好几次他都提到贾政书案里那副对联："世事洞明皆学问，人情练达即文章"，相当欣赏。

同学中只有九班的苏玉成要求和他同行，而且他们已经交代清楚，苏玉成暑假后就不回成都了，在自己的家乡拱县等他，那是去云南必经之地。可是，艾芜并未践约，乃至绕过拱县走的。而据我推测，他之宁愿只身步行，这将更好锻炼自己。

艾芜走后，我同本级的刘尔钰、下一年级的周尚明和冯棣，来往更密切了。前面我已经提到过，我同尔钰的关系，一直延续到他逝世以后；周尚明则于1927年，成为我的入党介绍人，而在省师的最后一年，则相处得同张君培和艾芜一样密切。

因为我们喜欢五四以来的新文学，鲁迅、郭沫若主持或赞扬的报刊和作家。当日正是"国共合作"时期，李璜、曾琦的国家主义派也早已出笼了。他们既反对共产党，也反对国民党的三大政策。而在省立师范，我们则经常同一批"哈巴狗"唱对台戏。

省师是五年制，在这五年当中，成都的变化，真也不小，最突出的，是杨森兼市长期间。尽管他搞了不少小老婆，但他十分重视"西化"，通俗教育馆就是他搞起来的。而为了整顿市容，铺设"马路"，更是雷厉风行，弄得老百姓惶惶不安，有的宁可迁往农村。

这同他喜欢录用从国外回来的知识分子有关。只要你肯伸手，他就给你一个秘书一类名义。而得到实惠的少数人中，有一个叫黎纯一，此人因为在《川报》登过一则为"男友求婚"启事。这类做法在当日还不曾有过，因此，很快有人化名李顺义，也在《川报》刊登了一则为

"女友征婚"启事。此事曾经轰动一时。

这件事之所以轰动一时，不止因为李提的条件中，有"常服威古龙丸有耐性者"的秽语。更重要的，是在黎的挑拨下，杨森借故把《川报》查封了。还逮捕了同是留法归来，从不向权贵伸手的一位编辑李劼人。

且引一首当年名教育家夏斧师的旧诗做证吧："博士无聊说电影，秘书有劲着洋装。无端报馆遭封禁，威古龙丸引兴长。"博士，是指一位姓杨的留学美国的知识分子。因为当年放映电影也是新鲜事儿，又是默片，剧院就请他于放映时进行解说。

7

我在毕业前一年就结婚了。毕业以后，我就只身前去南京，准备投考东南师范学院。我是坐民生公司的轮船走的。在船上，我结识了陈序宾医生，他是去英国进修的，后来成为小儿科专家。和他同行的还有巫次伦，但他是去"中国公学"入学。

同船到了南京，我们就分手了。因为事先有约，找到在南京读书的向履丰。他早已为我定好住处，我记得是鼓楼"新高寄宿舍"。我之计划投考东南师范学院，一是为了对口，二是我同履丰的交谊相当深切。但在看了些学院的讲义后，我却大为失望！

而且，五四初期，反对"白话"最为突出的胡先骕一伙，不都是南京的教授学者么？因此那个满眼田野风光的名城尽管有些教人留恋，但我很快就到北京去了。当时我舅父郑慕周在北京做寓公，也可说旅游，因为他早下野了，住在石驸马大街太平湖饭店。

当然，我不止因为他才去北京的，我是想考北京大学。因为我已经清醒地认识到，亲自聆听鲁迅先生的教导，这才是我的本愿。由此可见，"对口"应该从思想实际出发，落实在思想深处，更何况北京，北京大学是五四运动的发源地呢！

8

我舅父在石驸马大街太平湖饭店住的是套间，一到北京，他就让我在他会客室搭张铺住下来。紧接着就到北京大学一座宿舍叫"西斋"的找到毛坤，他是省师六班的同学。我在省师学习时，他在省师附小教书，不久，就考上北大了。他在省师同学中，相当知名。

毛坤号体六，博学多能，接受新文化思潮也最早，当然也是鲁迅先生的崇拜者，谈吐幽默，时有独到见地。会见他时，才知道北大考期已经过了，特别鲁迅已经去了福建。而且，他竭力主张自学，说是，可以搬到沙滩住起，喜欢听谁讲课，去听好了！……

他还建议广泛阅读当时北京出版的几种刊物：《新潮》《语丝》《猛进》，乃至《现代评论》，以及一批有名的著作、译文，并告诉我购买这些书刊的地址。我记得，省师八班的李夏云，也在北大，我们还曾一道去看望过在西山疗养的余必达，全是七班的，住的农业大学。

他们也相约来回访过我一次，尔后就没有多少来往了。一则彼此相距都远，二则，他们对我的住处、生活，也可能看不顺眼。而我自己，则已下决心自学了，只等我舅父离开北京，我就搬到沙滩去住。同时，我对北京的环境、生活，已经算适应了。

9

同我舅父来往的，也有两三位读私立大学的学生，大都是富家子弟。还有一位长期住在四川会馆的老头，看来有点神经，似乎弄不到一官半职，就"无面见江东父老"。而这些人之常到"太平湖"，主要是探望随同我舅父一道来北京的蔺简斋。

蔺简斋是绵竹人，保定军官学校毕业，我舅父做旅长时，他是旅部的副官长，对于北京相当熟悉。而当时刘湘的住京代表乔毅夫，又是他的儿女亲家。他女婿叫乔诚，喜欢吼几腔京戏。他本人还雇了一名琴师，一星期来两三次为他操琴、正音……

他专学龚云甫，而他的形态特别是他那掀下巴和瘪嘴，真也最适于唱老旦。青少年时代，我喜欢哼唱川剧的黑头，而北京之行，我却爱好起京戏来了。"叫张义我的儿"，至今我还能模仿龚派的唱腔低声哼唱几句，当然，这主要由于我看过他演出。

我不只看过龚云甫的《钓金龟》，我第一次欣赏的却正是"行路训子"一折。这是我第一次在北京欣赏京剧，而因为是募捐赈济灾民，四大名旦，杨小楼、余叔岩、高庆奎、郝寿臣、肖长华一批名艺人都演唱了自己的拿手戏。票价可也相当昂贵，最后几排都是两元！

我到北京不久，就躬逢其盛，可惜尚未衣履一新，以一个身着灰布服的青年，居然坐在票价五元的座位上！以致引起一些遗老、西装革履的观众侧目而视，嘀嘀咕咕。而我能一次就看到当日北京京戏的名角，可以说是有生以来唯一的一次，感到非常愉快。

不用说在四川，乃至还在偏远的故乡安县，我就欣赏过京戏的唱腔了。想起来真有意思，一个跑江湖的人背个附有大喇叭的唱机，沿街兜生意，或者由茶馆主人雇用来播音，全是百代公司录制的唱片。开始是汇报剧目：下面由梅兰芳老板唱《宇宙锋》……

而直到我在省师上学期间，才在灌县我舅父家里看到比较小巧、没有大喇叭的"话匣子"。后来还在成都看过一两回京戏，可惜太差劲了，倒是李翠仙的京韵大鼓，以及楼外楼的相声，差强人意。由此可见，那次北京的义演对我的影响了。

可是，少数名角，举如梅兰芳、杨小楼和余叔岩，难得演出，我们晚间去票房、茶座欣赏票友清唱的次数更多一些。而这些活动，主要是蔺简斋安排的，其他游览项目，也是由他倡议。天桥我也去逛多次。前门外的夜市也很有意思，主要是些卖杂货的地摊和风味小吃。还到城南游艺场听过张金环、刘宝权的大鼓。而一想到"大饭桶"，我就忍不住失声笑了。

"大饭桶"的杂技的确令人捧腹。而对于"天桥"大众化的吃、喝、玩、乐，我就不一一数论了。至于故宫和颐和园更用不上我讲，实际也讲不好。但是，我忍不住还是要说几句，在这两处游览时，印象最深的，是碰见一两起长袍马褂、拖着毛辫、带起三寸金莲的姨太太的遗老。

还有叫人感觉惊奇和有趣的情景，是紧紧跟在他们身后，手提箱笼的跟丁。因为蔺简斋向我们指明，那些箱笼中装的全是衣服，老爷、太太走上半圈，或者天气骤变，乃至出汗发热，就得换换衣服。当时不免联想起《离婚》中"八大人"一类角色。

10

因为用不上我自己掏腰包，当年北京几家有名的饭馆，我都品尝过它们别具特色的菜馔。便宜坊的烤鸭，东来顺的涮羊肉，而最有特色的则是沙锅居的卤肉，因为它的卤汁据说是明朝什么年代反复使用保存下来的精华，它主要也只是卤猪肉。不止是猪肉，凡是猪身上一切可吃的东西，它都可以炮制出来让客人品尝。现在说到"烤鸭"，则全聚德的知名度已经超过了便宜坊，只有月盛斋的"酱肉"，生意照常兴旺，我记得，当年仿佛它开设在大栅栏。

恩承居的甲鱼也很有名，我照样跟同我舅父去尝试过，它在"八大胡同"附近，可我不曾逛过"窑子"，据同蔺简斋常有来往的一位所谓大学生说，他同两三位同学倒偶尔去一次，说是活泼一下脑筋，同时也可增长知识。此公还把私娼叫作"土匪"。

尽管我时常随同舅父他们一起吃、喝、玩、乐，由于他老人家的严格认真，我的行动也有限制，像八大胡同一类地方就绝对不让我去！加之，当年我对五四以来的传播新文化书刊的兴致，到了北京以后，更加如饥似渴地买来阅读。经过"科玄之战"，我更叫吴稚晖给迷住了，当我买到《上下古今谈》时，几乎两三天没有上街！

这是一部传统章回体小说，内容呢，主要是借书中人物介绍欧洲的科学、技术的发生、发展和现状。联系到当年。"科玄之战"，针对一批"玄学家"的唯心主义观点来看，这部小说具有一定现实意义。但是似乎在"科玄之战"前就出版了，读者可并不多。

《上下古今谈》尽管别开生面，但在思想上对我具有深远影响的，却是波兰显克微支的《你往何处去》。这是《猛进》的主编虚生，用他的真名徐炳昶翻译的。而使我至今还保留有清晰印象的是这一情节：当彼得的一些门徒苦苦劝说他离开当时危机四伏的罗马时，他终于听从了。当然也有点不忍他去的心情，因为形势非常明显，那些留在罗马，特别那些已经被统治者逮捕的门徒，眼见就会遭到杀害。当他走到中途，他突然跪下了，向着迎面走来的基督问道："主啊！你要到何处去？""我要到罗马去！"基督回答，"让他们再把我钉上十字架！"于是彼得即刻撑身起来，转身向了罗马走去，而且就在当天夜里隐蔽于斗牛场上为那些正在遭受摧残的门徒祝福……

11

我是夏天到北京的，北伐军攻占武汉后才离开。已经是秋季了，而我印象最深的，既不是"沙锅居"，也不是"秋梨膏"，而是已经开始出现在街头的烤肉摊。它很像解放前重庆街头的"毛肚火锅"。只有一个"行灶"，几条板凳。当然，主要是羊肉、调料……

顾客多系苦力，吃法相当别致，就在炉子前面站着，左脚踩在板凳上面，右手拿起一条用竹竿串起的鲜羊肉，在火苗上炙烤，等火候到家了，就蘸了调料，吃将起来。但是，就跟重庆街头的毛牛肚样，解放后就绝迹了，当然，绝迹的只是那种吃法。

我相信，若果我舅父同意我留在北京，我一定会去尝试一番。可惜连香山的红叶都来不及去看，就匆匆离开了。从浦口渡江后，只在南京留宿一夜，就乘船逆流而上。当时，全国驰名的老虎总长陈友仁，已经收回汉口、九江的租界！……

经过汉口、宜昌也没有多停留，但是，凡所碰见的客商，大都扯谈北伐的伟大胜利，对于收回汉口、九江的租界感到自豪。当然也有言过其实的传闻，乃至流言蜚语，譬如说，为了彻底反对封建主义，有位知名人士，竟然在街头裸体进行宣传。……

一到重庆，我舅父、蔺简斋就拜访当地军政方面的熟人去了，我呢，则尽力搜购当地的书刊。由于萧楚女在北伐前主编过《新蜀报》，又在女二师教过书，虽然1925年他就到广州去了，继任《新蜀报》主编的漆南勋，则是他推荐的。此公曾以《帝国主义铁蹄下之中国》一书蜚声全国。当时重庆的革命气氛远比成都强烈。

北伐前些时候，由吴玉章吴老创办、杨伯恺主管的中法学校，当时正跟女二师一样，都是传播革命的阵地，而对于北伐所取得的每一个胜利，学校的同学、员工，大都要上街进行宣传。

而所有我知道的这些情势，都使我对重庆有些留恋不愿匆促离开，乃至想住下来进行自学。可是，才停留了三四天，我舅父就要我同他一道离开，不让我单独留在重庆，而且远比他要我同他一道离开北京坚决。原来他从一些军政界的熟人那里探听到，尽管当地军阀大投革命之机，共产党人陈达三被刘湘聘为高级顾问，左派国民党可以公开活动，而军阀则暗中支持国民党右派，而且磨刀霍霍。

有时预感真也具有现实意义，或者说相当可靠，三五个月后，重庆终于爆发了先于"四一二"反革命活动的"三三一惨案"！

12

我舅父在我省师毕业前一年多就退伍了，回到家乡，创建了一所小学、一座图书馆，至今还为人称道。而这两件事，我都参与过，主要教师都是我代他延聘的。图书馆的书籍，则是根据张秀熟老人所开书目购置的，五四以来的新书几乎全都齐备。

从北京回到故乡，他对文化教育事业，更热心了，决定将那所小学办成"完小"，从秀水乡聘来马之祥进行规划。这是一位龙绵师范毕业生，富有教学经验，特别老成练达，在本县教育界有相当名望，学校的名称、校训，都是我和他共同商定的。

学校题名为"汶江小学"。校训呢，我记得是："要树立为社会服务的志向，要养成为社会服务的能力"。而由于班次不断增加，图书馆也亟待充实，我常去成都，主要是增购书籍。有时我也自主地去成都找刘尔钰他们扯谈时局，因为感觉故乡太闭塞了！……

13

我每次到成都，都是借住在小福建营一位姓肖的同乡家里。一般是早晚在家，白天主要是约同刘尔钰、冯棣、周尚明逛书店。那时，已不止"华阳书报流通处"一家贩卖进步书刊了。买到中意的书刊，就到"葛园"之类较为清静的茶馆或小城公园阅读、闲谈……到了中午，那时候成都的豆花饭馆很多，祠堂街的"丘佛子"最有名了。有时也到"竹林小餐"享受一下它的名菜"红烧帽结子"、"红烧舌尾"，或者到长顺街"自得号"解决午餐问题，而自得号的"小笼"蒸牛肉，抗战时期，更使得不少外籍同志啧啧叫好。

周尚明很少参加我们这类活动，当时他已经入党了，又是成都市共青团的领导成员，相当忙。他家景清寒，父亲是个缝工，他从不告诉我们他的住址，而寒假、暑假一般都不回家，同其他几位由于路途遥远，往返十分不便的同学，一道留校生活、学习。

譬如，石邦榘同志吧，他是酉阳秀山一带的人，家庭也不富裕，当日的交通又很不便，这一来一往将会花费不少时间。何况他当时也入党了，革命形势又正在大发展中，怎么安心乐意回家过春节呢？其他留校生活、学习的同学，原因大都如此。

我的处境、情况，跟他们不同了，路途呢，三百华里不到，因而一到腊月下旬，我就又回故乡去了。当年，我母亲已经卖去城内大西街的老屋，买了南河对岸一座碾坊。"家有团团转，胜似做知县"，她老人家总想振兴家业。而四叔、幺叔则早已经破产了！

这件事，是她在一位经常为人"当中做证"，诨名"殷忙"的亲戚鼓吹下进行的，卖房子、买碾坊全都由他牵线搭桥。碾坊，确也不错，正在西河同南河汇流的地方，上面又是有名的大中滩。只是住房太少，又小而破旧。而且，碾米、推磨，以及顾客们的嚷叫都相当烦人！

一句话，气氛十分吵，难于静下来看书、学习，因而白天大都是在城内汶江小学消磨掉的。有时甚至两三天不回家，就歇宿在与学校仅有一墙之隔的我舅父家里。那时候，省师的同学苏玉成、陈厚庵，已经通过我到汶江校教书了，都谈得来。

14

从北京回家后，我的主要活动，就是协助我舅父扩建汶江小学，充实他捐资兴建的安县图书馆。而我的时间，除开有时到成都小住，大多也消磨在汶江小学。

一般情况是，他们上课，我就在准备室看书；他们下课休息，就同大家闲谈。主要谈话对手是马之祥，他社会知识丰富，又能言会语，谈锋尖锐，往往一开口就揭穿了当年旧社会的种种弊端。《困兽记》中那位善于讽喻的老教师牛祚，我就是拿他做的原型。

可惜的是，由于才力有限，在加工改造中，我把他不畏强暴的一面略去了。当然，这也由于主要是写田畴的恋爱纠纷。而田畴的原型，则是黄玉顺的阿哥黄章辅，三年前曾由我舅父出资送去广州投考黄埔军校，因为同行者中途病故，就转来了。

他们全家，是我舅父进城后一年迁来安县的。他母亲在县立女校任教。因为她同我一位姓陈的舅母在成都是同学，早在灌县时就过从甚密，因此 1927 年，她也到汶江小学执教了。她老人家多才多艺，在我流亡雎水期间，她对我的帮助最大！……

15

正如我在一篇小说里说的，在川西北一般城镇，"没有茶馆便没有生活"，汶小而外，有时我也去坐茶馆。跨出学校走不多远，一转拐就是西街。再走个十多步，以十字口为中心，就有四五家茶铺。常去的茶馆叫"尚友社"，茶客大都是本城的知识分子。

尚友社不妨说是进步知识界的舆论中心。从老一辈的李季荷到同辈的赵槐轩，都是它的常客，我也总是和他们同席聊天。而当日的谈话内容，主要是北伐的胜利和在四川军政界引起的反响，及其后果的预测，而这些预测大多是充满冷嘲热讽。

因为这一次我是腊月间从成都回家的，学校早放假了，坐茶馆的时候就比较多，但也有不少时间捂在舅父家里看从成都买回来的书刊，单是"上海大学"那套讲义，就把我牢牢吸引住了。这套讲义，我在省师卒业前就看到过，可我没有买到！

16

一般讲，每年春季，我都要去成都，这也由于青年宫的"花会"吸引力太大了。所谓花会，实质上是一种物资交易会。可是，外州县的富裕人家，则多是为了吃、喝、玩、乐，远道去"赶花会"。我在省师读书期间，每逢星期总得去泡上半天。可是因为生了场病，1927年我却拖到公历五月，这才忙匆匆跑到成都去，其时花会已经结束。

去得的确匆忙。而且激动，当然不是为了去赶花会，品尝"一炮三响"的糍粑之类的小吃。原来我在病中就从传闻、报刊上获悉重庆爆发了"三三一惨案"！那时候，我在重庆革命队伍中没有一个熟人，任白戈、杨伯恺、肖华清诸位，都是30年代在上海才认识的。

我所钦佩的知名人物，只有代替萧楚女在《新蜀报》主持笔政的漆南薰，曾经翻译过柯乐联词的《盲音乐师》，在二女师执教的张同夫。

但从我当日的思想觉悟说，我同重庆的革命群众在感情上却存在着千丝万缕联系，特别希望了解惨案后的整个革命形势。

一到成都，我就去梵音寺街找刘尔钰。当日尔钰尚未就业，也未婚配，社会活动也不多，除了有时参加省师一个党的团组织赤锋社的集会外，一般都在家自学。而一见面，他就用一种惋惜、惊怪的语调质问我为什么迟到五月才来成都？

我把原因向他说了。于是他告诉我，两天以前，在旧皇城致公堂曾经举行过一次群众大会，同时报道了惨案的详尽实况，对"三三一惨案"的罪魁祸首进行申讨。惨案发生不久，各界群众还向已经由武汉国民政府改编为国民革命军军长的邓锡侯、刘文辉请愿，要求讨伐刘湘。

对于为了抗议英国军舰炮轰南京，3 月 31 日那天，在重庆打枪坝集会的革命群众和知名人士惨遭屠杀的情形，他向我进行了比较详细的叙述。说是会议正将揭幕，反动派暗中安排的屠杀就开始了。枪声一响，群众立刻被震惊了，会场秩序大乱。

枪是对着主席台射击的，而不少赤手空拳的群众，则被暴徒们用木棍打伤、打死。最令人愤慨的，是很多小学生被狼奔豕突的暴徒，以及在暴力胁迫下四处逃命的群众撞倒，乃至踩死！呼唤声和哭嚎声不绝于耳。点多钟后，广场上便只有四五百尸体和重伤员了……

尔钰向我证实，漆南薰已经被暴徒枪杀了，那天他是执行主席，也是第一个牺牲者。张闻天他没听人讲过，可能去了武汉。但是，漆南薰外，当场被打死的有陈达三。主要负责主持国民党莲花池省党部的共产党人杨暗公，事后两三天也被捕了！

"那才死得惨呵！"我记得尔钰悲愤填膺地叫道，"简直是凌迟碎剐！"于是向我转述一些从反动派营垒中透露出来的信息，说是杨暗公在被押赴刑场途中，不住高呼口号；敌人制止无效，就把他舌头割了！但他满眼怒火，仍然振臂高呼！……

因此，在被押到刑场时，他的双目已被挖去，右臂也砍掉了！最后连中三枪，这才猝然倒下！为青年一代留下了光辉楷模。而一谈到这里，尔钰语调哽咽，几乎无法谈下去了。我呢，可比他更激动，不过由于性格上的差异，表现的形式不同而已。

17

对于邓锡侯、刘文辉没有用实际行动来回答群众的请愿，出兵讨伐刘湘，我们也很愤慨，而且感觉不可理解，因为他们一直是敌对的，又已经易帜了，改编为国民革命军。一直到下一年"二一六惨案"爆发以后，我们这才感觉自己当时都过于天真了。

不过，邓下面少数将领，却一直表现得不错，最为突出的是陈静珊和吴景伯。而在"三三一惨案"后，党还能在以成都为中心的川西地区活动，发动群众游行示威，散发传单，并在震撼全国的"四一二"政变那样紧张混乱的局面下，还能在一些县创建国共合作的机构。

这主要得归功于成都的党组织在军政界推行的统战工作，当我会见周尚明同志后，就比较明确了。那时他已入党，而且是成都市团的领导成员，因而他对"三三一惨案"、"四一二反革命政变"的经过，全国和四川的政治形势，谈得比较详尽。

由于学校已经开学，尚明同志暑假即将毕业，到学校找他诸多不便，是尔钰代我约他到小福建营我的居停主人家里来见面的。那天尔钰没有来。我们单独畅谈了两个多钟头。有关那次召开群众大会的目的，前面已经谈过，我就不重复了。

这里，根据尚明的谈话，需要补充的是，当召开群众大会的启事登报以后，一向暗中支持总土地国民党右派，随时都想对国共合作的莲花池国民党省党部下毒手，刘湘部下的蓝文彬、王陵基就肆意造谣，同时勾结南岸反动派，准备大打出手。

刘湘下面有一位师长叫罗仪三，一向比较同情革命，又与杨暗公相识，曾经向他透露过一些反动派的阴谋诡计；他的一位在刘湘部下任职的亲戚，还在会期前夕劝阻过他。于是他立即召集各群众团体的党员负责同志研究对策，对形势进行估计。

大家一致认为，敌人很可能解散大会，乘机残酷对待已经暴露身份的共产党员，同时都一致表示，既要革命，就得不怕流血牺牲！而若果停止开会，即使来得及通知广大革命群众不要开大会了，也将授敌人以口实，增加他们造谣中伤的资本！

于是一致决定按原计划开会。而暗公更连夜安排了应变措施，主要是组织工人纠察队，并邀请一向比较靠近莲花池省党部的将领黄慕颜、向时俊作大会主席团成员。最值得一提的是，党的妇委书记程志筠、团的妇委书记程仲君都把姓名写在纸上，装进衣兜，以便牺牲后易于辨认……

尚明对先烈杨暗公当天的经过谈得更为详尽，因为不少同志在做了些力所能及的善后工作以后，大都转移到了成都。30年代初，任白戈同志作为幸存者向我对惨案的经过叙说得更详尽，基本同尚明说的一致。他是惨案发生后，策动郭勋祺反击王陵基、蓝文彬无效，这才转移到成都继续工作。

本来，在向时俊掩护下，暗公已经退出乱哄哄的会场，隐蔽在城外一位农民家里了。不料由于他急于想去武汉向党中央请示汇报，以致在搭上一艘东下的轮船时落入魔掌；但他非常镇静，还非常机智地使一位伴随他的同志脱离了险境。

当我进一步问到前两天在旧皇城致公堂群众大会上那位主要发言人的政治身份时，尚明迟疑了一下，然后告诫似的笑道："我是信任你哇！"于是悄声向我做了介绍：中共成都地区特委书记，公开的身份则是莲花池国民党川西特派员。……

这就是1930年，继张秀熟老人任四川省委书记时期在重庆慷慨就义的刘愿庵同志。尚明热情、健谈，机智幽默，凭着我们长期以来互相交流思想取得的信赖，他随又充满敬佩之情向我追述了一遍一年以前愿庵同志另外一次使人倾倒的讲话。

18

应该说这是一次地道的辩论会。题目呢，是震动全国的"三一八惨案"，而它在四川引起两种互相对立的论断，派性也很鲜明。国家主义派公然为段祺瑞政府和帝国主义辩护，造谣诬蔑共产党煽动学生聚众到执政府滋事，以致酿成惨案。

这次辩论会，是成都一些社团组织的，地点也是旧皇城致公堂。愿庵同志和国家主义派的头儿李璜，在众目睽睽下都应邀到场了。因为一两年来，他们就经常在报刊上进行论争，"三一八"后更加剧烈。到会的群众都想听他们当场舌战。

李璜以思想界权威自居，会议一开始他就抢先发言。而等他摇唇鼓舌完了，愿庵同志这才从容不迫地走上讲台，而且十分风趣地为自己的发言取了个题目："一个乡下人看了告示以后的话"，接着就用众多事实，犀利言辞对李璜进行反击。

最后，在一片热烈的掌声中，李璜真像个落水狗样，出乎一些人的意外没有起而答辩。于是辩论会也就从此结束。当然，结束的是那次辩论会，尚明同志的谈吐，却越来越上劲了，因为我们都不禁由此想到省师同学中少数哈巴狗的表现。……

鲁迅先生的《纪念刘和珍君》一文，也是促使他继续畅谈下去的原因之一。我们都读过这篇传诵一时的名文，记得其中的警句："不在沉默中爆发，便在沉默中灭亡。"当年重庆打枪坝的惨案，无疑比1926年北京执政府门前的惨案沉重多了！

万幸的是尽管同"三一八惨案"比较起来，"三三一惨案"牺牲者要多上好多倍，由于我们党的壮大，真的猛士却也更多，他们照样"敢于直面惨淡的人生"，"更奋勇而前进"，尚明同志向我追述的成都市特支发动、领导的广大群众活动就是明证。

而且，讲述者本人就是其中一员。我当然尚不敢以"猛士"自居，却也不断在插话中流露了若干革命激情。显然由此触动了他一个早已蕴藏于心的想法，他忽然切断我对他侈谈自己的感愤，插言道："这些那些都不说呵！有个问题，你倒认真考虑下吧！……"

接着，他就向我提出由他介绍我参加党的问题。还说："我上一次就想向你提了。"但当我心直口快，马上表示同意的时候，他又含笑插断我道，"别忙！还是认真考虑下吧！"口吻幽默，但他接着解说得合情合理，而且约定过两天他就来看我。

他当然如期来了，其经过不言自明。这里我只想简单交代几句，在这次我停留成都期间，就由尚明作了介绍人，我被成都市特支批准为中国共产党党员，而且，被介绍给成都地区特支书记刘愿庵同志谈过一次。

见面的地点，我记得是春熙路北段《新川报》编辑部。作为对一个新入党的同志所做的鼓励、教导，其语言本身并无多少特点，然而，他的神色、语调，竟是那样朴素、恳切，令人终生难忘。这也同我早已知道的他的为人有关。不幸两年以后他就在重庆慷慨就义了。

而就在我同愿庵同志唯一一次会见中，最后，他用重庆莲花池国民党，也就是左派国民党省党部川西特派员的名义，要我回家乡筹组安县国民党县党部，同时发展我党组织。

"二一六惨案"前后

1927 年大革命时期，尽管川军各派系的头目，均已先后易帜，改编为国民革命军，割据局面照旧存在。当时安县是 24 军一位路司令的防区，管辖安县和江、彰、平、北等县，这位路司令董长安在他的防区内也可自由任命官吏，为所欲为。

而安县的县长夏正寅，不仅是他的同乡，还同他是内亲。为人正直、豪爽，在其兄弟夏仲寅，一位到法国留过学的共产党员影响下，比较倾向革命。40年代末期，退休以后，表现得更不错，经常以故乡为码头掩护上了反动派黑名单的共产党人……

正是在这样一位县长任内，在我将愿庵同志的委托书送交县行政会后，经过由他主持的一次会议审议，不久，国民党安县县党部筹备处的牌子，就在城内北街，汶江小学斜对面，旧"劝学所"挂起了。而且按月可以领取一份经费，开展筹备工作。

筹务处正式成立时，曾经开过一次颇具规模的大会。会期适逢赶集，还上街做过一次宣传。通过大会，选出了一批筹备委员，每个行政区都有人参加，现在我只记得花蹟乡的刘济堂、塔水的袁玉章、秀水的周仲溪，就都是委员，负责筹备区的分部组织。

我记得那天我在大会上的发言，曾经引起比较大的反响，因为我不止从政治上和全国的革命形势阐述成立和发展国民党组织的必要，同时还引证了一些鲁迅先生对辛亥革命的看法。特别扼要重述了一遍《离婚》中爱姑父女在"八大人"面前的退缩忍让，以之与本县的社会风尚相对照。

应该说，尽管"三三一惨案"已经爆发，"四一二政变"的信息已开始流传，北伐胜利的影响，毕竟太深广了，所以工作的开展相当顺利。其时团务干部学校也刚好成立，主其事者是花蹟乡一位在北京一所中学毕业的学生，回来已经赋闲一两年了，叫刘炳。他也是在夏正寅支持下出任校长的，尽管有些豪绅并不同意。

我同刘炳过去并不相识，连姓名也互不知道，只是在县党部筹备会成立前见过一面。而在召开成立大会的次日，他就到筹备处找我来了，目的呢，要我做团干校的政治教官。这当然是义不容辞的事，更是一个促使地方武装力量革命化的大好机会。

因此我马上同意了他的邀请。不过，我坦率地向他表明，自量力不能胜，我将去信成都，为他聘请修养有素的同志前来任职。比之于我，他像一位文明书生。在这次会见中，由于时间充裕，当我们谈到本县一些阴暗面，我才发觉他是多么热情直爽，疾恶如仇！

他原是学工科的，而他乐于担任培训团务干部工作，就正因为他想借此来改革本县的政治社会面貌，使之焕然一新。他曾向我讲了不少他在本乡、本县一两年来的见闻，豪绅地主如何把持地方公众事务，以所谓民团头目和保甲长做鹰犬，无孔不入地鱼肉人民。

可以说，我们这一次谈得不错，真有所谓情投意合的味道。因此，他一离开我就马上写信给周尚明，而且亲自前去本街邮政局挂号寄发。至于迫切盼望回信，就更不必谈了。约莫四五天后，我每天都要叮咛老胡："有信就赶紧送给我哇！"

老胡是筹备处勤杂工，一向就在本城一般机关、法团服务。中年、短小，有几粒麻斑，对机关杂务相当熟悉。这也是本城的名人，一般都叫他老胡，只有马之祥在筹备处成立后改了口，相当幽默地叫他作"胡同志"，而且劝告其他熟人也改变称呼。

老胡同志而外，我还聘请了一位前辈，考过秀才，又住过官班法政一类学校，思想相当进步，乐于同青年知识分子交往的李季荷负责处理日常工作。而固定工作人员尽管只有两位，平日来这里闲聊、阅读报刊的人，可就多了：李爽庭、赵愧轩、刘际唐……

这些人大都是比较进步的中青年知识分子，没有固定职业，更没有任何公职，一般都与长期把持所谓机关法团的绅粮存在一定距离，更对少数豪绅怀有对立情绪。他们中不少人是场镇上居民，但都常来城内作客，或租佃房舍寄居。

这些人一般都支持刘炳主管团务干部学校，因而也希望我为团干校从成都聘请的政治教官早日到来。所以，当我盼到尚明的回信，顺便将内容转告李爽庭时，他简直跟我一样兴奋。原来尚明的回信说：高凌不日即可到安县来！

回信约莫是我发信后十天到的。又过了三天光景，高凌就到安县来了。中等身材，朴实，开朗，健谈。看了他捎来的介绍信，并交谈以后，我才知道，他在成都一所政法专科学校肄业，但已休学，全力革命了，参加川西地区团的领导工作。川西特委向他交代得很清楚，他来安县，不止为了教书、传播革命思想，主要是协助我发展安县的党组织。而这也正是我的愿望，我当即向他介绍了安县政治社会情况、刘炳的为人，并进行了商讨。最后决定，在他开课前去拜会一些知名人士。

在这些人中间，主要是我舅父郑慕周。尚明同志已经向他做过简略介绍，而且他在安县声望最高。其次是马之祥，汶江小学的教员，我最亲密的益友，汶江小学的扩建，乃至校歌、校训，都是我和他拟定的，但他却只肯负一个校董名义。

此外就是老一辈的知识分子，李季荷和李爽庭。在城区，乃至多数乡镇都有一定影响的豪绅，我也伴同他去敷衍了一番。其中，主要是林华卿，出自安县一个所谓望族，民国以来，两三代人都既是绅粮，又操袍哥，当然也是机关法团中的首脑人物。

这有类于"拜码头"。接着，高凌就开课了。团干校在城内米市坝一座庙宇里面，离北街劝学所、汶江校相当近。而我同高凌约定的见面地点是汶小，每隔三四天就要碰一次头。但在6月初间，我们前两天刚才交换了有关发展党员问题，我可又迫不及待，主动到团干校找他去了。

因为就在我们谈话的下午，夏正寅邀我到县政府，谈到他在路司令部所在地中坝会见了董长安的政治部主任王惠云。王是北川县人，北伐前他之能于考上黄埔军校，主要由于郑慕周通过吕超的介绍。而且他父亲曾在郑手下做过事。

王惠云之所以能为董所信任，也同夏的推荐有关。而且，既然已经易帜，总得有个政治部摆摆场面。可是招牌尽管已经挂起来了，合格的工作人员却非常少，因此，经过一番商酌，夏一回到安县，就向我提出一项要求，希望我介绍人到中坝去。

此外，还有件事我也迫切需要同高晤谈。就在同夏见面的下一天傍晚，我正准备下乡，刚才走近城门，就碰上我一向称之为姑爷的徐应祥。他告诉我，上午的行政会议已经通过由我接替杨人麒做教育局局长，县府即将呈报路司令部。

杨人麒秀水乡人，早年留学日本，专攻开矿专业，回国后一直赋闲。两年以前，才被选为教育局长。而由于体弱多病，有时还神情恍惚，近年来控告他的人也就多起来了。作为县教育会会长的徐应祥对他就很不满。

徐之告诉我这个信息，完全出于偶然。但是，经过一夜琢磨，我相信，县行政会议的决定极可能成为事实。因此，次日从家里一进城，我首先就去团干校找高凌。听了我的汇报后，高凌相当激动，认为两件事都对开展工作提供了十分优越的条件。

由于我对出任教育局长一事不无犹豫，高凌还给了我一些鼓励，说是川西特委必将给我以大力支持。一两天后，他在课务上作了些安排，就到成都去了。而当他回转安县时，他不止捎回令人高兴的川西特委的指示，还给我带回一枚私章。

高凌之为我捎回一枚寿山石私章，因为他早已感觉我在本县临时刻的木质私章，同我的工作太不称了。这枚石章，是他请高思伯同志篆刻的。当然，主要的收获是：特委已经决定派人直接到中坝去支持王惠云。我记得是张秋高、姚自若。

姚自若喜好文学，还在北京报上发表过新诗。在成都同我有些接触；张秋高则素不相识。我还介绍了和我来往较多，常在劝学所出入的赵槐轩到中坝参加工作。他不是安县人，由于家业凋零，他寄居在城区一位亲眷家里，长期没有就业机会。

高凌回到安县前夕，我就接到出任县教育局长的委任状了。我是省师毕业，又曾为建立汶江小学积累了一些经验，而且相当熟悉本县教育方面的情况，因此，尽管曾经有过犹豫，乃至胆怯，得到委任状后，倒也雄心勃勃，希望能有所建树。

而且，更为迫切地感觉到，那些长期由各乡乡长或者前清秀才、拔贡直接主管本乡小学教育的局面，实在需要进行改革：首先是撤换他们，委派一些学有专长的中青年知识分子代替；同时加强教育局的领导班子，主要精选三四位督学。

回想起来，当我向马之祥——我当日在故乡的良师、益友讲述我就职后的计划时，真是有点兴高采烈。因此，尽管他也很欣赏我的"宏图"，而后还提供了一些具体建议，但当时他却照例用他那饱经风霜，富于机智的口吻笑道："好！准备挨快邮代电吧！"

不用说，这不是开玩笑，是一个严肃的提示，因为在过去那些年代，所谓"快邮代电"乃是一种进行政治斗争的手段，一些大城市，比如成都的各县同乡会、留省同学会，就曾发散过，以抨击本县的坏人坏事。同时可也有人利用它来排斥异己，争权夺利。

乃至还有这种做法，少数豪绅、野心家使用一个临时拼凑的社团名义，捏造罪证，对本县某一当权者进行攻击。因为，搞"快邮代电"太简单了，只要笔下生花，罗列一些罪行，油印出来，花点邮费四处寄发，大功就告成了。而至少会使你身败名裂！

这种简单省事的政治斗争，我在省师读书时就相当熟悉。而且我舅父驻防灌县时就挨过"快邮代电"；但是他下野却在好几年后出于自愿。因此我相信只要自己脚跟站稳，就是挨点假借名义捏造事实的"快邮代电"，也就是那么回事！不值一笑。

为了避免出现差错，经与我舅父和马之祥磋商，特别邀请唐绍周，一位熟悉业务，为人正派的中年人做庶务；长于文牍，耿直豪爽的李爽庭管文案。而且拿我的工资补贴他们，自己绝不沾染内外财政问题！此外选拔了曾学渊和王行之做督学。他们都毕业于龙绵师范学校，且有教学经验。

由于大批撤换各乡镇的校长，就连我去成都就学前三年，曾经在我家专职教过我的那位前清廪生蒋品珊也被我撤换了。引起的反响当然很大，可还没有到发"快邮代电"的程度，只是遭到一些非议。然而，正在此刻，刘炳被捕入狱了！

　　事情的经过是这样的，正是我前面提到过的那位豪绅林华卿，还有他的同伙罗伯卿，趁夏正寅前去中坝，控告刘炳有贪污行为！而暗中却已买通一位姓沈的司法，同时支使团干校的庶务陈楠轩，带起所有账簿、单据隐藏起来。这就使得刘炳百口莫辩！……

　　上述阴谋诡计，当然是事后好久才探听清楚的。刘炳入狱以后，除开私下责怪他用人不慎而外，主要是担心团干校校长由谁继任问题。因为林、罗一伙，已经在酝酿人选了。经与马之祥和高凌分别交换意见之后，我就去找我舅父寻求支持。

　　我们商定的团干校校长继任人叫刘巨川，黄土乡人，华西协合中学毕业，参军后又由我舅父保送他到一所军官学校受训，做过他叔父刘辅卿的团副，退伍后一直赋闲。我同他相当熟，也谈得来，而若果能够由他代替刘炳也就于高凌的作为无碍了。

　　我舅父同意我们的建议，并愿促其实现。因此，我一跨出他家的大门，就代表他去拜会徐应祥和其他几位机关法团的负责人。就连林华卿、罗伯卿两家，我都去了，传达了我舅父的想法，也就是建议由刘巨川代替刘炳继任团务干部学校校长。

　　"先下手为强。"这一来，林、罗一伙就不便提出他们夹袋中的人物了。而且，当晚听说夏正寅已经回来，我就又立即跑去见他，转告了我舅父的建议。次日一早，我又赶往距城只有二十华里的黄土场找刘巨川，让他有点精神准备，更不要临事推谦。

　　事后看来，这一趟相当重要。因为商谈结果，刘本人没问题，但他担心刘辅卿会劝阻他接受这项任务，因为他叔父下野时就告诫过他，不要沾染本县本乡的公事。刘炳入狱以后，更相当愤激地向他重述了一遍他的劝告:"城里那个堂子野得很呵!"……

于是我又请他领我去拜望刘辅卿。这位年龄大于郑慕周的长辈,下野后一直住在场外自己的宅院里,十分出色地亲自照料院子后面的蜜橘园。瘦长、精干、蓄着两撇浓黑胡子。青少年时代我就认识他了,因为他同我舅父早就常有往还。

见面之后,我刚一提到团干校的问题,他就大发感慨,而且向他侄儿发问:"怎样?我告诫你们的话没有错吧!?"随即不指名地抨击了一番林、罗之流长期把持本县机关法团的劣迹,说是"连水都泼不进!"而我赶紧顺着他的思路摊开自己的看法。

我说,正如我舅父讲的,我们应该打破这个局面,因而他支持我出任教育局长,现在,为了排除他们另外安排人接替刘炳的职务,他又向各方提出建议,由刘巨川继任团干校校长,看来已经没多大问题了。而我之到黄土场看望他,正是争取他支持。

接着我还为刘炳惋惜,他该认真选拔财会人员。同时也讲了讲我对教育局各科室主管人员的安排。老人家看来被说服了,因为他随即没头没脑地望着他侄儿说道:"你最好薪水都不要拿!尽义务。"事情解决得这样顺利,真是太意外了。

回城后不上三天,县行政会上果然一致通过由刘巨川继任团干校长。庶务,也例外由会议决定了人选。我曾当众为刘炳进行了辩解,希望县府能早日释放他。而在刘巨川到县城接事不久,我们两人就具结把刘炳保释出狱,静看裁夺。

这是有生以来第一次上"公堂",面对那位高踞在公案上,脸上可以刮下几两烟灰的司法,真有点不是滋味!刘巨川显然也感觉不痛快,和我一样神态相当倨傲。当叫到保人的名字,并问我们是否愿意承担应有的责任时,我们回答的声音正像吵架一样!乃至引起在场的公务人员大为惊怪。

刘炳入狱的时间不长,又有家属向狱吏塞包袱,为他本人送吃食,因而健康情况如常。这原本清瘦的青年，脸面胖乎乎的，看来比过去丰满了。出狱以后，不几天他就回到花蹟镇去。此后我们是否再见过面，已经记不大清楚了，只记得一年后他就应聘去了重庆，在北碚从事工业建设。

至于那位带起账簿、单据逃跑的陈楠轩，也在刘炳出狱那年冬天在城区露了面。他没有受到官方任何处分，因为他的账目单据证明他没有半个钱的贪污！而他之逃亡，只是为了完成林、罗之流的一项诡计。他的表演可以说很不错，而在茶余酒后，却有不少人嘲笑他充当了一次极不光彩的角色。

这个块头不小，心广体胖的家伙可不在乎有人戳背脊骨，茶馆里照样不时有他的哄笑声。因为尽管已经赋闲在家，但他从不靠工资养活家口。而且，同年冬天，由于林、罗一伙在县行政会议上提议，第一期学员提前结业，团务干部学校也停办了，理由呢，减轻人民负担。因为学校经费来自"粮税附加"。

就本县的改革说，可以说这是个重大挫折。在学员中发展党组织的计划，当然也落空了。这同政治形势的发展存在密切联系，因为它出现在汪蒋合作，南昌"八一起义"以后。而且不止是团干校的问题，团干校停办不久，魏道三就拿了国民党四川临时省委的委任状从成都回来办理党员登记。

这个魏道三，在我筹办安县国民党县党部时曾经于街头宣传中被列为打倒对象之一，叫他作魏洋奴！因为他长期为本城外国传教士讲授中文，来往密切。这种做法当然幼稚，可是这个家伙却非善类，当日因与洋人往还，那副高傲神情不必说了，川西解放之初，他和他儿子还搞过武装叛乱，结果两父子受到人民的镇压！

国民党四川临时省委的书记是向传义（育仁），原来"三三一惨案"就是他奉蒋介石之命，从南京回到重庆后策划的。而所谓党员登记，实质上如广东、上海和武汉进行的"清党"，也就是屠杀共产党人和忠于孙中山三大政策的左派国民党员。因此，一经县府、机关法团承认了他的身份，我就不再去劝学所了，李季荷也辞了职。

30年代，我在上海写的《龚老法团》，就是取材于这次魏道三搞的党员登记，也就是当年所谓"清党"运动在一个边沿地区的反映。主人公则借助于一位姓钟的老先生，不过不少细节又借用其他人士，而他的死亡，也与那次的丑剧串演无关。然而，这次登记后进行选举，确也演过闹剧。

常言说"祸不单行"，团干校的停办，国民党县党部筹备处由魏洋奴接收，虽不能说是祸，然而，从我入党后的抱负和希望讲，不能不说是挫折。而且，就在同年冬天，我又不得不搁下教育局局长的职务，因为路司令做出一项新的规定，教育局长得回避本籍，指定我同彰明的局长对调。

彰明的教育局长叫唐梓才，年长于我。他一到任我赶紧办了交代，可是没有去彰明接替他的工作。原因很多，除开人地生疏，多少有点胆怯，主要是高凌离开安县前我们商定的几位党员发展对象，尚未落实，还得继续进行工作，本县才会有一个名副其实的特支。而我一走，计划就落空了！

我们商定的发展对象有马之祥、王行之、陈之栋和曾学渊。其中王行之年龄最小，只有二十多点，在龙绵师范毕业不到两年，我就聘任他做县督学了，是刘炳介绍给我的。花蹊乡人，父母早去世了，也无产业，而他之能读到中专学校，主要是靠亲友资助。

看来王行之在龙绵师范，就接受了一些进步思想，在我们最初的交谈中，我就感觉他思想相当开朗，对当时一些重大政治问题有一定认识。性情也直爽热情，可以说是我一位得力助手。高凌对他的印象也不错，因而我们把他定为发展对象，经常介绍一些革命书刊给他看。

我曾先后为汶小聘请了好几位省师同学执教，但是只有陈之栋我们进行过考虑。中江县人，出身于农民家庭，性情耿直，生活俭朴，也很关心时事。而更多的是为他留在家乡的妻小发愁，曾经把她和孩子搬到安县经营庄稼。我也试探性地向他谈到过入党问题，但他的反应不很明快。

马之祥老成练达，品学兼优，在安县知识界，乃至一般绅士哥老中都有相当威望。他到汶小较早，但他始终都是推荐别人，如省师的杨叔宜、张光人做校长。思想开阔，也肯探索一些理论问题，我曾介绍他看《新青年》一类书刊，他看后就曾向我就辩证法中量变质变问题扯谈过几次。

每一提到他，照例浮想联翩，不少往事都历历在目，现在只好冷静一点，简单谈谈他的入党问题吧。应该说，高凌对他也相当尊重，我们曾经一道考虑过吸收他入党的问题。可是直到高凌离开安县之后，我才向他征求意见。他回答得很干脆，也相当幽默："好呀！你又不是约我去贪赃枉法哩！"

吸收袁玉章入党的问题，我也曾同高凌研究过。由于他社会地位跟其他几位不同，在我跟他交往时，已经是塔水绅粮、袍界中的头面人物了。思想开朗，行侠好义，文化修养也高，一向很少进城，因为当权的大多是他晚辈。

我是在省师读书时认识他的，当时他以一名团副身份在军官学校进修，我1926年冬从北京回川时，他早已退伍了。我有时去成都或者从成都回安县，都要绕道去塔水住两天，同他议论时事，带些进步刊物给他，而我之敬重他可以说在马之祥之上。

但是，对马我可以无话不说，对他却不同了，老是感觉应该言之成理。这显然由于我同他的关系毕竟没有我同马的关系密切，而且，只要我在家乡，每天都会见面。加之，他的社会地位，也比马高多了，这也使我在彼此接触时格外慎重。因此，高凌离开安县时，我们只商定了王和马的入党问题。

尽管没有向袁玉章谈过入党问题，这年冬天，当川西特委成员邹壁成到安县检查工作，在批评我没有注意在农村中发展党组织后，决定派两位同志到安县搞农民运动时，我建议把基地安排在塔水乡，因为它是靠近彰明、绵竹的一个场镇，主要是有袁玉章这样一位可以信托的人加以照料。

邹一离开安县，我就赶到塔水去了。当时魏道三尚未接管国民党县党部筹备处，袁又在筹委会挂了个名，尽管"四一二"后国内政治形势已经大变，由于僻处川西北角，我却照旧向他大谈其三大政策，说是上级已经确定派人到安县从事农民运动，同时也说明是秘密进行工作，希望他能做出安排，尽力避免发生任何意外。

这事约莫两个月后，魏道三就受西山会议派头目，同时也是"三三一惨案"幕后策划者向育仁的委派，回安县办理党员登记来了。我记得很准确，袁玉章没有进城参加登记。其实，就是上半年筹备会成立那天，他也没有参加，只是来信表示过支持，后来又接受了筹备委员的职称。我一直到向由彰明调来接替我做教育局长的唐梓才办好交代，这才到成都去。本想由塔水，向玉章了解一下那两位同志在那里搞农民运动的进展情况，由于急待解决新的条件下一些具体问题，主要是争取马之祥、王行之的入党问题早日得到解决，就直接经绵竹去了成都。

那时郑慕周在鼓楼街百脚店居住，我在他家里一住下，就立即到梵音寺街找刘尔钰。刘尔钰不在家，我留一个字条就走了。一到鼓楼附近，就碰见一队巡逻部队，前面一个手捧令箭，左右二人则各持一把马刀。这就使市面上露出紧张气氛。

到了郑家，我舅父也刚从外面回来，他告诉我："你知道吗？听说上午三军联合办事处在下莲池枪毙了十多个共产党！"但不知道任何一位的姓名。到了晚上，尔钰来了，我才知道牺牲者大都同我有过接触，为首的是川西特委宣传部部长袁诗尧，在省师教过课；张博诗、石邦集则是同学。

而最叫我震惊的，是我正要向之请示汇报的周尚明，也一道遇难了！尔钰几乎语不成声地告诉我："上星期他还要我去省师吃他种的菜呀！"至于杀害近十位共产党人的借口，则是指控他们煽动省一中同学，将用武力劫夺校长职务的杨廷铨殴打致死。

这次惨案，正是"三三一惨案"策划人国民党四川临时省委负责人、兼三军联合办事处主任向传义出面干的。也不妨说是一次变相的"清党"运动。随后，我还听到一种传说，在被解往所谓法庭的途中，诗尧先生还曾用他那洪亮的嗓音为有的青年人壮胆："不要怕！看他向二娃怎么办！"

而在被武装士兵押解到下莲池枪决的路上，一个就学于省师附属小学、挤在观众中的孩子，队伍一过，立即回家搂着母亲哭道："他们把'哑巴'也抓去枪毙了！"这所谓"哑巴"，是指的尚明同志，因为他多才多艺，省师同学一次演出话剧，他把剧中一位哑巴串演得活灵活现，让观众留下深刻印象。

我说"随后"，准确说，应该是"三五个月之后"。当天，即"二一六"那天夜里，尔钰还告诉过我，前两天深夜，向传义派人到省师、成都大学以及其他中专校按照预先拟定的黑名单搜捕共产党人及一些进步同学的情节。而这些情节，30年代我写那篇反映广汉"兵变"的《恐怖》充分把它们利用上了。

写到这里，我忍不住还要啰唆几句，我写《恐怖》之所以把场景放在成都，而且放在盐边街省师，因为广汉尽管离成都尚有百把华里，它的震动可远比省一中的情况严重得多。同时，驻防成都的有关地方军阀，确也曾派兵搜索过一些中专学校，乃至就地杀戮过共产党人，气氛比"二一六"沉重。

还是回到"二一六"晚上来吧。尔钰在告诉了我武力搜捕情况后，随即向我表示，次日一早，他，还有两三位省师党的外围团体石犀社的成员，都将分别下乡，或在外县隐蔽一个时期。同时也力劝我早日返回安县，因为他相信我早已入党，又同不少进步人士熟识，担心我出问题。

我曾经试图到华阳书报流通处看看，买些新到书报，然后离开成都。结果，我只在我舅父家一间客房里自我禁闭了一天，就一早绕道塔水，奔回安县。而在塔水短暂的停留中，当然也同袁玉章比较慎重地就"二一六惨案"大发感慨，但没有任性发泄。至于那两位搞农运的同志，则已离开塔水。

回到安县，我首先到汶江校，以"二一六惨案"为中心，尽情向马之祥谈了些我在成都的见闻和感愤，而且把我一些存放在他那里的书籍加以清理，对于《向导》《上海大学讲义》一类书则隐藏起来。随即还分别向王行之，乃至一向同我接近、又爱议论时事的熟人提示，要他们注意当前的形势。

我自己呢，尽管已经无公可办，成为一地道的闲人，却是很少坐茶馆了，几乎成天都捂在汶江小学翻阅从县图书馆借的文学书籍。主要是商务出版的共学社翻译的那套旧俄一批世界名著，以及少数进步出版社印行的翻译作品，如，哈莫生的《饥饿》、高尔基的《俄罗斯游记》。我也看理论书，印象较深的，是李霁野翻译的《文学与革命》。这本书是托罗斯基著的，1927年出版后曾经受到鲁迅先生的赞扬，这同我喜欢它有关系。可是十年动乱中，我却为它被扣上"托派"帽子，吃了不少苦头，直到"四人帮"垮台，我获得解放，在结论时还为它同专案组争论很久。

我多半是在马之祥寝室里看书，有时也搬张矮凳，坐在礼堂大门口台阶上看。下课铃一响，就到教师休息室，同教师们天南地北地闲聊，间或还为他们中某一位因病、因事请假的语文、历史教师代几节课。而且，就在从北京回到故乡不久，黄敬之老先生全家也从灌县搬到安县。

黄敬之原籍江苏，于清末民初随同长于文案的丈夫入川，寄寓成都，后来还购置房产，定居。但在滇黔军同川军混战中，房产化为灰烬，丈夫不久也逝世了。而她自己则以教书为业，尽力抚养二男一女。我是在灌县认识她的，那时她是该县县立女学校校长，校址就在我舅父住宅对面，而我舅母又恰好早已认识她了，因之常有往还。

我在省师，尽管张君培逝去前，寒暑假我大都留校，也总要去灌县住几天。随后，寒暑假就都在我舅父家做客，因而同黄老先生及其子女都很熟识。而且，她的长子元裳，在郑的资助下毕业于锦江公学后也到了秀水乡中心校教书；次子元吉在界牌乡做电工；女儿则尚在高小肄业。

敬之先生多才多艺，识见丰富，人们都喜欢同她接近，我当然更不例外。特别由于我在学生时代就认识她了。她在汶小没有寝室，一般都寄寓在同学校仅有一墙之隔的我舅父家里，早晚帮助我舅妈照料我仅有三四岁的表弟，以及为两位已经上学的表妹补课，有时也做点针线。

"二一六惨案"可以说是对我的一个沉重打击，因为牺牲者中大多数同我有深浅不一的革命友谊，为首的袁诗尧甚至是我的老师，而我的入党介绍人周尚明一遇害，我的组织关系就断了。因此"惨案"造成的紧张气氛逐渐消失以后，我就在四五月间，陆续两次到成都找过高凌，那位曾在安县团务干部学校做过政治教员的同志，希望他能同我接上组织关系。首先，是解决马之祥、王行之的入党问题，以便开展工作。

然而出乎意外，头一次，他还向我敷衍、推脱，说刘愿庵同志去了重庆，他也把关系搞掉了！下一次则公开亮出一副逃兵面目，居然声称："我要读书呵！不搞这一套了。"当时他也确乎已经在那所法政专门学校继续肄业。抗战爆发后在成都做过好些年大律师。

50年代初，我在川西文教接管委员会工作时，高凌曾经拜访过我，我可没有理这位旧社会的头面人物。两三年后，我听到一位知情人说，经过减租退押、土改，他当律师刮的财产全丢光了，又没有找到工作，只好在一家茶馆里靠讲评书养家糊口，人也相当衰老！

就在高凌向我表示他已经自动脱党、拒绝同我联系那次，离开成都时，我还邀请了一位省师同班同学一同回安县养病。宜宾人，叫蓝仁辅。我们久已断绝音讯，一天，我在四圣祠医院，即现在的华西医院找同乡尹仁山看病，闲谈当中，作为趣闻，我才知道蓝仁辅正在那里住院疗养。

住院治病，当然不足为奇，更不会有趣，而尹却当作笑话告诉我，蓝患的肺结核，已经在病房里躺了些时候了，可是腰无半文！再三要他出院，他又赖着不走，还"耍横"说："你们开起医院，不就是为人治病吗!?"因为尹已探听到蓝是我省师同学，因而希望我劝说蓝回家疗养，闹下去没有好处！

蓝是以第一名考上省师的，年龄也小，性情纯朴，有点书呆子气。相见之下，一眼就可看出他是肺病患者，消瘦、苍白，只是话语照样干脆利落。而一提起医院，他也照样理直气壮："啥叫济世活人呵？还是三句话不离钱！"他更认为医生诊断错了，他不是肺结核，只是需要静养，可又不愿回家。

最后，我劝他到安县去，说是省师的同学有两三位在那里教书，并对汶江小学做了介绍。于是两天以后，我们就一道离开成都。当我们到达汶小时，他才悄悄告诉我，他的兄长在宜宾搞武装起义牺牲了！他也差点遭到株连，又有病，就赶快溜到了成都。

起初，我以为他是党员，庆幸自己通过他可能接上组织关系。而一追问，他就坦率声明，他只是个同情者，自己照旧但愿能早日回家乡，对文化教育事业用其所长。原来他是宜宾一个乡的中心小学校长。

当我刚好在汶江小学安排好蓝的生活，绵竹武装起义的消息就传开了。接着袁玉章等人捎信给我，邀我前去小住数日。尽管我们一向都谈得来，而且是我心目中发展对象之一，专人来函相邀，过去却没有过。塔水距绵竹较近，组织上曾经通过我派人在那里做过农运，因此感觉这个邀请不大寻常，随即就动身了。

我的预感还比较灵，见面之后，袁就告诉我说，由于内奸告密，绵竹起义不到一天就失败了！起义领导者之一的王干青，已经潜来塔水隐蔽，希望能同我见见面。而在当天傍晚，玉章就派人领我到郊区一户农民家里同王晤谈。那位领路的是玉章的贴心伙伴，我一同王见面，他就出去望风去了。

王干青做过省参议员，北伐军攻克武汉以后，他就奉重庆莲花池省党部，即以杨暗公为首的国民党省党部之命，筹办绵竹国民党县党部。但在"三三一惨案"后，地方豪绅勾结驻军，把县党部捣毁了，还把他关押过一段时间。在他做省参议员时，我还在省师学习，同他见过几面。因为我的英语教师章卓如是他同乡，就在他文庙街一座院子的厢房里住家。

大约有一两个学期，我经常到章老师家里补习英语。这中间，约有两三次光景，王踱进章的书房，可看到章在教我课，就离开了，我们从未交谈。这位白面黄须、身材瘦长的参议员，给我留下的印象相当深，精明能干，衣着华丽。而当我在塔水见到他时，晃眼一看，却完全变样了。

这主要是他衣履一新：蓝布大褂，家常布鞋，活像一位农村私塾老师。而他的神色，使人想起1927年夏天，他在绵竹县县府公堂上同县长王一论辩时的情景。当他谈及起义失败经过时，更加显得慷慨激昂，对于暗中叛变革命的袍哥大爷谭寿五、赵祝三愤恨不已。

我没有猜错，他果然是从邹璧成同志，一位曾经到安县巡视过的党的负责人知道我的政治身份，以及我对玉章的信赖。因为他和邹都是以黎静忠为首"绵竹起义"的"行动委员会"的成员。他是西南路指挥的负责人，起义时同他们不在一起，当然也离开绵竹了。我也扼要谈了谈安县的情形，特别袁玉章之为人，要他安心隐蔽下去，不必匆忙离开。

因为他在潜来塔水时，有一点相当重要，指挥部有两位相当可靠的同志知道他的去向，其中有一位还在塔水做过农民运动。然则，如果他能接上关系，我所急于要解决的问题，也就是同上级接上关系，借以继续开展工作，就不会感觉没依靠了。

　　由于担心暴露目标，返回安县以后，我就很少去塔水了。约莫一月光景，这才忍不住前去看望玉章。而出乎意外，干青刚好由一位知道他的行踪的同志接起走了。玉章告诉我王在塔水病过一次，还相当重，幸而治疗及时，医生也好，没有出现差错。

　　王没有告诉玉章自己到哪里去，也没有托玉章转告我什么话：直到抗战期间，我才向干青问明，离开塔水，他就到双流去了，同李筱亭一道隐蔽了很长一个时期。李老是"三三一惨案"后逃离虎口，隐姓埋名，辗转流亡到双流的，在那里教私塾，人缘很好，十分安全可靠。……

　　这一次的塔水之行，叫人相当失望，回到县城后，就又照旧整天让自己泡在汶江小学，过着刻板生活。别人上课我就尽量看书，教师们一从课堂下来，我就缠着熟人聊天。而这年秋季开学，刘尔钰也到汶小教书来了，更加有了交谈的对手。

　　而且，还有更重要的，我和黄敬之老先生的女儿闹起恋爱来了。她那时叫玉春，不叫玉顺，刚上初中不久。这是秘密！因为年龄相差过大，我又早已婚配，妻子娘家更不简单，不能不随时提防暴露。然而，生活的逻辑就有这么古怪，本来千方百计保密，而揭穿秘密的，却恰恰是我自己！

　　在爱情中陷得愈深，对于共同生活的前景也每每设想得具体、细微。而由于我的处境不同，种种设想给我带来的却不是甜蜜，而是苦恼。这一来，我就忍不住向马之祥揭露了自己的秘密！其实是大吐苦水，乞求援助。我记得，他不动声色地听我倾诉以后，这才指着我笑道："你呀！懂吗？这就叫木匠戴枷！……"

尽管我的诉苦引来嘲笑，接着他却充满同情，冷静分析了我的处境，主要是我舅父和我老丈人李丰庭之间的关系。出于为李雪恨和巩固其在城里袍界的地位，我舅父这才打死陈红苕的，可是后来他们之间却又爆发了矛盾冲突。而为了改善他们的关系，通过谢象仪等人的策划、奔走，我在入冠前就成了李的女婿。

而且，在省师毕业前一年，就结婚了，两年多后还做了父亲。单从这一点谈，就会受到舆论指责，更不要说我舅父，谢象仪他们的反对了！不错，当时纳妾讨小的事并不稀罕，可我同黄玉顺根本就没有做如是想，而且她母亲决不会同意这种安排。

我之苦恼，正因为预感到了诸般困难，但我相当模糊，现在，经过这位良师益友的剖析，我愈益苦恼了。可我并没有知难而退，反而在当年寒假前同玉顺暗订了白首之约。同时拜托我另一位诉苦对象刘尔钰设计，代我请银匠铸造了一枚黄金戒指。它至今还由玉欣长女保存。

然而，尽管恋爱使得我如醉如痴，汶小放假以后，我可又到成都寻觅组织关系去了。因为尔钰推测当时一位姓李的同班同学，可能是个党员，也许他能带我接上关系。此公是本地人，见面之后，才知道他只是省师党的外围组织石犀社社员。但他听到一点信息，张秀熟被捕后，刘愿庵到重庆做省委书记去了。

事有凑巧，在我返回安县途中，就听到红灯教攻打安县县城的消息。回家后，更进一步了解到，24军驻防城区的团长袁如骧被打伤了！这在安县远比绵竹起义震动人心。而汶江小学刚放寒假，我舅父忽然听到一种传闻，说我是红灯教的攻打县城的知情人！而我之前往成都，正是为了避免猜疑。

当时的县长是章鉴益，夏时行已于半年前调离安县。章也是仁寿人，董长安的亲戚，但我素未谋面，也同我的舅父不熟识。而对我妄加猜测的正是他。消息是我舅父一位部下，县农会会长刘俊逸暗中告诉我舅父的，意在要他劝告我谨言慎行。

常言道，“外甥多像舅”。我之遇事容易紧张、激动，显然同郑慕周很相近。特别由于我十五六岁前，约有三五年时间，经常跟他一道到外乡、外县“跑滩”。而在枪杀陈红苕后，由于遭到官府追究，隐蔽在城郊乡村时，为他，我还经常传递消息，运送小型武器。因而刘俊逸前脚一走，他就从汶小找了我去，同时把马老师也请去了。他相当信任马，同时知道我和马交情很深。

我们刚一落座，我舅父就显得激动地谈起来了，一面转述刘俊逸告诉他的信息，一面又对我进行诘问、批评。看来他相信我的解说，我与红灯教攻城的事件完全无关。但他却责怪我：“为什么一定要捂在四川这个鬼旮旯里呢?！我就出去闯嘛!”随又说及刘炳，一位颇有作为的知识分子的不幸遭遇。

直到夹叙夹议的说话告一段落，他就正面提出：最好走出夔门升学。其实，在我交卸了教育局长职务，退出国民党县党部筹备处后，他就提说过了。半个多月前，蓝仁辅离开安县时，更向我提出过尖锐批评，认为我不该就这样在安县混下去!

在我有一次向马之祥诉苦自己困难重重的恋爱时，他曾深为叹息：“依我看么，只有远走高飞，你的事才有办法解决!”不过并没有提出任何具体方案。这天，我舅父的主张立即得到了他的赞赏：“董事长这个话对，到北京、上海去深造吧!”同时我更感觉正中下怀，因为我也考虑过这条出路。

当然，我的考虑纯粹来自解决恋爱问题，充满浪漫情节，制造机会，偕同黄玉颀潜逃外地，隐姓埋名经营个甜蜜的窝窠。可一想到路费和日常生活所需，全部设想立刻告吹！有时也准备用欺诈手段向母亲多搞些钱，可惜这种邪恶想法却更消失得快！而且深感羞惭。

这天，通过我舅父的提示，马老师的补充，我一下真正看到了出路了。于是直截了当向我舅父表示，决定积极准备去上海报考大学。

他听了相当高兴，还说他要向谢象仪建议，让已经免去县立高小校长职务的谢兆华也离开这"猪嫌狗不爱"的地方，一道前去上海，免得一天就登茶馆。

于是，事情就这样决定了，感觉十分愉快，仿佛已经脱离一切苦恼。当我同马相伴离开，准备回到汶小去时，刚一跨出舅父家的大门，他就向我笑道："现在你该不成天唉声叹气啦！"我听罢很开心，认为他的判断正确。但是，这以后，在我动身前去上海之前，却又在思想感情上经历了不少苦闷烦恼！

主要还是玉顾的问题，那时她已经到成都读中学了。我真想一俟从母亲要到大量路费和生活费，路经成都时，就暗中劝她也到上海去考学校。她爱的是音乐，而我的目的，只是去往"南国艺术学院"。可我又拿不定这样做是否妥当?！……担心这一来势将引起我舅父和亲友的反对，一贯溺爱我的母亲，也不会支持我！

比较现实、合理的打算，我当然也考虑过，考上学校后努力学习，争取毕业后能在当地自谋生路，这一来我的行动就自由了。然而，夜长梦多，在这漫长的时日里，玉顾不会受命运作弄吗？尽管我相信她，她母亲品格也高，在当时那乌烟瘴气的社会里，谁能保证不发生意外?！……

在准备行程当中，我照例把我的各式各样想法、顾虑向马倾诉，他总劝我不要想得太多，最可靠的办法还是努力学习，争取将来能在上海或者外地就业。左思右想，确乎也只有这条路可靠了！而能够办到的，只是到达上海以后，不一定投考正规大学，选择一个专科学校肄业。

最初，我公开宣称投考中国公学，随后我照旧决定投考南国艺术学校，因为它年限短，同时我对田汉同志又相当敬仰。我是通过《三叶集》知道他的，《少年中国》上的《诗人与劳动问题》和《吃了智果以后的话》使他成为我心目中文学艺术导师之一。

1987.12

"时代大潮流冲击圈"

1

我是 1929 年初夏出发去上海的，同行的谢兆华外，还有永安乡刘丕承。刘是上一年秋季在成都读完中学的，平常很少交往，因为听说我将到上海去，就相约同行。我记得我们到重庆才住了两三天，就乘平安轮前往宜昌。这是家华商的轮船，设备较差，但是容易买到船票。

不过，虽然缩短了买票的时间，船到万县却被拉了兵差！有什么办法呢。只好住在旅馆里等候。两三天后，每天还得去码头上探听消息，可总是眼睁睁望见"太古"、"怡和"以及日本轮船顺流而下，毫无阻拦！此间，只有一件事叫人高兴了一阵子，一天，无意中在街头碰见了省师一位同学！

这就是蒋世洵，不仅同学，而且同班，年龄比我小两三岁，聪明好学，风度翩翩。他就在成都住家，读通学，经常从家里捎些做法精致的泡菜给我和其他两三位同学，彼此很谈得来。毕业后可音讯断绝了。他原籍富顺，父亲早已过世，主要是靠他一位习性古怪的叔父支持门面，母亲和妹妹操家务。那叔父是个鳏夫，小有名气……

不过，还是积点口德，到此为止，不要罗列旧社会有的所谓名士的行迹了，且说他侄儿当日在万县的情况吧。他在一支地方军队上搞文牍工作，生活习惯已经沾染上不少坏气息了。学生时代，就是遇见生人都会脸红，现在呢，烟、酒、嫖都来！

我们正是在他和两位军爷于那家旅馆同一名暗娼饮酒作乐时碰见的。不过，毕竟本性善良，习染也不深，当我发现他时，立即面有愧色，随后还向我一再解释说：无非是逢场作戏。而自此以后，在我们等候平安轮返回万县期间，几乎每天他都要到旅馆来看望我了。我也经常对他进行劝导。

看来有一点对他颇具有说服力：既然工资微薄，无法养活家口，何不跨出三峡去闯一闯，然后回成都另谋出路呢？我还表示愿意在经济上尽力相助。大约等候了一个来月，当平安轮在强制下完成运兵任务，返回万县时，蒋世洵购买了船票，同我们一道走了。

在几位同伴中，只有我从重庆乘船航行过绝大部分长江，那是1926年去南京，其他同伴都不曾在长江航行过。因而我在他们中可说最活跃了，沿途向他们指点江山，进行说明，哪里是神女峰，哪里是所谓"水八阵"。而且不时不大拘束地与同舱的乘客交谈，探问一些有关情况。

我所主动与之交谈的人，几乎全是些经常航行于长江上的商人和出差的军政干部，他们大都见多识广，消息灵通。

船还未到宜昌，有两三位旅客就谈起湘鄂交界、接近洪湖一些地区红军的活动情形，乃至有关苏区的传闻来了。在宜昌改乘外商轮船后，由于船上有少量外国海军执勤，又将经过红军游击队活动地区，离苏区也更近了，传说就更加多起来。

我记得我第一次出川，从重庆去南京，就坐的外商轮船，当时并没有海军护航。现在，可能正由于要经过一些苏区赤卫队活动的地方，这才配置了一定武力，但也仅仅在于维护船长、轮机手、一般外籍人员和官舱旅客，很少顾及客舱、统舱。

而且，对于客舱、统舱的客人，一般工作人员在查票、维持一定秩序、安排日常生活方面，比过去严格了。态度也不怎么样好，仿佛旅客中不只是有"黄鱼",还可能混杂有共产党人的密探。只有所谓"茶房"照旧对旅客客客气气,跟过去没有什么两样。

甚至这些低级服务员中,有的当一般管理人员不在场时,还悄悄同统舱客人一道摆龙门阵。内容呢,则大多是近一两年,他们在航行中经过城陵矶一带时偶尔出现过的紧张情况,以及过往客商口中流传的,有关苏区的诸多情况……

而当轮船通过城陵矶一带时,旅客们,包括我们在内,全都不免紧张起来,同时充满了好奇心。不少人还蹲到船舱外栏行道,希望出现一点惊人然而新奇的场面。可是我们一无所获,只是轮船显然加强了马力,行驶得更快了!显得有点惊惶。

此后一段航程,没有什么可记述的。只是船到汉口后,正同在宜昌的遭遇一样,船一靠岸,不少旅馆里的外勤人员,就蜂拥而上,叽叽喳喳地劝说你住他们的旅馆。而且不由分说,把你的行李往他们雇定的划子上搬。最后是大敲竹杠……

2

船到上海后,情形当然一样。而更糟的是,我们竟被安排在一座邻近商业区的客栈里,整夜都被那些招留私娼、卖唱的男女青年饮酒作乐声闹得人不安宁!幸而次日我就同肖崇素联系上了,由他兄弟宗英为我们在法界姚神父路新天祥里租到一间前楼。

我们在新天祥里住了不到一个星期,蒋世洵就到南京投考全部公费的"中央政治学校"去了。刘丕承、谢兆华也分别前去投考暨南大学、光华大学,而且都先后考上了。只有我照旧留在原地未动,因为我举棋不定,不知道该怎样安排我的学习。

写到这里,我不由得回想起三位同行者日后的经历,蒋在南京中央政治学校一个短期训练班毕业后,就回川了,随即在一位师长麾下做秘书。由于工作得力,受到长官欣赏,几年后被委派为一个县的天怒人怨的田粮管理局长，获丰厚钱财，置备了产业。我记得，40年代，他还通过我舅父，在我胃溃疡吐血时送过我一笔钱。解放后，我曾探询过他的下落，一位省师同学告诉我，他在减租退押时跳井死了。

谢兆华呢，据我所知，在大学学习期间参加过党，还曾同王莹、唐晴初一批进步人士一道搞过话剧运动，并同一位何姓女教师同居了。直到"一·二八"即淞沪战争爆发，才双双回转安县，而家庭纠纷也随之爆发。因为妻子不必说了，父母也对他十分不满，于是双双离开家园，另谋出路。这个出路很不光彩！因为50年代，我突然得到一封他从一个劳改工厂写来的信，要求我在成都配副眼镜给他。

他也相当坦率地谈了谈他的经历：40年代，他曾做过国民党的县委书记；解放初曾被关押过一个时期，随即被遣往劳改工厂。我仿佛记得这个劳改工厂在南充市。他工作得不错，还受到过表扬。工作也不繁重。他们还经常进行文娱活动。他京戏胡琴拉得好，又能哼唱几句。只是眼睛愈来愈不行了。我记得，我给他配的眼镜，是托川报记者捎给他的。

至于刘丕承呢，一想及他，我总多少有点厌烦情绪。这是个世俗所说的阴心人，老是摆出一副"你倒麻不到我呵！"的模样，仿佛凡事都得提防，否则就会上当。不过却很认真读书，尽管目的是在毕业时名列前茅，对就业十分有利。他在光华大学毕业后似乎还到南京中央政治学院染过一水。而在解放前夕，却又摇身一变，同特务刘桢品一道，在中共脱党分子宋达领导下，组织所谓"北支队"，"解放"安县、北川……

我到上海后对学习犹疑未定，原因说起来也简单，中国公学的校长已经不是我当年钦佩的胡适，两位名教授又到北方去了；南国艺术学院则已停办！还有更重要的：当我正在踌躇不决时，葛乔领着任白戈到新天祥里看我来了。因为葛已经从肖氏尊兄那里知道了我的行踪。

葛乔是我省师的同学，低我两个年级，同学时尽管来往不多，但他同我的入党介绍人周尚明熟识，是"二一六惨案"后流亡到上海来的。当时他也住在西爱咸斯路南国艺术院附近，我有次到肖家，曾去看过他，可他出街去了。尔后才知道，那几天他忙于为死于西牢的任光俊赶办后事。

对于白戈，过去我是连名字也没有听到过。后来才知道原在重庆工作，"三三一惨案"后，暗中进行了一些意图打击反动气焰的活动，举如策动一向靠近党的郭勋祺、李慰如起而反戈一击。没有达到目的，就转移到成都，同周尚明共同领导川西地区团的工作。他也是"二一六"后才流亡到上海的。

应该说，他对我的政治思想情况，远比葛乔了解得多。因而尽管素不相识，那天葛乔领他一道到新天祥里看望我时，葛乔没坐多久，说是因为准备搬迁相当忙，就告辞了，白戈却几乎同我闲聊了大半天。不！不是"闲聊"，是共同缅怀牺牲于"二一六"的同志。

因为遇难的同志，大都跟他在成都一道工作过。而其中周尚明同我的关系前面已讲过，非同寻常；袁诗尧还在省师讲过课算是我的老师，其他如张博诗、石邦榘，都是我省师同学，低我一级，与尚明同班，张是我毕业后才考上高师的。

我同白戈，除开缅怀上述烈士们的革命遗事，及其性格脾胃的特点而外，那天的谈话，更为现实的，是我的学习问题。他当时在招商公学任教，但他把大部分精力、时间却用在钻研社会科学上，同时学习日文，以便能阅读日译马、恩和列宁的著作。

在谈到投考学校的问题时，白戈大为惊怪，随又尽力劝阻，建议我进行自学。而葛乔临走前，甚至采取一种非笑态度嘀咕道："真没想到，您是出来升学！"因为他远比我年轻，个子又小，在校时都叫他"葛小孩子"。可他就没有"升学"，同样进行自学……

而在白戈单独向我谈到这个问题的时候，我可真正动摇起来，最后接受了他的建议。因为他态度诚恳、严肃，又举了不少实例，使人感到他的建议完全出于革命伙伴间的深情厚谊。而且自学的目的也很明确，主要是提高自己的思想政治水平。语气间也流露了争取从事译作的意图。

3

我在新天祥里住了约两个月，就应葛乔之邀，搬到闸北东横滨路景云里去了。同住的还有王义林，年龄比葛乔大，在西爱咸斯路他们就住在一起。王也是在白色恐怖中流亡到上海的，曾经在重庆中法学校肄业，与任白戈既是同乡又是同学。

景云里是个相当大的弄堂，石库门，两座楼，构造比较结实。我们住的是第一排楼房的前楼，是靠南的最末那栋楼房。另一端，是鲁迅先生的居室。这排楼房与其余楼房，每排都分为两段，中间有条相当宽的过道，两端却相距甚远，足足有好几十米！

因此，只有走出弄堂时，我们才能望见鲁迅先生住处的石库门。这是我从喜欢拉点关系的葛乔那听来的。他还告诉过我，陈望道、汪馥泉等文化界人士都住在景云里。这也同他和王义林的组织关系在中华艺大有关，因为艺大就在附近的窦乐安路。

我知道他们有组织关系。因为搬去不久，一天，他们深夜回来，一到家就嘀嘀咕咕，语气有些愤激。而王义林随即将带回的一卷纸头撕碎，又用水浸泡过，随即揉成一团，最后下楼去了，转来时已经两手空空。过了约一星期，葛乔又照样表演了一次。

我忍不住认真向他们问询起来。撕毁的纸头，原来第一次是纪念五一，第二次是纪念五四，组织上分配他们去南京路一般闹市搞"飞行集会"张贴用的标语、散发的传单！而他们在五一、五四那两天，不止销毁了传单、标语，几乎街都没上！

当葛乔以及王义林向我谈到他们销毁组织上要他们散发、张贴纪念伟大节日的标语传单时，不止毫无愧色，还多少显得理直气壮，说是不止他们是这样干，反对这种做法的同志还相当多。因为有不少人在飞行集会时被捕，他们不久前设法安埋了的任光俊就是实例。任光俊是南充人，跟任白戈同宗，是一年前搞飞行集会被抓进牢里后死的！

接着，葛乔还用一种非笑态度向我解释，他前些时候之所以谢绝向我透露组织关系，正是他不愿把我也拖到毫无意义的危险道路上去。并进一步说明，他们之所以专心一意自学，目的正是为了争取将来在思想文化战线上宣传革命。

当时，在大革命失败后，上海的同人书店真如雨后春笋，为数不少。它们的成员大都是从实际战斗中、白色恐怖下撤退下来的革命战士。林伯修（即林国庠）、陈豹影（即启修），还有李达，都各自组织书店，或者是一家书店的主要撰稿人。他们或者翻译，或者著述较有分量的有关辩证唯物主义和历史唯物主义的译著。

十分明显，他们大都希望通过革命书刊宣传革命，同时通过译介、钻研马恩列宁的著作，探索中国革命遭受挫折的原因和争取革命胜利的根本途径。这也因为他们大多对"左倾"盲动主义感到不满或者怀疑。

可能就在那天晚上，葛乔还第一次向我透露了准备组织出版社，以便出版自己译著的马列主义书籍的计划。而在南国艺术学院停办之后，他们之所以搬迁到闸北来，因为这里无异日本租界，而内山书店、本市图书馆和中华艺大都有利于进行自学。

自从这一夜起，不久我也学起日文来了，而且竟然从主观愿望出发，聘请一位从日本留学归国行医的川籍医生，为我解答学习中的疑难问题。我说自己主观，因为我所选读的日文书，过分专业化了，不是一般的日文书，而是日本进步人士从俄文翻译的旧俄的经典著作，车勒内夫的《艺术与社会生活》！因此，刚才麻烦了他两三次，这种徒然浪费时间的请教就停止了。

当然，我对这位医生一直怀着感激之情，不仅因为在请教日文时麻烦了他，而且由于结识了他，以后他曾经义务为我、我的妻子和孩子诊治了两三次重病，就连药费也分文不取。有一次，周扬腿脚浮肿，我记得我还求他去诊治过。不仅不收出诊的高额脉礼，还自贴车费，乃至药费。而他不止对我这样慷慨好义，对其他一些既无固定收入，又因白色恐怖回不了家乡的知识分子，一般都很关顾。而且不止是医疗上的照顾，对于一小部分流亡在上海滩上的青年军人，就在日常生计上他也毫不吝啬，经常帮助他们。因为他自筹经费办了个诊所，家庭人口又少，他有余力支援他们。而他们对他则都很亲切乃至随便。

我曾经在他诊所里看见这样一个场面，一位多少有点调皮的青年知识分子，同两三个熟人来到他的诊所，刚一见面就笑嚷道："今天开张没有呀？割几斤牛肉红烧起来请客吧！"接着就动手翻箱倒柜搜寻！

我还通过一位姓周的艺大同学，王义林追求的对象，到艺大听过两三次夏衍同志的"戏剧概论"，那时他还叫沈端先，我曾经读过他翻译的《伟大十年间的文学》。陈望道是艺大校长。教务长是汪馥泉。

夏衍不必说了，在我的记忆中，创造社、太阳社一些主要成员郑伯奇、冯乃超、沈叶沉等，都在艺大教课。仿佛李初梨从日本回国以后，也在艺大参加过教学工作。这些人大都是"左联"成立前革命文学艺术战线上主要人物。葛乔、王义林主要也是想向他们请教。

我们在东横滨住的时间不短，只是在景云里只住了约两个月，随即搬到靠天通巷较近的一座临街的楼房里去了。不久，我又单独搬迁到附近的荣桂路德恩里。因为三个人住在一起很不方便，不如一个人住亭子间安静得多，这也因为肖崇素已经搬迁到德恩里13号前楼了，彼此有个照顾。

特别我一直没有放弃我到上海以前养成的一种爱好，每天都要读点文学作品，特别19世纪旧俄一些名家如契诃夫及东欧的显克微支、哈默生的作品。我记得，在看了辛酉剧社演出的以袁牧之为主角的《万尼亚舅舅》后，我对契诃夫的作品更是每天都离不得了，乃至能背诵万尼亚的台词。"二一六惨案"后我的情绪一直都没有完全恢复过来，多少有点消沉。崇素自来是搞文学的，这也是我乐于和他接近的原因之一。而在搬到德恩里之前，他也在东横滨路临街那座楼房里住过，还准备搞出版社。搬到德恩里后，他已改变计划，动手筹划出版《摩登月刊》了。周扬当时也住在德恩里，与周立波、刘宜生同住一间前楼。那时，他还叫周起应，刚从日本回国不久。立波呢，叫周绍仪。

　　我同他们并无来往，只是从亭子间的窗口可以望见他们，但凭一个汽油炉子在走廊上备办伙食的活动。可是，因为周扬常到13号前楼找肖崇素，我们也终于认识了。尔后，因为《摩登月刊》创刊号上有一篇他翻译的果尔德所作小说，我还向他为正在积极筹办的辛垦书店要了本《果尔德短篇杰作选》。

　　果尔德是美国约翰礼德俱乐部的主要成员。这本短篇集，后来同任白戈的《依里奇辩证法》，作为辛垦的第一批书出版了。其时，周扬还有立波，早已搬迁，只是交往不深，他们并没有告诉我搬迁到什么地方，我也没有打听。过了很久，才听说周扬已经参加剧联，立波在一家出版社做校对。

4

　　还在东横滨路临街那栋楼房里居住时，成立辛垦书店的计划，就落实了。这是在招商公学革命前辈杨伯恺同志家里决定的，他同任白戈都在那里教书。他于"三三一惨案"后撤离重庆，奔赴武汉。而在所谓"宁汉合流"后，他又在白色恐怖下流亡上海。

　　"三三一惨案"前，他是重庆中法学校的教务长，吴玉章吴老的主要助手，更是为抗议英舰炮轰南京那次群众大会的积极参与者。而任白戈、王义林则是中法学校的同学。杨在营山中学毕业时就参加革命了，随后又到法国勤工俭学，性情耿直，生活简朴，对我们可说是位严师。

我记得，在我随同葛乔、王义林去招商公学同他见面以前，每逢任白戈假日来看望我们，在谈到筹组书店时，他都要转述伯恺同志的叮嘱，要大家认真钻研理论，学习日文，认为这是成立出版社最根本的条件。当我第一次见到他时，他更为强调他这一看法。

伯恺、白戈提了一个名单，我至今还记得准确的只有个肖华清，后来在河南信阳教书。也是"三三一惨案"后在重庆站不住脚的流亡者。此公健谈、诙谐，在风格上与伯恺几乎两样。特别兴致来了，感情澎湃，谈笑风生。他十分赞成筹组书店。而辛垦之第一批书刚一出版，他就从河南寄来两部文稿，说是即以版税入股。一部是他从法文翻译的果戈里小说集，一部是他撰写的杂文集《到名流之路》。这两本书的内容、风格都同我后来所熟知的他的格调相称，可是经过讨论，却都被退还了。

在几位发起人中，谈到股款时，我早就承认过一千元，并自告奋勇，回四川向富有的亲故募集。杨同意葛他们的建议，由我任董事长。而他同任白戈只能承担两三百元股金。不过，他告诉我们，他已经同成都大学联系好了，很快即将去该校任教。当日四川的白色恐怖早已退潮。

而他之去成大任教，主要也是为书店募点股金，而且由于待遇优厚，他自己还可以多存储点钱入股。当时他已从法文译成列宁的《论帝国主义》，还打算译拉法格的《经济决定论》。任白戈表示从日文翻译《依里奇的辩证法》，以葛乔为主，王义林和我，则共同翻译日文本苏联沃尔加主编的《一九二九年的世界经济》……

在几位发起人中，伯恺同志可以说是主脑人物。葛乔在筹备工作中却最积极，这个我们一向私人间叫他作"葛小孩子"的青年人，在事务工作中真有几手，由于他对当时一些所谓同人书店的访问、联系，对于印刷、纸张、发行早已一清二楚。

而正由于他在商议中说得头头是道，大家都推他负责经理工作。

我记得，书店的名称，也可说是他取的，把英文"思想"一词音译为"辛垦"，即表明我们需要辛勤垦植，同时更表明我们办书店是为了宣传革命思想。这次会议后，他就但凭我首先拿出的四五百元，伯恺同志和白戈的几百元，动手租佃房子，同印刷所联系那几种已经决定出版的书……书店租在北四川路北四川里，只有楼下前后堂屋，除开房租和一个店员廖志明的食费，就无其他开支了。

伯恺同志是当年1930年春天回成都的，暑假回到上海。那时辛垦第一批书已经出版，营业不坏，我有时也帮着打包和跑邮局。伯恺同志是来接家小去成都的，同时告诉我们，叶青将到上海参加辛垦，从事著述。当时叶还叫青锋，经常在中华书局的《新中华》上发表文章，有一定影响。我感觉他愿参加辛垦，值得欢迎。而任、葛、王则坚决反对！

原来，青锋就是大革命时期，"马日事变"后在湖南叛变的任卓宣！这一揭露促使我的态度立刻变了，表示决不能与叛徒为伍。伯恺同志当然知道他的底细，也曾表示拒绝。但叶却尽力向伯恺辩诉，因他当日也在"成大"，做校长张澜的私人秘书，并多次为张代笔撰写论文、报告。

叶青当年在《新中华》《成大学报》用青锋的名字以及为张澜代撰的文章、报告，从思想内容论，并不错，曾经得到进步文化界的好评，因此，当伯恺后来向四川省委请示，能否让叶青到上海参加辛垦时，能于得到批准。而在伯恺同志向我们提出这一事实时，大家就让步了。

所谓"让步"，其内容是同意他参加辛垦，但是必须遵守下列条件：首先是深居简出，不能搞政治活动，乃至社会交往。因为北伐前后，认识他的人不少，有些自首变节，有些成了南京政府的高级官僚。其次，全力翻译马列主义的经典著作，不写政治性的文章。

伯恺同意了我们所提条件，很快就回成都去了。大约就在这年初冬，叶青也到了上海。我记得，伴随他到上海的是南充人周绍章，三十岁上下，壮实、红润、矮墩墩的，正跟叶青瘦削苍白形成鲜明对比。我们是在葛、王所住东横滨路临街的一座楼房里的前楼同他见面的，并共进午餐。

会见中，他谈了不少，主要是他在"马日事变"前后的经历，实际是为他的叛变辩解。据他申诉，他一连被捕过两次，还遭过枪决，可是不曾击中要害。一俟入夜，一伙农民群众前去掩埋他，他才说明真相，请求他们把他隐蔽起来，并设法同党联系。

经过组织上请医治疗，创伤很快就愈合了。可是，在那种反动派嚣张一时的年月里，他又被捕了。据他说，治伤期间，他的住处随即成为党的联络站，他曾经力加反对，可没有得到批准，以致又被捕了。意在言外，他之叛党变节，并不全然是他错了。

当时，上海有些小饭馆可以为附近的单身汉承包伙食，每天按时送到家人的住处。饭、菜都有一定规格、分量。但是，只要事先打过招呼，也可以添菜馔，并按人数增加分量。那天葛乔、王义林招待叶青，主要就是这么办的，事先叫饭馆增加了菜。

而在饭后又摆谈一阵，叶青准备回到葛乔为他安排的住处时，他忽然笑问道："今天这顿饭得花多少钱哇？""花不到几个钱！"葛乔回答，随又提出一个微不足道的数字。可都万没料到，叶青接着一面掏出一张法币，一面嘀嘀咕咕算起账来。

原来他不止认为不能白吃，可也不能多付分文。这件事使我们笑谈了很久，加上日后单是他在日常生活上的一些古怪做法，我们私下都叫他老夫子。这里可以举个例子，平常吃肉，他不赞成周绍章或煎或炒，认为浪费时间，坚持同大米一锅熬……

5

叶青到上海不久，农历腊月光景，我就回四川去为辛垦募集股金，同时接黄玉顾到上海实现我们已久的夙愿。因为我当时有个错觉，以为辛垦已经为我提供了一个谋生捷径。

一到成都，我首先就去找黄玉顺。那时候她早已在安县女校高小毕业了，在成都上中学，因为她有三家亲戚在成都住家，家境也好，都乐意照顾她。会见她后，我就把自己的计划告诉她了：在安县完成募股任务后，就一道去上海深造。于是她决定先回安县同她母亲话别。

到成都同玉顺见面后，我就去拜访杨伯恺同志，同他商谈为辛垦募股的问题。他告诉我当时一共只有三个人承认入股，一个是成大同学皮仲和，一个是由成大职员、叶青的总角之交何伯庄介绍的车耀先，还有一位是"成大"高级职员，也可能是教授或讲师。

这位高级职员姓王，曾经留学法国，是个跛子。当何伯庄向我谈及这个跛子时，杨伯恺曾经意味深长地说道："咋不跛呵！才他妈几条枪，就搞武装起义！"经过问询，才知道这位法国留学生在大革命失败前后相当活跃……

这三个人当时虽然承认入股，可都没有提出明确数目，更没有兑现，看来希望不大。可是，伯恺同志却一点不在乎，原来他把希望寄托在陈静珊身上。陈当时同吴景伯、张志和都是割据川西地区的邓锡侯部下三位主要高级将领，声望都相当高。

特别是，正同割据川东，炮制过"三三一"血腥惨案的刘湘、王陵基相反，这三位军官都于改编为"国民革命军"以后真心拥护革命。国共分裂后，他们的部队中还隐蔽有少数共产党员，而且暗中进行活动。

值得一提的是上一年的10月，那些隐蔽在陈静珊防区部队中的我党同志，还在"左倾"机会路线指导下背着他搞过一次武装起义。而由于没有群众基础，很快就失败了！其经过传说很多。据我查证，只有一点比较确切，事变是罗南辉由成都到广汉后，和在当地学校教书的曹获秋发动的。10月一天深夜，曹在学校撞钟，起义就开始了。

至于是怎么失败的，在部队和人民群众中基础薄弱无疑合乎实际。至于具体情节，则其说不一。有的说，由于距离省城太近，成都在起义后震动很大，驻扎成都的部队一出动，少数起义者就瓦解了；有的则说，由于领导人自知难于成事，于撤往绵竹途中在田继尧部队阻击中溃散了。

据我所知，起义爆发时陈本人在成都。当他赶回广汉，他下面一部分平息起义的团营长都主张进行追查，给予惩治，他可尽力劝阻：事过境迁不必追究。以后事情也就平息下来，远不及在成都引起的震动严重。

伯恺同志对陈处理广汉事变的态度评价很高，同时也就他把募股的希望寄托其身上。主要根据就是我也预感到，他将是辛垦一个最大的投资者。至于伯恺是通过什么途径同陈静珊认识的，我没有问。只是有天晚上，我如约随同他一道去拜访陈静珊，向他募股去了。

陈静珊的防区是广汉一带的三个县，但却经常来成都住。我记得，他的公馆就在红星中路，也许现在的四川广播电视台就是它改建的。黑漆大门，没有人站岗放哨。

伯恺显然还不曾向陈提过为辛垦募股的事，因为事先他要我以书店董事长名义去拜望陈，目的则是要得到他的大力支援。而由于已经基本上了解到他的为人和政治倾向，见面不久，我就与他侃侃而谈。

而且，不止是谈辛垦的出版方向、意图，还谈到当前的政治形势，没有多少顾虑。伯恺则不时插一段话，做些解说补充，仿佛是最近我回川向他讨教，要他为书店出版方针、计划出谋划策，这才给予极大关注。

陈的态度十分明快，我才点出正文，他就表示愿意尽力支持。一俟伯恺同志出面补充我的说辞，他更毫不掩饰地赞扬，鼓励伯恺对书店的方针和出版计划多出主意。十分明显，他对作为一位革命前辈、学者，当时又是教授的伯恺相当尊重。

中间，我也谈到一般募股计划，但一开始，陈就一瓢冷水，没能再谈下去。因为我才一提到我的舅父郑慕周，陈就不无自负地笑道：

"他能出多少股哇!"他显然知道我舅父是个早已退位的旅长,财力远不及他雄厚,也没有他进步。但我深感不快。

单凭脾气,当时我真想告诉他,我舅父北伐前曾动员、资助同乡中的青年去广东投考黄埔军校,下野后又捐资兴学、创立图书馆等事迹,给他以反驳。只因场合不同,主要担心会对募股起到破坏作用,我才没有张声,而且伯恺随即把话头岔开了。

陈的气魄确也不小,临走前,他曾一再叮咛我们,最好搞一个书面计划给他,究竟打算出些什么书,需要多少资金。听口气,我们预感到果真遇到一个大股东了,当即满口承认下来,说是年内就送他审阅。

同陈静珊见面三两天后,我就赶回安县去了。有关提供书面计划一事,则由伯恺承担下来,也只有他才能胜任,因为他既能翻译,也能撰写社会科学方面的文章。

回到安县,我照旧住大西街舅父家里,这次更不例外,因为我急于想知道玉顾同敬之先生,也就是我未来的岳母商谈后意见是否一致,也就是是否同意玉顾同我一道去上海深造。

由于老人家早就知道我同玉顾的关系非同寻常,而又从未存在过任何芥蒂。一同玉顾见面,她就告诉我,我们可以如约去上海了。这真令人喜不自胜!可是在同一天夜里,当我向舅父提到为辛垦募集股金的计划时,却十分意外地遭到了挫折!因为我万万没有料到,他老人家一向那样热心文化教育事业,竟然一张口就拒绝入股,简直毫无商量余地。而我立刻理会这是怎么回事了。

原来我去上海之前就料到这一着,还曾经向马之祥请教过。由于我的舅父同我前妻的父亲交情深厚,这门婚事,又是为了消除他们之间存在着的严重误解而缔结的,因之我曾经百般戒备,力求对我同玉顾的恋爱关系保密。没有想到,他已经知道了!而且反响的强烈大大出乎意外!

这主要表现在为辛垦募股的问题上。他不止一张口就回绝了我的请求，而且公开对亲友们打招呼，不要买我的账。这一来使我很快成为一些人茶余酒后的话题。这事弄得我只好成天掮在西河对岸，一面策划及早摆脱困境。玉颀则先到成都去了。

当然，我也并非一无所得，凭着母亲的溺爱，连同股金、生活费用，我也带走一千多元的现款。到成都后，又向老友夏时行（即夏正寅）募集了二百元。此公做安县县长时就表现不错，抗战期间，他对我们党的帮助更加不少，经常让一些同志到他故乡苏码头隐蔽。

其时，学校已经放假，杨伯恺正准备回营山老家探亲。他告诉我，皮仲和、车耀先的股金，在我回安县后，就已经确定了，并也由他汇寄上海。车很热情，不止尽力入股，他还告诉伯恺，他将在祠堂街开设一个书店，代销辛垦的出版物。这就是后来的"我们的书店"。

每一提到此公，我就情不自禁想起他大半生的经历，青少年时期在故乡大邑以做小摊贩谋生，随又被迫当了丘八。而由于凡事认真负责，这个丘八在军阀混战中被跃升为团长。高升不久，可把一条腿葬送了！于是退出行伍，成为基督教徒。

当然，我同他结识时，他早已不是基督教徒了，具有一定进步思想，开始同革命知识分子的交往。同时在祠堂街开设"努力餐"餐馆，以"红烧十景"知名，而到了抗战时期，他已成为相当知名的社会活动家了。

由于当时交通不便，一般去重庆都走所谓小川北，即由成都经遂宁到合川，然后乘汽划子到重庆。据我所知，后来的民生轮船公司，就是从合川重庆之间的汽划子即小轮船起家的，伯恺同志要回营山，这样我们就可以一道去遂宁了，以便再谈谈募股的事。

可是，因为玉颀借住在一个姓梁的家，我们见面不大方便，而又多么渴望朝夕聚首！我没有在成都等伯恺同行就同玉颀提前先去遂宁，但约定在遂宁晤谈。我们大约在遂宁待了两三天，伯恺才同那位姓王的跛子到达遂宁。而在这两三天中，我算度过了一生中最甜蜜的岁月！……

因为时间比较宽裕，伯恺同志更为详尽地谈了谈他那个送给陈静珊的出版计划。同时进一步肯定了陈将大量入股，要我回到上海后将所有这些情形转告给任白戈、葛乔和王义林，要大家把辛垦按计划经营好，还特别强调资金问题算基本解决了，现在是要认真写作、翻译。……

同伯恺同志一道到遂宁的那位曾经被盲动主义夺去一条腿的王某，对筹组出版社相当欣赏，向伯恺表示过愿意参加投资入股和从法文翻译马列著作。因为我同伯恺同志谈话时他也在场，而我保留下来的印象只有一点，他曾经对我和黄玉顺形影不离开了一通玩笑。

我同伯恺，还有那位跛公于会见之次日就分手了，他们去营山、南充，我和玉顺则前往合川。当时，我一位同乡，曾在我舅父部下做过团长的刘俊逸驻防合川，因之，我在合川逗留了一天，为辛垦书店向他募股，然后才乘小汽轮前去重庆。

在重庆，我们无意中会见了康汉英，一位在灌县经营百货生意的商人。他是随同灌县颇有声誉的姚宝珊的儿子姚小珊夫妇同行，都是到上海去。因为我舅父驻防灌县期间就认识康，有些交往。而且，玉顺还是个少女的时候，就同康见过面。

尽管说不上怎么熟识，更谈不上交情，异地相逢，他们又是第一次到十里洋场的上海，因而都庆幸能有人结伴同行。我记得，我们相约乘英商怡和公司的船，直航武汉。启程后，在顺流而下的旅途中，因为已经来回航行过两次，几乎成了导游。

特别是经过城陵矶一带时，我不只向他们指出两岸江山，与同历史景点，还告诉他们两年前经过这带时的所见所闻，也就是有关工农红军、土地革命的众多传说，以及外籍商船的诸种戒备，他们不止对乘客检查得很认真，还配备了一定武装。

尽管正当严冬，武汉这大火炉已经丝毫不令人生畏了，我们可连预定要到交通相当方便的东湖游览的计划，也放弃了，很快就又坐船直航上海。

6

　　因为姚小珊夫妇、康汉英是旅游，还将去杭州、无锡，一到上海，就在一家小公寓住下了。不过他们并未曾前往西川人视为胜地的苏州、杭州游览，约莫半个月后，姚小珊夫妇就又由康汉英伴同回四川了。因为姚小珊得到他家里发出的电报，他父亲，那位以使用现代化设备经营木材生意相当出名的实业家，因脑溢血逝世了。我对此事之所以印象比较深刻，因为由于小珊妻子特别请我去劝慰过她丈夫。

　　当时，我同玉顾早已在闸北安家了，照旧是东横滨路荣桂路德恩里 13 号，不过，不是亭子间，是前楼。因为肖崇素搬到法租界经营摩登剧社，正为演出由雷马克《西部前线无战事》改编的多幕话剧进行准备。葛乔他们则照旧住在附近，可以经常为辛垦的业务问题交换意见。

　　住定以后，我主要忙于为玉顾安排学习。她一向喜欢音乐，因而在崇素弟兄（肖宗英）的推荐下，我们商定了以住上海艺专为当，因为它是刘海粟大师创办的。不过，玉顾刚读了两年中学，艺专一时又不招生，结果只好同一位姓何的乡亲同住，做旁听生。

　　这位姓何的四川同乡，曾在安县一所小学校做过教员，是自费来上海深造的。而在两年以后，同在光华大学肄业的谢兆华一见钟情，成为夫妇。谢兆华也跟我一样，虽然已经结婚，可照样是包办婚姻。当年学生中，由于同类原因而重婚的，相当普遍。

　　玉顾到上海艺专音乐系旁听前，我们曾去杭州住了个多星期，地点是西湖"曲院风荷"附近的"汪社"，离岳坟相当近。我们每天就在岳坟大门外一家小馆里吃包饭。而回到上海后，玉顾就按原计划到艺专学习了，每周星期六回德恩里住一两天。

我在德恩里也是吃包饭，每天按时由包饭做或小饭馆派人送来，逢到星期，就用汽炉子自己做两荤菜加餐。当日通用硬洋，一元可以兑换一元一二辅币，而只需三四角钱就可以吃两样荤菜，有时还是洋奴买办视为下脚货的鸡、鸭和猪内脏。

　　有时也到白俄开设的小饭馆吃一次五角钱一份的罗宋菜，大体是一盘咖喱牛肉，一碗红菜汤，几块面包，少许黄油。有时兴致来了，也喝点沃特加。有的星期天，任白戈从招商公学来看我们，我们也一道去白俄餐馆会餐，或者买些材料自己做饭。

　　这样的生活，比成天厮守在一起好多了。可是，一到初夏，玉颀却生了一场大病，成天食不下咽，可又呕吐不止，夜不能寐，而中药毫无效验。最后，到老靶子路一家私人医院诊察，医生断定她有了小孩，同时身体已经虚弱不堪，因而主张人工堕胎。

　　在我，当然大人的健康第一，玉颀本人则不愿过早抚育子女。因此，经过商酌，我们同意了医院的建议。可是，问题并不简单，呕吐虽已消除，身体却照旧衰弱。而我为看护她，不仅要跑街、做饭，有时晚上还得做些生活琐事，而不久也几乎病倒了。

　　然而，正像俗话讲的"天无绝人之路"，任白戈在了解到这一情况后，主动给了我兄弟般的支援。星期天不说了，碰到某一天没有他的课程或者其他安排，他就从招商公学赶来，替我分担大部分家务劳动，让玉颀尽量早日康复，把我也尽量解脱出来。

　　白戈那种对待同志如亲友的热忱，我真自愧不如。譬如，对于每天早上为倒马桶下楼上楼，就连自己也有点厌恶的杂活，他都会抢着干。跑街备办伙食，更加不用说了。而且，尽管身着西服，他却能坦然把豆腐之类的副食品端在手里拿回家里。

　　我记得，有一次当我和他打从灶披间经过时，适逢我的房东，那位日本老太婆在里面生炉子，而她一眼发现我们，她就一手抓住白戈的膀臂说："您这样的朋友太少见了！"以致弄得白戈有点不知所措，只顾傻笑。此情此景，至今我还印象鲜明。

　　玉顾康复后，就没有再去艺专旁听了，主要嫌路远，得辗转换两次公共租界、法租界的电车才能到菜市路，而且还得步行一两条街。中华艺大倒近，可没有音乐系。因此，只好留下来自学了，不是自学音乐，是学习文学。其实是为我变成了小主妇！……

7

　　1931年初回上海后，尽管为玉顾的学习问题奔忙，占用了不少时间，可是，对于伯恺约我一道去会见陈静珊的经过，我却一住下来就向辛垦几位发起人任白戈、葛乔和王义林交代了。而且不久就接到陈连续汇来两次股款，每次都是一千元。

　　这对直接负责经营书店的葛乔鼓舞最大，更加拼命学日文了。就是王义林也不例外，这家伙居然放胆翻译日本两三位左翼作家有关文艺理论的文章，请中华艺大的留日学者核正后，争取出版。白戈早已译好的《依里奇辩证法》则很快付印了。

　　我呢，可没有再学习日文了。对于妄图编写有关辩证法的计划，也因力不从心束诸高阁。倒是打算学习创作，因为自从夏天与艾芜相逢于横滨桥，特别是这年秋冬之交，他从宝山泗塘桥搬进城和我同住以后，因为有了交谈的对手，创作热情高涨，常谈到深夜，无法自已。

　　我记得，有时候，一向沉默寡言，性情又相当随和的对手，已经累得打起瞌睡来了，我还拍打他的膝盖，溃箱倒匦地哇啦哇啦下去。这也因为早在省师学习期间，他就写作新诗，在昆明、在仰光，乃至回上海后，他都勤于写作，具有一定写作经验，可以教正我的一些设想。

　　当然，艾芜不少时候也发表一些自己对创作的看法和设想。我们的意见，大都是从古今中外的名家和作品出发的，评定其是非得失。而谈得最多的，则是十月革命后苏联的作家和作品，以及“左联”成立前后的一些革命作家和作品。

就艾芜当日已经发表的一些作品看，大多是写他自身的经历，他所结识的劳动人民，南洋的风土人情。但他并不满足，总以为这些人物、题材，都同我们的时代不相称。我呢，也从自己的经历出发，做了些这样那样的创作设想。

若果单从我们的主观愿望说，希望通过小说创作对于时代有所贡献。既然艾芜都感觉他笔下的劳动人民都在"现时代大潮流冲击圈"外，那么，我所熟悉的小资产阶级知识分子，就理所当然地无法实现自己的愿望，而同时却又感觉揭露其弱点也属必要。

这对今天的读者可能需要作点解释，当时的所谓"时代"，是指以湘、鄂、赣的苏维埃政权为中心而言，而全国，共产党所领导的革命群众不用说也属于"时代"这一概念。其对立面则是国民党、南京政府及其各级遍布于国统区的政权、资产阶级、豪绅地主。

而在"四一二"反革命政变，特别南昌"八一起义"以后，继之而来的苏维埃政权的建造，遍及全国的武装起义，更是此伏彼起。我自己就曾经想通过团务干部学校发展举行武装起义的人才，同时还对邻县绵竹武装起义失败后的领导人尽力掩护。

上面讲的，我在追述 20 年代末期的经历时，已经讲过，现在就到此为止，也不重提我流亡到上海的因由和经过了。而我之不禁想起它，只因想说明我为什么那样强烈地希望用自己的创作对"时代"做应有贡献，同时却又感到力不从心！

艾芜和我的情况，主要方面也相差无几。他是因为同"马共"的关系暴露，被新加坡政府驱逐回国的，在到上海途中，还希望能从厦门进入苏区。而由此也可看出，他为什么会认为自己笔下的劳动人民是生活在"时代冲击圈"外，表现他们会缺乏革命性的。

而正是由于上面谈到的一些矛盾，同时我们自己又无法解决，尽管当时反动派对左翼文化人的迫害日益加剧，柔石、殷夫、胡也频、李伟森和冯铿被杀于龙华警备司令部，我们仍然写信向我们素所敬仰、已经成为左翼文化运动旗帜的鲁迅先生请教。

这封信，是艾芜执笔写的，除了向先生诉说我们在短篇小说创作上一些想法和苦恼外，我们还慎重向他提出，我们准备把创作作为终身事业，绝不会像他所说的那一辈略有小名便去而之他的文人，因而他的指示将影响我们终身！同时也指出我们不愿意写那种概念化的作品。

从德恩里到景云里，太近了。信一写好，我们就亲自去先生寓所，投入大门外的信箱里。此后，便日夜猜测着、盼望着先生的指示。幸而这种充满希望、焦灼、烦忧的日子只有十天光景，先生的回信就来了！这封信以小说的题材为中心，对我们做了深刻全面的指示，它不止对我们和当日文学创作、理论批评有重大意义，现在亦然。

我们的信是 1931 年 11 月 29 日写的。先生的回信写于 12 月 25 日，次年 1 月 5 日《十字街头》就将其公之于世。先生在信中向我们指示："选材要严，开掘要深，不可将一点琐屑没意思的事故，便填成一篇，以创作丰富自乐。""现在能写什么，就写什么，不必趋时。""但也不可苟安于这一点，没有改革，以致沉没了自己——也就是消灭了对于时代的助力和贡献。"

这封回信给了我们很大鼓舞，而我们之能于小说创作上坚持半个多世纪，并能置身于进步作家行列，这无疑起过乃至仍将起着决定性作用。特别次年 1 月，我们又每人寄出习作一篇，请先生指正。对于艾芜的《太原船上》，先生认为写得朴实；对于我的《俄国煤油》则指出："顾影自怜，有废名气"。

这一指正真可说一针见血。对于小说主人公的小资产阶级习性加以抨击，自无不可，但我妄图通过他的亭子间生活，来反映中俄复交的大好信息，却暴露出我的概念化倾向。还有，当时我对废名的《桃园》和《竹林的故事》中某些短篇确乎喜爱，自不免受其影响。

先生的指正，我不仅回信表示感谢，从此以后我就很少写知识分子了，转而从报刊以及其他方面，搜求一些有关红军的、苏区的报道和传闻，加以相当严格的筛选，利用我自已尚能把握其性格、生活规律的人物，从不同侧面，不同角度反映土地革命的革命风暴所具有的浩大声势。

一直到 1932 年冬，有关这方面的作品有《法律外的航线》《平平常常的故事》和《码头上》以及次年初的《老人》等。当然，对于先生的指示，并非一下全部理解的，其间有过一个相当长的过程。而且，在得到先生第二次回信时，没有几天，就爆发了"一·二八"战争，而闸北正是日军首先侵占的地区。

8

事变发生的前一天午夜，我们就被炮火声惊醒了。凌晨时候才发觉闸北已经变成日军的前沿阵地。这一来我们也就更加紧张起来，决心赶快搬迁到租界去避难。可是，一个姓黎的四川老太婆的焦灼和诉苦，却使我们失掉了信心！

这位老太婆刚从福建搬到上海不久，和我们算是邻居，特别因为是乡亲的缘故，认识后有些往还。而在事变发生的早晨，她告诉我们，她同她的女儿女婿也想搬到租界居住，天一亮她女婿就到街上探听情况去了，可是一直到现在都没有消息！

老太婆的女婿是福建国民党的宣传部门的干部，老太婆却说他是"做广告的"。后来我那篇《我做广告的表兄的信》，就是取材于老太婆曾经向我谈及的一些情况。那女婿年龄只有三十多点，对于当日政府一些投降主义的做法显然很不满意。而可惜的是，直到我们离开德恩里时他还没有踪影。

在听了老太婆的诉苦后，我们随又去弄堂外探询。因为发现不止街口有日本兵站岗，还有人巡逻时，我们已经决定不要离开东横滨路了，照旧躲在家里。可是上楼不久，就来了任白戈！他是来领我们转移到法租界去的，说是书店已经在吕班路租佃了房子，要我们立刻动身。

我们对他的冒险行动大为惊怪，随即举出我们所了解到的日军戒备森严的情况，以及那位"做广告的表兄"的可能遭遇，而且表示不愿轻举妄动，以免招惹麻烦。同时，还劝他就在德恩里住下来，缓一两天再说。玉顾可以说表示得最坚决。

白戈，或者像当日我们称呼他为乃凡，先是笑嘻嘻地让我陈说利害，一俟我们说完，他可更加满不在乎地笑起来，随即向我们进行解释。主要是追述他从法租界闯到闸北来接我们的经过，从而使我相信，日本军人的蛮横并不可怕，只要我们勇敢而机智，完全可以应付。

由于这位冒险家的陈述具体、详尽，又合情合理，同时感觉留在德恩里吉凶莫卜，我们终于被说服了。于是按照他的嘱咐，三个人：艾芜、玉顾和我，只带了两三件随身用具，就跟随他下楼出发。因为刚才来过一趟，他对敌人安置岗哨情况相当熟悉，我们一气绕过几个从未走过的巷道。

尽管一路蹑足蹑手，可是平安无事。糟糕的是，约莫刻多钟后，刚一拐弯，准备进入一个巷道，一小队日本兵出现了。而一发现我们，那为首的一名日本丘八就端起上了刺刀的步枪，迎向走在最前面的白戈走来。这可把玉顾吓坏了，"乃凡，我们转去吧！"而白戈，也就是乃凡，却用手势和简单日语和日本兵对起话来，最后领我们拐进路边一个弄堂。

我们有点莫名其妙，但也只好随他进去。直到后来我们才弄清楚，原来他诳骗日本兵，说我们只不过走出弄堂看看，既然不准通过，我们回去就是。而在约莫十分钟后，白戈却又领我们走出那个不知其名的弄堂，按照原定路线东拐西绕前进，终于脱离险境。其时已将近中午了。

辛垦书店在法租界临时租的房子只有二楼一个存书间，可已经住了七八位同志了，全是地铺。而我们的被褥则是从族馆里租借的。伙食呢，也是自己采购粮食、菜蔬以及调料，由几位青年在西台煤球灶上烹饪。有时我也去试着做两样菜。一句话，所有饮食起居正跟逃难无异。

当然，这是为了节约，因为谁也猜不准战争会延长多久，是否还会扩大。同时，法租界的房子已经不容易租到了，因为南市、闸北以及其他华界逃难的人，已经把空房租借完了。而由于交通梗阻，粮食，特别蔬菜，市面上已呈紧缺现象。这一切都使人不能不精打细算，省吃俭用地过日子。

从当日全国的政治情势说，二月初，以鲁迅、茅盾为首，上海文化界就连续发表了《上海文化界告世界书》《为日军进攻上海屠杀民众宣言》，呼吁全世界进步人士支持中国人民的正义斗争。全国各省市文化界更纷纷起而响应。而19路军指战员抗击日寇的战斗精神叫人相信，如果不把侵略者赶出我们的神圣国土，战争不会停止！

特别叫人感到振奋的是，日寇炮制的"满洲国"出台后，中华苏维埃中央临时政府发布了《对日作战宣言》！这一来，全国人民的抗战激情更高涨了。可是，国民政府对日的投降主义政策接着来了个大暴露，同侵略者签订了《上海停战协定》！并迫使坚持抗战的19路军开赴福建，进攻苏区。

停战以前，尽管根据各种信息认定战争将会拖延下去，一直持续到把侵略者赶出我们神圣的国土，但是，我们内心却也相当焦急，因为日常生活条件太差劲了！不要说读书、写作，就连大小便都得走好远去公共厕所！而在住处无法固定的苦境下，只好成天寻亲访友。

我记得，当日骚扰最多的是肖华清和陈小航。华清是四川老乡，伯恺、白戈同他都相当熟，心胸开阔，经验丰富，而且健谈，措辞直率幽默，讲起话来滔滔不绝，有时叫人捧腹大笑。譬如，他曾经为我们描绘了一番他同陈觉人结婚时的装束，原本寻常之至，他却自以为十分豪华！……

　　就是在谈到"三三一惨案"爆发后那种严峻的白色恐怖下，他如何乔装成一名算命测字先生，闯过军警设防的层层关卡，逃出虎口，乘船前去武汉的经过时，也不难看出他当时是多么轻松。而那些一贯骄横蛮憨的军警竟然被他作弄得仿佛是呆头呆脑的白痴。

　　能具有这样一种胸怀和风格，原因是多方面的，而他在文学的爱好上也表现得很突出。他特别喜欢旧俄作家果戈里的作品，曾经从英语翻译过果戈里的《五月之夜》。写过一本揭露当日世态和社会象的杂文集《到名流之路》，这是他后来在河南教书时候的副产物。可惜辛垦没有出版。

　　还有一位我们乐于接近、往还也较多的人，这就是最早翻译高尔基的《我的童年》的陈小航。此公也性情豁达，比之华清，名士气相当重，因而他的幽默、讽刺，往往流于滑稽。譬如在谈到时局时，他一高兴起来总爱凭借想象模拟一些大人物的见之报刊的谈话，来发泄自己的愤懑。

　　陈小航是云南人，可能是艾芜介绍我结识他的。建国以后，我们在北京见过好几次面，他已经改名为罗稷南了，勤勤恳恳从事翻译工作。他照旧住在上海。50 年代我在北京作协总会工作期间，他曾到东总布看过我，而由于衣履不整被挡驾了！……

　　当然，我们，主要是我和玉颀之所以常去拜访他们，不止为了尊敬他们，喜欢他们的谈笑风生，更不是为了好多人挤在两间狭小房间里实在闷气，主要是想从他们探听一些有关战争和政治局势的消息。因为他们的社会关系相当多，在当日上海军政界、文教界中都有熟人，信息渠道比我们多。

　　特别华清，19 路军的秘书长徐鸿鸣他就早已相识，因而他对战争发展变化和前途知道得相当及时。我记得，就在战争结束前后，周钦岳因在杨树浦搞工人运动被捕了，立即解往龙华警备司令部法办，情势十分险恶。随后正是由华清通过徐鸿鸣保释出狱的，由此可见他们交情之深。

当然，往还的并不止肖、陈两位，其他由于过从较少，感觉可以记述的情景不多，就只好从略了。除了寻亲访友而外，我同白戈有时也冒险去临近前线的公共租界同华界交接的地段麇望，每每为巡逻的军警、捕房所劝阻。

9

远在向鲁迅先生请教之前，艾芜就在上海报刊上投稿了，《北新》就发表过他的作品。我们联名给鲁迅先生写信时，他还寄了篇题为《伙伴》的短篇给《北斗》，接着还被邀请去参加《北斗》召开的"读者座谈会"，因而也就同左翼作家有了联系。我记得，在我们由德恩里仓促转移后，华蒂，也就是后来的叶以群，还到吕班路找过艾芜。

可能就在淞沪战争期间，艾芜就参加"左联"了。因为我记得较清楚，战争刚一结束，他就将留在德恩里的被褥、衣物，搬往杨树浦工人区，做发展培养工人通讯员的工作去了。我呢，也很快离开上海，偕同黄玉颀前去杭州。这次不是旅游，而是决心坐下来从事小说创作。

当时我有个优越条件，自从陈静珊对辛垦全力支持，源源汇寄股金，我这募捐班董事长，不仅已经没有丝毫募股责任，还可以按生活需要经常提取股款，同时凭着母亲的溺爱还可以向家里伸手。再说，当时生活也相当简单，就拿上海说吧，一个月三十元也尽够了。当然是用硬币。

在杭州，由于房租低廉，每月所费不及上海的五分之一。我们仍然住的"汪社"，房子当然简陋，就像一般中学的宿舍样，一长排，全是单间。它坐北朝南面临西湖，左首与"曲院风荷"仅有一墙之隔，右首则是岳坟。庙门前的广场，多为饭馆、小商贩的店铺，以及一些摊贩，菜蔬、鱼虾都有。

尽管不是旅游，准备长期居住，我们可仍然在岳庙外面那家饭馆里包伙食。每天预先订菜，饭和馒头则吃多少算多少。按时由老板的儿子送到汪社。十天结一次账。当年我每天都要喝上两杯白酒，到杭州后只是偶尔喝一次了，而且已不再是大曲之类的白酒，喝的地道绍酒。

　　由于取得管理人员的同意，我可以使用那间设有汪某的牌位、悬挂着一些楹联的大厅，在那里进行写作。我们吃饭也在那里。这叫其他客人相当羡慕。这些客人包括两位广东青年，二位姓郑的四川人。郑是两兄弟同住，经常同他们来往的还有位老乡，叫刘宇，曾以一部长诗知名。

　　在四位同住的房客中，两位广东青年不久就离去了。郑姓两弟兄住了一个多月，同我们有些来往。哥哥准备到日本留学，出川前就对日语有一些根底，到那位姓刘的作家在杭州的一所中学教语文。刘尚未婚配，常来汪社看望郑，据说正为恋爱问题闹得相当痛苦。不过我们很少接触。

　　而在这个小院里最有意思，我们接触也最多的，莫过于那位看管人员了。这是一个从未见识过的"家庭"。因为不管家务，抑或有关汪社的事务，看来都是那位年近半百但很健旺的妇女做主。而那位岁数同她相近的"丈夫"，一般都在她指挥下活动。

　　一个多月后，我们才从那家饭馆里的工作人员进一步了解到，那女的居孀好几年了，她同那男的是姘居，并未正式结婚。更奇的，那男子原是一名警察，家在金坡，早结婚了。有了姘妇以后，他不止很少回家，乃至连公职也辞去了，就靠姘妇生活。这妇人只有一个女儿，叫珠凤，可说是个孤女。

　　附近一带的邻居，只有一位身材高大、面色红润、举止不凡的中年人，同他们来往密切，经常来摸骨牌。一个偶然机会，他向我吹了一通他早年的阔绰生活。而据事后那位退职警官告诉我，他说的是实情，而他现在却全靠妻子、女儿做些针线过生活，自己照样优哉优哉的。

由于我们在当地没有任何社会关系，日常活动范围也很有限，基本上有所了解可以记述的人物，真太少了。而在四个多月的留寓生活中，只有白戈从上海来探望我们那次，算是唯一的朋辈交往。他是同一位女友来的，仅住了三天。

我们到达杭州的时令，可说正是"杂花生树，群莺乱飞"的暮春天气，因而尽管是决心全力从事创作，争取有个较好收获，我们还是未能忘情于杭州的各个景区景点。何况远在少年时代，就经常听老一辈人常说的口头语"上有天堂，下有苏杭"呢！

可是，才游逛两三天就感觉乏味了。特别在看了那些青洪帮头子垒的武松墓，看了那位犹太富翁在建造的牌坊上，为他那位中国老婆撰写的对联，实在不是滋味！何况这是我第二次来杭州了，什么三潭印月、湖心亭和孤山，乃至西湖以外的龙井、九溪十八涧，都去赏识过了。

因此，很快决心坐下来从事写作，特别有两三篇小说，淞沪战争前夕就构思过，可说已逐段形成了。只要遵循鲁迅先生的指示，写得朴实一点，大体也就行了。另外还有四篇继《俄国煤油》之后写的短篇，我也想照先生的指示做些必要加工，因为它们在文风上也多少有一点废名气。

这几篇小说就是《风波》《醇》《莹儿》和《没有料到的荣誉》。在送习作向先生请教时，我之没有从这四篇中挑选，不仅因为《俄国煤油》是地道的处女作，更因为它的题材涉及当日一个重大政治事件，中苏恢复邦交问题。而这正又是全国文化教育界进步人士所希望的，算得上社会各阶层的热门话。

当然，其他四篇也大多反映了那个年代现实政治社会动向。这也可以说正是我创作历程上的一个特点。这在向鲁迅先生请教的信上，已经说得相当清楚。在这四篇习作中，《没有料到的荣誉》可说最为突出，因为它的主人公竟是一名从故乡革命风暴中流亡到上海的小地主。

反复回忆，在我当年读过的一些文学作品中，反映当日苏区进行土地革命这一划时代创举的，还没有过。而尽管我把那位将近成年的地主少爷，安排在一个都市生活的底层，同一批没有固定职业类似流浪汉的劳动人民一道生活，乃至连房租也拖欠，但却难于引起同情。

正因为这小子毕竟是个地主少爷，经常向其他房客大吹他的家庭在故乡多么阔气，而且放言高论关于九一八事变在全国激起的救亡运动，仿佛他是热爱祖国的先进人物，乃至于把他初到上海时，同一个阔人的姨太太的糜烂生活，也搬出来向房客们炫耀，以显示自己风流儒雅。

可是，包括店老板两夫妇在内，由于他一再申言，他听到同乡传言，他父亲已经在武汉安家了，他们父子取得联系后就可以得到救济。但是，由于店老板的催逼毫无实效，竟连那位好心肠的客人，一再劝他买一支"九一四"，治疗已经上脸、最使大伙讨厌的性病，也无能为力。

的确，其他房客无不讨厌他的恶疾，特别在他沾了口沫去抹擦时无不感到恶心，乃至有人冲着他骂道："是我么，黄浦江又没有盖子呀！"这对他后来投水自杀可能起了相当大的暗示作用。至于留下遗书，诳称他是为唤醒人民爱国热情而死，当然是出于一贯作虚弄假的习性。

我已经回忆不起我是怎样安排这个可笑可耻的结局的，现在看来不够慎重，特别叙述当中有些措辞也不恰当，把它同当日出于民族义愤的表现相提并论。可以说，由于想揭露地主阶级的丑恶习性，我把话说过头了。当然，这同我思想上一些"左"的成分也有关系，力求旗帜鲜明。

可以说，这是一种思想上不成熟的表现，因而我在杭州写的另外一篇同类题材的短篇《平平常常的故事》，多少流露了一些对流亡地主的温情。尽管也有不少地方凭着人物的对话，包括他们自己怀旧、感慨，乃至环境的刻画对他们过去养尊处优，眼前陷于绝境，进行过揭露、嘲讽。

在描写流亡地主的作品中，最可能引起读者同情的是不足十岁的孩子。他正在病中，而且不断怀念故乡，探问，要求早日回到他那大门外有石狮子、房舍宽敞、花园里玫瑰枝条上的蜻蜓的老家。直到收尾，在近于绝望的沉默中，他还突然哭啼起来，望着他的父亲嚷道："嗯，爸！好久回去呢？"

这家人，除开这两父子而外，还有个长期帮忙照料家务，算是亲戚辈的孤寡老姬，而故事正是从她开始的。因为房间隔壁厨房里正在做饭，老太婆因厨师工作粗糙，不禁想到她们家里的厨师吴贵极为出色的烹饪技术。可是，她又猛然记起，吴贵已经在家乡"造反"了！

于是，她又立即哭骂起来："这些该死在桥头下的！"随即去厨房里为孩子喂药。这时，跟随他们一道出来流亡的仆人刘二，正在向厨师责怪自己太傻，不该跟随主人家出来跑滩。而姨娘忍不住又在心里骂了："这些该死在桥头下的！"可是一觉醒来的孩子却又追问起来："婆，究竟好久回去呢？"还很固执，不大相信老太婆的哄骗。

而恰好在这不能自圆其说时，刘二提起药罐来了，随即提出他准备回家去。这对孩子唱"望还乡"而不可得，构成了一个鲜明对比。让读者明确了解，在祖国大地进行的伟大革命的深刻含义：一方面期归不得，一方面可以洒洒脱脱回转故乡。这位劳动人民，还连续出场两次，而每次又是关键时刻。

当那位年轻主人借贷无门，失望而归时，他来了；一位来访的客人正在吹嘘他的长期极度逃亡生活时，他再一次走来向年轻主人辞行。而这最后一次，竟然能使得年轻主人十分激动，高声喧嚷他是多么怀念过去那种吃喝玩乐的生活。而恰好栈房老板又催房租来了，暗示他会下逐客令！

而在突然掩盖过来的近于绝望的沉默中，那个孩子突然哭啼起来嚷叫道："嗯，爸！好久回去呢？"故事就这样结束了。我没有让那年轻父亲交代，因为事情非常明显，除了瞒和骗外，他能说什么呢？而故事也就在小孩子的有家归不得的呼吁中结束了。

10

写到这里，我不禁想起当我将这一两年的习作公之于世后引起的反映：茅公的评介给了我很大鼓舞，使我坚定了终身从事创作的信心；侍桁的批评一般也相当中肯，可惜他大都是从创作方法着眼，很少涉及内容。不错，我当日的确信奉新现实主义的理论，欣赏苏联一些作家的作品。

然而，我之对于反映当日的重大政治事件、社会问题那样执着，同时又只能取材于报刊有关材料，以及传闻，并能勉强敷衍成章，却只有从我自身的经历、思想政治倾向出发，才能做出比较恰当的评价。不过，尽管有所不足，正像我前面提到的侍桁的批评，一般说也还中肯。

譬如，他说我的小说分成片段看，似乎描写得很真实，却没有凝成整体，也就是没有写出一个完整的故事和有性格的人。而招致这种缺点的原因，不外是生活不足，或者在表现方法上出了偏差，也可能两者兼而有之。其实，这种表现方法并不足取。茅公也有微词，表示他不欣赏。

这是我在周扬同志家里看到的，茅公在一张便条上写道："我不喜欢这种印象式的表现方法。"显然出于爱护新生力量，而且认为公式化、概念化的流毒更为严重，因此他在评介我的短篇集《法律外的航线》时，只着重批评了《码头上》。而恰好我自己又喜欢它，认为它寄托了我对苏区的衷心向往。

不只是我，当日要我从《法律外的航线》中选一篇送《北斗》的艾芜，也赞成选它。他随后还告诉我，编委会讨论时丁玲还对作品中的方言俚语作了解释，说是湖南也有这类方言俚语。编委原本决定在《北斗》刊发的，不料《北斗》遭到查封，结果发表于继《北斗》而出版的《文学月报》。

我得承认，尽管在菜市区新天祥里、荣桂路德恩里居住时了解了一些流浪儿童生活，我写《莹儿》，就是由它生发的，不过当我把他们安排在《码头上》时，我却远离实际，凭空为他们渴望到苏区去做了有声有色的描写，仿佛那名叫阿遂的孩子，认真了解苏区社会风尚，特别怎样教养儿童。

当然，就是这点零碎知识也是我在一些难得机会里，暗中探听来的，更不要说那些小流浪人了！因而茅公一举就击中了它的要害，小说前面大部分丝毫看不出什么"革命意识"，一个名叫阿遂的一出场，大家就沉浸在向往苏区的激情中了。他认为这是一个硬扎上去的革命尾巴，毫不可取。

茅公的批评使我受到很大教益，特别他在评介中，在指出《码头上》的重大失着的同时，却对《平平常常的故事》和《法律外的航线》等篇给予赞赏，这使我在比较之下，进一步理解到在创作道路上何去何从。因为这两篇习作尽管在主题思想上都有其共同点，故事情节的安排却都比较合理。

这也因为在不同的条件、原因下，我在30年代有过两次逃难流亡的经验。而《法律外的航线》基本上可以说是我1929年从重庆乘船到武汉的见闻报道，只艺术加工多一些。由此可见，生活确乎是创作的源泉。当然，从所谓印象出发的写法，我还要逐渐理解，我得学会塑造人物形象。

大体说来，我在杭州完成的习作，除开反映苏区、红军的几篇而外，其他是揭露当日南京政府在"攘外必先安内"的幌子下的投降主义政策。《撤退》一篇，更直接把矛头直指"淞沪协定"。尽管它只从前沿阵地一角，战士们的活动场景组成，故事也很简单，更说不上人物塑造，但它语言生动，情节比较集中。

特别我把故事发生的时间安排在停战协定已经签字，而这批由于参加过不少内战，包括被红军俘获后受过教育因而觉悟较高的战士，主动要求出击的时刻，这就使主题更突出了。作为习作，这篇小说之所以取得一定好评，首先应该归功于当日一些进步报刊的战地报道，也同我的经历有关。

《撤退》而外，我同样在杭州写了《汉奸》。它可以说是《撤退》的下篇，因为尽管故事的重心是写一个由于贫困、愚昧做了汉奸的妇女被查获的经过，故事却主要是以一批从淞沪战场上撤退下来的战士之间的几经起落的纠葛而展开的，从而充分表达了对于投降主义的鞭挞，比《撤退》还突出。

《我做广告的表兄的信》是正面描写投降主义者的嘴脸的，虽然不是主犯，是他们的爪牙。故事发生在南中国一个省的首府，时间是东北三省相继沦陷，救亡运动席卷全国的时候。我是借用"一·二八"前夕，我在闸北崇桂路德恩里结识的四川老乡穆老太太，和她女婿一段经历作蓝本的。

当然有不少艺术加工。譬如，作品中幽默尖刻的语调，就不是她那娇客的，故事情节添改更多。那两名日本人引起的骚动，则借用自另一个省会发生的一场纷扰。不过"我的表兄"确经历过，由于日本领事的抗议，他曾经和宣传部的干部、勤杂工，将城里城外，他们自己和群众张贴的反侵略标语彻底加以清除。

从1931年春到1932年秋，我所有的十二篇习作中，人物活动的地盘大都是在上海，其中只有《风波》《酵》和《恐怖》故事开展的基地是四川。《风波》的副标题是"几段乡村生活纪实"，因为它基本上正同《法律外的航线》一样，是我直接了解到的农民在重重压迫剥削下的苦难和抗争。《酵》虽然艺术加工较大，却也不是毫无根据完全来自虚构。

1927年参加革命后，我之全力担任安县团务干部学校的教学工作，目的就在从学员中发现培养农村工作骨干。上级还曾派遣两位同志在一个乡搞过农运。而主人公大圆一家的悲惨遭遇，更是四川农村经常出现的悲剧。因而在其处境的急剧变化愈来愈加困窘，特别又一次在地主更为苛刻的佃约上画押以后，他也终于大彻大悟。

然而，尽管确有根据，认真推敲起来，那个结尾，却也不无勉强，乃至也可说是一个硬扎上去的尾巴。倒是《恐怖》没有附加政治的填充剂，这虽然由于我是在侧面描写革命，特别一次武装起义爆发，一批知识青年面临的白色恐怖，而作品中的大量情节，又是我在那所校园里生活了五年之久的复制品，同时还有"二一六惨案"的深刻感受。

便是现在，只需闭目凝思，那些深夜就寝前，同学们在后园供应热水的炉灶边洗脚谈天的情景，仍然活灵活现；耳际传来城外百花潭筒车的悠长声响。当然，这种为城内部分官绅提供饮料的简陋装置，早已不存在了。但在《恐怖》中我却凭借它增添了压抑气氛。至于那次屠伯们之所以大发淫威，则由于百里外的广汉爆发了武装起义。

1932年我在杭州的写作情况，已经谈得不少，经验而外，还讲了若干它们发表后茅公、侍桁的评介使我获得的教益。这里我只想补充一点，从总的方向说，及时反映当前重大政治社会问题这个出发点，对我说来，可以说是贯彻始终，这也相当自然，因为过去我只热心于社会活动。

我是1932年5月前到杭州的。熬过六七月的酷暑，山光水色重又引来四方旅游者的时节，我却忙着将全部写成的习作进行校对，随即就匆匆离开了，满心争取早日同读者见面。

11

白戈在杭州的三天逗留，已经看过部分习作，对于作品中反映的现实生活，特别方言俚语，相当欣赏。他也赞同我的打算，应该争取早日在辛垦出版。仿佛这是理所当然的事，合伙筹备辛垦的目的，他的《依里奇辩证法》早出版了，便是王义林吧，也出了一本书。

我记得，回到上海，我在里虹桥菜场附近安家后，一天，我们一道去看望杨伯恺同志，白戈就迫不及待地提出印行我的习作问题。因为伯恺从成都回到上海以后，就全权把书店管起来了。书店的经理也不再是葛乔，而是从南充特别找来的张慕韩。因而我的集子是否出版，需要由他点头，尽管我还是董事长。

按照常情，就算是照顾吧，伯恺应该爽爽快快加以支持，但他吃惊之余，竟然吞吞吐吐表示：是否先发表两篇再出书呢？而这正是我心理上一个弱点，不敢相信当日具有权威性的文学刊物能够取录。加之"一·二八"前他回到上海后，我们又为出版《二十世纪》及从四川挑一批青年到上海培训的问题有过争议，因而他的回答更加使我反感。

还有令人更扫兴的，由于认为我的习作写得不错，他也点头称是，说是发表几篇再出书对销路有好处。而我既不愿低声下气求告，也不便当着伯恺诉说我的隐衷，谈话也就含含糊糊结束了。老实说，我对伯恺的慎重是谅解的，他素不怎么喜爱文艺，他总一个劲督促他女儿死记历史、地理的重要章节，却不轻易允许她看场电影。

可是，一俟告辞出来，我立即向白戈倾箱倒匣地大发牢骚，夸说自己对辛垦创办初期所做贡献，现在书店规模日益扩展，我却连出版一本十万字的书都受到排斥！这一来白戈炸了。他也承认伯恺的确对文艺不大重视，但他绝不相信伯恺会拒绝出版我的习作，他们两人有师生之谊，流亡上海后又一道共事多年，断定他一向待人厚道。

最后，白戈甚至准备立即回身转去，请伯恺同志明确做出印行我那本小书的决定。然而一再压抑下来的情绪一经爆发，我已经平静了，多少还为自己的敏感、急躁感到羞惭，因而我阻止他立刻回身转去，以免在我和伯恺之间造成不必要的隔阂。同时却也赞成他缓两天向伯恺说明我的一些想法、要求，争取我的习作集能于早日印行。

我记得，我还要白戈向伯恺表示，为了书店不受亏损，如果书出版后销路太差，我不止不要版税，还可补贴一部分成本。同白戈分手后回到家里，早已和我取得联系的艾芜，恰好把我托他审阅的稿子送还，认为可以出版。而在我向他简略述说了我同杨伯恺商谈的经过后，他也认为选一两篇在文学刊物上发表大有好处，可以考虑。

于是，几经斟酌，我们决定先发表《码头上》，而且，就由他抄一份转给《北斗》。当时，他已交了篇小说《伙伴》给《北斗》了。而《北斗》的主编丁玲已经同他相当熟识。不止热心为我审阅全部文稿，为我介绍稿子，书的封面那帧木刻《码头上》，也是他通过耶林请野风社刻制的。而当天他还提出将我拟定的笔名"沙丁"改为"沙汀"，并从那时起一直沿用至今。

大约就是在这一次，他还告诉我，他同起应即周扬同志也结识了，他们曾经提谈到我。而在伯恺同志分派他从四川带来的一位青年、他的高足刘元圃，拿去我同艾芜已经商定题名为《法律外的航线》的小说集，发排后不久，艾芜就带我去看望周扬去了。是在北四川路上海大戏院对面一个弄堂的楼底客堂间。那是一天下午，在座的有穆木天同志。

我同穆是初次见面，以后也没有多少来往，而他的形象至今还很鲜明：光头、便服、矮而壮实，就像一个煤油桶的样。说话直爽，多少有点口吃。他显然已经在《北斗》编辑部看过《伙伴》和《码头上》。经艾芜介绍后，想不到他会直截了当地宣称，他不喜欢我的作品，晦涩，土话又多，没有艾芜的好！幸而周扬把话题岔开了，他也没有乘兴发挥。

尽管同穆木天第一次偶遇不怎么痛快，打从那一天起，我和周扬的交往却多起来，主要是我去看他，谈些文学方面的问题。当时左翼作家正对"第三种人"苏汶、"自由人"胡秋原，进行批判。有一次，周扬要我写篇文章，后来我大起胆子写了，是用杂文形式写的，周扬看后也相当欣赏。而我满以为会在《十字街头》发表，结果音信俱无。

这篇杂文，我记得是我赠送他《法律外的航线》时交去的。这次他告诉我，《北斗》被迫停刊，我的《码头上》、艾芜的《伙伴》已经转给他所主编的《文学月报》了，他准备下个月，即11月发表。小说集已经出版，《码头上》又即将在左联的刊物上与读者见面，因而相当兴奋！于是决心争取短期内把一篇酝酿已久的小说写出来，向《文学月报》投稿。这篇新作就是《野火》，旨在揭发四川防区制下一场反对苛捐杂税的斗争。我记得，当日在民间流传一副对联："自古未闻粪有税，而今只有屁无捐。"而这场抗争的爆发，则是一位长年为本城居民供应井水的老年打水夫一句话引起的，当税务局长责问他为什么不贴"印花"时，他当着正在议论纷纷的群众嚷道："我看以后拉屎也会要钱。"

这真像狮子吼，因为它立刻使周围的受害者，大批小商小贩大为赞赏地哄笑起来，把我们的局长扔到张皇失措的困境，随即，气急败坏地叫嚷着走掉了，这就更加使得早已心怀不满的群众无所顾虑地爆发出来。可是，正当这些一向安分守己的群众尽情发泄，局长带起几名僚属气势汹汹地把老年打水夫捆绑起来，押到屋里去了。

这其间，一些人溜走了，一些人迟迟疑疑，深深叹息，多数则愤愤不平，跟踪而去。而当老年打水夫被倒吊起来遭鞭打时，人们一齐轰进去了。大家挤破了门窗，挥舞着独凳，以致局长及其伙伴仓皇逃跑。于是人们动手解下倒挂起的老年水夫，为他解去束缚。这时，闻讯赶来的群众越来越多了，而当他们正啧啧赞扬时，一列军队正在开来。

由于构思时间长，题材又取自四川当日的社会现状，情绪也饱满，11月中旬动笔，12月初就校改好了，亲自送给周扬审阅。而他恰好收到茅公评介《法律外的航线》的文章，在他告诉我这个信息时，还让我看了茅随评介文附去的一张便条，它的内容及其给我的启迪，前面我已经讲过了，当然也不再重述他的评介给我的教益。

12

由于茅公的奖掖、鼓励，周扬的支持，充分表达了"左联"培养新生力量的热情，我就更加感觉我的道路选择对了，也就更充满信心。因此当《文学月报》第一卷五六期合刊发表了茅公评价《法律外的航线》文章和《野火》后，我在1933年3月一鼓作气，完成了两个短篇，而且在一定程度上改变了故事情节连贯的不足及忽视人物塑造的缺陷。

一篇题名《战后》，题材是叙述一批农民在军阀混战中避难外乡，战后回转故乡的遭遇：牛和毛驴早就被驻军征收了！连锄头柴刀也都丧失精光，幸而荣老爹还搜寻到一点种子，于是咬咬牙，准备在生活的鞭策下抢播点早春作物。工作的艰苦可想而知，加以大雪纷飞，老头子的怨气也就更大。而正在此刻，一名区公所的公务员闯来了！

另外一位老头儿也已经弄清楚这究竟是怎么一回事。驻防本地的部队即将离防，政府要老百姓捐款送德政匾！"他们打仗打得有功啊！"他大声传播着这一噩讯。于是人们齐声咒骂起来，蜂拥到荣老爹家门口去了。其时那位公务员由于既没有享受到任何招待，连香烟都没捞到一支，被群众的冷言冷语激怒了，于是大发脾气！

然而，这在以往尽管有效，开始，人们确也收敛了一会，但由于他竟然一再遮断荣老爹的哀告，说什么"公事公办！"于是一位老太婆讽刺道："贼不空回，你就塞点啥给他哩！"公务员一下面红耳赤，开口不得。于是群众的冷言冷语立即纷至沓来。那家伙忍无可忍，却又理亏词穷，就打着官腔纵身冲到院坝外去，抓住一位年轻人拳打脚踢起来。出乎意外，他自己却招来更多的拳打脚踢。而故事也就结束于这种惩治贪官污吏的胜利中，没有像《野火》样，暗示群众即将遭到镇压。

《老人》一篇的结尾，情调看来，更加高昂。因为小说的主人公，那位原本十分顽固的老人，一直对儿子嘟嘟囔囔："杂种喝了迷魂汤了!"总以为儿子从事的革命活动是"无法无天的事"。而后分到田地，他也不相信会可靠。

然而，由于反革命围剿几经折腾，他终于醒悟了：当游击队撤退后，丘八们进驻本村时，他还自以为他的估计不差，可是情况逐渐变了。上街办完登记后，当在官们的督促下，丘八们收割他的庄稼时，他更误认为他们同游击队没有区别，直到临近黄昏，由于担心游击队袭击，那位军爷督促丘八加快运走所有稻谷时，这才清醒起来。

他跑到那位军爷面前哀告、恳求去了。但他遭到的却是责骂，恐吓，乃至扬言要干掉他，还搬弄着枪械的机柄。这一来，老人转身就逃跑了。只是并不甘心让他辛辛苦苦种的庄稼就这样丧失罄尽，不时又停下来，回转身呼吁两句。而由于那个同一原因，担心游击队突然袭击，兵们并没有理睬他，乘着暗夜降临之前，把稻谷搬运走了。

我说《老人》的结尾高昂，因为主人公这一夜并没有陷没在下午那一场难于忍受的折腾中，倒是自从革命风暴席卷本地区以来，他第一次亲切地想起儿子，想起儿子所从事的前无古人的事业。而从他的秉性的倔强固执看来，我相信读者很有可能这样设想，通过这次考验，我们的主人公将会跟随儿子踏上一条新生的道路。

写到这里，我不禁想起这两篇作品在当年《文学》连续两期发表后的反映，特别是从反映引起我在创作上一些经历的思索。《战后》从构思和写作过程说，都来自我对故乡现实生活的见闻。而《老人》，则是偶尔为一些报刊的通信报道所打动，从而构思，随即凭一般生活积累，加以充实，没有什么对苏区的直接见闻，就动笔进行写作。

按照常理，《战后》一定优于《老人》。然而，前者在发表后却并未见到什么评介，《老人》却得到了侍桁的赞扬，而且正是在对我1933年以前作品进行评介时提到的，认为是我当日作品中最成功的一篇。至于这篇评介文的其他内容，我在前面已提到过了，这里我还想提一笔，《老人》1937年还由胡风译为日文，发表于日本《改造》杂志。伊罗生的《草鞋脚》也收录了。

平心而论，我自己也一直认为《老人》是我那个时期较为合乎短篇小说标准的习作，情节生动，人物突出，故事也相当完整。而这正由于它几乎全部来自虚构有关，因为既然我自己明白我是在怎样一种情况下经营它的，酝酿、构思特别周到，对于一些重要细节都反复进行过琢磨，写作、修改时的慎重更加不必说了，可以说是字斟句酌。

当然不止由于酝酿到写作都特别谨严，还由于都有这样一种想法，尽管人的处境千差万别，按照年龄、职业，也各不相同，但是，每一类别，都有其共通点，因而有一定规律。而只要通过对生活的观察、体会，同时生活积累多了，就可以设身处地塑造文学作品中的艺术形象，否则我们将无法解释中外古典历史小说获得赞赏的奥秘。

回想起来，当年我之所以千方百计从一些比较平易的角度反映苏区的土地革命，因为我在白色恐怖中失掉了组织关系，流亡上海后又因各种主观原因两三年内仍然游离在上海党组织之外，然而散兵游勇虽然不是列兵，更没有直接参加战斗，但他对于主力部队每一个胜利却都会情不自禁地心向往之，高声歌唱。

当然，我不是自炫《老人》是当日文坛上的杰作，它不过是那两三年我所有习作中较好的一篇而已。当然也不是说，单凭报刊上的通讯、报道、传闻是创作上的不二法门，而根据我多年来的创作经验，认为主要是以自己的生活实践和直接得自社会的见闻为基础进行创作的路子，才是正常的经验，也较有获得成功的可能。三四年以后，两年中的写作经验也证明了这一点。

我是指1935年写的《祖父的故事》和《乡约》而言，前一篇来自青年时期的经历，祖父的原型则是我一位邻居。至于《乡约》以及稍后一两年的《龚老法团》，按人物性格说，几乎接近真人真事，这种写法当然也合乎三四年前鲁迅先生的教导。当然，同《老人》《平平常常的故事》一类作品相比，可能有人以为《乡约》一类作品，在思想倾向上落后了。

老实说，单就题材而言，我自己也有过类似的疑虑，然而，当我重又复习了鲁迅先生的教导后，我的疑虑旋即冰释。因为我对丁跛公、老法团及其所依附的封建性的政体的讽刺揭露相当明确。有的评论家也开始赞赏我的讽刺才能。而这些都足以说明，我所反映的现实生活还是当代革命风暴席卷的对象，并不在"时代冲击圈"外。

可以说，从30年代中期起，我正是沿着这条道路走过来的。40年代，当我定居于四川老家后，我写了半个世纪以来最主要的作品。而30年代末期，尽管我随同八路军在华北敌后抗战烽火中停留了约半年，见闻相当丰富，却也只写了一些散文报道，仅仅在1942年写过一个中篇《闯关》。

也可以说，打从30年代后期起，我逐渐感到，取材于本乡本土，不止人物形象生动，整个作品，还富于乡土气息，从而增强作品的感染力。而在华北敌后我所接触到的，从人物到社会风尚在感情上总难达到水乳交融的地步，存在一层障壁。

13

回想起来，1933年春，可以说是即将步入中年的转折点，首先我同任白戈一道，终于脱离了辛垦书店。打1932年杨伯恺同志从成都返回上海立即开始总揽书店的全部业务以后，我们就在一些重大问题上出现了分歧。应该说我是尊重他的，更不反对他大权独揽，但我感觉他太信任叶青（即任卓宣）了，而对于这个叛徒参加辛垦就有过争议。

伯恺重返上海后，我们一连在几个重大问题上发生过严重分歧：编辑出版《二十世纪》；从四川延揽一批有志于钻研理论问题的青年到上海集中学习，由书店提供日常生活用费，将来在其稿费版税中扣除。而导致最后决裂的，则是在反动派雇佣流氓，捣毁进步电影公司出版单位的文化围剿凶焰中，叶青居然暗中到南京拉关系。

在编辑出版《二十世纪》，延揽一批青年培养两个问题争执中，虽然不无勉强，结果是这样解决的：《二十世纪》决不发表有关当前政治问题的文章，把它办成一个纯理论刊物，而且由陈静珊拿出一笔专款开销，不动用书店资金；同样从四川延揽来的中青年理论研究工作者所有供应，也由陈拨专款解决，而且必须进行政治审查，限定人数。

应该说，我同白戈的让步全出于无奈，因为在辛垦争取到陈静珊的信任和支持后，我这个董事长早已卑微不足道了。任白戈又碍于同杨的师生之谊，不便坚持己见。至于叶青暗中同南京勾勾搭搭一事，起初，伯恺同志也向我提谈过，但我立刻就否决了，表示宁可让书店遭到查封、捣毁，也不能同反动派拉关系。看来当时伯恺不无迟疑，并未做出最后决定，于是谈话也就草草结束。

可是，过了一段时间，早已代替葛乔做了经理的叶青早年的好友张慕韩，一天暗中对白戈说："现在好了，不必担心特务来捣毁书店了！"原因呢，他说叶青已经到南京同周佛海见过面，文化特务朱其华也去看过叶青。当然他也一再叮咛白戈保密，不要传播。而白戈很快就全盘告诉我了！还作了种种或好或坏的推测，仿佛情况不一定就坏下去。

而我呢，真可说是一触即发，白戈刚一讲完他那位南充同乡告诉他的丑闻，我就立刻申言要同辛垦一刀两断！因为十分明显，尽管我还叫董事长，而且是《二十世纪》的挂名主编，实际上我已被当作局外人，因此一再打断白戈的推测，说是不管书店前途如何，叶青是否又一次卖身投靠，我都决定退出辛垦，而且赌气说："这样的话，您要留下来也可以嘛！"

白戈听了，立刻向我解释，说他对叶青这位虽然同姓却并不同宗、同县，在他到辛垦前并不相识，到辛垦后见面机会也少的叛徒并不抱有什么幻想；伯恺同志也断不会听任他拿辛垦去做又一次拍卖的资本，很可能是想利用他同周佛海拉点关系，借以在文化围剿中把辛垦保护下来。因为伯恺曾经向他慨叹过，他后半生决定全力搞好辛垦。

其实，同样表示的话，伯恺也向我说过，鼓励我认真研究社会科学，争取写出有利于中国革命的著作来。因而白戈的解说一完，我也就释然了。然而，尽管相信伯恺将不会随波逐流，听任叶青将辛垦变质，尔后的事实也充分证明了这一点，当时脱离辛垦的决心可也并未动摇。最后，白戈也表示一定与我采取同一步骤，一起脱离辛垦。

我记得，就在我决定脱离辛垦一两天后，周扬同志找我来了。他是很少到我家里来的，一般都是我去看他。果不出我同他见面时第一个预感，他正是有紧迫问题才来的。艾芜在杨树浦被捕了！关押在苏州高等法院拘留所第三监狱。组织上曾经派叶以群、梁文若去探过监，可没有同艾芜联系上。后来通过艾芜暗中传出的信息，他已经改名换姓叫"唐仁"。

这一来，经过研究，大家认为既然怕暴露他的实际身份，由互济会出面营救反而不利，于是决定由我出面聘律师进行辩护，同时带了鲁迅先生捐赠的五十元，作为聘请律师的用费。而除了这件事，周扬还告诉我，他准备介绍我参加"左联"，问我怎样。我当即表示同意，因为参加"左联"，尽管并不等于恢复党的关系，但我感觉政治上较同党靠近了。

我把辛垦书店的内幕，主要叶青的丑事，特别他近期在同南京拉关系，以及我退出辛垦的决定告诉了他。不用说，立即得到他赞同。不过，分手以后，我并没有很快去找伯恺同志表示我的意向，倒是抓紧时间去延聘律师为艾芜进行辩护。当日《申报》《时事新报》每天都可看到延聘律师，律师为企业、事业单位做证的启事，大可作为我的选择资料。

然而，为了切实可靠，我还通过一切渠道，进行咨询，最后才决定聘史良做艾芜的辩护人。因为她的事务所是同当年颇负盛名，又是东吴法学院院长吴经熊组合的，思想作风好，政治上相当进步，而且曾经多次为因思想进步遭到禁锢的人士进行辩护。这些情况不少来自曾经在招商公学工作，社会关系较多的白戈，因而相当可靠。

于是我就直接出面同史良打交道。初次是在她的办公地点，我只向她谈了谈案情的要点。直到我在约定时间到她家里，这才在一定程度上，如实告诉了艾芜的身份，一位青年作家，他在杨树浦、周家渡、曹家渡、梵王渡等处办夜校，无非想让工人有机会学习文化，同时熟悉工人生活，以进行写作，并无任何政治意图、政治活动，公安机关更未抓到罪证。

应当说，当时的政治气氛、社会舆论，对于解决艾芜的问题相当有利，由于反动派的文化围剿越来越引起社会动荡，群情激昂，蔡元培、宋庆龄两位筹组的人权保障大同盟成立了，它聚积了文化科学界的精英，对反动派的倒行逆施进行揭发，借以救援陷于罗网的进步文化界人士。因此史良慨然承担了为艾芜进行昭雪的重任。

因为谈话结束时，她表示将以律师身份，通过法院、公安机关，以及艾芜本人，进一步了解艾芜被捕前后，特别被捕时的情况。因此，三五天后，我又一次去拜访她，以便对案情有更多的了解。原来艾芜是在曹家渡一家纱厂同经常到涟文小学上夜校的工人联系时，被预伏在那里的便衣特务逮捕的。同一天被捕的有四位工人、两位知识分子。

根据长期同司法、公安人员打交道积累的经验，特别反动派对于革命人民宁可错杀千个，不可漏掉一个的原则，史良从法院、公安部门回答她所有问询时提供的情节和口气判断，艾芜的被捕无疑事出偶然，便是其他的人，显然也都来自猜疑。因为他们所说的罪证都不具体，而且没有任何实物，缺乏起诉和判刑的任何根据。

按照常理，情况十分乐观，作为艾芜的辩护人史良也更有把握了，可能不至开庭审判，便可获得自由。不过由于太了解当日司法界，特别公安部门的作风，他们决不服输，还会继续搜罗，乃至捏造罪证。而她果然算猜到了。因为隔不多久，艾芜作为开办夜校的涟文小学校校长周海涛，她的妹子，一个纱厂女工周玉冰，也被捕了。

14

　　大约就在第二次到史良家里，对于艾芜的情况有了较为全面了解，史良进一步表示自己有把握使艾芜获得自由以后，我就找伯恺同志提出辛垦的问题。是我单独去的，不曾约任白戈。伯恺一听到我要离开书店，他立刻炸了！显然由于那两年我很少过问书店的事，他也不大找我，因而猜测我对他有了成见，以为他有意排斥我。

　　于是开始进行解释。应该说，他的解释合情合理，不是敷衍塞责。的确"一·二八"后，他曾要我同他毗邻而居，我可没有同意，到杭州写作去了。回到上海后，又那样执着于文学创作，他又感觉不便于打搅我，有些事没有找我商量。最后，他提出一项建议，要我代替他的职务，负责把书店管起来。可是我立刻表示绝不接受他的建议，非退出辛垦不可！

　　当然我也怀疑他是一片好心。因为实际上总揽书店全部出版发行事宜，并非他的本愿，他一直都想争取全力投入翻译和著作，而且，他很清楚，我的股金早就挪用光了，版税稿费收入不多，花费却比他大。当时经理已经有一笔相当可观的工资，但我怎么能接受他的建议呢，因为我之退出书店，根本在于不愿跟叶青同流合污。

　　由于我态度坚决，没有通融余地，他只向我提出不必操之过急，跟叶青一道谈谈怎样？倘在两年以前，他是不会提这项建议的，现在因为出书最多，《二十世纪》又引起了文教界相当广泛的重视，连名教授李石岑、邓初民都表示钦佩，前者乃至于想同叶青就哲学问题对话，叶青在伯恺同志心目中的地位，也就不大同于过去。我当即同意了。

　　我之同意伯恺的建议，不是在退出辛垦的问题上还有商量余地，是想直接向叶青提出，他到南京干了些什么勾当。在随伯恺一道到他家后，我才知道，那家伙的生活水平已经提高不少，一家住了一个单元的弄堂房子，一楼一底，相当宽敞，周绍章而外，他的兄弟、妹妹，也从南充来了，都未婚配，专门为他料理日常生活。

我是单独随伯恺去的，见面之后，那家伙就对我退出辛垦一事表示惊诧，说是完全出乎他的意料，接着就进行挽留，天花乱坠地大吹辛垦的发展前途，似乎像北新书局、开明书店那样大的排场，都不在他眼里，说得十分庸俗。我实在听不下去了，就切住他，问他到南京去是怎么回事？他显然已经猜到这是我之退出辛垦的原因，于是解释起来。

不错，他解释，可是只字不提他找周佛海的事，说他去南京是为了恋爱，有人介绍了一位中央大学文史系的高才生给他，已经通过好些信了，可是尚未蒙面。会见后，他们已经进一步建立了感情，现在通信更为频繁，主要是讨论治学问题。那家伙真是灵感大发，乃至说出这样的话：他们准备出本《两地书》那样的通信集，就用稿费来办喜事！……

那家伙真越来越狂妄、庸俗，我实在忍不住了，就一蹦跳起来切住他："你真会打算盘！"而在说过几句粗鲁话后，转身便走，毫不管先是嘿嘿嘿发笑，现在又大为惊怪的伯恺同志的一再劝阻，就下楼去了。到得楼下，经过灶坡间时，正在准备午饭的年轻人，叶青的兄弟，惊诧诧地带笑说道："唉，就要吃饭啦！"他的妹子则显得有些目瞪口呆。

我没有理会那两位相当朴实的青年人，就笔直冲出灶坡间了，从此也没有再见到他们和他们的阿哥。不！还见到过一次他们的阿哥，约莫1937年光景，我在八仙桥碰见了刘元圃，他早就奉叶青之命，想方设法约我参加他的婚礼。这家伙果然要同那位中大高才生结婚了，婚礼就在当天举行，地点是八仙桥青年会。出于好奇，我立刻同意了。

我是抱着一种看"把戏"的情趣去的，那天叶青的打扮很不寻常，身着燕尾服，还带上白手套呢！外观极像一位洋场绅士，只是面色苍白，表情呆板，不像他夸夸其谈时那样生动。新娘可比他年轻漂亮多了。证婚人是当日中央研究院一位名流。而婚礼一结束，我就带着一种满意的心情溜了。

打从我同叶青在他家里不欢而散以后，脱离辛垦的决心，也更加坚定了。大约三五天后我就搬离虹口菜场附近，迁往北四川路和司高塔路交界处的四达里。不久，白戈也搬来了。我们都不曾将住址告诉书店，特别在丁玲被捕，周扬担任"左联"党团书记，推荐我做常委会秘书以后，更加保密。

我之被任为"左联"常委会秘书，当然由于政治上得到了周扬的信任，还有，鲁迅先生就住附近的大陆新村，茅公也住得相当近，便于他们来往。我住的是弄堂口一个单元的弄堂间，二房东是广东人，妻子两年前去世了，自己一早到公司上班，得深夜才回来，家里只有一个娘姨照管小孩。

应该说，对于在当日白色恐怖下一个革命组织进行活动来说，我的住处确也相当适宜。"左联"常委会的成员，周扬而外，我只是在中华艺大听过一次鲁迅的讲话，茅盾虽然评介过《法律外的航线》，却从未见过面。在周扬约定的一天上午，茅盾可是到得最早。他开朗健谈，对人十分亲切，想不到初次见面他就能畅所欲言，富有效益地向我谈了不少。

因为我向他提及《追求》《动摇》《幻灭》这三本不倒名作，他向我谈了不少大革命时期，当年他在武汉工作的见闻，特别革命知识分子中流行的新风尚，借以说明他写作三部不倒小说的来由和意图。接着他又鼓励我写中篇小说。而由于我流露出畏难情绪，他更代我设想，可以分成若干短篇来写，使之似各自独立成章，合起来则成为一个中篇。

我记得，他还举出一两本中译本外国小说实例，可惜我已记不清书名了。但在三四年后，我却应良友图书公司之约，按照他的启迪，试图写一个中篇。无如刚才写成两篇《某镇记事》《一个人的出身》，就因预支稿费问题，同《良友》编辑部闹了一点别扭，这个中篇半途搁下来了，可是尽管如此，我偶尔想及这事，总是泛起一片感激之情。

那天，直到茅公的谈话告一段落，鲁迅先生才来。稍顷，周扬和彭慧也来了。彭慧曾留学苏联，年轻漂亮，刚同穆木天结婚不久。她一到场，茅公的话匣子又打开了，就她的新婚打趣起来，竟连鲁迅也忍不住笑起来，而且笑得那样酣畅、亲切。这真大出意外，因为我一向想象他不苟言笑，凡事认真、严肃，从他作品中流露出来的嘲讽也很冷峻！

这天他给我印象最深的还有件事，他抽香烟很多，出于尊敬，有一次，看见他取出烟卷，我忙走过去擦燃火柴，为他点火。而自此以后，每逢吸烟，他总设法回避开我，乃至蹩到天井里燃火抽烟。事情虽小，而由此可见他对旁人的尊重，尽管我是他的后辈。他抽的香烟叫"品海"，以后我也把自己抽的香烟换成了"品海"，这之前是"强盗牌"。

那天常委会的主要议题是讨论如何接待即将前来上海的巴比塞调查团，即"国际反战代表团"，特别怎样配合调查团的活动，加强抗日救亡宣传活动，同时也对可能遭到阻挠、破坏活动进行估计，防患未然。因为由于代表团将在上海召开国际反战会议，揭露日本侵占热河后妄图进一步侵占华北，制造第二个满洲国的阴谋。

会议不仅将揭露日本的阴谋，还将揭露过去所谓李顿调查团所作调查报告含有伙同日本，由欧美帝国主义瓜分中国的意图。同时还要揭穿"国际联盟"扰攘不休的什么裁减军备，召开和平会议的欺骗伎俩，这不仅使在国际保卫和平会议主席团成员宋庆龄主持下的筹备工作已经受到南京公共租界工部的干扰，势将进一步遭到破坏！

配合代表团的活动，加强抗日救亡运动，揭露南京政府侈谈攘外必先安内的反动实质，鼓动群众踊跃参加即将举行的国际反战同盟的大会。其次，以鲁迅先生为首由文总以下各协会，并广泛争取进步文化界知名人士，共同签名发表欢迎调查团的宣言，于调查团到达上海时散发。应该说明，调查团的全部任务，讨论中并未全面论及。

当然，也没有谁提到过宋庆龄是筹备欢迎、接待代表团的负责人，更不知在她指导下进行筹备工作的是文总下面各协会的成员，直到8月间和我同住一个弄堂，社联负责人的张耀华同志被捕后，才逐渐弄清楚，而且知道他还是各协会成员参加筹备工作的主要人物。他是代表团到达上海前一天被捕的，同一天还在家里逮捕了四位同志。

15

就在张耀华被捕那天，八九点钟光景，同样住在四达里的任白戈领起严孝宽（严毅）来看我，随即邀约我同黄玉顾一道去看电影，然后请我们到他那里吃午饭。他的二房东是福建人，经营副食品，同时承包一些单身汉的伙食。其所贩卖的泡菜，还有烟熏鱼肉最可口了，我们也常去买来下酒。可是，由于我正动手写《有才叔》，只有玉顾应邀去了。

而且，看完电影，玉顾就回家了，没有去吃白戈二房东的福建菜，因为她要为我备办午饭。由于写作相当顺畅，进餐时我喝了两杯白干，多少有一点醺醺然。但是饭后照旧帮着洗刷完了碗筷，这才上床午休。一直到3点才起床，于是一面抽烟，一面审阅上午写的千把字，觉得大体不差，一俟完篇，再拉通认真进行一些必要加工，大体也就行了。

可是正当我准备继续写下去时，起应即周扬来了，他神色多少有点紧张，并不接受我的邀请，坐下来叙谈，就用紧凑低沉的语言告诉我，张耀华上午被上海公安局逮捕了！他的住房楼下还有警察、特务巡逻，显然还将继续行动，劝我们提上常委会的档案，赶紧撤离。交代完毕，他就匆匆离开走了。但约一点钟后，他又来了，多少有点张皇。

其时，我们正在收拾少许随身携带的用具，常委会的会议记录，以及一些准备在内部刊物用的稿件，其中有一篇前不久被捕的丁玲的题为《不是情书》的散文，则已经一起由黄玉顺贴身藏起来了。而起应一来却又催促我们赶快动身，说是弄堂内外警察、特务更多了！而且又搜捕人了！……

他话一落音，我就忍不住压低嗓音向他嚷道："你还跑来干什么嘛！我们就要走了！"玉顺也跺脚劝他赶快离开。因为我们都知道他远比我们重要，出了差错将会付出重大代价。而这一带又是越界筑路地区，反动派对于共产党人特别残酷，更何况他又是文委成员兼"左联"党团书记呢！幸而我们一嚷叫他就车身走了，我们也很快离开家门。

锁上门，走进弄堂一看，的确里里外外都有公安局的人员和特务。我们没有发现周扬，显然已经离开四达里了。进入租界以后，我们在老靶子路附近一家小旅馆租了一个房间。而在住下之后，我们才又想及住在四达里那家福建人开设的杂货店楼上的任白戈和严毅。当周扬要我们转移时也考虑过，现在可又情不自禁地担心起来。

在转移之前，我们对白戈、严毅是这样设想的，白戈从济南二师韩复榘魔掌下逃回上海后，尚未接上组织关系，也还没有加入"左联"；严毅则是商船学校学生，因而感觉他们不会发生什么问题。现在可又重新考虑起他们的安全问题来了。不过最后仍旧以为他们不会出什么问题。而尽管如此，我们既然是转移了，就得让白戈知道才是。

经过商议，最后我们决定马上去租房子，当夜就由玉顺到四达里搬迁。同时告诉白戈我们的新住址。并且希望能在我们原来居住过的法界新姚神父路新天祥里租房子，最好还是能住在原先那个二房东家里。事有凑巧，我们原住的那个单元的前楼一位房客恰好搬走，我们算是碰上了一个难得的机会，我们立刻把房子租下来了。

随即又向房东借来工具，把屋子里垃圾打扫了一下，就又回旅馆去，准备吃过晚饭后去四达里搬家。当然由玉顺去，她既不是"左联"盟员，更非党员，何况家里已经没有任何可供特务们罗织诬陷罪名的文件和印刷品了，当然由她去没有多少危险。当时搬次家真也简便，家具不多，卧具、餐具有限，此外就是书籍，只需两架黄包车就把一个家搬走了。

吃过饭，一直挨到黄昏时候，我同玉顺约定，她去四达里，我呢，就回新天祥里，希望她争取三点钟后完成任务。分手时我还再三叮咛。三点钟，至多三点半钟以后，无论如何，她得赶到新天祥里，以免我牵肠挂肚，担心她出问题。因为在那个年代，一个知识青年被陷害真也寻常之至。幸而刚好三小时过一点，我就在新天祥里弄堂外等到她了！

而且不止她一个人，还有严毅。黄包车呢，则是三辆。严毅一发现我，立刻跳下车奔到我面前，踮起脚，把头伸到我耳际小声惊叫："白戈出问题了！"而玉顺却紧接着大声嚷道："赶快把东西搬上楼慢慢说吧！"幸亏她招呼打得快，否则我将惊叫出来，连声追问，因为我已经领会到严毅所谓出问题是怎么一回事了，来不及理会到当时还得保密。

好在他们雇了三架黄包车，人多手快，不到一个钟头，行李就全部搬上楼了。定下，掩好房门，我就急急忙忙追问起来，也不动手帮玉顺安排零乱的一部分比较轻便的家具。对于白戈被捕经过，严毅谈得相当详细，同时还对他讲述的情节进行分析、推测。而他主要的判断是，如果白戈没有那样多的马列主义书籍，且有职业，不会被捕。

我大体同意严毅的看法，因为严毅本人之所以经过盘查就让他走掉了，正是因为他是佩有校徽，又不曾在身上搜查出任何"罪证"的商船学校学生。可以说，听了他的讲述、分析和论证，我的担心减轻不少，因为十分明显，反动派并不是根据事先拟定的黑名单要逮捕的。因此，只需延请律师为他进行辩护，肯定很快就会恢复自由。

于是次日上午，忙匆匆吃了点油条烧饼，我就到辣斐德路辣斐坊史良家里去了，因为我估计她还不会去设在公共租界的律师事务所。果然我没猜错，她正在用早餐。我等了约一刻钟，她就到会客室来了。

由于她受我之托，承担了为艾芜辩护的重任，我同她已经有过多次接触，相当熟识，因而一见面我就向她提出为白戈做辩护人。

随即根据严毅经过分析、论证的白戈被捕经过描述起来。她听得很认真，最后提出几个关键性的情节要我重述一遍，随又提出一些疑难要我解答。最后。还要我认真回答两个问题，白戈是否真的没有参加欢迎巴比塞调查团的筹备工作？这是一；其次，他的住址是否有足以引起猜疑——被认为非法的宣传品，乃至共产党的秘密文件？

我当然坚持自己的判断："绝对没有！"于是她推测公安部门可能尚未将人送将法院立案，只关押在本单位待审查后再作处理。这就需要了解情况后才能商定营救步骤，并约我次日下午到她事务所听她探问到的消息。熬过又一个无眠之夜，以及次日一个上午，下午我又抢前一步赶往吴经熊史良大律师办公室去了，坐候史良前往上班。

结果大出望外！因为这位具有进步思想，一贯同情反动统治下所谓政治犯的大律师告诉我，经过查询，白戈的被捕的确由于承办人把门牌号码弄错了，除却一些中、日文马列主义书籍，也未搜查出其他货真价实的罪证。因而她建议趁着经办人还未上报赶快把人保释，并自愿介绍法工部局一位同公安局关系不错的翻译去交涉。

为了坚定我的信心，她还举出一个实例说，贺龙的一位亲属不久前被捕了，也因为没有罪证，就是这位翻译保释的。只是作为报偿，估计得赠送一千元酬劳。我存储不多，稿费收入有限，辛垦的股款早就挪用完了！一千元对我说来是笔巨款，数字之大真也吓人！但我心一横，立刻承认下来。因为营救白戈毕竟是一件义不容辞的大事。

16

告别史良以后，我首先想到的是周扬。我一租定新天祥里的房子，就同他取得了联系。并由他决定，既已离开闸北，我就不担任常委会秘书了，改做小说散文组组长，组员暂时只有杨刚。而我当时之总先想到他，因为他是"左联"党团书记，我可以求他转请互济会解决。然而，经过推敲，我却又打消了它。

因为既就我们自身的条件说，也不现实！最后，只好决定去找杨伯恺了。而我之没有首先考虑他，因为自从我同白戈离开辛垦以后，尽管由于有师生之谊，又同是"三三一惨案"的幸存者，白戈偶尔还同他有往还，我呢，即或有时在街头相遇，也都赶快车开，因为我对他的迁就叶青非常反感，而且认为他存心排斥辛垦所有的发起人！然而，为了营救白戈，我也只好去附就他了。

当然也还有其他因由，伯恺一贯反对挪用公款，有时出于生活紧迫，我退一部分股金开销，他都不以为然。现在要他点头从书店拿出一千元来，他会同意？除开白戈三百元股款，其余由书店借支。于是我带起支票立刻去见史良，恳求她立刻去拜托那位翻译。十分担心拖久了会节外生枝。

而在几天后，白戈终于被那位翻译保释了！不过这几天也并不好挨。幸喜在我会见史良的下一天，杨刚就来同我联系，彼此闲谈了三四个钟头。也算是第一次小说散文组座谈吧，我们对《现代》上一篇历史小说《西奈山》进行了研讨。作者刘宇，三年前曾以诗歌创作进入文坛。对于《西奈山》，我们比较一致的看法是，作者似在影射红军长征。

在这次谈话中，我还了解到，巴比塞代表团已经如期到达上海。而且，尽管中外反对派竭尽全力阻挠、破坏，由宋庆龄主持的欢迎大会，在代表团到达外滩时也照样举行了！《中国论坛》《大美晚报》都有比较详尽的报道！《中国论坛》还刊发了鲁迅、茅盾、田汉等签名的《欢迎反战大会国际代表团的宣言》。它曾经由常委会在我家进行过讨论。

从四达里转移后，我已经两三天没有看报纸了！于是，谈话一结束，我就同她一道下楼，上街订了报纸，并从一个报贩搜求到一份18号的《大美晚报》。这一来，我对以宋庆龄为首的百余名代表欢迎巴比塞代表团的情况，了解得更多了：当法国安特里本号邮船靠拢招商局码头时，鞭炮齐鸣，在工人、青年高高举起的旗帜下，有人致辞，接着是高响入云的表示欢迎的口号声。马荣、伐杨·古久烈等外宾上岸登车后，口号声更加响亮，群众还随车游行，高声歌唱，沿途散发中文、外文传单。报纸虽未说明，不过可以想象，一直存心阻挠、破坏举行欢迎代表团的中外反动派的爪牙，无疑都在现场，而由于群众并无任何违犯警章的行动，他们也就只好规规矩矩充当观众，没有乱来！

这个记述真叫人感觉痛快！而且连下一天会见史良时，更加精神焕发，欢快无已，因为白戈当天就可重获自由。同时，史良已经得到苏州法院通知，一星期以后，她可前去苏州出庭，为保释艾芜进行辩护。而我则需设法在苏州找一位殷实铺保，此外就是二十元出庭费。这两件事我都立刻承担下来，二十元不多，铺保问题我可以找李季高！

李由于是南充人，又同杨伯恺有师生之谊，辛垦南充人又最多，而同白戈更是"偏毛根朋友"，因此经常从他那位在苏州当寓公的舅父家到上海来玩。李身材高大，性情和善，对于烹饪有相当研究，喜欢代你做两份菜，表现一番。而最有趣的是，他经常在荷包里藏一瓶"天厨味精"，往往于菜馔起锅后悄悄放些加味，不愿让人发觉！……

就在从史良办事处回来的当天下午，白戈就从辛垦书店探问到我的住址，到新天祥里来了。但凭他的脾胃，加之出乎意料地获得自由，一见面，他就兴高采烈地畅谈他的被捕，主要那位法工部局翻译保释他的经过，像讲趣味逸事那样。他说："把我一带到局长的办公室，那位翻译，就冲着我嚷开了：'你老是成天价东跑西跑，只因好玩！这次居然好几天不回家！把姑妈急得来团团转，四处打听！'因为我显得懵里懵懂，莫名其妙，那位翻译更加生气地嚷叫起来：'你瞪住我做什么？还不赶快跟我走吗！'随即向那位局长致谢，就领起我走掉了。"说罢就又放声大笑。而当我告诉他，为演出这一幕可花了一千元！他也不大在乎，说："管他的呵！翻译一本书就把这笔账还清了！"这个想法当然不错，因为如果不及时出钱赎买，后果很难设想！……

等到彼此的情绪平静，我才又提及一星期后，史良将去苏州出庭保释艾芜的事，要他写封信给李季高，让他转请他舅父在当地找一位殷实商号做保证人的信，由我带上，随史良前去苏州。因为白戈刚从上海公安局释放出来，不宜于去苏州。而白戈听罢则立刻表示反对，认为我当日已是逐渐知名的左翼作家，出了岔子情况将会更加险恶！

他还进一步说服我，他同艾芜都尚未结婚，关他三几个月牵涉不大。我可是不同了！意在言外，万一出事，玉顾势将难于承受！而玉顾本人呢，虽然默不一语，但从神情可以看出她的情绪不很平静。于是我只好接受了白戈的劝阻，随又一再叮咛，他随史良一到苏州，就赶快找李季高，带他去结识一下史良，然后提前独自返回上海。

最后是商量为艾芜安排住处，白戈本人搬迁的事。我们都认为他不能再在四达里住下去了！而且得赶快转移。大约就在下一天，白戈就在沪西迈尔西艾路金龙洗染店租到一间前楼，准备同艾芜住在一起。白戈家具齐全，只需为艾芜添置一张单人床、一个书桌、一把藤椅、一套被褥，就行了。此外就是为他备办了一点"伯拉托"一类补药。

为了彼此便于常来常往，我也在迈尔西艾路口的恒平路恒平里租了一个前楼，把家搬了。搬家以后，在白戈去苏州的前一天，我领他去见史良，并送去出庭费。大约时隔不久，一天的晚上，白戈就领起艾芜返回上海。正同白戈获得自由后初次见面一样，艾芜也向我、白戈和玉顾畅谈他被捕的经过、狱中身经目击的情形，只是情绪相当平静。

同他一起被捕的，前后五六人，其中有两位妇女，周海涛及其妹周玉冰。周海涛是小学教师，对艾芜能在曹家渡开展培养工人通讯员工作，帮助很大。不幸在苏州第三监狱因患伤寒不治逝世！在他谈到这位进步妇女时，声调有些悲哽。他为我们讲述另一位进步青年知识分子的情节，给我的印象也深，虽然这个青年同他毫无牵连。

艾芜刚进牢房，这位判刑不过两天的青年人，神经显然已开始失常了，因为他不时捶胸哭嚷道："'到光明之路'——三年！"原来他是为参加一出进步话剧《到光明之路》的演出，被反动派逮捕的，而且只逮捕了他一个人。因为那个邀请他参加演出的旅行剧团已经返回了上海。如果有律师为他辩护，这个青年人也许不会被判处徒刑，遭到长达三年的折磨吧。

同公安部门给他定的罪名一样，艾芜也被指控为"违害民国罪"。而当日艾芜在文学界的知名度，比之我大多了，但他在曹家渡用的却是另一个名字"唐仁"！而且被捕后尽力避免暴露他的身份。在互济会聘请律师为他辩护，前去找他提供情况，叫喊"艾芜"这个笔名时，他也能沉住气一声不吭。只是暗中通知穆木天他已改名"唐仁"。

当然，其他几位同犯能为他保密，这也非常重要。因而史良凭着她的声望、辩才，使艾芜能较快获得自由。其他几位难友，也先后被保释出狱了。

不久，我还进一步从白戈那里了解到，那位病逝于狱中的学校负责人周海涛的妹妹周玉冰也出狱了，是她一位在南京中央大学做事的阿哥保释的，现在已经同艾芜书札往还。而更为重要的是，艾芜同周玉冰的关系很不寻常，他俩被捕前就已经酝酿过要结婚了！他们在通信中显然也提到过结婚的事，只是女方不肯到上海来，艾芜又不能到南京去，以致十分苦恼。

17

艾芜一向是不轻易外露思想的，现在竟然会向白戈诉苦，他的心情可想而知。因念他比我大半岁，而玉顾已怀有身孕，我们就要有孩子了，他却尚未结婚。经过一个失眠之夜，次日，我同玉顾反复商量，决定由我去南京劝说周玉冰来上海。因为艾芜固然不能去，白戈呢，他被捕过，又刚去过一趟苏州。我去比较恰当，因为我还没有出过什么问题。艾芜回到上海前夕，尽管我参加过文化界欢迎"国际反战会议代表团"的茶会，会场上出现过一些巡捕、特务，但我毕竟不是引人注视的人物，也没有暴露自己的政治面目。

加之那天，比较知名、一向就受到反动派嫉视的左翼文艺界负责同志，都不曾以茶会主人身份出席。周扬陪伐杨·古久烈参观晓庄师范去了；田汉由于暗探、特务那样触目，来了一趟就退了席，我都没有同他过多接触，仅按习惯寒暄了几句，以免引起猜疑；担任翻译的杨刚不算熟识，就没同她打招呼。

我与玉颀还商定，不管是否能劝说周玉冰来上海，我至多在南京留宿一夜并争取当天去当天就离开！这一来，我同玉颀都自以为考虑得很周到，绝不会发生差错。不料刚向白戈一透露这个计划，他就大加反对！提出由他到南京跑一趟，语气之间，显然流出我若果碰见意外，玉颀怎么办？而他毕竟是单身汉，没有牵挂。

幸得做出决定之前，我同玉颀把问题考虑得很周到，在耐心地向他解说我们设想过的疑虑以后，尽管还不无勉强，白戈终于也同意了。只是再三叮咛我，无论如何得争取当天去当天返回上海！最后，因为担心艾芜不会让我为他冒一场风险，我们共同商定，要他给周玉冰写封信，把他的情况说得更为详尽，由我们托熟人面交。

白戈交来艾芜的信时，我们又临时变更了时间表，决定当天下午乘特快去南京，在周玉冰兄长家借宿一夜，次日上午回到上海，时间比较充裕。在去车站之前，我还化了化装，脱掉西衣，穿上搁置已久的中式服装，乃至连皮鞋也都换成了来自四川的布底便鞋，头上则戴一顶当时叫作博大帽的薄呢帽，把自己改装成一名小职员。

上车以后，我没有遭到猜疑眼光的注视，就顺顺当当到达了南京。20 年代末，我于省一师毕业后第一次出川，曾在这座城市住过一段时间，尽管只有十天左右，城区大致情况还有一些印象。一出车站，就雇了一架人力车到中央大学，而且很快就在该校职工宿舍会见了周玉冰。其时，她的兄长尚未下班，嫂子又忙于家务，这机会太好了！

我单独同周玉冰谈了约两个钟头，直到她哥哥下班回来。内容则不外争取她前去上海同艾芜会面。我相当放胆，既没有隐瞒自己的身份，对于老艾在创作方面的成就和发展前途，也比较恰当地进行了介绍。看来，艾芜的身份、作为，她已经有所了解，而这显然是她倾心于艾芜的原因之一。艾芜的经历她也大体知道，提起来很有兴致。

可以说，这位白净、丰满、中等身材的女同志，不管仪表、举止、谈吐，都相当吸引人，无论如何不会比艾芜在昆明热恋过的那位红十字会医院负责人的女儿差。而由于家庭的严重干扰，他却不能不充满痛苦，继续进一步背井离乡，远走南洋。这一次，决不会重复这种失恋的悲剧了，这是我的祝愿、希望，也是我这次冒险来南京的最终目的。

可是，尽管我的估计不错，一提起希望她到上海会晤，她可迟迟疑疑，推三推四，主要说她哥哥向法院担保过，绝不离开南京。而且，她姐姐周海涛已经逝世，她到上海食住都不方便。

最后，由于周玉冰对艾芜的确情真意挚，第二天早晨在玄武湖畔经我多方解释，并用轻松语调适当揭穿她的一些借口，她终于表示可以去上海，但是照旧必须取得她哥哥的同意。

我真该再同她兄长、她本人在分别前谈一次的，但这得多在南京停留一天！这多少有点冒险，而且一定会引起艾芜、白戈更为严重的担心，因为他们原本不赞成我这次南京之行。于是，我就只好留下我恒平路恒平里的住址，希望我们不要失掉联系，并向她谈了我那二房东姚次仲的职业，与同我的交情，说她任何时候都可以找到我。

写到这里，我情不自禁地要公开一件长期蕴藏于心的插曲，"八一三"事变后，姚次仲全家从地属所谓华界的恒平路，逃难到法租界。有一天，我们久别重逢，谈笑甚欢，而他曾经告诉我，在我搬迁到法租界后，有一位姓周的女工从南京来寻访过我。而我就其言谈举止、身材、外表判断，这无疑正是那位曾经使艾芜痛苦万状的周玉冰了！而当日艾芜已经有了两个孩子！………

书归正传，还是继续谈我回到上海后的情况吧。一到家，我就同玉顺商谈我南京之行的经过、看法，特别是如何告诉艾芜。按照我们的揣测，认定周玉冰在他哥哥阻拦下，不会同一个反动派恨之入骨的左翼作家的命运联系在一起了。然则是否把真实情况，与同我们对这些情况分析后做出的判断，如实告诉艾芜，却叫我们犹豫、商量了很久！

因为我们有些担心，若果如实告诉他所有情况，特别我们的判断，他很可能承受不了。于是决定，把真相隐瞒下来，一俟以后有机会再向他透露。然而，却也并不就放心了，随又认为，这只会延长他的痛苦，而事情终归有一天要揭穿。最后，我们想，正像俗话说的：长痛不如短痛，不如干脆现在就向他交底，让他死了这条心吧！而且，我们还设想怎样为他介绍一个比较理想的伴侣，同时想起一件往事。

当他同我们一道在德恩里居住时，有一位省师同学的妹子同玉顺常有往还。这位姓何的女青年可说品学兼优，有一点同艾芜非常一致，由于上大学困难重重，她就在勤工俭学这股新潮影响下坚持半工半读，在一家纺织厂当学工。光景她对艾芜印象也好，而且钦佩他只身浪游南国。我和玉顺私下计议，以为他俩倒是一对佳偶。

然而，当一想到艾芜一向沉默寡言、严肃持重，当时又一心扑在文学创作上，一直迟迟疑疑，未便提谈。更为遗憾的是，何因父亲逝世，不久就奔丧四川了，更从此断绝音讯。当然，即或她不离开上海，我们也未必会撮合她同艾芜结为终身伴侣，因为我们之没有下决心向艾芜提谈，除上述两点外，还有更深一层的考虑，感觉以不提为好，这就是他的只身浪迹南中国的缘由。不错，他之背井离乡，主要是当日进步思潮促成的，但也还有其他具体原因：家庭已经决定，省师一毕业就要为他完婚。这同不满包办婚姻有关，而主要却是不愿受家室之累，丧失自己对理想的追求。然而，他毕竟已年近三十，需要一位终身伴侣了，特别他对周玉冰之一往情深，简直出人意外！

在我们刚好做出决定，准备去向艾芜交代时，一直担心我会在南京出现差错的任白戈来了。于是我又简单扼要向他追述了我对周氏兄妹的观感、我同玉顾刚才的思考、决心。同样饱经忧患的白戈立刻大加肯定，说是从1925年到1931年，五六年中，艾芜为了追求真理可以说备尝艰苦，也曾在恋爱上遭到挫折，他一定承受得了！……

于是，我们两人就一道前去金神父路金龙洗染店楼上他和艾芜的新居。而当我向艾芜讲述了我对周玉冰兄妹的谈话、印象、判断以后，人非木石，何况他又一贯热情真挚，因而立刻来了个感情大爆炸！这同他日常的冷静沉着真太不相同了。不过，最后也终于在我们劝说下平静下来。因为，为革命为人民献身毕竟才是他压倒一切的志愿。

不用说，遗恨、怀念还是有的，打从这一天起，艾芜消沉了相当长一段时间。而这立刻引起几位"左联"盟友的关注，于是在1934年夏秋之交，那位后来以《翠岗红旗》编剧获得群众赞扬的杜谈，为他介绍了中国诗歌会的成员蕾嘉，结为真心白头偕老的侣伴。当时杜谈叫窦隐夫，一个以诗歌为世所重的"左联"盟员。蕾嘉当时刚好大学毕业。

18

他们是1934年8月结婚的。我记得，他们相识不久，艾芜曾偕同蕾嘉到恒平路同我和玉顾见面。时间尽管短暂，但我们的印象却相当深。正跟艾芜相似，蕾嘉也清瘦、沉静，寡言少语，我们认为他俩非常相称，可以说是天作之合。不久，他们的新婚生活也证明了我们判断无误。而同他们居住较近，往还频繁的白戈，了解得很详尽。

婚后四个月光景，他们就到济南去了。省师七班同学肖寄语喜爱文学，尤其热心写作，为了能同艾芜和我朝夕相处，互相交流创作经验，一再来信劝说我们前往该地寄寓。因为当时他是师专教师，有较优厚的固定收入，又未成家，愿意在日常生活上对我们尽力帮助。期望能安心创作，于是，当年12月，艾芜偕同蕾嘉就到济南去了。

当然，艾芜之离开上海，并不是想借肖的慷慨减轻日常生计的担子，也不是因为上海当时白色恐怖严重，而是他这一年多时间，几乎已经搁笔。因为在苏州监牢里不用说了，在杨树浦曹家渡那段时间，尽管连日常生活费用都全靠远在南洋的伙伴接济，他却把自己全部精力、时间都用在"左联"常委会要他培养工人通讯员的活动上了！

他之离开上海，更不是新婚旅行，因为就以生活而言，在现实生活的海洋中能自由浮游，以领略其千姿百态，更是心向往之。我记得，在他到达济南不久，前往洛口旅游后，曾经给我写信，追述他们在路经一家招留过往苦力住宿的旅舍时，触景生情，发抒了一通他内心对于过去长达五年之久的流浪生活的怀念，仿佛现在远没有当年那样潇洒、自由……

在济南住了约三个月，他们就到青岛去了。艾芜一位云南旧好王旦东在青岛文化馆工作，为他安排了住处，可以坐下来写作了。其实，他在济南也用刘明的笔名写了不少游记，让千佛山、黑泉再现于他的笔下。在青岛，他写得更多了，不止青岛风光，更多的是短篇小说，名篇《南国之夜》，就写于青岛。他真是位把墨水瓶挂在颈子上的作家！

艾芜在创作上的丰收显然对我起了不少鼓舞作用，我当时在上海已经成了"没字牌"了！为此，艾芜1935年春夏之交来信劝我前去青岛，因为他知道我在上海很难安心写作，组织联络活动过多，且有胡风回国后引起的一些纠纷。而且我自己也早已感觉不能再这样下去了！于是，1935年大约在4月，我决定全家迁往青岛居住，埋头写作。

当我向周扬同志提出我去青岛的计划时，他曾劝阻过我，力说在上海参加一些实际工作和斗争的重大意义，与同时创作的深刻影响。我信服他的说辞，但我因为胡风回国后，逐渐形成的派系纠纷实在感觉厌烦！因而没有做出肯定答复。而当我最后决定离开上海，并买好车票后，他，还有立波对我进行劝阻时，只能让他们大失所望！

我向正在筹办一个刊物、要我为创刊号撰稿的李辉英，预支了一笔稿费买的车票、行李票。因为我是连家具都全部带走了，准备长期留住青岛。当时我们只有一个一岁多的孩子，全家大小三口，走起来也相当方便。至于住房，则艾芜早已为我们安排好了。当然不是什么消夏别墅，只是两间简陋的巷堂楼房，但却可以随时眺望海湾。

这座楼房坐落钜野路，二房东是一位邮差。而艾芜就住在我们对面，由于巷堂狭小只需嗓门大点，我们站在栏杆边就可以交谈。至于彼此的日常生活，只要都在前楼，都可以看得见。而由于蕾嘉经常生病，精力衰竭，照顾不了孩子，艾芜还得在伏案写作时，怀里抱着那个不满周岁的孩子。至于跑街、烹饪，那就得更加多分担了。

自到青岛以后，艾芜只陪我们看过部分所谓名胜古迹，特别日本人留下来的公共场所，就再没有多少时间陪我们观赏青岛风光了。就连去海滨游泳吧，他也只是请一位姓邹的旧交带我去尝试过一次，此后就成天捂在楼房里了，做些家务事和进行创作。但我在为李辉英赶写好那篇题名为《祖父的故事》后，几乎就无法写什么小说了！只是感觉生活越来越加枯燥！

看来这同性格修养大有关系。我一向就喜好热闹场合，经常有熟人来往，交流思想，互通信息，而最厌烦孤独！做事也缺乏耐心。艾芜可同我几乎两样，还在省师肄业时，他就沉默寡言，同我另一位级友张君培大异其趣。我在一篇题名为《播种者》的纪实小说里，曾有详细追述。当然，不能说艾芜只顾独善其身，从不管顾其他级友。

不！艾芜照样关心一般同他比较接近的级友，不过他不像君培那样，每次发现我在思想上、行动上有什么欠妥的地方，总是义正词严地进行指责，他总是用暗示的方式诱导你。至于对待一般校友，尽管公开宣扬一些落后于五四精神的主张，他更是冷然笑笑而已，不会像君培那样当面进行批驳！有时更不惜掀起一场更多校友参加的争辩！

现在，由于终日埋头写作，还得照顾家庭琐事，当然也更加顾不上同我游玩和谈心了。我也不便于打扰他。恰好这时，我得到一封故乡来信，我母亲去世了！要我回家办理丧事。悲痛之余，我决定离开青岛，然后由上海返故乡。那时，身边钱几乎花光了，只好变卖了家具，改乘海船返回上海。我是中秋节前两三天上船的，有艾芜送我。

19

我记得，在和我分手时，艾芜曾经心情沉重地向我说过这样意思的话："这叫啥生活呵！现在就一个铜板、一个铜板计算着用！"他显然不无歉意，因为他知道我是变卖了家具，而且是改乘海船的统舱走的。由于我生活一向比较优裕，又是第一次乘海船，还坐的统舱，的确是有点出乎我们的意外！事实上，轮船起锚以后，才真正感到不好受！……

半个钟头以后，我同玉颀都感觉昏眩，脑子发涨，腹内翻腾不已，几乎都呕吐了！只有一岁多的孩子照样蹦蹦跳跳，让一些同舱的旅客逗着玩耍，还分享了一位中年人的月饼！我们呢，由于走得匆忙，手边又紧，简直没有想到备办点节日应景食品在船上享受。

幸而时间不长，很快也就到达上海了。由于没有家具，租佃房子比较困难，我们就仍到恒平路恒平里姚家去。尽管前楼已经租出去了，姚次仲还是张罗了他自己占用的亭子间给我，并同意暂时借用他一些必需家具，还有他的锅、灶、碗盏。而一住定下来，我就去找周扬同志，托他向他熟识的报刊、出版社预支一些稿费以置备家具。

当然，我也给家里去了信，要我哥哥电汇一笔钱给我做回家为母亲奔丧的费用。可是，预支稿费、版税的事尽管耽延了一个多星期，终于算如愿以偿。家里的信则拖延了半个月左右才来。当然不是电汇路费，根本就没有汇款来，倒是诉苦，单为母亲治病就花了不少钱。

原早以为龙湾子那点祖业可以很快卖掉，谁料一直没有人肯接手！

现在，哥哥正在出售离城较近的，田土也比较肥沃的名黄土乡的一股田产。办理丧事则推迟到秋冬之交了。一俟田地成交，就为我汇寄路费。于是，我就只好继续待在上海，而且继续担任一些领导上分配的组织联络工作。当然也照旧参加小说散文组的座谈、讨论。创作呢，则几乎又停下来了！

幸而得到组织上的照顾，辗转托人在"正风中学"担任了几点钟国文课，以弥补稿费收入，解决了生计问题。介绍人我记得是于伶，那时他还叫尤竞。说起来相当可笑，我教的既不是五四以后的语文，也不是《古文观止》上那类文章，而是章太炎著的《国学概论》！这以前我可毫无所知！……

当然，主要还在内容，这倒知道一些，也学习过，比如五经中的一部分。但是，有关对这些经书在一些学人于专研过程中形成的不同观点、学派，却真是一无所知了！这怎么能在授课时向同学讲述呢？随意解说吧！又担心闹笑话。而且，虽然我用的是学名，同学们不知道我是所谓作家，但学校负责人却知道我叫沙汀！这就叫我更得慎重。

在接到聘书、课程表最初的两天，我真想不要当这国文教师了，准备过紧日子。最后，由于怕使介绍人难为情，决心迎着困难挺身而上！开始备课，拜托我那二房东姚次仲代我向他主持的那个图书馆借阅有关论述所谓经学的一类典籍，从有注释的原著，近代所谓经学大师的专著，以及论述、评论各时代、各流派的不同观点和彼此间的辩难。我记得，周予同有两本书对我帮助最大。

四川的廖季平，算是当代的经学大师了。我在省师读书时就知道，同学中还有他的同乡井研人，教古文的则一般都是当时四川国学院的教师。可是，那位井研同学尽管也谈到过廖季平，却都是他的逸闻，举如，一位大官僚曾经想出高价购买他的著作，让其使用自己的姓名刻板印行，可是他拒绝了。而教师讲的则多限于韩、柳、欧、苏……

后来，即将毕业那个学期，一位年老的国文教师，终于又给我补充了一些材料，主要是那位大官僚由于自己欺世盗名的阴谋没有得逞，就反过来宣扬廖离经叛道，以致官府罢免他的教职！同时，戊戌六君惨遭清廷残杀，廖因与杨锐、刘光第以往过从甚密，也与他被罢免教职有关。而后者则更重要。因此，他只好销声匿迹，逃回故乡！

回到井研后，廖便闭门谢客，过着与世隔绝的生活。他的家庭原本清贫，现在他更得依靠少数亲友接济。当时，他年事已到高寿，但我在备课时看到的资料说，他不少著作都是这个时期写的。他一生著述不少，解放前出版的多达一百三十多种，五百多卷。由于精力、时间有限，兴趣也不怎么高，我却仅止翻阅过别人几种评介他的文章。

当然，在那次为讲授章太炎的《国学概论》的备课中，我不止对廖季平的学术思想有所了解，即就经学研究中的流派而言，也不止他一个学派。但我就不对所有讲授的内容一一追述了，何况我很少读他的原著，一般都是一些专家、学者的论述。不过，尽管如此，可已勉强满足了学校、同学的期望，这从秋季开学前我又受聘足以证明这点。

功夫不负有心人。这使我获得了相当信心，毫不迟疑地接受了聘书。然而，秋季开学后不到三个星期，我就接到了我哥哥的快信，还有一笔丰厚的汇款，要我立即回去协助他办理母亲的丧事，择地安葬。就这样，书当然不教了，"左联"的工作，组织联络、开座谈会，以及小说散文组的例会，全都做了结束。至于创作，这一年里倒也写了三四篇，如《丁跛公》《赶路》……

这是我原早没有预料到的，原因却也简单，由于李辉英筹办的杂志流产了，《祖父的故事》是在傅东华主编的《文学》上发表的，曾经得到一些好评。这一来，我的创作态又炽热了！这篇东西，是我利用了少年时期在故乡的见闻写的，旨在鞭挞北洋军阀时期，四川军阀对人民骚扰，我就不禁想到其他见闻，兴致勃勃地又写起来。

这也就是为什么收到汇款，就赶快结束在上海的工作，而且，为了行动方便，决定让玉顾带着孩子留下来，单人独马走。特别动身前一个多月，我就在一些报刊上看到有关四川旱灾严重的报道，有的进步刊物还透露了四川军阀刘湘在蒋政权指使下，对红军进行反革命围剿堵截，在一些地区制造的人祸。这就更使我决定乘机到灾区看个究竟。

20

过去航行长江，由于坐外商轮船的观感以及当日的思想感情，我原想乘招商局的轮船。而为了争取时间，最后却买了太古公司的船票。因为当时招商局没有船去汉口、宜昌，太古的船又是直航重庆。而我一上岸住定，就从亲友处听到两三个月前，四川名流、省赈济会主席尹仲锡，在一次记者招待会上公布的灾情报告的一些内容。

这份报告，是该会勘灾专员王匡基写的。尽管亲友转述的情节有限，可已够叫人震惊了：仪陇城外，到处都是埋死人的万人坑，野狗抢吃死尸，把肠肠肚肚、残肢断臂拖得遍地皆是！通江的灾情显然更重，在一个死人堆中，一具女尸胸腹上有两个婴儿还在挣扎，一个把母亲的指头放在口中吮吸，一个含着母亲的乳头痛哭。我真有点写不下去了！

通、南、巴一带是重灾区，而灾情之所以特别严重，因为它是苏区，军阀对红军进行反革命围剿中残害践踏最厉害，所谓天灾、人祸纠结在一起了。据说在那次记者招待会上，尹仲锡老泪纵横，声嘶力竭地呼吁政府、绅商各界立即进行赈济。接着还去刘湘家里，一见面就跪下哀求，政府不要置人民生死于不顾！并晓以利害，列举清末四川因饥荒引起的民变来警告他！……

"民变"这着棋显然产生了奇效，刘湘立即下令各县"开仓放粮"赈济灾民。若按各县账面的数字，每县的常备仓清末以来储粮多在万担左右，尽可解决一些目前饥荒。然而，等我回到成都，这才知道，由于民初以来经过四川大小军阀三四百次混战，各县的仓库几乎被军队抢光了。加上有些县的官绅侵占、贪污，所谓"粮仓"则确已名存实亡！

这是我从一位在财政厅及其已经组成的所谓"监赈团"的熟人那里，听来的秘闻。而少数报刊上，已经不再喧嚷"开仓放粮"为政府涂脂抹粉！幸而人性并未全部泯灭，在不断接获故乡灾情的讯息，市面上又常有拖儿带女濒于死亡的逃荒灾民流浪、乞讨之时，一些拥有一定资财，长期留寓省城的绅耆，在政府冷漠无情的刺激下，终于行动起来！……

他们纷纷请求省赈会在各大城市向绅商各界，以及各县长期留寓成都的绅耆募化，积款赈济灾民。尹仲锡采纳了他们的建议，同时要他们到各自的家乡，乃至邻近县份进行查勘，为将来发放赈款做好准备。这些县份虽不是重灾区，但有少数县一向就相当贫苦，土质过劣的丘陵、荒山不少，若非丰收，总有饥民外出逃荒！……

而北川就是其中之一。它同安县北面的擂鼓、曲山、旋坪联界。我舅父同我家还有一些亲戚、故旧是北川人。当我到达成都时，作为向尹仲锡呼吁的绅耆之一，我舅父正筹划委托县人刘俊逸、尹策三，代表他领起省赈济会查灾专员，前往北川查灾。这两位，刘是他过去的一位僚属，另一位则熟悉北川一带情形，又善于交际。于是我就自告奋勇一同前去！我舅父同意了。

我回安县前，舅父就告诉过我，由于我嫂嫂为家庭口角而自杀，娘家人多势众，前来安县打丧火时，对她的安葬提出种种苛刻要求，开支也就大为增加，何况又要为我母亲办丧事，因此卖去田产的收入就更不够用。因此，办过丧事，为还借款，不得不再卖一股地方。而这又得花费不少时间、口舌……我正觉无聊呢，于是这也成为我能去北川的主要原因。

由于担心我社会经验不足，对北川过去的情况也不够熟悉，舅父还曾写了好几封介绍信给曲山、旋坪方面，以及已经结束了流亡生活返回北川的绅耆，托他们在调查了解灾情方面给我们必要的协助。此外，他还特意向我介绍了那位赈济会派赴北川的勘查专员的身份，主要政治面貌，要我在同他接触中说话当心。因为舅父知道我在上海的主要活动。

这最后一点很重要，因为那位勘查专员，是随由南京派出的所谓参谋团入川的，虽非正式团员，但在政治上却是同样货色，死心塌地地忠于蒋家王朝，对于知识分子嗅觉特别灵敏！而我们在安县一见面，他就大有讲究地双目炯炯打量我，接着就问我在上海哪一界工作？我就把"正风中学"抬出来，还向他大谈章太炎的《国学概论》！……

而且，说得相当详尽，特别对于咱们四川的大经师廖季平的个人遭遇都谈到了，讲述他由于坚持自己的创见，遭受暗算，而仍然在困境中钻研。我的讲述充满了景仰之情，而这全部出自真诚，因此，对方真把我当作一位钻研"国粹"的专家，大加赞扬！接着却对他心目中的所谓"过激派"的知识分子大加指责，说他们在少数"为赤俄豢养"的所谓名流的煽惑下，对于国家什么都看不上眼，认为必须打倒一切！……

他谈得比我带劲激动，显然已经把我当成一位正合己意的宣传对象，可以大卖狗皮膏药！因而在此后整个北川之行中，特别经过千佛山地区时，他口更敞了。这倒为我提供了不少难得的资料：红四方面军于粉碎川军对他们的围剿后，接着又突破邓、田、刘十多万人在千佛山的堵截，继续向西挺进，实现同中央、红一方面军的胜利会师！……

这千佛山正是与安县北面的曲山、旋坪连界，绵延好几十里，山势险峻，沟壑纵横，气温多变，居民稀少，除了狩猎，很少有人到那里去。而红军却在那里同堵截他们的川军苦战了五十多个日日夜夜！他当然不会用赞扬口气来谈这些，倒是咒骂红军"狡诈"、"凶残"！仿佛居心拖垮川军！同时可又责怪既有后方、供应又充足的川军太狗矣了！

此人真可算得见多识广，能言善语。似乎他感到自己对于红军在千佛山战场的叙述，近于为红军张目！接着他就指出，红军之能于粉碎川军的堵截，顺利通过北川峡谷，川军的无能不用说了，实际负责指挥全局的何应钦也把形势估计错了，因此从千佛山抽调了一部分川军去堵截红一方面军，让红四方面军占了便宜……

21

伏泉山、千佛山战事的时间是当年四、五两月，我们前往北川是11月，相距约半年。因而对一个在什么"参谋团"工作的丘八来说，他能知道得那么多，并不稀罕。同行两三个钟头以后，在谈及当地的风土人情与当前灾民的情况时，他知道的居然比我多！就连那位帮我们提运必需行李，充当向导，长年在这一带经商的老舒也感诧异！

可我很快就想通了。原来，作为省赈济会专职人员，动身之前，他就对北川一带的历史、地理的情况，特别近一年来的情况进行过相当多的了解。而赈济会也一定收集有这方面的资料，并要求它的查勘人员到某个地区去勘查前，得做到心中有数，否则他不会连各县积谷被历年内战、消耗、地方豪绅盗卖一空的秘密都知道！而且，远比尹仲锡气愤，简直骂不绝口。对于各县当年春初逃往成都的豪绅们当前的动态，他更清楚，因为当省赈济会为灾民在各大城市募集赈款的消息一经发布，正同前一向听到省政府勒令各县开仓放赈的消息一样，这些豪绅们就向尹仲锡自告奋勇，愿意承担本县放赈重任！多数则纷纷赶回各县各自的乡镇，准备抢夺发放本乡的赈款！

他还借用省赈济会一位四川同事的话来挖苦他们："这些地头蛇一下都喉咙里伸出手来了！以为像过去样，凡是地方财政收支，哪怕是冬天发放棉衣，施舍棺材，都由他们包办！"而在挖苦了这些地方败类一通之后，他又谈到目前灾民的动向，按照常情，他们应该赶紧抢种大春，但却照样往川西富饶县、市逃荒！我们已经碰到两三起了！

照例，一碰见扶老携幼，用箩筐担了破棉絮、婴儿迎面走来的灾民，作为查灾人员，他总要拦着他们劝导一番，鼓励他们回家去抢大春！而得到的回答则是："连草根、树皮都吃光了！哪里来的气力啊?!"在听到放赈时更是唉声叹气，显然并不相信，总是推口说："我们就到安县一带。一听到消息我们就赶回来！"十分明显，半年多来，他们已经被诓骗够了！

因此，后来陆续碰见逃荒的难民，他也只是随便问询几句，也就由它去了！倒是义愤填膺地对当日总揽军政大权的刘湘骂不绝口！特别在他叙述了一段秘闻以后，就连我也十分愤怒！他说，尹仲锡在向新闻界公布灾情后，特别前去刘湘公馆，一见面就扑通一声跪下，连连叩头哀求刘赈济灾民，而结果呢？只不过各县"历年来的积谷"！

据他说，尽管开仓放赈的消息已不再见于报刊了，灾区的情况报道也逐渐稀疏，尹仲锡照旧四处寻找刘湘，一见面就叩头，打拱，而总毫无所得。在那个黑暗时代，志士仁人却也毕竟不少，那些联名请他在各大城市进行劝募的义举，终于又点燃了老人的希望。特别选拔了部分正派绅耆，一律回避本籍，而承担其邻近灾区的赈济责任！

对于回避本籍这一点，那位湖南人很感兴趣，在进入北川境内几个乡、镇以后，他也更加佩服尹仲锡了！因为在两三个乡、镇进行查访中，那些已经赶回来的地头蛇，都满腔热情地争着招待我们，向我们介绍本地的灾情。而最后大都千篇一律地向我们呼吁："要放赈就得快一点啊！迟了，剩下来的灾民不是死光，就会都向外县逃荒！"……

无从判断，是来自错觉，或意在讨好，他们把我和那位勘查专员都叫作委员。仿佛我们法力无边，一定会委派他们发放赈款。而转身离开之后，他们得到的都是那位湖南人的讥笑！乃至怀疑他们把灾情夸大了！不过，在到达县城后，那位不过三四个月的县府行政人员，还有邮政局长，却证实了那些地头蛇倒还没有随意炮制灾情！

特别那位邮政局长，老诚干练，当日邮政又具有相对的独立性，与政府行政部门不同，所以他的话更加可信。而他竟然告诉我们，根据邮差带回的信息，个别偏远乡村，的确有卖人肉汤锅的了！他相当难受！而一提到县府几位工作人员、乡长、镇长、保甲长，更摇头叹气："他们的话很难说，还是你们自己去了解吧！"其实，我们对这伙人已经心中有数！

在会见邮政局长前，我们已同县府主要人员、部分地方人士、乡保长等，分别谈过两三次了。县长还在成都，由秘书代理他行使县长职权。此公看似乐观、干练、能言会语，而我们可感觉他相当油滑！司法年近花甲，一问到业务就叹气："现在哪里还有人打官司了！"话都不愿多说。那位中年文牍更是少言寡语。而他们的神态倒也正同处境相称！

在那从大部分焚毁的县府楼房基础上临时建造的七八间房舍，太简陋了！更由于缺乏行政经费，他们连伙食也全部在城内仅有的几家旅店搭伙。而那位代理县长更加特别，总是临时挨户借用锅灶，亲自动手做饭！这已经成了人们口中的趣闻了！至于守卫、勤杂人员，则都有自备伙食，由乡保长按期分派，而往往因为吃食问题出现缺额！

一些流亡回来的地头蛇，我们也分批会见了。多半是主动找上门的，而且，叙说灾情而外，一总要说另外一伙人的坏话，揭露其过去当权时的劣迹。其目的很明显，无非为了独揽这次放赈任务。而且，真是所谓利令智昏，他们竟然把我们也看成他们的同类，对我们令人肉麻地大加赞扬，仿佛赈济灾民的钱、粮，我们会马上从荷包里掏出来！……

一般保甲长，特别甲长，都不错，因为几乎大都是劫后余生。而且，其中一部分已经不愿干下去了，准备退下来伙着家里人抢种大春。因此，对于他们，我们则鼓励其继续担任公职，同灾民一起渡过难关。

灾民中也并非全部靠草根、树皮充饥，因有外县亲戚周济，少数间或还有少许粮食。可也酿成两三起命案，其中一起，想不到还是农民干的！……

真想不到，后来我们竟亲自发现一起这样的谋杀案！那是一个半瞎的独身地主，无亲无戚，平日全靠一位孤老太婆照顾日常生活。收入呢，只有周围七八亩田地的租谷。而他的佃客，则全家逃荒去了。那个孤老太婆原本也到邻县去依靠过亲戚。可因为并不富裕，也相当干旱，就送了她几升口粮，劝她回去务点短期作物。她就带上口粮回到那个半瞎地主里，因为她早破产了！

这些情节都是那位我们在北川雇用的向导讲述的。因为老太婆十多天前从邻县回来时还碰见过，而他们过去就相识。因为向导老舒是带着极大兴趣来叙述这一切的。而这个家庭的成员，以及彼此间接的关系确也相当特殊，所以尽管地方偏僻，又是单门独户，我们仍然前去进行查访。而应声打开门接待我们的却是半瞎地主。

老家伙看来快七十了，瘦削，仿佛全身只有一些骨头，脸面更加触目。他一听说我们是查灾放赈的，马上"噗通"一声跪在地上，不住叩头，同时连声恳求我们对他这个老头子倍加怜悯！我于是信口反问他："听说还有个老太婆服侍你啦？咋不见呢？"而老头子紧接着辩解道："你们是听哪个说的呵？那是前两年的事，早就到安县要人户去了。"

"你瞎说！"想不到向导老舒忽然嚷叫道，"前几天我还碰见她呢！带起从亲戚家里给她的大半口袋粮食啰！""你怕认错人啰！"老头子立即辩解起来，"她要借住在我家里，每天都要见面。难道我还没有你清楚啦？"老舒有一点惊疑了，嘟囔道："那就怪了！""一点不怪！"老头子嘴更硬了，"你把她找出来，我给你倒立天水！喏，她像是个烟盒，我把她揣怀里了！……"

我早听说平武、北川一带人水性硬，死不服输！今天算是看到了。

由于双方互不让步，每一方的弱点也愈来愈暴露，这反而加强了相互的怀疑，老头子已经肯定了老舒是冒诈；老舒呢，却以为老头越来越心虚了，真的奔向室内搜寻。而老头也更尖狡地进行阻拦："先讲清楚，要是搜不出来呢，怎么办?! 我要把你那张嘴翻转来打! ……"

"你要命都是那么大回事!"老舒大叫，同时双手一推，老头立刻来了个倒翻身，仰面躺在院坝里。而等他翻身起来，老舒已经冲到房间里去了。随又奔跑出来闯向后院。而结果呢，竟然在猪圈角落里发现了魏大娘的尸体。事后我们曾向老舒探问，为什么他会搜到后院去? 原来，他察觉老太婆房间里显然不是长期没有人住，疑心就更大了! ……

老家伙当然不肯承认他为了几升口粮谋害了他的佃客。可我们没有听他的，只是告诉了本地区的保甲长。回到城里，我们向那位担任代理县长的秘书谈得更为详尽，希望县府严肃惩治那个半瞎的没落地主。这个小官僚聆听后大为震惊，说了不少义愤填膺的话，这样一来，我们算尽了人事，他也算表过态了。此公也的确很会表态。

这也难怪，县长一直待在成都，同事都不安心工作，大小事务全都压在他一个人身上，主要是筹集行政经费。其时，他又正准备到某个乡场去视察，那里曾以出产沙金闻名。他听说最近已经有不少本乡、外乡的劳力强、办法多的灾民，陆续到那里去淘金，一些逃亡回来的地头蛇，也闻讯挤去了! 秘书显然准备在那里设卡征税，开辟财源!

在返回途中，那位查灾专员对四川军政界的不满更严重了! 可以说讽刺话骂不绝口! 而对蒋家王朝则更加颂扬，申明他将如实地将所见所闻向参谋团反映。我同他到安县就分手了。

我在家里只住了一天，向我舅父谈了查灾经过，又归还了借款，没等过春节，就赶回上海去了。

这次北川之行虽非有意识有计划地深入生活，五天时间也不算长，对那里过去也不怎么熟悉，但因情况特殊，又曾做过比较深入的调查了解，所以收获相当丰富，创作方面的激情、设想，可以说日必经历!

22

我初习写作，大都从传闻、报刊上的通讯去取材，后经茅公指出，这才转而从故乡青少年时期的经历见闻开辟蹊径。然而这些经历见闻，却在思想倾向上太平凡了！

这次故乡之行，特别前往北川查灾，所见所闻，尤其红四方面军血战千佛山，国民党军的一败涂地，他们的所谓"剿匪"实则是蹂躏人民！这些年代，特别近两年来，故乡乃至四川，社会变化的出人意表……一句话，所有供我反映时代、社会变化的材料，真是太丰富了！而且我深信，自己能够写出几篇可获好评的小说来。

应该说，在我离开辛垦书店，在"左联"刊物《文学月报》上发表的小说，得到茅盾的赞赏后，文艺界显然已承认我是文学创作上的新人了。韩侍桁不过在文章中提提而已，我实际得到的扶持，还来自巴金。我记得，1935年里，天津《大公报》文艺副刊，主编沈从文，派肖乾来上海组稿时，在一次宴会名单中居然有我！后来才知道是巴金提的名。

我与巴金当时并不熟识。我仅仅在省师读书时知道，他同我的老师袁诗尧一道，在成都宣传过无政府主义，组织过类似的社团，稍后读过他翻译的克鲁泡特金的《我的自传》而已。现在，他却能这样扶持我，的确令人感动。

尤其是以后的日子里，他给予我的帮助就更多了。记得，开明书店成立十周年纪念，巴金又推荐我写了篇小说《逃难》，编入书店的纪念册。我的短篇集《土饼》，也是在他主编的《文学丛刊》出版的（1936年7月）。而我第一个短篇集《法律外的航线》，在我负有董事长名义的辛垦书店出版，却招来不少麻烦、怨言！……但后来，我根据茅盾的批评，删去《码头上》《俄国煤油》，其余稍加润色，改名《航线》，送文化生活出版社，结果被采纳了（1937年2月）。还有短篇集

《苦难》，也是在他那里出版的（1937年7月）。……

因此，为了不辜负巴金，还有其他文学前辈如茅盾，以及对我创作十分关心的周扬、艾芜的奖掖、扶持、企望，我更加感觉既然有充分的对现实生活的感受，我也就具备了进行创作的一个主要条件，况且我一回到上海，就从恒平里移居到环龙路附近，一个比较僻静的街道住下，也因为从家带了些钱来，生活比较安定，现在需要的只是时间了。

时间，不错，我之所以感觉是个条件，因为参加"左联"以后，在政治上思想意识上尽管获益匪浅，但参加政治活动，还有组织联络工作，花费不少时间。而现在可好了！因为在我从上海回故乡前夕，已经在一次列席文委的会议上知道，在党的指示下，为适应新的政治形势，决定解散"左联"。

当然，"左联"解散后，还得在文学，乃至艺术界，成立一个比较松散的组织，以便团结更广泛的文艺工作者。不过，既然比较松散，政治成分清淡多了，也就是说，不会要既要行动，又要随时提防反动派的暗探、特务的活动。

常言道"万事俱备，只欠东风"，既然时间和精力将会比过去充裕，就有利于我坐下来，把这一次在故乡，特别在北川的见闻，亲身感受，应用小说形式表现出来，让广大读者了解我们社会生活的实况，从而进一步评断，反动派和共产党谁有能领导我们国家的前途。红四方面军在北川的战斗，突破十倍于它的川军的围剿，人民群众对红军的支持和援助，当然不便写。但是，只需把反动派基层政权的腐朽加以揭露，人们也就会判明所谓"先安内后攘外"完全是迷惑人心，特别当时关外已成定局，华北又在酝酿第二套傀儡政权！……

孰料，"左联"虽然解散了，但是原"左联"成员之间，又掀起了两个口号的论争！

23

我记得，还在返回上海途中，在长江轮船上，我就看到过上海《大晚报》登载的，张尚斌的《国防文学与民族性》一文，感觉写得不错，符合党的全民统一起来反抗日本侵略的政策。回到上海，会见一些比较熟识的同志，特别见到立波以后，知道的事情更多些了。

特别当我把家搬到辣斐德睡桃园廊后，恰好周扬、立波也住在同一条街，只是不同里弄，当然也就会见了周扬。不过，当时周扬工作繁忙，而且还很紧张，似乎思想包袱沉重。后来我才从立波处探听到，很长一段时期以来，由于白色恐怖严重，加之有人离间，他同鲁迅的关系很不理想，而且已好久没有见面！

既然很少见面，在解散"左联"，成立文艺家协会，特别是后来口号问题上，也就没有亲自向鲁迅请教，聆听他的意见。因而，当鲁迅表示不愿参加这个新的组织，接着还由胡风出面提出"民族革命战争的大众文学"，同"国防文学"唱对台戏！而这势必还将削弱党在文艺战线上的威信！

这具体表现在，过去的"左联"盟员已经在相互对立，不能站在一条战线上作战了！这就削弱了党在文艺战线上的力量。而这却只有利于反动派和日本帝国主义。而且，"国防文学"这个口号一经露布，就得到文艺界的相当普遍的认可，那又何必另立一个口号。而且，"民族革命战争的大众文学"是在文艺家协会这个新组织成立大会开幕前夕，由胡风发表在《文学丛报》第3期（1936年6月1日）上的《人民大众向文学要求什么》的文章中提出来的。

胡风在他的文章中，可又并未提到鲁迅同意这一口号，人们更不知道从陕北来的中央特派员也同意。只在私人谈话中却流传着胡所提的口号，得到过他们的同意、支持。而恰好鲁迅已经表示他不参加文艺家协会。

鲁迅的同意当然重要，中央特派员的支持可更重要，因为"左联"毕竟是党所领导的群众组织。更叫人感觉奇怪的是，自从中央上海分局撤销后，周扬协同其他文委都盼望陕北党中央来人传达党对上海工作的布置，而这位特派员一直到口号论争发生后，还不肯同文委的负责人接触，传达中央意图。

　　我记得，周扬为此十分苦恼。我也愤愤不平！不错，鲁迅是当日文化界一面旗帜，他对革命事业的忠贞谁也不容怀疑，可他并未入党，而胡风也不是党员。因此，我曾经私下愤愤然说过："就是钦差大臣，也该露一下面，让大家看看是真是假？"我的确也曾有些怀疑这是否冒名诈骗！当我知道这位特派员就是雪峰，及其到上海后的若干活动以后，我才恍然大悟！

　　以上，是我从家乡返回上海后几个月里陆续知道的。到了1936年7月间，夏衍同雪峰见面，雪峰对口号之争似乎并无多少兴致，只是勉强向夏衍表示他可以试一试，因为他来上海的主要任务是建立秘密电台，以便同中央经常联系。一句话，他一直装作同口号问题无关。

　　当然，解放以后，从陆续披露的材料看，他对夏衍隐瞒了不少真相。实际上，他4月间就到达上海了，在见到鲁迅的次日还见到了胡风。胡风当时用他一直写理论批评文章的笔名"谷非"，正同周扬就"典型"、"现实主义"进行论争。

　　据我所知，在左翼文化运动中，很早就存在宗派情绪，而且在雪峰、周扬之间比较突出。我记得，雪峰是1933年应修人在老靶子路一处里弄的楼房里，因与特务搏斗坠楼牺牲后，到苏区去的，可能和这个轰动全市的大逮捕有关。因为据说反动派这次主要想逮捕雪峰……

　　记得我参加"左联"后，虽然同周扬很熟，也相当钦佩雪峰，但一直还没有同他见过面。1933年下半年吧，一天傍晚，胡风相当神秘地告诉我，他要介绍我认识一位作家，随即领我到他的家里去。其时他尚未和梅志同居，只身在一个白俄老太婆家里寄宿。

到了那位十月革命后流亡到中国的旧俄王公大臣的亲属为他布置得相当考究的房间里，可仍然不肯告诉我他将把谁介绍给我。我只感到其人一定非凡。果然，雪峰到后，经胡风一介绍，这才知道原来是雪峰！

当时我算是文坛上一位新人，胡风对我还有艾芜的作品，也相当赞赏。胡风回国前同日本左翼文艺界就有联系，常在中日报刊上发表文章。我与胡风相识，是在他从日本回国后经周扬介绍认识的，当时他叫谷非。我记得，他的中式长袍，就是他托我让我爱人黄玉颀代为缝制的，因为我们对上海的情况比他熟悉些。当然，他已知道我与艾芜的亲密关系，也知道我与周扬的关系。以后，他常来找我。但他与艾芜的交往不多，特别在艾芜从苏州出狱返回上海不久，他与艾芜还闹得不怎么愉快。

记得胡风开始在"左联"的理论批评组工作，周扬负责宣传部工作。后来，两人的矛盾越来越明显了，我也有所感觉，胡风心眼太多。至于我建议胡风搞宣传部的工作，当然是有所考虑。但是没有多久，胡风又不干了。我的处境也越来越尴尬：对周扬我是同情支持的，但对他的工作确也有意见；对胡风，特别他与艾芜闹翻之后，我对他的不满日渐加深。那是因为艾芜刚才出狱，身体虚弱，没有听从胡风分派他担任工作，还同胡风争吵起来。过后，胡风同我说过些带刺的话："我真担心有人从左边上来，右边下去呵！"

尽管感情上别扭，但与胡风的私人往来却未中断。由于鲁迅认为我的短篇《老人》不错，胡风还将它译为日文在《改造》上发表。聂绀弩请鲁迅、茅盾吃饭，也由他例外邀请我参加。他同梅志结婚后，我还常到他家里去，他请我吃过小谷的满月酒。但他很少到我家里来了，这也同我不再告诉他的新住地有关。而且，到了口号论争爆发前夕，我们只是偶尔在欧阳山家里不期而遇，说些不关痛痒的话语。

现在看来，在胡风心目中，那次与雪峰会见颇不寻常。那次会见的经过，我早在其他文章中追述过，雪峰的诗人气质及自觉不凡的气度给我印象很深。他大谈高尔基的作品，还比作手势，感情洋溢地朗诵了一小段《马尔戈》："海笑着！……"胡风在电灯下摇晃着头，似乎以求为雪峰的吟哦加强节奏感。

胡风早年也写过诗，欧阳山就曾当我面吟哦胡风的诗句："兄弟呀！"来开玩笑。而在创作上，他一直强调主观战斗精神。抗战时期还用所谓"客观主义"批评我的小说创作。可以说，胡风的诗人气质同雪峰颇有相通之处。

我记得，当我把同雪峰见面的事告诉周扬时，周扬相当惊讶："他怎么还没有走呀！"这我才知道，雪峰是去苏区。而更主要的，是我敏感到他和雪峰之间存在一些隔膜，同胡风则已经有了理论上的分歧。而到了"典型和现实主义"问题公开论争，特别两个口号之争发生后，雪峰同胡风的关系更突出了。

茅盾显然比夏衍更早会见到雪峰。因为"文艺家协会"成立前夕，茅盾曾约集参加口号论争的"左联"盟员在《文学》编辑部谈过一次，劝说大家停止论争。谈话结束后我还单独留下，请求他为《文学界》创刊号写一篇文章，支持"国防文学"这个口号。我再三再四向他提示，"这是党决定的啊！"他可一直笑而不答，让我一无所得！

事后想来，当时显然他还不便说明，能够代表党的是中央从陕北派来的雪峰。而当时一般只知道中央派人来了。后来我才知道，早两年，为了妥善解决"左联"内部的团结，消除鲁迅对当时文委、"左联"负责人由于挑拨造成的不满，夏衍、翰笙、周扬、田汉四位，在白色恐怖下冒险去内山书店附近的咖啡馆同鲁迅汇报这一段时间"左联"的工作，以求得谅解。汇报中，田汉却脱口而出说，胡风同南京有关系。

在回答鲁迅的追问时，田汉则答以消息来自被捕自首获释的穆木天。这反而使鲁迅更加信任胡风。因此，当稍后一些日子，茅盾向鲁迅提供从陈望道、郑振铎得来的同一消息时，鲁迅当然置若罔闻。不过，鲁迅同茅盾的关系仍然不错，因而在口号论争后期，他的一项建议得到鲁迅的采纳，发表了《论现在我们的文学运动》（1936年7月1日《现实文学》第1期），认为两个口号可以并存！

鲁迅这篇文章，还是茅盾转交周扬、夏衍领导的《光明》和《文学界》的，希望同时发表。当时我是《文学界》负责编委之一，这件事我知道得很确切。

24

作为文艺家协会的刊物，《文学界》是戴平万奔走出版的，它当然是在宣传"国防文学"。而我之在《文学》编辑部苦苦请求茅盾写一篇赞成"国防文学"的文章，就是准备在创刊号上发表以壮声势。《文学界》的编委还有荒煤、徐懋庸、杨骚诸位。创刊号虽然没有茅盾的文章，我们却发表了一个宣扬"国际文学"的特辑，声势也不小。

特别作为文委书记、左联党团书记的周扬，在这一期发表了《关于国防文学》一文，从各方面论述这一口号的内容、含意，反应相当强烈。而在几乎同时出版的《光明》创刊号上，徐懋庸则在其《人民大众向文学要求什么》一文中，首先对"民族革命战争的大众文学"这一口号进行反对，措辞尖锐泼辣！

徐懋庸是以在《自由谈》写杂文闻名的，也因为鲁迅曾为他的杂文集《打杂集》写过序，相当奖掖。而在此以前，就连林语堂也误以为他一些杂文是鲁迅写的。我记得，徐曾经告诉我，在一次集会中，有人刚一把他介绍给林语堂，林语堂曾经笑道："你欺骗了我好久啦！"

由此可以理解，徐在口号论争已经结束，于回到浙江故乡前，给鲁迅写信，表明他对胡风为人的鄙视，还附带批评了黄源。意在言外，鲁迅被胡风欺骗了！以致对"左联"党团负责人不满，胡风最近更引起了一场口号论争。当然还谈到"国防文学"这个口号，是党的抗日民族统一战线的体现，从而认为胡风提出的口号同党的方针路线是背道而驰的。这就无异责怪鲁迅政治上落后了！

因此，当鲁迅的《答徐懋庸并关于抗日统一战线问题》（1936年8月15日《作家》第1卷第5号）发表后，已经逐渐趋于平静的"左联"党团的领导同志十分震惊。而最为震惊的是徐懋庸！读了鲁迅的文章后，他立刻从浙江天台故乡回到上海，首先找到我，痛哭流涕，大诉其苦！说他读了鲁迅的文章后，已经痛哭过两三场了！他非得回答，进行解释！实际是非反驳不可！随即取出一篇稿子，要我在《光明》发表。因为我早已调到《光明》做编辑了。

我当即劝他不要答辩！他却表示，《光明》不发表他将另行设法，非常坚决！幸而他似乎也多少了解，上海一般报刊也不会发表。最后，他接受了我的建议，愿意同周扬谈一次再说。孰料，周扬的解释、劝阻也没有生效！夏衍从周扬那里知道后，主动约他长谈过一次，他照样固执己见！恰好白戈从日本回来了，又约他和我、立波吃饭，苦口劝他顾全大局，尊重鲁迅。但他照旧置若罔闻！

而且，很快就在女子书店发行的《今代文艺》（1936年9月20日第1卷第3期）发表了他那篇《还答鲁迅先生》的文章！刊物的主编我记得姓侯，刚从日本留学回国不久，显然急于在本国文坛上崭露头角，成名成家。而两个口号之争是全国性的大论争，时间又长，全国各大城市的报刊看来全都参加这次论争，除了当地文教工作人员撰写的文章而外，一些发表的重要文章也转载了不少，徐懋庸是首先公开批判"民族革命战争的大众文学"的作者，很活跃！……

果然，《今代文艺》一下就在全国把销路打开了！侯某也出了名。而上海文艺界大都忧心忡忡！因为他们顾全大局，尊崇鲁迅，特别其时鲁迅病势沉重，因而更加担心。周扬、夏衍还准备设法告知病中的鲁迅，徐的反驳是他的个人行动。但是，正在此时，鲁迅离开了他终生为之奋斗的祖国！

写到这里，我认为有件事足以说明鲁迅的伟大，因为正在他病势沉重时，还由他领衔发表了《文艺界同人为团结御侮与言论自由宣言》（1936年10月1日《文学》第7卷第4期）。这个宣言，是由茅盾、雪峰在周扬、夏衍赞同下，特别在鲁迅支持下起草的，有郭沫若、巴金，文学研究会、创造社和礼拜六派主要成员，林语堂也签了名，共二十一人。

这个宣言的发表，进一步促成了口号论争的结束，使所有盟员大大松了口气。

25

而在鲁迅逝世的噩耗传开后，不止"左联"，其他"社联"、"美联"等党所领导的社团，乃至整个进步文化界，都陷在极大悲痛里！文委负责同志不便出面料理丧事，但他们决心凭借鲁迅的崇高声誉，把丧事办成一次声势浩大的救亡运动。因此，在周扬、夏衍，还有雪峰商讨后，并由雪峰征求许广平同意，分别邀请宋庆龄、沈钧儒等"七君子"，及周作人、周建人，组成治丧委员会，办理鲁迅丧事。

茅盾本来可以出面料理鲁迅丧葬诸事，但他恰到浙江乌镇去了。周扬、夏衍既不便列名，更不能去殡仪馆。治丧委员中有胡风，因为都认为他不会出问题，否则他经常去内山书店、大陆新村同鲁迅见面早就出问题了，而不少丧葬事务又要有人来抓。他们还从准备前去殡仪馆瞻仰遗容、参加送葬的广大群众中，挑选一批与"左联"、"社联"、救国大会有联系的相当精干的同志，分别进行谈话，要他们到时负责维持秩序，注意防止坏人干扰。事后看来，文委的估计对头！因为鲁迅逝世消息传开后，就连大陆新村左右，都有暗探、特务的梭巡、活动。

由于艾芜、荒煤和我尚未引起反动派怎样注意，便都去了殡仪馆参加吊唁。荒煤是搀扶着一路悲啼落泪的叶紫去的，而他一进停放棺木的大厅，靳以就给他一个纠察队员的臂章。徐懋庸没有去，只送了一副挽联："敌乎友乎，余难自问；知我罪我，公已无言。"

胡风一瞧见我，就流着眼泪同我握手，仿佛有千言万语要说，却哽咽着一句都没讲。近两年来，我们很少见面，几乎绝交，不像他刚从日本回国同我最初结识那段时间里常来常往。

当然，我对鲁迅的辞世同样心情沉痛，特别守灵时，瞧见他那枯瘦的遗体、容颜，也几乎哽咽起来。先生生前我只见过三四次：在艺大旁听他的讲演；参加聂绀弩为他主编报纸副刊请客；一次偕叶紫诸位在公模咖啡馆会见；还有那次"左联"常委会在我家里开。

而最令人难以忘怀的，是他亲身将回答艾芜和我，两个初学写作者的请教的回信，从景云里送到德恩里！太出人意外了！尽管两地相距不远，单从年龄，从文化界的地位来说，这已够令人感动了！而更为重要的，是他在创作上对我们的教导。现在，我从事创作半个多世纪，已经糟蹋了不少纸张，在进行反思时，每每不禁感到不安，惶愧！……

我在殡仪馆停留了两点多钟，其间，前来瞻仰先生遗容，行礼志哀的人们络绎不绝。次日下午，我用过午餐后又前去万国公墓。这天，参加送葬的群众更多！不少"左联"、"社联"同志到得比我更早。启灵时，我被安排为执拂者，排在鲁迅亲属后面。现场指挥列队的是胡风和萧军。

因为灵车需要先行，他们宣布列队秩序后，就同巴金、靳以他们抬棺木去了。可是，由于他们安排的人有一两位没有来，停顿了好一阵没能出发。巴金、靳以忽然发现了我，就齐声向我嚷道："你来！你来！"我就无所顾虑地去了。

当我们十四名青壮年把棺木扛上灵车，送葬的队伍已经排好，欧阳山、蒋牧良高举张天翼写的"鲁迅先生丧仪"的横幅在最前面，然后是挽联、花圈、遗像、灵车、家属、执拂者、各社团的成员、一般群众，而知识青年和各行各业的群众自动参加的更多。因此，事后一般都认为，这是孙中山逝世后又一次最壮观的丧葬。

我记得，同其他熟悉上海社会情况的同志一样，巴金也察觉到殡仪馆一带有暗探特务活动。我相信，这绝不是为他自己的安全而考虑，因为虽然他的文章带有鼓舞人民自强不息，藉以改造社会的作用，而他无党无派是人所共知的。但是，周扬、夏衍理应回避，可其他左联社联的同志政治色彩较浓的却也有不少，如果某些组织起来的同志把以往游行示威的口号摆出来，反动派就会借口捣乱！

因此，出发之前，巴金建议只能高呼"鲁迅先生精神不死！"这一口号。他的建议被采纳了。而所有纠察队员在队伍行进时，确也善于说服一些单位领队的负责同志。因此，尽管口号声、挽歌声高响入云，就连我这个一向比较冷静的青年，竟也被挽歌的悲壮情绪和革命的口号声控制住了！跟着大家高呼："鲁迅先生精神不死！"这支浩浩荡荡的人流，一直拥向万国公墓。

离开万国公墓后，我跟即到沈起予家里，同洪深商量《光明》"哀悼鲁迅先生逝世"特辑的组稿名单，并将已经编好发排的第 1 卷第 10 期推迟付排。《光明》创刊前，为了应付反动派的干扰，生活书店、夏衍都不便暴露，于是由夏衍邀请洪深执名做发行人兼主编，因为他同国民党一些上层人士早就相识，又敢说敢当，可以使刊物免于若干干扰。

由于精力、时间有限，这位老夫子平常只是有时到编辑部应应景，这一次他可主动抓具体编辑工作了。在拟定撰稿人名单时，我主动报名写一篇。在知道先生逝世后最初几天，我只突然感觉一片空虚！失掉了精神支柱！因为自从在成都省师学习时，在普益书报社从旧刊物上读过先生的《故乡》后，他的著作就成为我的主要精神食粮。

现在，我可以较冷静地思考了。而我写的《悼念之辞》的大意是：五四以来坚持反封建、反舶来品、反"卍"字徽章，主张彻底改造国民性；每次社会发生巨大激变都率先挺身而出，勇敢地站到前线作战。

爱憎分明，笔锋犀利，经常使一切丑恶势力畏惧，只有先生一人！而这些，正是鲁迅伟大精神的表现。

这是凭记忆写的，我没有翻阅原文，编排时夏衍有没有增改，我也记不得了。

26

照例，《光明》每次发稿前，夏衍都要重点地看一遍。创刊号，我的短篇《兽道》原叫《人道》，《兽道》是他审稿后改的。"什么'人道'啊！"就改为"兽道"，而题旨也就直截了当揭示出来了。

夏衍不止审阅每月初步编辑的文章，还亲自到印刷所看清样，调整版式，随手添写补白。我曾随他到过印刷所，他的细心、耐烦真使我吃惊。他本人既能翻译，又能创作，《光明》创刊号他那篇《包身工》，可以说是报告文学在中国文学界的典范。但更重要的是，随着抗日救亡运动的发展，在剧协于伶、章泯、张庚诸位的协助下，相当突出地实践及时反映现实生活斗争，倡导集体创作。我记得，单是《光明》就发表了《走私》《汉奸的子孙》《咸鱼主义》等。

夏衍自己，早在中央上海局遭到大破坏，接着又出了所谓"怪西人"事件，白色恐怖高涨时，曾接连隐蔽了两次。一次隐蔽在一家肥皂厂熟人家里。一次隐蔽在一个小公寓里约三个月。由于闲来无事，在肥皂厂熟人家写了小说《泡》。而在小公寓里，则写了《赛金花》，是他第一个多幕剧。

其时，北京华北边军分会代委员长何应钦同日军司令梅津美治郎签订了丧权卖国的所谓"何梅协定"，将热河、察哈尔两省以防共自治的鬼名义割让给日寇！大汉奸殷汝耕则照样搞他的华北五省防共自治政府。而从北平高呼"停止内战，一致对外"口号的"一二·九"学生运动，在全国掀起一次抗日救亡高潮。

正像对待小说《泡》样，搁置了近一年，然后修改加工，并请人抄写后，仍用"夏衍"这个笔名，又请人捎到北平，投寄《文学》。不久，就在该刊第6卷第4期（1936年4月1日）上发表了。由于一直保密，平常又使用的"黄子布"这个假名，就连剧联的于伶、章泯、张庚都认为这是一位脱颖而出的新秀！《赛金花》经过盛况空前的演出后，由"四十年代剧社"前往国民党的"首都"演出。

由于人民群众为"何梅协定"所激起的憎恨、愤怒，它一演出，就把南京的人民群众轰动了！赞誉之声空前，远非其他剧社如"中旅"、"舞台协会"演出《大雷雨》《汩罗江》等名剧可比。后来，竟连国民党中委主管文化工作的张道藩，根据传闻，也混杂在普通观众中前去"欣赏"了。

而当戏中一位前清官员向一名侵略者司令说："咱们只知道叩头啊！"这可立刻把这位当权派讽刺痛了！当即顺手抓起座位边的痰盂扔上舞台！并在"回衙"后，分派下属马上行文通知剧社和世界大戏院，停止《赛金花》继续出演。而国民党"叩头外交政策"的恶名，张道藩在剧院的丑剧，却也通过南京各界人士，特别戏剧方面人士，在全国各大城市传播开来，乃至"叩头外交"一下取代了"妥协投降"一词。

不言自明，凡是了解国民党当年在抗战时期"文化围剿"实况的人士，都会相信，不止禁止《赛金花》的演出，凡是反映救亡运动的话剧在国统区演出，都难于通过图书审查之关。当然，死角还是不少，解放区不说了，就在派系林立的国统区也有若干例外。而且，当年在创作上坚持以及时反映抗日救亡运动新的激变，借以鼓舞群众再接再厉，同时机智果断思考细密的夏衍，并不灰心。

真所谓"条条道路通罗马"，七七事变爆发后，眼看日寇得陇望蜀，又在华北酿起事变，意在进行全面侵略。幸而并非蒋家嫡系将领的宋哲元，在卢沟桥进行抵抗。于是夏衍抓紧时机邀请刚从北京回来的《大公报》战地记者陆治，就华北局势及有关七七事变中目睹耳闻的情况，向原"左联"盟员做详细报告。然后就在艾思奇家里，根据各人的记录、经历进行商讨，决定把它写成章回小说。拟定全书节目后，由我写第一章，反映事变前夕天津的一些征兆。因为20年代末期，我曾经在天津逗留过，算是知道点天津。

我，还有艾芜、天翼、夏征农等都如期交卷，送夏衍编纂、审阅，题名为《卢沟桥演义》。显然，它的文笔、章法不大像传统的演义，它在夏衍主编的《救亡日报》发表时，叫作《华北烽火》。不过，这是"八一三"以后的事了。

话说回来，在因鲁迅逝世激动情绪逐渐平静下来不久，就在这一年年底，西安事变也曾把人的情绪激荡起来！不过不是悲痛，而是手舞足蹈的狂欢！

不仅是我，也不仅是我当天会见过的文艺界同人，市面上的一般群众都喜笑颜开，敞声发表宏论！而我到了杨潮家里，畅谈之余，正像以往小说散文组样，打开一瓶泸州老窖，饮酒庆祝！

可是，当不久后听到国民党广播蒋介石被释放的消息后，大家一下都沉默不语了。因为没有正式的消息，谁也说不清是怎么回事。

27

从1936年到"八一三"战事爆发前，在小说创作上讲却是我一个重要时期，因为小说中所有的故事、人物、背景，都已经取材于四川了。而且，一部分着重在写人物。这个改变，在我是颇为有意义的，而促成这个改变的重要原因之一，就是1935年的故乡之行，重新接触到了生活。

《兽道》和《在祠堂里》都是故乡之行的产物，写起来也相当顺手，读书界的反应还大都不错。我写《兽道》，意在揭露反动派。当时国民党政府散布这样的谣言，说红军过境，人民受苦。其实是国民党军队经过的地方，人民才遭受着深重的灾难。我决定要写一篇作品来表现这个主题。不久我听当地人说，在某个地方有个产妇，碰上一个国民党所谓"剿匪"部队的军官要强奸她，她的母亲再三哀恳，都不答应。这位老太婆不忍心产妇受害，最后痛心地说："我来可不可以？"这个事件震撼人心，因为它充分地说明了国民党所谓"剿匪"的本质。有了这具体的，能恰当地表现主题的事件后，就想人物，就在自己的生活中去找熟悉的人物。我必须要找一个受尽苦难而性格倔强的老太婆，我觉得这个老太婆必须是个劳动人民。于是我就在我接触过的劳动人民中去寻觅这样一个典型。这个人物渐渐在我脑子里形成了，于是我就把这个人物放在一定的环境中，去让她表示态度；我把我综合出来的这个老太婆的形象放在那个悲惨的事件中去让她现身说法，去让她说该说的话，做该做的事。这就写成了《兽道》。原本担心通不过反动派的审查，但是却通过了。

　　而从正面去写的《代理县长》，却未获通过。这是我自己也比较满意的小说，因为通过那个反动政权下的官儿的可笑的生活方式，我多少表现出了旧的社会制度的丑恶本质和它的日益腐朽，国民党的官员根本不是在救灾民，而是借赈灾来更加残酷地对人民加以压榨。正是北川县那位县长秘书为我表现这个主题提供了人物原型。那蓬松的头发，穿着一件褪色长袍，抱起一双布鞋，手提一副猪臁满街喊着去借锅炒的形象，当时立刻就吸引了我，他的确充分而尖锐地集中了一些国民党官吏的流氓气和市侩气。以后，我依据我的生活经验分析了这位秘书的历史和身世，决定拿这个人物作为我小说的主角。而且，我还拿在我生活经验中所遇见的其他人物、拿我生活经验中接触过的同类典型——国民党烂官僚分子的典型，来补充、来丰富、来充实我作品中要表现的主角。因为我综合概括了许多人物的特征，而再创造了这个人物，结果，我这篇作品就写得比较生动。这篇小说在上海送审未被通过，我就寄往天津《大公报》文艺副刊给沈从文，后来却在《国闻周报》上发表了。是《大公报》转去的。这两家报刊原来都属于一个共同的发行人。

《在祠堂里》一篇，立波很是赞赏，但他主要是对小说的特色、布局，以及气氛的烘托着眼的。而我感觉，小说中没有露面的女主人，她死前仅仅的几句话所显示的新女性的呐喊，却是主要的。

提起《灾区一宿》，十年动乱中所谓专案组曾经给我吃过不少苦头，他们把小说中那个"我"看成真我，大肆打伐！其实，认真看看本文，也可以看出作者对那位组长，特别那名地主，是用讽刺笔调写的。况且，他们也并不把它同《兽道》《代理县长》这些作品连起来看，而它们都是我北川之行的产物。它们，还包括我为开明书店成立十周年纪念集写的《逃难》及《苦难》、《为了两升口粮的缘故》（原名《查灾》）、《轮下》等篇。

那一年的创作中，《毒针》我不怎么喜欢。《某镇纪事》《一个人的出身》《干渣》三篇，是为良友图书公司写的一部自传体中篇《父亲》的部分章节。也是以我比较熟悉的四川中小地主家庭的生活为题材，写起来也不怎么困难。而且，我是按照几年前在那次左联常委会上，茅盾鼓励我写中篇并对作品的结构和艺术处理所做的指教，还有他进一步提出，如果写一组人物相同，故事互相衔接的短篇可能较为省力的建议，动起手来的。可惜后来因为预支版税问题，搁下来了。

我原本特别想要反映红军的战斗，红四方面军打垮川军、中央军的"围剿"，但也因为材料不足，知识有限，再因国共和谈的开始而没有写。

28

在这一年多时间里，虽然"左联"已经解散，又发生了两个口号论争，但我与原小说散文组的成员仍旧时有往来，像欧阳山和草明，他们就赞同"民族革命战争的大众文学"。以后，周扬还要我同其他人联系过，像魏金枝，他当时在麦伦中学教书，虽然见面不怎么多，但他给我的印象很好：朴实、诚恳，平易近人。我同白薇这位老大姐也相当熟。林淡秋、魏猛克、森堡、冯铃声、杜谈和关露都同我有过联系，还有刚从日本回国的欧阳凡海。当然，这些联系，大多是临时性的，也并不全是工作关系。

对于《文学界》，曾经有人认为它的主编周渊就是周扬！其实周渊是个假名，直接领导《文学界》编辑工作的，是"左联"党团成员，负责组织部门工作的戴平万。这个刊物也是他鉴于抗日救亡运动的形势日益发展，根据部分盟员的要求和组织上的同意，通过前创造社成员邱韵铎找光华书店搞起来的。稿费很低，只有一小笔编辑费供邱韵铎开销，因为日常编辑工作都得由他承担。如果说还有个编辑部，这个编辑部也就在邱韵铎家里，编委有戴平万、杨骚、徐懋庸、邱韵铎和我。后来陈荒煤代替了我。我前后在邱韵铎家里参加过两次编委会。记得，徐懋庸曾自告奋勇为创刊号写了一篇以抗日运动为题材的小说，这可能是他写作生活中唯一的一篇小说。

我与戴平万在发生工作联系前并不认识，但在 20 年代末我就知道这个人。我最初在《太阳月刊》上读到过他的作品。1936 年春夏之交，周扬告诉我，戴平万将同我发生联系，领导我工作。那时，我知道了，戴才从东北秘密回来。

而戴平万对我却是相当了解，并且信任我，在筹办《文学界》和准备成立"中华文艺家协会"一类问题上，都主动同我商量，坦率交换意见。正是在编辑《文学界》1 卷 2 期那段时间，他同我谈到入党问题。那是在我表示了自己的要求以后，他说："原先还以为你早已入党了呢！"我向他介绍了我 1927 年参加党及以后失去组织关系的经过。这以后，很快他就介绍我重新入了党。值得高兴的是，五十年后，在党组织的关怀下，经中央组织部的批准，又恢复了我 1927 年的党龄！而在当年来说，我还是相当兴奋的。记得，戴平万还因此事批评过周扬，认为他忽视了我的入党问题。

在《文学界》出过二期后，我就调到《光明》去了，代替另一位党员何家槐的工作，由夏衍领导。在《光明》，负责编辑部日常工作的是沈起予和李兰，我管看小说散文稿。

同我有过党的组织关系的还有陈荒煤和林淡秋。我同荒煤联系的时间较长些，他那时从"剧联"转到"左联"，年轻力强，跑组织工作，活动很多。他没有什么收入，生活很困难，曾在好友丽尼家里寄宿吃食过相当长一段时间。那时，叶紫生活更困难，有爱人、孩子，还有丧失工作能力的母亲。一次他去找荒煤，说两天没米下锅了，荒煤就拿出身上仅有的两块钱给他。荒煤有时到我家来，我就喊黄玉颀给他割两角钱肉吃。"左联"解散后他的活动少些了，就有时间从事创作，那时他写了《在长江上》，后来还帮助夏衍搞集体创作。七七事变前他去北平，还征求过我的同意。

1936年5月，舒群在《文学》发表了《没有祖国的孩子》后，周扬让我同他联系，我就认识了他。我记得，《没有祖国的孩子》是由白薇大姐转周扬，周扬介绍给《文学》的。这篇小说发表后，文学界反应相当强烈。我认识舒群后，他开始为《光明》写稿，又通过我先后向《光明》介绍了罗烽、白朗的稿子。以后我就认识了罗烽，但接触不多。

艾芜大约是1936年上半年从青岛回转上海的，回来后参加的社会活动也比较多了。

记得在这年秋天，一次欧阳山向我谈到他的打算，成立一个社团，出版刊物，不空谈理论，只评议具体作品。我表示赞同，因为他的倡议正同我在《文学界》上发表的文章不谋而合。当然，我那篇《一点意见》是表示赞同"国防文学"的，而意在言外，另提口号没有必要。当张天翼从南京来上海后，为全力促成欧阳山的倡议，就召开座谈会商讨具体问题。

我之所以没有参加第一次《小说家》座谈会，是另有原因，怀疑参加人中有曾以化名在《夜莺》上发表反对"国防文学"文章的人。而参加座谈的，几乎全是赞成"民族革命战争的大众文学"的人。艾芜、荒煤也没有参加这一次座谈。

随后，听说有人批评沈从文感觉左翼作品都"差不多"的论断。而在欧阳山又一次来约我、艾芜、荒煤时，在得到党团同意下，我们都参加了1936年10月30日召开的第二次座谈会。地点在北四川路一家广东馆子里。

我一向是喜欢沈从文的作品的，乡土气息浓厚。同时，他还写过一篇赞扬红军通讯员的小说《世界上最黑暗的一夜》，写的是这位红军通讯员为保守秘密而自我牺牲的精神。沈从文的《柏子》，尽管把宿娼的性生活写得那样具体、细微，却只令人对那些长期打单的拉缚船工无限同情。但他的"差不多论"，却未免武断。

我本来不准备发言的。随后，由于其他作家的发言中没有什么宗派气味，感觉那些先于我参加的作家，特别青年作家都有团结的愿望，我也发言了，且在整个座谈中发言十次。我的主要意见大致有两点：其一，理论批评家之间的分歧是酿成宗派的主要原因，而小说家则因各自不同的原因附和他们的主张，这就逐渐形成对立的派系；其次，我并不否认理论斗争的重要，但我感觉小说家不能从个人关系出发依附某一理论家，为其摇旗呐喊，卷入他们的论争。至少，在即将出版的《小说家》上，不刊发理论批评家的文章！不登胡风的，也不发表其他理论家的，借以比较迅速地促进革命文学工作者内部的团结。当然，为了交流经验，评论、剖析具体作品的文章，还是应该刊发。

这次座谈会会议记录，发表在12月1日出版的《小说家》第1卷第2期上了。

的确，在淞沪战争爆发前一段时间内，来自口号之争的对立情绪已经缓和多了，团结气氛大为加强，一致全力参加救亡运动。除了前边记述的，夏衍倡导的集体创作而外，我还记得，《小说家》创刊不久，这年冬天光景，茅盾又出面发起了一个座谈会。没有什么名义，只是每月一道聚会一两次，随便谈谈创作上的问题和当前的时事，然后大家出钱吃一顿。总是茅盾等多出些钱。参加人数不等，最多时有二十人。记得有郑振铎、王统照、已人、我和艾芜，以后参加的有端木蕻良。叶圣陶、徐调孚、少数原"左联"的成员也参加过一次。这种聚餐会坚持了相当长的时间，没有一哄而散，大约直到卢沟桥事变后才停止。我参加了这个座谈会，事前周扬、夏衍也都知道。

到1937年，我在工作上同夏衍接触较多，主要是编辑《光明》。周扬已不怎么活动了。我印象中，自从雪峰公开在文化界露面，亲自领导文化界的工作，周扬仿佛被停止了工作。有些苦恼、消沉，身体也不大好，双脚有些浮肿。在我1937年冬天回转到四川后，知道他和苏灵扬已经去了延安。

29

"八一三"抗战爆发，我和欧阳山、舒群一些人，都想到前线去做些宣传、慰劳和进行采访的工作。我感觉应暂时放下我的专业，不再计较一定的文学形式，及时地反映种种震撼人心的故事。我认为这是一个文艺工作者的责任，而在情绪方面更是一桩不能自已的事。

我四处奔走，还特别去找过才从日本秘密回国不久的郭沫若郭老，请求他介绍我们到张发奎将军的部队去。可是，因为这支队伍，乃至郭老本人都受到蒋政权的歧视，结果落空了。向文救会找工作，希望能介绍我们到红十字会去，没成功。到难民收容所去，也不成。

于是，我们就相约到街头向老百姓进行宣传和募捐。可是，正式医院限制很严，每处都被挡驾，不让我们同伤员接触，也不接收我从各界人民募集来的慰劳品，更不要说慰问信了。最后，我们只好竭力通过私人设法，经过种种转折、担保和请求，才得以允许。那大约是"八一三"后快两个礼拜的日子，乘车早已经是种奢侈了，我在两架日本飞机盘旋下走进了医院大门，几经盘问，高兴半天，结果还是被客客气气地送出来了。后来，又经托人，才去到一家私人医院。此外，我们还曾去过金神父路"学艺社"对面一座临时伤兵收容所。再往后，就连临时医院也有了种种限制，不能去了。

正因为战争日益扩大，日军封锁港口，破坏交通，上海与内地几乎隔绝成为物资困乏的孤岛。最使人担忧的是生活问题，因为我们一般都是靠稿酬、版税维持生活，由于一些书报相继停办或者将副刊停办，尚在办的也发行范围日益缩小，生活来源就成了问题。加之米和燃料一类一礼拜内价钱涨到一倍以上，再这样下去，眼看就要饿肚皮了！

我同张天翼、欧阳山一些人讨论过，感觉上海已不可久居，与其困在这里，一筹莫展，何不早点离开，分散到本乡本土去开展抗日救亡的宣传工作。这些想法，得到原"左联"党团负责同志的支持，于是很快就纷纷采取行动。

大约10月间，我同舒群、罗烽、白朗、丽尼一起出发离开上海。那天，周扬还到车站去送过我们。当时舒群尚未结婚，其余则各带家小。吴淞口早已被日军封锁，无法搭船，为避免敌机轰炸，我们是深夜乘的火车，准备经沪杭先到嘉兴，然后换车到南京。

车到嘉兴又是深夜，换车得走段路，桥已被轰毁，大家得自己搬运行李，吃了不少苦头。而由于分辨不清，我把丽尼的一件行李误认为是自己的，半路上又被自愿代为搬运的人趁火打劫了，为此还引起了误会。这件事后来被周扬知道了，我1938年到延安时，他还对我进行过批评。

到达南京后，大家各自去找自己的熟人。先我离开上海的任白戈，把我介绍到田汉家里借宿，以等候轮船。居停主人的豪爽仗义我是早已闻名，这次感受更深，他竟然把自己的卧室让给我一家三口，自己和其他客人一道在客室里睡地铺。在逗留南京的两三天里，他还招呼我们跟他去秦淮河躲过一次空袭。临走那天，更是帮着我们搬运行李。

这个人真了不起，慷慨好义。

阳翰笙好像也是任白戈介绍我们认识的，过去从没见过面。在我谈到返川后的工作和生活问题时，阳翰老主动提出让我去找他的同乡吕汉群（吕超），请吕超写信给军政界的熟人，为我在成都教育界介绍一个工作。吕超的信是写给吴景伯的，这位以同情革命著称的师旅级军官，当时是成都协进中学的董事长。我记得，阳翰老还领我去找过成都《新民报》的陈明德，预支过一笔稿费。在南京，我还见过荒煤一面，是在一家剧院的后台。

我们的船票也是阳翰老帮助买的，是直达重庆。船上碰见刘披云，他在上海时曾开过间打闹川菜馆，也破产了。"文革"中我被关押在成都昭觉寺，外调人员审问时，还以为那是家大饭馆，其实只是个巷弄饭馆，主要包伙食。

因为路费光了，为筹些钱用，我们在重庆留住有三四天，借居在肖崇素家里。肖那时在《新蜀报》写社论，报纸的主编是漆鲁鱼同志。接触中，我发现漆鲁鱼知道我的政治倾向，也相当熟悉"左联"以及当日上海文化界的救亡活动情况。而为了推动重庆的抗日救亡运动，他特别为我组织了一次报告会，报告上海抗战情况。报告会在大梁子基督教青年会举行，听众为学生和青年职工。

这次报告会，可以说是我回川后的第一次文化社会活动。报告会后，还有当地两三位青年文艺工作者到肖崇素家里访问过我，话题主要是两个口号论争后左翼文学界人士的团结和工作问题。可惜由于以后未通音讯，他们的姓名我早已忘怀了，谈话的具体内容也早已模糊。

30

我们一家是11月到达成都的，在祠堂街附近的大同旅社住了两三天，黄玉颀就带着杨礼回安县秀水乡她哥哥黄章甫家去了，而我则借住在王家塘杨冠斌家。杨是我的同乡。

我首先会到的是车耀先，那时他在办《大声》周刊，搞救亡运动。从他那里我知道张秀蜀（张秀熟）当时在一所中学教书，还有他其他一些情况。我估计，张秀蜀可能有党的关系，因为20年代他就是四川党的负责人之一，于是就去看他，主要目的是想通过他问到李一氓，因为在我离开上海前曾到周扬家去转组织关系，而周扬让我去问正在他家的夏衍。夏衍则告诉我，李一氓将到四川工作，到时找他办就可以了。

　　与张老见面后，他说可以帮我问探。不久后再去找张老，他只告诉我说："张老"在成都！因为他为人非常稳重，说话又慢条斯理的，我可秉性急躁，再三问探，他也不肯告诉名字，但知道李一氓没有到四川来。既然他不肯说明，以后我就再没同他提谈此事。直到解放后我才知道，"张老"是张曙时同志。至于我的组织关系，结果是1938年我在安县过完春节回到成都，见到成都地区党组织负责人罗世文同志后，又几经周折，最后由程子健同志出面做证，才解决的。

　　我到成都没多久，会到从上海来的周文。那时他也没有找到组织关系，但很快就同在成都搞救亡活动的车耀先、张秀蜀、熊子骏、李嘉仲一些人结识了。由于我们都急于想在成都做些工作，因此见面机会较多。

　　我与周文第一次见面就商量问题，交换了彼此了解的情况，而我恰也对成都比较熟悉，于是分别在一些文艺界知名人士中开始联系工作。当时，单是从北平、上海疏散到成都的就有三十人上下，如朱光潜、马宗融、毛一波、何其芳、卞之琳等等，再有一向定居在成都市的，像李劼人、邓均吾等也有不少。

　　可以说，我与30年代所谓"京派"作家过去并不相识，更没有交往，就是对上海的一批人也不尽相识，可能由于彼此间文艺思想上的差异且有过或多或少的误解，但在抗日救亡运动兴起以后，所有这些一下消释了，因此大家很快就熟识起来。

一般我们多是进行些联谊性的聚会，比如聚餐、茶会一类活动。我印象较深的是枕江楼的一次聚餐，那是一次文艺界规模较大的集会，参加的人数最多。

　　当日成都出版刊物很少，《国难三日刊》主要是转载省外报刊上宣传抗战的文章，较有生气。而影响较大的是《大声》周刊，联系实际，曾被查禁三次。由于大批文化人聚集到成都，本地原有的文艺工作者更加活跃了，突出反映在《新民报》《新新新闻》《华西日报》的副刊上。而单独出版的文艺报刊也有好几种，突出的是何其芳、卞之琳自费出版的《工作》。

　　大约近1937年底，因我感觉空气太沉闷了，就向张秀蜀张老谈起，一个《大声》不够，是否设法再搞一个刊物，或者弄个报纸副刊来编。后来就筹办了半月刊《战旗》，可能是1938年初出版的，编辑人有刘披云、周文、葛乔和我。具体搞的是葛乔，他那时在《国难三日刊》工作。《战旗》是综合性刊物，文艺是附带的，创刊号上我写了个短篇《出征》。由于发行困难，《战旗》大约只出了一期就宣告停刊了。

　　初到成都，我即去会见那位早已下野的川军将领吴景伯。他跟陈静珊、张志和交往深，协进中学就是他们搞的，当日成都的《新民报》也是他们合伙办的。我是拿起阳翰笙托吕超为我写的信去看吴的，信的内容是托吴让我去协进教书，或者到《新民报》做个编辑工作。次年，也就在旧历年底，我就接到了协进中学的通知，聘我教国文。

　　春节前，我在故乡安县城里住了不久，就到距城五十华里的秀水，在一座古庙里过的春节。大约住了一个多月的时间，春节一完，我就带上家小到成都，在少城仁厚街安了家。是和李嘉仲合佃的一个小四合院，李也在做中学教师。

　　我在故乡停留的时间不过三个月左右，但是所见所闻却很不少。而这些见闻，同我离开不久的上海，以及我在敌机的空袭下仓促离开上海、绕道嘉兴去南京的经历比较起来，它们同抗战是多么不相称！

当然，人们对于神圣的民族解放战争，倒也并非完全无动于衷，一般富有者的反应特别强烈：他们显然已经十分敏感地从抗战预见到了发家致富的简便途径。

我认识一个具有专门技能、曾在上海科技界供职的熟人，他回四川原是为了在成都找点工作，尽其所长为抗战服务的。但在一些亲眷的鼓吹下，他却放弃了原先的打算和专业，搬到我们那个偏远小县去开发金矿！因为随着战争的发展，金价随涨，那时候县属两三处素以出产沙金闻名的地区，在荒废多年之后，又开始兴旺了。这件事给我印象很深。

我在协进中学教两个班的国文。协进当时的校长是谷醒华，据说曾经做过县长。教务长是杨伯恺。由于上海辛垦书店那段经历，我们接触很少。直到几年以后，他早已参加民盟，并正筹办《民众日报》，而我恰好路经成都到重庆去，那时才重又接近。协进教员中有李筱亭，我上下课之间常到他房里坐坐，他就住在校内。洪仿予、黄觉民也在那里教书。

那时，周文在成都文艺的工作已有了些基础，主要是同当地一些文学青年有了联系，这可能与他参加川大寒假的"军训"有关。譬如羊角，当时还在川大读书，而且相当活跃。车辐同羊角相当熟，他们好像还办过一个文艺刊物，刊物的名字已不复记忆。周文无职业，所以在文艺界做的工作比我多，而且还发展了党员，像陈翔鹤、邓均吾就是他发展的，羊角可能也是。

31

我同周文在成都文艺界的活动开始只是联谊性的，主要是结识一些人。我同马宗融过去并不相识，但却互相知道，况且彼此都与巴金熟识，都在文化生活出版社出过书。他爱人罗淑又是写小说的，她的《生人妻》当时相当知名。我春节后回到成都，恰逢罗淑去世，我同任钩好像就是在去吊唁罗淑时相遇的。

任钧在上海时，我和周文都知道他，当时叫"卢森堡"，被捕出狱后才改名为"任钧"。"八一三"后从上海到成都，参加一些文艺界活动。我印象中当时他是比较活跃的，因为他用"任钧"这个名字发表文章已经有相当长时间了，有了一定影响。看起来他同马宗融关系较好，有时马宗融请我同周文在皇城坝彭门馆子里吃饭，都有他在。

新认识的人中，除马宗融而外，熟识较快印象也好的是陈翔鹤。在一次大革命前后，《沉钟》是我比较喜欢的文学刊物之一，那时我就知道陈翔鹤了。他写的小说对我没有多少印象，但在1931年左右，他一篇介绍"沉钟社"的回忆文却使我对他有了相当好感。我到成都，第一批结识的文艺界人士中就有他。因为我感觉他对人诚实、朴质，因此熟识得比较快。当时他看来生活不宽裕，又没有职业，不是不想工作，而是没有机会。他并非"京派"，但长在北平住，因而与何其芳、卞之琳等相互认识。我们当时就是靠他来了解这一些人的情况，并通过他与之结识。翔鹤生活尽管不怎么好，住的地方也窄小，却相当喜欢养花。1938年春夏之交，一天，我到周文家里参加党的会议，发现陈也在座，有点惊奇。以后关系更较以往为亲密，我去延安之前，感觉他生活的困难，就把协进的课让给他教了。他在协进大约也只教了一个学期，以后就到罗江国立六中去了。成都成立文抗分会，他也做过一些工作。

其芳大约是1938年春从万县来成都的，在石室中学教书，我与他来往也少。虽然抗战前他以《画梦录》蜚声文坛，自从在成都办起《工作》，文风大变，连续发表了《论工作》，和那首批评当时四川那种"万马齐喑"局面的《成都，让我把你摇醒》激动人心的诗作，我对他的印象大为改观。我曾经为《工作》写过两篇短文，但与他也只是在一般聚会时见见面，而这种聚会在我们去延安之前并不多。我与他，还有卞之琳，是一道去延安这才熟识起来。

对邓均吾，我还在省一师上学的时候，就在创造社的刊物上读过他的作品了，而我们熟识起来，是在 1938 年上半年。虽然 1932 年在上海辛垦书店他翻译出版过书，但我们仅是一面之缘。在成都文艺界聚会，我们也见过面。而自从与他一道参加过一次组织生活，得知他是党员以后，我们才有所往来。

1938 年春天，我还同吕荧有过接触，那时他不大有名，文章也写得少，当然更没有把我分派为客观主义的代表人物。他是拿起罗烽的介绍信来找我的，要我帮助他介绍个职业，解决生活问题。他好像是从武汉来成都的，有肺病。后来，我找到刘披云，由刘让了两班人的作文卷子由他改。那时改作文卷另有报酬，刘正在天府中学教书。

我记得，"文抗"成都分会成立前，我同周文曾打算在《新民报》搞个文艺副刊来编，可是没有成功，报馆只是表示"欢迎"我们写稿。分会成立后，曾出过一个刊物《笔阵》，我只记得纸张是通过李劼人由嘉乐纸厂捐助的，至于什么人负责编辑，出过几期，我是否写过东西，则已印象模糊。一般说，当时除开何其芳等人搞的《工作》而外，文学方面的表现尚不大活跃，倒是一两次漫画、木刻展览，给我印象较深，它们的主要制作者是张漾兮和谢趣生。

上海"影人剧团"到成都后，上演前的招待会，我和周文被邀参加了，认识了一些人，其中有陈白尘。比较谈得来，过后也有来往。陈是剧团的编剧，上演的第一个戏好像就是他根据席勒的《威廉·退尔》改编的。我在上海时就知道他，他开始是写小说的，不过那时他用的是"墨沙"这个笔名，后来写戏才改为"陈白尘"的。那时我与他来往中有这样一件事印象较深：我在什么报刊上读到一篇通讯，是揭露上海玉山县汉奸政权的罪恶和丑态的，我想根据它写个多幕剧。提纲、分场分幕都搞好了，可没时间写，一直扔在那里。当我准备去延安时，因为想起陈白尘苦于没有剧本，没有适当的题材，我就把这个提纲交给他了。后来他写出了话剧《魔窟》。不过，虽是以我那个提纲为基础写的，一定有不少改动。我一直也没有看过这个剧本。

影人剧团在成都开始演出不久，曾经发生过这样一件事：一天晚上，刚才演出了一两场戏，就遇到一批流氓、兵痞叫嚣捣乱，结果半途停演了。而伪警备司令部借此勒令剧团以后停止演出。当时传闻很多，但可以肯定一点，这是伪警备司令严啸虎搞的鬼。在得到消息后，大家都很愤激。部分人曾在"努力餐"开会，参加人我记得有车耀先、刘披云、周文、熊子骏等。有人曾提议我到武汉去找郭沫若，解决剧团被禁演的问题。后来，经过车耀先、熊子骏他们的奔走、抗议，在各方面舆论的压力下，问题很快算解决了，剧团照常演出。

32

除开与文艺界人士的接触外，在那段时间里，我接触较多的是车耀先、张秀蜀和李嘉仲。李一直与我家同住一个小院，天天见面。车耀先开的"努力餐"那里，我则几乎每星期都要去坐坐。因为地方当道，一般新书店又集中在祠堂街，刘披云、周文也常去。文艺界少数人聚会也多半在那里举行。在他那里，有时还可以比较早地看到延安出版的书刊，我记得毛主席的《论持久战》就是在那里先看到的。

我不止为车耀先的《大声》写过一些短稿，还同他一道在街头做过宣传，并一道去慰问过抗战军人家属，好像那时叫"出征军人家属"。在当时的成都，很少有人这样做。周文、刘披云似乎也参加过。刘披云在将军街住家，离车耀先最近。

我在协进中学教国文课占的时间并不多，但加上两班人的作文卷子，可就相当忙了。而在1938年的上半年，除开写一点短文，我应茅盾之约，为他在广东出版的《文艺阵地》赶写过一个短篇《防空》，借以揭露国统区基层政权假抗战之名的胡作非为。为此，我特别给它加了个副标题："在堪察加的一角"，指明是写的四川。这篇小说可以说是逼出来的，虽然并不是不想写，也不是没有题材，春节期间在安县短时间居住中的所见所闻，我就感到有些东西应该反映，可是后来时间多被教书挤出去了，茅盾来信催促我写稿，我才写了《防空》。

到了1938年夏天，到延安去的青年人一批批多起来了。还有不少青年人也想到延安去，有的家属也鼓励他们去。我曾经介绍过两三个人，就是他们家属先找到我的。一位姓江的，苏码头人，同夏正寅很熟，就住对门，我也是因为夏才认识这个人的。要去延安的是他儿子，还有他儿子的同学，都是中学生，要去住"陕北公学"。同这几位一起走的，还有个年轻和尚，是张秀蜀介绍给我的。后来，听夏正寅讲，那三个学生半途就又转回来了，看来只有那个和尚到了延安。而那几个学生的转来，显然是沿途碰到了反动派的阻挠。

这段时间里，我还介绍过林梅坡入党。林早年在地方部队做过团旅长，本人有相当高的文化水平。我是因为他和郑慕周的关系而同他认识的，深知他一向喜欢阅读进步书刊，十分赞同我党的各项抗战主张，不相信蒋介石是真正抗日的，他还曾称赞长征，"了不起"。对他入党，我也与邓均吾等人交换过意见。入党时是邹风平同他谈的话，地点就在我家里。宣誓仪式简单，但很慎重。有个细节我印象很深：那正是热天，他原是把罩衫收拾起来的，但宣誓仪式一开始，他就赶忙穿上，站得挺直。林是中江人，1947年前后在家乡去世。

我在协进教书本来就不怎么安心，一直都有点三心二意，想动一动，搞创作。随着抗战的发展，也就愈来愈不安于教书生活，才看了周立波的《晋察冀边区印象记》之后，情绪更加不平静了。最后，决定到华北敌后去，写些报道来激励人心。我的打算得到了组织上的支持，有的熟人也认为这么办好。

可能是陈翔鹤透露的，何其芳、卞之琳很快知道了我的计划，就一起到仁厚街我家里找我，强烈地表示希望能同我一道去八路军创建的华北抗日根据地。因为他们早已知道我是"左联"盟员，同共产党存在一定联系，而要去华北敌后又得有党组织的介绍。他们这一请求，经我请示后得到了党组织的批准。

在我们为去延安进行准备的时候，萧军从兰州来到了成都。在上海时我们并不相识，但他一到成都，立刻跑来找我，要我替他租佃房子。后来，我在桂花巷李劼人院子里为他租了两间厢房。当时他告诉我，他是从兰州来的。过后才知道，他到过延安，因为与萧红闹崩了才去了兰州。

我和黄玉颀及何其芳、卞之琳去延安的介绍信，都是邹风平办的，由他亲自送到我家里。邹与罗世文一道，在成都负责党的工作，我们因工作关系有些接触。路上应付反动派检查的护照，是由郑慕周托吴克仇代办的。记得，护照是由李家钰的留守司令部填发的，目的地是山西，前去当时驻防晋南的李家钰部队工作。

1938 年 8 月 14 日凌晨，我们一行四人由成都出发北上，踏上奔赴延安的路程。

1991 年 3 月写

1993 年夏秦友甦整理

（编者注：由于沙汀 1990 年、1991 年双眼先后失明，这篇回忆几乎没能写完，更谈不上以后的核查校对了，因此内中难免疏漏错误之处，甚至有些零乱。特此说明。）

漫忆担任代系主任后二三事

可以说是出乎意外。我同何其芳、卞之琳两位到延安，原是希望从延安转赴华北八路军敌后抗日根据地的，住上三五个月，写一本像立波的《晋察冀边区印象记》那样的散文报道，借以进一步唤醒国统区广大群众，增强抗战力量。

只有之琳一人被批准了立即去晋东南，后来写了《七一五团》及其他诗文，宣传八路军在抗日前线的功勋，歌颂了我们党和毛主席。而且，约莫三个月左右，他就从太行山回到延安，随又几乎如期回到了大后方，也就是国民党统治地区。而我同何其芳同志，则一直到鲁艺文学系第一期学员结业，才同部分同学到敌后深入实际，体验战地生活。

鲁艺创办文学系的时间，比较迟于戏剧、音乐、美术三科。在我同意和其芳留下来后，周扬同志要我做系主任，我辞谢了。一则由于学识有限，无力承担；二则担心从此难于有机会到敌后去。最后，只好请求在系主任名义上加上一个"代"字。

我同其芳初到鲁艺时，院址在北门外旧文庙后面，有窑洞，也有一些平房。宿舍和教室都相当散漫。南方人大都不习惯于住窑洞，幸而我住的是山坡下的平房。我记得，蔡若虹同志因为到得比我们晚，平房没有了，就被分配在窑洞里，但那眼窑洞已经出现了裂痕，可能崩塌，当时他又病了，由于初到，也不便于向组织请求调换！……

约莫两三个星期后，若虹同志的爱人夏蕾向和我一道去延安，已经在抗大学习的黄玉顺透露了他们碍于出口的隐衷。于是我立即向沙可夫同志、李伯钊同志汇报，要求组织上对这位在国统区有一定名望，热情奔赴革命圣城，愿对抗战效劳的专家给以必要照顾。他们两位当时都是负责鲁艺日常行政组织工作的主要成员，政策水平也高，于是很快就给若虹夫妇调换了宿舍，解除了他们的隐忧。

　　我和其芳是1938年8月底到延安的，一个月后就到鲁艺文学系工作。当时物质条件同国统区比起来十分艰苦。没有固定的教室，一般都头上戴顶草帽，在露天里上课。遇到落雨，就挤在一眼较为宽敞的窑洞里进行学习。同学们一般只有用三块木板做成的简易矮凳，双腿上则放块较大的木板，权当书桌。尽管如此简陋，但精神却很愉快，因为这种艰苦朴素的作风，已经遍及全边区了。

　　课程呢，我主要是讲述基希的《秘密的中国》，此书早已由立波同志在上海翻译出版了。而在抗日战争爆发前夕，夏衍同志的《包身工》发表后，所谓报告文学就在上海进步文学界流行起来。在我参加《光明》的编辑工作时，宋之的同志所撰《1936年春在太原》的发表，更引起文学工作者和读者的普遍重视。而《晋察冀边区印象记》引起的反响更大，因为它及时反映了当前有关祖国命运的伟大斗争，鼓舞士气，振奋民心，宣传我们党在敌后根据地创建的人民民主政权的优越性，借以促进国统区的改革。

　　当时国际上一些进步作家撰写的反映西班牙革命战争的通讯报道，有时也结合我国一些实际情况作教材。而目的则照样是让同学们能够掌握这种新出现的轻骑兵式的艺术样式，使之能为抗日战争和与之相适应的政治上的改革服务。因为在到延安以前，乃至30年代中期，特别经过"两个口号"论争，我在上海就学习过党中央、毛主席的有关指示了。

　　在我们刚到鲁艺不久，以文学系同学为主，成立了一个文艺社团，名叫"路社"。因为要出墙报,同学们曾经写信要求毛主席给以指导。毛主席在回信上提出:"反映人民生活和写抗日的现实斗争。"而周扬同志还向我和其芳追述过当年初夏,在一个原本是短期训练班基础上扩建为鲁迅艺术学院的典礼会上,毛主席就明确指出过,文艺是团结人民,打击日本帝国主义的武器;文艺要为工人、农民服务,要到现实斗争中去学习。因此,应该说,我们的教学工作,正是根据党中央和毛主席的指示精神安排的,而且就在当年,我们同一部分文学系同学和一两位美术系同学,前往二十里铺参加秋收之前,经过计议,就决定把这次参加秋收作为深入人民生活,进行创作实习的大好机会。于是在院部领导同志和党组织同意后,我们就向那批将同我们一道去二十里铺的同学宣布,发动他们进行讨论,最后一致同意这样一项具体要求,返校后每人必须写一篇文章。

大家不仅同意完成这一任务,并且还把完成这一任务必须注意的事项做了具体、详尽的规定。首先,同学们应该分散居住,与农民共同生活,共同劳动。而且选择一两个有代表性,又有特点的农民作为自己向之学习,进行深入了解的对象,而这些农民也就是将来写文章的主要内容。由于同学们大都是南方人,一直都在大城市上学,即或对农村生活有一定认识,但要写出已经翻身做主的陕北农民,任务就更重了。

我和其芳当然也不例外。归根到底,我们反复强调,这次参加秋收,是一项十分严肃的学习任务,而将来文章写得怎样,即是否真实的或相当真实的写出了已经翻身做主的陕北农民和农村生活,将是考核我们学习成就的标准。讨论以后,其芳同志还把所有一致同意的各项要点,一条一款整理油印出来,分发给所有参加秋收的成员,随身携带下去。

我们参加秋收的时间不长,只有一个星期,可这是最紧张的一星期。因为每天收工、晚饭以后,我同其芳还要分头去一些同学居住的老乡家里，探询他们当天在劳动和生活中，对于他们各自选择的对象有些什么了解，有时候还要请他们把所选择的对象介绍给我们，进行一次短暂接触和交谈。而在临走之前，则同他们进行一些推敲、建议，力求他们能进一步认识和理解他们各自的对象，以利于将来进行写作。

最后，事实证明，只要你认真领会毛主席在鲁迅艺术学院大会上所做的指示，深入到革命斗争中去，并向人民学习，就会取得成果，而绝不至于深入宝山，空手而归。这次，我们在生产战线上尽管只有一个星期，返回院部以后，同学们终于凑合着写成一本小书，题为《秋收一周间》。

在我残留的印象中，《秋收一周间》约有十篇左右的散文指导，在一定程度上反映了当时延安近郊的农村面貌和新型农民，可是这本小集子至今下落不明！因为当时在做了一些必要安排后，我和其芳都忙于教学工作，而且就在当年11月，按照院部的规定，我和其芳就同文学系部分同学以及其他系少数同学，随贺龙同志一道到晋西北和冀中抗日根据地实习去了。其时荒煤、严文井两位已先后到鲁艺文学系任教。

按照院部预计，实习时间是三个月，而实际上我们直到次年7月才回到延安。而且，由于部队急需文艺工作者协同作战，各系都有同学留在120师。我记得，留下来的同学，有文学系的非垢，戏剧系的成荫、莫耶。美术系也有人，可我记不起是谁了。我们返回延安不到一月，大约8月初旬，鲁艺就从北门外旧文庙后面搬往延安东面，位于宝塔山与清凉山之间、延河之滨的桥儿沟。

由于边区以及一切敌后抗日根据地，尊重劳动可以说是新的社会风习特点之一，全部搬迁工作都是由教职员工和同学负担。我们不仅搬运自己的行李、用具，对于公用的笨木器，大家都欣然献出自己的劳力。我记得，在搬迁结束后的总结会上，我和其芳还曾受到过表扬。而杜矢甲同志的坦率则引起一阵善意的哗笑，因为他直言无隐、措辞幽默地宣称：他做了一回哥萨克，路上摘了老乡的番茄吃！

　　桥儿沟离城区较远，半山腰的窑洞也修建得不错，山下边有一座天主教堂，可以利用起来召开全院教职员工和学员的大会。当然更可为一些艺术表演提供场地。我从冀中返回延安以后，搬迁前夕，就曾经在那里为冼星海同志的《黄河大合唱》的演出而感到自豪。我同一般教员住的东山，与冼星海同志算是近邻。正中一排窑洞前面有一块好几十米宽的场坝，他有时就在那里指挥学员组成的乐队进行训练。教员中一些小型座谈会也在那里举行。

　　搬到桥儿沟后，就由其芳同志做文学系主任了。我呢，教学工作也减轻不少，主要是撰写《记贺龙》，实际是整理我随同他离开延安，直到由冀中敌后返回延安前我随手记录的有关他的战地生活和谈话。而在这年冬天，完成《记贺龙》后，因为黄玉颀病了，又想念留在国统区的老母幼子，我就离开了延安，前去重庆，编辑主要由鲁艺供稿的《文艺战线》。

1987 年 12 月 1 日

睢水十年

四十年代在国统区的生活

1

经过两三个月的思想斗争，我终于在 1939 年 11 月中旬，离开延安返回四川。

这些思想斗争，主要来自我爱人黄玉颀。我刚从冀中敌后回转延安不久，她就提出回四川的要求了。因为她唯一的孩子还在四川，由她孀居多年、一直以教书为生的母亲代养。在我未从冀中回到延安以前，她就日夜想念她的老母幼子。我们经常为这个去留问题弄得彼此都很苦恼，因为我基本上已经适应延安的生活了。

我说基本上适应，而不敢夸口在当年那样艰苦的环境中，自己怎样斗志昂扬，心情舒畅，因为我终于同意了黄玉颀的要求。原来她一直抓住我思想上的弱点不放：1938 年夏天离开成都，我们一道去延安时，我曾说过，到敌后跑一趟，写一本像《晋察冀边区印象记》那样的散文报道，借以鼓舞国统区的广大群众，至多半年就可返回四川。而我单在 120 师就耽延了半年，在此以前，还在鲁艺教过几个月书。所以刚一回转延安，她就根据我从这个相当糊涂的动机提出的时限问题同我争论。

但我总算说服了她，让我把《记贺龙》搞出来再走吧！不久，鲁艺就迁往桥儿沟，教员就住在东山，于是我一面教书，一面写作，生活倒也相当愉快。不料秋冬之交，黄玉顾病了，当地医疗条件又差，尽管组织上多方照顾，她的病情却不见好转。而想念老母幼子的心思也更切了。特别是10月份我完成了《记贺龙》。她就更加有理由坚持从速回转四川的要求，我也有一些不大能够应付她了。当时周扬同志提出，是否由组织上设法把孩子送到延安来？可她死也不肯同意。

鲁艺负责同志体恤我的苦楚，就同意了我回四川，文学系的工作则早已由何其芳同志负责了。为了减轻我的思想负担，周扬和他还给我安排了两项任务：让《文艺战线》继续在重庆出版，由我负责编辑；通过组织审察，延揽一批文艺工作者前去延安，主要为鲁艺和当时一个剧团增加力量。《文艺战线》一共在重庆出了几期，手边没有材料可查；我到重庆以后，直到皖南事变爆发，究竟有哪些人是经我介绍、组织同意去了延安，我也记不准了，只记得最早找到我，表示愿意去延安的，是王朝闻同志。因为周恩来同志曾经向刘开渠同志提出，希望他介绍一位搞雕塑的同志去延安工作。

在组织批准我回川不久，在离开延安前夕，有一件事值得一提，就是在参加欢迎北路慰劳团的座谈会和宴会上我所保留的一些较为清晰的印象。来陕甘宁边区的只有一部分人，领队的是国民西山会议派的代表人物张继。此人一贯反共，但在发言中却表示他对共产党关心人民的疾苦深为感动。他举了一个事例，说毛泽东同志向他谈到前一向延安人民在敌机狂轰滥炸下受到的灾害时激动得流过眼泪。在文化界人士发言中，邻座的陈伯达递了张字条给我，要我就重庆的图书审查制度提出抗议；而在知道我将去重庆工作以后，他自己出马了。

作为文艺界的代表，老舍先生对边区政府提了一项有益的建议，应加意维护清凉山一类名胜古迹。这是我第一次见到他，聚餐时也和他同席，此外还有斯诺。后来毛泽东同志来我们这一席坐了一会，同他和斯诺饮酒谈话。可能谈到过平江惨案和当时国内的政治形势，因为他曾经语重心长地说过这样意思的话："都像咱们这样，问题就好办了！"

那天主持座谈会的是边区政府副主席高自立同志。他在致辞中自称是毛泽东同志的学生，这个说法我算第一次听到，因此印象很深。今天回想起来，更多感慨。因为刚到延安，接见其芳和我的时候，毛泽东同志就明确提出"文艺工作者应该到前线去"！我却仅止三五个月就离开敌后了！随又离开延安。这算什么样的学生呢？我说更多感慨，太轻描淡写了，实际上是深感羞惭，特别在看了今年5月23日的《人民日报》以后！……

2

由于反动派的封锁，我们自己交通工具又很少，当时延安、西安之间的交通十分困难，且不要说反动派在沿途设置的关卡了！

我至少等了半月左右时间才搭上车。这中间，我曾多次在黄玉颀催促下向交际处打电话，甚至冒冒失失给中组部邓洁同志去过电话催问，挨了批评。可是到了11月中旬，我们终于搭上了车，离开了庄严雄伟的革命圣城。

我们坐的敞篷货车，铺盖行李就是座位。乘客男男女女，中年老年都有，全都是革命干部。开车不久，从一位同志的谈话中，忽然听到一个令人震悼的噩耗：白求恩大夫因为给伤员动手术中毒，治疗无效，在晋察冀边区逝世了！我说震悼，因为在冀中敌后，我曾经从120师指战员和人民群众那里听到他一些动人事迹。

而且，我还在冀中敌后见到过这位伟大的国际主义者，并向他做过一次访问。当时战斗频繁，经常都有伤员，要占用他一点时间是颇不容易的。我记得陪同我一道看望他的，是董越千同志。他的装束和一般老八路一样，灰布制服，脚穿草鞋，就只多一件浅黄色驼毛睡衣，正在用一只有柄的小锅子煎菜。经过介绍，他立即扬一扬铁铲儿笑道："你看，我不只是个医生，还是个厨师！"接着介绍他自己的出身，经历，我这里就不想追述了。因为其他同志早已做过较为详尽、具体的报道。他当时告诉我，他想写一本贺龙同志的传记，但他苦于彼此都没有时间长谈，谈过的又不够具体，而且零零碎碎！他的苦恼在我也有同感，所以我在冀中只好另辟蹊径。

在一天多的行程中，不时可以看见一些步行的青年男女，手持雨具、肩挎半大的行李包，看来他们都是甘冒险阻，奔赴延安去学习的。但是人数远不如我1938年从西安去延安时看见的多，只有零零落落三五批人，这同当日河防吃紧，同时反动派又调动马步芳的军队加强对陕甘宁边区的封锁显然密切有关。有时偶尔碰见一两辆从西安迎面疾驰过来的卡车，有的悄无声息，有的则高声歌唱："我们在太行山上"。这后一种车上的乘客，则无疑是从总司令部奉调去延安轮训和汇报工作的，不是初次到延安去。我们有几位前去总司令部工作的同志，也不由得唱和起来。像我呢，却只是感情激动一番而已，虽然我刚到敌后时也登台参加过合唱。

我们在三原郊外八路军兵站部宿了一夜。这晚上我认识了南汉宸同志。他坐的司机台，路上我们无法交谈。他去西安，是找他过去的老朋友，为延安一些文化教育单位募捐，还准备为鲁艺音乐系搞一架钢琴。他告诉我，前两天成立宪政促进会陕甘宁边区分会，选举理事时有人提我的名，后来听说我将去重庆工作，才没有将我列入候选人名单。同他一道的还有他的夫人，给我印象也深。50年代，我在北京作家协会工作期间，尽管十多年过去了，在那次行程中又只见过两三次面，在一次一个东欧国家的国庆招待会上，我却一眼就认出了她，因为艰苦漫长的岁月并未使她出现老态。

南汉宸同志还带了一名警卫员，不过到达西安以后，就把武器收存起了。这是当天夜里他们约我和黄玉顺出街，去一家浴室洗澡，我才察觉出来的。他们在西安是公开活动，主要是对当地上层进步人士做统战工作。他在抗战初期就有名了，是陕西省主席杨虎城将军的秘书长。而在促成西安事变中起过一定作用，他两夫妇对人都很诚恳、热情……

还有一对同车的中年夫妇给我印象也深。丈夫是搞翻译的同志，瘦削，沉默，妻子身材魁梧，能言会语。大约由于虱子太扰害了，她把头发全刨光了！一位青年妇女同志，在车上很活跃，还未进入西安郊区，她就机灵地请司机停了车，换上便服，下车走了。

3

到达西安后，我很快就见到了林伯渠林老。我记得是由原在鲁艺政治处负责、我从冀中返回延安后才调到西安工作的李华同志领我去见林老的。看过介绍信后，他就告诉李华同志，对我们要多加照顾。于是就在七贤庄住下了。

七贤庄是八路军西安办事处。办事处这个名义当然是合法的，而事实上它的工作内容远不止此，因而一向受到反动派的监视。1938年我偕同何其芳、卞之琳两位同黄玉顾来西安，尽管当时国共的关系还比较好，我也没有拿了川西特委的介绍信公开去七贤庄。先住在旅馆里，暗中进行联系，等到有便车了，在得到通知后这才搬去七贤庄，然后乘车奔赴延安。离开旅馆前，我们就公开逛街，进馆子，同时等候办事处的通知。

这一次可不同了，由于反动派已经明目张胆地大搞摩擦，在三天的停留中，我们只出过两次街，到的当天夜里，应南汉宸同志之约，去浴池洗澡，一天以后，鲁艺戏剧系一位剧团负责人王震之邀我上过一次小馆。此公既懂话剧，对京戏也内行，又会打小鼓，又会拉胡琴，建国后在"东影"工作，50年代就作古了。他带了个演剧队去晋东南给部队演出，刚到西安不久，准备返回延安。我们那次晚饭，对当日只有几元钱津贴的革命干部说来，应该算相当丰盛了。因为既有松花，还有一小碟酱肉，喝的且是地道的白干酒。因而这份情谊我至今尚难忘怀。

在三天停留中，我们还看过王震之领导的演剧队在办事处庭院里安排的一次晚会，跑过一次警报。防空洞就在离办事处不远的城墙边，但是需要通过一片广场，走起来相当吃力。因为是紧急警报，需要迅速撤离住所，而这次我才发现，林老已经显出一些老态了，气喘吁吁，步履蹒跚；但是神态自若，并一再追问随行人员，所有需要撤离的同志，是否都出来了？对同志充满了关心。列席党的第八次代表会议时，我还远远望见过他一次。当时，他倒确乎已经显得老迈。但他没有听从大会安排，自己走到主席台前，一气呵成地读完他的长篇发言。这是建国后党的第一次代表大会，对于一位从辛亥革命起就为民族解放事业献身的前辈，其情怀可想而知。

至于在西安停留的原因，主要是为了改制服装。一般便衣比较好办，单为把那件部队上发给我的老羊皮军用大衣改成普通皮袍，却是花费不少时间。因为从西安出发，我们就得坐火车去宝鸡，然后搭一般商车或国民党的长途汽车前去成都，不能像从延安到西安那样随便了。此外，还得有一张可以通过各种检查的护照。我记得，为我们安排这一切的，是一位姓车的副官。服装相当合身，护照是第二战区一个单位发的，我们冒充从四川前去那个单位探亲的家属，现在是返回故乡。我们一年多前从成都到西安，也是用的第二战区的护照，不过是李家钰部队发的，一共是四人，名义呢，却是去晋南工作，而不是探亲。

我们是在一天夜深人静时候，由车副官悄悄帮我们叫来两辆黄包车，在七贤庄附近一个静僻处坐上，然后动身去火车站的。两位拉车的老乡看来同办事处的同志很熟识，存在一定联系。因为带有证件，买票、乘车都没有碰到麻烦。而且，当夜就到达宝鸡了。回想起来，当日的宝鸡正像一座难民营样,随处都是临时搭起的棚帐,而大多总是招待过往军民人等,以及所谓"跑西安生意"的客商。我们好不容易才找到一个住宿的房间,因为所有的旅馆,包括那些简陋的棚帐,都早已给客人塞得满满的了!

次日早晨,从旅客们的闲谈中,我才进一步知道,要搭车去成都比住宿更加难。有的说:"我来了三天了!"有的嚷道:"我都半个月啰!"因为公家的长途车少,私商的车主要是为自己运货。幸而车副官考虑周到,为我们写了封介绍信,收信人在"工合"驻宝鸡办事处工作。我们投递介绍信后,出乎意外,次日一早,我们就搭上货车,离开了宝鸡!

而直到建国以后,我才弄清楚"工合"这个组织的政治背景,它同国际友人艾黎的关系。

4

到达成都后,住了一夜,我就送黄玉顽去仁寿文公场。只有几十里路,经过县属两个场镇,苏码头和煎茶溪就到了。文公场距离县城还有二三十里,有一所私立中学,是当地一名军官潘文华捐钱办的,叫文华中学。我们去延安之前,我岳母黄敬之就在那里教书了。在去延安前夕,才由她来成都将我们的小儿子接去抚养。而黄玉顽之坚持离开延安,主要是想念他。

我在文华中学只逗留了两三天,就又回转成都,在祠堂街一家旅馆里住下来,等候便车前往重庆向南方局报到。所谓便车,就是我们自己的车子。由于反动派经常扣留《新华日报》,我们只好自己将报纸从重庆整批运到成都《新华日报》办事处,然后分送长期订户,并在门市部零售。这个办事处就设在祠堂街,在我去文公场前,车耀先同志就自愿为我进行联系。

远在30年代初,我就认识车耀先同志了。通过杨伯恺同志,开办辛垦书店之初，他是股东之一。他还在祠堂街开过"我们的书店"，专卖进步书刊。但我同他往来最多的时期是1938年我从上海回到成都，在协进中学教书的时候，几乎每天都要到"努力餐"他的住房里逛一转；有时并为他主办的《大声》写稿，参加一些他在川西特委领导下进行的社会活动。如慰问出征军人家属，欢送一些青年人自觉自愿到前线去。这类活动多半是暗中进行。我记得，有一次他在这样的欢送会上说过："我为军阀打仗，把一条腿搞残废了，为了抗战，我心甘情愿献出自己的生命！"他来自旧社会的底层，当兵后从丘八逐步升为团长。他的经历远比我这个一介书生丰富。

他在成都是全市的知名人物，就连黄包车夫也知道他车团长，乃至亲切地叫他作"车跛子"。有一次，我，还有李亚群同志，以及其他十多个人从"努力餐"出发，随同他前去慰问出征军人家属的时候，一位黄包车夫同志曾经笑嘻嘻的，带点欣赏味儿惊叹道："这个车跛子今天又要搞啥名堂了！"那时候我在少城仁厚街住家。在这次短暂的停留中，他为我安排了一次座谈会，座谈后就凑份子在他馆子里聚餐，吃他的名菜"素什锦"。这当然也带点半秘密性质，因为他给我出的题目是向参加座谈的地下党员和进步人士汇报我对延安和冀中敌后的印象。因为当时马步芳、胡宗南的部队正在向陕甘宁边区进行骚扰，已经夺取了三个县城。

我记得，参加那次座谈的只有七八位同志。他们是张秀熟、李加仲、熊子骏、马哲民和黄宪章等。刘披云同志当时可能到重庆南方局汇报请示去了，没有参加。我主要是谈敌后的军民关系、军政关系和军队本身亲同骨肉的上下级关系，以及在敌人星罗棋布的据点空隙中如何克敌制胜。而大家特别关心的却是陕甘宁边区、革命圣城延安的安危，我在这方面则着重谈了谈我日常接触到的民心、士气和一般干部的坚定沉着，还举出一个实例来让大家相信：敌人必不能得逞！如果敌人胆敢向延安进攻，他们得到的将是可耻的覆灭。因为在我离开延安前夕，中央就把120师的359旅调回延安了。

20年代我在省立第一师范读书时，张秀熟同志是我的老师，教过一学期教育学。1938年我从上海回到四川，首先就找到他，希望通过他接上党的关系。因为第一次国内革命战争时期，我就从周尚明烈士知道他在四川党内的身份和地位了。我到延安以前，便同他常有往还；动身去延安前不久，他还介绍一位年轻僧侣来看望我，让我们结识一下，在到延安后设法帮助这位出家人到抗大学习。他为人沉着精细、从容不迫，常常使我这个性情急躁的人感到他太持重了。但也从而受到教益。

那晚座谈、聚餐以后，他暗中约我到半节巷他的住处谈了很久，把把细细扣问我延安的武装力量。这方面我当然无法谈得具体详尽，只能用359旅在滑石片、洗天河的辉煌胜利来满足他的愿望。还有，就是我对它的司令员王震同志的印象……

5

那次在成都停留中，我还看望过曾经一道工作过的党员同志，以及部分成都文抗分会的同志。印象较深的是王隐质，因为他就在祠堂街附近一条小弄里开一家杂货店，走去会他相当便当。而且，由于皮袄穿不上了，他曾经借给我一件灰帆布棉短大衣。

此公为人行事很有特点，热情、好客，一个地地道道的酒徒！酒瘾之大，真是少见。每天必喝两台不说，在街上行走中，发现有酒店了，有时他也会跑去喝上一二两寡酒。万一有人同行，而又并不好酒贪杯，他会请你等上一等，走去咕噜咕噜一气喝它二两，然后陪你继续上路。我还去看望过萧军同志，那时他住在桂花巷，是李劼老租佃的房子，我去延安前托人帮他分到两间。因为房主人搬去菱窠，整个小院就由他夫妇独占了。我记得我们还一道去喝过"碗碗酒"，这种酒店，成都早绝迹了，几张小桌，几个酒坛，菜呢，主要是凉拌猪耳朵和兔肉……

写到这里，我还得补上一笔，来到成都之前，我还设法在罗江停留过一夜，因为其芳嘱咐我一定动员李广田到延安鲁艺教书。他那时是在国立六中，校舍不是罗江文庙，就是文庙附近一个大院子里，我住的就是他为我安排的六中宿舍。我们整整聊了半夜，可是，后来他却到云南西南联大教书去了。由于国民党的消极抗日，积极反共，由罗江直接到延安去日益困难，我到重庆后又同他中断了联系，这也同他不曾到延安去有关。陈翔鹤同志那时是否也在罗江，或者已经到了一家名叫和成银号的私人商店当文书，我已经记不清了。还有刘开渠同志，我们好像也见过面……

总之，那一次在成都停留的时间相当短暂，活动又比较多，好多事都不能一一记忆了。而且一有新华日报社的便车，我就匆匆离开了成都。卡车主要是运送嘉乐纸厂的土报纸，搭车的人不多。我记得只有罗髯渔同志、他的夫人和小孩。他在郭老主持的文化工作委员会工作。从他那里我多少了解到重庆文化界一些情况，知道中华文艺界抗敌协会的会址就在观音岩张家花园。当日成渝路的长途汽车，照例是两天日程，第一天一般都宿内江。在成都还不觉得，到了这个有名的甜城，从一个离开延安、敌后不久的人说来，国统区的社会现象，真叫人触目惊心。旅馆里的茶房，公开向客人代私娼拉生意；随处都是乞儿；早上停车场上，各色城市贫民手上端个陶瓷钵子，一来一往围着客人叫喊："买茶叶鸡蛋呵！……"

到达重庆的当天，我就前去观音岩张家花园57号"文抗"总会找熟人，因为早就听说杨骚、欧阳山、陈白尘、罗烽和宋之的他们都在重庆。其中之的见面较晚，见面次数也不多，只是在上海看了《武则天》演出后，同他，以及其他几位同志曾经在四马路高长兴绍酒店大喝过一两次花雕。在此以前，我在《光明》做编辑时发表过他传诵一时的《1936年春在太原》。没有想到，我在文抗会见的第一个熟人正是他！而且，立刻被这位豪爽热情，在重庆文艺界相当活跃的戏剧家邀去同他一道住下来了。他在南岸铜元局的华裕农场住家，农场是胡子昂先生办的。房舍宽敞，罗烽、白朗全家人也都住在那里。

当日郭老、阳翰老都住在张家花园，因此，住下之后，次日一早我就又去张家花园看望郭老。他住在巷道的尽头，单门独户，不像文抗会所那种弄堂房子。向他谈了些敌后和延安的情况，他所关注的熟人，以及我来重庆的具体任务。在我探问到重庆的政治情况时，他曾经严肃地向我提示："我的信他们都偷着检查呵！"意思要我对敌人不可掉以轻心。他已经和于立群同志结婚，这我是知道的，可是没有想到，他们已经有小孩了。而他对我的吃惊却又愉快又天真地悄声答道："上个月还扯过一回地皮风呵！"

于立群同志终于把早餐摆出来了，我留下吃了两碗粥，就去看阳翰老。翰老住在离观音岩上梯坎不远的一栋楼房里，是底楼。他还没有找定住处，是同两三位同志合住一个房间，因而不便多谈。正像划到应卯一样，问询几句，我就告辞而去。

6

在去红岩接关系之前，我还到新华日报社看望过章汉夫同志。30年代在上海"两个口号"的论争中，我们曾经见过两三次面，并不算怎么熟。但是，周扬同志和他常有联系，告诉过我他的一些革命斗争经历；在我离开延安时，还曾经叮咛我，到达重庆后一定去报社看望他。这既转达了周扬同志对他的怀念，同时对我日后在重庆工作也会有一定帮助。

新华日报社在郊区化龙桥附近一条山沟里面，也是个众目睽睽的所在。汉夫同志沉着干练，言谈非常慎重。见面以后，他主要是听我讲，当日我真也有不少新鲜事儿可谈，但当我问到他重庆的政治情况时，他却轻描淡写地回答道："我也又聋又瞎，知道得不多呵！"只是告诉我前去红岩村南方局接转组织关系时应该注意的事项。而且，尽管犯了哮喘，仍然陪我去化龙桥街上吃了顿午饭。只有他一个人陪我去，没有要他夫人一道，虽然他曾在我到宿舍会见他时做过介绍。

到红岩村去路要远些，而且得爬一段长长的山坡。当然也比到新华日报社更加需要警惕。陈波儿同志曾经有过这样一段经历：她刚离开大路，爬上山坡，就被特务盯上梢了。但她相当机警，并不直接到公开的名义是八路军驻渝办事处的南方局，一到大有农场场主饶国华同志的住宅，她就赶紧闯进去了。她抗战前在左翼戏剧运动中就很活跃，特务当然是认识她，因而也就不肯轻易让她溜掉，一直停留在农场主人院子门外紧盯下去。直到办事处从农场主家里的什么人知道了信息，于是派人把陈波儿同志正大堂皇地接到办事处去，这才摆脱特务们可能做出的任何扰害；而她不久就到延安去了。

这家农场的主人，是董老的学生，抗战前就在四川做事。在重庆定居后，就买下红岩一带荒山荒土，开办农场。这在当日也算是一种新兴实业，正跟华裕农场一样。八路军驻渝办事处就在农场的地段上。为了大力支持党的革命事业，仿佛连办事处的楼房都是农场主修建的。陈波儿那次到他家里避风，显然事先就了解大有农场同党的关系。我那次在那条山径上尽管不曾碰见什么特别可疑的角色，但为慎重起见，我照旧进去待了一会，直到前后左右没有人了，这才出来，迅速赶到办事处去。后来我才知道，另外有条路相当安静：从新华日报社附近上山绕道去红岩村，不过我始终没有走过这条僻径。

那天在办事处接见我的，是秦邦宪同志。瘦削，深度近视眼镜。我和其芳从敌后回到延安不久，还听过他一次讲话。那是一次文艺界的座谈会，由从前线返回延安的同志向中央部分同志汇报在前线的活动和观感。我记得我在发言中说过这样意思的话：120师在敌后经常都打胜仗，我们呢，这一次却打败了。这不是谦虚话，现在回想起来更是如此，因为我能说自己曾经写过两三本报道敌后的艰苦斗争，率领我军作战的主要指挥员一些生活侧面，就算不曾辜负党对自己的期望了么？吕班同志的发言比我轻松愉快，他大谈其利用"卖梨膏糖"曲调编写的唱词如何深受群众欢迎，倒像一位得胜的将军！……

最后是博古同志讲话。可惜我当时没有记录，纵有记录，也在十年动乱中遗失了。但我还多少记得他一点主要内容。他从我们伟大的抗日战争谈起，鼓励文艺工作者写出足以反映时代精神的作品。措辞精当，逻辑性很强，而他的严肃认真，就在这次接见我的过程中也表现得相当突出。他向我提出好些问题：什么时候从延安动身的？碰见立波没有？一路上有些什么停留？等等。

等我一一回答完了，他才叫秘书取来由军邮为我带的稿件、笔记本，并指示我到曾家岩50号，找徐冰同志联系。

7

曾家岩50号是八路军重庆市内的办事处，一般都叫它"周公馆"，因为周恩来同志经常住在这里。它在上清寺路尽头处一条巷道口，距离求精中学不远，往来都得经过这所学校。在这短短一节街道中间，就有两三家茶馆、小商店，光景都是特务潜伏的场所。周公馆是一座三层楼房，而奇怪的是，二层楼却是国民党水利委员会的日常办公机构。

但是，即便是在那令人充满疑虑的当年，这个水利委员会的办公机构，也有它可资利用的一面。自此以后，每次去周公馆，如果发现有特务盯梢，或者引起了附近茶馆、小店里什么人闪着侦察的眼色注意自己，还可假意审视一下水利委员会的招牌，乃至就近问一下什么人，让他知晓我是到水利委员会公干的。50号的楼房后面是嘉陵江，在一片河滩地上有一条小道，通向楼房下面的防空洞。当我同几位工作人员熟识以后，他们这才告诉我，为了避免特务注意、盯梢，有时也可以走这条路。可我也只有一次，在大白天离开时走过这条小路，以便他日使用。

此外，还有一条路也可以减少敌人的注意，走学田湾的国府路。在国府路与上清寺接界的地方，通过一条叫作国府新村的小巷，从另一端走向50号周公馆，就不必经过求精中学和那些暗藏有特务的茶馆和小店铺了。这条僻径我倒走过多次，而我第一次去，当然是硬起头皮经过求精中学去的，走到50号却也装模作样看了看水利委员会的牌子，这才跨进门去。周公馆显然已接到红岩村的通知了，我在厅堂里向警卫人员通报姓名、事由以后，很快就被带到厅堂右首边一间屋子里去了，会见了日后经常同我联系的徐冰同志。

我是从不直接探问一位同志或生人的职称的，但是非常明显，徐冰同志是市内办事处的办公室主任，协助周恩来同志处理日常具体事务。后来的经验也证明了这一点，因为有关重庆文艺界的情况、工作，一般我都直接向他请示汇报；由恩来同志亲自听取汇报、下达指示的次数较少。徐冰同志给我的印象是，开朗，乐观，平易近人，彼此熟识以后，我才知道我们都对杜康很有好感。因而如果正碰上他比较清闲，他会叫警卫员去上清寺买两块油吞排骨，随即顺手从写字台角落边取来一瓶泸州老窖，边喝酒边谈工作。不过还有一条：恰好恩来同志不在50号，否则他也不会如此随便，这是他对一位负责同志的敬畏，我在好久以后才察觉。

接上关系以后，我就开始在重庆文艺界进行工作。除在延安接受的两项任务外，主要是了解住在重庆的原"左联"盟员的情况，与之联系，然后再去曾家岩50号向组织汇报。其实到达重庆以后，我已经从宋之的他们，还有住在"文抗"的以群同志，了解到一个大概了。只是多数都住在南温泉、北碚和草街子，还不曾见过面。去南泉相当捷便，过渡到南岸的海棠溪，便有公共汽车直达南泉。而住在那里的熟人也比较多，在上海长期有过工作关系的杨骚、欧阳山和草明就都住在那里。白薇大姐虽然同我接触较少，但也相当熟识，而且我一向都把她当作前辈看待。因为在我参加"左联"以前，她就很知名了。

他们几位当时住的，是所谓疏散房子，而且比一般疏散房子简陋。在南泉那条碧绿的河流北岸，临时搭起两排茅棚，巷道又短又窄，房舍低矮狭小。当然它也自有优点，租金便宜，只需上下十步左右梯坎，就可以取水、淘菜。他们又都对门而居，饭后坐在各自的阶沿上，便能互相交谈。那时候重庆还不曾遭到敌机狂轰滥炸，南泉倒算比较清静，旅馆也容易找，不像1940年所谓"五一大轰炸"后那样拥挤、嘈杂；但我才住了两三天光景就赶回重庆去了。

我记得，就是这次，还有一个小插曲值得一提。反共老手王平陵当时也在南泉，他向我们说："请你们写稿，你们不写！好吧，我先寄给你们一笔稿费，你们总会写点。"不知是欧阳山，还是我，接着笑道："你最好先请我们吃一顿吧！"结果呢，饭是吃了，稿可照样不写！

8

北碚，主要是北碚上面的草街子，集中住了好几位进步文艺界的知名作家，在陶行知先生主办的育才中学教书。但我过去只同章泯同志有过交往，他是左翼剧联的负责人，在上海导演过《钦差大臣》和《大雷雨》。徐冰同志在谈到动员文艺工作者去延安的问题时，本来就特别叮咛我，主要延揽几位戏剧界的同志去，而且还指名得动员章泯去。

可能因为掉了党的组织关系，又知道我到了重庆，我从南泉返回重庆不久，章泯就从草街子来了，住在葛一虹同志的房间里。会见以后，首先我就提出组织上希望他去延安的问题，他满口承认了，还答允从育才戏剧系动员两三位教师去。他随即告诉我他失掉关系的经过，要我代他设法接上关系。在上海，他的组织关系在夏衍同志手里，离开上海时他也找过夏衍同志，但是没有带介绍信。这件事后来经我向徐冰汇报，由组织上去电桂林，经过夏衍同志认可，很快得到解决。

由于会见了章泯，一般在育才学校以及北碚黄桷树复旦大学、通俗读书编刊社工作的文艺界人士的情况，我大体都了解了。胡风呢，他消息灵通，我到重庆不久，他就写信给宋之的向我约稿，措辞相当俏皮。其实，他不直接写信给我而转托之的约稿，这就是开玩笑！因为我们在上海就相当熟识。这是不足怪的，所以我才为罗荪、罗烽他们编辑的《文学月报》写了篇《敌后琐记》之一的《老乡们》。"五一大轰炸"后，也为《七月》写过一篇。这还因为在我动身回四川前，周扬同志就一再叮咛，要同胡风搞好团结。在市内，我主要是去民国路看望过巴金同志，我们在上海就认识，而且他所编的几套创作丛刊，其他"左联"同志不必说了，单是我的就有三册。

1937年由上海逃难回川，我就同《新蜀报》的主笔漆鲁鱼同志认识了，彼此对时局的看法完全一致。并曾应他之邀，在黄次咸先生主持的青年会做过一次有关上海文化界抗日救亡运动的报告。那时候萧崇素同志也在《新蜀报》工作，主要是写社论。他们都住在张家花园。崇素早已同王映川同志一道回安县老家了，鲁鱼还在坚持办《新蜀报》，搞救亡运动。我在看望了鲁鱼同志之后，也顺便去看过姚蓬子，这家伙当时在编《新蜀报》的副刊《蜀道》。这是我们第一次见面，我印象最深的是：他喜欢哇啦哇啦，而且尽量提高嗓门，以致口沫乱溅！幸而他还多少知趣，当其眼鼓鼓瞪着你叫喊时，他会用手掌捂捂嘴。他假装十分关心陕甘宁边区的安危，实则无异散播惊惶、失望！他一再就我的回答嚷叫道："你再说马回子的步队不行，这样包围下去，得不到外边的接济也不行呀！"等等。

大约个多星期以后，我就在一个事先约定的日子里，去曾家岩50号汇报了。是恩来同志亲自听取汇报，而且就在底楼正屋，靠上清寺一边那间屋子里。那是他的卧室和办公室，有徐冰同志一道。汇报当中，在提到原"左联"、"剧联"的同志时，每逢用语不够准确，他总立刻加以纠正；如果介绍得不够充分，他还进行补充。这在谈到以群同志时较为突出，因为尽管文若早已同以群离异，却曾向组织谈到过以群在上海时的工作情况，而我在上海又仅止同以群有过一面之缘。我对白薇大姐在上海的工作和生活谈得较多，还讲过一个故事：她在红十字会医院割盲肠，开刀之后，医生这才发觉，她的盲肠已经自行萎缩消失了！恩来同志听罢，朗然大笑。随即十分关切地问起她当日在重庆的生活和健康情况。

汇报那天，还有一点给我印象较深，大约汇报之前，徐冰捎去田汉同志托人从桂林带去的几张条幅，是他写来赠送毛泽东同志、恩来同志和其他两三位中央负责同志的。诗呢，也全都是他自己作的五言、七言，有关国际国内形势的讽刺诗。有一幅我至今还记得一联，"英伦一老雪满头，误尽苍生伞未收。"这是嘲讽当时英国首相执行所谓绥靖政策的张伯伦。

9

在向恩来同志汇报并开始在重庆文艺界进行通信联络工作前后，我同出版界也有一些接触。关于继续刊行《文艺战线》，很快就同生活书店交涉好了，并将在延安就同其芳同志编好的一期送交书店。那一期有我的《贺龙将军印象记》和一组讨论民族形式的文章。民族形式问题，是毛泽东同志提出来的，当时在重庆也引起热烈讨论，我那篇印象记则早已在延安发表过。

在同出版界的接触中，只有我那本《贺龙将军在前线》，即后来的《记贺龙》的出版，费过一些周折。我离开延安前夕，艾思奇同志知道我这本小册子的内容后，曾托请鲁艺一位负责人告诉我，这本书一定得交读书生活出版社出版。因而我首先交给黄洛峰同志审阅，同时还抄了一些段落由戈宝权同志交塔斯社，结果两处都原件退回。黄洛峰认为，这本书一到国民党的图书审查单位就会卡住，绝对出不了版！塔斯社呢，他们需要的是直接描写战争场景的文学报道。于是我就抄了一份，寄给杨潮同志，争取在香港发表。

与此同时，我可并没有放弃在国统区出版的打算，就又将原稿送交生活书店。生活书店看了表示接收，可又在版税问题、出售版权问题上讨论了两三次。最后，问题算解决了。生活书店为出版发行进步书刊，真也做过不少甘冒风险的好事，而他们的办法也真多。这本小册子后来是由它在上海敌占区秘密开设的一家小书店出版的。书名也改过了：《随军散记》！还曾经在东北印行过。这《随军散记》我直到1950年初才看到。是从部队搞文艺工作的一位同志处看到的，其时林如稷同志已经在成都将它翻印出版，改名为《我所见之贺龙将军》。可是，由于晋绥入川的同志对这本书有意见，发行很快就终止了。

这里还有件事倒也值得一提，我到达重庆时，一部分参加作家战地访问团的进步作家，也早已经从第二战区归来。而且写出好几种反映抗战前线军民活动的作品，准备出版一套丛书。我记得，其中有葛一虹同志的剧作《红缨枪》。他们一次开会讨论出版问题，我参加了，还发了言。因为好几家书店想出，其中有两家争着要，因为一家是官方的，一家声誉欠佳，著作人不愿意；生活也愿意出，版税率却相当低，弄来久久不能解决。我尽力劝他们交生活出书，并曾为此去了趟周公馆。恰好碰见凯丰同志，就向他汇报了。他听后认为，生活书店同我们的关系虽然不错，有关稿费问题，组织上却不便干预。后来那套丛书被另一家书店抢去了，恩来同志知道经过后曾经批评我们办事不力。

我记得恩来同志不止批评我们，还设想过一种不得已时的具体办法。他说，就是我们拿出一部分钱来补贴，也该争取这套书由生活书店出版嘛。而从这件小事可以看出当时国统区政治思想战线上斗争的尖锐复杂，恩来同志的眼界、胸怀，以及处理具体问题的灵活周到，每每使人深受教益。在我向他汇报过我所了解到的重庆文界的情况，并得到他一些指示以后，除开偶尔临时出现一些情况、问题，需要去50号汇报、请示外，一般我都只每星期去参加一次会议，大都是在夜晚。

这种会议的参加者，我记得有胡绳同志、蒋南翔同志和冯乃超同志，以及长期住在办事处的一两位同志。蒋南翔同志只参加过几次会议，就离开重庆了。乃超同志虽然一直在文化工作委员会工作，但不经常参加，只有胡绳同志每会必到，他在生活书店搞编辑工作。多数时候，会议是由徐冰主持，恩来同志主持会议的时候较少；有时也会中途走来，问问情况，讲讲政治形势，作些必要指示。

每每要夜深才散会，这样，回华裕农场是不行了，就到张家花园，在"文抗"以群房里临时搭一张铺过夜。如果散会太晚，就在会议室隔壁靠近大门的一间小屋里留宿，次日一早这才溜走，去上清寺一家小店里喝碗豆浆，吃两根油条。

10

我应宋之的同志之邀，在华裕农场住下来，生活可说相当安适。房金低廉，经管农场的小胡，是胡子昂先生的侄儿，也很照顾我们。饭就在之的家里吃，分文不取。我两个又好酒贪杯，每天都要喝点，而之的夫人王苹同志不仅是一位出色的表演艺术家，还是一位出色的烹调家，经常都可吃到她的黄豆红烧牛尾。而之的则早已被她同化，变成回族了。当日又正是他创作旺盛年景，收入相当可观。

不久，我的生活方式也就形成一个规格：如果不是去曾家岩周公馆参加例会，到城内进行每周一两天通信联络工作，一般都留在乡下写文章。正当壮年，精力充沛，我在冀中保留下来的观感真也不少。像我给《文学月报》《七月》写的那些《敌后琐记》一类文章，总是三五天就写成了。我记得之的曾经鼓励我道："都说你是难产作家，哎呀，你写文章还是快嘛！"当然也有不少时间闲聊，因为除开之的夫妇，还有罗烽、白朗，我谈得不少，大多是有关延安和敌后的生活。有时谈得正很上劲，他们会有人插话道："哎呀，你又在向我做宣传工作了！"这当然是开玩笑，因为他们一直向往革命，后来都分别去了延安或者党所领导的部队参加工作。之的后来还在总政分管过文艺。

我得供认，有时为了消遣，我们也搓几圈麻将。罗烽同志的母亲也常参加。老人家身材瘦长，似乎比儿子高大，而后在延安搞群众性的生产运动时，听说由于她纺线子十分积极还曾受到过表扬。王莘同志一位房分上的姐姐，身体魁梧肥壮，在铜元局子弟学校教书，偶尔也来参加我们的牌局。打牌时候，她老爱用鼻音低声哼唱一句两句京戏。特别在决定胜负的关头，她捻着张牌，注视着堂子里已经出现的张子，拿不定主意，是否不至于当炮手的时候哼唱得起劲。农场附近没有山坡，当时正是冬季，雾大，敌机也很少来。有时听到空袭警报，只需离开房舍，在田野里临时挖掘的坑道边扯乱谈；解除警报后又回到院子里去。

可以说，我对那个冬天在重庆的生活相当满意，做了点工作，写了几篇文章，而且同文艺界的朋友相处得很不错。可是，到了农历腊月中旬，黄玉顾病了，一再来信催促我到仁寿文公场去一趟。于是向徐冰同志提出，请组织批准我到文公场过旧历年，恰好刘披云同志也想回转成都，在得到组织的同意后，我们就相约同行，票也很快就订好了。但是，就在启程的前夕，披云专程跑到华裕农场，说他不能回成都了，同时也劝我不要走。因为我去仁寿，需要经过成都，而一向在成都主持党务的罗世文同志，还有负责军事工作，以及在抗战工作中极为活跃的车耀先同志，都在前两天被反动派逮捕了！

这使我很震惊，也相当为难：走？留下来看看动静？我们简短商量了一会。尽管他决定不走了，我却不无迟疑，当夜还继续考虑了很久。最后认为，自己跟披云不一样，决定如期经成都去文公场。我的根据是，我已经一年多不在成都了，在成都工作时期，我也不像披云同志那样，常在群众性的会议上，一点、二点、三点、长篇大论，宣传党的方针政策。而且我又不在成都停留，仅只路过而已。当然，很久以后我才搞清楚，那次反动派一手炮制的所谓抢米事件，是由特务头子戴笠一手策划，亲自从重庆到成都指挥的，风险的确不小。

一经考虑成熟，次日一早，我就按时过江，从两路口搭长途车出发了。在内江住宿一夜，次日下午，大约五点以前就到达成都。一出车站，我就用高价雇了架黄包车到仁寿文公场。车夫认为，天时虽已不早，到苏码头决没问题。我的计划也是这样，只希望立刻离开成都，赶到苏码头宿一夜。在绕往东门外水津街的途中，我碰见一位正从对面走来、相当面熟的中年人，他瞪着惊奇的眼睛，停下来了。

此人在陈静珊部下做过事，同车耀先有来往。他一直目送我的包车走过，似乎想招呼我，但我装作视而不见。

11

苏码头归仁寿管辖，距离成都只有四五十里。但这还不是我去那里投宿的主要原因，老友夏正寅辞去绵阳地区公路局督办职务以后，就回到故乡苏码头了。他大革命时期在安县做县长，曾经积极支持我筹办过奉行三大政策的国民党县党部，随又支持我做安县教育局长。他是知道我的政治面貌的，川西特委派高凌去团务干部学校任教，他也知情，不过随着武汉政府的坍台，他就被调到另一县任职去了。

他在绵阳任公路局督办时，我去上海路过绵阳，还同他见过面。1938年我在成都协进中学教书时期，他每到成都，我们也总要叙叙旧，谈点抗战形势。他的女儿夏森，早到延安抗大学习去了。在我去延安前夕，他还介绍过一位苏码头的青年学生，希望将来能在延安得到我的照顾。不过我后来在延安只见到过夏森，那位姓姜的青年学生则始终未见，可能路上被特务抓走了；也可能没有走成。夏认识不少共产党员，他兄弟夏仲寅到过法国，就曾经加入过共产党，相当通晓党的理论政策。夏仲寅对他兄长无疑有过一定影响，向他介绍过一些同志跟他往还。

直到1950年四川解放后奉调去重庆工作，我这才进一步了解到，夏正寅解放前曾经为革命做过不少有益的事，凡是由于情况危急，在成都不能立足的同志，一去到苏码头，他就为他们在乡间安排住处，隐蔽下来。看来他还为民族解放事业捐助过一些资财。在接近解放那一两年，甚至引起过特务的注意，不断派人前去苏码头侦察。而为了模糊敌人的耳目，他经常赤足跋鞋，伙着当地的地主豪绅大吃大喝和搓麻将。他之所以敢于放手掩护我们的同志，不止因为他在当地声望最高，主要是他同母异父兄弟董长安在田颂尧手下任所谓路司令的军职。董长安临近解放起义，可能同他有关。我去重庆筹办西南文联时，他是重庆地政局局长，还请我吃过他的拿手菜黄焖鳝鱼！……

　　夏正寅家里的黄焖鳝鱼，还在他做安县县长时就有名了，我也尝试过好多次。但我1940年这次找他，却不是为饱口福，是想比较安全地住上一夜。他的住宅一边靠近大河，中西合璧，相当考究；是在苏码头一条短短的横街上，不料我只见到他的夫人。他夫人素有眼疾，似乎更严重了。她告诉我，她丈夫前天走了，也不知道去向。我立刻敏感到，他的出走可能同抢米事件有关。于是辞掉她的挽留，我立刻退出来，央求黄包车夫继续赶路。只是才赶到距离苏码头仅有十多二十里的煎茶溪，就在一家店房里住下了。其时天已经黑下来，前面那一架仿佛名叫二郎坡的漫长的坡道，也够人爬！而且，前不挨村，后不靠店，在当日的社会条件下，实在也是一种冒险举动。

　　这煎茶溪，是个很小的乡场，原也有位熟人，曾经在夏正寅做安县县长时当过收发。但我没有去惊动他，害怕引起疑虑，反而多事。由于一向来往客商很少，只有一家店房。同时房间也少，我是跟一位二十岁左右的青年人同住。这位青年衣着朴素，自称是从仁寿县城去成都探亲。我诳称自己是去仁寿探亲。闲谈当中，我有意把话题扯到当时小城小镇已经逐渐成为常态的窳政上去，因而他对兵役问题向我谈了不少。正同我在华裕农场那农技师口中了解到的那样，表面还按户口抽签，实际上有钱有势的根本不服兵役！甚至也不出"壮丁费"。

那位青年人，光景就是为逃避抽丁才出门的，而且不一定是仁寿城内的人。跟我一样，他连姓名也可能是假的，因为他有时谈吐愤激，有时又吞吞吐吐。是个年轻知识分子，但不会是以教书为业的，而是那种具有一定田产、房舍，却又无权无势的中、小地主。用当年豪绅恶霸的语汇来说，就是所谓"老坎"①！在摊派各色各样捐款上，他们往往是豪绅恶霸的下饭菜，却又并不规规矩矩听任乡保长们摆布……

同这种家庭出身的子弟一道住，是可以放心的，所以我当天夜里睡得相当酣畅，次日一早就乘原车去文公场。

12

文公场规模不怎么大，但却有名，旧军官潘文华就是这里的人。还有董长安，也出生于文公场。在旧社会，在一些头脑冬烘的人们看来，真也算得上"人杰地灵"。它离县城还有三十几里路，我是否去过，已经记不准了，但却听说过那座县城的特点。在这浅丘地区，县衙门就建造在一架最高的山坡上，俯瞰全城，碰到县太爷对人犯使用"五刑王法"，就是打屁股吧，呼冤叫屈声全城都可听见。

县城里也有中学，但却没有文华中学的名声大。它是潘文华捐资兴办的，校舍宽敞，延聘的教师也还称职。校长叫聂生明，基督教徒，对办学颇有经验，干劲也足，同车耀先过去常有交往。因为他们曾经一道信仰过"我主耶稣"，虽然后来分道扬镳，彼此的交情仍旧不错。聂在政治上是开明的，他所延聘的教师也很少有他的教友。他专管教务，一般行政工作，乃至聘请教师的最后决定权，则由常务校董冯子虚主持。此公是潘文华的总角交，潘在文公场的产业，住在故乡的家属的生活费用，光景也都归他照管。潘在文公场修建有中西合璧的住宅，家里有些什么人我不清楚，只是听说他有两位失了宠的"如夫人"，

---

① 老坎：即肥猪，可以任人宰割。

就都被他安排在文公场……

这冯子虚可并非暴发户，单靠老朋友的关系起家的，过去家庭就相当富有。因为他的住宅相当古老，不像潘的住宅时兴，一眼就看出修建的年代是在他做了旅长、师长之后。冯在自己住宅对面开了家中药店，此外好像还有一家当铺。他家祠堂在场口边，虽然规模不大，但可看出是上一两辈人留下来的。当然，由于他同潘的关系密切，又深得潘的信任，不只是文公场，就在仁寿全县，作为一个地方绅粮，也相当显赫。比如，在我留住期间，题目我不清楚，也可能出于一时兴起的豪情，他还从成都邀了一批名角，在场上公演过好几天戏！其中有红极一时的旦角琼莲芳，他的叫座戏《北茆山》，我就是这次在文公场看到的，算是饱了眼福。

正跟四川一般农村场镇一样，文公场也有北京的"票房"一类组织，叫作"玩友"。不但经常夜间在茶馆里敲锣打鼓清唱，遇到有戏班到场上演出，其中唱男角的，也会有人登台客串一两折戏。盛会难得，这次也有玩友决心下一回海。一位能唱胡子生的青年，嗓音嘹亮，毫不管顾那位身为联保主任的父亲一再劝阻，竟然粉墨登台。这把那位身居一乡要职的老太爷给气昏了！就在台下吆喝起来，要他赶快退场。但这怎么行呢？既然是出场了，总得把戏演完。那儿子不理他，也可能正演得上劲，没有听见父亲的吆喝，他照样演唱下去。而末了，联保主任就找来根竹竿，伸上舞台去捅他！……

作为戏文，这是一次失败的演出，虽然观众反而得到更大的满足。因为一位演员被人从台下用竹竿捅到后台去的事儿，太少有了。可以说，只有观众对于琼莲芳的欣赏，始终是正常的，他的花衫戏的确在表演上有其独到之处。冯子虚父子对他和其他两三位从成都来的名角，招待得也很周到。演出结束后，还在药店后堂里设宴，为其钱行，我也被邀去作陪。而筵席的丰盛，在一般场镇上很少有。几样海味，无疑都是从成都置办回来的货色。

农历正月，冯子虚还请文华中学校长聂生明，我岳母黄敬之和我爱人黄玉顾在他家里吃过一次当日农历正二月流行的所谓"春酌"。这次的春酌我还是第一次尝试，因为除开两三样海菜、鸡、鸭而外，全是山羊身上所有能吃的东西。做法也丰富多彩。日子久了，我才发觉，在这浅丘地区，几乎一般人家都有饲养山羊的习惯，只是吃法、做法没有冯子虚考究而已。

13

黄玉顾初到文公场，是同她母亲、孩子挤着住在教职员宿舍里面。随后，因为她受聘在学校中教音乐课，我又将探望他们，就通过聂生明向冯子虚提出，既然宿舍不敷分配，就在校外租佃点房子，安一个家，这样对我也就方便得多。这个窠巢，我还未去就已经安排好了。

地址呢，就在冯家的祠堂里，有三间小厢房，把宗祠让外姓人住家，在旧社会这是很少见的，就是把住宅分给外姓人住家，也得写一幅"天地君亲师位"或"某氏历代祖宗神位"贴在打眼的墙壁上，加以供奉不可，否则就会招致晦气。幼年时代我家里曾经住过地方军阀小头目的家眷，我母亲就再三恳求那位兵大爷在厅堂上供一个祖宗牌位。因为"宁可让人停丧，不能让人成双"这类胡言乱语在当时相当流行。

回想起来，冯子虚肯对我这样照顾，真也算难得呢。因为后来夏正寅告诉我，他的思想不能说怎么开明，相信神鬼。他家里有次"扶乩"，还炮制过一则笑话：他向临坛的神灵问起当日仁寿一位已经死亡的县官在阴间的际遇，乩手立即在沙盘上写出一副对联："眼大肚皮小，嘴硬骨头酥"！横额是："啥都想吃"！而且，就在留住期间，他家里一位使女，早成人了，因为同药店里一位学徒发生了炽热的爱情，一天深夜，正当两位青年人在暗中情意缠绵的时候，被他儿子发觉了，一顿训斥不说，次晨还被双双赶出家门。晚上又请巫师禳解，借以驱除晦气……

冯家祠堂就坐落在文公场场口栅门子外边。院子不大，只有一进，我住的是左首两间厢房，我岳母只是每天回来帮我们做两样菜。她旧文学基础好，又能画能绣，也是一位烹调能手。她总尽量让我们能一饱口福，特别是知道我们在北方度过的那种艰苦生活以后。她原籍江苏，是随丈夫游幕到四川的，还曾经在贵州住过几年，辛亥革命后才在成都定居下来。置备有一些房产，但在所谓川黔之战中被焚毁了。不久丈夫去世，她就只好以教书为业，抚养三个儿女。在旧社会，教书这个职业很不巩固，随即又转到灌县女子学校教书。

我是在灌县认识她的，当时我舅父郑慕周在刘成勋部下任第八混成旅旅长，住宅就在灌县县立女校对面。而我一位舅娘在成都读书时又同她相识，异地相逢，彼此也就常有来往。随后，因为刘成勋在内战中收旗卷伞，我舅父也随之退出军界。最后回到故乡安县安昌镇开办汶江小学。草创之初，只有一两位教师，经过逐步扩充，班级、教师也逐渐增加了。

黄敬之到安县教书的时间还要早些。先在县立女子学校任教，汶江小学扩充后，这才转到汶江小学工作。我们认真熟识起来，应该说是从安县开始的，后来她到文公场教书，也与她在安县教过书有关，因为夏正寅两个女儿都是安县县立女子学校的学生。

14

平日相当清静，一到赶场日子，祠堂外那一段街道便成了副食品的供应集市。本地的特产，那一带的甘蔗真是价廉物美。赶场天，冯氏宗祠大门的台阶上就是卖甘蔗的，很固定，而我也就成了他们的老顾客。只是现在牙齿不行，纵然是有，也无法享受了。

卖羊肉和猪肉的也不少。不久，我才发觉一桩我从未见识过的事儿，遇到哪一家屠宰房挂出体重膘大的猪只，就有人闹闹嚷嚷，放串鞭炮祝贺。20年代，我曾经在一次筵席上尝试过对于四川人说来算是珍品的蟹黄。但它不是来自阳澄湖和白洋淀，是仁寿出产的。据说，清朝末年，一位外省人在仁寿做县太爷，从家乡带来蟹种，养在溪沟里面，让它繁殖起来。但这饲养场所显然是在县城附近一条什么河流的某些段落，未曾普及，否则我在文公场逗留中一定会尝试到。

文公场没有什么名胜古迹，除开潘文华相当时新的宅第，董长安为自己父母修建的祠堂，要算最打眼，最宽敞了。假日常有学生前去游览，初来乍到的客人也愿意去观光。我当然也去过，它建造在场外一片冬水田当中，地势低下，四面皆水，有一条石板铺盖的小道直达祠堂石砌的前阶。冯子虚告诉我，单为祠堂基地打夯，就花费过不少人力、物力，因为尽管是烂谷田，却是风水地方。台阶又高又宽，只有一椽殿堂，匾额是四川名书法家赵熙的手笔。而最引人注意的，却是它的题名："董宋大本堂"！一般像我这样大年龄的老人，可能都念过《百家姓》，谁能说上面有"董宋"这个复姓？有的说，董是他继父的姓，宋是生父的姓，毕竟如何，恐怕只有请仁寿修县志的朋友去考证了。

当地一位老百姓曾经向我讲述过这座祠堂举行落成典礼的盛况。那时董长安已经是所谓路司令了，他的防区是江、彰、平、北、安！这五县的县长、局长、绅粮与他直接统率下的旅长、团长都曾前来表示祝贺，不必说了。几乎所有田颂尧防区的县长、局长、绅粮同他的上司、僚属，也都赠送匾、对，派遣人员前来祝贺。此外，成都的所谓"名人"和一切不同派系，甚至互相火并过的大小军阀，也派员或亲身来参加过庆祝。期间，本县、外地想趁机会攀点亲，拉点关系，以便日后加以利用的闲杂人等也很多。试想，一个路司令直接管辖五个县，其版图比得上欧洲一个王国，只要他这个国王高兴，就可以随意安插多少人为官为宦，恭喜发财！……

一句话，这是文公场历史上一次空前绝后的盛会。因为有两个川戏班分别演出，还有来自成都的扬琴、清音和自动跑来求吃的杂耍艺人。据说，正式举行典礼那天，扶老携幼，方圆几十里内跑来看热闹的老百姓更不少。冯子虚曾经负责办一部分招待事宜。有一次，他举了个例来说明当年的盛况。有一家摊贩，动员全家摆了三四个摊子卖凉水和冰粉儿，竟然发了横财！因为是三伏天，贺客和看热闹的人又多，谁不想喝一杯凉水、一碗冰粉儿来解暑止渴呢？我在冀中敌后就有过这样的经验：口渴，往往比饥饿还难于忍受！……

正跟潘文华一样，董长安在文公场也有亲属，不过比之潘简单多了，只有一位远房的寡妇姐姐。住宅也相当寻常，开设着一家药店，贩卖膏丹丸散。她受兄弟的委托，负责照管那座颇为别致的祠堂，以及一份专供修葺祠堂用费的田产。黄敬之同她熟识，我曾经被领去看过她一次。身材高大，对人和善，只是聊过些家常话。

我去看她，主要由于她是夏正寅的至亲，对于潘文华的院落，则只是在大门外瞧看过一番。

15

在重庆三个多月中间，我算做过一些工作，写过几篇文章。从三月中旬到五月初，我在文公场真也得到了充分休息。黄玉顺身体也复原了。因为从聂生明那里早已了解到车耀先被捕时一些具体情况，为了避免可能发生意外，我决定不经成都前去重庆重新返回自己的工作岗位。

我走的是条僻径，先到仁寿所属的北斗镇住一夜，然后赶往内江的球溪河。球溪河是成渝公路必经之地。因为交通方便，镇子又大，路局设有车站售票。重庆的"五四大轰炸"，我在动身前夕就从报上知道了。但在到了球溪河后，我才直接感受到那次轰炸对一些人造成的恐怖之大，从而认识到敌人狂轰滥炸的毒狠和用意所在：为投降派制造口实！当然也是施加压力。

单是公路上的气氛，就叫人大为吃惊。尽管平日也有二三等要人坐轿车来往于成渝路，毕竟不多。现在，似乎重庆所有的小轿车都出动了。用"往来如梭"形容虽然不免夸张，但是来往的车辆很少间断。奔往成都的车上全都塞满了人，从老爷、夫人和如夫人到公子小姐。而奔回重庆的，则几乎全是空车。可能是去运送另一批老爷、太太和家属的。当然也可能是开回机关应差。在来往的轿车中，有些驾驶员显然互相认识，每逢挨车而过，总要伸出脑袋互相嚷叫一通。偶尔听清一句两句，多是传递口信："你叫他们赶紧往乡下疏散！"或者："车子明后天就转来装他们！"也有卡车，坐人而外，还有各式皮箱、家具、包袱……

自从重庆升格为陪都之后，据说"要人"中的家属经常派小轿车到成都买"不醉无归小酒家"的名菜，"龙抄手"的馄饨，及其他名小吃。那么，若果他们，或他们的家属在成都定居下来，将来还会派专车到重庆买"老四川"的牛肉，华华餐厅的岩鲤等等名菜。而由于这些达官贵人的惊惶万状，一般公务人员竟也受到一定影响。因为当我提起个小包袱走进车站买票的时候，售票员一听我是到重庆去，立刻大吃一惊，瞪着眼望我嚷道："哎呀！你看人家都千方百计逃出重庆，你还要去?!"他把那些挤在车站售票处看热闹、探听消息的本地方的闲杂人等，全惹笑了。他们当然不是笑我，售票员态度诚恳，也不是开玩笑。

当我开始解释的时候，电话铃响了，于是售票员丢下我去接电话。从他的回答和提问，人们会猜测到，重庆来的车子照常客满，因而他也得照常不能卖前去成都的票。末了，他终于放下电话筒，转而同我张罗，可也不是听我解释，我刚说过我有要事，非去一趟不可，他就不要听了，笑道："去重庆的票倒随便你买呵！"买好票后，他还好意地叮咛我，不要到镇子上去，车子到站后不会有多少耽搁。他没有诳我，尽管当时已经半下午了。车子到站不久，就又继续前进。而且破例没有在内江住宿，上了两位客人后就又赶路。我记得我们是赶到永川附近才停车的，已经是夜里八九点钟了。

乘客尽管不多，场镇又小，可是，就连我们住的那家盖有楼房的旅舍，也都几乎给重庆逃出来的客人塞满了。大多是老年、中年妇女和儿童。而她们的言谈、穿着说明，她们都是一般公务人员的家属。既没资格坐轿车，也挤不上公路局的客车，都是依靠自己两条腿离开重庆，忙匆匆跑回故乡去躲避轰炸。她们可能就是附近一些县份的人，无疑也在沿途散播恐怖。当我们次晨起来吃早饭的时候，她们已经拖儿带女的出发了。……

我记得，那一次和我同车去重庆的，还有一位从成都上车的生活书店的工作同志。曾经见过两三次面，胖胖的，比我年轻得多。一路上也闲聊过，可惜已经忘记姓氏。对于那些普通难民，我们是同情的，对其余的各色要人，则大加非笑。

16

尽管公路局的客车也破例加快速度行驶，我们动身又相当早，但刚到青木关，车就停下来休息了。这是从华北、西北地区经成都到重庆必须通过的一个最大的检查站，派驻有一批望之俨然的宪兵。他们主要是进行政治上的检查，其次是检查一些商帮私运物资，乃至所谓违禁用品。

可是我和生活书店那位工作同志都没有什么政治上的把柄可抓，所有乘客中光景也没有谁夹带有违禁品让它查获。我们的车子停止前进，只因为驾驶员探听到，城内已经放过预行警报。而万一敌机果真又来进行轰炸，冒冒失失开进城岂不是自投罗网？于是经过检查，也就只好停下来休息了。接着，陆续到来的大小车辆，也都停留下来，等候解除警报。

尽管我们在茶馆里蹲了两三个钟头，倒也并不寂寞。因为那些不断向西驰去的小车辆，为我们提供了充分的聊天材料。直到黄昏已近，大家才又被吆喝上车，跟随其他车辆，向重庆行驶了。但是到了"山洞"就又停下休息。因为前面传来消息，警报尚未解除。这次休息没有让乘客下车，其实乘客也不愿意离开车子，渴望警报一解除后一溜烟就到达目的地。暗夜终于降临，所有的车辆又鱼贯前进了。而且很快就到达两路口车站。已被炸毁的水电系统尚未恢复，市区内所有店铺都靠满堂红、亮油壶采取光亮，比之以往太黯淡了。但是，在苍茫的夜色中，每一想起那些二号、三号要人带起家眷逃奔成都的张皇失措，眼前有些情景却也使人振奋。

我说的是那些沿街摆摊设市的小商户。他们显然并不打算在敌机狂轰滥炸下逃跑，也不只顾面对被震毁了的房舍唉声叹气，虽然凭经验也考虑到这不是最后一次轰炸，却都在分别各自进行修整，准备照常营业。就在车站对面不远，我去华裕农场有时经过的梯坎边，一家门面狭小，房舍低矮，约有一半面积悬空，全凭几根柱子或楠竹支撑的店堂里，在家小的配合下，店主人手执锤头，借助亮油壶的照映加紧进行修整。

我没有直接回华裕农场，折往张家花园57号去了，准备先到"文抗"凑合着宿一夜，没想到所有熟人全疏散下乡了，只有一位传达看守房屋。经过探询，"文抗"在南温泉搞到几间疏散房子，住会秘书就在那里办公。其他的成员，也都分别各处找地方疏散了。住在华裕农场的之的、罗烽他们，则全都到了寸滩。这一来，我决定当晚就去曾家岩50号报到，次日去南温泉。那天夜里我会见的是徐冰同志或者是王子模同志，已经记不大准确了。但我总算是报了到，有了一个住宿的地方。而且知道凯丰同志正在南泉一家私人疗养院治病，这样，我在南泉也就可以随时向他请示汇报。

我已经探问到去南岸海棠溪的轮渡十分拥挤，一般小划子又贵又不好雇。而去南温泉又必须经海棠溪。因此，天一亮我就赶到望龙门渡口去了。可是那些准备前往南岸疏散的人，出乎意料的多。大家也比我腿脚麻利，轮渡、趸船，乃至趸船前面一大片河滩，全都是人。

那些维持秩序的警察，手执纤绳做的鞭子，看见有人企图涉水挤上趸船，就挥舞起纤绳抽打。若果妄想随意通过由船只搭成的浮桥挤上趸船，他们抽打起来也就更方便了。

小划子间或倒有空的，等着客人雇用，而讨价却高，许多人都只好望洋兴叹。汽车轮渡看来相当清静，可惜只长途车，主要小轿车才有资格利用。看来轮渡是无望了，时机又相当紧迫，最后我就与人打伙雇了只划子，渡向海棠溪去。

17

海棠溪是到达了，也很快找到了汽车站。到重庆附近綦江几个县的车票比较好买，要乘短途车去南泉，可就难了。其拥挤程度，并不比在对岸轮渡码头看见的情景逊色。既然车票难买，已经有人转过念头，决心依靠自己两条腿走路了。

不管相识或不相识，人们在同一困境里，往往会毫不自觉地交谈起来，互相商量怎样改善当前的共同遭遇。我同几位挤在一起，排队等候轮子买票的乘客，简单但很具体的交换了一会意见之后，便都决定徒步去南温泉。其中有的人很有经验，已经摸准了敌机袭击和防空警报的规律。认为完全依靠代替警报，出现在四面山头上各色标记的升、降和多少来判断敌机的活动不行，必须早点离开闹市！

正当壮年，行李也不多，又在冀中敌后经过半年左右的锻炼，三几十里路我还满能应付。而且，由于全都是四川人，语言上没困难，在沿公路行进中，谈话也愈来愈活泼了。从而知道了一些要人的私生活，特别是那位名噪一时的孔二小姐的秽史。也有人摆谈孔、宋两家在南泉虎啸口的别墅和气派。后来我曾不止一次看见有人坐了红豆木拱竿竿轿子，在南泉市面上经过，那大概就是他们的家属。黄山、汪山则是蒋介石、宋美龄居住的禁区，直到解放后 50 年代，我才有机缘去参观过。

我先找到杨骚、欧阳山他们。原来"文抗"的疏散房子，就在他们住所的河对岸，只是地势要低得多，房子则是青瓦砖木结构。算是南泉正街的场外，住户已经很稀少了。住会的秘书梅林同志夫妇而外，仿佛只有臧云远同志长期住在那里，雇了一位娘姨做饭，费用大家分担。房舍宽敞，用具绰绰有余。我一去，就在一间客房里住下了。那时陈学昭同志也在南泉住家，好像也是五四大轰炸后从临江门疏散去的。她为人诚恳、和善，还在延安的时候，我同其芳每一次去看望她，临走她总要塞些吃食让我们带走。这次在南泉聚首，她曾请我上过馆子，而且照例要带一小瓶酒精为碗筷消毒。

张恨水先生那时也在南泉住家。恰和我们对门而居，那是一所远比"文抗"开旷的院落，显然不止住他一家。我说对门而居，隔开我们的却不是街道或弄堂，是一条相当宽大的河沟。他的住宅直接通向南泉的正街，我们上街可得过一道小桥，绕过他的院落。我刚住下不久，梅林就把他指给我看过了，因为他前门的院坝正对河沟，又无遮拦，很容易发现他。此公有一点我印象很深，每一次跑警报，他总单枪匹马，提一只陶器大茶壶，从容不迫地缓步走向附近的山沟里去。既没有家人伴送，也没有邻佑同行，真有点使人不解。后来虽然见过一两次面，也交谈过，直到读过《八十一梦》，才算对他多少有点认识。

在阅读《新民晚报》连载的《八十一梦》以前，老实招供吧，作为一个作家，我对张先生的判断又主观又不怎么尊重，以为他只不过是一位趣味低级的鸳鸯蝴蝶派作家。因而虽然认为该团结他，灵魂深处可总有点瞧不起，《八十一梦》逐渐改变了我的看法：对于当日国统区的窳政他是那样愤懑，他的笔锋又是那样锋利！至今，每当我一想起他那手提大茶壶，在空袭警报下一个人慢条斯理在山径上缓缓而行的身影，似乎比较了解他当年的心境了。

我说我们曾见过一两面，还交谈过，因为当我在南泉"文抗"一间小屋里住定后，经过同杨骚、白薇、欧阳山、草明诸位商议，并取得凯丰同志同意，我们曾经凑份子聚过一次餐。在大家同凯丰见面时，张先生也应邀参加了。

18

凯丰是住的疗养院，在南泉正街上，是五四大轰炸前，南泉住户还不多的时候开设的，主要接收肺病患者。有次我去疗养院看望他，谈到发展党员问题，我提出欧阳山和草明；白薇、杨骚虽然也一直都靠近党，但是可以放缓一步。他同意了。

我之提出首先吸收欧阳山、草明入党，因为我离开延安前夕，周扬同志就再三叮咛过，千万要防止宗派情绪。即便是在"两个口号"论争中同自己存在一般分歧的同志，也应该进一步加强同他们的团结。最后我还有个目的，就是尽量动员他们到延安去。在"两个口号"论争中，我跟白薇、杨骚都赞同国防文学这个口号，而欧阳山、草明却是另一口号的拥护者，因此我就特别注意同他们搞好关系；虽然我们一直没有断过来往。

经过凯丰同意，我就开始找机会向他们两位谈入党问题了。碰到午后气温太高，警报又早已解除了，或者这一天根本就没有预行警报，我们总是相约在河对岸一家茶馆前面，临时摆设的茶桌上喝茶闲聊。如果什么人得到稿费，就打点大曲来喝。这种聚会，每每是欧阳山或杨骚出面邀约。而且相当方便，只需他们中间哪一位站在自己房子下面的河坎上吆喝两声，就行了。去茶馆也用不上过河，绕一大圈。这种聚会一星期总有个两三回，可就是不便向欧阳山谈入党问题。因为四近都是茶客，不便谈。而且也不宜当着杨骚谈。去欧阳山家里跟他和草明一起谈呢，可又很难避开那位帮他们领孩子的大姑娘。幸而不久我就抓住一个机会把一个十分庄严的问题提出来让他们考虑。

反应完全符合我的意料，他们都很激动，立刻表示了他们强烈的入党要求。光景他们早就希望有这一天了。在我向凯丰汇报后，就又通知他们，要他们各自前去那家私人疗养院同凯丰谈话。结果看来不错，但凯丰告诉我，这事还不能由他个人决定，得等进城向组织和恩来同志汇报后才有结果。不久，张晓梅同志坐办事处的轿车来南泉，接凯丰回红岩村，我也搭车进城，住了一两天才回南泉。

张晓梅同陈学昭同志是老相识，她到南泉后去看过学昭，不料这个热心肠人竟将我生活上一些困难，暗中向组织上反映了，因而在搭办事处的车子进城途中，张晓梅就拿了一笔钱给我，要我以后需钱用就向组织上讲。其实，自从同徐冰接上关系，接受了在重庆文艺界做些通信联络工作的任务以后，他就问过我每个月需要多少生活费用。非常明显，组织上已经决定酌情对我给予帮助。但一想到当时延安、敌后的供应情况，红岩村、50 号一般同志的生活也相当艰苦，我怎么能按月要补贴呢?! 事实上，比之"左联"时期，在去文公场前，我的稿费收入已经很丰厚了，所以当即表示我的生活没有问题。

我在南泉之所以出现暂时拮据，因为我给家里寄的钱多了一点。在文公场那段时间，又只为《随军散记》写过一篇简短的《前记》。寄往香港《星岛日报》，题为《H 将军前线》的《随军散记》，又尚未收到稿费;《文艺战线》第 5 期出版后，第 6 期的稿子一时又无着落! 加之，当地报刊由于轰炸经常脱期，例如，我在抢米事件前写的短篇《磁力》，早投寄《抗战文艺》了，一直拖了两个月才出版。而最早为《文学月报》赶写的《老乡们》，刊物出版的时间更加拖得久! 这都直接影响到生活。

那次我回南泉，没有再走老路，先到南岸的华裕农场，捎取留在那里的东西，然后沿江下行，到海棠溪乘公共汽车。当时气氛相当平静，小胡已经在农场主持日常工作了。去南泉的汽车也不怎么拥挤，可能因为防空洞已逐渐多起来，同时对于敌机的轰炸和跑警报也有点见惯不惊，习以为常了。已经逃走不少名人、要人的太太小姐，惊惶制造者大为减少，无疑也是气氛比较平静的原因之一。

我又一次从南泉进城，是在当日一般叫作银行街的全部现代化建筑遭到惨重轰炸之后。前两次去南泉我都曾经过这里，因而印象也深。我记得，当我穿过那条大街时，街道两边的断墙颓垣，一堆堆砖瓦，似乎还在发散余热，有些灼人。正当夏季，重庆这个大火盆已经够热了，这也可能来自错觉，因为很快我就发现另外一种不曾料到的情景。

　　在一些断墙颓垣之间，已经有不少小贩在摆摊设市了！他们利用那些零散砖头垒起两三段矮墙，铺块门板，或者木板，上面撑一个简单的布棚帐，生意就开张了。有卖小吃的，也有卖布匹和日用品的，简直像个临时百货商场。这条街本名叫新丰街，地方当道，原来很少有小摊贩，而现在这些临时摊贩却充分显示了中国人民对生活的执着和巨大勇气！

　　可能就是这一次进城吧，我在曾家岩50号又碰上了凯丰，于是就向他汇报，在他离开南泉后我自己和我所了解到的一些文艺界的情况。最后问到欧阳山和草明的入党问题。正在这时，周恩来同志到会议室来了。显然他已经听过凯丰的汇报，参加过讨论，因为当凯丰告诉我，同时也是征求他的意见，说："是不是先发展一个呢？草明的问题放后一步解决。"恩来同志接着表示了不同的看法："两个都一起吸收吧！"十年动乱当中，广东一个什么组织搞外调，去昭觉寺要我证明欧阳山的入党问题时，我把这个经过写得比较详尽。并且连同草明的入党经过，全都写了。

　　因为郭老、阳翰老和冯乃超诸位，早已去赖家桥了，尚未返回城内；寸滩一批熟人也都留在原地未动，老舍先生也不住在城内，所以在曾家岩住了两天光景，我就又回转南泉。因为南泉的熟人多，也住得比其他疏散区集中，而且来去相当方便。住在"文抗"的临时办公处，不止有臧云远，力扬也在那里住过。还有临时去住两三天的。陈果夫主持的中央政治学校就在"小温泉"，离南泉只有三五里路，少数喜爱文艺的学员，偶尔也来闲聊一阵，一位名诗人的妻弟，给我印象较深。因为他不止向我谈他姐姐同那位诗人结婚和离散的曲折经过，还谈过他们学校里一些人的秘闻。其中有段野史，我至今还记得，因为那位受害者就在附近住家。

这也是个不很寻常的人，30年代在上海居留过的朋友，可能大都知道：应时。公部局的一位法官，各种大报上经常都在一定栏目内有他的名字。上海陷落后，他带起一位如夫人逃出"孤岛"，辗转来到重庆。不知出于何种关系，也可能单是为了标榜自己，那位校长把他安插在政治学校教一点课。但他不识"抬举"，在同学生往来中随口揭露陈氏弟兄的老底。结果是被赶出学校，不让他上课了。而且还不能在小温泉住家，以免他继续扬败陈氏弟兄一伙。但为照顾他的生活，每月可领取原工资的半数。看来是表示"优待"。离开小温泉后，出乎意料，他在南泉街上租了两间铺面房子，做起杂货生意来了。自己两家头则既是老板又是店员。

由于他那位高足的介绍生动有趣，一天，我和杨骚相约，充当法官先生的顾客去了。恰好两夫妇都在店里。男的黑瘦无须，精精神神的，年纪在五十左右。老板娘白皙丰满，浓妆艳抹，光景刚过三十不远。他们的鲜明对比，已经叫人够惬意了。更为有趣的是，店堂墙壁上贴有两幅未经裱褙的白纸对联，上联记不得了，下联是："有时也风流"。当杨骚低声哼出这下联时，法官可立刻就搭腔了："是呀，有时候就跟太太风流风流！"说时他还指一指老板娘，做出十分风流潇洒的神态。我可不免从其眉宇间看到一点苦趣。

一向乐观豁达的杨骚，看来对于法官的玩世不恭也不怎么舒坦，只有老板娘带点娇羞的笑颜十分开朗。

19

在南泉那些日子里，珍贵的记忆不少，可惜已经不能较为准确地一一记取了。1980年前后，我曾经去和平里看望白薇。想不到她已经那样老迈，简直不认识我了。还有一次，是全国政协在人民大会堂开会，她也照旧用一根一端缠了些破布的竹竿当手杖，行行走走，东瞧西瞧地寻觅自己的座位。后来，一位服务员挨过去看了看她的签到卡，这才扶她到自己的座位上坐下。

她在爱情上的纠葛，30年代"左联"的同志大都清楚；而从我认识她起，至今犹孑然一身。我记得，在我第一次调来北京工作，前去和平里看望她时，在我回答了她近十二三年来的生活情况后，她曾用充满关心的训斥语调指着我责怪道："没出息！"随即以一位共同的熟人为例，说是悼亡不上一年就续弦了。她可没有想想自己。可能有时也会想到，其中的况味，恐怕也只有像她那样富有坚强生命力的人才能承担。因为她是地道的孑然一身，我呢，儿女众多，对我又都十分关心。

上海时候的事不必提了，就说她在南泉的情况吧。她同杨骚的关系，真也叫人有些莫名其妙。虽然同住一个里弄，生活上也都互相关照，但是他们并不同居一室，都像独身者样。有一天，她到"文抗"来串门子，闲谈当中，忽然灵机一动，我把自己筹思过多次的一项建议，向她提出来了：希望她同杨骚成为夫妇。没料到她立刻火冒三丈，对我连声诘责，并一步步逼近我，光景很可能让我吃几耳光。我呢，也就只好随着她的逼近，逐步退到房间的旮旯里。她那时候当然不像现在，相当硬朗，可我也不是担心抵挡不住，我毕竟比她健壮多了。但我怎么能跟一位女同志，一位素所尊重的老大姐动手动足呢！

由于我的退让，解释，她的扑打姿态，也只说明她对我的建议多么生气。结果可并未动手，最后气也消了，照样同我友好。早在我从事文学创作以前，我就听到过这位《炸弹与征鸟》的作者一些传闻。远在上海时期，我加入"左联"后，我们彼此就有来往了，她也向我指责过个别女同志私生活上的不当之处。当时我就有一种印象，有关她的某些传闻类乎虚构，实际她在男女问题上是严肃的。经过上面我提到的那段小小插曲，我更加感觉到，尽管早就大声疾呼要《打出幽灵塔》，封建家庭给予她的影响却并未因为长期的革命斗争锻炼而归于泯灭。这当然并不意味着在爱情问题上可以随随便便……

据我所知，尽管经常病魔缠身，白薇在"左联"却做过不少工作。她为人热情、爽直，我们见面不久，她就坦率地指出我第一本短篇小说集中某些篇章存在的显明缺点。一位东北流亡作家的第一篇小说，就是由她推荐给"左联"党团负责人周扬，然后介绍给《文学》发表的，同时这位同志也跟"左联"有了组织关系。她还参加过妇女联谊社的领导工作，1935 年春，曾经邀约一位社会科学家和我在一次集会上座谈过。那位社会科学家是讲说妇女运动问题，我呢，只是谈了些我刚从四川带回上海的社会现象……

1940 年 6、7 月间我离开南泉，皖南事变后我又回了故乡。直到 1944 年冬我重到重庆，在为郭老祝寿的茶会上还见过她一次。这次茶会参加的人不多，她曾经发言表示祝贺。此后，50 年代初我们一道在东总布胡同住过几天。有一天，碰上她衣履一新，正向大门外走去。招呼之后，我们还开了两句玩笑。我说："穿这么漂亮呀！"她答道："去结婚啦！"神色开朗，真像年轻多了。不久，她就去东北一家农场体验生活……

我记起来了，我到和平里去看望她那次，她还谈了些她在十年动乱中所受的精神上和肉体上的摧残。曾经用愤激的语调和动作告诉我她怎样被打手们又推又拖，最后把她摔倒在地！她在和平里雇有保姆，同一楼房的邻居对她也十分照顾。

20

离开南泉，我就没有再住华裕农场，因为我们的防空力量已经加强，敌人的气焰，也就不像过去那样的嚣张了。这同苏联的援助也直接有关。这样，好多熟人也进了城，张家花园 57 号那幢三层楼的房子，则照旧住满了人，我就同以群挤着住在后院楼下一间小屋子里。

宋之的和王莘也没再回华裕农场，就住在二楼上。住在二楼的还有史东山同志和郑君里同志。葛一虹同志住在三楼。我记得，应周钦岳同志之邀，老舍先生则寄居在白象街《新蜀报》。陈毅同志曾在该报主持笔政，抗战时期，很长一个时间是漆鲁鱼同志主编。老舍先生，我在延安就认识了，知道他是"文抗"一员主将。总揽日常工作。"文抗"的机关刊物《抗战文艺》也是由他出名主编。在抵制顽固派势力的干扰、利用上，是一个有力支柱。他本人无党无派，又同冯玉祥将军和邵力子先生交谊很深。因而在当日尖锐复杂的斗争中，由他主持会务，也就最恰当了。

　　他把华林这位老好、善良的国民党艺术家团结得很好，至于王平陵呢，为人庸弱无能，根本起不了什么作用；姚蓬子则假装进步，未敢明目张胆捣鬼。老舍在"文抗"的作为，顽固派显然最不愉快，认为他搞的那一套，其根据是我们党有关文艺工作的方针政策。我记得他曾十分愤激地向我讲过，张道藩曾经邀请他面谈过，大肆叫嚣反共滥调。他听了，十分锋利地反诘道："我又不是共产党，你怎么向到我骂呢？"几乎弄得那个国统区文化界反动派头头下不了台。而且，他不仅顶住了张道藩的恐吓，就在这年冬天，他还同意了我和胡风的建议，由"文抗"出面，乘着雾季城里人多，进行一些群众性的文学艺术活动。

　　在我离开南泉不久，郭老也从赖家桥搬进城，在天官府街住下来了。他的精力之旺，实在叫人吃惊，既要从事著作，又得进行大量社会活动。为了保证他的时间不致随意浪费，当他进行写作的时候，于立群同志有时为他把关：在客室门首坐起，对于不大相干的来访者，就借口推掉。不过我倒还没有吃过这样的闭门羹，每次去都能见到郭老。有时是郭老要我去，为的了解文学创作方面的情况。因为塔斯社、苏联对外文协，以及其他一些进步外国记者要访问他，他得事先做好充分准备。有一次，我记得我是约同欧阳山一道去向他汇报的。因为欧阳山当时正在研究那两三年的小说创作，情况比我熟悉。

想起郭老，总不免首先想起他那篇在南昌起义前夕，主动草拟的讨蒋檄文：《请看今日之蒋介石》。这里，我不由得联想起抗战期间他在重庆的两个插曲。不过具体时间已经记不准了：是1940年？1944年？或者分别发生在这两年？其一，是我亲耳听见的，地点是抗建堂。那是一次纪念中国人民奋起抗战的群众大会，主席台上，郭老而外，还有何应钦一类所谓军政大员。当时曹靖华同志翻译的《前线》已经出版，而他却就那么明显地借用剧本中那个思想落后、昏庸无能的将军指责国民政府的军事当局！……

另一个插曲是间接听来的，但是我查对过，并非虚构。事情是这样的，因为郭老直接领导的文化工作委员会，尽管名义上是什么军委会政治部下面一个单位，实质上它却是党的左翼文化运动的劲旅。因此，有一次政治部主任张治中讽刺地，但也无可奈何地向郭老说，这个应该由他发号施令的单位是"租界"，他管不了。而郭老当即针锋相对地回答道："既然是租界，你就收回去吧！"

张治中当然没有撤销"文工会"，或者另行派员代替郭老的胆量。他们不敢公开违反革命人民和进步文化界的意愿。

21

茅盾同志也是我离开南泉前后来重庆的。不过他不是来自近郊的疏散区，而是革命圣城延安。后来我还听说，他在延安鲁迅艺术学院一次盛大欢迎会上，由于一位低音歌唱家即席演唱《跳蚤之歌》，一位文学系的教师感觉这太不慎重，又一向为人直率、热诚，就顺手抓起面前的茶杯，向我们的歌唱家掷去。由此可以看出茅公在文学界的声望之高。我想，党中央之所以要他到国统区的根本原因，可能就在这里：通过他在国统区文艺界广泛深入地宣传党的方针政策。

茅公那次住在学田湾一栋小楼上。当时沈钧儒老人也在附近住家，因为都挨生活书店较近。在知道他到达重庆后，我就约了以群一道去看望他。"八一三"后离开上海，我就没有再见到他了，只是1938年我在成都教书时，通过信，为他主编的《文艺阵地》写过一个短篇小说《防空——在"堪察加"的一角》，后来刊载于该刊第1卷第5期。发表后，他还从广州用航空挂号寄过一份。但是，自从我到延安以后，我们就音信断绝，更不要说是见面了。

在学田湾那座小楼上见到他时，感觉他跟从前一样，开朗健谈，不时爆发出爽朗的笑声，左边眼皮不住眨动。他向我们谈了些他对延安的印象，具体的说法记不准了，《白杨礼赞》却也充分体现了他对那座革命圣城的感情。以群一向文文静静，不大发言，我却哇啦哇啦说个不停。我向他讲过我离开延安的原因之一：对于陕北的社会生活总不如对四川熟悉。在异地，写点散文报道，还可以，写小说就难了。我记得，我还毫不脸红地自夸：在四川，就是有人打个喷嚏，我都能猜到它的含意。在1944年到重庆学习了毛泽东同志《在延安文艺座谈会上的讲话》，经过总结经验教训，我才逐渐认识到我把自己的论点绝对化了，而我对四川熟识的范围和程度也很有限。

茅公对我述说的当时四川一些社会现象，倒相当感兴趣。我记得，我曾向他摆谈过这样一个故事：由于物价不断上涨，一位略有存款的财主，眼疾手快，赶紧把它拿去买了一箱洋钉囤积起来。很快，洋钉一再涨价，他就把这箱洋钉拿到一家银行作押，借了一笔较大的款项，买了两箱洋钉。一转眼，洋钉价钱又上涨了。于是他又拿自己囤积的洋钉去抵押借款，抢购到更多洋钉！而如此循环往复下去，两三年来，他大发"国难财"，变成暴发户了。茅公听罢哈哈大笑，随即摸来个小本子，把它记上。我不知道这个小故事他后来利用没有，但它却是我以后写作《淘金记》的因由之一。

就在他到重庆这年秋冬之交，中断了好些时候的《文艺阵地》，决定在重庆复刊了。茅公要我写篇小说，这就是发表在1941年《文艺阵地》第6卷第1期上的《老烟的故事》。主人公的原型是我一位熟人，翻译过日本山川均等宣传马克思主义的小册子，抗战时期在成都搞过报纸编辑工作。因为在白色恐怖中疑神疑鬼，就又跑到重庆，在长江轮渡上搞了个差事，借以免除一切猜忌。但他对于当前的政治形势并未完全忘怀，偶尔在街头碰见过去新闻界的熟人，总要偷偷探问几句。我同此公已经三五年不见面了，上面所说一些他的经历，是一位在新闻战线上坚持工作的同志告诉我的。

当然，作为小说中的人物，却也免不了有虚构，还曾经拉用过其他我所接触过的一两位新知旧好的某些生活细节，让他的形象较为丰满，他的活动更具有说服力。大约1979年，我曾为祝贺三联书店的创立纪念征文写过一篇短文，谈到《老烟的故事》送审的过程，以及茅公看了原稿后对我的忠告："还是打苍蝇吧，现在不要摸老虎屁股。"因而送审时我要了点手足。

在那篇祝贺短文中，有一点我似乎未提到：茅公认为，摸老虎屁股的文章，也应该写，可以保存起来，等候时机发表。

22

茅公和他夫人孔德沚同志，是十月间应周恩来同志之邀从延安到重庆的。大约七月，恩来同志决定去北碚、草街子走一趟，因为当时国际形势骤然紧张起来，德意日法西斯联盟日益加强。英国这个老牌帝国主义从敦刻尔克撤退了，还切断了滇缅路，增加了我们国际交通的困难。因此一般知识界都不免对局势忧心忡忡，为祖国的抗战前途产生一些疑虑。

北碚是知识界相当集中的地方，单是黄桷树复旦大学就有不少的讲师、教授。草街子是育才学校的所在地，好几位30年代左翼文化运动的盟员都在该校任教。那里一些一贯同情党、支持党的抗战方针政策的朋友，也希望恩来同志能去一趟，澄清一下当时知识界某些混乱思想。为了求得此行能有较为完满的结果，组织上分派我提前两三天去北碚，同陶行知、胡风和靳以一些熟人联系，做出适当安排。我是约同以群一道去的。当时他有的问题虽然尚未解决，但是组织上认为可以让他做些工作。他情况熟，工作又相当踏实、积极，因而一般具体工作我都同他商量着进行。后来事实证明，他的确可以信赖。

我记得，林语堂在北碚有几间疏散房子，自从他前去美国贩卖《吾国与吾民》后，就暂交"文抗"接管。我同以群到北碚后就住在他的房子里。同时住在那里的，我印象较深的是育才学校文学系主任艾青同志。我们一住下来，就向他谈了周恩来同志将到北泉小住，并表示希望他能去延安。随即去黄桷树胡风家里，由他邀约靳以和其他两位复旦大学的教授见面。林语堂去美国贩卖《吾国与吾民》的话，就是其中一位曾在国外讲学的教授说的。胡风并不在复旦教书，他住在复旦和通俗读物编刊社附近，我们当然只单独对他讲过我们去北碚的全部任务，也向靳以提谈过一下。

周恩来同志大约是次日夜里到北碚的。相当晚，有徐冰和其他一两位同志一道。原本约定下午来的，城里有要事耽延了。而且显然走得匆忙，连饭也没有顾得上吃。其时，北碚街上较好的饭馆都关门了，我们只好领他们到一家小饭馆吃晚餐。陶行知先生那里，我们白天已经去过，次日他准会约一批熟人到北泉的，恩来同志本可不必再去；而且陶先生又住在山沟里，晚上行走不便，但他执意要亲自去一趟。他同徐冰他们并没有在陶先生家里待多久，就乘车到温泉去了。我和以群没有同去，照旧回到"文抗"的疏散房子里歇宿，约定次日一早跟艾青同志一道前去。

次日动身去温泉之前，虽然出了点小别扭，以群、艾青和我，算到得最早了。恩来同志和徐冰住的数帆楼，我们一到就去恩来同志的房间里，把艾青介绍给他，然后退出来跟徐冰同志商量，怎样安排当天上午座谈、聚餐的具体事项。由陶先生和胡风做主持人，这早就决定了，但对参加座谈的人数、用费，还得做出适当估计，以便进一步向北泉招待所管理人员交涉。一俟我们的商谈告一结束，艾青也从恩来同志房间里退出来了。他情绪饱满，向我和以群对恩来同志连声赞扬。

这次北碚之行，还有个意外的小插曲：狂飙社的主将高长虹，我早就闻名了。还听到过他一些出国遨游中的离奇传说。想不到他竟然那样苍老，看不出多少"狂飙"气了。经济上相当窘迫，但他竟然在相当高级的兼善旅馆住了很久；后来是"文抗"代他付的房租。

还有件事也值得一记，从它可以看出国统区社会政治关系的复杂性：举行座谈会的前夕，北碚市市长曾经阴悄悄摸到数帆楼探望过周恩来同志。

23

次日，从黄桷树、北碚市前来温泉参加座谈的人不少。其中有两位曾经引起我最大的注意，他们是梁漱溟和郭任远。

梁先生可能就住在温泉或缙云山。我远在成都读书的时候，就看过他那册大谈东方文化和哲学的著作了。是一位安县同乡介绍我看的，此公对他相当佩服，因为在中学毕业后累遭挫折，还在新都宝光寺出过家，当了一阵和尚。我的短篇小说《轮下》，其中主人公就是借用他做的模型。从这可以看出我对梁先生是多么注意了。相当矮小、又黑又瘦，他的面貌多少叫人感到有点神秘味儿。

郭任远先生神情开朗，从外表到穿着都跟梁先生截然不同，也年轻些。他之引起我更多注意，因为 30 年代初，这位曾经在美国住过多年的行为心理学家，在上海出版过一本著作，用他那个学派的观点论证过马克思主义不科学，我买来看过。他在学术上当然并未放弃他的观点，但在团结抗战，保卫祖国这个大前提下，他也同信仰马克思主义的共产党人坐在一起，充满关心，谈论起有关民族命运的问题来了。

他那天的发言虽已遗忘，总的精神大体倒还记得：在国际形势恶化后，我们将如何对待、理解可能发生的挫折？梁先生和其他几位先生的发言，也大都反映了在同一问题上的隐忧。最后，由座谈会主持人之一的陶行知先生请周恩来同志讲话，这立刻引起一阵热烈掌声。

周恩来同志即席对国际形势的发展变化，与它在抗日战争和国内可能产生的影响做了深入、具体的分析和系统论述。他当然是代表党、代表南方局讲话，这在当日党中央有关文件、《新华日报》的社论和评述国际局势的文章中体现得很充分，这里我就不多说了。我也不可能说得准确、全面，因为事隔多年，我又未做笔记。我只能说，听众的反应很好。我自己也受到很大教益，对于抗战前途愈益充满信心。我们党一定能够领导中国人民战胜侵略者，克服任何困难险阻。恩来同志讲话后是聚餐。五张大圆桌，几乎都坐满了，约有四五十人参加。因为北碚和温泉之间交通不便，不少人聚餐后就走了。

陶行知先生也走了，不过要晚一点；他不是回北碚，是去草街子育才学校。我和以群留下来陪周恩来同志、徐冰及其他随行人员宿息了一夜，次日上午才分头去草街子。客人到达时，育才的同学还列队欢迎，高声歌唱那支颇为流行的苏联歌曲："在我们国家里可以自由呼吸"，由陶先生伴同恩来同志进行检阅。这首歌曲对我很有启发，一面想起特务横行，民不聊生的大后方；一面兴起对祖国社会主义明天的向往。而这种别致的欢迎仪式，也只有育才学校办得到。恩来同志对全校师生讲演时我不在场，我跟徐冰一道，由章泯领到几里路外他家里谈话去了。

章泯在一家农民院落里分租了两三间房子住家，有瓦屋，也有茅棚。我记得，尽管离农历正月还远，我们却吃了他夫人为我们做的元宵打尖。在上海，我没有到过章泯家里，只见过几面，看过他导演的《钦差大臣》。妙在我印象至今还相当鲜明的，不是什么主角，也不是市长和邮政局一类次要人物，而是那个泼辣劲十足的配角，由江青扮演的"木匠之妻"！现在想起来还忍不住要哈哈大笑……

不错，过浆粉子做的元宵特别好吃，而最大的收获却是徐冰和我，一个上午，就分别同沙蒙、舒强和一位已经忘其姓名的青年朋友谈过话了。从家庭状况、个人经历到他们对去延安从事戏剧工作的想法，全都没有什么遗漏。

这三位同志都是育才戏剧系的，算是章泯教学上的助手。而后，经过组织研究，全都满足了他们的愿望。

24

周恩来同志他们，当天下午就回重庆去了。我和以群留下来住了几天。离开延安时，鲁艺音乐系负责人吕骥向我提到贺绿汀同志，希望他能到鲁艺教书。我们谈过两次，他可没有同意；后来却到新四军去了。那时候他听觉还好，和吕骥同志都是黄自先生的高足。

我们在育才学校住得有三五天，我还在那里赶写一篇《敌后琐记》，内容是报道120师的部队文艺工作情况。萧克同志准备要写的长篇小说《罗霄军的激流》，算是主要内容之一。这是离开岚县，前去冀中敌后途中，我和其芳一天夜里进行访问时他提到过的。还讲述了一两个场景，后来我把这篇报道送交《中苏文化》，也曾在它的《文艺特刊》发表，可是，十年动乱后我却一直没有找到。

此外，应艾青之邀，我同育才文学系的同学座谈过一次。有一点印象很深，当我提出小说中的"故事"是什么意思，要大家回答时，一位同学马上就答复了：故事就是人物的行动！听说育才的同学主要是从孤儿院、难民收容所挑选出来的青少年，由此可见，陶先生可以说是独具慧眼。当然也得靠文学系教师们的辅导，因为那位同学的答复真好；它简洁明了，比有些"小说作法"之类的小册子讲解高明。尽管它还不够完善，不曾提到任何人物都是社会的一员，他的行动必然会受到一定时代、一定具体社会的影响和制约并非独来独往的英雄。

除开赶写文章，和同学们座谈，也同少数已经混熟了的同志谈话，有关政治的、业务的，乃至前线和大后方的所见所闻。有时也开开玩笑。可能由于脾胃太好，从不生气，以群经常是大家打趣的主要对象。甚至在一位同志谈到他在法国见到一些被侮辱、被损害的妇女们的悲惨遭遇时，我们也会有人扯上他幽默两句。此公的克制能力真了不起！若果没有记错，任干同志曾经用似赞扬又似打趣的语调，当面讲述过以群熬夜写作的方式：按照他预定的安排，写一两个钟头，就上床睡觉；睡一两个钟头，又按时起来继续写作。要说劳逸结合，他真可说是做到家了；可是这也成了我们开玩笑的题目。

一天，我同两个熟人正在房里聊天，忽然，隔壁几位外省朋友越来越起劲地大谈起他们入川后的遭遇，把他们的不满对准部分四川老乡发泄。正如有些四川老乡那样，把一切四大家族造成的困难都归罪于避难来川的外省朋友。而且不管来自何方，一概笼而统之地叫作"脚底下的人"。一位北方避难来川的朋友曾经告诉过我这样一个故事，有一次，他坐凉轿从下半城到上半城，刚好爬完一段梯坎，正碰上"脚底下的人"在跟四川人吵架，轿夫立刻商量着放下轿子，要他稍等片刻，走去"参战"去了！……

我用"参战"一词，显然未免夸张，轿夫同志至多无非是想在必要时帮帮腔，以壮声势。而那天当我听见隔壁的外省朋友，不加区别，根据个别事实，对一切"四川人"进行责难的时候，我这个"川帮"也忍不住吼开了："喂，试到点说吧，这里有四川人呵！"这当然不是"参战"，连帮腔都说不上。因为我嗓门虽高，情绪却很愉快，任何人都可听出来没有参战或应战的味道，是开玩笑。因而我的话刚落音，隔着板壁，两边屋子里的人都欢快地哗笑了。接着又互相来了几句友好的解释，没有酿成"内战"……

应该说，在育才学校的几天逗留，过活得很愉快。一天雨后，我们还去"普希金林"捡过菌子。我记得，那是贺绿汀同志常去的地方，我们去捡菌子，也是因为有人讲起他常到那里去的一些小故事引起来的。林盘不大，但是树木扶疏，十分幽静，倒是一个艺术家冥思默想，进行创作构思的最佳处所。而且名字取得多好：普希金林！可惜我只去过一次。

25

约在去普希金林游逛后一两天，以群、艾青、韦勤和我，就离开草街子，一道进城去了。建国后，我在作协工作，还见过韦勤同志，只是已经剪掉两条辫子，多出两个小孩：新民和端五。前年，我在北京出版的刊物上读过她一篇小说，感觉作品的基调相当高昂。

我们四人那次进城，可以说一路顺风，划子一到北碚，就赶上开往重庆的小汽轮，没有在北碚耽延多久。可也因此引起一点误会。在北温泉同胡风分手时，我原说过，将来从草街子进城，路过北碚，我还将去看望他。由于我的疏忽，竟然把这个项目给挤掉了！以致引起他的不满。后来他写信给葛一虹同志，仿佛责怪我从来就不讲信用，而且要求葛一虹把他的信让我过目。

姑不论他的评语是否合乎实际，但是，比起他转托宋之的代为《七月》约稿的那封信，措辞上好多了。是正正堂堂提出评断，没有说什么"刊载了他的稿子，将来在革命法庭受审，判罪会轻一点"之类的讽刺话。这可能因为我从仁寿文公场返渝后就为《七月》赶了篇散文报告：《游击战争》；后来还受他之托，为《七月》看过几篇稿子。因为这些稿子，都是延安的青年作家投寄的，内容呢，又都是反映八路军抗日根据地的现实生活斗争。可能正因为此，他才没有在给葛一虹的信中说什么讽刺话。

那年的中秋节，我记得是在曾家岩50号过的。就在会议室里，围着那张摆满瓜果糖点的大餐桌，所有的工作人员几乎都参加了。有点像座谈会，不过恩来同志没有参加，可能在红岩或化龙桥新华日报社。

是叶剑英同志主持的，他鼓励大家发言，谈谈自己的感想。有位搞军事工作的同志，叫王梓木，一只脚有点跛，一向谈吐幽默，他讲了个颇为流行的有关中秋节的民间传说："杀家达子"。因为每家汉人都得养活一两个忽必烈的亲属，人们不堪烦扰，主要成年累月受到监视，就相约在农历八月十五晚上，借赏月为名，一齐动手杀掉那些成天叫人提心吊胆的角色！说到"家达子"时，他意味深长地指指楼上，这把大家都逗笑了。

不过后来查明，二楼的水利委员会办公室，不是反动派安排在那里的特务机关，它的办事人员，一般都是具有专业知识的大学生。但这是建国以后才查明的，当时并不清楚。因为在皖南事变后，一次开会，为了让参加会议的同志进一步明了敌我分布，战斗发展情况，由王梓木领我们到三楼去听他解说的时候，上楼之前，他还照样叮咛我们，脚步放轻一点，也不开灯，以免住在二楼上的"家达子"发觉。我记得，在指着地图向我们解说后，他还给我们每人一张临时画的简略敌我军事部署的地图，以便向自己认识的友好人士进行宣传。下楼之时，脚步照样很轻，不声不响有点像在冀中敌后午夜过封锁线。

中秋节后，还有件事我印象也深。欢庆十月革命节那天下午，我曾到枇杷山参加过苏联驻华使馆招待茶会。这是我第一次，也是唯一的一次去苏联大使馆参加这样的庆祝会，想不到会有那样多宾客。像摆长蛇阵样，长长的行列在沿山修建的公路上停停走走，走走停停。恰好我同胡风一道，我们边走边对一些创作问题进行交谈。我记得，谈话较多的是小说中的故事、情节的发展必须"合情合理"，但是什么样的情和理呢？彼此有些分歧。这个问题，直到学习《在延安文艺座谈会上的讲话》后，我才基本上搞清楚。

胡风那次在重庆逗留中，我们还一道商量解决了一个问题。就是趁到雾季来临，由"文抗"出面召开一些群众性的文艺座谈会。因为他是"文抗"下面一个什么部的部长，由他和我一道，向总管"文抗"一切日常工作的老舍先生提出来较为适宜。我们的建议得到了老舍的大力支持，而且，决定首先组织一次小说座谈会，由我主持，请欧阳山做报告；他正写成一篇论述小说创作的文章。

26

关于小说创作座谈会的情况，我在谈创作经验的文章中，已经谈到过了，这里可能有些重复，但也只有尽力避免。有些重复则无法避免，因为这是"文抗"那年冬季一项重要活动，曾经引起各方面的重视，欧阳山写这篇报告也花过不少精力。

欧阳山这篇论述抗战兴起三年来的文章，每一章的标题相当别致。大体都按照小说中主要人物的性格和作为分类："战斗的人"，"昏睡的人"，等等，我说的是否准确，只有等他出版文集或全集时查对了。他的报告结束后老舍先生的朗诵也很精彩，他朗诵的是《骆驼祥子》中的一段，朗诵时还情不自禁地伴以动作、表情，让听众更能欣赏他传神入画之笔。

老舍先生的生活态度是严肃的，正唯其如此，他懂得幽默，也十分喜爱民间艺术。我记得，他在重庆曾经同山药蛋一道说过相声，平常言谈之间，有时也妙语横生，可是他自己并不笑。有人曾经把幽默称之为"安全瓣"，一个严肃的人不懂得幽默是危险的，日子会很难过。我对老舍的理解可能不尽准确，但他有时候的谈吐、神情，此刻活鲜鲜出现在我眼前。

这是建国以后的事。大约是1954年，他五十五岁生日，我同陈白尘同志奉作协党组之命，设宴为他祝寿。同席的有作协一位女同志，——当问明那位女同志也是满族姑娘的时候，他说："是呀，我们满族妇女都漂亮，男的都长得丑——就跟我样！"席面立刻更活跃、欢腾了，而他自己可照旧不动声色。他在创作上成就很大，又是个多面手，但很谦逊。他曾对我说过，他写小说不如赵树理，戏剧呢，他又不及曹禺。

50年代我之乐于接受作协党组委派，同陈白尘同志，还有张僖同志一道为他设宴祝寿，后来又应邀前去灯市口丰富胡同十几号吃他府上的佳馔"新凤霞肚子"和"混蛋"。主要因为我亲身体会到抗战时期他在所谓陪都支撑"文抗"的确尽过最大努力，真正做到了党所提出来的三个坚持。即以上面谈到的那次在他支持下召开的小说座谈会，社会效果就很不错，群众参加踊跃，向创作界提了不少积极的建议。当日的社会闻人，如像陈铭枢先生参加了。国民党中央党部秘书长张九如的出席当然别有用心，也正因为一次群众性的文艺活动竟然引起了当权派极大重视，随后在租借会场上也就发生了困难。因此，到了召开戏剧座谈会时，老舍就设法转移阵地，搬到留法比瑞同学会去举行。

我的短篇《在其香居茶馆里》，就是在那次小说创作座谈会后写的。因为在听众递给我的临时写就的字条当中，有一张带点责难意味："作家为什么不反映一下壮丁问题上的积弊？"当时所谓"役政"上的弊端，确乎也不少。华裕农场那位农技师营救他侄子的故事对我印象就最深，足以说明这类弊端是怎么发生的，我也早就想写它了，而这张来自座谈会参加者的责难性鞭策，却对我那篇小说的写作起到了极大的催生作用。而且写得相当顺手，因为故事梗概虽然来自那位农技师之口，其中的人物如林幺吵吵、方治国、陈新老爷，乃至蒋米贩子，都是借用我故乡几位熟人作的原型。

尽管存在干扰、压力，工作总算更加有头绪了。而且，由于我离开延安时反动派发动的军事活动被打退了，时局比较平静，自己不免有点盲目乐观，决定让黄玉顺离开文华中学，带起孩子到重庆来，为自己安置一个窠巢，以便工作之余，挤时间进行写作。当时我的第一部长篇小说《淘金记》，已经酝酿得相当久了。许多人物几乎都呼之可出，只需有一个安静环境，就可以动起笔来。组织上知道我的打算后，就为我在范长江同志主持的国际新闻社分租了两间房子。

连家具都是组织上提供的，由我亲自去开设在化龙桥的新华日报社分销处提起，因为国际新闻社就在化龙桥对岸。

27

隔一条嘉陵江，化龙桥对岸就是鹅项颈。一位姓李的会计师，在自己住宅附近一段平坎上修建了一座两层西式楼房，一系列有五六间房子，全都给国际新闻社租下了。国际新闻社外，还有一块牌子，青年记者协会；但是空房间还是不少。沙蒙夫妇、舒强同志他们等候便车前去延安，也在那里住过。稍晚一些，王季愚同志从上海敌占区来，拖起她的儿女，也住过一些日子。

我在上海原就认识王季愚同志，四川人，精通俄文，中国旧文学根基也深，所以彼此在几位候车前去延安同志中，同她最谈得来。她讲了不少上海沦陷后的情况，主要是在敌伪统治下进行过的艰巨复杂斗争。离开上海前，她还暗中同许广平同志联系过，她把她们见面时的谈话全都告诉我了。她也向我谈过她的家庭情况，算是一个世代书香的旺族。她的兄长曾经劝她回家乡居住，可以找到适当工作，但是她谢绝了，决心前去延安。这位女同志具有一种男性的豪迈气概。尽管后来在私人生活上遭到重大挫折，却一直坚持在革命工作岗位上。从50年代起，先后在东北和上海主持外语教学工作，一直到前年逝世！……

在鹅项颈定居后，我的生活比较有了规律，每周二、三、四、五都在家里写作，星期六去重庆。到了重庆，白天找以群兜情况，晚上去曾家岩50号开会。星期日向以群传达指示，安排工作，然后分别看望熟人，依然回转乡下，把好多事留下来偏劳以群去办。当时由市区到鹅项颈，有两条路，时间晚了，就搭公共汽车去化龙桥；时间尚早，就从牛角沱渡江，步行回家。我同国际新闻社的同志很少往还，但却参加过他们成立纪念的招待会，在那次会上认识了马耳同志和国际友人爱泼思坦。后者刚从冀中敌后回到重庆，因而我向他探问过冀中的战争情况。我记得，他相当风趣地告诉我，由于敌人的破坏，河水泛滥，吕正操同志就乘船指挥作战，已经是海陆军司令了！……

马耳就是叶君健同志，直到建国以后，我在作协总会创作委员会工作期间，这才逐渐熟识起来。因为他在外文出版社编辑发行的英文《中国文学》参加编辑工作，刊物又是作家协会主席茅盾同志出名主编，有关推荐、组织中文稿件的具体工作，则由创作委员负责，这就免不了我们常有往还。但是，真正同这位身体魁梧，性情豁达，后来我们戏称之为"老牌国际活动家"建立深厚友情，却在60年代初亚非作家会议东京紧急会议时期，特别会后中国代表团为时一月的旅游当中。我记起来了，"老牌国际活动家"这个称呼，正是巴金同志和我，一天在旅游中瞧见他那只形式古老，显然已经为他服务多年的旅行箱时，随口叫出来的……

我同国新社的同志虽少往还，政治上却都互相信任。长江同志很少住在乡下，一般是住在学田湾。他结婚那天，我还同胡绳同志一道前去祝贺。我在生活书店编辑部校改送审后的《老烟的故事》，听到胡绳谈起，然后相约一道去的。那天参加的人不少，但是，除开曾家岩50号几位同志，我都不认识。我同范长江也比较生疏，只记得，在他结婚之前，刚从香港回到重庆的时候，我曾去拜访过他一次，问询常用羊枣的笔名，在《星岛日报》发表文章的杨潮同志的近况。此外就是在鹅项颈见过几面，说不上什么交往，因而我在那一次喜筵上总感觉自己是一位陌生人。

尽管我一家大小，随后寄住在国际新闻社的沙蒙、舒强和王季愚母女，都同范长江和住社的工作同志不怎么熟识，但是我们却在社办的伙食团搭伙，省却不少麻烦。他们的办法也真多，还打杀过一两只野狗来改善生活。

可惜好景不长，皖南事件爆发了，写作停歇下来，重又全力投入沸腾的生活激流。

28

其实，第一次反共高潮刚刚告一段落不久，桂系军阀就分别向我新四军张云逸、李先念率领的部队进行挑衅了。接着，在大肆宣传军纪、军令的锣鼓声中，勒令我新四军全部撤退到黄河以北。我军总部和新四军据理对敌人进行驳斥、揭露以后，为了顾全大局，使反动派妄图发动全国性的内战、进而公开实行其蓄意已久的投降政策失去借口，同意从长江以南撤至长江以北。

但是，坚持反共、投降政策的顽固分子并不就此悬崖勒马，在项英同志、叶挺同志率领新四军总部由皖南向北转移途中，李品仙、汤恩伯和摩擦专家韩德勤的部队，早已做好了布置，出其不意，向皖南新四军进行了突然袭击！而在经过奋勇抵抗之后，由于敌众我寡，事出意外，结果项英同志牺牲，叶挺同志被俘！这就是震惊中外的皖南事件。因为自知理屈，将为国际国内舆论界所不容，一方面封锁消息，唯恐泄露事情真相，一方面捏造事实，混淆黑白，妄图掩人耳目。

就连周恩来同志满腔愤怒为"江南死者致哀"的题词，当其在《新华日报》与重庆市民见面时，贩卖这天《新华日报》的报童竟然也遭到特务毒打！报纸当然被没收、撕毁了。往年有人以《报童》为名写的话剧，听说就是反映这一事件的，不知道有没有写"千古奇冤，江南一叶，同室操戈，相煎何急！"得以见报的经过。因为从它可以看出当年我们同敌人斗智的机敏周到，而且不能不令人缅怀一向沉着干练、直接同守在编辑室审查当天版面的敌特周旋的章汉夫同志。我记得，周恩来同志除了向蒋政权提出严正抗议，还亲自散发过当天的报纸。事后外国新闻记者曾出高价收购过那天的《新华日报》，把它作为重要历史文献保存起来。

就从皖南事件爆发开始，我进城到曾家岩50号的次数，又增多了。主要是听取战争发展情况，敌我兵力部署，以便向文艺界的新知旧好进行解说，揭发敌人的阴谋。因为大家从军纪军令，调动新四军北撤的叫嚷声中，已经预感到对于抗战不利的兆头了。一向在政治上对反动派表示疑惧的人士，乃至已经嗅到了火药味。等到项英同志牺牲、叶挺同志被俘的消息传开以后，重庆的政治气压也就更加低了。他们进一步敏感到反动派将彻底破坏抗战，把全国性的反革命战争强加于我国人民。一般进步文艺工作者则愈益忧心忡忡、渴望了解事态发展的真相和我党的方针政策。……

事情非常明显，如果反动派敢于冒天下之大不韪发动全面内战，集中在重庆的进步文艺界也将遭受摧残。因此，党组织决定有计划地动员他们进行疏散，到外地去，主要是延安，其次香港。

由于南洋侨胞在抗战中占有特殊地位，杨骚是福建人，在南洋从事文教工作的熟人、同乡较多，在50号讨论疏散计划时，我提出动员他去新加坡；组织上同意了。具体执行疏散计划时，以群跑路最多，他那时还是孤家寡人一名，只好又偏劳他多跑腿了。

计划决定后，恰好杨骚在重庆做客，住在神仙洞街任钧同志家里，我同他又比较熟，动员杨骚到南洋去的任务，倒是我执行的。这个人相当爽快，我一说明我们对他的要求，他立刻同意了。对于白薇是怎么安排的，我已无从回忆，因为她经常生病，活动也不多，主要也因为她同杨骚只是同志、朋友关系，牵连不大，无碍于杨骚的行动。呵！我记起来了，她没有疏散。前面我不是提到过，1944年少数人在文工会为郭老祝寿，就有她了么。

杨骚直到50年代初才从南洋回国。长住广州，曾经来北京治病。想不到他在南洋结束了长期独身生活，还养了两个孩子。他小的一个孩子叫杨西北，前年写信给我，探问他父亲生前著作目录，因为有家出版单位准备出版杨骚的文集。我曾请托文学研究所的同志翻阅有关资料，整理了一份寄去。

29

国际新闻社的同志消息灵通，警惕性也特别高。在情况紧张时，一天夜里，他们在一间屋子里焚毁文件，火光熊熊，站在屋外坝子里就可看见。为此，我曾走去劝告他们，认为这种做法不好，容易引起坏人注意、怀疑。而且劝阻他们撤去青年记者协会的招牌，结果无效！因而次日进城，我还特别到学田湾沈钧儒老人家找范长江；他不在，只好向他夫人反映了，并提了建议，请她转达长江同志。

那段时间，不止是开会的次数多，往往一开会就要到深夜才结束。适逢我儿子患中耳炎，需要我领到城里就诊，所以只要时间不过于晚，我就设法争取带起孩子回家，次日又再上街。或者就诊后先送他回去，然后我又进城去曾家岩50号参加会议。医生是吕钟灵，诊所在临江门。有一次就诊后时间已晚，来不及送孩子回鹅项颈，就只好带他一道前去开会。那时候他还是初小学生，同外界接触也少，会议中的议论的情况、问题，他不懂，更不会泄密，而且跟我奔走了大半天，看来已经相当疲倦，需要休息。

所以开会的时候，我就把孩子安顿在我身后一张靠壁的长椅子上，不料他很快就入睡了。而发现他已经睡着了的却不是我，是周恩来同志。直到他叫警卫员同志去取来毛毯给孩子搭在身上，免他着凉，这我才知道是怎么回事。那次会议，冯乃超同志也参加了，当时讨论疏散问题的一些会，都有他。因为文化工作委员也有不少人需要离开重庆。这次会议散会最迟，我又带得有孩子一道，参加会议的人又多，当然不便在50号留宿，恩来同志就派他的车子送我随乃超一道，去文化工作委员会的宿舍寄宿。但是，车子没有停在50号附近的上清寺街口，却停在距离50号还有相当长一段路的求精中学门前。出门后也轻足轻手，因为那段时间，周公馆附近一带，特务活动得更起劲了。

必须疏散的人并不多，其中，有些人早就决定要去延安，例如欧阳山和草明，所以 1941 年 1 月底，疏散问题就全部安排妥了。一天，我去向徐冰汇报后，他问我自己的打算怎样？这我早同黄玉颀商量过好几次了，最后决定回故乡安县去。因为黄玉颀不想离开四川，《淘金记》又已经写好了四五章，所以虽然多少领会到组织上有要我重返延安的意思，我却总是认为，从搞创作着想，这个决定大体不错。而愈到后来，我也愈加相信这个决定可取。因为完成《淘金记》后，接着就又开始经营《困兽记》的写作。同时还写过一些短篇。这也是为什么当1944 年，周扬同志明确提出，要我再度前去延安、敌后，以便反映革命根据地的现实生活斗争时，我在回信中说什么我愿"退而求其次"！仍旧不肯离开家乡。直到 1950 年春节，贺龙同志在成都用打趣口吻批评我说："你怎么跟到老婆走呵！"我才感到羞惭，虽然责任并不在黄玉颀。

话说回来，当我把自己的决定告诉徐冰的时候，他没有提出异议，只是十分详尽问起我在故乡的社会关系，当地的政治情况怎样。我主要向他汇报了我舅父郑慕周在全县的政治社会地位和为人。早年是城区一名哥老会头目，辛亥革命后拉队伍成军，直到当了几年混成旅长后才把兵权移交他的亲密部属。在任职旅长期间，他曾经送了些枪支给地方上办团练的老朋友，增强他们的实力。下野以后，主要是由我经手办了一所小学，一座图书馆，赢得了普遍赞扬。政治上比较开明，一贯对特务和国民党的党棍不满。听了汇报，徐冰同意了我的计划，但不同意我同地方党发生关系，把组织关系保留在南方局。

我记得他曾说这样意思的话："决定了就赶快动身吧！为了你们老不动身，恩来同志这一向觉都睡不好呵！"而当我正将离去，他又阻止我说，"不跟恩来同志见见面就走啦？"隔不一阵，恩来同志由徐冰伴随着出来了。他也表示同意我回故乡，于是我说："安家以后，我就很少进城跑工作了！"准备做点检讨，但他立刻就遮断我："你住在乡下写东西，当然就很少进城搞工作嘛。"

他这一说，我倒反而更难过了！因为我不禁想起敌人的阴险毒狠，想起恩来同志本人和其他同志的安全……

30

怎么离开重庆呢？在当日的险恶情势下，这是一个必须考虑的问题。因为我有家小，容易引起特务注意，搭公路局的车子去成都，这是正常走法，也比较省事。但是，恰好那两三天，在两路口长途汽车站，我碰见了在120师认识的那位联络参谋。

当时，我正想进站探听一下班车的卖票时间，那位姓陈的家伙就发现了我。于是握手、问询，装作热情得很。特别表示他对时局非常担忧，要我去菜园坝他的住所摆谈，交换一些想法。他还着重指出，所有派往八路军的联络参谋全都住在那里。我唯唯诺诺同他敷衍了一番，算把他摆脱了；但也决心不要走成渝路了。因为我随又发现车站上有不少神秘人物。

经过筹思，我决定来一个出奇制胜：逆流而上。先坐汽划子去泸州，然后再坐木船到叙府、嘉定，由嘉定坐汽车到成都。而且自己不去购买船票，也不同黄玉颀和孩子一道上船，把这一切请托舒强办理。我自己呢，于安排停妥后进城去看望熟人，挨到傍晚上船。我先去张家花园"文抗"总会，以群不在，就同梅林闲聊起来。因为他递给我一张政治部张治中邀请文化界人士吃饭的请柬问我是否前去参加？我表示先到"文抗"，然后一道前去赴宴。接着他就大谈去年一次宴会上的趣闻逸事。……

离开"文抗"，登上漫长石梯坎的观音岩，一看时间还相当早，我就又去白象街新蜀报社看望老舍，恰好靳以、姚蓬子也在老舍的房间里。对老舍、靳以，我是信任的，原可以告诉他们我的行止，因为姚蓬子在座，我就只好讳莫如深了。一点不泄露我即将离去的声色，照旧同他们聊闲天。那时候《文艺阵地》第6卷第1期刚好发表了《老烟的故事》，接着《抗战文艺》第 6 卷第 4 期又发表了《在其香居茶馆里》，靳以对这两篇东西都相当欣赏，说了些赞扬、鼓励的话。姚蓬子则不尽然，对于揭露土豪劣绅在所谓役政上的丑恶伎俩，他也欣赏，但不赞同我把笔锋指向嚣张跋扈的特务！……

家伙照例知趣，用手掌把嘴远远捂着一点，口沫乱飞地哇啦哇啦叫嚷了一通。老舍显然看出了我多少有点尴尬；与之争论吧，不大愿意，但又不甘心由他胡说八道，就赶紧把话题岔开了。原来他案头置了个特号烟灰缸，也可能是其他缸儿、钵儿，总之比一般烟灰缸大多了。他打趣说，姚蓬子每次来他屋里，总是烟灰、烟屁股随手扔！因而他才特别搞了个大家伙来。他把大伙都逗笑了，当然也就没有爆发争论，还不妨说帮我把危解了。而一看表，我该动身上船，不能再聊天了。因为去泸州的小汽轮，是在朝天门码头，还得走很长一段路，于是只好在心里默默同老舍、靳以说声："再见！"

刚一走下朝天门的梯坎，正碰上黄洛峰同志从河滩上走来。相见之下，他带点惊讶神色问我："这样晏了，怎么还摸到这里来？"我回答他："随便到河滩上走走。"于是彼此会心一笑，就各自走掉了。他没有寻根究底追问下去，而我的笑意无异告诉他我不是到河滩上随意散步。因为他明白当时的政治形势，也明白我的处境。可能还多少知道一点像我这类人正在进行疏散……

上得轮船，上下找了一阵，才在下仓一个黑角落里找到黄玉顺和孩子，以及一大堆行李。当时大小轮船卖票，是不限定人数的，只要有人搭船，就拼命把乘客往舱里塞，当然也就无所谓铺位了。那才真正叫"向钱看"，老板们哪里管你有没有铺位，以及其他适于生活的起码条件？！……

开船之前，警察检查我们的行李时，我还吃过点虚惊。因为一个家伙猛然叫道："嗬，还带武器！"原来他说的是我孩子几件玩具枪械，故意惊诧诧说起来逗孩子笑。

31

尽管拥挤一点，空气也不大好，倒是如期到达泸州。五六月涨水季节，小汽轮原本可到宜宾，枯水季节就不行了。

在泸州一处靠河较近的小旅馆住下后，就有船行泸州宜宾即叙府之间的木船上的管事前来揽载。这些船只，主要是运载货物，但是舱面上照旧载人，借此找点外快。它对旅客有一个方便之处，可以免费在船上吃饭，乘客自备一点现成副食品就行了。泸州是有名的水码头，来往船只很多，我们只住了一夜旅馆，次晨一早就搭上船去叙府。

因为乘客只有我一家人，水脚也较深，又没有多少陡滩，沿途可说一路顺风，如期就到达了。我舅父做旅长时期，由于其所统率的队伍，是吕超做师长时一个团发展起来的，不少幕僚是叙府人。我有个小同乡，早年在叙府邮政部门工作，后来就在叙府安家，没有回安县了。他一个儿子前两年曾在协进中学读书，因为喜欢文学，还帮我抄过稿。我原想去拜访一两位亲故，可一想到自己的处境，只好作罢。当夜在一家馆子里吃了点新鲜冬笋，买了两三罐糟蛋带回安县赠送亲友。

由叙府到嘉定水枯滩多，来往船只较少，和我们同船的还有两位三十上下的妇女。一位是正月回娘家，一位是从老家去探望在嘉定工作的丈夫。她们两位都很熟识，一路说说笑笑，倒也不算寂寞。遇到水浅滩陡，乘客需要上岸步行，以减轻船的重量，她们总是一马当先，劝我们把孩子留在船上。因为河滩上不好走，又当严冬季节，河风也大。这一段路古里古怪的滩名不少，可惜一个也记不上来了。有一两处，还有临时船工守在那里，帮人拉滩。每一念及当日的情况，就使人想起旧俄名画家列宾笔下的伏尔加河畔的纤夫。不过我们乘坐的船只吨位不大，那些为生活而艰苦挣扎的纤夫，只有三五名而已。

苏东坡有两句流传较广、赞美嘉定的话："天下之山水在蜀，蜀之山水在嘉州。"大佛、凌云之胜，更早就听人说过了。有时谈起江团，也叫人馋涎欲滴，可我至今还没有尝试过，当时更加不必说了。风景也无心观赏，一到嘉定，就在长途车站附近找了个旅馆住起，只希望很快搭上车去成都，然后奔回老家。在寒冬天气拖儿带女坐了将近一星期的上水船，真也把人拖得够呛，需要停下来长长舒一口气。所谓旅途奔波，这一次算是品味到了。在冀中敌后，其艰苦程度，比这次枯水天坐上水船要高出好多倍，乃至可以说不可同日而语。特别因为当年一直非常明确地意识到，自己是在参加民族解放战争！尽管有时也会出现消极情绪，渴望休息，但却很少在思想上占过上风。

车票是托旅馆里的茶房，也就是今天的服务员买的。总算那些小费没有白花，住了一夜，就搭上去成都的长途汽车了。我们没有进城，一到成都车站，就雇黄包车到北门外找旅馆。是一栋两层楼房，客人不少，加上时有流娼上上下下招徕雇主；而一些发国难财的客商，看来兴致也大，叫人整夜得不到一点安静。当日虽有长途车到绵阳，但是，我们在到距离绵阳尚有三十多里的新店子就得下车，然后再坐黄包车去安县城关镇。为了减少周折，我们决定雇用黄包车回安县。

这样走，花去的时间并不太多，两天半不到，我们就回家了。家里房舍宽敞，30年代才兴建的，它傍着一条流量不小、清澈见底的渠道。沿渠道的堤坎上行，就是全城有名的大冲滩，夏季游泳家和钓徒常临的胜地。为了给正房前面的碾坊提供充分用水，那里有一道拦河堰。我青年时代常去堰埂上安置溜筒、刷球，以及看他的捕鱼工具。……

这应该是一个很好的窠巢，可以长住下来休息、写作，但不到一星期，我就同黄玉顾带起孩子，搬到城内汶江小学借住去了。因为家庭的破败情形叫人难于忍受。大哥又鳏居了，成天只顾烧烟，缺钱用就卖家具。而他的三小子，竟连他的裤子也偷去卖了！……

32

汶江小学，在郑慕周退伍前就开办了。可是只有一位姓何的教师，十多个学生，也没正式名称，同旧式私馆无大差异。不过课本是商务印书馆编选的而已。他退伍回归故乡后，才兴建校舍、增聘教师，并正式定名为私立汶江小学。

那时候我刚在省立第一师范毕业不久，他就把聘请教师的事完全委托我办。省师的同学杨叔宜、苏玉成、张雨林、陈枝栋、刘尔钰诸位，就先后在汶小工作过。杨叔宜还做过一两年校长。他们全都是外乡人。这里特别值得提一笔的，是本县秀水乡的马之祥。在一位当地的哥老头目资助下，曾在江油省立二中肄业，因为听不惯闲言碎语，眼看再一年就毕业了，他却愤而退学，回到家里经营前辈人留下的油房。他的骨气、才识，在本县青年知识界颇有名气，而为了聘请他，我曾亲自到秀水跑过两趟。

《困兽记》中的牛祚，我就是拿他作原型的。可惜我对他的机智、幽默还有相当表现，而对他的耿直和不畏强暴，可写得太少了。对于他嘲讽丑恶的劲头也表现得不够有力。他在省立二中读书时写过一篇作文，课题是《游穷乡记》。他把穷乡的困苦艰难写得淋漓尽致，然后笔锋一转，说是墙脚边有一狗洞，直通"富乡"，远远可以窥见其中富儿们舒适豪华的生活，可是好多人却都宁肯留在穷乡过苦日子，不愿意钻狗洞！据传，这篇作文曾经得到当时省二中校长，"厚黑教主"李宗吾先生的赞赏。

马之祥没有做过汶小的校长，但他和我都是学校的董事，有关学校的重大问题，事先大都由我们同董事长郑慕周交换意见，然后提请一定会议解决。学校的校训、校歌，主要也是他同我拟定的。校训是："我们要养成为社会服务的精神，我们要养成为社会服务的能力。"由于社会经验丰富，考虑问题周密，到了后来，就是县政上和家庭间的问题，郑慕周也都经常找他商量。我同他更加不必说了，甚至在恋爱问题上都向他请教过。他曾是我大革命后在安县发展党员的主要对象，可惜"二一六"事变后，连我自己也把关系掉了。1950年新政权成立后，他是县人民政府的文教科长，三年后因冠心病在任内逝世。……

我是农历正月到安县的，学校刚才开学不久，黄玉颀被安排在学校教音乐课，雇了一名保姆领小孩子。学校在大北街，郑家的住宅在大西街，但是都在街头，转个弯走几步就到了。而且，住宅的最后一进，同学校仅有一墙之隔。我单独住郑家，白天去学校看书，代点课，或者去准备室同休息的教师闲聊。当时校长已经是绵阳师范毕业、马之祥在秀水做教师时的学生周光复了。不久，在一场同党棍、特务的斗争中，属于所谓旧派的城关镇镇长在成都遇害，我们又通过郑慕周推荐周光复继任镇长，改由毕业于汶小第一期、早已在母校任职的刘逊如做校长。由于斗争的尖锐复杂，他们两位的遭遇都很可悲，——然而他们都是好人！……

昨天刚过了党的60周年生日，想起30年代、40年代我所参加过、经历过的斗争，总是难于平静。但我还是尽量控制自己，按照事情发展的程序说吧：除开学校这个主要活动场所，我有时也去十字口坐坐茶馆，同老一辈的李芰荷，同辈的萧崇素、赵槐轩一些知识界的进步人士聊天。崇素在《新蜀报》写过社论，这以前又常在上海《时事新报》副刊发表文章，曾经是摩登社的发起人之一。在上述熟人中，他最喜欢谈论时事，把一批党棍全不放在眼里。尽管那时县党部的头儿已经暗中推行取缔"异党"办法。而且把一位曾经去过延安、后来因为咯血回到家乡的周树前诳进城，一定要他写个承认自己是异党、但愿表示改悔的书面材料；周树前既不承认他是异党，更不愿写什么材料。

周家是秀水乡的望族，他也正因为有宗族给他壮胆，这才进城来应战的，进城后可弄得进退两难。在十字口的尚友社滞留了好几天了。一天夜里，他摸到郑家找我。听了他的诉苦，我笑话他太书生气了。

认为他根本可以不理，现在要走，也不会有多大风险，他们必不会逮捕他。我随又把情况转告了郑慕周。次日，郑慕周就在尹策三铺门口叫嚷开了，控诉党棍们坑害周树前这个病号的罪行。于是全市哗然，都知道"书记长"在清查异党了！……

而周树前本人呢，也真像他对我说的，吃了点药，咯起血来。于是在算清店账后，雇乘滑竿，赶回秀水养病去了。动身时并未受到阻拦。

33

国民党县党部书记长叫魏道三，曾经给福音堂英国传教士做过中国语文教员，一般因而又叫他魏洋人，北伐革命战争时期曾被革命青年视为打倒对象。"四一二"事变后，向传义窃夺了四川国共两党合作的莲花池省党部的领导权，进行清党的反革命活动时，他乘机暗中跑到成都钻营，结果当上县党部书记长。马之祥给他的评语是："愚而好自用！"一个地道胆小怕事的庸人。

我在长篇《困兽记》中，曾经借用他扮演过"特等豪绅"，也就是所谓书记长。从下面一件事可以看出他在本县声望之低和庸懦。他是距城二十里桑枣乡人，那里的袍哥头子曾经当面训他："唱小旦也是人干的嘛！你咋一定要当这个大家都讨厌的差事呵？"可是，对于这样的羞辱他也只能"这个时候的时候"，结结巴巴解说一番。当时人们对他毫不在乎，还有一个原因，县长是个好好先生，大家叫他严老婆婆，张群北伐前在成都做警察厅长时，在张的手下帮办文书。家景不错，他做县长，看来无非是想混个资历，将来写行述比较堂皇。相当迷信，我曾经看到他在烈日下跟善男信女一道列队祈雨。

现在想起来真也未免胆大，一次欢送壮丁入伍，还由黄玉顾负责排练，由汶江小学师生在东门外公园里演出过冼星海同志的《生产大合唱》。萧崇素的爱人王映川则用她的独唱赢得了群众的掌声。妙在县长不必说了，特等豪绅魏道三也在场，还鼓过掌。可是，不久汶小斜对面国民党县党部大门上，却多出了一块招牌："中央军校毕业生通讯联络处"。稍有政治常识的都知道，它是一个军统特务机关的代号。这块招牌是本城南街苟家一名小子从成都回来后挂上的。此人小时候我就见过，黑而肥壮，一对鼓鼓的大眼睛。我在《小城风波》中曾经驱遣过他。安昌镇镇长杨献之在成都遇难致死，主谋者正是他。他的其他丑恶表演，以后我还将做些记述。"脸厚、心黑、手段辣"这句话用来评价此人的品质，我看是最恰当了。但他并无实力，县长又不可能听其摆布，他的手段再辣，毕竟无法兑现。

　　大约正因为这样，不久，一位装备齐全的军官杨穗，到县府住下了。这家伙是来安县成立特委会这一秘密组织的，照规定由县长做主任，按照成都行辕的各项指示行事。这样，特委会就变成一个有实力的组织了。杨穗来后，按照惯例，首先去拜访郑慕周。而在谈话之间，他有意扯上了我，说什么，我由重庆动身的时候，他们就派有人和我同车，一直把我送到绵阳！这当然是一派胡说，而我的舅父却立刻紧张起来，也不听我解释：当时第二次反共高潮已经被打退了，我不会在安县出问题。但他一定要我避避煞，到乡下去住。

　　为了照顾我舅父的脾胃、情绪，我只好去离城较近，十里不到的何家沟谢象仪家里。他同我舅父交情最深，是一同出头露面的，做过团长、松茂汉军统领，两人又同时退的伍。这何家沟是浅丘地区，地形复杂，住宅建造在一座最大山梁中部，其中一排房舍是半西式建筑，包括一个长两间的客厅，一间客房，隔着纱窗便可望见漠漠水田、小溪沟、竹树葱茏的小山丘，以及来往他家的主要路径。客房中书橱里有一部二十四史，客厅里还挂得有一些相当名贵的书画。而这一列房子，几乎就为我一人独占了，没有任何干扰。

　　谢是每天必进城的，若果是"益园"茶馆里摆"围鼓"，每每要深夜才回家；要是回来得早，他总要到我房间里闲聊一阵。他是看见我长大的，可以说无话不谈。他有次告诉我，他平素很少哭过，但是，30年代初，因为红军经过四川北上抗日，在反动派煽惑下他也不得不逃往成都时，却流泪了。可是1949年底，他不止没有逃难，还向新到的解放军报告过他大儿子同叛匪有勾结，密谋暴乱。他这个大儿30年代在上海参加过艺术剧社。

50年代初我还听到一个未经查证的传闻，40年代末，他这个大儿的同母兄弟，排行第三，诨名聋子的青年，在特务怂恿下，准备到睢水关诱捕我，他父亲知道了，曾经痛斥他道："聋子！你敢去睢水关碰你杨二哥一下，老子都会像捏饿虱子样打整你！"而聋子却矢口否认。

34

我同谢全家都熟，关系又深，住房更是惬意，正可以安心休息，考虑写作问题。但才三五天光景，就感觉闷气了。心里有时不免想到那个混蛋杨穗：他是否会在安县长住下去？以及由此带来的一些问题。有时也为我舅父容易紧张，过分小心谨慎发生反感。

幸而谢家的老四，一位初中毕业后在家养病的青年，多才多艺，喜欢捉鱼，有时在前面堰沟里捉，有时走小路直插县城同黄土乡之间的石棺材，下到大河边去钓。他的钓竿我还第一次看见，很别致，只有筷子粗细，两三尺长，用一般竹子做的，钓丝呢，也只有两三寸长，几股丝线拧的，他给它取的名字叫"竿竿钓"，专门插在拦河堰的笼篼里钓黄腊丁、火烧鞭之类的无鳞鱼。

我青少年时代也在拦河堰捕过鱼，但却只用刷球、溜筒，就连竿竿钓的名字也不曾听见过。而我一向又喜欢吃鱼，特别是本县出产的沙沟鱼，以及黄腊丁一类晒干了的所谓麻鱼子。这后一类鱼一般都在石头下面，以及拦河堰的笼篼中生存、繁殖。于是我就跟随初中生到石棺材下面大河边去了。因为那里有一座碾坊，也跟一般大河边的碾坊一样，有一条拦河堰解决碾坊用水问题。我们先在浅滩上搬沙虫子，找寻鱼类最为欣赏的饵料，然后就走上拦河堰，请黄腊丁们聚餐去了。

拦河堰的笼笐，平常大都只有三分之二泡在水里。我们在钓钩上挂上沙虫子，然后从笼笐眼里，插到填充笼笐的石头缝中，不到三五分钟，竹竿子晃动了，一提起来就是条黄腊丁，或者是火烧鞭。我始终只能照管三根竿竿，因为每每宾至如归，我这半吊子服务员颇有手忙脚乱，应接不暇之感。而如果稍一迟缓，鱼们就会往石头缝里仓皇逃奔，发觉自己是上当了。这会带来很多麻烦，乃至折损钓具。所幸这种遭遇不多，而且往往只需要三两个钟头，就可饱载而归，把它们打整出来，由我去厨房里亲手烹调，拿来下酒。可惜不久杨穗就挎起蒋介石赏赐的"自杀刀"离开安县，以后我也就再没有玩过竿竿钓了。

回到城里，我仍旧过着以往那种千篇一律的生活，写作的情绪也低。为了打发日子，我还向马之祥、刘逊如建议，暑假期中，可以办一个补习班，教授语文、数学，我愿意教点课。这时安县已经成立了三民主义青年团，书记是成都省团委指定的外籍人，叫王鸿泽，镇长周光复为应付门面，做了个分队长。王鸿泽还兼任特委会秘书。特委会成员，据我所知，魏道三、苟朝荣外，还有个所谓法团代表、农会会长刘俊逸。刘是知识分子出身，在我舅父部下做过团长，后来又在杂牌军队中做过几年旅长。正是他，学校正将进行考试，他暗中告诉我舅父说，特委会奉到成都行辕密令，要县署逮捕我、萧崇素、周光复、周树前和王映川。

这一来，郑慕周比杨穗来到安县时更紧张，要我马上到离县城最远，且与绵竹、茂县连界的雎水关。正是半晌午间，快要用中饭了。但不由我解说，非得立刻动身不可。当日何酉仁先生赋闲，寄住在他家里。此公早年留学法国，信仰过安那其主义，有些嫉世傲俗的味道。言谈不必说了，穿着也与众不同，单是他那顶早已绝迹市面的红结平顶瓜皮帽子，就足以使人侧目。他见多识广，很得居停主人的信任。看来大半为了照顾我舅父的脾胃，他也劝我立刻动身，说什么疯狗咬起人来无所顾忌，不能把特务们想得太善良了。

这个逮捕令显然同杨穗直接有关，是他离开安县前同魏道三、苟朝荣共同策划的密谋。最后，我只好同意了我舅父的嘱咐，马上到雎水去。我记得，当时他还埋怨过我，根本就不该离开延安！这种埋怨，两三年后，他到雎水参加中心小学校舍落成典礼时，还爆发过一次……

他早已派人把黄包车雇好了，并叫一位长在他家里当差的苏朝贯伴送，我到汶小向黄玉顺、马之祥匆匆一别就动身了。

35

这也许是阿Q精神的表现吧，当马之祥送我到校门口时，坐上包车，我还半开玩笑地望斜对面县党部啐了一口，骂道："去你妈的！……"

汶小离西门最近，也是为了避开耳目，我是打从西门出城，绕到南门外河滩边渡河，经过桑枣、秀水前去雎水。桑枣、秀水，对我最熟识了。因为十二三岁时，我就多次随我舅父一道，常在这两处做客。后来，这两处在第八混成旅当过营长、连长的也大有人在。而且第八混成旅的基础，就是原早桑枣何鼎臣统率的第5师第17团。郑慕周在旅长任内，主要又给这两个场镇送过步枪、子弹加强团队。我本人在这两处还有一些亲戚故旧。

雎水关对我比较生疏。但是，该乡爆发孙唐两家仇杀事件时，我正在安县。曾经帮我舅父接待过一两批受害者的亲属、故旧和当地绅粮。主要受害人叫唐盛安，做过第八混成旅的营长，我倒见过几面。其次是他最小一个兄弟的全家，诨名唐五驼子。杀人犯叫孙昌明，是唐盛安一手把他从伙夫提拔起来的，手下有几十条枪，官府对他毫无办法。最后把他消灭掉的，是郑慕周为唐家的惨祸向桑枣、秀水乃至绵竹一部分场镇拥有武装力量的故旧呼吁，这才为唐盛安及五驼子报了仇，同时让局势平静下来。

40年代，雎水乡主要的当权派叫袁寿山，唐五驼子的妻兄。他的妹妹、外甥都被杀了。而他在孙昌明覆灭后的收益也最大，孙昌明一座大院一步步变成了他的私宅，最初代替孙昌明理事的唐雁臣，也被他挤下台了。他四五月间进城参加县行政会议，因为听到有关我的一些风言风语，就向郑慕周表示：如有必要，我可以到雎水去，保险不出问题。可是，到达雎水以后，听到我提及成都行辕的通缉令，他也不免有点紧张，就把我安排在那座院子最后一进的楼房三楼上住。而且商定暂不上街露面。

这间三楼相当宽敞，窗明几净。从屋后望出去，眼界相当开阔，远近驰名的大拱桥、大拱桥以上茂县境内的崇山峻岭，奔腾而下的河流，躺在一条河道和一条引水渠之间的相当开旷的河滩、草原，草原上的石灰窑……可惜这楼房是木材结构，又无顶棚，中午时候室内跟刚上汽的蒸笼一样，坐在里面实在难于忍受。幸而袁寿山的长子袁琳，高中毕业后在家补习，对我非常周到，后来还将二楼一间小屋子让出来我住。但是，就在三楼蒸笼那样的居住条件下，我仍然写了《小城风波》，对那些散播恐怖和怨恨的杨穗、苟朝荣之流赏了两记耳光。随即又为桂林的《文学杂志》赶写了《艺术干事》。创作冲动真的来了。

《艺术干事》，也是以城内短期逗留中得来的一些印象为依据写成的，意在讽刺偏远城镇市民们的保守落后，但我对于那一对敢于向封建陋习挑战的年轻情人，竟也做了些轻浮的表述，这不能不说是讽刺的乱用。写完这两个短篇后，白酱丹、林幺长子和龙哥，在我脑子里更蠢蠢欲动了，全都希望继续登台表演。在同袁琳、袁寿山商筹之后，他们把我安顿在刘家酱园里。这家酱园门面很窄，两开间不到，但它有三四进深，一直通到耸立在场街后面那座山岭脚下。而一开后门就可上山，且有一条前去茂县的小路。这靠山的最后一间，是供神的堂屋，一向没有人住，也没有人愿住。据传常有狐仙作祟，夜半更深，往往出现异常响动；我可就无暇管这些了。

这里需要补叙一笔，在此以前，我已经在雎水安家了。但是，安家不久，有人向郑慕周传言，城内一支常备队武装，到雎水抓我来了！于是他立即派人告警。而我也就立即全家下乡避祸。虽然事后证明，那支常备队是到秀水办案的，与我无关，很快就又搬上街住家了。但在这种草木皆兵的人为气氛中，实在无法写作，更无法写作长篇，因而这才想到刘家酱园那间传说狐仙作祟的堂屋。

36

在我三部长篇小说中，《淘金记》酝酿得最久了。其中几位主要人物，都是我少年时期就熟知的人物，故乡一些年长的知识分子都可以分别指出谁是谁的原型，而且大都准确。白酱丹还是我一位叔祖的老四，白酱丹这个诨号在当日城区市民中流传也广。

有些人最感兴趣的是龙哥，认为是我对他本人的写照，几乎很少增改。而有的人因此也对我怀有戒心。我记得，有一年，袁寿山的女婿从秀水来给他拜年，曾经暗中告诉我说，他老丈人有点担心我将来为他立传，而且像对龙哥那样的刻画他；我立刻否认了，认为是无稽之谈。袁寿山虽然粗通文墨，是不会看《淘金记》的，他可能是从别人口中听到了有关议论。不过，他的担心也说明他颇有自知之明，自己值得写出来展览展览，让青年一代知道，在过去反动派基层政权组织中，直接代他们发号施令的是些什么样角色。乃至懂得人民为什么欢迎解放，信任我们的乡、村政权干部。而且我确乎也有过拿袁寿山作模特儿写一本小说的意图，而且连题目都想好了：《流氓皇帝》。50年代初，还曾经向陈翔鹤同志从题目到内容详细谈过这个计划，只因为摆不脱文艺团体中的行政组织工作，一心又想反映新的现实生活，搁下来了。现在精力衰退，自然更加无法实现这一计划。

在创作上，一般说，我的计划性是相当强的，酝酿得最久的作品，更是如此。在刘家酱园里，因为可以不受任何干扰，狐仙之类的传说于我更少影响，几乎可以计日完成自己早已拟就提纲的篇章。记得有位同志说过，对于《淘金记》里面的人物、场景，哪怕是比恶棍更坏的白酱丹，恐怕有时写起来连我自己也会忍不住想笑。笑他在客观条件下自己玩弄自己而毫不自觉，总把一切挫折归罪于运气。我相信，谁看了他在全书中的表演，都会做出一个一致的定论：这是个十足的劣绅！他的恶行比行事粗鲁的龙哥、喜欢吵吵闹闹的林幺长子毒害还大。由于写作顺当，当年9月，我就把这本书写完了，回到家里。

我在雎水安家的计划，也是袁寿山提出来的。他正在修建中心小学，要我的妻兄黄章甫从秀水中心校搬迁到雎水来任校长，同时把我岳母从仁寿文公场接起来教书。这样，黄玉顺带起孩子前来雎水定居，也就很自然了，可以避免党棍、特务们的猜疑。我的住宅相当特别，规格跟本街一般靠河建造的房屋大异其趣，正门是临河开的，而且台阶高，门扇大，看来正像一座寺观。这座院落正是全家被孙昌明杀害的唐五驼子的，可惜只剩一长列门厅，两栋西式楼房则已在仇杀中焚毁了，留下几堵危墙在那里替一场惨祸做证。就由袁琳设计，雇请工匠，将门厅分隔成五小间，制备部分家具，再借一点，一家人住下来绰绰有余。

这里住家还有个好处，这座院落临街的一面，全是铺面房子，只有一条狭小的巷道沟通后院。除了我岳母黄敬之和黄玉顺去学校上课，从城里带来的陈嫂上街买办副食品进出这条巷道，一般外乡人都不可能知道。大门呢，经常是关闭起来的，只有黄昏时候，早上到门外陡坎上那株核桃树下打水，才暂时敞开半扇，这是1941年的情形。到了1942年，由于一直没有什么可疑的人前来雎水侦查我的行迹，我和居停主人的胆量也大起来，有时一个人还出去逛田坝，或者顺河到邓家碾一带游玩。

夏天月夜，我还偶尔带起家小，渡过一座袁家纸厂专用的木板桥，到草场上去赏月，散步。有时，酒醉饭饱之余，更放声吼几句京戏。而且胆子愈来愈大，晚上还上街坐茶馆。碰到川戏班子到场上演出，我更阴着摸起去看夜戏。有次杨云凤在雎水演《洪江渡》，我就去欣赏过……

可是，就在1942年秋天，我舅父又派人送来消息，到任不久的县长任翱，把萧崇素逮捕了！要我赶紧下乡。

37

我于1942年冬，在《新蜀报》副刊《蜀道》上发表的《闯关》题记中，说我当时已经"远离故乡"，而且过着一种比较以往一年，即1941年更为合格的"蛰居生活"，这完全是迷惑敌人的烟幕！题记开头一段谈的梦想，也同样是胡扯。因为1942年我照旧在雎水关。

不过"蛰居"的说法倒也基本合乎实际。而比之1941年，却不是更为合格，倒是松散多了。正如前面一段讲的那样，我晚上甚至可以溜上街看川戏。当然也有真心实意的话，在感到闷气的时候，"我总情不自禁地缅想一回广阔浩瀚的河北平原，那些任性的驰骋，那些有声有色的战争生活"。因此我最后决定用一个中篇来抒发自己的激情。

还有一点也是真的，左嘉这个主要人物具有我和何其芳同志每个人的某些特点，而若果说认真、克己和善于团结人算是美德，读者从左嘉身上又确乎感觉到这些特点，我算没有辜负亡友。今年是他逝世五周年，这里我要多说几句，作为对他的悼念。左嘉那种全力以赴的认真精神，在他身上一向表现得十分突出。就拿"打百分"这类小玩意儿说吧，每到紧要关头，又得由他发牌的时候，他简直紧张得周身都颤动了，真像在进行决战。大约是60年代初，我在裱褙胡同他家里做客，当扯到文学界一些互不通气的情况时，仗着我们30年代末在敌后那段战斗友谊，我向他建议，文学研究所应该同作协加强联系。

在听了我详尽的解释后，他立刻约我一道去东总布胡同，拜访作协总会的负责同志。以后两个单位在工作上协作得很不错。当然，我不是说过去就错到哪里去了，只是还不够融洽。并且，这个不够融洽，从文研所一方说来，是他埋头于研究造成的。此公的厚道也很令人惊叹，在他向我讲过一个在北京当学生时的爱情生活的插曲后，曾经用嘲讽口气，说他有点像《战争与和平》中的弼鲁。这个插曲是这样的，一位他自己并不怎么喜欢的女友，经常找他表示好感，弄得他十分苦恼。接受对方的爱情吧，太勉强了，将来日子又怎么过？拒绝吧，显然会伤害对方的自尊心。最后，他决定听其自然，准备满足对方进一步的爱情表白！……

说是插曲，因为他的那位女友，终于找到一位彼此满意的大学生，并未向他发动最后一次进攻。他不是在文章中说过，因为受到安徒生《小女人鱼》的触发，青少年时期他曾经把为了爱的自我牺牲作为他的理想么？当然还有美和思索。而在到了延安以后，他可把为共产主义而牺牲作为他的主导理想。读者在《闯关》中可能看得出来，左嘉自尊心很强，但他却向队长建议，大家可以学学那些伤病员，化装成老百姓零散通过铁道。这无疑包含有屈辱的因素，所以被队长用嘲笑否决了，让他大出洋相。实际上，有过这种设想的是我，不是其芳。并且我也只向他提到过这个设想，可是同样遭到否决。我记得，他曾经充满自豪感嘲笑我道："一个堂堂正正的中国人！……"

不言而喻，他的未尽之意是，咱们在自己的国土上，还有一定武装力量保卫，怎么能那样偷偷摸摸地行动呢？这不是写小说，为了给其芳贴金，而是如实的招供，让人们更加理解他的品格。当然也想借此谈谈创作的经验。总之，左嘉的性格主要是我们两个人的复制品，至于故事梗概，则早已见之于 1941 年 1 月出版的《中苏文化》的《文艺特刊》，题目叫《通过封锁线》。

因为熟人熟事，情绪又那样饱满，很快我就把主要故事、情节安排好了。而当一得到萧崇素被捕的消息，在亲属的催促下，我就带上笔墨，一只磨墨用的陶器盘子，几本小学生做作文用的课本，到袁寿山为我交涉好的一户小地主家里去了。

<h1 style="text-align:center">38</h1>

这个小地主叫萧业贵，在当保长，是乡长萧文虎的堂兄。而萧文虎又是袁寿山的外甥，还可说是袁寿山在雎水政治上的合法继承人。

萧业贵那座小四合院离场只有五里光景，但却相当偏僻。一出场口，走上一般叫作牛市河坝的高坎，拐向一条小路，就进入浅丘地带了。他的院子又坐落在一架叫作牯牛背的山岭脚下，而山上则是一片人迹罕至的林莽。

院子小，房屋也不多，特别当路一面只有一列围墙。萧业贵一家三口人外，还住着他母亲同一个未曾婚配的兄弟。他还有个兄长，则早已分居了。有四五十亩田，雇了一名叫邱驼子的长工。他自己种点地，多数佃给人种，一个姓夏，一个姓乔，叫乔老三。萧为人相当厚道，可是主观急躁。有一回冬天，他小儿子脚冻了，他给儿子用温水烫，由于儿子怕痛，不肯把脚伸入水中，因为水还很烫。他火起来，抓住孩子的脚就往水盆里按，结果反而把脚给烫伤了。

这个地主兼保长，对我做过好些掩护工作。1942年秋天这次以后，我在他家里寄居的次数最多，时间最久，可以说是我在雎水的第二个家。我那次在他家一住定，就在一间存放农具的横屋里，利用一只拌桶，搭上木板以代书桌，动笔写我的《闯关》。这间横屋离灶房并不远，他本来要我使用那张吃饭的方桌；愿意去大而相当阴暗的堂屋里也行。我都推谢了。因为经常有人找他，两处都不安静。写作的顺当，出我意料之外，当年冬天，就完工了。于是请萧业贵从我家里带来一些稿纸，边抄边改；随又托他前往拱星乡付邮。这拱星乡主要属绵竹管，只有一小截街是安县地界，行政上属雎水。但从邮路上说，它却不归安县，归绵竹邮局管理。

我当年往来函件，都是写绵竹雎水乡，姓名呢，是借用我老丈母的：黄敬之。我手边残存的一些当年几位老友的来信，就都称我叫敬之兄。这次寄出《闯关》，当然更不例外，是用黄敬之的名义从绵竹雎水乡寄发的。不过，寄出的稿子，还不叫《闯关》，叫《过关》，它的题记发表在12月的《新蜀报》副刊《蜀道》上。我满以为这个中篇会给我换来一笔稿酬过春节的，以群收到稿子后第一次来信，也说，送审已通过了，郭老主编的《中原》，准备在创刊号全文发表。可是，不久他又来信：稿子发排后，国民党中央党部又调去复审，最后将全稿扣留了。批语是："为异党张目！"1944年我曾在群益出版社看过这个批示。

因为这个挫折，我曾写信给陈翔鹤同志发泄了一通怨气。不知具体经过怎样，后来他写信告诉我，一位美国记者知道了，为我大鸣不平，准备同一位中国文化工作者合译成英文，寄美国出版。还表示愿将版税全部赠送给我。其时，时局已经平静，我已经回到雎水街上住了。因为崇素被捕不到24小时，就由他妹夫彭丰根暗中奔走，串通任翱带到安县任警察局长的邻水人，一位彭的同乡，让崇素在那位看守他的警察协助下，一同逃往崇素的老家永安乡去了。而事后并未引起多大骚动。因为是在家里，有黄玉顾协助，那几册密密麻麻写满蝇头小楷的作文课本又并未销毁，不到一星期，另一份《过关》就寄交陈翔鹤了。

翔鹤收到稿子后还来过信，说是那位美国记者看后，认为故事不够曲折，文字也不华美，但是已开始翻译了。后来，由于免我挂念，还来过信，说的确已经译好，而且寄到美国去了。结果可至今下落不明。不过，以群却用请客送礼的办法，把国民党扣留的稿子取回来了，并用《疑虑》和《封锁线前后》的题目，在《青年文艺》和《文陈新缉》之三的《纵横前后方》分别发表。

这次由以群分批发表，是1943年的事。到了1944年5月，更以《奇异的旅程》为题，由当今出版社出版了单行本。

39

崇素的逃亡并未引起多少惊扰，从安县这个小局来说，当然相当平静。而且，就在这年，军统特务苟朝荣，因为利用县参议会秘书名义，负责督建县参议会会场进行贪污的案件，被揭发了。尽管魏道三、刘敦品一伙多方包庇，仍然被县府关进牢监。

40年代，安县一直存在所谓新旧派之争，解放后我首次回安县探亲，住在原文庙附近的县委，一位姓刘的县委书记告诉我说，经过几次运动，所谓新旧派之争，愈来愈清楚了。其实我早就知道这是怎么回事，而苟朝荣贪污案件的爆发就是一个突出的例子。因为就在1943年夏，郑慕周借祝贺雎水中心小学校舍落成纪念，带起刘逊如到雎水住过几天，就把案件发生的经过、内幕，讲述得很详尽。所谓旧派，早就料定苟朝荣会乘督建县参议会会场之机，大显身手，可是听之任之，同时搜集罪证，让他到头来百口莫辩。

这真叫作利令智昏。一座县参议会的会场，平日还有一项剧场和影剧院的兼差，几面围墙用火砖砌，这得花多少钱？若果全用竹编泥糊，这又能节省多少？当然竹编泥糊不太堂皇，但是若果把它们用锅烟抹黑，然后又用石灰画成砖一样长方形格子，这不马马虎虎，让人误以为是砖砌成的了？难道疯子而外，谁还去打个窟窿瞧看？可是家伙竟然没有料到，也不可能料到，他已经自投罗网，没办法钻出来了，只好锒铛入狱。我舅父在安县始终没有担任任何公职，但他实际却是所谓旧派的头目，因而对事件的经过知道得很详细。刘逊如也参与过这个打击特务气焰的计划，他还向我提供了不少生动细节。

这一年春夏之交，《中国之命运》就出笼了。可我没有看过这书，仅仅直觉到它是怎样一种货色。可是，我舅父他们离开雎水不久，顽固分子就掀起了第三次反共高潮。而且，他们不用政府的名义出面，暗中指使特务党棍假借县、市参议会之名，乘共产国际解散之机，叫嚣"解散共产党员"、"取消陕甘宁边区",并调集军队,准备进攻陕甘宁边区。这次的形势,远比皖南事变险恶,因此,我舅父对我的安全也就更担忧了。袁寿山于是设法叫他一名"斗伴",身任保队副,家住刘家沟的刘荣山,于一天凌晨领我到他家里去住。这里挨近茂县大石坝的黑滩子已很近了,是大山地区,又面临雎水那条大河,不熟悉路径就无法过去。

关于我在刘家沟的生活情形,我在《困兽记》的题记中已经谈过不少。虽然有些愚弄敌人的假话:"我离开故乡更远了。"但大都是当日的实际情况。比如,若果我不取得刘家的同意,在我权当写字台的破柜子前面的晒席上剪掉一方代替窗户,就得不到亮光,无法进行写作;为了锻炼,就是下雨,我也一定戴上草帽,到半山上那股泉水边走一趟,等等。但我在那些日子里,却为1948年的胃出血种下病根。因为刘荣山照例一早就上街了,他的父母、妻子则都在早饭后带起玉米馍馍,到山上种火地,或者积肥,要到傍晚才会回来。这样,我就得在感到饥饿时自己动手做饭,一面空起肚皮喝寡酒。而且是那种价廉而物不美,后劲又特别大的大麦酒。

刘荣山的父母相当老诚,同儿子的生活、作风迥异。也正因为这样,他们虽是同住在一个屋顶下面,可早已分伙了。儿子的一点庄稼,全靠妻子一人耕种,同时还要照顾孩子。那时候孩子还小,每每一吃完早饭,就把孩子背在背上,上山去了。丈夫有时也参加点劳动,主要是砍一挑柴,吩咐同沟上街赶场的什么人,顺便帮他捎上街去。我就很少看见他自己把柴挑上街过。

排起班辈来,这些被他派遣的人,也许是他的祖父辈吧,可也很少有谁推三推四,说过二话,因为他在当公事,又是袍哥,长于"提劲打靶"①。

---

① 提劲打靶:即长于吹嘘自己,装腔作势,过去流行于市井的语言。

40

刘家沟的穷困，就我所知，在安县是少有的，单从刀耕火种的生产方式这一点说，也就可以想见一斑。然而，他们所种的地，全都是有主的，租子很重，就连开荒的山场，也是第一年不上租，下一年就得议租谷了。他们自己的土地都少得可怜。

而且，单靠庄稼很难过活，平日得到深山老林打柴，冬天烧点木炭，春天打笋子拿上街换钱买粮食，否则就得在半饥饿状态中过日子。最困难的还是结婚问题，因为大家谨守同姓不婚这一条传统规矩，男女成年以后，只有到外地找对象。这在姑娘家倒还方便，男性青少年可就困难多了。就是女家不嫌山沟里缺吃少穿，一笔聘金、财礼，往往使得人长期，乃至一生都被迫像僧侣那样生活，当一辈子的光棍。这是他们最恼火的。

少数熟人大都知道，在看过《困兽记》前言的细心读者，一般也猜得出来，我的《还乡记》就是以我在刘家沟那几个月的生活经历作原料的。其芳在谈到这部作品时，曾经一再强调，"次要又次要"的人物没有写好；可惜没有具体指出是谁。若以着墨多少而论，"幺爸"可算《还乡记》中一个"次要又次要"的人物吧。但是，幺爸那几句为独身生活辩解的话，貌似解嘲，实则充满了苦趣。因为他反映了当地一般青年男子婚配的艰难。我认识一个叫作刘荣成的老乡，当时五十岁上下了，瘦长精干，已经成家立业，但他是怎么结婚的呢？三十岁时，一天赶集，他在中途碰见个告化婆，两个人闲谈起来。而不到半天时间，彼此就一同回来成亲……

我在刘家沟认识的人，当然也不止是刘荣成，了解到的情况，也不止是婚配问题，所有对我印象较深的人物、事件，后来都成为我构思《还乡记》的素材了。而我当时在刘家沟却正在写作《困兽记》。我是缺乏想象力的，大多时候，哪怕是一个人物的某一细节、一个动作或者言谈，也都来自某人三四的生活实际，只是进行过改造、发展而已。《困兽记》中的人物、情节，大都也是这样。对于《困兽记》中老教师牛祚的原型，我在前面已经提到过了，就是那位我素所尊重，交情又最深的老友马之祥。

可以说，安县的知识界，几乎全都知道田畴是我的妻兄。我在雎水安家以后，未及一年，他就在秀水同一位全县知名的阔少的小老婆潜逃了。又一两年，他的妻子也带起两个男孩离开故乡，把剩下的一个调皮捣蛋的小男孩、一个名叫奶膀的小女孩扔下来。因为他们都料定黄敬之、黄玉顺和我都不会置之不理。当然，他们留下来的不止是两个孩子，还有些破烂家具。那位帮他们做活多年，从未要过工资的王大娘，也到雎水来了。评论《困兽记》的文章有两三篇，似乎都未着重评过这个"次要又次要"的人物在整个作品中的地位和含义。我要说，当我写到这个老太婆时，我的心情十分激动，充满感谢之情。

王大娘是河清乡人，儿子被抓了壮丁，只剩她孤身一人。她儿子是1947年从国民党军队中逃跑回故乡的，叫王大生。寻访到母亲时，还在我家里住过一段时间，帮我打柴、跑腿。因为感觉我的负担太重，1948年初，两母子就回河清乡去了。我也没有给她发放多少工资，主要是由她捡了些炊事用具，以及其他家私，带回河清重建家园。

解放以后，50年代初期，我曾试图探听王大生母子的下落，可是无人知晓，后来就逐渐遗忘了。只有那位公爷倒还健在，以卖香烟、瓜子为生。40年代末期，他就先后浪费掉三份遗产，解放时已经是贫民了，因而减退、土改都与他无关，这比其他地主潇洒。

41

其实，两年以前，我就有写作《困兽记》的意图了。构思当中，出于应急，并曾以《没有演出的戏》为题写过一个短篇。黄玉顺兄长的变故，只是起到了极大催生作用，同时也改变、充实了小说的结构和内容。并且使他一家在小说中占据了主要地位。至于其他人物，也就是那些小学教师，大都与读者似曾相识，因为他们在《小城风波》《三斗小麦》中都一再亮过相。这使我想起赵树理同志生前向我讲过一点经验："写作当中有时感觉干部不敷分配。"

在构思过程中，我一般总是先拟提纲，然后逐步使之较为具体、细致。因而到了最后，每一章的内容、主要人物、场景，乃至较为重要的对话、动作，都写上了。所以基本上两天、至多三天就可以完成一章。这也跟没有任何干扰，创作情绪不致中断有关，在进行创作时，我看这一点相当重要。在留住刘家沟期间，我只离开过一次。因为我女儿出麻疹，发高烧，我曾经摸上街探望过。幸而我到家时，已经基本上痊愈，至少不会有意外了。不过回去一趟也不那么容易，不止需要在凌晨前赶到家，还得事先由刘荣山同黄玉顺约定时间。

由于全力以赴，到了农历腊月，我就把《困兽记》写完三分之二。当时时局也已平定，因为在党的领导下，全国人民终于又一次粉碎了反动派的阴谋。但是，我准备写完它，并拉通校订、加工一次，做些必要增改，然后丢心落意回家，于是就只好留在刘家沟过春节了。解放后我到过睢水，那是1956年，曾经去看望过苦竹阉萧鸿发和他母亲，萧业贵早去世了；还看望过板栗园吴瑞卿的遗孀，就是没有去刘家沟刘荣山家里。因为经过探询，刘荣山本人在劳改中拖死了，他的父母已经去世。刘荣山的妻子也不在刘家沟了。刘荣成和六爸他们同我虽然有过接触，曾经好多次围坐在火堂里的树篼烤火，可是不能说怎么熟识……

我记起来了，那年春节，刘荣成请我吃过一回春酌。他跑茂县、松潘为烟帮挑酒，搞到一大笔钱，于是一时兴高采烈，到刘荣山家里来请我帮他写一套供奉祖宗的神位和对联。因为他同那个告化婆自由结婚后，快要养孩子了。本来只需花一点钱，到街上找人写就行了，但他听说我字墨好，就跑来请托我了。我当然承诺下来，而且就从我那件老羊皮皮袄上扯了一撮毛，用细麻绳扎在一根筷头上，蘸上墨挥毫起来。这一来更叫一些人大为钦佩，赞扬我真有本事……

本来决定《困兽记》完成后走的。而且，虽然还没有想到写《还乡记》，但我很想认真熟悉一下刘家沟山民们的生活，对他们在创作上做出应有的反映。因为尽管青年时代我也在山区生活过，但为时短暂，而且特点也没有刘家沟突出：生活穷困，民情粗豪，社会关系单纯。只有一个刘荣山甘做镇子上豪绅们的鹰犬，以至多少把它复杂化了。但是，农历二月上旬，我却断然决定离开刘家沟提前回家。因为一天早上，我去那股山泉以上的地段散步，忽然发觉有一大片鸦片烟苗，足够移植好几亩地。

这几亩鸦片烟苗，无疑是刘荣山在那位太上乡长指使下播种的，他本人不会有这样大的胆量。而若果被官府发现，大打官腔，这对我就太不利了，同时还会败坏文学界的声誉。因为县里那些以反共为业的党棍、特务，看来已经知道我隐蔽在雎水关，时不时都有人用各种借口前来查访。而且翻架山就是沸水乡地界，种鸦片烟的田地也更可能被人发现，传播开去……

我可能有一些神经过敏，这是我的老毛病；但我那个女儿又来病了，因而很快我就带起仅止写完三分之二的《困兽记》初稿，搬回雎水家里。这次回家照样是更深夜静时候，当然也照样由刘荣山伴送。

42

我在雎水有个极大优越条件，黄玉顺两母女不仅是中心校的教师，不少学生的家长都认识她们。而且，街上好些妇女经常请我岳母画帐帘、枕套、鞋面；同时她又来者不拒，乐意为她们效劳。而这些请求者不止经常送她鸡蛋和各种小吃，更重要的，她们知道我这个"老老师"的女婿是官府拿捕的对象，因而除开路过雎水，前去松茂购买大烟的袍哥，凡是可疑的外乡人来了，总有人提醒我们注意。

其实学生们的家属不必说了，因为从卖香烟瓜子的小贩，到各行各业的老板，他们都知道我是郑慕周的外甥，袁寿山的显客，全家又都是读书人，与世无争，其中也有不少人主动充当我的耳目。袍哥呢，不管清水、浑水，从幺满十排以至三哥大爷，更加清楚我是来本地避难，或者用他们的行话说，是来"抹豪避相"的，对于官府的来人当然更注意了，一有风吹草动，就会向我家里人或袁寿山通风报信。有一位姓周的烟帮头目，大约是什邡县人，还曾经向我建议，如果"水紧"，就到他们码头上去住。

由于具备以上一些条件，日子一久，只要大的形势平静，我的社会活动也多起来，当然是半公开的。对象呢，也大多是袍哥，邻县路过睢水、前去松茂的烟帮。地点一般也是旅馆，或者袁寿山以及其他袍界和地主中头面人物家里。这些人都喜欢吃喝玩乐，当时农村破产，沦为娼妓的年轻姑娘，也常来睢水"求吃"。对于这类被损害、被侮辱的女性，一般市民却不值一顾地叫她们作"货儿子"，或者简单的叫"货"。而每当新"货"上市，就连一向佯装正派，早已娶妾讨小的袁寿山，偶尔也去"光顾"一下，调剂一下千篇一律的生活，他把这叫作"逢场作戏"。为了增长识见，时不时我也跟他们一同"陪嫖看赌"。现在想起来，倒多少有点"帮闲"的味道，不免觉得好笑。虽然我确乎是从一个作家的见地出发，后来也写过一篇反映这类生活的小说——《一个秋天晚上》。

然而，这次从刘家沟回来，尽管时局相当安静，又是春节期间，我却很少参加社会活动，因为我得赶快完成《困兽记》的最后部分，及其全书的校订工作。不久，我就又到苦竹庵去了。最后几章的写作进度相当迅速，修改加工也很顺利，可能正是由于力求早日成书，有些章节却也不免显得粗糙，所以出版单行本时，我在校样上涂改了不少。因为刚一脱稿，我就分批寄给以群，请他处理。他深知我的处境，我相信，正同对待《淘金记》一样，收到后他会照样巧立名目，在两三种期刊上分别发表几章，换取稿费。

当时我的确也需钱用，因为其芳由延安调到重庆工作以后，就一再催促我前去重庆。在一次通信中，由于我老不动身，他还幽默了一下，叫我不妨浪漫蒂克一点。而我又不便说我得准备一笔路费，担心他向组织反映，会给我寄钱来。其实不止路费，因为家累也重，又无存储，黄玉顺两母女教书所得有限，养活不了两个女工和四个孩子，这些我都得做出适当安排。幸喜《困兽记》寄出不久，以群果然就从一种刊物预支了一笔稿费汇寄给我。而由于法币不断贬值，主要用来买了些米和油盐，只带了点路费，就到重庆去了。照例绕过安县，经绵竹到成都，而且照例在奎鸿旅馆住宿一夜。

奎鸿的老板叫古华庭，当地有名的哥老会头子，常到睢水摆红宝摊。我们曾在袁寿山家里同过几次席，他也多少知道我一些情况。住下来后，我就去拜访他，并由他陪我去看望一位资历最老的袍哥头目刘沛三。因为他同郑慕周相识最早，便交往也多。回到奎鸿，喝了二两地道绵竹大曲，纳头便睡。次晨一早，就坐预先雇好的黄包车，经孝泉、杨家乡直奔成都，然后乘长途汽车前去重庆。

43

前去重庆，路经成都时，虽只停留了两天，李劼人、陈翔鹤以及其他文抗分会的熟人，却大都会见了。这里值得记一笔的，是同杨伯恺同志的会见。当时他是用民盟成员身份在成都活动的，正在筹办一种日报，记得已经定名为《民众日报》。由刘文辉出钱，但是决定保密，一切概由伯恺负责，以便较为放手地揭露反动派的窳政，同时宣传党的方针政策。因为刘文辉早已同我党拉上关系。

为办《民众日报》，伯恺同志还专程到刘的军部所在地雅安去过两趟，而事情则是刘一次到成都主动向伯恺提出的。他把经过向我谈得相当详尽。我曾经问他："靠得准他不干预报纸的内容吗?"回答相当干脆："他根本就装作这个报纸同他没关系啊！"这也倒近情理，因为反动派如果知道报纸是他出钱办的，对他不利；同时他又确乎反蒋，担心有一天被吃掉。早已在四川军阀中红极一时的"刘幺爸"，更不甘心永远僻处雅安一带贫苦地区。但我总觉得伯恺同志未免过分乐观。

尽管当时桂林已经失守，国民党统治下的西南半壁形势险恶，而特务却照旧横行无忌，共产党人和进步人士随时有"失踪"可能。因此翔鹤颇为我旅途中的安全担忧。后来，经同叶丁易和丁聪两位商量，才知道郁风同志将和我同车前往重庆，可以介绍一下，以便途中彼此照顾。主要是，即或遇到"失踪"之类的意外，也会有人通风报信，设法营救。是翔鹤亲自陪我到长途汽车站的，我们到达时，丁聪已经陪郁风先到了。丁聪是为郁风送行，也是为介绍我同郁风认识，而且事前已经说定，对于我的身份，笔名，不必让郁风知道，只是告诉她真名实姓就行了。

我的装束倒也容易瞒混任何素不相识的人们，长袍，剪去帽檐，正像毡窝一样的黑呢礼帽，而且还戴上金戒指！这样，就又像土老财，又像商号老板，不会被认为是知识分子。但我没有料到，到达重庆，在以群房间里住下后，一天，仿佛是曹靖华同志去找以群，当时只有我一个人在房间里，他立刻转身走了。原来他把我看成保长一类人物！……

虽是公路局的车子，可在出发的次日下午，也照旧"抛锚"了，停在一个小村庄附近的公路上修理。乘客们就在路边一座草盖的茶馆里喝茶、吃零食等待。不料忽然大雨滂沱，时间又已挨近黄昏，眼见只有留下来了。睡眠怎么办呢？大家都很着急，和我们同车的有两三位士兵，我就建议，要他们一道同我去找保长、甲长设法。结果，乘客们全都被带进一座庙子里去了，还为大家借来被子，送来稻草。于是，我在乘客们眼里也就更神气了。

次日上午，雨早停了，车子也修好了，很快就到达永川。我同郁风吃完饭后，因为等候司机和其他还在进餐的乘客，就去场口闲逛。显然有些犯疑，她忽然问起我的真名实姓。30 年代，我们在白薇老大姐主持的一次妇女联会上见过，因为她还为我画了张速写像；可能这点记忆在她脑子里复活了。由于很快就到重庆，又四下无人，于是告诉了她我的笔名。后来我才知道，她那次去重庆是同黄苗子结婚。

到达重庆那天夜里，我就去曾家岩 50 号周公馆报到。真巧！恰好碰上恩来同志邀请部分文艺界同志聚餐，聚餐前显然还座谈过，内容呢，可能是有关延安整风精神，特别是毛主席《在延安文艺座谈会上的讲话》的主要思想内容。因为我没有吃晚饭，也就被邀入座。只有两桌席，所有南方局负责同志大半都参加了，恩来同志而外，有董老和王若飞同志等。我和宋之的、葛一虹同桌。闲谈中，葛一虹告诉我，一度传说，我在隆昌被捕，组织上还专人去打听过，准备营救，结果那位被捕的知识分子并不是我，同名而已。

提起这一传闻，尔后萧崇素同志告诉我，当时他在泸县玉石乡私立衣锦中学教书，也曾听到我在隆昌被捕的消息，还托人去隆昌县暗中查访，以便设法营救。结果，那位被捕的青年人的年龄、身材、外表，跟我两样。更有意思的，50 年代内江地委的肃反办公室曾经行文四川省文联，说是有特务某某交代，1944 年我在隆昌教书时，他暗中申请县政府逮捕过我，关押了一些时候。大约同年，一位女同志从北京某单位写信给我，要我证明她在隆昌县立中学读书时一直是进步的，从未参加过反动社团，在 1944 年我被捕后，她还四处奔走，呼吁，想方设法营救过我这位国文教师，因此希望我给她所在工作单位写个材料。

有关我在隆昌被捕的传闻，解放前后我所知道的大体就是这些。现在且回到那天夜里在曾家岩 50 号会餐的饭桌上来吧。大凡同宋之的同志有过交往的，都知道他喜欢喝几杯，以至于因为喝酒过多，成为他建国后得下不治之症的因由之一，因为一位同志曾经向我转达，临危之际，他去看望之的，之的打手势劝告他：千万不要喝酒了！可是那天晚上他还不知道饮酒过量伤人，又生性豪爽，而且彼此暌隔将近两年，所以我们一连对饮了好几杯。直到恩来同志从邻席劝阻我说："沙汀啦，少喝两杯呵。"我这才感觉自己喝过量了，已经有点醉意。

散席后，因为时间已晚，我的行李虽然已到达重庆时存放在"文抗"总会，可是那里并没有空房间，也不便去华裕农场。当时之的一家已经搬到"文抗"总会三楼，其他则还在寸滩。以群一间房子在总会楼下，按照40年的例子，我可以搭张铺，只需买张篾绷子床就行了。但这也得等到次日比较方便，因此当其芳要我单独留下来的时候，我就没有随同之的、一虹和以群一道离开。

44

直到客人走后，其芳才告诉我，组织上要我到重庆来，主要是参加整风学习。随即交给我一批整风学习文件，其中有几份只能在50号看，不能带走。结果我在50号停留了两天才去张家花园。

在两天停留中，对我印象最深的是王若飞同志。中等身材，敦笃结实，很开朗。1938年我去延安前夕，经李嘉仲同志介绍，去过赵世炎同志家里。是赵世兰同志，抑或是他弟媳，曾托我带了一包毛线衣之类的日常生活用品交王若飞转施英。施英本来是世炎同志在《向导》等党刊上发表文章的笔名，抗战时却被他的一位侄儿借用了。可能在延安学习，也可能已经参加工作，他的亲属弄不清他的所在单位，只好交由若飞同志转交。他当时在边区党委负责组织工作，找起来相当方便。这样，我到延安不久就找到了他，因而就相识了。随后我在鲁艺工作，我们在一起节日会餐中同席，又算见过一面。

1944年在重庆，是第三次接触，当晚我们并没有交谈，此后还谈过些什么，直接分派过我什么工作，记忆已完全模糊了。但在次日，他一句脱口而出的话却使我永远难于忘怀："怎么走了就不转去啦？"这句话，是他喜笑颜开，轻言细语说的。当时不必说了，只觉面红耳赤，感觉羞惭。因为十分显然，他是从一个党员的本分来看问题，并要求于我的。我能像对茅公那样，夸谈我对故乡社会生活熟悉，就连什么人打个喷嚏我都能猜测到他意之所在吗？特别越到后来，随着自己的思想觉悟的提高，羞惭之感，也更加深切了。

　　事情真也遇缘，恰好也是我住在50号学习整风文件那两天，其芳交给我一封周扬同志的信，劝说我重返延安或者敌后。他说，从南方局一位负责同志在延安的讲话得知，我1940年在重庆文艺界做过一些通信联络工作，接着还用鼓励口气说我那两三年来写了不少作品。但他认为比较起来，还是继续反映敌后抗日根据地的现实生活斗争，意义较为重大。老实说，在听了王若飞同志的评语，当时又正在学习整风文件，周扬同志的信，对我发生了一定动员作用。可是后来我在回周扬信上却说什么"退而求其次"的昏话，简直像横了心不再去抗日根据地了。

　　我的这种"甘居中游"的思想成因很多，说是怕过艰苦生活吧，我在雎水刘家沟那样的生活，比之延安、冀中敌后，也好得有限。我看创作上的原因相当突出，我没有虚心对待《淘金记》出版后获得的好评，因而头脑发热，自以为了不起。卞之琳、李长之两位相继加以赞扬不必说了，成都、贵阳的日报副刊上也有评价。还有人告诉我，老舍同志在文化工作委员邀请重庆文学界举行的座谈会上，谈到当前的创作情况时，也说过鼓励的话。据说，还有人把"白酱丹"当成对一般阴险家伙的代号使用。

　　1950年，四川全部解放，我奉调前去重庆筹备西南文联，从一位老区的文艺工作者那里读到一篇陈云同志的讲话。这篇讲话的对象，是一批经过整风即将下到基层去落户的同志。他明确地提出：党员作家，首先要做好一个合乎党章要求的党员，然后才能做好作家。一个革命作家，首先应该成为一个合格的革命家，然后才能做好革命作家。

而这以前，在思想感情上，我可老把作家放在首要地位！所以才有"退而求其次"的糊涂思想。

45

在 50 号读完文件，我就搬到张家花园"文抗"总会去了。在以群那间小屋里搭了张竹绷子床铺。

刚才住下那天晚上，我就向以群哇啦哇啦谈了不少分手后几年来的经历和感受。直到深夜，在他的劝阻下，我才去自己临时搭的篾绷子床上睡下；但是照旧说个不停，而且还跳起来一两次，走到他床边坐下，对他进行疲劳轰炸。因为我那三年的生活相当曲折，又很少有适当对象痛痛快快倾诉……

以群当时正在筹办一种文学刊物，仿佛就是《文学青年》，要我为创刊号赶写一个短篇小说，我承认下来，在那间屋里足足自我禁闭了五六天。我说"禁闭"，因为吃饭很不正常，有时写得上劲，饿慌了，就吃以群为自己备办的牛骨髓、饼干和一切可吃的零食。以群善于调养，当时又无家室之累，所备牛骨髓之类的营养食品不少。可是等到小说写好交卷，我可已经把他储备起来的食品吃了个精光！

这个短篇就是《堪察加小景》，题材取自我在雎水一些点滴生活的积累，解放后编选集时改名为《一个秋天晚上》。那次在重庆我还自编过一册短篇小说集《兽道》，分量不大，主要是想保存资料，勿使遗失。恰好以群又介绍我出一本短篇集，只需有一部分未曾编过集子的作品，就行了。这本选集除《兽道》外，《在祠堂里》也算是我自己相当喜欢的一个短篇，它们都分别发表于 1936 年陆续出版的《文学界》和《光明》的创刊号。在当时的重庆，这两期刊物已经成为"珍本"了；多方托人搜寻，才在重庆图书馆找到。

翻阅一遍，真有点喜不自胜。特别《兽道》，是在揭露敌人对红军北上抗日不断进行阻挠的反人民性本质，而这类作品，在当年还不多见。我原本题名《人道》，负责直接领导《光明》半月刊编辑工作的夏衍同志审阅后，认为不必从反面标题，就直截了当改为《兽道》。幸而其时群众救亡运动日益高涨，反动派的图书检查制度已逐渐失灵了，作品得以顺利发表。后来可不曾编集子，自己又将原稿失落，所以从图书馆借出两种刊物后，我就到三楼宋之的家里，拜托王苹同志为我各抄一份。

我记得，三五天后，在交来抄件时，王苹同志告诉我，我拜托她抄稿那天夜里，她就把两篇都看了一遍，而还未看完，她就蓦地从床头翻身而起，感觉情节的发展太刺激人。王苹同志的原话记不起了，也忘记了她是指哪一篇说的。我这里记上一笔，只不过对一位当日的名表演艺术家表示感谢和缅怀抗战时期革命文艺界的友好团结。这本选集的题记，是在桂林失守、日本帝国主义进逼独山，大有向西南进军的炮声中写的。其时整风学习已停止了，实际上也只开过一次讨论会，参加的人数不多，发言的更少，只有乔冠华的发言还多少有点印象，主要是检查西方一些资产阶级思想给予他的影响。他当时在《新华日报》写国际评论，这以前，长期居留香港工作。

为了研究如何进行整风的组织性问题，阅读文件以后，曾经在50号"周公馆"讨论过。有人建议把所有在重庆从事文化工作的同志集中在化龙桥新华日报社学习，但是恩来同志否定了这个办法，担心由此暴露各自的政治面貌，对工作带来不利因素。我记得，接着有人继续支持集中在报社学习的建议时，还补充了一条：各人都戴上面具一类家伙，让大家互不相识，不就行啦？但它只是引起一片笑声，后来显然还是采取了分散学习的办法。不过，像我上面讲的，我同胡绳、乔冠华那一组，只进行了一次理论联系实际的思想检查，也就搁下来了，而且多数成员都不曾发过言。

黔桂边境战事日趋紧张，是整风学习未能继续进行的主要原因。因为从桂林流亡到重庆来的大批文化人需要接待、安排，还有些虽已逃出桂林，但因穷困，又拖儿带女，以致留滞途中的同志需要救济。据我所知，李亚群同志就曾奉南方局之命，携带款项前往贵阳及黔桂边境进行救济工作。困处贵阳的艾芜同志全家，正是得到救济后这才到达重庆的。

46

从桂林安全到达重庆，不能说就没有困难，不需要扶持了。王鲁彦同志的夫人及其遗孤到达后，组织上还派以群赠送过一笔钱。住处也大成问题，艾芜一家五口就只好在"文抗"总会的会议室住下来。可以想象，尽管会议室有我和以群住的那间屋两三倍大，其拥挤杂乱的情景，现在想起来还叫人吃惊：室内索起好几根绳子，挂满了奶娃的尿布、衣物。而因为蕾嘉尚在病中，艾芜既要包揽家务劳动，还得撰写文稿。有时甚至怀里抱着婴儿，埋头伏案进行创作。

有件事至今记忆犹新。一天，同其芳一道调到重庆工作的刘白羽同志来看我，随即要我领他去看彼此尚未见过一面的艾芜。于是我领他到会议室，也就是艾芜全家的住处去了。介绍之后，我退回以群房内，让他们彼此谈心。然而，完全出乎意料，白羽不久就回到以群房间里，神情激动，眼睛饱含泪水，只是脱口而出地说了一句："哎呀，我实在在那里坐不下去！"随即在我对面坐下，双臂落在书桌上面，低垂下头。他流泪了。而他那句十分简略的话，虽然事隔多年，不尽准确，但它所包含的感情、意义，我却没有记错：他对艾芜能于安之若素的沉重生活负担深为感动，充满同情。

同样由桂林流亡到重庆的老一辈同志田汉，生活条件也不比艾芜好多少，一家人就住在求精中学附近一座楼房的二楼上。早在青年时代，我就拜读过他发表在《少年中国》上的皇皇大文《吃了智果以后的话》《诗人与劳动问题》。1928年第一次去上海，我还准备投考他主办的"南国艺术学院"。可惜由于经常食客盈门，以致长期拖欠房租，结果学院关门。而我也只在大门已经封闭的学院对角，萧崇素同志家里借住了一段时期，听了一些有关"田老大"的为人。

到了30年代初期，我对他了解更多，也更加钦佩了。别的不讲，以他当日的社会地位、在文艺界的威望、自己的学识、才气，在投身党所领导的左翼文化运动之际，主动写出《我们的自己批判》那样的文章一事，就可以看出他的风格之高。30年代初，我参加"左联"后，知道他是文委成员，但是未尝一面。直到"八一三"战事以后，才认识他。因为当时吴淞口被敌军封锁了，我同黄玉顾带起孩子，由上海辗转到达南京，准备从南京搭船回转四川。到南京后，首先会见的，是先我几天离开上海的任白戈同志。他了解我的经济情况，认为住旅馆开销大，主张我去田汉家借住两天。当然也向我谈了些我们这位前辈被捕后由苏州而南京的经过。证之以1983年《新文学史料》第4期邹士芳《宗白华谈田汉》一文，主要内容，白戈讲的完全符合实际。他们在上海有过工作关系，相当熟，因而也是他领我到丹凤街去的，一直到买好船票。居停主人的好客我早就闻名，但没想到，他竟然把自己的双人床和房间让出来给我一家三口居住！临走那天，还帮我提行李，送我到大门前……

当我去上清寺看望他时，尽管一家人也挤在一间楼房里，却还满怀豪情地同我大谈川剧中打击乐器的特点。此后，我们还同他一起吃过两三次饭。其中一次印象较深，因为虽不同席，进餐当中，一位老前辈，可能是夏公，曾经说过这样意思的话："今天田老大不错，只叫增加了一两样菜！"因为它使我想起30年代初一点传闻，碰到有谁请他吃饭，约定的时间到了，恰好他家又有客人，他就约起一道赴宴，从而把东道主弄得很窘。有时得由他掏腰包，而他又非腰缠十万的豪商富室，那就各人自己付钱！因此，夏公的话，立刻把同席的人全逗笑了。

我读《伟大十年的文学》，是1930年，也才开始知道夏衍同志，不过那时他还叫沈端先。1932年，我还在上海艺专听过他讲授"戏剧概论"。我们相识则在1936年《光明》半月刊创刊之后。这个刊物，主要是由他通过胡愈之同志在生活书店出版的。邀请洪深先生做挂名发行人兼主编，实际上则由他负责，我是编委之一，分管小说散文稿件。他的多才多艺，文思敏捷，在我跟他跑过两三次印刷所进行版面调整之后，印象特别深刻。

夏衍同志给我留下来的印象当然不止这些，但是，现在还是回到1944年来吧。他比田汉同志到重庆早得多，因而他的住所也比较好，是一所平房，在观音岩附近的捍卫路。我到重庆后前去看望他时，乔冠华也在座。不久，我们又一同在曾家岩50号参加学习整风文件讨论会。但对我印象最深的，是跟他一道参加潘公展、张道藩炮制"著作人协会"的成立大会，从而揭破反动派准备取代"文抗总会"的阴谋。南方局在做出决定时，就指定这场斗争由他直接安排领导，并分头邀约熟人参加。

我记得，成立大会是在求精中学对角，上清寺一座大楼里召开的。党员不必说了，凡是进步文化界的同仁，也大都参加了。王平陵之流当然大卖气力，攀扯了很多不明情况的文化人，以及他们自己一伙同文化事业沾边的喽啰，占领了大部分会场，以壮声势。会议的程序是，首先由会议主持人说明会议的内容、主旨、要求，然后请大家议一议。实际由他们安排好的人说些"等因奉此"的套话以后，就宣布进行选举。可是，正在此时，一贯靠近党、又同夏公有深厚交谊的洪深先生在场子里发言了：希望大家议一议"图书检查"问题！于是喽啰们群起反驳、起哄，而我们，还有我们的新知旧好，都一起退席了。尽管招待人员连连劝阻："怎么就走啦？还要会餐呵！"可是没有谁听他们那一套！以致"著作人协会"胎死腹中。

胡风同志是反对参加这次会议的，但是，在曾家岩周公馆开会总结这次斗争经验时，却有他。我记得，这次座谈会是徐冰同志主持的，他首先要胡风发言，而他得到的回答是："还是沙汀谈吧，他参加了，谈起来亲切。""还是你先谈吧！"我回答说，"你没有参加，谈起来比较客观。"我们的对话立即引起一阵颇有节制的笑声。

47

1944年在重庆，我还看望过巴金同志。我同巴金同志在上海就认识了。作为一位前辈，30年代他帮过我很多忙，介绍我出版了三本集子，发表过几个短篇小说。他和靳以主编的刊物《文季月刊》不必说了，开明书店为纪念开业十年出版的小说集《十年》中的《逃难》，就是他代开明书店约我写的，很可能他推荐过。

对于巴金同志，应该记述的往事不少。这里只说一件，在我对黄玉颀的癌症束手无策，陷于绝望的时候，他为代我寻访、邮寄一种特效药司裂霉素就出过不少苦力！那次在重庆，当艾芜在总会住定后，我们曾经相约一道去看望他，他曾请我们吃了顿重庆有名的小吃"毛肚火锅"。尽管我对重庆并不生疏，"毛肚火锅"也早就闻名了，却没有尝试过。说是节省吧，岩鲤之类的特产，在1940年手头那样拮据的情况下，我都自己掏腰包吃过两三次。也许正因为久闻其名，又是初次一饱口福，不免口齿馋，而且越麻、越辣、越烫，胃口也越大，以致吃得浑身大汗！一时大意，感冒了！结果服了几帖中药……

1944年我没有到北碚去看望靳以同志，但在他进城时，却在民国路文化生活出版社见过面。可能就是这次，他不胜慨叹地说过杭州美人王映霞的堕落。也谈到萧红同志的遭遇，她那时已经去香港了。印象最深，也一直难于忘怀的，是他曾经约我和其他一批熟人写悼念叶紫的文章，在报纸副刊上出专辑，并将稿费全部寄赠叶紫的遗孤。

此外，1944年在重庆，我还结识了不少新朋友。例如杨晦、吴组缃，就是那次到重庆以后才认识的，很谈得来，颇有相见恨晚之感。组缃为人很有风趣，他曾到"文抗"总会，大约是开会吧，也顺便到以群房里。在看见我那床打满补丁的圆顶蚊帐时，虽然还不算怎么熟识，他却笑道："哎呀，老兄这床帐子真是洋洋大观！"见我身体虚弱，又曾对他诉苦常患失眠，他还热情地建议我注射进口的苏联鹿茸精。而且非常直率地说明他注射后的效果……

　　30年代，组缃曾以《一千八百石》在创作界引起广泛重视，后来却以教书为业。他对重庆一部分大专院校教授专家的生活相当熟悉。一次在他家里做客，他就向我谈过不少，至今记忆犹新。而一般年事较轻的同志，可能不会相信，但我以为当年我国高级知识分子的处境，他们能够知道一些，倒也不无好处。姑且举个例吧：他讲，有位教授，妻子在城内工作，只有星期天才回到远在郊外的家里。因此，照管大大小小四五个孩子的任务，就落在丈夫的头上了。白天上课，到了晚上，就让孩子们围绕在身前身后，一面给他们讲故事，一面给他们纳鞋底。组缃用他写小说的才能，加以动作，讲得十分生动。他还充满同情，讲过些"万世师表"的其他穷苦状态，我就不在此重述了。

　　最叫我难忘的是他在创作上对我的鼓励。他当时主要是在磁器口从北平迁来大后方的一所师范学院教书，没有时间进行创作，也许正在酝酿他的长篇小说《鸭嘴崂》吧？而他却用自我嘲讽的口吻说他是《儒林外史》中的马二先生。他相当欣赏我的《在其香居茶馆里》。还告诉过我这样一件叫人感到欣慰的事：他把我这个短篇推荐给中央大学一位素不重视白话小说的教授看了，这位老先生却颇赞赏，说，像这样用口语写的小说，倒也不错。50年代，我在北京工作期间，同组缃交往更多，现在且到此为止吧。

　　我知道杨晦这个名字，比知道组缃早，我还没有从事创作活动以前，就读过他翻译的《当代英雄》了，其中《塔芒》一篇，至今还有一些不曾磨灭的印象，特别是那个盲童。我也从翔鹤知道一些他的经历、为人、遭遇。他那时从堡城到重庆，刚做新郎不久，只有夫妇两人，又在中央大学任教，却很穷困。我去拜访过他，还在他的宿舍里住过一夜，可也给臭虫打扰过一夜。次日进城办事，动身时，他同新娘还未起床，打了个招呼，我就走了。不久，他写了篇评介我一些作品的书评，加我以"农民作家"的称号。

我去郊区看望组缃、杨晦，是整风学习停下来以后的事，周恩来同志其时偕同赫尔利飞往延安去了。不久，又飞返重庆。而在回到重庆的当天，其芳同志就告诉我和以群，同时欣悉在越过秦岭时曾经顺利克服了暴风雪的阻挠。由于黔桂边境的战事日益险恶，人心动摇，文艺界也不例外。因此同一些朋友交换意见之后，决定约请恩来同志向大家谈谈他对时局的看法，同时也是联名欢迎他为国勤劳，刚从党中央所在地延安归来。

大家交换意见结果，一致认为，由郭老出面主持这次座谈，自然最好。但他远在赖家桥，其芳、我，还有以群都不曾去过。同时，也考虑到，他在政府中有一定职称，颇有不便之处，不如请茅公出面主持较为得当。我同其芳一道去唐家沱看望过他，于是我就自告奋勇，立即从观音岩动身去唐家沱。因为已经午后五点过了，茶会又决定当夜举行，而去唐家沱，至少得坐一个钟头划子。不料，到得嘉陵江边，竟然雇不到划子！但也只好仰仗自己两条腿了。

坐小汽船到江北后，打听好前去唐家沱的路径，我就走上一条通往浅丘地段石板铺盖的小道。这种道路，除却地方富庶，又邻近城区，在乡村是少有的。一边是一座座小山头，一边是冬水田。踽踽独行，倒也别有一番情趣，比在近代都市柏油马路上散步更有意思。而等我赶到时，已挨近黄昏了。因为考虑到返回重庆的问题，眼见唐家沱场口码头上有好几只划子，我就赶紧走过去交涉。可没有一条船愿去重庆。他们是本地人，担心赶不回来。幸而还有两三乘凉轿，只是轿夫都到"售店"① 里过瘾去了。看来倒不妨在动身回去时为茅公雇上一乘。

---

① 售店：即贩卖鸦片的烟馆。

到得茅公家里，我一说明事由，他立刻同意了。对于雇不到划子，他也毫不在意，而且拒绝乘坐凉轿，宁愿徒步赶往重庆。当时茅公还五十不到，身体相当矫健，又很健谈，于是我们行行走走，说说笑笑，在那条石板砌成的小道上缓缓而行。不是他讲述我在创作上提出的请教，就是我回答他有关四川的风俗习惯，以及一般所谓名人的逸事趣闻。这种散步闲聊式的赶路，不仅心情舒畅，而且不大费力，不知不觉就到达江北码头上了。虽然对岸已经灯火辉煌，摆渡的小划子却不少，雇船相当方便，因而我们很快就到达重庆。

我已经记不清是在什么地方聚餐了，只是座谈的地点是文化工作委员会一座大楼的会议室。凡在市内，一直靠近党的朋友，约有二三十位，全都参加了那天晚上的座谈会。而名为座谈会，其实是请恩来同志讲话，谈谈黔桂边境战争的发展趋势。由茅公讲过开场白后，他就对形势进行分析、论证。他提出两种可能：由于全国人民反对，敌人长期诱降，看来反动派不敢随意接受，因而以强兵压境迫降。但他认为，反动派未必敢于违反民意，这只是一种可能。另外一种可能：迫降的诡计失败，敌人也可能由于胜利冲昏头脑，一鼓作气向西南进军，妄图到天府之国的四川掠夺物资。

在提到这后一种可能时，他同时指出，由于八路军在华北扭住大量敌人，还有新四军在江淮一带的活动，敌人可以动用的兵力已经很单薄了，因而就整个形势说，却也并不可怕。他相信，如果敌人胆敢冒险进兵西南，单是四川人民就使入侵日军难于应付。他接着说："巴金先生，还有沙汀，你们都是本省人，四川这个地方还不好打游击啦？"他的讲话使得大家精神为之一振。而我这个在华北敌后住过些日子的四川人，更是心情振奋。

48

周恩来同志讲话不久，由于内战内行、外战外行的反动派率领的部队一触即溃，独山又失守了！

看来这是敌人进一步对反对派施加压力，迫其投降；也可能真的妄图一逞，向四川进攻。而一些外籍文化人，或者像老百姓称呼的："脚底下的人"，一下又紧张起来。住在张家花园"文抗"总会二三楼上的，就全是外省人，他们中间有人向我诉苦，万一敌人打进四川，冲入重庆，他们该怎么办？

这不能怪他们胆怯，反动派指挥下的武装力量早已使大家丧失信心。同时，在那些官方人士中，就有许多人很不可靠，时机一到很可能为敌人效劳。至于坏事干绝的特务，那就更加不必说了。还有，我在前面已经提到，一部分乡亲又把反动派在重庆定都后历年加在他们身上的苛政，乃至日常生活上的困难，笼而统之地归罪于所有外省流亡来川的人士，这会导致他们行动上许多不便。因此，对于外省同志，当日的敌情也确乎叫他们一些人感到紧张。于是，为让他们安心工作，我主动承认为他们找一个敌人迫近、秩序混乱时的安身之地。

沈起予同志不止是四川人，原籍就是巴县。我们一道在上海参加过《光明》半月刊的编辑工作。同他夫人李兰，当然也熟。当时李兰在郊区做小学教师，起予在民生路米亭子附近的味腴餐厅管理财务。因为这个餐厅是他弟兄开的，规模不小，兼营旅馆业务。邵荃麟同志初到重庆，就在那里住过一阵。他兄弟毕业于黄埔军校，可早已退伍了。社会关系复杂，同民生路一带的帮会，各行各业常有往来。用当时流行的话讲：算是那一带的"观火匠"、"吃得开"。其实，能开设那样一座规模不小的餐厅、旅舍，就很不简单。我随即就到"味腴"去了。

我一向的印象是，沈起予没有李兰同志精明能干，反应更不怎么锐敏，每逢同他商量什么事情，照例吞吞吐吐，不肯爽快说明自己的意见。这一次请他帮忙解决的问题，在他看来，显然非同小可，因而他的迟疑也就更触目了。在似笑非笑，充满疑虑凝视了我一会之后，这才表示自己无能为力。因为餐厅、旅馆都最打眼，他那里也容纳不了多少人。于是，我又向他反复说明，他们只是临时避避风险，而且不一定都到味腴，何况人数也并不多。最后向他指出，他兄弟单在民生路就有办法安插好些人：这家店铺塞一两个，那家塞一两个，不就行啦？

这一来，他似乎也无话可说，勉强承认下来，愿同他兄弟商量了。同这位老兄打交道真得有一分足够的耐心。而且，结果尽管还不怎么确定，可已经花费了不少力气。幸而不久南方局就提出了一个十分妥善的计划：必要时让外省文化人疏散到内地农村城镇去住。因而也就给了我一项任务，布置几条沿途各地有可靠人士照料的交通线，然后经成都分散到川西北山区。我记得，徐冰同志还问过我，可否在我的家乡开设一两家店铺，以后外省文化人及其家属就用这些行业的营利维持生活？

徐冰当时只叫我做些考虑，因而彼此并没有商定一个具体方案。周恩来同志一向考虑问题周到，当然也由于他从来对文化工作者很关心，临走之前，他特别叮咛我，到达成都后，得向正在那里演出的影人剧团负责人应云卫打个招呼，要他有点精神准备，由剧团自己设法拉些社会关系，以防万一，如果可能，我这个本省人也得尽力为他们想些办法。

49

上次来重庆，有人做伴，现在离开，因为时局动荡不安，特务更嚣张了。求平安到达成都，我探听到坐邮车相当省事，因为它不受任何检查。只是座位有限，买票相当困难。后来只好去民国路文化生活出版社想办法，结果，李采臣同志愿意为我尽力张罗。

这不是一两天就能办到的事。候车中间，我曾去天官府街郭老家里，请他写了几张条幅送我的亲戚故旧。其实，那次我居留重庆的时间虽然短暂，工作又繁杂，还是去看过他好几次。因为其芳、我和冯乃超同志，曾约请茅公一道在郭老家里开过一两次会，商量推荐当时反映抗战的佳作给苏联派驻我国的文化单位。这是我到重庆不久，一次在曾家岩开座谈会决定的计划。不过战争形势转紧以后，就无形中搁置起来了，结果不曾推荐什么作品。

　　等到车票到手，出发的日期定了，我又一次去向郭老辞行，有其芳一道，恰好夏公和乃超同志也在那里。闲谈一阵以后，不知是哪一位提起的，1944年冬，我恰好上四十，又将离开重庆，于是大家要请我到味腴餐厅吃午饭。郭老也很赞成，但我们都劝阻他参加。他终于也勉强同意了。然而，当我们去到味腴叫好菜，准备开怀畅饮的时候，披件瓦灰色棉布大衣，郭老由沈起予领到我们聚餐的房间里来了。那天他兴致大佳，一再豪情满怀地挥手同我划拳，放声高叫："四十大庆啦！""一帆风顺啦！"写到这里，不禁使我想起1937年嵩山路嵩山饭店的初次见面，80年代他逝世前我在北京饭店看望他的情景，以及这之间的多次面聆教益。然而，这些都只有等将来写回忆他的专文时来记述了。

　　准确的时间记不清楚了，大约是这次聚餐的下一天晚上，由那位当年已经崭露头角的名作家领我去王亚平同志家里借宿，以便次日凌晨去邮政总局搭车。我记得，亚平同志的夫人在家门口摆摊设市，贩卖自己为孩子们缝制、编织的衣服一类用品。地点靠邮政总局所在地的太平门相当近。房舍虽然破旧狭小，却有一间楼房，居停主人就让我在那间楼房里住下来。但我几乎一夜未眠。这不是当日在重庆久负盛名的臭虫、老鼠骚扰得不能入睡，我得开夜车为新地出版社赶着校完《困兽记》的清样。

　　次日拂晓，亚平同志也一早就起床了，自愿陪我到邮政总局乘车，并受托将《困兽记》的清样转交以群。邮车是没有座位的，而坐在邮件包装上却比一般长途汽车舒服。加之乘客不多，一般又是工商界人士，没有什么杂七杂八的角色。只是有一点不大理想，沿途经过一些城市，都得停留一下，由押车的职员交付和接收当地的邮件，因此耽延不少时间。而真正叫人感到扫兴的是，由于当日的交通工具都相当落后，在出发的当天傍晚，邮车竟然也出现故障，需要修理后才能走了。

邮车抛锚在公路边一座只有一两家贩卖杂货、简单菜饭和零食的"幺店子"附近。一家旅店还可以住宿少数旅客，是所谓鸡毛店。而我们却有七八位乘客，加上邮车上的职工，显然就难于应付了。一探听，附近的镇子属隆昌县，而我舅父一位部下黄宪文，却正是本地的名人。因为有相当文化修养，又写得一手好字，是从连队上一名录事后来逐步被提到营长的，同我舅父关系很好，我也熟识。因此，问明他的住址后，我就赶到镇上去了。结果受到他的热情接待，派人在那座店房里备办酒席，宴请我和所有同车的旅客。

睡觉的问题也由黄解决了。从镇子上为我们借了好几床被盖来，就在店堂里临时搭铺。他本来约我到他家里歇宿，主要由于担心掉车，也不愿耽延开车时间，辞谢了。而店房老板却让出账房给我搭铺，还拿来不久前他儿子结婚用的新棉被给我盖。

50

由于司机晚饭后连夜赶修，次日凌晨，我们就又出发了。而且行车正常，几乎准时到达暑袜北街成都邮政总局。当其乘客们下车后，临到各自分散，其中一位五十光景、江浙口音的乘客，又一次要我告诉他我的住址，说是万一他的朋友不能帮他租佃几间房子，以便把家小从重庆疏散到成都来，他会去麻烦我为他解决。

七八位乘客中，约有四位是外省人，从他们沿途的谈话中可以断定，都是到成都准备租佃一点住房，必要时从重庆疏散家小用的。而且，大都不相信国民党的部队能够打退日本军队的进攻，很可能照样土崩瓦解。当我在小福建营一位做过团长，当时已经下野的同乡家里住下，就连他家里那个当差的，也不住向我探听有关独山失守后的战争情况。还嘻哈打笑说："这里好多人都准备往外州县搬呵！"

尽管谈的同样话题，那位下野军官的神态却相当庄重，探问得更仔细。因为他多少知道我一点政治面貌，又曾经到过延安，一般相信我的判断和我告诉他的一些情况。当我谈到万一敌人进犯四川，必将有人组织群众进行斗争，而且谈到我在冀中的见闻时，他告诉我，一些被反动派排挤出军界的熟人，已经在准备打游击了。曾经做过刘湘的高级参谋的张斯可，前不久已经同我舅父郑慕周共同商定，时机一到，就输送一批武器到安县去，并安排一些房舍住张及其同僚的眷属。

那时候我舅父正在成都为儿子办婚事，临时租了一个院子；女家是他的老友谢象仪。因为两人交游广，贺客也就不少。我一住定，就立刻看望他去了。川西北一带，大都知道他的为人。他生性好客，有正义感，相当慷慨、豪爽，尚能急人之急。华西大学文学院负责人为躲警报，就由他把这位院长的家小安置在汶江小学。已故何乃仁先生原在民生公司任职，中间也曾一度带起眷属前往安县从事农村问题的研究工作，一家人就住在他的家里，而且几乎占去整个院子五分之二的房间。因此，当我向他说明疏散外籍文化人的计划时，他毫不迟疑地同意了。由于离开重庆时已经决定，到时候成渝路必然拥挤不堪，莫如走小川北。合川算是一站，恰好赵其文同志在该县中学教书，他已接受了这项任务。我们这次则决定托付遂宁的肖经武、绵阳的寇雪年分别负责照料。这两位都是我舅父的旧交，当即由我代他写信联系。

因为已经知道杨伯恺同志和刘文辉的关系，雅安一带又是刘的防区，通过伯恺，必要时一定也可以疏散不少人前去居住，并做些必要工作。在同我舅父接谈后，我就又找伯恺去了，顺便还得回复他从《新华日报》抽调排字工人的问题。不料他筹办的报纸已经吹了！我过去的怀疑竟然成了事实。因为他解释说，刘本不愿意透露报纸是他拿出钱筹办的，那位反动派头头给他一诈，就只好承认了。结果，伯恺放弃筹办报纸的工作，照旧尽量利用《华西晚报》所能提供的各种方便。而在谈到战争形势和疏散外籍文化人的计划时，他主动承担了同刘文辉联系的全部责任。

当日虽然留成都的外籍文化人不少，白尘、丁易、丁聪、贺孟斧诸位不必说了，应云卫还拖起一个剧团。成都虽然不像重庆那样紧张，可也不能不预为之计，以防万一。而且这是离开重庆前，周恩来同志叮嘱过的。所以我又找王干青，请他领我去慈惠堂看望张表方老先生。这位参加领导过保路同志会起义的人物，我在童年就知道了，也听李劼老一些前辈讲述过他的为人。这是我唯一一次同他接触，谈话不多，印象可深。他的穿着也很别致，头上是一顶市面上早已绝迹的瓜皮帽。

根据周恩来同志那次对文艺界讲话的精神，我扼要谈了谈当前形势发展的趋向。最后提到必要时对外籍文化人的照顾问题，希望他能帮助我们疏散到安全地带去。他听罢立刻表示，这是我们应尽的地主之谊。言语简短，但是肯定、果断，大有当仁不让之慨。

51

按我联系奔走的结果看来，可以安插的人数，应该说不少了。当然也提到过影人剧团，但我照旧通过白尘去看望了应云卫同志，向他转达了南方局负责同志对他们的关怀。因为我同应并不相识，是白尘一天晚上领我去剧场会见他的。刚到成都不久，前去看望李劼老时，在疏散问题上，我也特别提到剧团问题。

那一次在成都停留中，我看望过刘开渠同志没有，已经记不准了。当时他在成都的社会关系多，又有名望，用不上我帮他解决必要时的疏散问题。但我却结识了黄药眠同志，还有过几次往还。他刚从重庆到成都，徐冰曾经提到过他。后来常为《华西日报》撰稿，文学、政论、创作和翻译都来。我还专门去陕西街看望过叶圣陶老人，相约去少城公园喝茶，谈话的范围相当广泛，有时局问题，也接触到延安的一些情况。分手时他曾约我为《中学生》撰稿，还邀我一道去喝两杯。他已经爱上四川的曲酒了。可惜另有约会，未曾奉陪。

在重庆时，我听以群讲过，张天翼同志在成都乡间养病。他离开桂林，路经重庆时，几乎没有停留，就走掉了，连50号请他吃饭都不曾去。在到四川前，他就患有严重肺病。我记得他在《蜀道》发表过一篇给友人的通信，诉说病魔带给他的痛苦，同时又缺营养，说是如果吃点猪肝之类的补剂，精神就好一些。40年代他很少写小说，而他那几篇独具风格的文学评论一类文章，却曾赢得普遍赞扬。而我最欣赏的是那篇介绍《儒林外史》的文章。我是1936年，追悼鲁迅先生那阵才认识他的，印象不错，在工作告一段落后，我就去探望他。

我是向翔鹤探问到天翼的详细住址的，在郫县土桥乡下一个热爱文学的青年——鲁绍先家里。居停主人对他招呼得很周到，仿佛还特别养了匹山羊挤奶供他服用。我记得是巴波同志领我和翔鹤一道去的。他的病情也确乎严重，衰弱、枯瘦，连声音也嘶哑了。我同他谈了些延安和冀中敌后抗日根据地的见闻，并在鲁绍先家里留宿一夜。不料由于夜里没有睡好，次日一早回到成都，疟疾发了，高烧、困乏、饮食无味……

在翔鹤劝说下，只好去南门外"华西坝"林如稷同志家里养息。是一座为躲避敌军空袭修建的所谓疏散房子，虽然简陋，但很安静。当日华西大学真像一座公园，草地广阔，校园内还有清澈的流水。林家的疏散房子当然是在学校附近，并不在校园内，但在空气、安静方面却也沾了不少校园的光。才住了两天，服了些成药，精神、体力算是恢复了。于是就又回转城内，在小福建营那位姓萧的同乡家里住下。

要办的事，早就办了，本来可以返回雎水，但我得等翔鹤在川大中文系为我谋事的信息。这是我离开重庆前，其芳向我提出的建议，看来也是组织上的指示,最好在川大找点书教,以便在成都文化界开展工作。可是两三天后,翔鹤告诉我说,那位系主任一听到他的推荐,立刻就回绝了:"呵哟,他都来得呀!"显然别的学校也不会接受我,这下真该回雎水了。于是去下东大街嘉乐纸厂成都办事处向李劼老辞行。

此公很有风趣,一听说我日内就要离开成都,他惊叫道:"怎么说走就走啦?我还说请你吃顿便饭哩!"接着要我稍坐一会,就退到邻室去了。随即捎来一个红纸包儿,正像过去春节期间,长辈给儿童的所谓"礼封封",一定要我收下!同时笑道:"相濡以沫,——一点小意思!"……

52

回到雎水,已经是公历 1945 年了。为了迎接春节,家里养的那口猪业已宰杀,翔鹤曾来信说这是"壮举"。其实是两位用人陈大娘和帮过我妻兄多年的王大娘自告奋勇养起来的。至于翔鹤来信用玩笑口吻谈到"杀年猪"事,因为他告诉我,我离开成都后他又专门去探听过,《闯关》的确已译好,寄往美国了。

当然,家里杀猪过农历年,不是因为《闯关》被译成外文了。自从王大娘、黄国权和诨名"小膀"的黄国秀来到雎水以后,就同陈大娘商量商量,开始养猪。这倒也省事节约,因为每年坨的猪肉,可供几个月食用。春节一过,趁着嘉琳去成都上学,我就托他在路经绵竹时,帮我买一小篓双沙醒色送叶圣陶老人。双沙醒色同大曲一般纯,价钱可低得多了。这是内行告诉我的,也尝试过。当时安县的时局相当平静,到了初夏,我为《中学生》把小说赶写好了,这就是《两兄弟》。

《两兄弟》的内容,是写一个中学生的遭遇。因为意在揭露当日反动派对于一般知识青年的迫害,多少有点摸老虎屁股的意味,所以我在附信上说:《中学生》办下去对青年是有益的,如果稿子发表后对它继续发行不利,可以退还给我,不必客气。叶老审阅后改正了一两个错别字,十分诚恳地对我的看法和态度加以赞扬,并致谢前些日子我托人捎去的小小礼物。尽管我集中注意在《还乡记》的构思上，在写作《两兄弟》前后，我还写了《春朝》和《替身》两个短篇。《春朝》也是揭露反动派对知识分子进行迫害，不过比《两兄弟》更露骨，因而就投寄《文哨》了。《替身》是写抓壮丁的，最初发表于《华西晚报》时，题为《胜利在望年即景》。《文哨》转载时才改成《替身》。

当时攻占独山后的敌军，早已停止向南进攻了。因为国际形势陡变，大有利于我国的民族解放战争。这年 8 月，苏联向日本宣战，迅速解决了日本的劲旅关东军。同时，由于欧美盟军配合作战，日本不得不宣布投降。而胜利不止在望，且已成为事实。不幸反动派坚持反共反人民的法西斯专政，终于在受降问题上向八路军、新四军开火了。这是经历了八年艰苦岁月的全国人民不允许的。于是在各民主党派，以及人民团体和有识之士的不断呼吁下，国民党当权者也不得不电邀毛泽东同志赴渝商谈国是，并派专机到延安迎迓。

这看来是一个好兆头，但当日不少深知那位反动派头头之为人的，则莫不忧心忡忡。我们具有伟大革命胆略的毛泽东同志，当然更了解敌人居心叵测，而他终于偕同王若飞同志到重庆去了。这恐怕大出那位邀请人的意料吧。但是，1945 年 8 月 20 日那天，整个山城却为毛主席的到达万众欢腾。不！不止是重庆，拿我自己切身的经历说，就是安县那样偏远的地方，闻讯后也莫不额手相庆。

53

自从敌人宣布投降以后，我就经常在街上露面了，还进城去看望过我舅父，并为我一位表妹的婚事，冒险到过江油。只是没有在绵阳停留，还是绕道城外走的。而我之愿意参加这次的婚礼，因为男方的家长在社会地位上与我舅父相当，政治上也不错。直到 50 年代，我才进一步了解到，党组织早已同他有联系了。因为江油也是一条从北面入川的通道，而该县则确乎是和平解放的县城之一。

因为人民渴望和平，久已苦于反动派的所谓役政、粮政，当年冬季我一气写了两个短篇：《范老老师》和《呼嚎》。相继发表于1946年1月的《新华日报》和《中原》等四个刊物的联合特刊上。这两个短篇的主人公都有原型，气氛则来自当时的深切感受。至于主题思想，也基本符合党和人民群众的要求。因为"双十协定"虽然已经签字，军调部已经成立，毛泽东同志则早已平安飞回延安，而种种迹象表明，在其外国主子的掩护下，反动派正在军事、政治上进行全面内战的准备，和平还有待于发动群众争取。

这一年，由于时局的变化，不仅疏散外籍文化人的准备工作进行顺利，而且创作上也取得一定成就。五六月间，我和前妻的大女儿刚俊颈部淋巴腺出现极不正常的病象，发展下去可能溃烂。因为听说邻场沸水乡一位业余医生，有一种祖传秘方，叫"千锤膏"，专医这一类病。我就去信把她从城里叫来。她原在绵阳丰谷井一所师范学校读书，为闹学潮，被开除了。有人为她在安县花荄乡一所小学谋了一个教书工作，可不久就又悄然离开，住在家里自学。

刚俊被学校开除以及放弃教书职业，显然同当日的政治气氛有关，我早就这样想了。但是，见面以后我才知道，原来在党组织的安排下，她经常奔走于花蹟、绵阳之间，做通讯联络工作，因为被绵阳专署的特委会探听到了，准备要逮捕她。于是她又奉命回到安县城区隐蔽。真是初生牛犊不畏虎。她不是不知道我的处境，可她还带了《新民主主义论》《大众哲学》一类书籍到睢水来阅读。

这个孩子童年时期相当艰苦，我叫她来治病，因为我时常对她和她兄弟感到内疚。对她母亲，解放前有时也感到不安。她的男孩子1981年于雅安农学院毕业后，早已参加工作，并于1983年结婚了，是以他俩共同的理想和互相间的长期了解为基础的自由婚配，不是家庭包办。婚后，趁着刚俊出差之便，他们曾随同前去南京和杭州旅游。看了她和儿子、媳妇的照片，真令人喜不自胜！我自己所曾尝到过的痛苦，特别自己为了解脱痛苦而曾经使对方陷于不幸的往事，不会在青年一代中重复了。我在这里又一次祝愿他们全心全意为社会主义祖国四个现代化的宏伟事业服务！

刚俊在雎水一住下，我就拜托熟人，从沸水把那位专治瘰疬的业余医生请来了。他认为病情不算严重，留下三五剂千锤膏，当天就又回家务农。这是一种敷剂，可能真有效验，以后刚俊颈脖上的病象果真是消除了。她住一段时间回城时，我又把她兄弟刚锐叫到雎水。因为刚锐一年前没有考上安县初中，就随他母亲住在他外婆家里。而当年投考，又落选了。于是就写信给翔鹤，托他设法让刚锐到乐山嘉乐纸厂当学工。当时纸厂并不需要学工，李劼老慨然允许破例接收。而我正是在得到回信后叫刚锐到雎水的。并且已经得到经常去成都贩卖鸡蛋，东岳庙果木园的技工陈天佑的承诺，愿意带他前去成都。

正是夏秋之交，刚锐除去几件单衣，一床破被，连蚊帐都没有。我家里人口又多，现有的都不够用，且多是去年组细打趣过的所谓"洋洋大观"的陈旧货色，同时还得为他准备一点钱带走，以便制备冬季用品。陈天佑是了解我的情况的，当我提到帐子问题时，他自愿扣卖去鸡蛋后垫钱代买一床圆顶单人用的蚊帐。

刚锐到雎水两三天后，就随陈天佑到成都去了。是由林如稷同志领他去见李劼老的。而他很快就乘厂里的运货车到达乐山，被分配在化验室当学工。一晃三十七八年了！而他最小一个男孩子已经在去年高考后被分配到重庆建筑工程学院学习。

54

完成《困兽记》后，我就已经有再写一部反映国统区农村现实生活中压迫和反压迫斗争的长篇的想法了。1944年去重庆学习《在延安文艺座谈会上的讲话》以后，我的意图、设想，也就更加明确起来，感觉非写不可。

当然，我也知道自己的弱点，对于农民群众，虽然不能说是陌生，同我一向熟知的城镇豪绅地主，以及知识阶层的生活试一比较，却差多了。幸而我在留居雎水那些年月，大都隐蔽在农村，《困兽记》更是在山区住了较长时间，日常接触的尽皆朴实、强悍的山民，因而对于他们的生活、风习，算是有了比较深入的了解。而且，经过一些日子的酝酿，我决定就以刘家沟作背景，对几位熟人加工改造，《还乡记》的格局，大体上算完成了。

1946年春夏之交动笔，进行相当顺利。因为提纲比较具体、细致，人物、背景呢，其原型犹历历在目。加之，动笔不久，又得到茅盾同志来信，说他已应上海一家出版社之约，将编选一套长篇小说丛书，希望我也能提供一册。因此写作劲头更大，几乎大体都能两三天写成一章。可是，这年4月，其芳由重庆来信，要我前去重庆工作，而且一连来了两三封信催促。他当然是代表组织要我去的。因而刚写到王大生提起斧头奔赴他的仇家，就中途搁下来了。

我是5月初动身的，到成都后，在翔鹤家借宿一夜。其时，他一个兄弟被人暗杀不久，堂屋里还设有死者牌位、纸札的灵房。深夜蜡烛辉煌，香烟缭绕，我独自躺在一张临时铺设的行军床上，真也有点不是味道。死者之被暗杀，是因为双方在男女问题上结下深仇大恨，其中似乎还杂有政治原因。我几乎一夜无眠，次日一早，就由翔鹤陪我去外东搭成渝路的班车。车票是他托和成银号代买的。因为他早已不教书了，是这家私家银号的文牍。他这次没有寻觅熟人和我同行，因为"双十协定"虽有随时被反动派撕毁的可能，政治气氛毕竟已比过去平稳。

应该说，我这次去重庆，也窝了一肚子气。因为艾芜曾来信告诉我，重庆出版的《希望》，成都出版的《泥土》《呼吸》都有文章批评我那些年讽刺暴露国统区阴暗面的作品，从《淘金记》到一些短篇，几乎无一幸免。而且已经扣上一顶客观主义代表作家的帽子！措辞很不像话，艾芜认为在文艺界尚属少见，因而劝我不要理睬。可是，到达重庆，会见其芳、冯乃超同志后，我却不复能克制了，向他们倾箱倒柜地倾吐了我的不满。申言一俟住定，我将一一进行反击，并要求其芳为我提供必要材料。因为除开艾芜的概述，我身居穷乡僻壤，还不曾看过那些所谓批评文章。

我是到重庆那天夜里，到中一路一座楼房里会见其芳和乃超同志的。那里原是一年前和谈代表团住的楼房，南方局迁往南京后就成为四川省委所在地。省委书记是吴玉章吴老，王维舟王老是副书记。礼尚往来，我认为我的反击是合理的，他们两位可极力劝阻我，希望我不要提了。最后，他们还告诉我，周恩来同志在飞离重庆前夕，五四那天晚上，曾经嘱咐他们，一定要以团结为重，不能在一些具体问题上开展论争，以致互相抵消力量。这一来，我也就无话可说了。而且，他们还告诉我，《希望》留滞重庆的一些成员，正准备办刊物，劝我主动同他们联系，避免分歧。

关于调我到重庆的任务。当夜其芳只简单谈了谈，"文抗"总会已经复员到上海了，改换了名称，我得在重庆成立分会。而直到次日晚上，他才又到张家花园坎脚下孤儿院艾芜家找到我，对我详细摆谈组织上种种设想。由我负责筹组分会，将来可以参加"国大"竞选。分会由些什么人负责，也就重庆现有的作家，商定了一个初步安排。而所有这些，都是他约我到艾芜房内单独讲的。这孤儿院有三四间草房，先是邵荃麟同志居住，荃麟复员去上海后，艾芜就从坎上总会会议室搬来了。我呢，仍然住在总会楼下，二楼、三楼的老友宋之的、葛一虹等则早复员了。

总会只留下一位梅林在结束一些未完事宜，诸如分发复员费，帮助一些贫病作者返回原籍。一两年不见，他已经结婚，而且已经有一个婴儿了。寄住在那里的只有一位美术家卢鸿基。住定之后，梅林就交了一笔钱给我，约有二三百元，说是给我的复员费。我拒绝接收，说我并不想回上海，我的家乡就是四川，无所谓复员。但他强调，这是理事会决定的。而我确乎也需要钱用，最后就接收了。可是，因为这笔钱来自美国的援华经费，十年内乱中我却为它吃了不少苦头。

这里我只谈一点，一批造反派押送我到成都警备司令部时，就再三逼我交代：我同美帝除了经济关系外，还有些什么政治关系呢？替美帝干过些什么不可告人的勾当？而在关进昭觉寺临时监狱后，一位看管我的军爷更公然问我：你是什么时候开始给美国当特务的？……

55

还是谈工作吧！因为我原是"文抗"总会理事，住定之后，我就着手筹备成立分会的工作。一般文艺界的同志都知道我过去既是"左联"盟员，40年代初又常出入于曾家岩周公馆，一直在党领导、支持下工作。而且，在我到重庆之前，其芳早就以党在文艺方面代表人物身份进行过一些活动，因此，筹备文协重庆分会的工作，进行得很顺利。

第一次筹备会，应邀参加的文艺工作者就不少，有沈起予、金满城、王亚平、温田丰诸位。此外还有些谁，已经记不清了。大家选定沈起予负责总务工作。而且决定邀请当日尚在重庆演出，以金素秋同志为台柱的京剧团，以及本地川剧团在宁波会馆义务演出一场，以其收入作分会基金。而端午那天，在王亚平等同志倡议下，则为诗人节举行了一次规模较大的座谈会。由我主持，有好几个朗诵节目。刚在诗歌创作上露面不久的沙鸥给我印象较深。

次日，是《新民晚报》吧，在报道这次晚会时，有一个副标题颇有意思："呆头又呆脑，如何写小说"。这是对我的评语，因为我刚从山区来，又一两年不到大城市了，不仅穿着土气，举止言谈也相当拘谨，因而这两句评语倒也大体符合实际。而且，不管如何，文协重庆分会这个临时机构，总算已经正式展开活动，并为社会所公认了。自此以后，我还代表分会参加了两三次民盟一类民主党派的联席会议，商讨在"双十协定"基础上，有关重庆和西南地区应兴应革的事项。

分会，除一名勤杂工外，还由一位姓蒋的小青年做秘书，是从三台东北大学复员去南京的一位讲师，在经过重庆时介绍的。萧崇素同志知道我主持重庆分会工作后，也从泸县玉石乡衣锦中学来信，要求到分会工作。此公早在30年代初，就在上海从事文艺工作了，而且一直都靠近党。名噪一时的《摩登月刊》，他就是发起人、撰稿人之一。他来分会，可以说是归队，我当然把他邀请来了。当日，在日常工作中，同我来往较多的是王觉同志，他算是我同其芳之间的联络员。其芳主编的《萌芽》出版后，在同吕荧展开所谓客观主义的讨论中，因为直接议论到我，我们的接触也就更加多了。

《萌芽》的组稿、编辑情况，通过王觉，虽然相当清楚，我却并不曾写过稿。更不曾参加其芳、吕荧有关我是否国统区客观主义代表人物的讨论。我只写过一个短篇小说，揭露国民党之所以还在继续执行久已不得人心的征粮政策，实际正是为挑动内战进行准备，而照例被逼得走投无路的则是佃户！但是这篇小说《催粮》，似乎不是在《萌芽》发表的。我不仅不曾参加在《萌芽》上展开的论争，通过卢鸿基同志，在《萌芽》刊行前，我还约《希望》的一位主要成员Ｓ·Ｍ到张家花园见过一面。此公身着军官制服，又相当魁梧，这倒不免暗地叫人吃惊，乃至引起猜疑。不过我们却谈得相当融洽，不曾发生什么不快。

这里，我记起来了，诗人节的前一日，也许是后一日，我还同一位省师的同学，艾芜的小同乡，为艾芜祝贺了一次生日。其实就是吃了一餐家常便饭。这位同学交游广，小道消息也多，进餐当中，他告诉我们，曾经同我一起发起组织辛垦书店的王义林，虽曾反对过叶青参加辛垦书店，并和葛乔一道，先我一年退出书店，后来却同叶青一个妹妹结婚。而在40年代中期，更身着美制服装，当起一座集中营的看管"囚犯"的牢头来了。葛乔呢，为鲜英管理了一阵面粉厂后，又同那位名噪一时的主教于斌挂上钩，经常往返于滇缅路，当时已经成了巨商。这位老同学在谈起他时，曾经不无艳羡地说："他倒算解决问题了。"

这倒是的确的，在国统区，有些人趁水浑打虾笆，解决了生活问题。知识分子中也有不少人大发其国难财。但是，能于清贫自守、同时从事民主运动、反对法西斯专政的更不乏人！这才是中国的知识阶层，他们的代表人物就是闻一多、李公朴、朱自清！一小撮葛乔之流，真是何足道哉！我记得，就是这一年，一位公开反对过程夫放做川大校长的学人，曾经发表文章对闻一多先烈表示悼念，其感情是诚挚的，但对闻先生参加政治活动，以致遭到反动派暗杀却颇为惋惜。而其芳就曾为文表示极不同意这种惋惜，认为这倒正是闻先生令人钦佩的极大优点。

其实，何其芳同志本人正是这样：在毅然走出艺术之宫，奔赴延安，而后并公开以共产党人身份进行政治社会活动，也是一个突出例证。一句话，无数事实证明，我国知识阶层在八年抗战中，在乌天黑地的国统区，是经受过考验的，也是经受得起考验的，这是主流。至于少数人变质，虽也是众所周知的事实，同时却也受到鄙视。我记得靳以同志就用讽刺笔调为这类人画过像。

56

我到重庆不久，有一天，见到一张名片，显然是我不在家时一位来访者留下的。但我对其姓名十分陌生。名片上还有头衔，是一位税局的什么人员，还写了两句话，说是如果有什么事情，可以前去找他或给他写信。惊疑之余，据一位熟人判断，这很可能是一名特务，意在提醒我当心，他们已经探知我的行踪了。也就是说，我的任何行动都不会瞒过他们。多少带点警告性质，真是可笑。

过了不久，照旧拉起作家招牌的荆有麟又来访问我了。此人五四时期就开始发表文章了，而且同鲁迅先生相识；可能是北大的学生，但作品不多，且已搁笔多年，并有落水的传闻。也就是说做了反动派的乏走狗。会见之后，他大吹20年代的往事，许愿他将把这些写下来。最后，还约我一道去观音岩吃午饭。在吃着山东大饼和一些卤菜的时候，他又为我讲了一个至今难忘，而一想起它就不免笑出声来的小故事。他说：他们几位同学请一位教外语的俄国人去菜馆用饭，邀鲁迅先生作陪。其间，鲁迅说，他一次陪友人进馆子，"伙计"送上一碗汤菜，竟然浮着一只苍蝇！于是叫来"伙计"质问，那家伙一看，立刻把苍蝇捞起，放在嘴里细细咀嚼起来，同时连声说道："不是苍蝇，——不是苍蝇！……"

这一来，在座的人全都笑了，而那位俄国友人则不止莫名其妙，而且怀疑鲁迅先生是在拿他打趣，颇为不快。经过解释，误会全消不说，洋人竟也捧腹大笑。感觉先生把旧中国首善之区的北京饮食行业中的"伙计"，也就是服务员，为了维护信誉，以广招来客，刻画得机灵透了。固不止可笑而已。我想起1927年在旧北京城短期逗留的经历来了，自己那时候多天真呵，一直认为北京饭馆的"伙计"最讲究礼貌了！当客人用餐后离开时，从餐厅到店门口，都有人伴送，一边道歉："没有吃好！"回川后不断向人夸奖。鲁迅先生讲的小故事，却一下把旧社会虚假现象给揭穿了。既尖锐，又幽默。

我同荆的见面，也可说是一种奇遇，是我从来没料到的，而且仅此一面，以后也没有再见过。当然，仔细想来，倒也并非奇遇，张家花园"总会"旧址，那时已经成了国统区西南各省的交通站，不少在搬迁到大后方的大专院校和文化机关中工作的文学工作者复员，大都得经过重庆，而一到重庆，一般又会到"文抗"总会的旧址看看。有时，听说某某作家到了，只要知道住在何处，我也往往前去探望，聊尽地主之谊。曾被鲁迅誉为最优秀的抒情诗人《北游及其他》作者冯至到重庆后，我就曾去求精中学探望过。我还记得，那次见面，在谈到重庆时，他是多么赞赏每天晚上满眼灯火的山城。

我初到重庆时，郭老还不曾东下，我去天宫府街看望过他两次。当时他正忙于整理行装。这位曾经参加过伟大南昌起义的前辈，对于和谈没有多少幻想。因为较场口事件他是受害者之一，接着北平军调处又被特务捣毁，这两件事都记忆犹新，用不上翻历史：反动派本性难移，"双十协定"已经被撕毁了！但他对革命前途充满信心。他对分会的工作不曾多作指示，只是对新四军事变后，因为受到安县国民党一批党棍不断纠缠，我曾经写信向他表示愤慨，吁请他进行揭露一事，做过几句解释。

郭老离渝后，老一辈的同志，只有阳翰笙还留在重庆了，这可能同结束文工会的工作有关。我那时健康已不如前两年了，不时出现胃酸过多现象，他还介绍一位中医为我诊过一两次脉。但对我印象最深，也较有意义的，是反动派在其外国主子支持下，破坏"双十协定"，挑动内战的罪行愈来愈加嚣张，乃至连重庆也宣布戒严、禁止集会、结社活动的时候，他却想方设法，大力支持了我和其他同志的倡议，以聚餐为名，在中苏友协旧址召开了一次纪念高尔基逝世十周年的晚会。这次晚会，是由他主持的，就连有些留滞北碚的文艺工作者都到场了。除主席致辞外，主要是由三位作家朗诵高尔基《海燕之歌》等名作。

我记得，省委宣传部长兼新华日报社社长傅钟同志，是参加了那次晚会的。朗诵《海燕之歌》的是王亚平同志，从北碚赶来参加的同志中有林辰。而在我的记忆中，这次晚会之能如愿以偿，也是我 1946 年在重庆工作期间的一大快事。不过，没有多久，美国将军魏德迈，就更加公开支持反动派扩大国内战争了。而重庆尽管毫无爆发战争的条件，距离已经火并的地区也相当远，可也大有山雨欲来风满楼之势，政治气氛日益低沉。因为特务机构很可能制造事端，陷害进步人士，单凭一张戒严令他们就可以玩弄很多花招！

一天傍晚，我忽然得到何廼仁先生的电话，邀约我当天晚上前去民生公司他的住处叙谈，说有事相商。

57

何廼仁早岁留学法国，接受了安那其主义思想。回国后，曾与一两位志同道合者，合资开办过照相馆，不过没有多少时候就关门了。为糊口计从事过多种职业，因而人情练达，对于中国旧社会相当了解。抗战时期曾在国统区粮食部门供职，因为发现不少弊端，又与主管人员意见分歧，就愤而辞职。经友好介绍，也为了撰写一本有关农业问题的专著，就举家到安县县城居住下来。

我不知道他是怎么同我舅父郑慕周认识的。当我1941年初疏散回安县时，他已经在城内西街郑家住下来了，占用了好几间房子，彼此相处得亲如一家。由于见多识广，郑十分尊重他。他对居停主人，也任意讥评时政，无所顾忌。我记得，他谈了不少那位委员长和他宋氏夫人私生活中的一些笑话。可能他对国统区的阴暗面知道得太多，言谈不必说了，就在他本人的穿着上，也带有玩世不恭的特点，二马居的短衫，平顶大红结子的瓜皮帽，粉辰圆头便鞋，手上可是西式手杖。

郑慕周无疑早就向他谈到过我的一些经历。单凭我去过延安、敌后，他当然也会估计到我的政治面貌。因而一见面他就放言高论，彼此谈得相当融洽，可说一见如故。他同安县当日的县长严树勋早就相识。1940年将近暑假，我舅父之能很快得到成都行辕密令逮捕我同萧崇素等人的消息，刘俊逸而外，同他也显然有关。我之暗中转移到睢水关，他更清楚。我记得，抗战胜利后我们还在安县见过。其时，他已接受了卢作孚的邀请，即将携眷前往重庆民生公司任职。他的有关中国农业问题的专著，早完成了，署名何尚，准备携往重庆，于广泛征求意见后进行修改。我记得，我还介绍过一位30年代社联的同志同他面谈。

既然我们之间具有上述的交情，我到重庆后又曾去看望过他，因而就在得到他的电话那天晚上，我就到民生公司找他去了。见面之后，他相当机警地把他办公室的房门、电灯，一齐关了。然后悄悄告诉我：就在当日上午，国民党市委、市政府和警备司令，联名召集一些大的企业、事业单位开会。当时卢作孚不在重庆，他就以总管日常事务的主要工作人员身份，代表公司去参加了。而会议的内容使他立刻得到一个判断：1939年底成都抢米事件又将在重庆上演！因为会议的召集人告知大家，共产党将在重庆暴动，破坏工矿企业设备，希望大家提高警惕，到时组织力量扑灭暴乱！事前必须绝对保密，不得外泄！……

迺仁先生要我去谈的正是这些，意在要我向组织反映。等到室内电灯又亮起来，闲聊过一阵后，我就告辞了。当时七星岗有一个《新华日报》的记者站，因此回转张家花园前，路经那里，我就顺路去找值班记者。那晚上值班的是邵子南同志，我找他代我通知其芳，明日一早到文协找我。因为当夜已相当晚了，我去他来都不便当。但却几乎一夜无眠，多少有点失悔自己不曾亲自前去省委。所幸次日一早，其芳就到张家花园来了。我刚起床，于是顾不上洗脸刷牙，急急忙忙把何迺仁告诉我的消息，详详细细向他转述了一遍，要他赶紧向省委汇报。他也感觉到问题的严重性，赓即回省委去了。而我也就丢心落意，关了门上床"补课"，一直睡到将近中午。

约莫一两天后，其芳告诉我说，他已经将何迺仁反映的情况，向王维舟王老汇报了。王老认为，战争日益扩大，反动派蓄意要在重庆制造事端，妄图挤走省委和新华日报社，是完全可能的。必要时将由《新华日报》发表社论，申明我党立场。过了不久，我记得，吴玉老和王老曾在七星岗宁波会馆宴请各民主党派、工商界人士，以及各社团代表座谈，我也代表文协重庆分会去参加了。王老提到过的社论，究竟写没有写，我已经记不清了。但是，这次座谈，显然是成功的，因为气氛相当融洽。不过同时却也感觉形势相当紧张，因为我曾暗中向一位省委同志提到介绍一位十分靠近党的熟人入党的事，他断然回答我说，现在不谈这个问题呵！

不久，美军在北方一个港口登陆，东北战事更剧烈了。谣风也盛，有反动派向我原抗日根据地进攻的传说。还有更离奇的：第三次世界大战又将爆发，我国将是主要战场之一。因此，已经复员的巨商富室，陆续派人到重庆购买备有防空洞的住宅了。而和平的危机显然已经无法挽救，则是事实。因为不久其芳就通知我，准备照旧返回雎水隐蔽。同时还得到省委见见吴老，听取指示。我如约去了，吴老的指示简明扼要，实际也恰好代表了四川人民的愿望；老百姓在反动派所谓征实①、征兵问题上吃的苦头已不少了，日本投降后，大后方的人民一致认为理所当然地应该立即停止征兵征实。而反动派为了进行内战，却又一意孤行，置人民死活于不顾，这就必须动员社会舆论，乃至发动群众，支持群众的合理抗争。

我记得，吴老当时说过这样意思的话：只要舆论界大声疾呼，群众起而抗争，搞他个"稀粑烂"，又看他这个内战怎么样打！因为当时四川省参议会将在成都开会，他指示我，路经成都，一定去找一找张秀熟张老和王干青同志他们，以及其他具有相应社会声望的同志和党外民主人士，全力发动舆论。最好能在省参议会通过一个决议，吁请政府停止征兵征实。吴老向我进行指示之间，其芳时去时来。最后，张友渔同志来了，他告诉我，漆鲁渔同志已经由雅安移住成都，希望我带一批需要鲁渔同志联系的党内外人士名单给他。这些名单，是用药水写在一本十分普通的书籍空白上的，即或碰到检查，也不至于发生意外。

友渔同志的做法，无疑是周到的。但是，由于我一向容易紧张，有时不免谨小慎微，在国统区，两次长途旅行，都从不携带书籍，避免引起特务、军宪注意，所以我就向友渔同志说明，我不便接受他交给我的任务。他随即提出另一个办法：把需要向鲁渔交代一些同志的

---

① 征实：即征粮。

姓名、住址，用药水写在未曾用过的信笺上。他说："这个总不致引起怀疑啦？任何人都免不了要写信呀。"我同意了。次日，由其芳捎给我的，是一叠信纸和一些信封。当然不是所有信纸上都有人名、住址，可也多少教人感觉为难。幸而郑慕周曾经要我从"补一大药房"给他选购一批成药，我就用信纸把它一瓶瓶包扎起来，一起塞进一只帆布包，借以避免引起任何猜疑。

58

由于"文抗"在武汉成立时就曾得到党的大力支持，而且一直都靠近党，以往，总会附近的小店，就是特务的监视哨。分会成立后，据传总会那座楼空出的楼房，已经有可疑的家伙住进去了。那三两家原已冷落的小店，则重又活跃起来。就在我奉命转移的那些日子里，大门外更多出一家摊贩，其穿着、神态，也不像一般摊贩那样寒碜。于是，怎样离开分会，也就不能不多加考虑。最后，在取得何廼仁同意后，我分作三批把行李转移到民生公司他的办公室去，被盖之类，则是由他派人去搬运……

印象最深的，是临到我撤离张家花园，前去民生公司那天夜里，我在坎脚下孤儿院同艾芜的会见。1944 年，我原已取得他的同意，一俟有了便车，他就举家前去延安。他在写作上比我强，生活上也比我能吃苦，他去延安、去华北八路军抗日根据地，必将对党和人民的文学事业做出可观的贡献。他一同意，我就去周公馆向徐冰同志汇报了。组织上当然表示欢迎，决定一有便车，就由以群通知他动身。不料在我为疏散工作即将离开重庆，又向他叮咛时，他变卦了！原来以群一句话损伤了他的自尊心："到了延安，您就不会再为生活发愁了。"当然，他之改变主意，可能还有其他原因……

而不管如何，如果去了延安，现在的风险就会同他无关，不致发生隐蔽或疏散问题。虽然是本省人，但他已经多年没有回新繁县了。

恐怕同家里连音讯也很少通。同时新繁县离成都只有三四十华里，不像安县那样僻远，又有大部分山区，且有以我舅父为中心的社会政治条件。我能返回雎水，他又向哪里疏散呢？他只有一个大好条件：没有去过延安，没有随八路军到敌后打过几个月游击。其实，现在想来，1944 年他之改变前去延安的决定，也与我有关，因为我既然那样鼓动人去延安，去抗日根据地，为什么自己一回来就不再去了呢！……

还是回过来谈谈那天夜里我们的会见吧。艾芜住的虽是几间简陋草房，款式却有点近代化，房檐边有走廊、栏杆，面前则是一块宽敞的场坝。只是四近住的人家相当可疑。那天夜里，没有星光、月亮，我们就坐在走廊上靠栏杆安置的椅子上，摆谈起来。主要是我开一言堂，向他介绍了当前的形势：内战已不可能避免了！省委已经命令我仍旧回到雎水隐蔽。他的情况和我不同，但也必须提高警惕，预为之计。因为反动派是什么坏事都干得出来的。他一直沉默不语，因为我所讲的，他也并非毫无所知，乃至也考虑过改变一下环境。最后，我只好向他追问起来："您究竟怎么打算呢？"他用坚定、低沉的声音答道："我准备他们抓起去坐几年牢！"于是又不声不响了。……

沉默一阵之后，我向他提出两项建议。当地情势若果紧张起来，他可以只身潜赴安县找郑慕周，直接去雎水找黄玉顺也行，这是一。其次，我认为何廼仁是可以信赖的，社会关系又多，情势紧迫，可以找他。我将先向何打个招呼，他必不会置之不理。但是，艾芜照旧默不作声，时间又不早了，只好一再叮咛后怀着沉重的心情离开，前去民生公司。直到 1950 年我去重庆，才听他夫人蕾嘉说，反动派临近覆灭时，每天夜里，到处炸毁工矿设备，而艾芜则几乎常在爆炸声中翻阅书籍，整夜不眠。对于蕾嘉的催促，也不置可否。川西解放后，他在给我的第一封信中说，解放军进驻重庆时，他和市民一道，一边燃放鞭炮，一边热泪交流。这一来，他那些不眠之夜的心情，也就更容易理解了！……

至今感觉歉然的是，那位姓蒋的青年同志不必说了，对于崇素，我也不曾告诉他我的行止。因为1941年，他带起那名看管他的警丁越狱以后，不管成都行辕，抑或安县县府，都没有进行追捕，可见他的问题不算严重。何况三十年代中期，他在《新蜀报》工作多年，在重庆的社会关系远比我多。所以一从孤儿院爬上梯坎，我连分会的门也未进，就又一直走去攀登到观音岩的石砌梯坎。在民生公司寄宿一夜，次晨，何廼仁又领我到北碚他家里去住了两天。

　　本来打算次日就离开重庆的，一则车票难买，二则何告诉我，他有个姨妹出于同样政治原因，也将离开重庆。但她发觉，两路口长途车站戴墨镜的特殊人物骤然多起来了，没有走成。因而劝我到北碚避避风头再走。我只好听从了。在北碚的短暂逗留中，我碰见过几位电影工作者，尽管有人面熟，可是彼此都佯装互不相识。看来，他们也是因为时局紧张，谣言四起，这才来北碚的。我记得，似乎还碰见过林辰同志，而且打过招呼。等我回到城里，何已为我把车票定好了。临走那天早晨，是他陪我去车站的。由一位公务员代我托运行李，对号入座，他自己则陪我在车站对面的小茶铺里等待。开车的铃子一响，这才一道匆匆前去乘车。恰好我的座位挨近何的一位熟人，他们曾经同时留学法国，在内江住家，于是他又请其对我多加照顾。他当然没有透露我的身份，只说我跟他是旧交，很少出过远门。而从寄托行李，并由那位公务员前去代我占据座位，然后在打开车铃时陪我前去上车，这一切都进行得出乎想象的又迅速又准确，正像预先演习过的一样。

59

　　这次旅行相当顺利，但到成都后没有会见翔鹤。也没有到嘉乐纸厂成都办事处去看望李劼老，因为多年以来，他那里无形之间已经成了"文抗"成都分会的会址，去了会碰见一些文艺界的熟人。但我却决定到红石柱刘开渠同志家里借住。他是外省人，又是名噪一时的造型艺术家，他的夫人则是有名的京剧票友。应南方局负责同志的要求，1940年他还曾经介绍王朝闻同志前去延安工作。

我们的造型艺术家那时为铸造后来屹立在成都东门城门外那座无名英雄铜像，租佃的住宅比较宽敞，我可以单独借用一个房间，而不至于同其他客人碰头。而且，远在我去延安之前，他还在方池街住家时，我们就已经有交往了。作风质朴，早已叫人感到可以信赖。因为我在成都停留，主要是完成省委交给我的任务，不能不小心谨慎。首先，我得把张友渔同志要我带的那批名单妥交漆鲁渔同志。我总算很快找到漆鲁渔了。我让他清查了一下信纸的数目，然后又催促他用药水涂抹，直到他验收完毕，这才丢心落意。那天，鲁渔同志曾建议我去雅安工作，不赞成我老住在山区。但是我推辞了，不愿有个固定职业。

找王干青比较容易，他长住成都，做慈惠堂火柴厂厂长。火柴厂在东门外，而他更多时候是在城内的孤老院住宿，以便从事社会活动。孤老院院长是史鸿仪，早就熟识。那天我一去就会见干青同志，其时，他的长公子王泽丰也在那里，当时在金陵大学农科学习。也许为了便于谈话，刚才坐定，他就分派泽丰同志："去'瓮头春'打点头曲来吧！"留我在孤老院吃午饭。于是我向他传达了吴玉章吴老的指示，他回答得很肯定，说他一定全力以赴。在谈到张表方先生时，他告诉我，纪念闻一多、李公朴两位烈士以后，这位"同志会"、"保路事变"中就名闻乡里的老人，作为民盟的负责人，反对独裁，坚持民主的态度，更坚决了，一定赞同立即停止征兵征实。

成都各界纪念闻一多、李公朴殉难的情况，我曾看过民主报刊上的详细报道。大会是由张先生主持的，一开始就有特务捣乱，破坏会场秩序。而纪念会还是照常开下去了。群众哀悼愤激之情，也更沉重。于是失败之余，特务大耍流氓手段，用蓝墨水瓶从台下向表方先生掷去，击伤他的额头！我记得，一则报道曾经这样写道，当医生从他额头上取下一片玻璃碴时，他还充满蔑视地笑道："鼠辈也太可怜了！"吃饭时候，干青还谈了谈张先生的日常生活，每日早餐只喝一碗米汤，吃一根油条。……

饭后休息一阵，他就领我去羊市街一家经营管理比较良好的旅馆里去，因为张秀熟张老前两天就由家乡平武到成都了。我们到了秀熟同志的房间时，大约刚从哪里回来，走过路，正脱光上身，在洗脸抹汗，看来十分健康。我记得，在我们告辞以后，到了街上，干青同志还禁不住赞赏了两句："你看张秀熟那身膘呵！他在平武老家里这两年倒保养好了。"但是，他的行动却照样从容不迫，同他谈问题得有十分耐心。在我向他传达了吴老的指示后，不像干青，二话没说，一口就承诺了。当然，他不是怀疑我的传达本身，他想从我知道更多当前国际国内形势，以及反动派燃起的战火延烧范围。特别省委在重庆的安全。最后他才坚决肯定了省委的决策正确可行，一定获得人民拥护。

接着，他又向干青同志列举出两三位省参议员来，认为这些人都不错，可以同他们进行联系。拜访过秀熟同志，我在成都需要完成的任务，基本上解决了。离开羊市街那家旅舍，走过一段路后，分手之际，因为素知干青秉性梗直，我着重叮咛他必须随时提高警惕，风声紧时特别要提防敌人暗算。他满不在乎地笑道："我现在怕什么呀？都知道我在慈惠堂守火柴摊摊！"川西解放后，我在成都会见李筱亭老人时，他曾向我慨叹不已："这个人就是不听劝呵！我本来劝过他，你影子大，下乡住一阵吧。他才不止是不采纳，还向熟人批评我：'只有这个李筱亭胆子小！'"可是不久他就被秘密逮捕了。于成都解放前夕被枪杀于成都十二桥。我到成都时，已经收殓于支矶石公园。

那一次牺牲于十二桥的烈士有十几位。熟人中，干青同志而外，相交最久，远比干青熟识的，是杨伯恺同志。那次路经成都是否去看过他，已经记不准了。但是，根据各方面提供的情况，却更叫人惋惜，也更叫人钦佩。因为他连晚上转移一个地方睡觉的劝告，都谢绝了。

申言自己身为当地民盟的负责人，又是党员，若果盟员知道了，这不动摇人心？更说不上进行必要斗争。而在被捕以后，甚至连盟员建议由他写信，请托一向暗中同他交往颇多，随后响应党的号召起义的刘文辉为之关说、保释，也谢绝了！……

当我1950年初，前去支矶石公园向伯恺、干青，及其他烈士的遗体致哀时，那位承办丧事和收殓工作的同志告诉我，所有烈士遗体，当然都是脚镣手铐，绳捆索绑，伯恺同志口中却还严严实实塞了一张手巾。由此可以想见，当其月夜押赴十二桥时，他曾高呼革命口号！1927年"三三一惨案"他在重庆打枪坝安然脱险；武汉蒋汪合作背叛革命，也幸免于难；建国之初他却慷慨捐躯了。其遗体公葬于青羊宫烈士墓。

这我倒记得准确，在向干青、秀熟老人做过传达后，我曾挤时间去看过林梅坡同志。一位旅级退伍军人，有较高文化水平，于1938年由我同邓均吾邓老介绍入党。入党宣誓，是邹风平同志到仁厚街我家里主持的。我找他，因为他是原籍中江县选出的省参议员，社会关系也多。在传达省委指示后，他曾表示一定认真执行。

60

由于抗战胜利后我两次由雎水进城，还到江油当过一次"送亲客"，本县的"特等豪绅"，也就是国民党县党部、县政府的所谓"特委会"一伙，在内战日益扩大的形势下，又同我打起麻烦来了。他们利用县、区政府的名义，不断向雎水乡政府查问我的行动。

这一来，我的亲属，乃至招留我的那些当地头面人物，也就重新紧张起来。于是通过常来传递消息的熟人和我舅父筹商，只好决定转移。但是一反前几年的惯例，不钻山了，倒是在离县城较近，算是西南区第一个大镇子安排住处。而且就住在街上。这个镇子就是秀水乡。我十一二岁时，就多次随同我舅父在那里做客了。同当地的望族曹朴斋一家都非常熟。《淘金记》中叶二爸的原型就是他，什么扶乩时的"众弟子跪下，叶二爸请起！"也是他的故事。只是龙哥并非他的下属，是桑枣乡的一架大爷。

其实，曹二爸的确也不大管事了，是他兄弟曹泽川在做乡长，同时也是哥老会的头目。我的洞窟就是他帮我安排的，在锅厂街谭海洲家里。房舍不多，但是街道背静，住宅后的厂房也相当宽敞。除曹氏昆仲外，秀水街上知道我行踪的，只有马之祥同志，也就是《困兽记》中牛祚的原型。此公在安县教育界很有威信，的确也是一位很有特色的知识分子。20 年代末期，他曾是安县发展党组织的对象之一，建国后担任过安县人民政府的文教科长，1954 年前后于任内逝世。

之祥同志的逸事不少，口齿锋利、幽默，但又梗直厚道，敢于仗义执言，不畏权势。可惜在借用他塑造牛祚时，独独把他这一面的事迹给挤掉了，只是把他描写成一位人情练达，忠于教育事业，不肯同流合污的老年小学教师。提起他，想说的太多了，还是回到本题来吧。1946 年我到秀水"避相"一事，除开曹氏弟兄，谭海洲不说了，当地只有他一人知道，而且是一道在一位姓向的老友家里用了午饭，接着又相约上赶集，然后于黄昏时由他领我到谭家，由他把我介绍给居停主人。因为我同谭海洲素不相识。至于谭之敢于招待我这个"危险人物"，因为袍哥最讲义气，同时我又是郑慕周的外甥，更不要提曹家在秀水的地位了。

当然，没有一定胆识，他也不会接待我的。住下以后，久而久之，我才逐步认识到此公不仅富有豪侠之气，而且非常自信他本人能够担当一切意外。原本早就说定，我得避讳一切生人，单独食宿，而他后来竟然把一位他的客人突然引进那间狭小、阴暗的卧室。虽然未说真名，却对我们加以介绍，声称我们都是肝胆相照的朋友。这位客人恰好又来自成都，这就更使我惴惴不安了，但也只好勉强一道进餐。幸喜午饭后客人就到雎水去了，准备奔赴松茂做那种暗中流行一时的违法买卖。这事以后，我又再三叮咛他，希望他千万不要介绍任何人同我见面了。但他满不在乎："凡是我能在家里招待的客人，都不会有问题！"

不过，到底他还是听招呼的，此后的确再也没有把客人往我房里领了。而且有客人的时候，就在房里单独吃饭，并指定他一个小儿子谭洪光招呼我的日常生活，尽力避免在房子以外的地方露面。这也同内战日益扩大有关。后来，他甚至主动告诉我一些重大消息。举如反动派逼迫四川省委和新华日报社所有工作人员撤退，就是他带点紧张神情告诉我的，仿佛他毕竟也意识到我处境的严重性了。这倒不错，我的写作进度更加快了，几乎两三天就可以完成一章。我之到秀水隐蔽，主要也是为了完成《还乡记》的写作计划。其间，只写了一个短篇小说《烦恼》，内容是兵役问题。

《烦恼》，我是应重庆《民主报》之约写的，它的副刊编辑我记得是刘沧浪同志。那时候恰好王大娘，也就是曾经在《困兽记》中出现过那个女佣人的独生子，从反动派的部队上跑回来了，就暂住在我家里打杂，主要上山打柴，为家里提供燃料，也跑腿送信。《民主报》的约稿信，就是他送来的。一俟《还乡记》完稿，他又来把我接回雎水。因为老是把自己禁闭在一间又狭小、又昏暗的屋子里，实在有点受不住了，倒不如住在荒野的山区来去自由。尽管是苦一些，阳光和空气却很充足。当时已是冬天，而为了避免暴露，我们动身很迟，到家时快夜半了。

由于连年写作、奔波，又在谭家锅厂那间小屋里伏处三个多月，特别在刘家沟埋头写《困兽记》那段时间，每天空腹喝廉价大麦酒，帐带深了，出现了胃酸过多病象，精力也随之大减。因此，回家后我决定休息一段时间。万一有人告警，就到附近乡下住一两天。只是感触太多，安静不下来，结果还是写了《替身》《李虾扒》和《访问》三个短篇。还有篇《意外》，则写成于刚宜诞生之夜。是应靳以同志之约赶出来的。那时他在上海为《大公报》编副刊。当然也由于它所反映的现实斗争，太叫人激动了，实在有点情不自禁。

说起来，《意外》这个短篇的创作，也有点意外。我本来已经下乡，住在苦竹庵。因为估计黄玉顺快分娩了，不放心，一天夜里就摸回去。恰好她和我岳母的一位学生，已经住大学了，是茂县大石坝人，因为参加"反内战、反饥饿、反美帝"的群众运动，在重庆遭到镇压，不能立足了，就往故乡逃奔。路经雎水时，就在亲戚家留下来喘口气，同时看望她的老师。听罢黄玉顺转述她那位学生自己在运动中的所见所闻，我就提出一些细节，要求她进一步代我探问。她满足了我的要求。而加上过去的生活积累，《意外》很快就酝酿好了，于是我又摸下乡写起来。将近结束，我得到信息，孕妇的确要分娩了。而且就在我又一次上街那天深夜，我亲自做稳婆，接下刚宜。到了拂晓，《意外》的结尾我也赶写成了。

当然，在1946年从重庆回到雎水那一段相当长的时间里，前面已经讲过，我不是一直住在家里，若果我被告知，从成都来了什么居停主人并不熟知的人物，我就悄悄溜上牛市河坎，或者向红石滩、邓家碾绕一圈，然后再上平坎，前去苦竹庵我的老东道主萧业贵家里住下。至于我之能于在反动派进攻延安，国统区群众性的反内战、反饥饿、反美帝的运动此伏彼起的大动荡中，尚能留住雎水，主要由于经过近半年的侦察，并未发现我的踪迹，城里反动派的头头们可能真以为我离开原地了。更不知道我曾经隐蔽在秀水乡搞创作。

61

自从1941年我在雎水定居以后，苦竹庵萧业贵家里，就成了我经常性的避难所了。也可说是第二窝巢，每逢城里我舅父派人来"拉警报"，要我下乡隐蔽，几乎总是到他家里。至于刘家沟和谭家锅厂，还有以后的永兴乡，都只住过一次，时间也不算怎么长。

我的居停主人是萧业贵，但我住的房间却是他兄弟的，紧挨着他母亲的厨房，同他还隔半院坝。因为他人口多，而他母亲却同老么单独分了那座小院落的一半。同时这个老么又尚未结婚，可以在那间较大的敞房里息宿，只需用晒席隔一下就成了。他母亲为人和善，喜欢拉家常，讲笑话，老么则沉默寡言。

这间屋子还有一个优点，仅仅隔一道墙，就是座大院落，万一有什么意外，我可以越墙溜走，因为那座大院落是一位富孀萧李氏的，家里人丁又少，算是萧业贵的婶娘。而她的佃客萧篾匠，又是个独身者，同妻子分居了，和我相当熟识，一有风吹草动，他会领我上牯牛背，或者就在他家里隐蔽下来。在那些年月里，为了安全，不能不多做些考虑。在雎水街上那座临时住宅的卧室里，我还特别在墙壁上开个窗子，只有半张报纸大小，平日关上窗门，挂一张孙中山先生像，谁也看不出来那是为了应付情况紧急时备用的。因为窗户外面就是菜园，容易脱身。

在苦竹庵，虽然我住的那间屋子挨近老太婆的厨房，有时还借用她厨房里的大方桌工作，但我却在萧业贵家里搭伙。连同堂屋，隔着四间房子，顺着阶沿就走了。照例在厨房里吃饭，主食是苞谷面。山区和靠近山区的人，特别农民，哪怕老财，也以苞谷为主。苞谷面的吃法可太多了。张秀熟老人曾经在60年代写过一篇散文赞美苞谷，因为他是大山区平武人。我一向也喜欢苞谷。初到萧业贵家时，他表示客气，总单独为我煮一点大米饭。我随即就请求他免去这一番盛情了，同他家里人，有时还有打短工的，一起吃苞谷面。他爱人很能干，熟悉苞谷面的各种吃法。而我最爱吃的"扑水蒸蒸"。

这扑水蒸蒸做法简便，等锅里水开了，翻腾不已，然后尽快将苞谷面一把一把，十分匀称地撒向锅里，同时用小竹棍在锅里搅拌。末了，赶紧盖上锅盖，直到估计水分大体已经蒸发，就停止加柴，可以盛起来吃食了。它的锅巴焦黄、松脆，嚼起来很够味。可是，我把时间搞忘记了，经过六七年的奔波折腾，我的健康情况已经不同于1941年了。乃至一时忘记了曾经出现过胃酸过多和胃痉挛的病相。就在1948年中秋前半个月，一天晚餐，正在细嚼扑水蒸蒸锅巴，胃上疼痛起来，而且愈来愈加严重，于是筷子一搁，我跑回房里，立刻在床上躺下了。

可是，疼痛并未松缓，胸腹部更加闷胀。还恶心、发呕，最后，大吐不止，意识全模糊了。当时只有一个念头相当清晰："完啦！"昏迷了很久，这才想起呕吐时的感觉：所吐的几乎全是成块块状的东西！萧老太婆随即告诉我，吐的是血，已经凝结成半固体的血块了。而且庆幸我敞开让它吐，未加抑制，否则会有生命危险。因为她认为一些呕血病逝的，都由于强自控制，被血块呛死了。她还弄来一些药要我服用。而后来我才知道，是她根据民间验方，将我呕吐的血块，搁在青瓦上用微火烤脆，研成细末，说是服后可以止血生血。这个验方是否有效，不好判断，但她一家人对我的深切关怀，却至今犹有感激之情。

在我吐血的当天晚上，萧业贵就上街了，向我家里告急。因为病情严重，他担心出现意外。而且他得为那两位招留我，又把我安排在他家里居住的本乡头面人物负责。就这样，我舅父郑慕周也很快知道了。于是暗中派人前去成都，拜托两位老友，杨冠斌和陈序宾，请其设法介绍人为我治疗。陈序宾是儿科专家，在医药卫生界颇有名望，但在他交涉好医院、大夫后，由于彼此考虑到安全问题，最后又决定不去成都住院了。反动派在大家心目中显然比胃溃疡还可怕。结果送来洋参二两，麦乳精两罐，劝我就地请中医治疗。其时，我已经请中医诊过脉了。

这位中医就是乡长的父亲，萧懋森老先生。精于岐黄，可又并未开业，只是给亲戚邻里看病。他一贯乡居，找他原极方便，但又不能行走，得坐滑竿，从街上雇人也不方便，因而由萧辅臣两兄弟主动抬我去的。由于服药后病情逐渐平稳，以后就没有再去了。洋参、萧老先生的处方当然都起过治疗作用，但是萧老太婆劝说我服用的第二个验方，功效可能不小："回笼汤"。也就是童便。在旧社会，产妇就必须服用童便，这我是知道的，可还没听讲过能治吐血。萧业贵的二小子那时才六岁光景，我每天就要喝他两碗尿水，起初还多少有点恶心，以后也就不在乎了。

黄玉顺在我吐血的次日傍晚，就到苦竹庵萧家来过。若干年来，这是她第一次下乡来探望我。30 年代，在我参加"左联"以后，她就对特务的狡诈奸猾知道不少，而且有过亲身经历。1941 年回到安县，随又迁移到雎水定居，更时常在风声鹤唳中过日子，不断为我的安全担忧，因而总提防会因她而把我的行止暴露出来。平日有什么外地友好来信，或送吃食、用具给我，大都分派她侄儿黄国全。这孩子相当机灵，背个背篼，借捡引火的柴草，一溜就来了。自从王大娘同她儿子回河清重建家园，他就俨然成了我家里一员重要帮手。因为他在学校每期留级，他祖母就让他停学了。

黄玉顺这一次来苦竹庵，就是小家伙领的路。当时我已经能考虑问题了：我至少得躺下来休息三五个月，还得增加营养。我们当时已经有四个小孩。大的在县城上中学，最小的还在吃奶，还有黄国全和奶膀。黄玉顺从城里带来的陈大娘，和王大娘一样善良，厚道，我四个孩子的成长，她都付出过不少劳动，她是县城郊区一个孀妇，无儿无女，同婆家、娘家都不融洽，在那些困苦日子里，我们几乎成为一家人了。但她只能拼命干家务活，帮着在屋前空地上种点葱蒜苗。单凭两份小学教师的工资如何应付得了所有的全部开销！……

我清醒过来想到的，主要就是这个问题。我不能事事都依靠我舅父，而由于我哥哥经营不善，又有不良嗜好，家业凋零了，我早已主要依靠稿费版税生活。这一下怎么办？想来想去，只有找以群了。我回安县以后，以群不妨说是我书稿的代理人，临近抗战胜利，他又请茅公挂名组织了个"文联社",专门代报刊、作家介绍稿件。但是,反动派挑起全面内战以后,他到哪里去了?最后只好通过艾芜找他,并代向有关出版单位催收版税。

62

艾芜之所以虽然上了黑名单而未遭受暗算,勉强能在重庆住下主要是他不曾去过延安。从桂林流亡到重庆后又曾为《大公报》编辑过文学副刊,还在重大中文系担任过系主任,本人又老成持重,有学者风度。1950年我才知道,解放战争期间,他也曾经到郊区友人处隐蔽过,还到过上海,虽然为时都很短暂。而由于生活艰苦,物价暴涨不已,育才学校的师生曾经暗中接济过他口粮。

然而,尽管他也困难重重,得到黄玉颀的告急信后,他就立刻汇了一笔钱给我,还不无歉意,说是姑且用来买点鸡蛋吃吧。同时写信给我一般有出版关系的单位,催收版税。其实是寅吃卯粮,因为过去出版社出书,一般印数都少,版税早支付了,所以结果只有文化生活出版的预支版税来得最快,数目也相当可观。以群主持一两家较小的出版社,比如"新地",接着多少也汇寄了一点版税。但是,令人终生难忘的,是文艺界的同仁都纷纷俭吃省穿,汇钱来接济我。我同蒋牧良同志仅止在1936年追悼鲁迅先生时见过两面,他知道我病倒了,急得团团转,可他自己却也穷困不堪,这给一位素不相识的同行知道了,就汇寄了一笔钱给我。

牧良的信,我一直保存得很好,可惜十年动乱中抄家时遗失了。因而我也说不出那位托他出面赠款的同行姓甚名谁,仿佛是一位电影戏剧界的编导。这个例子比较突出,其他赠款或写信慰问的文艺界同仁,我就不一一记录了。而这些事实说明,抗战时期文艺界的休戚相关,互相维护的这个传统实在值得铭记。复员后在上海新成立的中国文艺家协会,对我也曾汇款救济。在这些无私的关顾下,我不止有了一个安心疗养的物质条件，特别有了一个温暖宁静的精神境界。在我能进餐时，我就单独开伙了。自备了一个小炉灶，一只砂锅，每天将生花生捣烂煮粥，外加苞谷面和鸡蛋。有时也看点书，如《六祖坛经》《难经》和《寒论浅说》……

这中间，只有一个人来看过我，那就是曾在汶江小学任教多年，还做过校长，马之祥的得意门生周光复。此人颇有才气，喜欢调皮捣蛋。设计把军统特务苟朝荣名正言顺地塞进班房这件快事，他就用过一些心思。不过，后来他也被逼得流亡到成都去了。而为了混淆敌人视听，却稀里糊涂地去住了一个月反动派开办的"游干班"，因此50年代初肃反时，被川西文联党组织申请成都市公安局予以逮捕。川西文联事前原也征求过我的意见，因为周是我介绍到川西文联工作的，当时又已调西南文联，只好表示信任党会查明事实，公正处理。可是，直到病势垂危，这才在我的赞同下由萧崇素同志保释出狱。

50年代后期，一位四川公安机关负责干部向我指陈，周光复根本没有反革命罪行，可是人已经死亡了。且说1948年我在乡间养病时接待他的经过吧。当时解放军节节向国统区推进，胜利已在望了，可是反动派却更嚣张，因而他的处境同样困难。他之到成都投亲靠友，就是为了避避风头。我曾劝他搬下乡住，把自己隐蔽起来，从事写作。他曾经在一位名叫翁耘圃的文学青年办的刊物投过稿，表现了一定写作才能。但他感觉长夜漫漫，同时缺乏自信，担心搞不出名堂来。回想起来，他把美帝对反动派的支持夸大了，仿佛美国的援助法力无边。我记得，我曾经这样反驳过他："说到底，人心、士气总不会从美国空运起来！"可是，我并没有说服他，大约不久就到成都去了。

我呢，在会见周光复不久，也不得不抱病离开睢水，到郑慕周一早为我安排好的永兴乡去。这事发生在一个寒冷的深夜，萧业贵得到街上那两位头面人物的通知，领我上街去了。气氛有些诡秘、紧张，可我自己心里明白，用袍哥的行话说，肯定是"水涨"① 了！那天夜里很黑，没有电筒，又不能打灯笼，幸而这条路我已经摸熟了。主要是腿脚欠劲，走路有些摇晃，不过终于也到达约会地点。那位年纪较轻的小学校长也在场，而我刚跨进屋，他就用惋惜口吻笑道："你的脸色怎么灰扑扑的呢？"我解嘲道："你没有听说过吗？这就叫作霉得起冬瓜灰啦！"

我的回答，立刻把在场的人全逗笑了。一俟相当知趣的萧业贵退出去等候我，那两位长字号人物的后台才告诉我，县府一再来文追查我的行踪，最近更严厉提出，既然累次都声称沙汀不在雎水，果系事实，就得"具结"。而如果将来查获，愿受加倍惩处。最后提出我舅父为我做的安排，赶快去永兴乡熊仁卿家里。这是我们一早商量过的办法，我立刻同意了，并要求派乡队副简毅护送。他们知道我同简毅常有往还，又是去永兴必经的场镇河清乡人，同熊仁卿也相识。他们当然没有异议，而且决定次日一早从苦竹庵动身。

他们看见我十分虚弱，一再考虑为我雇乘滑竿；最好是凉轿，可以放下轿帘，避一避相。但是本场只有平坎上一位姓张的是专业轿夫，可是一向手下人探询，才知道这个诨名张驼子的人物，因为拱星乡一户地主家办喜事，招请走了。于是决定步行前往。这对一个重病初愈的人，事情并不简单，因为雎水距离永兴乡约有几十华里，中间隔两个乡，一为拱星，一个就是河清，两个场镇都相当大。

我祖籍原是河清乡龙湾子人。早年家里的田产也在那里，可惜我从未去过，只在县城家里每年秋收后见过三两位前来上租的佃客，他们中间还有我的祖父一辈的长辈。要是他们在河清稍有权势，我就无须去永兴了。

---

① 水涨：形势危急，多用于哥老会中什么作案后碰到官厅追捕时的告警。

63

简毅到雎水安家比我要晚两年，他祖父是个前清贡生，在全县颇有名望。简毅本人在成都读过中学，思想相当进步。红军北上抗日经过川北时，地方军阀大肆逮捕"乱党"，连他那样一位算是同情者的小青年，也落网了。而在被释以后，就无形辍学，因为家庭认为他继续读下去并无好处。同时他们又不期望他混张文凭谋生，但求这个独生子能够太太平平地传宗接代。

他也争取过再去成都上学，可是家庭不给学食费和其他开支，也就只好家里混日子了。辍学以后，尽管家庭也曾请求一位拔贡老爷的门生为他讲习古文，但他醉心拉京戏胡琴。在中学时，他就学会拉京戏胡琴了。现在他就几乎成天凭借一部留声机和百代公司的唱片进行学习、钻研，随后还教会了同场一些青年人哼唱几句京戏。雎水那位年轻乡长，对此颇有兴会，认识了简毅后，就大吹大擂，把其时早已父母双亡、已近中年的京戏迷，劝说到雎水定居了，并请其担任乡队副的名义，在中心小学代课。

一名乡队副的权力是不小的，乡长在"征实"、"征兵"上的营私舞弊，都离不开他这位助手。而一位得力、称职的队副，每每还能为一乡之长出谋划策，向老百姓大打出手。简毅却太不称职了，只知道专心一意教乡长及其他两三位青年人哼唱京戏，学习使用京戏锣鼓家什。不过他也并不只知道吃喝玩乐，相当关心时局，更十分同情我的处境，经常向我传递消息。他还向我揭露过不少粮政、役政方面的弊端。到了1948年，我们已经相识四五个年头了，这也就是我提名由他陪送的主要理由。

河清我一生只去过两三次，都在我做县教育局长时期，为了察学和看望曾在教育局做过督学的曾学渊。因而教育界少数人外，认识我的人很有限。可我仍然借病把自己乔装了一番：在用"博士帽"改造的

"毡窝"上包根青布帕子，紧压眉头，几乎遮掉一半眼睛；颈项上则用毛线围巾裹住，竟连整个下颏也捂住了。因为步履有点蹒跚，简毅还为我准备了一根竹棍。我们主要是并肩而行，若果对面有坐滑竿，或穿着整洁的什么人三三两两来了，他就单独前行。我呢，假装小便，折往小路和田坎上去。从睢水到河清约五十里，我们拂晓动身，就这样一路磨磨蹭蹭，到达时已经快散场了。

我们绕场而过，在通向永兴的场口一座院子里停留下来。这是简毅一位亲眷的家庭，我们需要休息、吃饭，这几十里路也把人折腾够了。因为时已过午，主人得另自为我们做饭，简毅让我单独在一个房间里躺下后，就急急忙忙进场去雇滑竿。河清离永兴尽管只有二十里路，看来我的两条腿已经难于完成任务，而留下来住宿一夜显然并不适宜。这从主妇的态度是可以看出来的。简走以后，从两个半大孩子一再挨近房门窥看的神色，更能看出我这位不速之客给他们带来的不安。他们不会怀疑我是坏人，但却感觉我的来历不怎么简单。十分可能，简毅已经多少向他的堂姐，一位孀妇透露了我的一些遭遇。

由于十分困乏，我居然入睡了。而当我被唤醒时，不是用饭，简毅兴冲冲告诉我，熊仁卿在河清赶集，他们恰巧在他进场不久就碰上了。熊正从河清的乡长万卓生家里出来，准备办点事就回永兴。在听了简毅讲述的情况后，他说滑竿由他去催，要我在简的堂姐家里等候，不等散场我们就一道前去永兴。而我们刚好吃罢午饭，熊就来了，滑竿只有两副，因此我劝简毅留下，就在河清住一夜回睢水，不必再去永兴。一则滑竿不大好找，二则万不能让他跟随滑竿步行。何况既然已经碰上了熊，他也不必再去永兴。他一再叮咛我，不用挂牵家里，他将帮我照料；如有重大情况，就立刻通知我。

我从未到过永兴，除开熊，我在永兴也没有任何熟人。我认识熊，是在青少年时代。他原是城里的居民，父亲仿佛在征收粮赋之类的政府机关当一名文书。他比我年龄大不了多少，曾在我家里主办的私塾读书。我20年代在安县做教育局长时，他已搬迁到永兴居住了，但却经常进城。稍后我才知道，他是被永兴乡一位当权人物招纳去的，利用他在文牍方面和公事场中的知识来代他完成用枪炮和赌具所不能胜任的任务，而在得到信任以后，他甚至被安排为乡长了，不用说带点傀儡性质，重大问题得由后台点头。

人地生疏，又有当地乡长同行，而且坐的滑竿，这比步行舒坦多了。到达时刚近黄昏。熊的院子在场外乡间，小地名叫梓潼宫，离场还一里上下。院子规模不小，可是只有正房数间，靠右首是厨房和厢房，左首是喂养家畜的敞房，很简陋。院坝十分宽敞，只有一道泥土矮墙把院落和村道、田野隔开。门堂也相当简单，与一般所谓八字龙门相差很远，好像完全没有考虑过抢劫、小偷之类角色的非法行动，以及房主人的身份。闲谈起来，才知道他准备在手边松动时进行兴建，并不满意现状。

永兴同雎水一样，也算是安县的边沿场镇，位于三县交界地段：安县、绵竹、罗江。距离县城也有九十里上下。在旧社会，是所谓"山高皇帝远"的区域。我舅父同我之所以选择这里避难，这也是原因之一：腿一迈就到邻县了！而且，绵竹的刘沛三固然同郑慕周交往密切，罗江县"泅海"的著述人李调元一位名重全县的后裔，当年同他也有交往。

64

熊仁卿家里人口不多，妻子而外只有一个眼睛带有残疾的男孩，此外就是一名又像义女又像仆婢的女青年。当然，既是乡长，又是地位仅次于易新三的哥老会头目，帮他跑跳的可不少。他的妻子比他年轻，可总病哀哀的，每天都得抽两次拌有沉香木的鸦片。她是邻县地主家庭的闺女，她之同熊结合，多少带一点传奇性。

她很会拉闲话，大约个多星期以后，彼此就相当熟了，这才半吞半吐，告诉我她来熊家的经过。有一年，熊仁卿陪易新三，到邻县她累代居住那个场镇，为一位当地的哥老会头目祝寿。由于贺客迎门，附近几县的权贵几乎全都来了，旅店少而又小，老寿星就把部分客人安排在附近住宅比较宽敞的左邻右舍，而永兴来的客人则借住在她家里。因为母亲居孀，只有一儿一女，这多少迫于权势，勉强匀出一两个房间"支差"。正同以往驻扎了军队样，家里的气氛一下弄得来相当紧张。

首先，女儿受到警告，不能到前院去，连通往前院的侧门也不能随意敞开。更不能像平日样，走到大门口东看西瞧，同邻佑的闺女和中老年妇女拉家常。因为在孀妇心目中，袍哥大爷，公事场中的头儿们不好沾惹。然而，这些禁令、警告却反而激发起了好奇心，当其一天老太婆因事外出，女儿却偷偷挨到侧门边去窥探，希望鉴赏一下两位远道而来的显要。恰好，同样出于好奇，熊也想窥探一下居停主人的内院，就顺手将侧门推开。一刹那间，她怔住了，红脸了，接着回过神来，转身就走。而对方不止是不在乎，并且硬起腿干跨进去东张西望。

但他很快就退出来了，而且拉上侧门。因为他毕竟有一定文化知识，不同于一般丘八和但凭枪炮、骰子起家的哥老。可是，就在当天，他开始向招呼他们饮食起居的哥弟们探问了：主要是那位闺女的有关情节。而在知道她还没有婆家，孀妇家规又极严格的时候，他真又喜又忧。他忧的是，自己丧偶未及一年，又是三十出头的人了，他不大相信他能如愿以偿。但他并不知难而退，接着就开动脑筋。而一般旧社会一些公子哥儿骗婚惯用的花招，他几乎都采用了，结果订了婚约。但在婚期前夕，骗局被孀妇识破了，立即坚决否认这项欺诈性的婚约！但她没有料到会演出抢亲的喜剧……

在她两三次点点滴滴的叙述中，我感觉她对熊有怨气。由于产后营养失调，又生过一次重病，她才染上不良嗜好，谈起来相当后悔。

她对儿子的残疾十分苦恼，因为生下来一只眼睛就有毛病，而本场的几位医生全都束手无策。显然她已经被疾病连精神也拖垮了。丈夫三天两头上街公干，儿子小，又有残疾，那个养女几乎整天都忙于家务活，日常连个可以闲聊的对手都没有，看来一种孤单寂寞之感更加使得她敏感、多疑，乃至自伤薄命，怀疑熊仁卿在外面胡作非为……

因为离镇子只有一里上下，对于一个中年男子来说，不算回事，来去相当随便，熊在家里的时候不多。因而我感觉他对自己的妻子不算怎么亲热，既然很少陪她"靠盘子"，一道烧烟，闲聊，也很少亲近她。他一回家，最常见的活动，是把他新近弄到的一块他肯定是"虎骨"的骨头精研成粉末，夸说服用后强壮身体。这类药物，他有好几种，每天饭后都要服用。其实，他是够强壮的，身材比我高一个头。我逐渐怀疑这些药的性质，他经常服用它们的意之所在了。而且逐渐相信了他妻子一些暗示性的指责，因为他有时半夜三更都不落屋……

熊当然基本上知道我的处境，对我也很客气，但在偶尔谈到时局的时候，我总感觉他有点言不由衷。他对征粮征丁都表示不满，仿佛真想辞去乡长职务。而对于解放军的节节胜利，他倒十分高兴。他是每次从街上回来，都要顺便谈一点全国或当地的"新闻"，发一点感慨的。最初两次我还真心实意地同他唱和几句，不久却感觉厌烦了。而且，认定他之招留我不是出于私情、出于尊重我舅父在全县的声望，他想得更远，万一国民党垮台了，他会因为掩护过我得到一些好处。1950年证实了我当日的预感：他曾秘密到成都找我"谋事"，我晓以党的政策，劝他回家协助人民政府征粮剿匪。最后，他却在反霸时畏罪自杀！……

到永兴约莫十天以后，为了安心养病，我同梓潼宫的和尚开始有了接触，还处得相当好。但是绝口不问熊在永兴乡的"政绩"。我一般每天上午都要去那座寺院，受到老年住持的接待，他让我坐在厨房门口的躺椅上，焙一个烘笼我烤。半晌午间，有时还焙一根红苕请我"打尖"。因为，他知道我是熊乡长的客人，又是知识分子，还喜爱佛学，有时同他谈点佛教中的派系。

吐血以前，我就开始看一点佛教方面的书籍，对于《六祖坛经》印象最深，可能我感觉它比净土宗讲得"玄"，引人入胜。可惜那位老和尚对我讲的不甚了了，只能背诵"观音经"之类的东西。因之对我也相当尊重，似乎以为我这个门外汉对佛学很有研究。后来竟然介绍一位曾在外县干过多年文牍，因为眼睛坏了退休回来、年近六十、身躯高大的本地人到寺院找我谈论佛学。此人倒真正有点佛学知识，也见过一些世面，谈得还算投机，可惜已经忘记了姓名。

65

同一位盲人漫谈佛学和某些所谓高僧的传说，有时还要享受老和尚和他那个青年徒弟在灶膛里焙的红苕，生活倒也安静、有趣，基本适于养病。可是，一个月不到，我却又不能不离开算是已经适应了的这个特殊环境，转移到距离梓潼宫约有三五里地的邹家"抱房"。

因为熊一天告诉我，省保安司令部的通缉令下来了，说我以睢水为根据地，正在川西北一带进行活动，各地必须严密缉拿。意在言外，既然如此严重，他又身为乡长，怎么能在家里住下去呢？于是我主动提出，让我回睢水另想办法。他不同意，认为回睢水更难办，他将另外找个地点偏僻、人家又切实可靠的处所让我去暂住。最后他就提出邹家"抱房"，可惜小地名忘记了。

所谓"抱房"，就是专门孵化小家禽的厂房，规模比较一般个体经营户大，而且雇有专门工匠照管。主要是"抱"鸭儿，得有点势力的人家才能开办。这邹家抱房的年轻主人常在熊家跑跳，但在民国初年，他父亲却远比熊名声大。是所谓混水袍哥，眼睛一红就要人死。而结果被地方军阀谬杀了。我已记不起他儿子的名字，印象却还相当鲜明，短小精干，行动灵活，只有三十上下，讲袍哥是五排，讲公事是保队长。他并不直接照管"抱房",一切由他母亲安排；自己只是支撑门面。他还有个兄弟，一个初中学生，朴实、单纯，在脾胃和习性上几乎不像是亲兄弟。

邹家抱房的院子有熊的三四倍大，但是，四面靠墙有些进深较浅的平房而外，中间晒场足足占有屋围基地面三分之二以上。而且大门而外，院子后面和左右两面围墙都开得有两三道门。晒场宽敞，可能由于孵出鸭儿后需要地方喂养。门道多呢，则显然是早些年为了对付政府可能发动的围攻。40年代，这种情况当然不会有了。只是便于两三户佃客出进。不过，这个院子的布局的确与众不同，可以说，它的存在是为动乱年代的历史作证。本来，据我所知，在过去那些年代，若非名闻乡里，独霸一方的人物，是不敢开抱房的，因为抱房赚钱又多又容易，但需要应付各种社会势力。

邹家的抱房规模不小，可是，自从老头子遇害后，就停业了。40年代生产虽已恢复，规模可已远不如前。邹的母亲曾经向我摆谈过以往的情形：鸭儿还未登市，邻近场镇，乃至邻县一些场镇，素以赶一季浮鸭就能解决好几个月生活的行家，便纷纷前来兜揽生意。因为他们都深信邹大爷赶鸭子"吃得开"，只要抬出他的招牌，就会一路顺顺当当，把鸭群赶到大城市去，不至于被加以糟害了庄稼的罪名遭到留难、罚款，乃至扣留下全部浮鸭。因为赶浮鸭照例不带饲料，就一路让它们到刚好收获后的稻田里，以及一切可以提供新鲜饲料的堰沟和河滩自行求食。当然，有时也免不了会到未曾收获的稻田里打游击……

说是一本万利，也许过火。但是，一个行家，但凭一根竹竿，越过乡界、县界，把成百、成千只鸭子赶到较大的城市，乃至成都，而不遭受各色各样地头蛇的讹诈和巧取豪夺，真也确非易事。想想吧，不花一点饲料，一只斤半多重的鸭子，单只靠找野食，步态蹒跚地磨蹭到成都，很快就成了菜馔中的时鲜了。专供住户过节食用的水盆鸭子，每个区段都可买到，"耗子洞"的烧腊鸭子更是供不应求。一只水盆鸭子，按时价可以买好几十个鸭蛋，这赢利还不惊人？说得上辛苦的是赶浮鸭的行家，他们风餐露宿，同鸭群一起在田野里过日子，只有一个小船上常见的篾条棚子就算是息宿的房间了，还得担心鸭群的安全。

老太婆对以往的兴旺气象，显然缅怀不已，有时可也诉说一些抱房生意的苦境，一遇瘟疫，鸭儿的死亡两三天内就把老本收了。工匠也得每天三酒三肉款待，就像款待接媳妇来的送亲客样。因为功夫上疏忽一点都会招来重大损失，她还向我谈了不少技术上的具体细节，可惜大多已遗忘了。她有点埋怨她大儿子，既没有学到孵卵鸭儿的技术，又不认真把抱房经营起来，除开夜晚回来睡觉，成天都上街打"滚龙"，也就是游荡吃喝，不务正业。事实上，有时他夜里回家露露面，一晃又不见了。后来我才从他两口儿吵架把真相弄清楚，原来他在附近还有"情妇"。似乎还不止一个，而且大多是凭借权势弄上手的，并非有情。

他的兄弟，那个中学生也常对他这个保队副哥哥所作所为表示不满，主要在男女问题上胡作非为。1950 年，他到成都找我介绍工作，我把他介绍给在绵阳工作的刚俊，后来我才知道他学习后被分配到一个地质勘查队找矿。他的兄长，那个靠操袍哥当公事胡混的角色，则被抓去劳改。不过，他兄弟在十年动乱中也曾遭受挫折，主要是家庭历史问题，也与我曾在他家里住过一段时间有关。因为我被关押在成都警备部临时监狱时，曾经受到一个绵阳地区造反派的"审讯"，要我交代邹家抱房通匪、窝匪的事实，以及我同他家"绞在一起"的目的。这显然是把他们父辈伙的旧案纠缠在一起了，挂错了账！……

由于打手们使用过逼供信的惯技，那几名所谓外调人员一再强调，邹家的男女老幼都异口同声这样说：1949 年春，是绵竹一位姓罗的哥老会中的红旗管事，卡起手枪，带上一乘滑竿，四名夫役，于深夜中把我接起来的。因为要我坦白，后来干过些什么勾当?!

66

一天同老太婆拉拉家常，倒也增长知识，日子也容易混。有时却也不免感觉闷气、寂寞，渴望知道解放战争的发展情况。可是没有报看，那位见天上街的保队副，不问则已，问起来，也不过没头没脑答道："呵哟！听说委员长都自己下台啦！"

中学生只知道埋头复习功课，很少上街，有点脱离政治。当然，对于抓壮丁，以及由抓壮丁在农村引起的咒骂和制造的悲剧，有时讲起来倒也义愤填膺。因为这在当日可以说是太寻常了。此外就是物价和币制造成的混乱。每逢赶集，那些从街上回来的乡下人，大多一边走一边用粗鲁的声调向不曾上街的熟人报道："银圆券也跟前一向的金圆券样，又只有拿去揩屁股了！"……

从这些直接来自人民的呼声，当然可以推知蒋家王朝已经临于崩溃的边缘，但却更想进一步知道整个形势发展的概况。这个问题在邹家抱房显然无法解决，要找熊仁卿也不难，可惜自从离开他家以后，我们就没有见过面，只是春节时派人送过一点腊菜。而且，从感情上说，睢水仿佛比河清乡的龙湾子，乃至我出生地的安县城关镇对我更亲近一些。因为打从1941年起，在那里过的日子在我半生中最值得忆念。我在睢水写的东西最多，杨礼以下三个孩子都出生在睢水……

虽然很多时候我都不在家，苦竹庵不说了，便是刘家沟吧，总挨他们近些，而且可以互通消息，现在，有时却不免有天各一方之感。这可能跟春节有关，看见家家团聚，也就更想靠近他们了。因此，春节一过，我就设法给黄玉顺捎信，说，若无重大情况，就派人到永兴接我。同时要她跟吴瑞卿交涉，是否可以去他家里养病？吴瑞卿在板栗园住家，正在睢水和绵竹的拱星乡交界处，村小教师，常为教学到中心校联系，同我岳母、妻子很熟，随后同我也有往还，了解我的处境，对我十分同情。而且，他懂中医，常为农民诊脉、处方。我给家里去信十天左右，家里就派人接我来了。不过不是"红旗管事"，是中心校的工友杨志远。既未卡上手枪，也没有带滑竿来，只能凭两条腿随他一道返回雎水。

杨志远是雎水红石滩一家菜农的子弟，稍识文字。因为我家里有两位中心校主要老师，经常也帮我家里做点事，他当然也多少知道一点我的处境，至少模模糊糊知道我是到雎水"避相"的，而当地的头面人物又对我尽力掩护。一问探到我的住处，我们立刻就向邹太婆告辞了。也来不及去看熊，只留下一个口信。因为已经是午后一两点钟了，他自己年轻力壮，我可是个病号。绕过河清不久，时已黄昏，我也显得有一些困乏了。在一个近于幺店子，名叫红牌楼的小场镇用过饭后，杨志远提出，是否就在红牌楼的小店里留宿一夜，明天一早动身回雎水赶早饭。

按照我的健康情况，这个建议是可取的，但我还得另外考虑一些更为重要的问题：这一带我两个都生疏，万一碰见坏人怎么办？而且，在红牌楼宿一夜，次日就得大白天步行，越来越近雎水，很可能碰见熟人。这一来，自己又暴露了。常言道，坛子口封得住，人口却是封不住的，传出去怎么办？所以我没有采纳他的建议，决定当天赶回雎水。我家的大门在场外，就是深夜赶到，也用不上担心场口的栅门子已经关闭。因而也就不会被任何一双机灵的眼睛发现，我可以在家里多待两三天了，以便问明家里同吴瑞卿接洽的详细经过，商酌如何告诉本场那两位头面人物。

"皇天不负有心人"，尽管摸了十多二十里黑路，11点过，我们也终于赶到家里。家里也料到我当天会赶回来，还没有睡。陈大娘忙着为杨志远准备夜宵，把早已做好的菜回回锅就成了。我呢，就想躺下休息，只喝了一点茶水。原以为自己会滔滔不绝地谈一通的，还准备探询一些情况，结果竟连嘴也懒得张了。几乎一躺下就陷入浓睡，一直睡到凌晨两点半才醒。

这下，我哇啦哇啦起来，也不想想玉顾当天还有功课，正是需要睡眠的时候。我说，她无法不听；而在哇啦哇啦一通之后，我又一个接一个抛掷出需要了解的问题，希望她回答我。我一直说个不停的，主要是来回两次途中的经过，熊和邹两家人给我的印象。我对邹老太婆和她小儿子的印象是不差的，对于熊家两夫妇，却有些不怎么礼貌的评语，事后想起，多少有点惭愧，因为无论如何，他们当时的确也为我的安全承担过一定程度的风险。

我急忙想知道的，首先是解放战争的形势怎样。到的当天夜里，已经是1949年春末了，我才知道辽沈战役、平津战役和淮海战役已经胜利结束。而且，蒋介石也已自动下台，由李宗仁代替他，向我们党派出和谈代表。这当然是缓兵之计，仿佛现在他也感觉到了，只有和平才能赢得"人心"。我们党已经同他打了几十年交道，特别对日本投降以后的历史事实记忆犹新，必不会养痈移患。

一阵激动之后，我又要她告诉我，我去永兴之后，绵阳专署、安县县政府，是否进一步对乡公所施加过压力？又有些什么形迹可疑的人到过睢水？我得到的答复同我的预料相反：我离开睢水后，当地那两位头面人物既未受到压力，所有外来的陌生人都是跑松茂的烟帮，路过睢水。

从这个偏远场镇的小局看，既然天下太平，我就决定在家里多停留几天了，要她设法从学校搞一些旧报来翻阅，同时清理一下生病以后，好几个月来，外边少数同志的来信。

67

既然是回来了，当然就得让街上那位主要头面人物知道：这里有个责任问题。他是向我舅父拍过胸口的，我的行止如不让他知道，将来出了差错，我就会受到种种责难。因此，回到睢水的次日，我就要黄玉顾告诉他了。到了傍晚，袁寿山从他家后门摸来看我。这道后门也在河边，到我家里相当方便，又可避开外人耳目。

刚一坐下，他就气喘吁吁地说："这个战争越来越凶啰！老蒋都自动下台了。"这是他对我的说法：他们自己一伙，对于这个变化的观感当然完全两样。我随即把话题拉开，详细谈了一通住在永兴的种种不便；认为睢水反而更安全些。因为这几年来，不管街上、农村，认识我的人随处都是，一有响动，哪里都可以隐蔽下来。

我的解说一完，他叹息道："其实，上一次不走，不也就过去啦？只是你舅舅不放心。"在我谈到去吴瑞卿家里继续养病的时候，他表示完全赞同："对！肖文虎他们离他才几块田远，安全问题不要担心！"他还主动表示代我向吴交涉，说是立刻派人把吴瑞卿叫上街……

信件太多，大多是慰问我的，一致劝我安心疗养。来信的同志多半居无定处，随着时局变化而四处奔波，故而处理问题相当简单。当然也引起不少惆怅、怀念之情。

翻阅旧报倒花了我不少时间。因为我已至少半年多没有看过报纸了。凡是能够找到的那段时间的旧报，玉颀都替我找来翻阅。这些报纸虽然是民主人士办的，反动派的检查制度又严，但也可以从它们了解不少真情，且有不少激励人心、刺激想象的东西。举个例吧，大约在《新新新闻》，我忽然发现一条私人刊登的启事，说，鄙人年老力衰，已经多年未当公事，更从不过问政治，没有参加过共产党，也没有参加过民主同盟，现任县参议员一职，则已呈请免去，另举贤能，云云。

刊登这份启事的时间正是我抱病奔赴永兴的前夕，读后令人捧腹大笑。而我的短篇《炮手》，就是在这一通大笑后开拓它自己成长的道路的。到了我搬去板栗园时，则已逐渐趋于成熟，只差用适当语言来表现了。因为那则启事虽然简单，它却促使当年的政治气氛，主要是在一般城镇政治舞台上活动的各色人等，在我脑子里进行表演，而有不少人为当权派和党棍打击异己经常使用的两项武器，共产党人、民盟成员这两顶帽子弄得来昏头转向……

现在我倒想起来了，在所有为数不多的来信中，也有值得提一笔的。有一封周光复的来信，他告诉我，他那位姓翁的朋友告诉他，大约《建设日报》吧，曾经刊过一则消息，说：沙汀在其亲戚掩护下，以雎水关为根据地，在川西北一带大肆活动，一般都叫他杨二哥。这是只有本县人才知道的，长期以来，一般同辈乡亲，平常都叫我作杨二哥。

这则消息，大约还是去年冬天，绵阳专署、安县县政府相继要雎水乡公所具结，担保我真的不在雎水那段时间发表的。可惜后来我没有去了解这个报纸的政治背景，因为这张报纸历史浅短，川西解放前夕就停办了。

68

自从去年秋天胃出血后，我就几乎没有在家里停留过了，因而这一次一住下来就感到异常安适。我岳母黄敬之教书之余，喜欢自己动手做菜。50年代逝世前都是这样，尽管已经年过花甲。

为了让我早日康复，在我从永兴回家那些日子里，她每天都要为我做一两样好菜。由于懂得烹调之术，一点寻常的原料，她都能使它变成异味。这点口福，当然还不是我愿意在家里待下去的全部原因。每天早晚，都能见到三个尚在童年和还未到童年的孩子，而且可以读到中心小学从成都订阅的报纸，虽然已经过时两天，新闻变成了旧闻，但总比没有报看的好。

然而，正当我沉没在人民解放军攻陷反动派的窝巢——南京引起的强烈激动中的时候，我舅父又专人送信来了，要我赶快到乡间去，不能留在家里。他显然已经从本地那位头面人物，也可能是熊仁卿那里，知道我已返回雎水了，而且就住在家里。一切悲剧往往发生在黑夜和黎明交替的时刻，因为反动派在绝望中总是很残酷的。重庆的渣滓洞，成都的十二桥，先后两次的屠杀就是明证，亲属对我的担心不无道理。

当然，对于雎水这个偏远场镇，上面说的那个规律未见适用，"悲剧"一词也不恰当。因为我同当地的统治集团并无任何直接矛盾，毋宁说我对他们倒有一些例外的好处。这就是我舅父可以在城里帮他们在需要时说几句"公道话"，这在前几年已经有过不少实例了。何况他们绝不会得罪他。可是，为了避免亲属担忧，隔了两天光景，吴瑞卿来雎水赶场，傍晚时候我就随他一道去板栗园。

板栗园是吴瑞卿住所的小地名。而且正是因为他家里那十多株已经生存多年的板栗树而得名的。这些树子就在他家篱笆围绕的空地上，百多步远就望见了。院子不大，只有四间正屋，三间住人，一间堂屋，另外一大间既是厨房，也是餐室，宽敞明亮，可以说是院子里最好的一间屋子。窗户很大，虽是白纸糊的，但是可以推开。是吴瑞卿自己设计，前几年修建的。紧接着是一间堆柴的屋子，已经收拾出来由我住了。本没有门，临时用木板一挡，只留一条可容一人出入的空隙。门口则是一张躺椅，一个方凳。

那间狭小的矩形柴房，尽管我只占有三分之二，其余堆积柴草，又无门窗，但我感觉相当惬意。因为房子侧面，就是那十多株挺拔的板栗树，门前一块空地上又种着一些花草和葱葱蒜苗，还有几棵百合。这几棵百合，当年成熟后，吴都用来为我熬粥，这是我第一次喝百合粥。胃出血后我就一直喝粥，饭后散步的习惯，也是病后养成的。每天就无所事事地过日子，希望早点恢复健康，重新写作。我时常感觉，素材已经积累不少，真也非写不可了。因为对我说来，当日正无时不同人民生活在一起，尽管范围有限，所见所知所闻可也不少。

自从搬到吴家住下以后，情况更不同了。因为每天放学回来，更不用说赶场回来，居停主人都要同我闲谈一阵。而所谈的，又无不是当时民间疾苦的片段或一鳞半爪。他同那些拖鼻涕的小学生的家属关系不错，经常充当他们诉苦的对象，如果家里有人在外流浪，需要通信，他们总是找他代笔。还有，村小虽然没有经费订报，一到赶场，他总要去拱星或睢水中心校翻阅新到的报纸，然后把重要新闻带给我。有时还感慨系之地发一通牢骚。

吴是颇有正义感的。为了糊口，学医而外，他还在拱星学过几天刊刻印章。正跟萧业贵样，他对当地两位头面人物，当面，以及在一般公开场合是恭顺的，背后，只要他相信你了，却会逐渐向你揭露他们贩卖壮丁、挪用公款、盗卖公粮的罪行，提出一些尖锐的评语：实则大不恭顺！

69

吴瑞卿有 40 岁左右，他的妻子比他年轻不了多少，可是身材却比他高，长条条的、善良、寡言少语，只有一个五岁多的女儿。吴的寡嫂则无儿无女，五十出头了；幺哥也是个孤人，将近五十，身材粗壮，头上还留着一节短短的细毛辫。

这个幺哥看来有点憨气，罗圈腿，说话老挨疙瘩。有一次午饭后不久，他扛起锄头出去劳动。正是三伏天，真可说骄阳似火，刚一走出大门，他就停下来了。随即把手掌望额头上一遮，仰起头笑嘻嘻吆喝道："呵哟！这么大的太阳，要是往肚皮上一爬，那不汗水直淌啦！"他的寡嫂赏了他一句，他的弟媳忍不住笑起来。当时，我正在散步，也笑了，似乎触摸到了这个老年鳏夫思想深处的隐秘。

我在板栗园将近半年的生活，有些断片真像牧歌一样。因为住在这个同一屋顶下的人们都多么单纯、善良，吴瑞卿而外，他们都像生活在世外桃源。即使每逢赶场天的下午，附近的农民从街上回来，沿途对留在家里的左邻右舍进行问答的时候，也会带来一些现实生活的恶兆："金圆券又没人接手了！"或者："张跛子的幺儿又给抓去当铁肩队去了！"对于板栗园两位女眷，一位鳏夫，作用也并不大。

这半年，解放战争的形势发展得出人意料地迅速：到了初冬，二野、三野已经对西南各省展开了攻势。一月初旬的一天，简毅暗中摸来看我来了。我是信任他的，他已经从黄玉顺打听到我的住处。他来，因为他告诉我，他因公进城，一位在安县做地下工作的同志找到他，要他转告我，他们已经成立了武工队，人数相当可观，正潜伏在永安乡一带地方。此人名叫宋达，1950年初我在成都才搞清楚，是个脱党分子。

宋达要简毅告诉我，睢水不大可靠，可能发生意外，最好到永安去。决定以后，他一得到消息，就派武装前来接我。等简把来意说完了，我问他，在永安，同宋一伙的，有哪些人？他说了三个人，主要是刘丕承。此人是陈红莒的伙伴刘世荣的侄儿。而刘世荣又正是我舅父刺杀陈红莒后带领人马进城复仇的角色，曾经做过旅长。刘丕承本人则毕业于"中央政治学校"，曾在蒋介石成都行辕任职。

其他的人也很糟！他把名字一提，我的决心也就定了。于是向简说明这三个人的经历，拒绝去永安自招麻烦，乃至可能遭到陷害。简一听，也炸了。觉得宋之为人十分可疑，承认婉言谢绝。但他接着又提到一件事，绵竹两三个掉了关系的党团员，要他设法找我，代他们向我征求意见：解放已经临近，他们该怎样进行斗争？这我倒提出过一点建议：在亲朋好友中互相串联，针对反动宣传作些解释工作，特别应当暗中宣传党的方针政策……

县立初中放寒假后，杨礼从城里回来，还到板栗园看望过我，寄宿一夜，留了两个半天。晚上，我两父子就在那间柴房里拥被对面坐在床上，听他讲述当日流传广泛的社会新闻。《减租》《退佃》就是他讲述中的一些事实触动了我，他走后酝酿成的。但他除了看望我外，是他奉他母亲之命，前来告诉我他姐姐刚俊到过一次睢水，要我考虑组织上为我做的安排，经成都前去香港，然后转往华北。问我是否同意？

因为我曾一再叮咛，就是家里的人，也不能轻易到板栗园来。加之，身体照样瘦弱，还需继续调养，怎么能做长途旅行呢？黄玉顺也正是这样想，从而就代我推谢了。但我听罢倒也有点动心。川西解放后我在绵阳地委碰见王朴庵同志，原来是他要刚俊转达组织上的意图的，还特别把刚俊从安县叫去，当面交付这一任务。王朴庵当时在绵阳中心县委工作，刚俊则已经入党了。

70

入冬以后，我就经常感到激动，老是想，自己养病的时间不算短了，健康也有相当大的恢复，我应该拿起笔来，重新参加战斗。接着，我就在柴房门口，有时又去吴家的厨房里，着手写作小说。

写作速度之快，是我过去没有过的。这主要由于作品中的人物、故事、情节早已酝酿成形，只要从头考虑一番，加以订正、弥补和删削，就可以把它们变成文字。比如《炮手》，在到板栗园之前，基本上就已经形成了。其他《医生》和《酒后》，也早已开始构思。而在板栗园住下后，不时总会想起它们，身体有病，脑子可是不肯休息。

杨礼离开板栗园后，我又陆续考虑他告诉我的一些当地新闻："二五减租"在雎水一些熟人中引起的强烈反应。反动派的花招愈来愈不灵了，妄想借解放区行之有效的方法来收买民心，结果适得其反。首先地主就怨气冲天，挖空心思设法抵制，而贫苦农民则因此更吃苦头。

意想不到，我在12月短暂的时间内，连构思带写作，一气写成《减租》和《退佃》两个短篇，而它们之能以迅速写成，主要由于我在雎水生活了八九年，对于山区和半山区的农民和地主的情况有一定了解，因而单凭一股激情就率然动起笔来：这是战斗！

当然，这样的急就章，不可能完善无缺。建国以后，我自己就感觉它们有些粗糙，或者说艺术上不完善，没有什么突破，感染人的力量不强。前年，一位青年文学研究工作者，在提到这一时期的短篇时，也有过类似看法，但我回答他说，它们不是艺术品，是指向敌人的投枪。我不想文过饰非，我写作它们时的情绪、想法，确乎是这样。这在今天想来，多少有点堂吉诃德老爷的精神，我是在向风车进行战斗。

这不是事后为自己解嘲,因为当时绝无发表可能,而事过境迁,解放后它们的作用也逐渐消失,至少是大为降低。说来未免有点可笑,一到 12 月末尾,我还想陆续来两个急就章,因为当时情绪振奋,感觉可以用来做投枪的题材,几乎比比皆是。在一片混乱声中,那些从街上搬迁下乡,逃避反动派溃军骚害的准难民就带来不少素材。

不只是从睢水街上逃来不少粮户,还有从绵竹县城里来攀亲访友的。这些人的消息更多,而通过吴瑞卿的精彩传达,真不下于身临其境。这里我讲点溃兵的狼狈相吧:有如老百姓说的,他们真像刚从地狱里冲出来,见啥都拿,特别对吃食兴趣大,不管你豆腐、豆渣、凉粉,一到摊贩面前,抓起来就只顾往嘴里塞!本来无须下锅,至少加点作料的烧饼,更加用不着客气了。

这都不说,更有不少士兵,往往乘机溜进老百姓家里。他们不是来找吃食,是要求避难的,只需房东提供一套粗布便衣,他们便将自己的全部装备,从一支步枪,到所有军用衣物全部留下。这类事,城镇上有,沿途更多,不少老百姓在他们哀求下成了暂时的保护人,睢水还有人拾得一支手提机关枪!……

71

老实说,在反动派的溃军经过绵竹、睢水,吓得好多粮户鸡飞狗跳的几天内,我真也想再炮制一两枚投枪。因为所谓土崩瓦解的真实含意,那些溃军的狼狈相已经道破无余。可是,我的"灵感"很快就被我舅父打断了,因为他从秀水派人来找到我,说安县已经解放,县委要他通知我立刻进城。这有什么说的呢,次日黎明,我就离开板栗园前往秀水。自从日军投降那年见面后,我们就没有聚会过了,来人的口信又语焉不详,我十分希望能早点弄清全部情况。

因为只有二十多里路,又走捷径,到达秀水时还相当早,我就单独先去栅门子外马之祥同志家里休息。他刚起床不久,可是彼此谈得相当愉快。照例，既有严正的议论，也有不少感慨，同时还互相打趣。对他，我可以无话不谈，思想上，生活上都没有禁区。而当他从厨房里给我端来一碗醪糟鸡蛋的时候，我忍不住开了一句玩笑："我这个媳妇子孝心真好！"话刚落音，从室内猛然传来一声责嚷："这是哪里来的这么怪的客人哇！"原来一向很难见面的马大嫂在对我反击了。而之祥同志则顺口说道："看你还吊起嘴乱说吧！"相与大笑。

我舅父住在场内一位姓曹的老友家里。吃过醪糟，之祥就领我到曹家去了。见面以后，他才详细告诉我事情的经过。县人民政府得到绵阳地委的电话，说，王维舟王老路过绵阳时打过招呼，要他们寻访我的下落，通知我立刻前去成都。地委把任务交给县，于是新到城里建立政权的县长赵鸿图找到我舅父，要他火速把王老的话告诉我。就在当天，吃过早饭，我们就一道从秀水回县城去。

还在秀水，我舅父就告诉过我，在宋达策划下成立的所谓"北支队"，不止刘丕承是其中骨干分子，刘桢品、刘树仁和高经文等党棍豪绅，也是其中要角。而且，特务头子刘桢品还入了党。我到秀水时，周树前同志就曾经向我发过牢骚："怎么连刘桢品也吸收入党了！?"我但劝他不必性急，事情终归还得上级党组织决定，不能说他真的已经是共产党员了。

我进城后，第一个到我舅父家里来看望我的，不是别人，恰好是刘桢品。我同他父亲刘惠明相当熟。在我 20 年代末前去上海之前看见过他，一个胖乎乎的小顽童，这次却已是一个健壮、灵醒、能言会语的三十上下的青年了。他尽力要我指教，堂哉皇哉地谈了些北支队的概况。我记起来了，他母亲的娘家是永安乡一个望族，这无疑也正是他把这个山区场镇作为他们一伙活动基地的主要原因之一。

从他，我知道前一天他们同接收人员发生了矛盾，而且，正在激化。事情是这样的，宋达派人前往县府联系，他们将召开一次"送旧迎新"茶会。欢送旧县长，欢迎新县长。接收人员中一位同志给他顶回去了，他们是来摧毁旧政权、建立新政权的，拒绝参加他们的茶会。这一来，宋达火了，表示立刻将北支队撤出县城。这无异于说，你十多个人，十多条枪，看你怎么样去建新政权吧！后来我才查问清楚，原来旧县长李叔尧同北支队早有默契。

这是威胁，因为安县民间武装相当雄厚，又全都掌握在地主当权派手里。而且四乡的治安已经大成问题，县城外面早晚都在发生枪案。这些土匪自何而来，很可疑。所以在知道这一次冲突后，我就去见已经会见过的新县长赵鸿图同志，他也认为这个矛盾不能听其发展，同时却也绝对不能参加他们的茶会，只是应该善为解说。接着我又去大北街刘桢品家里找到宋达，要他顾全大局。

经过说服，有关"茶会"引起的纠纷，算平息了。而不安定的因素则并未消失，因为北支队那批人依然故我，安县的豪绅、恶霸更未洗心革面，所以次年春天，接连发生暴乱。西山的肖世和还曾经一度攻入县城。不过，经过剿匪征粮，又相继成立了农协，时局倒真正安定了，政权也更巩固。不过，我在茶会问题和平解决以后，很快就到绵阳去了。初期混乱情况的澄清，是我在成都住定后知道的。

因为担心路上出什么问题，是我舅父亲自送我去绵阳的。在城内一家茶叶铺长林春住下后，我就去地委会，先后会见了刘文珍、彭华同志，向他们介绍安县有关情况。主要是各场镇一些知名人物的政治倾向和他们对新政权的态度。这些题目，都是他们出的。但我拒绝谈我舅父，要求他们多方进行了解。

我在绵阳只留宿了一夜。是彭华同志派了两名武装警卫送回长林春的，还一再叮咛保证送到。因为当时已经快半夜了，由此也可想见解放初期的紧张气氛。次日我就坐地委为我安排的邮车前去成都。曾经在罗江留宿一夜，因为从绵阳动身太迟，没有走多少路天就黑了。而那一夜，由于城郊土匪骚扰，突然关了城门，巡逻队还到旅馆检查客商，并没有睡多久。

我舅父是亲眼看见我坐上邮车司机台的。打从 1941 年回到家乡，他为我的安全真也操过不少的心，花费过不少精力。他在安县副县长任内因脑溢血谢世后，我曾经由成都赶回去为他料理丧事，选定墓地。满以为他也该安息了，孰料十年动乱期间，正和我母亲的遭遇一样，他的坟墓竟然同样被捣毁了。好多亲友都曾向我封锁消息。但我是想得开的：在旧社会，不少劳动人民"沟死沟埋，路死插排"，他们总算睡过一段时间棺木……

　　从感情上说，我也并不怎么样想得开。不过，现在还是谈谈我到成都后的情形吧。一到成都，我就寄居在童子街林如稷同志家里，然后到商业街原励志社，现在是省委办公楼向王维舟同志报到。其时，王老正准备前去参加起义将领邓锡侯的宴会，因此，在问探了几句之后，他告诉我，川西区党委已经通知过文化接管委员会了，我的工作将由接管委员会做出安排，我可以前去报到。于是我们一同下楼。而到得楼下，他问明我就在童子街住，就又约我同车，顺便捎带我走一段路。行车中，我向他简略汇报过去几年的经历时，他忽然告诫我道："共产党员不能操袍哥呵！"

　　王老的告诫使我多少有点吃惊，但是很快就想通了。由于我舅父青年时代是名闻乡里的袍哥，40 年代我又经常跟哥老打交道，不少人都误认为我也早入流了。其实，我舅父早年虽是本县有名的哥老，自从他老人家在吕超部下做连长，特别晚年退伍以后，却力诫自己的弟男子侄参加袍哥。因此我向王老作了解释，他当然相信了。还说："前些年为了隐蔽，在袍哥当中混混，倒也可以，现在可不行了。"妙在次日我从文管会回到童子街，老友夏正寅同志留下的一张便条更叫人忍俊不禁：他问我每天什么时候过瘾？要我告诉他一声，以便走访。原来他以为我已名列黑籍，当了瘾哥了。

　　这也难怪，雎水就是烟帮汇集的地方，他曾在安县工作多年，当然也就容易相信有关传闻。当时我的形象确也容易引起误会：面色苍

338

白，半毛料的风雪帽，已经下水多次的灰布长衫，——只是还没跶"鱼尾巴鞋"①！而他本人也曾经用烟赌哄骗过敌人的窥伺。何况在同少数袍哥厮混中，我也的确靠过盘子，只是没有吞云吐雾而已。

次日一早，我就去文管会所在地，学道街益都公寓报到。文管会的负责人杜心源、张非垢两位对我都很热情，他们已经为我安排好房间了。于是，就在当天下午，从童子街搬到益都公寓。住下之后，同志们还让我衣履一新，从头到脚打扮成一名党和国家的工作人员，开始在文艺界进行活动。

40年代以来，这段时间，算是过活得最愉快了！精神振奋，心情舒畅，对于生活充满信心。因为深深地感受到我"可以在自己的土地上走来走去；可以自由地呼吸"，不会再有迫害、通缉，更用不上提防失踪和集中营了！

而更为重要的是，从此，在伟大时代的召唤下，我已经开始迈步跨上新的征途。但望能有时间撰写建国以来三十多年我的经历，总结一下自己工作中的经验教训。

1984 年 6 月 20 日改定

---

① 鱼尾巴鞋：已经破旧，当作拖鞋用的鞋子。

从川西文联到西南文联

1

向王维舟王老汇报后之次日，我就按照他的指示，到文管会报到去了。

川西区文管会就设在学道街"益都公寓"。一住下来，我就作为文管会文艺处一名工作人员，开始在成都文艺界进行活动。并无名义，可以说是协助文管会文艺处的常苏民同志。该处的成员有白紫池、羊路田诸位。

1938 年从上海返川后，我和周文同志就开始同成都文艺界有所接触。还用聚餐形式座谈，宣传党的方针政策。后来又成立了中华全国文艺界抗敌协会成都分会。而所有这些工作，都是在川西特委罗世文同志直接领导下进行的，并发展了党员。

周文比我早些时候接上组织关系。我到延安后他还在成都工作了相当长一段时间，因而他做的工作远比我多。比如，陈翔鹤、邓均吾就是他发展的，直到开支部会我才知道。但我同陈、同邓，都早就相识了，而且常有往还。因为我们都是互相了解一点彼此的写作经历，也谈得来，《创造》《沉钟》都曾发表过他们的作品。

但是，我从雎水赶到成都时，他们两位都不在成都。均吾住址不明，翔鹤则早已化名陈竞波，潜往乐山嘉乐纸厂工作了。除开写信要他回成都外，我在工作中主要是依靠李劼人先生。因为他声望高，一直又是文抗成都分会的积极支持者，嘉乐纸厂成都办事处可以说无异分会的会址。而且，四川解放前夕，他曾经掩护过我们的同志，陈翔鹤之能在白色恐怖中安然无恙，就靠他。

陈炜谟、林如稷两位在成都文艺界也有声望，而且同翔鹤一样，都是沉钟社的骨干，文抗分会的积极支持者。四川解放前夕，尽管白色恐怖日益严重，他们还一直主办进步文学刊物，宣传有利于革命的文学主张。当然，应该提到的人还不少，这里我只想指出，在我当日的活动中，一直在成都工作的洪钟同志，也起过一定作用。他熟悉情况，又活跃，他很快就到文管会工作了。

所谓工作、活动，主要是开座谈会。益都公寓规模不大，只有一层楼，正面、两厢，上下都是些小房间。正中那块矩形天井，倒宽敞，可是名副其实的天井！当时严冬尚未过去，不能约集人坐在那里扯露气，喝冷风。开始，照旧借用嘉乐纸厂办事处的会议室，随后就借用《新新新闻》的会议室。这个报社有一大栋楼房，恰好在四通八达的春熙路，当时又是军管时期，真是再方便不过了。我们经常就借它开座谈会。

2

座谈的内容，主要是学习《在延安文艺座谈会上的讲话》，联系实际，各抒己见。当然也讨论、学习党的一般方针政策。成都的文艺工作者，大都是大专院校的教授、讲师和教员，而且过去就同文抗分会有联系。也有极少数人过去同分会并无联系，应邀来参加座谈的。这里我想起谢无量先生，相识虽晚，我对他的印象却很深。而且早就拜读过他的《中国文学史》了。

我说我对谢先生的印象深，不是说我们有多密切的交往，而是我们相识以后不久，人民政权就逐渐了解他的生平、学识，给予信赖。

后来叛乱平息，政权逐步建立、完善，他还被任命为博物馆长一类职务。可是，想起来却叫人很难受，"三反五反"运动中他却被诬为偷盗古物的坏人！不仅被斗、被关，还弄来游街示众！……

李劼老对谢先生的为人，知道的比我多，他曾为这一冤案大鸣不平。当然是事后私下讲的，因为事情发生的时候，我在重庆。而且说来惭愧，我在重庆参加"三反五反"的领导工作中，也让极少数干部伤害过文艺界两三位同志。这里且说李劼老有关谢无量的一些谈话吧。他说，以谢先生在旧中国声望之高，交游之广，家里有三五件古物，真是寻常。而一些"双毛辫"却抓住把柄了！

"双毛辫"是李劼老对当时参加工作不久的女青年的称谓，有时也泛指一般青年同志。他们干劲十足，经验有限，知识更差，因而也干了不少笨事。还有一条他说得相当含糊，这就是领导上同样存在着文化知识不足的缺点。现在看来，恐怕"左"的偏向也是重要因素。因为正如俗话所说："土地不开口，老虎敢吃人？"据我所知，谢无量后来由陈毅同志建议，调往北京人民大学去了。

李劼老告诉我，谢先生很厚道，善良，书生气十足。解放前，单是鬻字，每年的收入就很可观。但他很少存储，除了在庆云南街附近有一座小独院，一般他的钱一到手就光了。因为他喜欢同一些老相识的亲属搓麻将，而一些老太婆每每打得他片甲不留！这不是他手运不好，她们打起伙把他骗了！妙在他从未发觉！

我记得，叙述完毕，李劼老风趣地加上说："这个人您看该厚道吧！坐了好多回轿子呵，可是从来没晕过轿！"谢先生到北京后我们是否还见过面，我记不清楚了。但他送我的手书条幅，十年动乱中被抄家抄走了！至今我还念念不忘，曾经几次托人查访。

我很喜欢谢先生写的字，他的字正如他的为人，深厚、朴实，貌似漫不经心，实则可见素养的深厚。成都商业场那家由他题名的裱褙铺，从牛棚脱身后，每次走过那里，我总要停一阵，暗中临摹。

3

因为有感于谢先生的遭遇，而他的遭遇又牵涉到领导干部的政策水平和文化科学知识的问题，结果谈了不少。还是回到我50年代初在成都的一段经历吧。而且谈一些难于忘怀的忆念。

我记得，成都各界欢迎贺龙、周士弟以及其他负责同志的茶会，文艺界大多参加了的。当刘盛亚同志约我一道前去向几位主要客人敬酒时，我没有跟他去。原因很多，这里只提一点。自1939年春夏之交离开120师之后，这中间时局的变化，我个人呢，经过十年上下的磨炼，当然不会是依然故我。而我一回忆到贺龙同志当日劝阻我回转后方的情景，真是百感交集，不知该怎样表达我当时的激动而又复杂的感情！……我的座位离他很远。而正当我陷入沉思之际，显然刘盛亚敬酒时顺便提到我了，他高声笑道："唉！沙汀啦！我们同道打过几天游击呵！都不来见见面啦!?"场子里立刻活跃起来，我随即在众目睽睽下，鼓起勇气走过去了。这样尴尬的处境在我可说少有。我们彼此谈过些什么，当时毫无印象，只是感觉面红耳热、懵懂……

另一次同贺龙同志的会面至今倒记忆犹新。春节来了，杜心源同志约我于上午十时左右到商业街原"励志社"看望贺龙同志，正碰上他在接待起义将领董长安。心源同志领我在会客室坐定之后，就走了，前去看望其他领导同志。不久，董长安也告辞而去。我可被留下来，因为我们还不曾交谈过，他只简单向董做过一般介绍。

一俟送走客人，他才告诉我，我得去重庆工作。还说，路上还不平静，有匪徒沿途捣乱，军车更是他们阻击的对象。他是否用过"政治土匪"这个词汇，我记不准确了。他说的可正是这类土匪，主要是反动派豢养的特务，以及从"游干班"也可说是临时赶造出来的土特务，这类坏人最多，他们全是各县地主、豪绅子弟。

其实，1950年春，不只成渝路沿线时有匪警，各县一般都不怎么安静，就连川西地区的首府成都，也时有匪特在市区内搞破坏。我记得，一天夜里，我在东城区看"五月剧社"演《血泪仇》，剧场附近的武装岗哨就被打过黑枪！而从那周以后，凡是我单独上街参加座谈、访友、做报告，一位名叫二老虎的山西青年，总是在组织的派遣下，卡起手枪，寸步不离，做我的警卫员。

　　这里我只想说明，贺龙同志提到治安情形，我很快就理解了。可是，从我的本心说，要我去重庆工作，真是"非所愿也"。因为一向我习惯于从创作角度考虑问题，又有点墨守成规，不大想在现实生活中开拓新的领域，往往把自己局限于川西北农村。更不愿意干行政组织工作。但我不知道该怎么回答好。

　　贺龙同志是很能识别人的，只要见过几面，他就能抓住你性格上的特点。而根据在冀中的几个月的经验，特别是在离开司令部前夕的经验，他无疑已经看出我当时的思想活动，就是不乐意去重庆，可又不便明言。而从他的笑容，我感觉他会用打趣口吻批评我几句的。但他直到午饭时候，这才含蓄地开口了。

　　食堂里有两三桌人吃饭，同他一桌的除开我，有他的夫人薛明同志，一位妇联的负责人，其余已记不准确了。他没有再提去重庆工作的问题，是借我在冀中不听他的劝阻，执意要回后方的往事，照例尖锐，但又风趣地批评我说："别人都是老婆跟老公走，你呀，怎么老公跟着老婆走呵！"他话一落音，全桌人都笑了。

　　我呢，都有点哭笑不是，当然无从反驳，因为从思想、从工作检查，那确是一个重大错误。而且，在过去十年中，我早已意识到这个错误。我也不便为黄玉顺解说，因为责任在我。首先，我在政治思想上对她帮助太少。其次，是我迁就了她。而且不断为自己的迁就搜寻借口、理由，其中最根本的一条是创作思想问题！……

　　在一篇悼念贺龙同志的短文中，我曾提到他这次对我的批评，但我没有直截了当引用他的原话，只是谈谈自己的感受。现在就不折不扣公之于世吧！为什么只捡好的说呢。

4

川西区党委、行署，以及成都市市委、市府的领导班子，大都是120师的干部，所以熟人不少。市的负责人就是师的参谋长。周全、谷志标两位则负责当日的公安工作。仿佛地区和市的公安工作，都一揽子由他们掌管。因此，在向文管会报到不久，听到张非垢同志谈到他们，我就迫不及待地前去看望他们。

尽管并无一定名义，长期同我一道住在司令部，同我接触也最多的周全，可说交情不浅。但我急于想看到他，并非全部来自战斗情谊，主要是想让他，还有谷志标同志尽快了解安县的一些情况，诸如所谓北支队组织上的严重不纯，其中刘丕承、刘桢品、高经文一伙的反动面目，以及苟朝荣等的罪行。因为在脱党分子宋达的掩护下，这批家伙都变成"革命者"了！有的还入了党……

我把这些坏蛋的出身、经历、最近三五年的所作所为，谈得相当详尽。而且着重指出这批家伙的危害性，例子呢，就是北支队的存在。因为它已经对安县的接收人员在所谓"送旧迎新"茶会问题上采取过威胁态度。这事我在《雎水十年》中已经讲过。总之，我一再强调，这支由特务、豪绅组成的武装力量，不能忽视。

应该说，他们两位对我提供的情况是重视的。但是，可能由于我的措辞、情绪显得有些急躁，势非马上解决问题不可，他们有时笑笑，有时又插句话宽我的心："现在他们搞不出什么来了。"最后，他们从我的叙述中提出几点讲得不够明确、具体的地方，要我进行补充。而这恰好暴露了我对敌情知之不多。

谈话结束时，已经是中午了，周全又约我去附近一家小馆子吃午饭。他原籍山东，曾在苏联学习过一些时候，仿佛刚从苏联回国不久，就到 120 师工作了。高大、英俊，性格开朗，在冀中敌后那段时间，我和其芳就时常打扰他。贺龙同志对他相当赏识，只要有点闲暇，总喜欢同他"扯乱弹"，或者一到村落里信步游荡。

周全不久就随贺龙同志到重庆去了。当年夏秋之交我奉调去重庆工作时，可没有见到。随后才知道他在北京工作。1955 年前后，我在北京作协总会工作期间，因为住所离外交部、外交部宿舍很近，曾经去看望过他。他在人事司工作，记不大准确了，仿佛 1953 年去东德访问前夕，就由其芳引起我找过他。

周全和其芳看来往还较多，我 1955 年离京返川后，就没有同他见过面了，也从未通信。而他病逝的噩耗，却是很久以后其芳告诉我的。他得的是那种不治之症。治病期间，他经常去西裱褙胡同借书。其芳语重心长地说："这个人啦，硬是把《鲁迅全集》一本一本借去读完才死的呢！每次一听到楼梯响，就知道他来了。"

其芳仿佛还形容过那种步履困难的病号，一步一步爬楼梯的声响，令人大兴怀念之情。一句话，我和其芳对于周全的逝世都有些伤悼，感觉他走早了。倒是谷志标同志至今健在，尽管十年动乱中吃过很多苦头。自从 1950 年在川西负责公安工作以来，他就一直没调离过四川，而且都在公安工作的岗位上。

我记得，自从 1950 年我开始会见他们两位以后，接着我同 120 师的其他一些干部，主要是战斗剧社的同志，也开始往还了，而且，由于行当相同，来往得更多些，曾应他们之邀开过一两次座谈会。他们当中有不少人我并不认识，可能是我离开冀中后才参加工作的，然而他们几乎都知道我在冀中的情况。

因为他们全都对贺龙同志充满敬爱之情，而且非常乐于同他亲近，聆听他那些富有教益、又很风趣的谈吐，他们对于我那本记录他的生活片段的小书，也就相当欣赏。这本书，40 年代初就由生活书店出版了，可是，直到同他们会见后，才由他们中一位小青年在一次座谈会上兴冲冲取来一本让我见识:《随军散记》,已经不是我原早的书名了。是大连一家书店出版的。

随后再一清问,才知道最早是生活书店一个化名的分店,在上海敌占区出版,抗战胜利后遭到国民党查禁,就又送往东北一个化名书店重印。这个生活书店为了出版有益于中国革命的书籍,真是挖空心思,办法都想尽了。看到这本在东北印行的《随军散记》时,我的激动不用多说,因为它的命运说明中国革命道路的曲折,斗争的复杂艰苦。而不管如何,胜利却属于革命人民。

参加那一次座谈会的,有林如稷同志,他也十分激动,因为他虽然只听我谈过这本小书,但对贺龙同志,却早就知道了,当然是通过各色各样的传闻。总的说,感觉这是一位传奇性的人物,既有赞扬性的渲染,也有诬蔑中伤。加之,贺龙同志早年在四川住过一些时候,老一辈人全都知道,三四十年后可又到四川来了:当年是北洋军阀时期的旧军官,现在却是党的革命将领!……

也许正因为这个对照太鲜明了,林如稷在座谈会结束后,不由分说,抢先把那本《随军散记》借去了。而且很快将书名还原为《我所见之贺龙将军》,虚拟了一家出版社翻印出来,他自己写了序言,由他父亲题签。他把翻印这本书的用意说得相当详细,也有道理,且系实情。但在出版问题上也有一些说法来自虚构……

按照他的想法,这本《我所见之贺龙将军》会成为畅销书。结果它却很快成为废纸!因为当时国家的出版发行机构不让公之于世。宣传部门则认为必须请示上级,由上级审察后才能决定是否发行。就当时的情况说,这完全必要。可就苦恼了林如稷!因为他告诉我,所有印刷费用都来自他的妻子。弄得他大受抱怨!……

我还联想起这样一件事情,因为我在冀中敌后所写的笔记、日记,绝大部分于1941年从重庆撤离时丢掉了,其中包括一册记录关向应同志的谈话和印象。而我总感觉应该把他一些言行公之于世,教育青年一代。因此，1950年初，我曾经向川西区党委有关负责同志申请，为我组织两三次怀念关向应同志的座谈会。

当时大部分120师、晋绥军区的干部都在成都和川西区担任负责工作，对贺龙同志这位最亲密的战友又很熟悉，而且十分敬仰，同志们一定会提供不少珍贵记忆。可是我的申请竟然未被采纳！理由呢，我至今想不通。而且愈来愈感觉太可惜了！……

5

在文管会住下后，我就开始参加党的组织生活。好几年来我都是单枪匹马，1944年、1946年两次奉调前去重庆，尽管照样参加党的会议，组织生活却不正常，住在睢水，当然更加谈不上了，因为皖南事变疏散时，徐冰同志就交代过，不带走党的关系。

现在，条件、处境变了，能够参加正常的支部和小组生活，真是一大快事！然而，问题不那么简单。在支部催促下，成都却没有任何人能出面证明我的组织关系！最后，只好请他们去找周恩来同志写证明材料。这份材料过了很久时间才到成都，而支部负责同志的激动说明，在那段相当长时间里，他们比我焦急！……

证明材料由区党委组织转来后，他们就立刻跑上楼找我了，带点狂喜把原材料交给我看。恩来同志批了一句，大意是要徐冰写材料。徐冰同志写得较为具体，同时附事说明，长期未过组织生活，得加强对党的路线、方针、政策的学习。末后他还表示歉意，因为工作忙乱，这份早就该写的证明材料，搁置得太久了。

虽然拖延了一些日子，我的组织问题算终于解决了。陈翔鹤同志的，从时间说倒还短暂，而周文同志来信却说，他早已在白色恐怖高涨时自动申请退党！这叫翔鹤感到恼火！因为他从来没有提出过退党的申请。就连我也不相信这是事实。经查对，事情原来如此，在周文去延安前夕，曾向翔鹤提出，反动派十分嚣张，以后是否不要过组织生活了！翔鹤当即作了肯定回答，以致引起误解……

因为双方各执一词，而周文又远在北京，问题老是解决不了。最后由成都市委组织部部长马识途同志提出一个解决方案：翔鹤重新入党，不计算候补期。经我劝说，他算是同意了。我记得，马部长在回信上还兴冲冲地说："现在，让我叫您一声同志吧！"显然是想慰藉一下翔鹤。因为据我所知，他对周文的说法一直不满……

翔鹤同马识途同志解放前就相识了，曾一道在协进中学教书，所以当日有事需要组织上解决的，我都请翔鹤转托他。我印象最深的，是介绍周光复到文管会文艺处参加工作一事。因为此人既是同乡，又和我相识有年，且有一定写作才能，但在解放前夕他却自作聪明，干了一件蠢事，参加过反动派开办的"游干班"。

我们在成都一见面，他就毫无保留地把情况告诉我了。而对于我的批评则作了不少解释。因为在故乡站不住了，1949年他被迫到成都亲戚家当食客。而在川西解放前夕，安县的党棍、特务到成都"受训"，重又扭着他不松手。于是一时心血来潮，为了进行抵制，他就参加了"游干班"。可他始终没有回家乡去，更没有领过枪支弹药，以及通讯器材……

我有些拿不稳是否可以吸收他参加工作，但却没有同文管会的负责同志进行商酌，只是托翔鹤向马识途请教，希望他能做出判断。这一则因为他是市委组织部负责人，熟悉录用干部政策，二则他是四川人，一直又在成都工作，了解情况。还有呢，就是那种庸俗的小市民观点：人熟了，什么事情都好解决。

有关周光复的为人、经历，我对翔鹤当然谈得最多。因此，他向马部长也表示得相当坦率，说我们都相信这个人，政治上没问题。他参加"游干班"，只是为了抵制本县党棍特务对他的陷害。连同催促，翔鹤前后可能同马识途通过两三次信。最后得到的却是一个颇费猜疑的回答。大意是：你们真的相信这个人吗？我没意见。现在看来，他

349

的意见相当明确：他不相信周光复没有政治问题。

可是，在翔鹤的支持下，我却不管三七二十一，要求文管会文艺处的负责同志同意接收周光复参加工作。此人确也能干，聪明。他在文艺处、川西文联都有相当突出的表现，写了一些生动活泼、支援朝鲜反对美帝的传单，并在《川西说唱》的编辑工作中显示了他的才能。可是，在肃反运动中，他却被公安局逮捕了！

有关周光复被捕、审讯、保释的经过，我在《雎水十年》中已有追述，这里就不讲了。而我由他联想到的，是我在川西解放初还介绍过两位同乡参加工作的情况。我特别点明介绍的是同乡，因为十年动乱中，有一位造反派在数说建国以来我一系列"罪行"中，其中一条是："群众说川西文联是安县同乡会样！"把我视同封建把头！

其实，"同乡会"的说法，是我自己讲的，因为曾任汶江小学校长、一向爱好文艺，又跟周光复一道同党棍特务作过对的刘逊如，听说周光复已经在成都文艺界工作，也从安县来了，要周向我转达他的要求：到川西文联工作。因为周挽着我不放，我火了，说："文联又不是安县的同乡会哩！"严词拒绝。原来周光复以外，当时萧崇素、何成瑜，都已由我介绍到文联工作了，他们又全是同乡。

应该说，萧崇素同志不是我介绍的。他到川西文联，是因为他当时拖起个话剧团，组织上接收了。整编时不能不对他做出安排。而且他在文艺界资历也较深。至于他在解放前夕十分艰苦的处境中，始终团结起一批优秀表演艺术家，如卫伯原、刘健、肖崇华等。在民主党派的支持下不断演出进步剧目。而单凭这一点，吸收他参加工作也不算错。何况他的剧团被整编了哩。

再就何成瑜说，我之介绍她参加工作，因为她丈夫的妹妹刘稚灵，于1938年在"抗大"毕业后分配到前线工作，而后来同左权同志一起，在敌后牺牲了，是烈属。所以我向组织上说明情况，示以证件后，立刻就取得同意，让她搞事务工作。参加川剧编导工作的周晋和周树英，则是我调离成都后才从安县去的，与我无关。

这里应该提上一笔，雎水的乡长肖文虎、永兴乡的乡长熊仁卿，都先后找过我谋事。我向他们解说了党的政策，把他们劝回去了。而由于死不改悔，民愤都大，结果熊畏罪自杀，肖则被镇压了。

6

"三句话不离本行"，尽管工作忙乱，在文管会住下后，我就向老区的同志借阅四川还不曾发行，所有反映土地革命、互助合作，以及解放战争的文学创作，比如《太阳照在桑干河上》《种谷记》，以及其他一些短篇小说、散文合集。至于《李有才板话》，我1946年在重庆就看过了，1950年，成都新华社又很快大量出版发行……

我急于想看这些名著，从我的本行说是想借鉴，因为我敏感到四川很快也将进行土改，组织农民互助合作。那么我也将一显身手，反映川西北农村的崭新面貌，塑造新型的农民。我当日真巴不得一眨眼就接到党组织的指示，立刻前去参加土改工作！其实，当时可写的东西不少，只是行政组织工作把时间挤掉了。

由于工作需要，我倒也还能够克制，可是，成都华阳交界的石板滩一带的暴乱爆发了！远比内地，以及成渝路沿线一些地方的政治土匪使人震惊。特别因为石板滩离成都只有几十华里，更是谣言四起，人心不安。我记得，一位文艺界的熟人，曾经劝我从文管会搬到他家里去住。我拒绝了。而当时确也有人脱去穿上不久的军装。

石板滩一带的匪特、豪绅嚣张了一些时候。因为猝不及防，人数又少，我们一个由解放军和一般政工人员组成的工作队，遭到了相当大的损失。然而，一周不到，叛乱就基本上平息了。在听到解放军即将向匪特进行征伐的消息时，我就打算随军进行采访。但在一位同志的劝阻下，就没正式向组织提出申请。一俟叛匪土崩瓦解，我这才提出来，而且说明自己创作上的打算。

我的设想相当简单，敌人是不会自动退下历史舞台的，反动派既然花了那么大的气力，随处埋藏下定时炸弹，而在一般人头脑里变天思想又相当严重，因而石板滩的暴乱绝不是最后一次暴乱。还有，四川豪绅地主的武装力量远比其他省份雄厚。那么，如果以石板滩的暴乱和平定暴乱的经历作基础，写一部话剧提供各地宣传部门组织进步知识分子公演，很有必要。

我的设想不是闭门造车。因后来形势凶猛，有些人以为要变天了，可是很快就在解放军征剿中土崩瓦解！这不是事实吗？而这对于加强群众信心，克服变天思想，乃至动摇、分化一般暗藏反革命分子，都会起到一定作用。而就我已经知道的一些情节讲，不少基本群众，但凭他们的机智、勇敢，打从暴乱开始就对解放军、地方工作干部力所能及地进行过帮助、掩护、领路、传递情报……

我的设想、计划，组织上相当赞赏，可是不同意我深入到石板滩一带去。因为成股的匪特尽管是溃散了，绝不能说反革命已被肃清，治安已经不成问题。我当然多少有些抵触情绪，因为我感觉即或还在发生零星暴乱，既然当地已经驻扎得有部队，我也不会遭到什么意外。我毕竟在敌后生活了几个月呵！……

最后，我提出一个方案，由我组成一个创作小组，事先拟好提纲，让其他组员带下去进行调查访问，搜集写作素材。人选呢，主要是周光复，还有个业余作者，就是郊区农村居民。可惜已忘记姓名了。当时也只能组织这些青壮年去，不敢劳烦专业作者。而我的计划很快被批准了。大约十天，由于部队和地区工作队人员大力支持，群众也积极提供材料，周光复就满载而归了。

于是我夜以继日地阅读周光复他们记录的材料，中间还随时要他进行补充、解释，以便认真进行消化、构思。最后是写提纲，并同他们反复讨论。他们两位，特别周在抗战初期演过话剧。我这个最后拍板的人呢，大革命时期在安县做教育局长前后也曾一再粉墨登场，30

年代又读过契诃夫、高尔基已经译为中文的剧作，看过辛酉剧社、艺术剧社的演出，多少有点话剧方面的知识。

这里我还想提一笔，30年代初，我还在上海艺大听过几次夏衍同志讲授《戏剧概论》。而到了30年代中期，《光明》半月刊出版后，由于他的倡导，编辑部经常约三五人在西藏路一家旅馆里开个房间，集体创作剧本。而作为编委之一，我也每次都参加讨论。尽管无非聋子的耳朵，作用不大，但也多少学到一些东西。

一句话，虽是第一次写剧本，却也并非胆大妄为。多少有点这方面的知识。当然，更重要的是相信自己具有理解各种人物性格和事件发展的能力。因为我毕竟也经历过一些事变，写作过一些东西了。这些都比两位青年同志强，因而他们也十分信赖我，分幕分场都是我的主意，人物安排更是如此。大约又花了十天时间，就动笔写了。

主要周光复写。写成后讨论一天，最后由我定稿，也就是修改、加工。由于准备、酝酿相当充分，剧中大部分人物，农民、匪特和胁从分子全都是四川人，彼此都不同程度地熟悉，所以完成得相当顺利，看来也还不错。只是在矛盾斗争的主导方面，人民解放军的刻画上比较单薄！因为尽管花去个把月时间，也尽了最大努力，严格说是彻底失败了！这个剧本当然没有铅印，更没有演出！只搞了些油印本传观！……

想起来有些可笑，我早已连剧本的名字也记不起来了！内容呢，也只记得一点梗概。大体不会比我前面所说的创作设想丰富多少。这里我倒想顺便捎带一笔，正是在剧本写作的过程中，单是川西，就有好几个县发生大规模暴乱。安县起义部队302师的叛乱，规模较大，牺牲不小！成都附近的郫县、崇宁，更直接影响到成都市。可能正因为暴乱频繁，文艺活动也就退居末位……

当然，收获也是有的，至少得到一点教训，热炒热卖，搞散文报导可以；如果有同类生活积累，又假以时日，也可以搞小说和戏剧。

而切不可离开实际，一来就想搞大家伙！这就是收获。而且我当时了解到的一些素材，在我以后反映川西北农业合作化运动中，也用上了。因为不少农村基层干部，在解放初期那些动荡不安的日子里，就表现得不错。而一切生活知识对我们都有用场……

7

搞创作不能不花费时间精力。为搞那个剧本，前后约有一月时间，我都较少过问、参加文艺界的活动。就是同什么人谈问题吧，也有点心不在焉。好了，剧本定稿以后，我又开始抓组织工作了。

简单说，就是通过座谈，以及同各专县联系，酝酿成立川西文联。这在成都好办，大多数文学工作者都是熟人。对于其他戏剧、音乐和美术界一些知名人士，也多少有些了解。主要是几个专区，戏曲方面有些表演艺术家和个别美术工作者，容易探听。其他方面，就一无所知了。而部队方面却又有文工团的组织，不能不通过地委宣传部门进行调查了解。事实证明，不少宣传部长就是搞文艺的。

正式成立川西文联之前，是否召开过筹备会，记不清了。印象较深的是，起草大会的报告。因为过去我就没有写过这类文章，不知道如何下笔。幸而随军来川的晋绥同志提供了一些老区的材料供我参考。而对我帮助最大的，是刘芝明同志在东北地区文代会上那份报告。当然，按照他的模式草拟提纲相当省事，但这只是一个开端，跟踪而来的，是如何安排每个项目的具体内容。

因此，提纲拟好后，就同文艺处的同志按照文音美剧分别进行讨论。发表意见最积极的是白紫池同志。而在戏曲问题上，我同他也争论得最激烈。有一次，我甚至大动肝火，说着说着，竟然一下站在椅子上叫嚷了！幸而他不计较，反而感觉有趣似的大笑。看来，相处一段时间以后，他已经多少摸到我的脾胃了，并无恶意，只是容易激动。这位山西同志在十年动乱中表现不错，可惜已经逝世！……

我们那次在戏曲问题上的争论，虽然激烈，却也简单。他爱京戏，对当时成都京剧团的演出非常欣赏。但他认为应该强调京戏的作用，把它作为以后剧改的重点。他不是从个人爱好出发，而是列举事实，认定京戏全国通行，拥有广大观众。而且排演思想进步的新脚本也比较适合。当时成都京剧团演出文艺处从老区带来的剧本，就很成功，赢得全市观众的赞赏。

　　而我的意见恰好和他相反，认为在四川搞剧改，首先该抓川剧！因为它才真正是四川老百姓喜闻乐见的戏曲品种。它当时还在上演《小放牛》一类戏，没有上演《闯王进京》。主要也因为我们抓得不够。当然，不必讳言，初到四川的外省同志不喜欢川剧。但这是个习惯问题。我记起来了，在成都，也可能是重庆，一次晚会上演川戏高腔，不少外省同志，一听到帮腔就都哗笑起来！恰好贺龙同志在场，随即在休息时发出指示，要求大家遵守秩序。

　　因为是听来的，上面的小故事也可能不怎么真实，可是当日外省同志感觉高腔滑稽可笑，则是事实；贺龙同志因为早年在四川住过，而且湖南戏也有高腔，所以能于欣赏川戏可也是事实。而后组织西南川剧院，川剧进京演出，我记得都是他的主张。这两项措施对于建国后川剧的不断发展、创新，都起过很大作用。由此可见，主要问题不在川剧本身，而在我们是否能欣赏它。

　　当然，上述有关贺龙同志的事例，是在我同白紫池发生争论以后的事，但我当时却也谈了不少另外一些无可辩驳的事实。川剧不仅为几千万本省人民喜闻乐见，就是贵州、云南，也有不少观众。同时，我还进一步说明，对于外省的同志来说：不是一下就能欣赏川剧的，需要一个习惯它的过程。如果不止欣赏，还得进一步从剧本到表演、唱腔研究川剧的艺术特点和规律，加以改进。

　　因为我自幼爱好川戏，青少年时代还伙同一些熟识的川剧票友，于夜间在本县茶馆里清唱过一两出黑头戏，如《夜奔》和《撮文召》，因而我很快就争取到紫池同志的赞同，不再强调在四川搞剧改，应该首先抓京剧了。我记得，后来报告中谈剧改这一部分的反应最好。一位美术界的代表就向我表示过，不止川剧，其他艺术门类都有这个问题：你要改造它，首先得学习它，爱好它。

这位美术工作者显然不止是谈艺术，重点是暗指当日一些派往各文教单位的军代表。这些同志大多来自于农村，没有多少专业知识，因而在对待专家问题上，或多或少存在一些偏见。幸而文管会经常从地下党员得到反映，扭转得相当迅速。

8

川西文联的成立大会，应该说开得不错。当时负责领导文教宣传工作的杜心源同志，到苏联参观访问去了。那次去苏联访问的代表团负责人，我记得是周扬同志。当日一切是向苏联学习，从文教宣传工作说，当然重要。心源同志走后，代管这方面工作的，是郝德青同志，他当日的本职是区党委的秘书长。

川西文联的成立始终得到他的直接指导。这位身材魁梧，神态凝重干练的同志，给我的印象很好。他对干部诚恳谦逊，即或有了什么缺点、错误，总是耐心说服，很少发火。我记得，有一次我同一位管统战工作的四川同志，因为安排一位旦行川剧演员争得面红耳赤。而负责做出决定的区党委秘书长，却只顾笑而不言，也不打断我们的争论。这也可能因为争论得比较别致。

原来我的对手，当然也是我一向尊敬的老同志，他不是从政治角度出发反对我的提名，而是认为那位有名的男旦，在旧社会经常任凭军阀官僚玩弄，太不像话了，如果把他的位置安排过高，影响不好。而我反驳他说，在这些问题上，我们只能同情艺人，谴责、鄙视那些把艺人当作玩物的军阀官僚。归根到底，一切丑恶现象都是腐朽的社会制度下的产物，因此更该同情艺人。

最后，郝德青同志表示支持我的建议。而且不仅在文联的领导机构中恰当地安排了那位艺人，后来，还被推选为成都市各界人民代表大会的代表。经过这次争论，我才逐步感到，在一定范围内，负责筹备一次需要产生一个领导机构的会议，提名问题上的重要，来不得半点疏忽。因为既要被提名的人符合一定条件，还要取得群众的支持。而单是提名就得费不少口舌！

幸喜只有一名川剧艺人争论较大，其他一些委员、主任和副主任，大多只议一议，彼此意见就一致了。在指定参加川西文联组建工作的时候，我曾经推辞过，因为我担心从此陷入日常行政组织工作，致使我强烈的创作愿望落空。而我是在组织上同意了我的请求，文联成立后就又立刻从文联脱身，这才担负起筹备责任来的。同时还确定了由常苏民、陈翔鹤两位顶起干。可是，文联成立不久，西南局就来调我去重庆筹备西南文联了！

回想起来真也可笑，当区党委宣传部告诉这个信息，要我迅速首途的时候，我十分干脆地拒绝了。说我要搞创作。不久，又来了第二次调令，我同样表示我不能去。我对川西的社会一向熟悉，我想留下来写些反映已经发生了巨变的现实生活。但是，当时真没料到，紧接着又来了第三次调令！我当然也不能接受。于是，一位同志笑嘻嘻告诉我，郝德青同志约我前去谈话。

但从传话那位同志的笑容，我就知道这是怎么一回事了。因为有关调离成都的问题，早已经不是秘密了，而且对我的态度感到莫名其妙，同时相信我会挨批。我可不管这些，照样被强烈的创作愿望鼓舞着，决定到区党委如实表明我的心愿。好脾气的郝德青同志让我滔滔不绝地讲下去，而末了，他的第一句话就叫我虚了心："同志！这是西南局第三次调你到重庆啊！……"

他的表情、语气没有什么责难、批评的味道，以后的话，也不曾指明我的组织性太差了，而他那第一句话却让我感觉到这一点。因此我们并没有谈多久，问题就解决了，我决定到重庆去。这事的经过，不知怎么竟传到北京去了。因为1953年，由作协（当时还叫文协）提名，外委会派我前往民主德国访问时，和我一同出国的马烽同志，彼此见面时曾经用玩笑口吻说："连重庆都不愿去，大家还以为你不肯出国呢！"我仿佛还向他解释过。设非经过整党，可能还会不肯去呢。

尽管答允前去重庆，由于黄玉顺不肯离开成都，可一直拖延到邵子南同志从重庆来到成都，这才动身。不过一路都不遂意，黄玉顺老跟我闹别扭。到重庆后，更是经常扯皮。那时候她的健康情况已经开始坏下去了。而我对于重庆也并无多少好感，不习惯那里的生活。解放前两次经过那里，印象太差劲了。而我们住下不久就是盛夏，这座大火盆的高温实在叫人难于忍受。

而在工作上我却感到满意。因为西南局、重庆市委宣传部的负责同志都相当信任我。第一次见面时也都不曾批评我一再不服从调令的错误。刚到重庆，前去西南局组织部报到时，是陈野萍同志接见我的，朴实热情。他十分肯定地说，我去宣传部转组织关系时，宣传部长张子意同志一定会亲自接见我，向我交代工作问题。虽然我到宣传部自己提出要见秘书长非垢同志，见面以后，他可很快就把张子意这位革命前辈请出来了。

子意同志原是萧克同志的政委，他们率领的红军同贺龙同志率领的武装会师，改编为二方面军后，子意同志就负责宣传工作，进行长征。他相当瘦削，脸色苍白，显然建国前长期的革命斗争已经消耗了他大部分的精力。然而，尽管身体不怎么好，经常却都生气勃勃，说话也干脆直爽。而从这次见面以后，每逢我去宣传部请示，不是廖井丹同志，就是由他亲自接见。我在西南文联筹备会上的发言，就是他当面审阅的，认为写得简练，还改了一两个错别字。

当时西南局的组织部长是张际春同志，我到重庆不久，也在一次晚会上会见了。我记得是陈野萍同志介绍的。谈话中间，因为知道我

1948年曾经因胃溃疡大出血，人也瘦削苍白，他十分亲切地叮嘱我注意营养，劝我多吃软食，我简直不曾想到他那样细致，因为不止一般谈谈而已，他还指出桌面上一种小甜面包，说是对有胃病的人很适宜。当时我真不知道应该怎样表示我的激情。而后来我才知道，他的细致、耐心，经常赢得干部的尊敬。

因为决定西南文联和重庆市文联一道办公，不另设机构，我在筹备工作中接受双重领导，日常工作都向市委宣传部请示汇报。当时陈锡联同志已调中央，市委第一书记是张霖之，宣传部长是任白戈。霖之同志，还有组织部长唐彬同志，虽然都从不相识，但是，由于他们作风民主，很快我就乐于接近他们，而不存在多少畏怯心理。不过经常去市委请示汇报的，是文联的党组书记邵子南同志。我也一道去参加过，但主要是听报告，或者传达。

子南同志，1946年就认识了。那时他在《新华日报》当记者，曾经要我对他一篇小说提过意见。他性格直率。我记得，初次见面，他就指出我的一些作品的不足之处，同时却也认为我没有使读者对国统区的现实生活发生错觉。延安文艺座谈会后，他以《李勇大摆地雷阵》获得革命根据地创作界的赞赏，全国解放后更引起普遍注意。他当时是市委宣传部的文艺处长，但他主要是负责市文联，和筹建西南文联的工作，挂名文艺处而已。

由于自己40年代中期在重庆工作过，熟悉当地文艺界的情况。我到重庆时，就已经成立了市文联，把当地一些抗战时期外来的文艺工作者团结起来。对于艾芜，子南同志是尊重的，他请他从张家花园老坎下面，原早属于孤儿院那座茅草屋里，搬到市内文联一座楼房里住下，参与文艺界的领导工作。但我到后不久却了解到，他的安排，主要是他的态度，却转而引起了艾芜的不满。因为住房本身虽然不错，比之他本人居住的楼房，却差远了。而且昏暗、窄狭，反不如孤儿院好。

艾芜一向勤于写作，那样的住处的确太闷气了。而问题还在子南同志的态度，尽管尊重我们，但却多少教人感到他有一点以解放者自居的味道。这不仅使一向沉默谦逊的艾芜感觉不快，就是我吧，也感觉他太自命不凡了。好几位40年代起就一直留在重庆的作家，比如赵一铭、张友松他们，就都认为他对人粗疏。

　　我记得，在一次党组会上，我曾希望他注意党外一些资历较深的文艺工作者的舆论，并举出些实例。而我竟然没有料到，他会昂头挺胸，两臂往双肩上一靠，大笑道："这点责任还乘得起！"以后，我也就很少提意见了。而且相当苦闷。两三位随军到重庆的外省文艺工作者显然看出了我们之间的隔阂，曾经背地劝我向市委反映。但我却连相交最久、知无不言的白戈同志，也不透露我对邵的不满。因为无论如何，此公诚恳、热情，工作能力比他们强。

　　不过，事态是发展的，不会只到一定程度就止步了。后来我也不免自由主义起来，开始向艾芜发牢骚，同时也或多或少地向张友松一些人流露我对子南同志的不满。而这么一来，不久就引起了西南局宣传部的注意。于是，经过调查研究，召开了一次党内会议。尽管当时艾芜的党籍问题尚未解决，也列席参加了。会议的主题是批评子南同志。我记得，艾芜在发言中说，我因为苦闷、难受，曾经气愤得想自杀！但我却从没有过这种念头……

　　难受倒确系事实。因为子南同志就在日常生活中也有点与众不同，比如，他到我房里通知什么，或者商量什么事情，不止对黄玉颀的招呼爱理不理，竟连我的小孩叫他声"邵叔叔"，他也一声不哼，仿佛耳无所闻。这样，家庭的埋怨也就来了，而且成了常事。但我在会议上并没有谈这些，只是着重批评了他的主观，他的自命不凡。我说，我们有多大能耐？在文学事业上有多少建树？而人们之尊重我们，因为我们背后有党，这才没有斤斤计较……

　　我发言时，尽管尽力克制，可仍然很激动，还落过泪。张子意同志最后总结时，赞扬了我的发言，并严厉批评了邵。而在会议以后不久，子南同志就调离文联，随即出任市委办公室副主任。

9

尽管有过人事纠纷，不大愉快的争执，自从到重庆后，在邵子南同志的支持下，还是做过一些工作。主要是创办了通俗读物《说古唱今》，由温田丰同志主管编辑工作。我自己还为《大众文艺》《西南文艺》写了短篇《到朝鲜前线去》《控诉》和《母亲》，成立西南文联时的报告，以及短论、评介文章就不提了。修建成渝铁路时，市委还指定我参加了市话剧团石璋同志等创作的一个多幕话剧的修改、定稿工作，演出后还相当受到观众赞赏！……

这个多幕话剧叫《四十年的愿望》。因为从保路同志会到50年代初，恰好是四十年。意在表明，尽管保路运动引起一场巨大变革，但只有在党的领导下，人民修建成渝路的愿望才能实现。从当日水平说，作品并不太差，又是歌颂党和群众，及时反映现实生活的作品，因而中央文化部还将石璋等执笔人调到北京，在戏剧研究所指导下进行加工。仿佛后来还演出过几场，是洪深洪老夫子导演，并扮演那位知识分子气十足的工程师。

回想起来，倒也很有意思。据说，早已调到北京工作的贺龙同志在看了演出后，曾经指出剧本的一个重大疏忽：修建成渝铁路解放军付出过巨大劳动，为什么不反映？同时还对创作人员点名批评过重庆市委和文化部负责人。1956年我在北京见到张霖之同志。连说带笑，他对这件事叙述得更详尽，不止点名，还要他进行检讨！……而我感觉这件事很能说明贺总的风格和对部队的热爱。

我之不厌其烦地一再提到这个剧本，因为建国以来，连同我在成都组织人写反映石板滩叛乱那个剧本，结果都报废了！现在如果还能找到，倒可从自己今天的创作思想水平，检查一下，总结一点经验教训。也许还能发挥点余热，把它们改写过。同时，也因为它们的写作、加工，都是我当时做过的具体工作，未能忘怀。这里我还想提一笔，我在西南文联负责处理日常工作时，《西南文艺》主编人，仿照《中国一日》的办法，组织过两次征文评选，倒不错。

那段时间，我没有为自己想搞创作而不可得感到苦恼，恰好相反，凡是组织分配给我的任务，一般我都从不推诿。西南艺术学院成立时，院长是刘仰峤同志。他是西南局的副秘书长，抗战前在北平学过美术，也喜欢文学，还让我看过他一部反映老区土改的小说。体格壮实，性情豁达，富有幽默感。一天，井丹同志和我一道去西南局看他。因为他提出要我做学院副院长，我推谢了，于是，他笑嘻嘻说："这样好吧，你做院长，我做副院长怎样？……"

这种劝说方式实在出我意外！因为我立刻同意了！接着相与大笑。其实我这个副院长是挂名，只是去孔龙坡院部跟学院一些负责同志见过次面，谈过次话。他们几乎全是随军来四川的。主持日常工作的，是朱丹西，戏剧系是刘连池，美术系是吕琳。学院主要也是这两个专业。我任副院长时，已经开学很久了。由于不少教师是我在成都工作时推荐的，到了重庆后，也同一些人有接触，了解他们对学院各级领导的看法。

简单说，教师中某些人对党内负责同志有意见，主要是一开口就思想改造、立场观点，业务上却不怎么令人信服。因此，我在一次发言中强调指出。我们必须钻研业务，力求与本身职务相称，就是思想政治水平，也要不断提高，否则也会落后。因为我们不能忽视党外同志积极努力。而像我们目前的水平，他们很快会达到，那就会业务、政治都强过我们。工作就不大好做了。我记得，我这次的谈话，仰峤同志颇有同感。同志们的反应也不错。

后来好久我才知道，组织上还曾准备安排我做西南军政委员会的文化部副部长。而在我到重庆前后，艾芜却已被任命为重庆市文化局长，同时又是重庆市文联主任。不过这两项职务他都等于挂名，很少管顾其工作。这种安排，当然出自党对文艺工作者的照顾。其他省区几乎都是这样，李劼人李老既是川西文联副主任，同时又是成都市副市长。而他对这两项职务却颇有兴趣。不过，现在想来，如果早几年埋头重写《大波》，并继续撰写他反映五四运动以来川西北地区政治社会的历史画卷，那多么好！

看来只有艾芜对创作抓得紧。记得1950年他在写给我的第一封信中说，解放军进驻重庆那天，他同群众一道，燃放鞭炮，列队欢呼，同时热泪交流。他誓言，党以后叫他干什么，他都毫不推诿！因为如不解放，他一家人会活不出来。但他尽管不曾认真做文化局长、文联主任，1951年重庆搞土改试点，他却兴冲冲参加了。随即计划创作小说。1952年去北京参加文艺界整风学习后，一回重庆，因为当时工业建设重要，他又争取前去鞍钢深入生活，进行创作。

10

艾芜在重庆郊区参加土改时，我也到巴县海棠溪去过，但不到一星期，就因机关工作回重庆了。所幸后来又正式安排我参加一期土改，而且同意我自己的选择，到川西地区去。我的意愿是回故乡安县，川西区党委却指定我到成都郊区的石板滩。不分派我去安县，显然担心我属于地主阶级的亲故多，可能失掉立场。这种关心当然不错。起初却也感觉不快，转而一想，石板滩曾经爆发叛乱，我又组织人搞过创作，当然也就无所谓了。

我是随李井泉同志一道去石板滩的。这是成都、阜阳、金堂三县交界的地区，历史上就是土匪的渊源。区党委显然重视这里的土改工作，这才由他的主要负责人亲自前去部署。土改工作团团长是郝德青同志，1950年初我曾经在他领导下工作过，这点我相当满意。李政委主持了一次工作团的干部会议，就回成都去了，以后的工作就是按照他的指示进行的。因为从历史、从解放初的叛乱出发，他一再强调先打政治仗，为土改扫清道路。

事实证明，区党委的估计和决定是正确的。单说这一点吧，工作开展不久，附近龙潭寺一个工作队就在发动群众时查明，国民党一名师长，石板滩叛乱的主要策划人，是工作队到达后才从一个地主家里逃跑的！而且，地主阶级不必说了，一般农民参加过叛乱的也不少。当然，大多数是胁从。可是由于心虚，由于少数恶霸的暗中捣鬼，这些胁从分子不止自己不揭露坏人坏事，还在基本群众中散布谣言。因而变天思想严重，不敢起来进行斗争。

在发动群众这项艰巨但又必须全力以赴的工作中，根据回忆，在石板滩这个特殊地区，"洗脸擦黑"运动相当重要。所谓"洗脸""擦黑"，就是号召那些参加叛乱的胁从分子，自己进行交代，而只要基本交代清楚，并对首恶分子有所揭发，经群众查对后，正像洗过脸样，他就没有参加叛乱这种严重污点了，当然也不会受到处分。这么一来，群众完全扫除了顾虑，勇于起来向地主阶级的突出部分，也就是恶霸、豪绅，在叛乱中叫嚣过的各种坏人进行斗争。

即使如此，阶级敌人也不会自动退下历史舞台，经济战同样遇到不少抵抗。石板滩就有这样一户地主，他既非恶霸，也没有参加叛乱，一向倒经常受欺侮。但在工作团到达时，工作尚未展开，他就把自己掌管的他那一姓人的公共田产，私分给同族的贫雇农了。而同一自然村的少数异姓居民，则在他们的压制下就连这家地主一般性的压榨行为也不敢讲。幸而随着斗争的深入，他的诡计终于暴露，一个包庇他的武装队长也被撤职。

就是一般地主，在经济战中也不怎么规矩。假分家，向佃客赠送田产，转移贵重财物，借以缩小目标，最大限度保存实力的中等地主，也比比皆是。不过，一到群众真正发动起来，斗争起地主来也很带劲，而且总会出现一些违反政策的过火行动。《木鱼山》中那个老雇家，不由分说，用随身带的镰刀一下割掉一位悭吝毒狠的地主的耳朵，就是我在石板滩确切了解到的事例。

我记得，抗美援朝运动，我到成都参加土改时，重庆就结合土改在郊区开展过。我的短篇《归来》，就是根据当时了解到一些材料做引导写成的。而在石板滩土改后期的抗美援朝运动，声势更是浩大，分得土地的贫苦农民为了保家卫国，争相动员自己的亲属参军。往往因为排不上队感觉歉然。这同四十年代国民党在所谓役政中出现的种种丑闻一比，真是令人振奋！当日我曾经想：如果要写反映土改的小说，一定不能忽略过去。

这次在石板滩我还有点意外收获，尽管并不愉快，它可解决了我长期捂在心里的一个疑问。傅杰同志是工作团的秘书，一天，她爱人刘传福，一位成都市公安工作的负责人来看她，闲谈之间，他告诉我，周光复并没有反革命罪行，他们早想释放，川西文联党组织一位负责人可始终不同意！以致等到快拖死了，这才由公安局做主，在我的支持下，由萧崇素保释出狱治病……

11

石板滩地区的土改工作扫尾后，我是带了一些创作设想回重庆的，满有信心写一部反映新区土改的长篇。因为我不只有一定直接经验，还从其他两个工作队取得一些书面材料，更在团部听过不少有关情况的汇报，素材算尽够用了。

可是，一到重庆，就陷没在行政组织工作当中！而且，为时不久，"三反、五反"运动相继来了。我得投身到运动中去，负责领导本单位的运动。就是艾芜吧，也不得不放下已经着手，反映土改的创作，参加本机关的"三反"。当日党对运动的领导十分严格，各单位负责人每周都得向上级写两三次汇报，而且都是三份，拿文联说，市委、西南局、中央，都得有一份，让党及时了解情况，避免偏差。

然而，尽管党组织的控制严格，运动一展开我就犯了错误，在群众大会上对一位美术工作者的发言做了粗暴批评。会后经同志们提醒，在第一次市委召开的汇报大会上，我主动做了相应检查。而在下一次汇报会上，我被告知，那位美术工作者竟然告了我一状！幸而我已经检讨过，不仅不曾当众受到批评，还受到赞扬。那次主持会议的我记得是曹荻秋同志，他的赞扬把大伙逗笑了。

　　但在运动轰轰烈烈展开以后，文联却出现了大搞逼供信，吊打干部的错误。我没有参加这一违法乱纪的行为，是一位随军入川的外籍同志。受害者姓孙，也是一位外籍青年，不过参加革命较晚。江岫人，曾去上海为京剧团采购戏装，被认为有贪污嫌疑。而由于不肯承认，那位资格老，又是文联领导班子中成员的同志，一怒之下就让两三位打手吊起他的鸭儿浮水！直到一只膀臂受伤，这才松刑。而当我们闻讯赶到，错误已经铸成，无法挽救了。

　　安顿好受害者，我提出立刻向市委"三反"办公室反映，进行检讨。而主其事者却不同意，根据他的革命经历，认为在那样大的运动中，事情相当寻常。他说得头头是道，例证不少，我也就同意了。事后想来，我当时头脑也有点发热。这同运动中出现的气氛分不开的，好些单位都想搞一两个"大老虎"出来！有时同志们见面，每每一开口就十分关心地问："你们打到大老虎没有呀？"幸喜这股风西南局、市委很快就发觉了。而文联也受到了应有的批评。

　　不过，最终我们还是打到一只"老虎"，总务科长吴昌文同志。而且，就在吊打干部之前，我们就凭一些具体证据，由市委批准后，把他关起来隔离反省了。我还亲自对他做过政治思想工作，说服他认真交代。他就是重庆人，地下党员，美术家，解放前做过一些工作。我们查出他的错误，主要是铺张浪费。而在大吃大喝，大肆购置家具当中，他更同一些店铺在账目上有许多可疑之处。在重庆，他是"三反"中第一个被开除党籍的同志，曾经见报，轰动一时。

我一向自信这件事没有做错。可是，大约"四人帮"垮台后吧，我却不得不为组织上平反写材料，承认当时处理重了。因为浪费有之，贪污呢，却证据不足。写到这里，我不禁想起邵子南同志。"三反"时他早已调离文联，但在揭发吴昌文问题时，不少人都嚷嚷闹闹，要求通过组织，把他揪到文联斗争。而且肯定吴的"贪污"同他有关，铺张浪费更加不用说了，是在他支持、唆使下进行的。在要求揪他回文联的群众中，黄玉颀最积极，在家里也时常向我叫嚷！

　　子南同志手面大，一切事务性质的工作都信任吴，这我是知道的。离开文联前夕，他还叮咛过我，总务科的工作，就放手让吴负责好了，自己用不上操心。但我决不相信他会同吴的贪污行为沾边。而且，由于黄玉颀叫喊得最厉害，我很快领会到其中奥妙。由于性情豪迈直率，作风有时叫人感到粗暴，又知道他凡事信任吴，而吴对文联领导同志都有些不在乎，把他当成靠山，因而一向对邵就不满意。现在，算有了出气的机会了。

　　于是，这样一来，我就力排众议。而且不惜经常同黄玉颀吵嘴，严辞拒绝将子南同志揪回文联交代。有一次，黄玉颀提到过去我对邵的不满、恼怒、经常背后嘀咕，现在却把邵当成圣人。但这不止没有达到她预期的效果，我倒反而进一步意识到，正因为我们之间爆发过相当严重的纠纷，以致组织上把他调离文联，我就更应该冷静对待黄玉颀和其他一些群众的叫喊，不要为他们所左右。现在想来，这真是一次考验，我算没有辜负党的培养。

　　我在"三反"中的主要经历，大体就是这样。"五反"同文联关系不大，只分派了部分干部参加，我就不多谈了。而当运动结束，艾芜去鞍钢深入生活，我也开始在以往一些设想上进行构思，准备写作反映土改的长篇时，不料得到通知，说中宣部已经批准我去民主德国访问。建国以后，艾芜到北京参加过全国政协一届二次会议，文艺界的整风学习，我却还不曾出过夔门！

因此，尽管不无犹豫，倒也想去看看。不过，德意志民主共和国对我吸引并不大，我倒很想到北京去小住一段时间，会一会过去的老同志。建国后，我曾为重版《淘金记》同严文井同志通过信，请教他这本书是否可以重版。他当时在中宣部文艺处负责，曾经向乔木同志反映。而得到的回答是，可以重版，但不要忙于写反映当前现实生活的作品，最好先到省外开开眼界。

　　回想起来，当时确也有些糊涂想法，感觉过去的作品，已经没有多少存在价值了。虽然想写反映土改的作品，信心可并不怎么大。而可以在创作上认真交换意见的同志，又非常少，艾芜则忙于自己埋头创作。因而多么想同文井他们认真扯扯创作问题！

　　西南局宣传部廖井丹同志也认为我该出去开开眼界，还曾表示，回国后就不要搞行政组织工作了，抽出身来进行创作。

1985 年 1 月写

1989 年 6 月改

东德访问忆记

我是 1952 年冬天到北京的。我首先去看望周扬、丁玲两位，因为他们是文联、文协的负责人。在谈到出国问题时，他们都劝我不要紧张，因为东德是社会主义国家，任务也很简单，友好团结，一切具体事务工作，则由对外文化联络局邹荻帆同志协助办理。

因为是我有生以来第一次出国，又在农村一气就住了八九年，真也有点紧张。但我也相当愉快，能有机会与多年不见的老同志聚首畅谈。我同其芳相识虽晚，可一道去的延安，一道在鲁艺工作，一道在岚县和冀中经常同睡一个炕头。1944 年、1946 年两次在重庆也时有来往，彼此无话不说，所以同他会见也更叫人高兴！

其芳当时在高级党校教国文，住在颐和园附近。他一得到我到达北京的消息，很快就到东总布胡同作协的前身"文协"来看我。攀谈当中，有两点我印象很深。当谈到文学界的情况时，我曾问他："你见过周作人吗？"而他显得惊怪地大声反问："嗨！我见他做什么哇?!"照样像以前一样直爽。我不是完全忘掉他曾经于奔赴延安前写文章斥责过周作人，但我总觉得周作人有学问，而且已经受到宽大处理。

其次一个印象是，在彼此探索反映土改的创作时，他谈了不少他在平山参加土改的经历和所见所闻，表示他将争取写作长篇小说，甚至把全部构思都告诉我了，仿佛万事俱备，只等把它们变成文字。其芳的脾胃就是这样，凡事都充满激情，全力以赴。他的语言洪流一淌起来，你就无法插嘴。而那次会面，大部分时间都叫他的创作计划给占去了。直到我去党校看他，这才着重谈到正事。

所谓正事，也就是我出国访问的事。他已出过两次国了。两次都是去欧洲社会主义国家。他谈了不少自己的经验，总是劝我不要太紧张了。他要我带上自己写的两个短篇小说，认为很可能接待人员会要我提出作品让他们翻译介绍。他还给了我一份他自己出国时准备的有关中国近代文学的发言稿，而他还从未用过。有备无患，这倒正中下怀。而且，我在柏林的一次欢迎会上，真也使用上了。

我到中宣部看严文井同志时，不曾想到赵树理同志也住在文艺处。向文井一打听，才知道他是住在那里学习的，主要是阅读中译苏联反映社会主义建设的文学作品。不知什么缘故，他那时左手臂扭伤了，敷上药，用根绷带吊起。这是我们第一次见面，没想到他是那样高大，穿的则是一般短褂，不是制服。更没想到，一问起他的左臂，他就口念锣鼓，又唱又手舞足蹈，谈起山西梆子来了。

哼唱了几句后他报了一折戏文的名字，好像是《三卖武》，指明他正如这折戏文中的角色一样。起初，我有点怪异，而在以后若干年间，同他接触一多，感觉这个人更可爱了。说他不拘形迹，说他酷爱家乡的戏文，说他幽默，都对，而主要之点，是他太纯朴了，始终未脱农民的本色。在当时我国作家中，像他那样在全国赢得普遍的喜爱、尊敬的，可以说是没有，而他却是那样叫人乐于接近。

由于曾经一道在鲁艺教过书，又一同住在桥儿沟东山，且窑洞相连，我同文井可以说是老相识了。他同其芳更熟，他们一道在鲁艺教书的时间比我长。他思想细密，考虑问题周到，文学修养也高。当我向他提起其芳向我介绍他那部反映土改的小说时，他笑着说了一句这样意思的话："他是写总结呵！"接着指出，人物性格、故事情节太少了，并举例说，其芳一向连人们的穿着都不大注意。

我去中宣部，主要是看文井，而且是叙旧。出国的任务，周扬、丁玲已经分别交代过了，所以没去看乔木同志。但是，出发那天，我同马烽和翻译同志已经上车，随又给联络局的同志叫下去了。原来是乔木到车站送行。三十年代，我在上海左联的刊物上读过他一篇纪念五四的文章。1938年在鲁艺也曾见过一面，我还向他反映过一点下之琳同志住在文抗延安分会的情况，而为此中宣部曾经在陕北公学请过次客，借以表示对外来文化人的尊重。同座的还有陈昌浩同志。

既然交往非常有限，他当日好像还是常务部长，竟然来车站为我们送行，情绪相当激动。同时还以为他有什么重要吩咐，结果只是一般寒暄了几句。事情虽小，我的印象却相当深，至今难忘。同乔木告别后，回转车厢不久，列车就出发了。这是我有生以来第一次出国。

不只是第一次出国，还是第一次到东北，即俗所谓"关外"。小时候就听人讲过有关东北的传说了。尽管随着年龄的增长，所知渐多，有时浮现脑际的，仍然是不毛之地。重工业的发达，固然早已闻名，它的气候却始终未变，一到冬天，就冰天雪地，寒气袭人，对于一个南方人说来，真是一大威胁。在陕北，我已经领受过了。头等车有暖气，毫无寒意，可是，透过已经积冰的玻璃窗望出去，全是冰雪世界！……

列车在哈尔滨停留时，我把自己周身装备起来，准备下去沿月台走一转，可是很快就上车了。寒风刺骨，眼耳口鼻招架不住。车经西伯利亚一带，当然更不敢下车了。沿途的景色相当荒凉，只偶尔可以看见一些用枋料砌成的低矮房舍。这段路程引起我不少回忆。不过不是来自现实生活，是旧俄一些艺术大师名著中主人公的遭遇。我仿佛真的看到了聂赫留朵夫和马丝洛娃的身影……

尽管换车后服务人员换成了苏联人，态度也相当客气，因而出国以来，心情一直是愉快的。只是车到莫斯科后却叫人感到丧气。出发前，对外文协就打电报给我们驻苏使馆，请他们派人到车站接待。可是，几乎所有客人都各自散去了，却还不见大使馆有人来接！而翻译又只懂德语。好容易在车站工作人员帮助下雇到一辆街车，前去驻苏使馆。虽然没会见戈宝权，问题总算得到解决。

所谓解决，就是帮我们定了房间，并承担起到车站提取行李，以及办理继续乘车前往柏林的各项手续。说是行李，其实是准备分送德国作家组织、一些作家个人的礼物。私人的行李，则不曾托运，因为东西不多，还怕失落。主要放心不下邹荻帆为我们准备的一些有关我国现状的材料，这些材料是为当年召开亚太和会，供所有接待人员学习的，它们对我帮助不小。

使馆接待人员为我们在莫斯科大旅舍定的房间，一住进去，就叫人感觉不安，房金太贵了！每夜一百卢布。马烽和翻译的就低一些，因为我住的是套间。就餐时也叫人不愉快，那位接待人员还帮我们要了一盘凉拌卷心菜、一盘苹果。而结果却花去二十多个卢布！所以回到房里，我就向他提出，回国时我们还要停留个两三天，但住普通房间好了，吃喝呢，红菜汤和黑面包就不错！

次日，我们乘车、开车的时间，驻苏使馆当然一清二楚。打电报通知我国驻德使馆，这是例有的事。可是车到柏林后仍然不见有人来接！而照理，作为邀请的一方，德国作协也该有人来表示欢迎，不料同样无踪无影。于是我们又只好雇车到大使馆。驻德使馆不错，那位文化参赞对人热忱，对驻苏使馆大为不满，因为他们根本就没有得到任何通知，当然也就无从转告德国对外文化机构。因为我们一到柏林，按照协定就该由德方出面接待了。

使馆为我们考虑得很周到。他们认为我们的穿着不合时宜，因为柏林相当暖和，我们的驼绒大衣不行，只能穿呢大衣。可是我们没有！使馆就主张买，回国时由他们证明一下就可以报销了。因为我和马烽都腰无半文，而出国花钱又有规定。于是，使馆在同德方联系的同时，就派人领我去市场购买大衣。结果，我和我的伙伴各自买了一件半毛料的大衣，因为纯毛料太贵了。

有关东德作家队伍的现状，我们出国之前就有所了解。还看了安娜·希克斯的中文译本《第七个十字架》，以及其他当日比较活跃的作家的代表作。至于老一辈的沃乐芙，路易·陵的戏剧和小说，乃至歌德的作品，则我在30年代就读过了。去旅馆前，在使馆短暂的停留中，对于当前一些作家，那位文化参赞还为我们补充了一些材料，说明他们各自的经历、创作成就，以及在文学界的地位。

住进旅馆的当天夜里，德国作家为我们举行了一次便宴，有六七位作家参加。老一辈的路易·陵也在。他的《战争》，我在青年时代就看过了。瘦长长的，平易近人。青年一代的，有库巴和哈穆林。前者出生于基层社会，是作协的副主席，曾经访问过中国，后来还写过一本书。新中国的一切都引起他极大注意，一把杭州雨伞，一棵长城的草，一位公共汽车的女司机，他都有专题抒写他的观感。

库巴直爽热情，看来主要是他负责招待我们。他曾陪同我们到郊区看望一位老作家，在中国早已闻名的阿尔夫。这位老人在东德政治地位比其他作家高，似乎做过驻苏联的大使。他对我们很亲切，特别喜欢在抗日战争中锻炼、成长起来的马烽。他对中国很有感情，早年就写过一个赞扬中国革命的剧本，曾经在上海演出过。而他书房里还摆设着金山寄赠他的一幅剧照。这个剧大约就是《怒吼吧，中国！》。

拜访阿尔夫可以说是在同德国作家接触中最愉快的一天。而我们在库巴家里同安娜·希克斯的会见，却叫人感到有点别扭。她是作协主席，又是斯大林奖金获得者，我们出国前特别四处搜求她已经译为中文的作品，因此我们慎重提出要拜访她。而我们的会见却在库巴家里！可能由于自己过分紧张，我还感觉她颇有优越感，就在提到她的名作《第七个十字架》时，竟也相当冷淡。她还突然发问：为什么选派我们到他们国家访问？

她的冷漠早已使人感到不快，这一来，也就更加叫人十分惊奇。因此我只好尽量克制，相当平静地回答她，我们也说不清为什么会派遭我们，不过，我们知道德国是马克思的故乡，歌德、席勒又是早为我国文艺界所熟知的杰出人物，所以既然派遣到我们，我们也就来了，何况民主德国是兄弟之邦呢？不过，尽管尽力克制，无疑也流露出一些不大礼貌的情绪，事后想来深感自己的修养太差劲了。

我们本来早就提出过一项要求：访问一次工人出身、刚刚脱离生产不到三年的作家泰渥·哈里希，但被拖延下去，直到离开德国的三天前，这才如愿以偿。如果说，安娜·希克斯叫人感到多少有点傲慢，恰好相反，这位工人作家却叫人感到亲如手足。接待人员介绍他给我时说，哈里希是个青年作家，见面之后，这才发现所谓青年，是就创作年龄说的，按照自然年龄，他可已经五十岁了！

哈里希一见面就叫人感到亲切、愉快，无拘无束。显然由于来自底层，经历过不少艰苦斗争。他谈吐幽默，同时还有不少爽朗的笑声。我们刚一坐下，他就叫他结婚不久的妻子拿出酒来请我们干杯，说："柏林人讲的，生活中应该有酒的地位。"接着，在我们的邀请下，话匣子就打开了，讲说他的苦难经历。不错，苦难，才十五岁，生活的鞭子就把他赶到该道尔矿山工作去了，做打杂工。在矿山工作一年，就转到萨克森的一家齿轮厂工作，为资本家当牛作马，备受熬煎。但他并不驯服，每次罢工，他都同他两个兄长一样，积极参加。后来，他一个兄长在斗争中牺牲了！一个被捕入狱。他呢，除开这两次打击，加上失恋，折磨得他投河自杀！不过被人救起来了。获救以后，他才清醒过来："所有的工厂都照旧在冒烟，那不是我的兄弟吗?！"于是他决定自己应该照旧活下去，战斗下去！

不过，他没有再进工厂，买了一件乐器，开始他的流浪生活。很多时候，他是当临时工，没有工作，就用乐器娱乐群众和他自己，借以维持生活。这中间，他还学过厨师、汽车驾驶员，而且写过一首长诗。最后，他带起他的处女作到了柏林，以为可以拿它作住进首都的见面礼。但因错字太多，却受到一位编辑的尖锐嘲笑。可也由此落得一桩好处：开始努力读书，并着手编辑词汇，他称之为他的《杜顿字典》。

纳粹覆灭前他还被抓去当过兵。如他所说，那时候只要是个男人就有被抓去当兵的危险。"可惜我耳聋。"他诙谐地说，"穿上军服就更聋了。要我右转，我总听成左转。这怎么能打仗呢？"可他并不曾因为自己会弄鬼就脱身了，他被分派去挖战壕。他是一直苦斗到苏联红军攻克柏林后才退出战争的。接着就在红军协助下为祖国治疗战争的创伤，扫清战场，修建供人民栖息的家园。同时也挤时间，参考他的《杜顿字典》，并逐步完成他的《在黑暗的森林后面》。

《在黑暗的森林后面》是他第一部长篇小说，可惜我们不懂德文，不曾拜读。当我们访问他时，他正着手写作第三部长篇。事隔多年，按年龄说，他可能早搁笔了，但对我们那次的暂时欢聚，我却一直感觉非常新鲜，历久不忘，认为这次拜访为我们东德之行增加不少魅力，真像访问了一次兄弟国家那样，不曾有过任何隔阂。回国后我专就这次访问写了一篇文章，刊登在 1953 年 1 月的《文艺报》上。

在访问东德期间，我感觉德国人民是可爱的，对我们总是那么亲切，而知识界和干部大多数也不错。在参观北海造船厂时，可也曾叫一位接待我们的同志弄得我这个具有敏感、急躁毛病的人出言不逊。这位同志 30 年代参加过海军，驻防过上海。因此他问我："上海还有没有燕子窠？"我告诉他，因为解放后政府禁止，卖鸦片烟的早绝迹了。但他只顾摇头，还说："听他们讲，鸦片烟一上瘾就戒不掉！"我向他一再解释，但他照样摇头，照样说："都讲不容易戒掉呵！"而且面带笑意，似乎我是强辩。于是我就脱口而出地说："据我所知，世界上只有一样东西戒不掉：面包！"这下他不再摇头了，彼此可都显得有些别扭。因为急躁，在说"面包"一词之前，我说了个"饭"字，而为了转换一下空气，马烽就故意取笑我道："哪里有什么'饭包'呵！"于是谈话又逐渐轻松愉快了，谈话转向语言问题。

在土林根省参观玩具博物馆时，尽管我对该馆收藏的一件黄杨雕刻感到不满，倒还没有同那位馆长有过什么不愉快的谈话，只是做过点解释。我十分肯定那不是儿童玩具，是外国冒险家从中国搜罗的最低级的小摆设！因为是一个拖辫子的男人，同一个小足妇女面对面躺着抽大烟的丑恶形象，尽管中国过去社会风气不好，也绝不会有这样的儿童玩具！后来我向使馆反映，那位参赞听了，竟也相当吃惊。

不怎么愉快的事儿尽管有这么两三起，但是，在整个访问中，自己受到教益、值得怀念的事儿可多得无法一一记述。就拿参观北海造船厂那次说吧，尽管白天闹了点别扭，晚上我正准备睡觉，忽然有人来敲房门。开门一看，是位德国同志，于是我赶紧从邻室找来翻译。问探之下，才知道是造船厂的工人，因为听广播知道我们到厂参观，晚上又在招待所留宿，他就特别前来探望我们。闲谈中间，他相当直爽地向我们表示了他的忧虑：少数工人有些想念西德。

而且，他不无忧伤地告诉我，就在那一两天，又有人回转西德去了。原来北海造船厂过去只能制造小型游艇，近几年才扩建的。多数工人都来自西德。他也是从西德来的，而尽管条件差，他都将坚持下去，但却无法留住他的伙伴。看来他的觉悟高，懂得应该为建设社会主义艰苦奋斗。我对他说了些赞扬和鼓励的话。我们说得相当融洽，最后，他还忙着回到工人宿舍，拿来一些他母亲为他炖的鸡请我吃。

在脑也腊化工厂，我们同工人兄弟座谈过一次，由几位老人为我们介绍了这个厂过去的斗争经历。对于希特勒刚上台时一场斗争，大家更谈得有声有色。尽管是失败了，但却充满了自豪感。最后还领我们到工厂垣墙内外跑了一圈，说明当年同反动武装军警进行斗争的具体情况。还有一个冶炼厂给我们印象也深：在苏德战争中，他们经常对纳粹的军事活动进行抵制。而且，曾经出色地把战犯们从苏联掠夺的列宁铜像保存下来。

我们曾经提出到农村访问，结果却只参观过一个农业合作社。而且除了看看拖拉机、牲畜和庄稼，以及由社主任做过一般情况介绍而外，几乎没有同任何社员接触。后来我们私下谈起出国前了解到的一些情况，也就不便再提出参观农业社的要求了。因为东德虽是以农业为主，战争结束后，大地主都逃到西边去了，农民的变天思想相当严重，互助合作运动也就大受影响。由于地位不同，虽然感到不便提谈这些情况，只是总不免有些为他们着急、纳闷，有时真想探听一个究竟……

对农民接触少，对一般居民，接触就更少了。而有时散步，却也了解到一些情况。我感觉德国人民的生活相当简朴。就拿柏林来说吧，街道边大都有一间可以移动的小屋，贩卖面包、香肠、啤酒，好些行人就站在摊子边吃喝起来。从穿着看，各阶层的人民都有。还有一点印象也深，一天，我发现一位老太婆，拄着手杖行走，手杖上大包小包挂了一串！仔细一看，原来手杖下端配制了个轮子，由它滑动着前进。而由此可以看出，他们多么善于利用科学知识。

就我们参观过的城市说，魏玛印象最深。歌德故居不必说了，我们还到过他的墓地。有趣的是，陪同我们参观的当地作家，还邀我们看了看绿蒂的坟茔。因此，在座谈时我谈到《少年维特之烦恼》这本我最早读过的名著，在中国也曾掀起一阵子维特热。席勒的故居也在魏玛，只是规模、气派要差一些。这可能同他们各人在当日的政治地位和一生在文学上取得的成就不同有关。

由于我们对他们一向尊崇的作家、艺术家有所了解，他们非常高兴。在大部被美军炸毁的德累斯顿，因为通过鲁迅先生的介绍，青年时代我们不止欣赏过支·珂勒惠支的木刻，而且知道她一些身世，所以，在我们同当地文艺界座谈后，我们得到了珂勒惠支版画集，比我们国内翻印的强多了，也相当完备。基希是德累斯顿一带的人，只是读过夏衍、立波先后翻译过他主要以上海这个半殖民地的城市为题材的报道散文，因此，大家谈起来就像谈一位亲人那样。

除开文学家、工人，我们接触到的地方干部也相当多，而且都很不错。北海造船厂那位胖乎乎的同志，毕竟绝无仅有。比如，在魏玛，参观歌德、席勒的故居以后，我们还参观过纳粹时期的集中营，而那位陪同我们参观，并进行解说的干部就非常好。在解说敌人曾经折磨我们的同志，比如关在一间没有退路的屋子里，让饥饿极了的狼犬啃咬的情节时，眼睛总是闪着泪花。而谈到德国人民的领袖台尔曼的牺牲，他简直是流泪了。

　　这位同志是否曾住过集中营，我们没有问过。但是一位陪同我们参观柏林刚好修建成的工人住宅区的同志，却在集中营关过一些时候。不过不是魏玛那座集中营，虽然同样残酷：他右手的指头已经被敌人折磨得只剩两三节了。那位陪同我们参观波茨坦王宫的区委书记，也关过集中营。年龄不大，可已相当衰惫。而在临别的时候，他晃着手里的钥匙望着我们说："这就是权力，过去因为没有它吃过不少苦头，现在要紧紧掌握住它！"

　　除开这一处已经建筑成功的工人住宅区，还有好几处正在清除战争年代空军轰炸制造的残砖破瓦，准备兴建住宅。我们曾经要求参加一次义务劳动，因为当时这种劳动，已经成为一时风尚。我们的要求当然被接受了。于是，一天夜里，我们精神抖擞，决心去好好干上一班。可惜由于德方多所照顾，不止不给我们安排重活、脏活，一个钟头不到，就婉言劝说我们回旅馆休息，结果成了象征性的活动。而后来还给我们颁发了参加义务劳动证明，现在想起来都还感觉有些可笑。他们可能不知道在我们国家里，为了医治战争创伤，大多数人都参加过这种义务劳动。当然，也很可能完全出于对外宾的照顾。

　　在这些参观访问中，增长了不少知识。而最叫人受到鼓舞和难于忘怀的，是参观莱比锡法院。因为在法西斯猖狂一时的年代，季米特洛夫在这个法院的法庭上受审时，曾经向全世界揭露过希特勒一手制造的所谓"国会纵火案"的真相。我们听了他当年驳斥反动派的录音，看了他当年的遗物：给他母亲和保加利亚同志们的书信，以及他在狱中为学习德语阅读过的书籍，包括歌德的《浮士德》。而英国一位小说家在《紫罗兰姑娘》①一书中的描写，更加深了我对当年那场历史性斗争的印象。

我对东德的访问距今已三十多年了。可我在访问中的所见所闻，所受到的教益和热情接待，至今依旧活鲜鲜的保留在记忆中。只是这里写出来的仅仅是些梗概，校订时不免有些怅然。

1981 年写出（1987 年 2 月 11 日改写）

---

① 《紫罗兰姑娘》：英国克·依修午德的小说，书中有季米特洛夫在莱比锡法庭上进行斗争的精彩描写，1946 年由卞之琳译为中文。

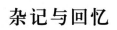

杂记与回忆

在动乱刚刚结束的日子里

9月13日　10点25分飞抵首都。

9月14日　上午会见了文井、君宜、春光诸位，并将中篇初稿交湘初同志，要求他们多提书面意见。下午尽管不曾进入毛主席纪念堂内部，瞻仰他的遗容，对纪念堂的规模总算有一点印象了，而且参观了毛主席生平影片展览。因时间较早，去看望了白羽。最后，去看望决鸣同志。她的子女都不在家，一位姓吕的装订工友要我们到他家小坐。

这是个老工人，是其芳所里的职工，对其芳赞不绝口，不胜痛惜："这样好的领导哪里找呵！"他还告诉了我其芳在"五七"干校认真养猪的情形。特别感人的是：其芳动手术后，刚刚清醒过来，就问："校样送来了么？我还要看一遍呵！"因为当时正轮到他守护病人。在八宝山开追悼会那天，他也去了。有件事很动人，一位女将军去吊唁另一死者，到达后才知道其芳也是当天开追悼会，于是转而至其芳灵堂。人们告诉她，她弄错了，但是她说："没有！我正是来吊唁何其芳同志的！这不是明白写着：何其芳同志追悼会吗？"

后来，其芳小的一个孩子终于回来了。我进了他家，眼见其芳遗像，正待致敬，便已忍不住老泪泉涌，痛哭失声！随后，才知道凯歌也从新疆回来了，正办调回北京手续，决鸣同志则一时尚难北还。我要他写了他们几姊妹的名号，就告辞了。随即去看望白羽。

这天为吃晚饭，跑了不少路。白羽本来要我留下来吃晚饭，因为他在病中，未便相扰，就借口推辞了。在他那里也谈了一些其芳逝世前的情况。

9月15日　上午八时，由出版社派车送我去全总，并要小冯做伴。找到老冯后，我就要小冯坐车走了。走时，他向诗云交代，望能派车送我回去；如不便，就打电话给出版社，他们再派车来接我。并留下地址。这次，出版社对我的热情接待，真令人感动！……

在诗云处玩了一个上午。午饭是之奇同志做的，很不错。我和诗云都喝了两小盅福建甜酒。饭后睡了一觉，虽然只有两个钟头，但是睡得很香，为几日来所未有。三时半，由之奇同志伴送我乘公共汽车回出版社，转了两次车才到。途中，我曾一再劝她回去。她不肯，怕我迷路，乃至撞着车辆。到了门口，留她小歇，她又不肯，盛情真是可感。因为她是病号，只是情况较我熟悉而已。

回家后，才知道文井等我谈话。但谈话不久，光年来电话了，说他家刚好买了条鱼，约我们去吃晚饭。光年豪情一如往昔，他爱人、儿女都给我介绍了。他一个小儿子，约十五六岁，身材很像光年，清俊，聪明，令人喜爱。不过未同桌用饭。可能人多，因而未曾入席。饭前喝了大曲，同光年各饮两杯，文井则只喝了一杯。因光年有胃病，他爱人屡加劝阻。我也认为既有胃病，还是少喝白酒为宜。光年看来对《诗刊》《人民文学》都负有领导之责。他一再叮咛我，要用车，《诗刊》《人民文学》的车都可用，并嘱咐我，如有病，或检查身体，他都可代为设法。这种关切之情，太叫人感动了！一句话，这两天来，凡所见到的老同志，对我之关怀、爱护，都出我意料之外，给了我很大鼓舞！……

饭后，又去前院文井家坐了一会，见到了他爱人康志强。我向文井谈了谈个人的生活情况，也谈了谈艾芜的情况，临走时，文井交了一封我"文革"前写给他的信，说，因为夹在字典里，是幸而保存下来的唯一的一封信。这信是托他对修改后的《记贺龙》多提意见，并待看清样，对不妥处则进行处理。这是我回宿舍后看了信才知道的，因当时未带眼镜——遗失在老冯处了。所以准确地说，是十六日夜，之奇同志眼镜送回后才弄清楚信的内容。

9月16日　上午在出版社招待所休息，写信给刚齐。给支部的信，则从老冯家回来后就写了。没有眼镜，居然也写了一张多信笺。本来只想简单地向组织上报告一下行止，不料竟写了那样多！因无眼镜也未曾细看。

下午本来同一位业余作者约定，一道去看周总理的遗物和图片展览的。午睡起来，那位青年人竟未留口信，打个招呼，就跑去看话剧了，幸而凯歌同他一位女友来访，我就只好约其一道去瞻仰总理的展览。到达天安门时，他的女友因有事先走了。凯歌面貌很像其芳，精力充沛，性情直爽，每次上车后，总是向就近一位青年或中年说："起来，让这位老人坐吧！"而北京人真也不错，所以我几次都有座位。

因为未带眼镜，参观时几乎大多靠凯歌作说明。在瞻仰总理遗容巨幅照片时，我差点失声哭了出来，只好避开凯歌、观众，独自在一处休息了一阵，尽力克制自己的悲痛。瞻仰展览后，已经六点过了，由凯歌领去鸿宾楼吃晚饭。因等座位久了，颇为焦急不安，而对面喝酒、用饭的客人，则悠然自得，毫不在乎等候在他们面前的我们。这个对照很有意思。随后，我也同其中一两位，特别是女同志拉起话来，还用玩笑口气暗示他们：不必尽聊天了。

这一餐饭吃得很不错。但这个餐馆早已大众化了，青年工人来用饭的占多数。在步行时和用饭中，同凯歌谈了不少，主要是他父亲生前事迹和当前家中情况，特别谈了那六十架图书的处理问题。饭后，他又送我回到出版社，随即骑上自行车走了。

9月17日　上午，去南竹杆街看夏衍。谁知他到南方看他姐姐去了。只见到他爱人卧病在床，相当衰老。闲谈中，才知道她腿子挨斗时受伤了。她说，夏衍前将返京。我留下一个便条。又乘电车去大佛寺71号看天翼。天翼面色很好，简直就看不出他瘫痪了。只能说一两个简单字句："好""是"，多两个字，便含混不清了，不住加上一些手势；但又只有那个四川娘姨和承宽的姐姐懂，我呢，照旧茫然！他曾试图写出来，可也困难，只有一个"艾"字算写成了。

他的躺椅面前有一小桌，专供进餐时用，而将我另外安置在一张方桌上吃午饭。我自动搬去和他一道用饭，一气喝了两瓶啤酒，说了不少的话。他非常高兴，当提到诗云同志时，他表示诗云也曾去看过他。他们给我弄了五样菜，但我只用了两样，炒鲜虾和炒白菜，而且全吃光了，天翼不吃肉类食品，只吃蔬菜。他有支气管炎，痰多，在服中药。据娘姨说，昨天出版社来商谈出他的作品时，他就知道我来了，很高兴。从她的殷勤看来，也反映出了这一点。临走时她还要我再去。

离开天翼后，顺便看了看张僖。是天翼一个姨侄送我回出版社的。伴我去的，是江秉祥同志，送到后不久，他就走了。

9月18日　上午往访之琳，谈了一些其芳遗事，也请他补写那篇他在"评《淘金记》"中预约过的《——论中篇小说的得失》。他很欣赏《紫罗兰姑娘》，认为人物写得好，整个形式松散。他似乎以为《上尉的女儿》作为中篇小说并不理想。我也谈了谈《青枫坡》的内容，特别是构思和创作意图。

之琳显得苍老，为他女儿青乔的病，心情相当沉重，生活也较忙乱。青林带她女儿散步去了，午饭时才回来。青林也憔悴些了。她女儿情形也不算怎么好，只能说基本上痊愈了。

9月19日　上午葛洛同志来谈了很久。下午去看克家，随又去看章竞同志，谈了很久。他正在改写一个"文化大革命"前写的长篇。身体很不错。在他家吃过饭才离开的。去之前，克家曾打电话通知他，他就派了他儿子在胡同口相候，走时又叫他儿子相送。因为他住的地方太不好找了。他原要我搭车走的，但我照旧步行回来。

9月20日　同文井、君宜一道去看立波、林兰。因为立波向一位熟人说过："他到这样久了，怎么不来呀？"我曾写了一信给他。大家见到都很高兴。立波无大变化，只是两鬓小部分白了。林兰似较"文革"前丰满，已见白发。小历想不到十八岁了，身长一米八，稍稍瘦弱一点。本学期在家中休养，回家后才知道患有肝炎，立波颇为担忧。大家谈了不少。光年到后，谈话更热闹了，从三十年代扯到唐某的文章。这篇文章见《人民文学》八期，和他发表于《鲁迅研究》者颇有差别，原来光年曾经同他谈过一次。

我有点以主人自居的味道，午餐时尤然，因为我同立波毕竟相识较久，从来在他家里就无甚拘束。临走时，他有留我住宿的意思，我答允他以后再去，因为尚有不少老同志未见到，住在百万庄颇不便当。小历很俊秀，令人喜爱，但也十分担心他的健康。所以回家记起眼镜丢在他那里了，托古华去取时，信上有所叮咛。

因为前一天南新宙说，圣陶老人曾一再念谈到我，晚上单独去八条探望他。因为道路不熟，门碑号码有新有旧，胡撞了约一刻钟之久，才找到他。叶老鬓眉皆白，原来他较茅公还大两三岁，将近八十四了。至善则已五十八九。时间过得多快！他家里人口看来不少，但屋子却很宽敞。因有至善指引，回家时路近多了。

9月21日　这是我来京后最值得大书特书的一天：上午终于瞻仰

了毛主席纪念堂！前一夜，我从八条回来时，小说北组的杨、诗歌组的秦，就告诉我了，并说了三条注意事项。因为相当兴奋，五时我就醒了。五时半起床，洗脸刷牙。只吃了一枚苹果，生怕因吃早饭误了时间。一切收拾好后，杨、秦也都来了。

这天上午，两位青年业余作者招呼我得周到，换了两次车才到达天安门。因为时间还早，我们就在附近吃了油饼豆浆，然后去马恩像前集合。我们到达时，只有一个出版社的同志到了。约半个钟头后，出版局的同志才到齐，接着列队前去纪念堂前等候轮次。据说，每天只限一万人瞻仰，我们算是上午头一批瞻仰者。但因有外国元首前来致敬，直到十点左右才进入纪念堂。我的"瞻仰证"为"002177"号。

见到毛主席汉白玉雕像时，禁不住哽咽了，流泪了。瞻仰遗像时，更是悲不自胜！如果能痛哭一场，该多好呀！杨赶快扶着我，他本人却也哽咽不已。我们没有紧紧跟上队列，总想多看主席两眼。出纪念堂时，头脑昏眩，出版社的周要两位青年同志挟我坐在台阶下休息了好一阵，然后才乘车回家。估计整个进出纪念堂的时间约二十分钟。

下午，由仰晨伴乘《诗刊》社车去看家宝。他消瘦了，精神也不怎么振奋，有时出现一种茫然神情。但在谈到《日出》重版前记和老舍结论时，头脑却相当清醒。我对"前记"也提了点修改意见，他同意了。那个"结论"共两种，一为死者家属拟的，家宝对这份"结论"的意见很好，对另一份的意见也不错。还不到一点钟我们就告辞了。

临走时，因找手杖我才发觉他的脑子确乎有病，主要是记忆力衰退。下楼后，我们就上车走了，留下他独自去散步。看来他是想送我们一程的，没想到我们是坐《诗刊》社的车子来的。车行不久，想起来很难受：我们走得太匆忙了！前一夜去看肖泽宽同志时，泽宽同志就告诉过我，家宝就住在二楼。可惜时间晚了，只得约定今天去看望他。

茅公的院子相当宽敞，有门房。直到这位门房去通禀了，才领我们去会客室。他好像同十年前无大差别，仍然健谈。他为自己的目疾谈了不少，并解释了什么叫作黄斑。对于两个口号问题，因为我曾写信向他提及雪峰一些不实之词，也谈了不少。因为那个早已在座的青年同志并不知道《鲁迅研究》上所刊文章的内容，我多少做了一点说明。此外，我还谈了谈《青枫坡》的主要内容。因为他患了感冒，未便久留就告辞了。临走时，因为我提到可能去上海看看，他颇带感情地高声说道："上海有什么可看的呀！"我至今不理解他这么说的意思。

离开茅公家后，回出版社稍事休息，即由仰晨陪同出去晚餐。好不容易在东风市场的湘蜀餐厅吃到饭了。东西不少，吃饭的客人更多，候个椅子真不容易！饭后，去仰晨家坐了一阵，然后由他送我回出版社。

9月22日　去左家庄看李季同志。他看来身体不坏。因他有冠心病，我特别注意同他平平静静地闲谈。但是没有办到！不料我也逐渐激动起来。幸而尚能克制，所以一再劝他不要太兴奋了，还用自嘲口气讲了一些自己的情况。因为葛洛同志先我去了，显然是商量《诗刊》的问题，坐了不久我就告辞。临行时，主人似乎接受了我的劝告，说是我们应该像中央负责同志那样冷静、持重。因为出版社的车开走了，是坐《诗刊》社的车回家的，回来后颇有来去匆忙之感。

9月23日　刚起床，荒芜来了。洗脸刷牙后，他约我前去东四早餐。为了这顿早餐，他添了不少麻烦。闲谈中，才知道艾青并未瘫痪，甚至身体很好，每晨四时就起床了，写作不辍。他爱人对他也很不错。餐后，原拟去看伯萧，因时间已晚，就由荒芜伴送回来。回家后，才知道林林来过，留下一个便条。不久厦门大学一位教文学史的教师，两位延边大学研究鲁迅、注释《二心集》的作者来访。一共谈了两个多钟头，主要是谈我的创作历程。我觉得谈话是贯穿了自我批评精神的。

虽然因累，对讲文学史的教师，算是满足了他们的愿望。但对那两位研究鲁迅的青年同志，则远未使他们感到满足。因为临别时还一再来找我谈点有关《二心集》注释问题。

午休后，之奇同志带了罐头来，并约我中秋去吃晚饭，我们谈了诗云目疾动手术的经过。接着萧远强来了，健谈，颇像他父亲萧华清。是郑曼同志当天告诉他的，原来昨天在克家家里晚餐时我提到过他。我一人得招呼两位客人，真有点难于应付。不料一位《人民中国》记者又来了！之奇见我有点为难，就告辞走了。我送她到大门口才回来。返回屋子后，与远强谈了些家常，同时谈了谈我近两日的活动日程。因为看见有人等我谈话，他就走了。

远强走后，那位记者同志首先做了自我介绍；抗战时期曾和我在"青记"见过面。他是同君宜谈话后来找我的。首先问我对"四人帮"垮台后第一个反应是什么？我如实告诉了他我向老潘讲过的那句话："我现在死也瞑目了！"然后又谈了谈我此次来京的目的。

那位记者同志送了本《人民中国》给我，并告诉了我下期的内容。那位记者走后，早已和同房者谈了很久的一位画家，被介绍给我了。说他中学时代就看过我的作品。然后我们谈到一位女画家，特别与她有关的黑画问题；最后是我在鲁艺认识的王式廓同志的遭遇。我托他代我问候王的爱人。

这两天，来谈话的较多，以致我弄混了，记不准是今天或是昨天人民出版社通俗读物编辑部曾有两位同志来访，她们表示准备将《记贺龙》印成通俗本。我表示，我自己无意见，希望她们同青年出版社联系。内有一四川人，曾提到克非女儿写的一篇文章，以及另外一些问题，我都做了相应解答。

晚上，同立波、文井在君健家里，十分愉快地吃了顿不中不西，但是十分清淡可口的晚饭。以辛亥革命为背景，君健已经写了一部八十万字的小说，叫人十分羡慕。他身体健康，只是头发已斑白了。还有高血压，但他每日喝醋一两，颇有效验。他爱人比较消瘦，但很精干。

晚上回来，才知道我儿媳妇秀清来过。她是参加四川瞻仰主席遗容代表团来的，等了很久才走。说是乘专车来京的，只有三天时间，明日上午即去瞻仰，晚上八时乘原车返川。

9月24日　上午去出版局参加座谈，会见不少熟人：蔡仪、伯萧、林林，也认识了一些人：杨沫、王愿坚等。光年、文井、君宜都在，立波来得最迟，发言相当热烈。第一个发言的是克家，他谈了很多，照例激动、兴奋。王子野同志接着要我发言。我说得较短，但如实讲了讲我来京的愿望，也扼要反映一点由于"四人帮"的破坏，群众渴望多出一些好的和比较好的作品，同时也肯定了出版方面已经取得的成绩。

姚雪垠就坐在我侧面，随后因见我想同林林谈话，他又主动同我交换了座位。身材似乎比过去魁梧了，满面红光，只是已经秃头。他只有六十六七。发言简短扼要，主要是要求多出专业工作需要的各种词典。我们是同车去出版社的，转来当然也同车。在车上，他告诉我，他得到很多读者来信，抱怨买不到《李自成》……

王子野同志的名字虽熟，但似是第一次见面。身材不高，须发已白，看来朴实、爽直。他在最后做了发言，但因为我坐在会议桌的另一端，听不清楚。其实，由于听觉失灵，好多人的谈话我都听不清楚。

下午，等了很久，三点过，秀清又由她一个转学北京的学生做伴来了。因为他们晚上八时即乘车返蓉，未能多谈。只知道这次来的六百人，是四川第一批来京瞻仰毛主席遗容的，团长是杜心源同志。朱建书、刘能林两位都来了。我要她代我向他们问好，并说明我未去看望他们的原因，同时还扼要向杜书记汇报一下我在京情况。

本来想带她去故宫看看的，因为家宝同志约定四点来看我，只好作罢。而且刚送她们到楼下，小赵就扶着家宝来了。我做简单介绍，就陪家宝回到室内，并让他躺在床上，将被子垫在背后。这天会见时间虽然不多，但是我们谈了不少，主要是谈彼此在创作上的体会。他正以于是之为助手，计划写一剧本，但未谈及主题、内容如何。我却谈得较为详细。

我们还谈到契诃夫的剧作。他不喜欢《万尼亚舅舅》，但赞赏《樱桃园》。我对这两者做了比较、解说，他颇以为是。他也谈到"文化大革命"中他的心情，很率直。我也谈了谈自己的收获。对老舍的结论，我认为他前两天的意见很好，但劝他摆脱一些具体事务的纠缠，他很同意。

9月25日 上午去大佛寺，到时天翼刚好起床。我去得太早了，独自坐在阶沿上给苨甘兄写了一信。写好信后，天翼早餐已毕，出来了。张章已成人了，身体很好，面貌和她幼年时差别很小，一眼便可以认出来。她为我弄了早点来，我边吃边讲，谈了些她幼小时的调皮，天翼也大笑不止。

涂光群同志来，也是一见面就认出来了，只多了一些胡荏子。他就跟天翼同院子住，刚才搬来不久。他已有两个小孩子上山下乡了。他在《体育报》工作期间确曾去过珠穆朗玛峰，并曾同登山队员搞过一本记录登山经过的小册子。他现在《人民文学》负责小说组的工作。

午饭时，我谈了些鼓励张章的话：一个人是可以突破客观限制的，问题在于自己有无革命壮志。吃完饭后，她就上班去了。还有，就是对承宽母女照顾天翼的周到赞扬了几句。

是那位四川娘姨送我到车站的。奇怪，她还知道一点立波为我介绍朋友的事，不过不是直接向我谈的罢了。

午休后，菡子来访，她是来找君宜谈她的长篇计划，内容是写抗日战争。她将在京访问一批新四军的老战友。菡子走后，古华陪我去百万庄，但他未进门就走掉了，我也未曾强留。立波、林兰一见面就告诉我，介绍朋友的事已经吹了。听了颇有痛快之感，因为我真担心他们弄假成真。

立波颇有歉意，同时向我建议，最好是不结婚，但能有一位说得来的女友，就不错了。并以巴尔扎克为例来论证这种做法的合理，一再惋惜中国没有这种风习。接着就悄悄抱怨林兰，说她成天唠叨，连小仪稍有错误都逃不过她的指责，根据我的观察，因为有病，林兰确也老是发烦。

9月26日　夜里睡得好。上午，立波由其姨侄陪同去医院检查结核，是林兰早给他安排好的，不能不去。我担心去看起应、灵扬的计划又流产了。我来他家的目的就是为此，而且在出版局座谈那天，我们就说定了的。立波去医院后，我独自在宇宙红地区内的小道上逛了一个钟头。房子真也不少，有两层楼房相当考究。散步后，回到房里写了封家信，翻了翻《北京文艺》，看了王愿坚一个短篇和《东方欲晓》的按语。

午饭前，立波回来了，说："这下解除警报了！"原来根据透视发现的肺部阴影，林兰担心他有扩散性结核，甚至癌症！而结果"天下太平"。午休后，尽管林兰怕立波过分劳累，总算同意立波陪我去看起应夫妇。我在饭前尽管叮咛了三次，要他先去电话联系，他竟照样大而化之！因为到了朝阳医院，在传达室却只发现有周巍峙的名字。我们去看了周巍峙，这才知道起应只住了一两天就走了。于是闲谈一阵之后，我们又乘车，并一再换车，到万寿路去。

我们正碰上起应在吃晚饭。但是我婉谢了，并劝阻灵扬另自给我们弄晚饭。的确也不感觉饥饿，情绪激动，仿佛很多想说的话早就把肚皮塞满了！结果灵扬搞了些甜食、水果给我们吃。我们谈了不少家常。周迈同爱人在"文化大革命"中的表现给我印象最深。自从1935年他母亲因病带他回湖南后，我就没有看见过了，那时他只不过四五岁的光景……

他们的子女情况都很不错。周密在北京搞研究工作，刚到上海去了。我也说了些我的子女的情况。他们知道玉颀业已去世，但不知死于何时及所患病症。他问我已经见过哪些人了，我特别向他们谈了天翼、曹禺的情况，我也提到访问夏衍不遇及其有关情况。

有关过去两三年彼此学习马列著作的心得，我们也谈了不少。想不到他不止读了两三遍《资本论》，马恩全集中所有通信，他全读了。还引我去他卧室内看他的藏书：马恩全集、列宁全集和毛主席著作，这是他的主要藏书。其他少数，也都属于有关著作，未细看。谈话是以我对列宁十月革命后的一些著作，主要从恩格斯一封有关挪威易卜生问题的通信扯起来的。我也向他谈了谈我那中篇的内容、构思，以及艾芜在一次座谈会上的发言："摘桃子"和"栽赃"。他听了很高兴。也谈到《红岩》作者的遭遇，罗广斌的结论，特别是"白骨精"的阴谋诡计。

足有十年时间，起应就连灵扬也不容易见到！但他身体、精神却都很好。灵扬头发已经斑白，但比以前更精干了。虽曾经大病一次。她自嘲她现在身兼"四员"，但却显然乐于照顾起应的日常生活。临行时，他们一直送我们到车站，而且等车子开动了，这才离开车站。他们约我们下一次早点去，还要立波带林兰一道去。

周立波乘车到木樨地就分手了。我改乘一路车时，幸而碰见一位四川同志。到东单后，招呼下车时，他又一再叮咛我改乘38路车的地点。回到家时已经10点过了。

9月27日　上午，去《人民文学》编辑部看刘剑青同志，他们编室的狭小拥挤，实出意外。送刘和严《诗词若干首》各一套。说话不多，结果解决了一个问题：剑青同志决定由他们编辑部明日派车送我去看郭老。除探望、送书外，原想谈谈我那篇短文的修改意见。但直到他同一位女同志送我到大门时，我才提了个头，他就要我放心，说一定送校样给我看。我就没说下去了。回家后打电话告诉郑曼同志明天去看郭老的事。

下午4点过，由王耳陪往"全总"。老冯家有客人，颇感不便。客人走后，我才告诉冯，周扬要我向他问好，他又问到我的结论问题，我才说了个大概，又有客人来了，是他约来吃晚饭的。说是当年领导他们搞过"星茫"。可惜姓名记不得了，只是相当面熟，为人爽直乐观。谈话内容主要是抗日战争初期成都市一些活动。

冯说，原本约过罗青，但他临时因事到韦君宜家去了。胡绩伟呢，来过一趟，因有其他约会，又走了，说是不一定能吃晚饭。但餐事未及一半，他又赶来了。因为牙痛，吃得很少。之奇因为弄饭劳累不堪，简直什么都不曾吃。说话内容一般，印象较深的是文风的问题：长而且空。我谈了谈老艾的创作计划。

是乘老胡的车回出版社的。车上，我向他谈了夏衍一次看戏的遭遇。

9月28日　上午八时半，《人民文学》派车来了，随即去接臧克家一道前往北京饭店。王廷芳同志已在楼下相候。在会客室坐不一会儿，郭老就由王扶出来了。伛偻，拄着手杖。位子早安排好了，我坐在长沙发的一端，紧接他的沙发，想起立群同志的话，"见一面算一面。"看了他的老态，感情上很不好受，十分激动。

我的右手和他的左手，几乎经常搁在一起。一谈话我总不自觉地拿手掌盖在他的手上；他也是这样。开始，我说了句这样的话："你面容看起来很不错嘛！"他笑笑说："虚有其表呵。"又说，"你看来不过四十岁嘛！""因为修过面，我转眼就七十三了。"他还说过在其芳追悼会上见到周扬的印象："想不到他身体那样好！"我谈了谈前两天见到周扬的情况，还谈到灵扬的自嘲："身兼四员。"他听了很高兴，笑起来，接着又摸着我的毛绒衣袖口问道："是夫人织的？""是女儿做的，爱人去世十二年了!……"

我向他谈到《女神》《请看今日之蒋介石》,以及广泛的研究工作,认为从革命实践到著作,他已为人民做了不少贡献。这些话我不止这次当面对他说,多年以来也对一些对他不甚了解的人说过多次。而且,我这次只是提提而已,而且是从他自谦"没有做过些什么"引起来的。我说,像我只是写点小说而已,因为他问起,我向他扼要谈了谈我那个中篇初稿的内容、构思和意图。我也提到过一些往事,并告诉了他白戈的近况,代艾芜问候他。我记得,在提到他对党和国家的贡献时,他说过:"十个手指按跳蚤呵!……"

谈了二十分钟后,我怕他累了,要走。他问:"有约会?""没有。怕你累了。"他说他不累,要我们再坐坐。十多分钟后,我向他告辞,但他又一次留下我们。于是我们又同他闲谈下去。最后,一看表,已经打扰他四十分钟了!终于辞谢了他的挽留。我觉得实在该让他休息了。他一定要送我们,我同一个服务员扶着他走向他卧室里去,然后同他握手告别,赶紧将门带上。

王同志带我们去对面的房里坐了一阵。他照顾郭老,做行政秘书,快三十多年了,说在成都曾见过我。他告诉了我一个珍贵史实:《请看今日之蒋介石》是当年郭老在朱总司令家里写的。他还鼓励我该写些回忆录。他评价郭老说,将来会有人在某一方面超过他,但要像郭老那样全面,却不容易。我也希望他对郭老的言行即时做些记录。有个小女孩跑出跑进,一问,才知道是郭老的孙女,约五至六岁。

同郭老闲谈时,他告诉我们,他前一次摔跤后,记忆力差多了,手也有点颤抖。他还曾握住我的手说:"你的手比我的暖和。"王曾分别握了握我们两人的手。和王单独谈话时,才知道郭老摔跤经过:一天,他自己洗手巾,随即摔倒了。王断然拒绝了为远强题字,我觉得他做得对,因为我们应当爱惜郭老的精力,而且他的确手颤。

9月29日　上午往访夏公，因为号头记错了，跑遍了三个竹杆巷，才找到。已有人在座，他做了介绍，但忘记姓名了。客人走后，他又说明是孩子剧团的。他告诉我，我前次留的字条，家里早就寄给他了。还说曾在上海见到巴金。其余谈话，大都是有关三十年代的。我向他扼要讲了讲上一天我同那位延边大学青年教师谈话的一些要点。

他对我的看法表示同意，并对鲁迅先生那两篇正式发表的文章和他同时期私人通讯之间的差别，谈了一些自己的意见。他有一两句话给我印象很深："幸而周扬同志身体不错，还健在，可以把问题搞清楚。"这同原话会有出入，但基本精神没有记错。从水平和经历说，确乎也只有周扬来总结当时的经验较为恰当。

他要我去看看那个反映贺老总领导鄂西斗争的话剧《曙光》，说是值得一看。显然，这个建议是同我写过《记贺龙》分不开的。来京以后，不少人谈到过这个小册子的重版问题，甚至有人以为我是为修正这本书专程来北京的。我没有探询夏公因为看那个戏引起的不快，两三次都欲言又忍。

回家午休后，《人民文学》一位编辑同志来访，说要我参加一个小说座谈会。有一点我说得不很恰当，即对一位老同志那篇谈创作的文章所持不同意见，其实根本就不该提。真是"驷不及舌"！而且我对写作短篇所举事例，也不尽恰当。虽然都是我一向的想法。谈话中间，得阎纲同志信，后来发现又是忙中有错：以为他是要我写评价几部长篇小说的文章。这两天太疲累了。

将近四时，客人才走。到朝闻家时，已经四时半了，迟了半个钟头。该问到我近日的活动时，我向他夫妇简略讲了一些。当提到《论凤姐》时，他取了份校样来，要我看。但在他爱人提示下又拿走了，因为确乎不是看书的时候，主要是想交流思想。他爱人上次曾说，这书是讽刺江青的。

随后，我们由三十年代以及解放前的创作，谈到巴公的《家》、

《家》的改编，最后谈到李累同志给他那封打印的长信。他认为这封信谈的问题太多，特别不同意李对曹公改编《家》的看法。他很佩服家宝的剧作，并对《雷雨》中的人物做了分析，认为作者能在青年时期写出周朴园及其子女那样的人物来，是了不起的。对于《家》的改编，他也有自己的看法。

饭后，我们又扯了些创作问题和我自己的计划。他也提到我过去一些作品。他问到我解放前在故乡的生活情况、社会环境。在提到对我起过掩护作用的人物时，我谈了睢水袁寿山一些特点，但他给袁胖戴的帽子都未见合适。我可没精力谈下去了，因为已经 10 点，不能没完没了谈下去了，于是告辞而归。

他的儿子很健壮，名字好像叫"乳牛"？模样儿很清秀，已经在工作了。只有一个小女儿还在乡下。由乳牛送我到车站时，已经十点半了，他一再叮咛我不要紧张。途中，我曾要他劝他父亲注意休息。

有件事记漏了：《人民文学》曾约我为十一月号赶篇小说。

9 月 30 日　上午记了两天日记。午饭前上街买啤酒，碰见吕骥，彼此都一眼就认出来了。胖乎乎的，好像比十年前年轻得多。我们站在东四市场附近阶沿边谈了一阵。听说我要买酒，他要我到他家里去喝。又说，可以送我些人参酒。我都婉言谢了。他现在文化部工作。

当我向他表明，我不想多所交往时，他笑道："现在你还怕什么呵。"我说："不是怕，是精力不够。"在谈到我将去上海看看时，他又不以为然："要看，该去大庆、大寨看看，上海有什么看的！"当问到四川情况时，我说："正同全国一样，在抓纲治国的战略方针指导下已初见成效。""怎么初见成效？已经大见成效呵！……"

下午，去看之琳，正碰见他出来打电话。因为知道他家里有客人，又是青林的同事、同学，我决定不同他上楼了，表示要去看决鸣。他决意陪我同去。我只好在电话室外坐着等他，一边同他一位邻居闲谈。

等他换好鞋下楼来，我们就一道去西裱褙胡同。但是决鸣尚未返京。

只有其芳的辛卯在。屋子里相当阴暗，使人感到忧郁，我要辛卯把窗帷拉开。呼吸仿佛自由多了。我问到他们的房租等日用开支，才知道房租确已由学部负担一半，约十六元左右。而冬季以取暖为最贵。用天然气既不便宜，烧煤又得雇人，都不简单。并从辛卯口中得知，凯歌结婚，将另租房子，不与他们同住……

回家途中，之琳同我谈到一些他个人的情况。《李尔王》已译好五分之四了，但不愿与出版社接触。又说，上海的出版机构，似乎比北京"大胆"些。而北京，又以青年出版社"胆子"较大……

他还告诉了我一些他抗战时期在太行的经历，和他那篇报道及其有关遭遇，说是可惜只剩有一册了。但他准备日内将所藏《淘金记》送我。我曾向他谈到《慰问集》的内容，"最喜欢你那打出去的手势"是歌颂毛主席的，他听了很高兴。回家后，得文井信，约我晚饭，并说将于明日陪我游园。到文井家后，向他扼要谈了谈同那两位女教师谈话的要点。他半开玩笑地吃惊道："你还从来没有谈得这样大胆呵！"我还向他谈了谈同吕骥的谈话，并问他："中央是否有新的提法？我说一年初见成效的话是否错了？"回答是："他就是那个脾胃，你没有错！"

晚餐相当丰盛，有大虾和大头鱼。喝了好几杯白酒，也讲了不少趣话，很愉快。中间，新强夫妇来了。新强已是俏长大汉，很健壮。他爱人羞羞答答的。因为她母亲是英国人，脸型，主要是鼻头显然是欧洲人的。我要她代我问候她父亲杨宪益同志，随又同新强碰了杯。

因为喝酒较多，汽车快过头一站了，偶然一同搭车的益言忽然提醒了我，否则还会坐过两站的。我想起张章的事，于是要他有机会去看我。

10月1日　还未起床，杨益言就如约来了。向他谈了谈张章的情况，特别是托他转请肖泽宽同志设法调换一下工厂和工种。随又写了张便条给肖。写好便笺，他就匆匆走了，说是他得赶回去准备参加游园活动。

益言走了不久，我刚准备洗脸刷牙，张师傅就来了。到文井家刚八点半，他们正用早点。随又等候志强母子收拾，约一刻钟才出发。车上文井照旧大开玩笑，主要对象是他爱人。据康敏说，昨天晚上，她妈妈就为她准备好衣服了。早上志强曾收听广播，说了些文艺界参加国宴者的名字；但未提及周扬、夏衍。

一进颐和园大门，就看见不少孩子举起葵花、红巾在翩翩起舞。个个都天真愉快，我也乐不可支，可以说十年来还没有这样愉快过！气氛真太好了。葵花是一柄伞，可以随意张开、收拢。各处都有舞蹈节目、音乐节目演出。人很多，最触目的是亚非拉各国外宾和华侨，奇装异服，应有尽有。由于文井的介绍，先后认识了王匡、王子野两位，还碰见陈播和王文鼎。

游园后，文井又请我去新侨吃西餐。酒醉饭饱后，已经两点过了。

10 月 2 日　晨，仰晨来。当即问他见到一号的报纸没。他告诉我，周扬、夏衍均已出席 30 日夜里的国宴。听罢相当激动，差点哭了出来，并说，这才叫落实政策。而对被"四人帮"陷害的同志做出适当安排，正是粉碎"四人帮"、揭批"四人帮"的内容之一。由此可见中央的英明。

天雨。虽然不大，可总落个不停。仰晨走时，雨停了。因为早餐，大伙食又得到 10 点才卖饭，送仰晨下去时，他说由他去代买馒头二枚。我在大门口等他，结果空手而归。高梦龄同志知道了，自告奋勇去帮我买回蛋黄面包两个、蜂蜜一瓶。这天的吃食总算是解决了。住在这里的青年作者对我都好，既热情，又殷勤。

补记了日记，写了两封信，一天就混过去了。晚上古华来，说将去《人民日报》找熟人。我就作为散步，相偕前去东单。一路上，他谈了一位青年批评家的近况；现在仍是文艺部长，一面工作，一面接受群众批评。到东单后，我们就分手了，我去红霞公寓寻访白羽。

但是，因为不熟悉路径，结果误入煤渣胡同。而在走了好久之后，一连问了两位老乡，才发觉我搞错了门径，只得怅然而返。

10月3日　因为闲在家里实在无味，恰好古华将去颐和园，遂由他伴送我走访立波。我们去得很早，到达时，立波夫妇和小仪都到野外运动去了。等他们回来后，早餐时，我只喝了一碗豆浆，接着就聊天。小仪对我给他带去的《李自成》和《红岩》很高兴。

蔡若虹、夏蕾原说上午来立波家闲谈，午休后仍未见到，等了一阵，就由立波的老二周健明领我去看周扬、灵扬。到木樨地后改乘地下铁道去万寿路。这是我第一次乘"地铁"，也算开了眼界。只是乘客拥挤，车厢内十分热，但行车十分快速。年轻人毕竟不同，到达招待所后，小伙子认为无须填会客单，就领我昂然上楼去了。

同周扬闲谈中，我讲了讲我同那两位女教师谈话的要点，也讲到我去探望郭老、夏公的经过，周扬提到"四人帮"被粉碎后两篇批姚的文章时很激动。可惜其中一篇我未见到；他颇以为怪。也许我看过，可遗忘了。我转述了夏公一句话："幸而周扬还健在，好多问题可以搞清楚。"并对此做了解释，也谈了谈我的希望。接着他扼要讲了他的看法和打算。

我原想谈谈我在"九大"以后、"九一三"前一些情况，因为夏蕾、蔡若虹来了，没有谈成。蔡谈了一些"批邓"时某些人的表现，也谈了点他自己如何进行抵制。增长了不少见识。那时候对已经有了工作的人真是个考验！蔡夫妇来之前，周扬让我看了一、二号大参考。共同社的报道中，特别在谈到华国锋的祝酒词时，都有误解，看了叫人感到不快。

晚饭前后，蔡谈了一些自己和张庚"批邓"中的情况。临走前，彼此还一道谈到过其芳。是夏蕾自告奋勇送我回家的。到家后，她又向我谈了些其芳的事。为此，大半夜没有睡好。夏临走时要我去二里沟他们家里，还绘了张路线和地址草图。

10月4日　上午，仰晨来了。给他看了巴金来信，说是将到京瞻仰毛主席遗容，但只能留一天。下午去看夏公，谈了一些三十年代的问题。关于解散"左联"问题，他谈得很具体、详细。鲁迅先生并未说过他反对解散"左联"，只是说了"我不相信他们（指周扬同志和夏公）肯解散'左联'，那是他们的金箍棒。"（大意）是由茅公转达的，显然后来茅公把原话记错了。我们还扯了些四十年代在重庆的情况。夏公记忆力之强和头脑的清晰，令人吃惊。

晚上，去柳倩家吃饭，禾波向我谈了些他学习中医"攻癌"的心得，以及养生之道。他哥哥也谈了不少延年益寿的方法。柳倩已经退休了，能写一手草书。禾波并让我鉴赏了他哥哥写的一幅准备送给邓副主席的条幅。柳本人随又取来两册他近年填写的旧词，让我鉴赏。他们对我都很殷勤。而我对他们竟会那样沉浸于旧的传统，却也有点吃惊。

10月5日　上午之琳来，谈了一些其芳生前两三年的事。认为由于组织观念强，他跟军代表关系不错。同夏蕾说的相比，事实相同，只是看法有异。组织观念强，只能是原因之一，不是全部，恐怕也不是主要的。主要是那个"我"字多了一点。这些看法，我也向之琳谈了，但未涉及他人。

午饭时之琳约我去宣武门吃"素菜"。虽不及"功德林"，但也别致。自离上海后，就未吃过素席了。去素菜馆前，仰晨，不！是湘初来告诉我，巴金上午瞻仰毛主席遗容，下午五点乘原车返沪。我当即托他同巴金联系，下午去西苑看他。从素菜馆回来后，湘初又来，说已联系好了，出版社派了车。之琳按照原计划留下午休。

午休后，同文井、君宜、之琳、湘初分别乘车前去西苑。门警森严，不能到住房去，只能在临时搭的一个棚子内会客。等了一阵，从步态我就远远望见巴金来了。我们一群人就占据了棚子的一角，谈笑甚欢。我开了点文井的玩笑，也漫谈了一些创作界的情况。对于《李自成》作者的工作方法也谈到了。巴公自谦他没有口才，办不到。

我一再强调，要搞东西，得抓紧时间在八十岁以前搞好，因而劝巴公把翻译搁在八十以后。这是由衷之言，但也有说错的地方：把写短文说成"打杂"。他说他是任务，得写，他说对了。而且他的短文很有特色。他还说，原想写一部揭露"四人帮"的长篇，因为他感受特别深；但又担心不容易写好。

文井、君宜因有外事活动，先走了，我和之琳、湘初留下来，一直谈到四点半钟。因为巴公提醒，这才让他回卧室去。这之前，我们还谈了些粉碎帮派体系问题，也谈了些私人问题。还谈到对创作有无自信和能否坚持不懈的问题。

晚上，我去天翼家吃晚饭。饭后，闲谈中约张章后日陪我去中山公园躲避一天、休息一天。这几天的活动多了。回家时，张章送我。我约她到室内坐了一会，然后又送她至大门口。

10月6日　上午，赵其文来访，他仅长我一岁，可显得相当衰老。他早已恢复组织生活，但是在家休养。我们谈起了翔鹤的夫人王迪若，我说有两次想去看她，但是凯歌、之琳都不清楚她的住处，万一我没机会去看她，要他代我致意。不知怎的，其文坐了一阵就忙匆匆走了。

送其文出门时，恰好骆宾基同志来访。我对他也一眼就认出来了。大家叙谈甚久，主要是他谈自己的考古心得。我对此虽是外行，但每涉及观点、方法问题，尚能插嘴，他也颇以为然。我们过去接触虽少，印象却深，因此，当我谈到我们过去在西山的一次接触的细节时，他相当高兴。临行时他约我明天去四川饭店晚饭，说是特别约了几位久不见面的熟人一道谈谈。

下午，草明来。原来前几天在电车上向我呼喊的正是她。我算没有猜错。她谈了好些人的情况，她自己近两年投稿的经过。她一直在本市一处工厂内生活，同工人的关系相当融洽。她对骆宾基前几年的表现相当赞扬，因为他对三十年代，一直坚持自己的看法：是红线，不是黑线。对于周扬同志，他也认为很好，不是什么坏人、叛徒、特务！虽然由于他的坚持吃过不少苦头……

10月7日　上午，张章准时来了，当即一道去中山公园。刚八时过，游人很少，我们边谈边逛。走了一阵，这才坐到长凳上休息，但谈话并未停歇。谈话内容，不外工厂生活和家庭生活，以及天翼的健康情况。而所有的谈话都很自然，生动具体。我的印象是，这孩子很聪明，她父亲原本就智力过人，正合如此。

这一上午过得不错，得到了充分休息。只是"来今雨轩"的饭食未免叫人失望。午餐后仍由张章伴我回家。原想好好睡上一觉，而且上床后睡得不错，但却被敲门声惊醒了。打开门，不见有人，正准备转去再睡，一位白发、瘦削、面色红润的同志，却从邻室走出来了。

这敲门的正是他。但是，谈了一阵之后，从谈话内容我才猜到了他就是黎丁！热情，也很健谈，真不愧搞了这么多年的记者工作。他说，他在上海住了两个月，见到的人有一百位。他就住在巴金家里。他真见多识广，特别使我惊奇的，是一两位知名人士到小勒庄"朝圣"一事。

但他谈得最多的，是有关《记贺龙》的重版问题。他力劝我去看望薛明同志，并谈了他对《记贺龙》的意见：写贺总个人生活的事，太多了。我较详尽、具体地谈了谈我对这本小册子的修改原则。他有点吃惊："这会改很多嘛！"他重又提到去看薛明同志的主张，并说他女儿同小贺一道工作，可以帮我联系。

我向他做了些必要解释，为什么想看薛明同志，而又至今未去。但他照旧劝我去一下，了却一桩心愿。我坚持说，请他代我问候，致意，至于是否去看望她，千万不必勉强。我还说了句成语："心到神知"，即不必拘泥形迹。而且我一再说明：她给中央的报告，我看过了，见面后彼此一定会想起贺帅，心里都会不好受。薛明又多病，何必为她加添些痛苦呢？我还取来我儿媳妇曹秀清一封信给他看，那上面就谈到一些老红军谈起战争年代的情景。

这真是位健谈家，他离开时已经快4点了。送走黎丁，休息一会，我就乘电车去四川饭店，想不到组缃、宝权都在座，真是喜出望外。同座的还有杨沫、姚雪垠。吴祖光来得较后，苍老多了。组缃悄悄告诉我：她爱人神经出了毛病，他两个孙子在唐山地震时牺牲了。宝权正在搞《鲁迅在国外》。在座同志中，他们两位过去同我来往最多。

前两天的谈话，加上草明那天的谈话，我对骆很钦佩。坚定，而且搞了十万字的中国古代史研究，在一些重要问题上突破了过去的框框；同时还写了二十万字东北义勇军的斗争史。我对前天我们的谈话补充了一点：得认真区别残余的东西和萌芽的东西。因为都量小，但前者代表没落，后者却充满了生命力。看来他同意我这点补充，因为这是个辩证问题。

谈话非常热闹，主要是谈到创作问题和创作情况，也偶尔谈点往事。关于"四人帮"在文化工作上的罪行，大家都揭批得不少，并正面谈了些对"二革"创作方法的理解。大家都认为现实主义是主要的，"浪漫"、"幻想"必须有现实基础，从现实出发。在回忆往事时，我谈了谈我同姚雪垠在重庆向茅公请教写长篇的问题。还问过他是否记得1944年冬，他从观音岩送我去王亚平家里寄宿的事？……

大约我谈得过分热烈，有点放肆，小骆老望着我笑——她笑起来更像她父亲。她还对我说："你看起来好像只有五十岁！"不知怎么搞的，尽管感觉疲乏，一般说，在谈起问题时，我总感觉自己还有那么一点豪情。但也应当注意：年岁毕竟不算小了，过分激动可能会出问题，傅茂青就是一例。还有，话一多了，会带出些使人生厌的废话！

组缃单独同姚谈了不少有关《李自成》的写作问题。我只明确记得姚说过，单是卡片他就搞了一万多张！散席后，他们还边走边谈。姚对他的经验，总结了四句话。组缃不住称是。可惜这四句话我记不清了。组缃同我们先分手，他始终不肯告诉我他的住处，只是说校园太宽，就说了我也找不到。我理解他的心情……

我同小骆倒谈了不少，主要是谈其芳得病，特别逝世前的一些情况。到了车站，她就招呼宝权去了。我是同姚和祖光一道搭车走的。我先下车，他们还得到东大桥。分手时姚问了问我的住处，说准备寄《李自成》上卷给我。这之前，祖光说他的一个戏将在四川上演，要我看看。

今天这一天相当困乏，但也相当愉快。总算会见组缃了。

10月8日　小黎即黄欣然来访，谈到她同小贺联系事，还谈到她的学习问题。我向她谈了点自己的看法，并做了鼓励。她在外贸局当打字员，特别给我搞了份薛明同志给中央的报告打印本来。因为她从黎丁口中知道我想有一本这样的副本。黎丁已经回"五七"干校去了。

小黎尚未离开，沈承宽就来了。小黎一走，就同她谈起来。内容呢，无非是些日常生活琐事，天翼时常得有人招呼，张章干活那家工厂，又离家太远，总是早出晚归，幸而那个小阿姨不错，否则她更会劳累不堪。……我因为昨天的寒潮，经常感到足僵，于是托她买一双夹鞋。

承宽走不多久，阎纲同志来了，带来那篇短文的校样。我看了一下，请他容我在晚上认真校阅，他明日上午来取。接着谈起家常来了。我谈了谈自己四八年胃溃疡吐血及其治疗经过，要他注意。此公相当精干，他和剑青已是《人民文学》的老编辑了。走时，送至楼口。

回转房里，看了一遍校样，就又送交文井，请他代我看看。午睡没有睡好。一直思量着短文的校样。下午，打起精神去看葛琴。这是我在访旧中最难受的一次，人还未见面，就被室内的混乱，家具的破烂弄得不好受了。这是事先完全没料到的！招呼我的那个瘦弱的女青年，原来是小鸥的爱人。

葛琴终于被用人扶出来了。她的行动看来比天翼困难一些，但是面色红润，对我一直笑个不停；同时却又不住地用左手抹眼泪，并对我不时发出一些声响！但我听不清一个字。我几次真想跑掉，躲在哪里痛哭一场。我打起精神坐了有四十分钟光景，而且感觉无话可说。最后只好告辞，紧紧握了握她的左手……

我是由小鸥爱人伴送到车站的，途中了解到一些小鸥几姊弟的情况。小鸥和她在张家口农村教书，是放农忙假回来的，他们几姊弟都已结婚，并各有一小孩了。显然，平常很少有人去看望他们，这从她妈和她本人对我的态度就可以看出来，因此，尽管这半个多钟头相当难受，但我反而失悔我去得太迟了！应该早一些去。

回到家里，到文井办公室向他谈了我看葛琴的感受。他听了后说，他也得在最近去看望她。真也应该这样。接着他对那篇短文提了些很好的意见。这个人心细，看问题尖锐。而我也立刻表示大都中肯，特别对前两三段提的意见很好。写此文时正逢其芳逝世不久，因此行文中有点夹缠不清。

晚上，花了一个多钟头时间，我总算把需要改写的前三节改写好了。其他字句不妥之处，也改正了，但照旧不放心，于是夜访文井。他看了一遍，认为改的可以，我就又匆匆回来了。走之前，喝了他大半盅黑啤酒，很不错。但睡眠仍然很差，老是衡量着一些字句是否恰当。

10月9日　上午，又对校样做了两三处修改，并对另纸改写的两三段的字句进行了斟酌。但老不见阎纲来，颇为焦灼，于是给他写了一信。信刚写好，承宽来了，带来了夹鞋。并将给孩子们买东西的事拜托了她。因为鞋子过长，她又自告奋勇前去调换。

益言来，我告诉了他明日搬迁问题和回川的时间。他谈了谈他在北京的工作情形。原来他昨天去看邓照明，也是为了搜集地下党的活动资料。他告诉我，照明下星期六回家，将来出版社看我。肖泽宽要的《巴金文集》，说是等我回川后再去信要，也不为迟。邓告诉他的一个材料很有意思：云南地下党介绍去延安和农村的知识分子在一万人以上！他还谈了谈他写介绍《红岩》重版一文的情况。

承宽送鞋来了，调换的一双码子相当合适。我又同她商量为孩子们买东西的事。送她走后，记了日记。午休后，张师傅已等候我一阵了，当即乘车去万寿路。起应、灵扬都在。闲谈中，我向他提了提"九大"以后、林贼自我爆炸前，我写了一个有关他的材料，写得不好；但未侈谈客观原因及具体情况。他笑一笑，指着灵扬说："'文化大革命'初期，她也写过我的材料嘛！"

四点半，他要我们一道乘车去看立波。坐了不久，灵扬、林兰带小仪和灵扬的一个小外孙女，先我们到莫斯科餐厅去了。我们又闲谈了一阵，才又乘车前去会餐。会餐中，谈话不少。我还同那个帮灵扬订座的山西同志开了点煞风景的玩笑，因为据说他爱人是四川人。

餐室里很清静，只有两三起外国人来吃饭。灵扬那个小外孙女扬扬很安静，一声不响。但我随后发觉，她一直在悄悄观察在座的人呢。特别对那几起外国人很注意，而且在动脑筋思索。起应气色不如前两次见面时好，有点苍白。从立波家里出来时，我似乎感觉他的步履有些飘荡。这里还得补一笔的是：在他家和立波家闲谈中，他对我有关去看葛琴的印象，相当感动。草明有关骆的谈话，他听了也很不平静。我还谈到夏蕾和之琳和我的谈话。主要是有关其芳那一部分。

两三位中年服务员显然都认识起应，当我们离开餐厅时，他同他们招呼，握手时看来都有一种久别乍逢的感情。因为林兰执意不一起坐车走，也不同意等阵再来接他们一家人，我们只好坐上车先走了。等把起应他们送回招待所后，我才又单独乘车回出版社。

10月10日　上午，杨益言一早就来了，拜托他帮办了一两件小事。接着，阎纲同志也来了。我把校样和另纸写的改正文及我的信交给了他。等他看完信后，我又向他做了解释。他因为得参加一次会议，忙匆匆走了。

由小赵陪我到国务院第二招待所。杨也执意相送，一道来了。小赵相当精干，等了一阵，她就为我交涉好一个终日可以得到日照的房间，安顿好行李，她又去帮买饭票菜票。这时，我又请益言打电话给阎纲同志，请他注意两处文字上的修改，其一就是不提宝塔山了。因为来这里之前，曾同文井核对了一下，他还绘了图，证明我记错了。

午休后，文井来电话，谈了谈聚会的事，并问我住得怎样。他还谈了些别的，未听清，也记不清楚了。晚上冰心同志来电话，因为听觉不好，只听准了一点，她约我去她家吃饭。看来我的耳朵确乎不怎么管事了。

地方清静，房间安适，又无人来访，这一天得到了很好的休息。

10月11日　上午，一位姓秦的搞理论批评的同志持冰心同志信来访。他问到我《青枫坡》的内容，我向他扼要谈了一些。他随又问到我解放前三个长篇，特别我对它们的看法。做了简略介绍后，我向他指出：《淘金记》在当时反应较大，我也比较喜欢。但内容差，只写了阶级敌人的内讧。《还乡记》于此略胜一筹，但也存在缺点⋯⋯

冰心同志的信，是约我星期四去她家吃中饭，说得很恳切。但我已经有约会了，因此托秦代我联系，最好能改为星期三。如不可能，那就只好争取时间，于星期四去民族学院她家。秦帮我打了两次电话都未打通，于是约定由他下午再去电话，能改期，他就不通知我了，否则就来电话。

午休后，立波来访。他齿龈起了泡，老是嘘气，但是仍然谈了不少。此公真有意思，他大谈那位现在长沙孀居的女干部，做了详尽介绍。他要我留下，将《青枫坡》改好再走，而趁此期间，他打电报要那位女同志来北京，让我们认识认识。我一再坚决表示，我不考虑这个问题，说："不要给我制造矛盾吧！"

随后，我们又谈些文艺界的熟人，最后谈到起应，我向他讲了讲我们会餐那天我对起应的印象。这里要补充的是，那天起身之前、之后和聚餐当中，起应夫妇老是提到这样药、那样药，因而叫人感到不安。他也有同样感受，而且认为起应生活态度过分严肃，应该有点文娱活动。说来说去，我认为他最会生活。而我喜欢开点玩笑，煞点风景，也是为了不要把弦太绷紧了。

晚上，周而复同志忽然来了电话。照例，我只听清一两点。他先说约我礼拜四吃饭，时间、地点也听清了，但还有一些听不清，最后，他说即刻就来看我。约有半点钟后，他果然来了，精神勃勃，只是头发灰白了。他感觉我比过去瘦了。彼此谈了些十年来的经历和所受的考验，而对"四人帮"则都非常愤恨，同时认为要肃清他们的流毒并不简单。

我们也谈到编辑工作的重大意义。因为青年人多，水平、识见有限。何况"四人帮"搅了这么多年，他们能不受影响？他认为得有"作协"一类机构把作家管起来。我有条件地同意他：对众多业余作者说起来有此必要。对于我们，受了党这么多年教育，多少总还能自觉地按照毛主席的教导办事。他颇以为然。最后，他为我写明去江苏餐厅的路线，这才走。

我一直送他到车站。夜已深了，多少感觉有点寒意。

410

10月12日　上午，光年来电话，说住院检查有困难，他将去北京医院检查，交涉妥后，就一道去。我原想不检查了，盛情难却，只好承诺。他还谈到小说座谈会事，似乎仍要我做一发言。我向他提到那篇短稿，请他有工夫再看看，通话中，他说了句"不要紧张"，也许是"不要苦恼"。可能指我对那篇短稿考虑得过多而言，他昨天就曾来过电话，可惜我恰好不在室内。

到十一点半时，我一直站在窗口，向大门外探望，可老不见冰心同志的形影。我终于望见她来了，于是赶紧收拾、锁门，迎下楼去，劝阻她上楼，怕太劳累她了。我在楼口碰见她和文藻同志，竟未请他们进屋坐坐，就又扶着她下楼，一同坐车去民族学院的家属宿舍。真有意思，车上冰心也问到《记贺龙》重版问题。我向她谈了谈我这次来京前对它加工的原则，并举了例。她肯定了我的做法，还谈了些别的话，转眼就到她们家了。见了她的大女儿，在做外事工作，刚去外埠回来不久。"文联"扩大会议时似曾见过，看来已近中年，她还有个小女儿，也在做外事工作，两个女婿也是做外事工作的，有一个在冰岛。

我和冰心同志扯谈不久，就有人来找她写介绍信给王冶秋。虽经介绍，名字可记不起了。等她转来，重又接上话头。她先问我，我见过哪些人？我大体说了，于是话题停留在天翼身上。她对天翼、天翼唯一的孩子张章非常关心，一再问我是否常去天翼家里。因为我到天翼家比她容易多了。

我在粉碎"四人帮"后能较快写出一个八万字上下的中篇小说来，这位老前辈对我说了不少鼓励的话，她相当高兴。我当即向她谈了《青枫坡》的内容、构思，以及设想。我也谈到她在《人民文学》七期发表的那篇文章，认为有文采，有热情，从她的年龄说，很难得。她向我谈了些写作这篇东西的经过。材料很多，结果她只选了两项具体事例：总理储存的红杉和从台湾运来的一种特产……

虽是家常便饭，但很可口。我喝了一杯茅台，是她女儿从外地带回来的。同桌的只有她俩老和她女儿，四个人各据一方。用饭时我们也很少住嘴，饭后又坐下谈。她以未曾见到巴金为歉，并谈到巴公的为人。我也谈了些我的看法，并着重指出巴公脸型上的特点。这时前来收拾桌面的矮胖胖的娘姨插嘴道："呵哟！你还懂得看相呢。"叫人忍俊不禁。

对于老舍之死，她谈得比较详细，很多是我过去不知道的：头破血流，在后海沿岸徘徊了很久很久。她谈到老舍的性情、脾胃以及同他夫人的关系。对于最近组织上给老舍做的结论，她也谈了她的看法，并谈到苏联有的报刊在老舍问题上大作文章的险恶用心。对于家宝，她是关心的。问我见到没有？我简单做了回答。她因方瑞逝世更为同情家宝。她也问到我的生活情况。她问我，她同玉顺见过面没有？我肯定说未曾见过。

她对"四人帮"很愤恨，告诉了我那位美国人写那本介绍"文化大革命"的东西的经过和主要内容。她说，书有这样厚，牵涉到好些人，特别一些江青自谓对她不错的人。还附了很多插图，竟连揭批"四人帮"的漫画，也附上了。"白骨精"无耻地谈了不少伟大领袖的私生活，而那位美国人更做了恶毒的曲解。不过作者都说江青始终存在一种不安全的感觉，这倒多少有点道理。一切阴谋家大都如此。

担心冰心得不到午休，同时我也感觉有点困乏，我就向他们告辞了。冰心打电话要出租汽车。因为听说只有"面包车"，她把电话挂了，坚持要和老伴一道送我到电车站。冰心同文藻两位老人年岁相当，冰心却比文藻健康多了。头脑清醒，动作敏捷，而且反应非常锐敏，真不像一个七十七岁高龄的老人。途中，她还领我去看了他们的工作室。每人一间，相当大。文藻指着满架外文书，大都是他们捐献的。十年来他们一直都在那里埋头工作。

民族学院真大，简直像一个小城镇！树木也多。他们工作室外的环境特别幽静。他们送我到车站，还不肯回去，直到我上了车他们才走。但到动物园后，我搭错了车，走到西四去了。于是率性理了个发，后来搭车虽然没错，但是，还差三站我就下车了！以致走了不少冤路……

10月13日　何湘初来电话告诉我：《四川文艺》来电，要我代买《李自成》《红岩》等书。巴金也有信来，很想看，但又不好意思要他赶快设法送来。他还问我眼前是否就缺钱用？都一一做了回答、安排。只是因为不能及时见到巴公来信，颇为怅惘，而且一天中好几次念谈到这事，并做了推测：不是要我去上海，就是约稿。

决定明天去看起应。随又打电话约立波一道去；但要他不必事先通知，以免麻烦灵扬。呵，何还告诉了我一件事：林采想看我，还告诉了我林的电话号码；但我连去两次电话都未打通。还有，延边大学那两位女教师已把我的谈话材料整理好了，我说我正等待这份材料。

下午五时去江苏餐厅。临走时，向服务员打听了路线，并顺便托她们代我租一辆车，明天下午三时来所。我还叮咛，如系面包车，就不要。看来只要肯问路就不会错。到达目的地时，还差五分钟才到约定时间。在楼上，看见了而复同志，他领我到订好的座位上去。只有宾基一人，但杯筷却有好几份。而复点好菜后，坐下来同我和宾基聊了一阵。可惜内容已遗忘了，这也因为是一些家常话。其他客人陆续来了。江丰面貌如昔。适夷老态龙钟，扶杖而行，门齿缺了。周一良的弟弟身材高大，是搞历史的。未明同志来得最后，人苍老了，嘴有点歪斜。他在甘肃劳改农场劳动了几年，有病得不到医治，因而嘴歪斜了。他解放最迟，现任甘肃省委宣传部长。他要我明年去兰州度夏，为青年业余作者讲讲创作问题。

不知怎么，我对未明同志特别感到亲切，彼此谈了些抗战时期在重庆的往事。也谈到那一伙叛卖总理的人。他是前两天才从兰州来的。

我们也谈到《新华日报》上一个常写杂文的集体作者：司马牛。大多是夏公、胡绳合写的，袁水拍也曾参加过写作。我们之间的这种感情，可以说是由于怀念总理而联系起来，而逐渐加强的……

菜点得不错，也确有江南风味。席间的闲谈从未间断。我曾告诉宾基，小黎说他眠食无常，这是不行的。习惯了，也得尽力克服。我向他介绍了我1948年吐血的原因及治疗经过，认为饮食无常的后果是严重的。他颇以为是。席间，他一再叹息，该拍张照片，因为这种聚会太难得了。在电车上，他还表示，一定得找机会拍张照片……

宾基下车后，我和而复乘原车直奔西直门。因为老是谈话走过头了，下车后又往回走。步行中一路闲谈了一些创作上的问题。他陪我回去，主要因为于毅夫同志就住在我隔壁，他想看望一下。一上楼，他就到于老房里去了，直到离开时才又到我房里，忙匆匆写下冯乃超同志的住址，其时已十点过了。

10月14日　昨天有件事记漏了：由东四十条回家后，曾得白羽电话，问到我的居住和伙食情况。他说，他见到过王匡同志，只知道"搬家"了，但不知搬到何处。又问我何时有空，并告诉了我他的电话号码。

上午，益言、秉祥、湘初先后来了，交来信件、钱和蜂蜜两瓶。听说高已返京，并将校样送了白羽。有三封信，其一是巴公的，又其一是杨礼的，还有刚宜一封。

秉祥提到座谈《青枫坡》初稿的问题，我委婉坚持，还是写书面意见好，而且希望多提具体意见。他同意了。送走他们后，同益言去食堂午餐。益言走后，午休。

下午，人民出版社来人，说起前日交老冯那篇文章，表示他们要在一本回忆文集中发表，并提了些修改意见。我答允考虑后决定。

这一天是怎么过去的，已经记不清了。呵，下午曾分别给立波、湘初打过电话。

10月15日 一早去三里河，先去看了夏蕾，随后，蔡若虹同志回来了。闲谈后又一道去看乃超。乃超散步去了，他爱人同我们打了个照面，因有病，很快就回卧室去了。她是那样苍白、消瘦，变化之大使人感到吃惊。当然，她可能已七十了，又有病，这还是可理解的。不久。乃超提起一网袋苹果回来了。胖乎乎的，但不怎么正常。

看来，虽已七十七岁，他的头脑还很清醒，记忆力也不错。他谈了些他同"左联"的关系，评价一位从延安到上海的老同志某些不恰当做法。乃超说，其实中央并没有给他处理文艺界问题的任务，事后又不向中央报告，因而后来受了批评。他说他同雪峰关系不错。他是1932年去武汉的，1935年曾到上海。1936年又到上海，那时鲁迅逝世了。他住在沈起予家里，还帮《光明》看过不少稿子。但我们当年是否见过，记不清了。

因为他的广东官话不好懂，又有些疲惫，我们就告辞了。由夏蕾陪我去立波家。我本可不要人伴送，但她和若虹都不放心。在立波家一道吃了午饭。夏蕾走了，我就午休。午休后，本想即去万寿路，菡子、李纳来了。李纳仍然那么年轻，还有点发胖，但菡子力说她有心脏病。大家闲扯了一通，我和立波就先走了。走之前我把住址告诉菡子，并约他们一道去万寿路。她说："好，人家才参加过国宴，不好去。"我说："你还参加过游击战争，怎么这样想呢?!"说罢相与大笑。

有一位搞自然科学的同志和他爱人正在同起应、灵扬闲谈。那位女同志白胖胖的，长发，年岁又轻，因而我总感觉她是个演员。并且叫人想起一些恐怖片子里受害的女性乃至阴灵的形象，真是奇怪。她的丈夫却又那么朴实，而且是研究自然科学的。这样一想，她的印象对我就显得更不同寻常了。我想，倘能了解些他们之间的关系倒有意思。

他们谈话中曾提到高士其，说他爱人对他招呼得很好，这也是个奇迹。在谈到杨超同志那本哲学著作时,我说了几句题外的话,我和他一道被关在昭觉寺临时监狱时,他的"后勤部"最好。也提到他写那本哲学书的简单经过。起应谈话较多,主要是谈有关《资本论》和辩证法的。他引用了一句列宁的话:读不懂《资本论》是由于不懂得辩证法。

那位自然科学家走后,闲谈中我讲了些我最近的情况。我还谈到对党的干部政策的理解,党的优良传统的理解。十分赞扬聂帅和陈云同志的文章。我还说,只有从党的利益、政策出发,才能搞五湖四海。搞五湖四海,这要多大的胸襟呵!纠缠在个人的得失上,就办不到。他颇以为然,还引用了《水浒》上两句话,可惜记不全了。大意是说,只有志大,才能心胸广阔……

回家后却又忽然记起起应引用《水浒》上的话来了:"量大福亦大,机深祸亦深。"……

立波谈了些他的学习问题,主要是读文件的问题。我说,由我向文井、宜君他们提出,就在出版社解决吧。房子问题,只好慢慢来。我也顺便谈了谈我在"文化大革命"初期的遭遇:由乡、区、县、地专一直挨斗到成都!我讲得很轻松,正如他们谈起各自的遭遇一样,毫无不满情绪。据说,乃超受的冲击不大。

晚饭后又闲谈了一阵,临走时我告诉起应,决定不去上海了,得赶回去,争取时间写作,准备八十岁前再写一两本东西。他对我做了鼓励。他和灵扬一直送我到街口,叮咛我说:"不要像上次样,车子一到站就往上跳哇!……"

10 月 16 日 看延边大学两位同志送来的谈话稿。午休后,白羽来访,闲谈了很久,然后同车去他家吃晚饭。算见到汪琦同志了,无大变化,但也多少有些苍老。他们的第二个孩子也成人了,神态严肃。

饭还没有吃完,菡子同她那个轻工部的女友来了。她们也被劝说吃了点烧鸭，是白羽家娘姨做的，有点像四川的香酥鸭，很不错。菡子告诉我，她明天就要回上海了。因为感觉困乏，白羽要司机同志送我先走了。临走时，他告诉我荒煤有信给他，要我设法转告荒煤，他爱莫能助，但他相信情况会逐渐好起来。

这里还得补上一笔：白羽在我住处同我谈了不少创作上的问题和各自创作上的打算。他准备今明年内写一本散文特写，报道"大庆"、"大寨"式的工矿企业和农村人民公社。他这个计划很不错，我曾大为赞赏。

10月17日　看记录稿。这一天把两件记录稿都看完了。于老送来而复所赠条幅。

10月18日　得光年电话，谈了两件事：章国男同志要他转告我，医生劝我不要再喝酒了。我问："啤酒能喝吗？"他说："行！得少喝点。"另一件是：小说座谈会快开了，我可以参加，也可以不参加。他的关心我很感动，我说我可以参加。

同光年通话后即去"全总"向老冯谈了些我最近的活动、观感。午餐是之奇同志亲自弄的，照例喝了点沉缸酒。午休时睡得很好。不知怎的，我两次在他家午休都睡得很香，可能因为感到无拘无束，又不致有干扰吧？午休后由之奇同志陪我去中联部，找到李眉后，她就沿三里河走了。

李眉虽然已见白发，还不算怎么老。他母亲年已八十，仍然相当健旺。大家谈了些往事和近况，威儿随后也回来了。不久还来了一位青年，相当朴实，后来才知道是李威的朋友，曾一同在延安农村落户，后来又一同考入西安交大。晚饭后，两人就一道走了，只是李威同我打了个招呼。

是李眉伴送我回家的，坐了一阵才走。据说，初犁尚未做出结论。

10月19日　与立波同车去远东饭店参加短篇小说座谈会。生面孔较多，这些生面孔多为新生力量。马烽是今天见到的，也有点苍老了。

光年致辞后，由《河北文艺》等单位介绍情况，可惜听不清楚。午饭后找了个铺位休息。下午照常开会，仍是一些地区介绍情况，可也照样不大听得清楚。有个总的印象，大家都曾说到"四人帮"的干扰、破坏、流毒……

晚上照旧回家休息。立波未回，留在"远东"歇宿。

10月20日　自开会后，就没有每天都记日记，因而好多事弄混了。20日发言的，上午，是陕西和湖南两位年轻作者，他们都有作品在《人民文学》发表，也都写得不错。他们谈话前，光年同志都分别做了介绍，这是上午。到了下午，是一位在《河北文艺》发表过的一个短篇的女同志，一位老知青发言。

回家后，因时间还早，读了那位女知青的小说，很不错。光年曾嘱咐剑青同志转载，并说，应将该刊编者按一并转载。

转载地方刊物的文章，是《人民文学》的传统，这样做好。

10月21日　今天茹志鹃同志发言后，我也讲了点自己对短篇小说的看法，是从鲁迅的《药》谈起的。因为茹的发言提到这篇小说。

我不止谈到《药》，还谈到《故乡》《孔乙己》《伤逝》，而我的论点无非是：短篇一般从生活、人物的横断面着眼；主题是从观察、体验生活来的。题旨是否深远，在于作者观察、体验生活的立场、观点是否正确，是否进行了深入的发掘；文学上应力求言简意赅，言之有物。

最后我说："我喜欢哇啦哇啦，而言多必失，就此带住吧！"

10月22日　昨天发言以后，思想似乎更活跃了，有点喜欢插话。

当然，光年插话比我还多；但他是主持会议的人，而且做些提示十分必要。

不仅我思想活跃起来了，另一些人也都谈笑风生。这一天，白羽也来了，他未发言，在专心看前两天的记录。主要发言的是王愿坚。从他的谈话可以看出，他同部队老一辈负责同志接触很多。他提到过刘帅。他还一再提到白羽对他的启发帮助。他写长征的短篇的确不错，我在昨天的发言中也提到过，他有的话很生动、精彩。

马烽也在这天发了言，但是比较简略，印象不深。李准的发言是谈他下放劳动中的体会，看来他写黄河那个电影脚本，就是以这段生活作基础的。他还谈到巴公的"一封信"，说不少人为它哭了。

午休是和立波同房。晚上仍然回家休息，陆续读了两个短篇，都是参加会议，不，应该说是参加"座谈"的新作者的作品，两篇都写得好。

10 月 23 日 今天在"乏走狗"于会泳原来的办公室"座谈"。这所谓办公室其实是一个三进的大独院。座谈的地点是他的放映室。建筑相当堂皇富丽。

白羽这一天发言了，相当长。他发言后，我提到三十年代周扬同胡风那场有关世界观和现实主义问题的论争。并引证了恩格斯回答考茨基本人那封赞扬巴尔扎克的信。谈话更热闹了，问题集中到对毛主席的"二革"创作方法应该如何理解的问题。

大家对"四人帮"的胡说八道都进行了批判，但也不无分歧。而以认为应当把革命的现实主义摆在首位的人占绝大多数。我在插说中还提到陈毅同志"文革"前在作协理事会扩大会上代表总理的一次讲话，他把新现实主义叫作理想的现实主义，把旧现实主义叫作爬行的现实主义，认为值得深思。

这天王子野同志也来了，中间还来了茅公。李季和贺敬之也来了；

因为都是病号，摄影后，两个人就走了。茅公是做了简短发言后才走的。朝闻是第一次来，散会时他约我去他家里吃晚饭。光年、白羽都叮咛我不要喝酒。

朝闻本来还约得有少言，但少言没有去。吃了北海仿膳的肉末夹烧饼。

10月24日　上午开会，朝闻特别带来了录音机。第一个发言的是立波。

立波是写了稿子的，想不到他讲了很多，而且列举了好几篇《聊斋》中的故事进行分析。但我老是为他担心：艺术方面讲得太多了！这样会出毛病或引起误解。下午，白羽谈了一段《大参考》上小平同志对法新社记者的谈话，是有关"二百"方针的。我感觉这是上午立波发言的一个补充，因为"二百"方针是以六条政治标准为前提的。

下午发言的还有朝闻，他讲得滔滔不绝。我没有听清楚，但我相信他一定会有不少精彩意见。此会是很有见解的。还有，上午立波发言中，白羽曾在插话中提到《怒沉百宝箱》。李准随即插话，说电影局已经决定重放《杜十娘》了！我和朝闻听了都很高兴，它是川剧演员廖静秋主演的。

我把时间显然又弄混了。实际上23日会议就结束了，但也只有这样，不加更正了。好在几经回忆，事实上基本无大出入。

10月25日　座谈结束之次日，曾参加座谈的同志一道去香山逛了一天。午饭后，我和光年、立波在参观了双清别墅后就先走了。有一个女管理人员，一个六十岁左右的妇女，"抗大"毕业，是她照顾我们才有机会去别墅内部的。平常不开放，解放初一两年，毛主席经常住在那里工作。

双清别墅的景色的确绝妙。只是房屋不多，比起于会泳那个家伙

420

的办公室来，小多了，却也朴素多了。院子里池子边有一草亭，其中只安放了一把藤椅。据说，曾经发表过一张毛主席的照片：坐在一个亭子内看公布解放南京的报纸，就是在这里摄制的。

这天马烽向我和光年谈了些江妖婆及其奴才们在大寨的一些丑恶表演。也谈到他和张永枚在毛儿盖听到有关天安门事件时彼此间的分歧。但叫人感到不快的是：老赵已被定为叛徒了！不过后一件事是他前两天单独告诉我的，因为我曾经向他问起树理同志的后事。

回来后很困乏，午睡后精神仍然欠佳。我担心感冒了，因为我简直没有料到今天气候这样不凑趣：阴冷，还有点毛毛雨。

10月26日　小林由上海来京，是为《浙江文学》组稿的。她谈到她父亲希望我去上海小住。我们谈了些家常，不知不觉就十二点了。想约她上街午饭，又担心拥挤，她也不愿去街上吃饭，于是同去餐厅午餐。一共才花了七八角钱！事后想起，感觉寒碜得太可笑了。

午饭后，小林怕耽搁我午休，就走了。我将人民出版社二编室拿去抄好的稿子交她带走了，并要她一二日内将原件还我。这篇东西本不想在刊物上发表的，但我不愿意叫她失望，只好让她拿去。看来她相当满意，我没有让她空手而归。巴公能有这样一个女儿接班，令人高兴。

下午，张章来。本来想约她去玉渊潭的，因为天阴，又在下雨，只好就在家里待下去了。我们谈了不少，主要是鼓励她投考大学，并用小林的兄弟小棠自学精神来给她打气。她的反应我觉得还不错。为了端正她的政治思想，我也谈了不少，拿天翼解放前的情况和目前的处境做了对比，让她更热爱党。

5点过，周明同志来了，送来了我的发言记录。他们是乘车子来的，于是我们搭他们的便车去西四附近晚饭。本想约他们一道去的，因为工作紧张，他们没有同去。我们走了不少路，才找到那家素菜馆子。要的三样菜都不错。有两位外国人，一男一女，也在那里吃饭。另一席客人不少，其中一对华侨夫妇，很引人注意。也许不是华侨，而是美籍华人。我们边吃边注意他们，大发议论。

等我们吃完饭下楼，才发觉雨下大了。我没有要张章伴送，只让她引我到车站。我上车后，她也各自乘车而去。

10 月 27 日　张子敏一早就来取稿，我告诉了他将在《浙江文艺》发表的事，他颇为不快。我向他做了解释。最后他又在发表时间上讨价还价，跟我啰唆了很久。我们彼此都有点不痛快。

张走不久，起应夫妇来了。但是，他们刚才坐下，薛明同志派车来了。是河北那个女知青，写"取经"的作者随车来的，我要她在下面等一等。而在向起应说明情况后，他们都催我走，说是他们来只是为了看看我的住处，接着就到于老房间里去了。

车子先送那位女青年去她一个朋友家，然后又去《人民文学》。因为这次会见，是周明同志代表我接洽、联系的。而且多半出于他的奔走。同时王耳同志也以为应该去一趟。地址就在新桥，院子很大，进大门后，最打眼的是一头红毛大洋狗。薛明同志还面带病容，但在约四十分钟的闲谈中，虽然我是那样激动，她可一直都很沉静。

不止沉静，还很硬朗，总是不断地给我打气。她尽管吃了大苦，但对毛主席亲自发动、领导的"文化大革命"了解得很正确。当然谈了不少贺总。看来她是欣赏《安徽文艺》上我那篇文章的，对它的几点内容记得很熟。她曾意味深长地说过这样的话："四十年啦，大家毕竟都有些进步啦！"还说，可以看出我对贺总很有感情。

本来不想提那本小书的，既然她提起了，我也谈了谈我的几点加工意见，并举例说明哪些得删，哪些得引导读者有个正确看法。我还告诉她，原始材料、日记，大多掉了，但还记得一些。其中有个重大细节，我一提起，她就说：《延河》上已经有文章提到过了。我也提到

1950年初那次会见，她认为我记忆力不错。

周明向她提出，已经有两种丛刊之类的书转载了《记贺龙》中的某些章节。我说，这是人们敬爱贺总，而那本小册子之受到赞赏，也因为尊敬、怀念贺总，我不过是对他的言行做了些记录而已。同时也谈了谈悼念文和《记贺龙》的区别。不知怎么，她一连对我说了两次感谢的话，可能因为我毕竟保留了一些真实的记录。直到告别时我才见到小贺。临行前，她还要我留下我在成都的住址，说是将来如到成都，她会去看我。谈话中她还提到，成都有不少一二〇师的老同志，我都可以去找他们。可能是要我进一步了解贺总的生平。

离开新桥后，送周明同志回八条，我单独回出版社。在会议室找到君宜、仰晨，取得谈话记录。因为司机走了，我就乘机去看夏公，主要谈了些荒煤的问题。他对有的人之冷漠颇为不满，说："这是个道义问题呀！"我告诉他，我已经托人捎信给荒煤了……

因为将近中午，怕司机等，我于一位客来访他时，匆匆走了。于是同司机同志一道去四川饭店午餐。因为去得早，没有等座位。去的人不止司机，他还约了通讯员一道，两个都是复员军人。中间来了个四十上下的大块头，神色和善老练。随即闲谈起来。在知道我是四川人后，他笑道："前两年，你们四川姑娘都卖到河北来了。现在怎样？"随又扯到天安门事件，他颇自豪地说："我们国防工业的工人倒不买'四人帮'的账呵！……"

此人就在附近住家，他自己包了点腊肠，喝了瓶啤酒，就完事了。既不要饭，也不要任何菜。这之前司机和通讯员谈到"四人帮"诬蔑总理时也很激动，并大骂一位老一辈同志那个紧跟"四人帮"走的儿子。那位工友大为赞赏："你看，咱们一谈就合拍了。"

这里，我记起前一天有件事记漏了：毛星夜里曾来看我，谈了很久。创作、评论问题都谈到了。他建议我写三十年代文艺战线上的斗争，认为能写的人已不多了。还要我为《文学评论》写稿，说学部负责人有指示：请老作家写创作经验。

毛星还谈了些白梅的问题，相当同情他的受害，很愤激，因为延安审干时他是专案组的人，非常清楚事情的底细。

10月28日　这该是前一天的事，我又弄混了。日记得天天记，不能拖。

这天的主要活动是：下午去医院看文井，适逢贾芝也去了，谈了些其芳遗稿的事，因为光年、白羽打过招呼，我未便多嘴。后来扯到施今墨的养生之道，我倒谈了些自己的体会。因为近两年来，我也是每晨必吃枸杞、核桃、蜂蜜，不过分量不如施今墨的处方大。

到了开晚饭时，我又顺便下楼去看了贺绿汀。他须发皆白。看他的人也多。他真聋得可以，手拿助听器，大声对助听器讲，他才勉强能听见一些。他正忙着张罗客人和打饭，我讲了几句安慰的话就告辞了。由贾芝陪我乘车去青年出版社。因为他在演乐胡同住家，我未让他同去，他提前两站就下车了。青年出版社地方不小，正在大兴土木。适逢都下班了，未曾找到益言。只好留下一信，由姚雪垠那位秘书代转。

相当饥饿，只好就便去江苏餐厅。楼上楼下挤满了人，等了40多分钟才吃到饭。这是我来京后最狼狈的一天！

10月29日　这应该是28日的事：益言一早就来了，他说票已买好，不过既然我走不成，那就只好退票。我劝他如期走，并托他代我回重庆后去看望荒煤，同时要他带一批承宽帮我买的东西回去。我一交代完他就走了。

大约在前天，因为大家都劝我不要太紧张了，何况事情也还未办完呢，于是我随即叮咛承宽，要她将所买各物包扎好，由益言亲自去取。此人也真本朴，同我上午谈妥，下午就将东西取走了。前两天，益言还拿了篇有关《红岩》的文章要我考虑。我看了，也提了意见，认为如不能动大手术，以不发表为宜。

益言还谈到青年出版社的编辑人员曾为《人民文学》写了篇有关《红岩》的文章，本想讲讲我提意见的经过，但又觉得提个人如何如何不大好，所以只好一般地说，不提个人的名字。他这样说，意在求得我的谅解。这样做当然会恰当，我怎么会不同意呢!

有关益言行前同我的接触，主要的也就是这些了。

10月30日　王耳同志来，送来之奇同志给我买的肉松等。闲谈了有关《记贺龙》的问题，以及张子敏拿去那篇文章。我本想要他陪我一道去买衣服。他认为不必买，就向老冯借一件好了。

他一气打了两次电话才打通，随又向小说散文组请了假，就到工会大楼去了。他带了件薄呢大衣转来，并告诉我老冯已做了顾问，管大批判组，他去时正在听汇报。临走时他还一再叮咛，我有什么事要办可以找他。

王耳同志走后，我去电话催问发言稿，说已经送来了。可是清问了服务员和传达室，都没结果，于是只好等了。

1977年，粉碎"四人帮"后第一次来京日记，到此为止。
从9月13日到10月30日。

漫忆李劼老

日子过得真快，李劼老逝世转眼即将廿五周年了！他是四川文学界老前辈，在创作上的成就又很突出，抗战期间他更全力主持过"文抗"成都分会的工作，做过不少好事。作为忘年交，我同他过从不少，早就想写文章悼念他了。

当我还在成都读书的时候，我就知道他了，感觉他是个敢作敢为的文人。当时，杨森在成都当督军，这个地方军阀，自命是"文化军人"，热衷"新文化"，招揽了许多留学生当什么"参议"、"秘书"，其中有不少留法的学生。李劼人也是在法国勤工俭学后归国的，有人劝他也去搞个秘书一类的头衔。他断然拒绝了，照旧做他的《川报》主笔。有个叫黎纯一的留法学生，在杨森那里算是红人。他在一个报上登了一则启事："为男友征求女友"，写了好多条件。不知是什么人，由于愤世嫉俗，就在《川报》上用"吕顺意"这个假名，刊登了一则"为女友征求男友"的启事。条件之一是："常服威古龙丸有耐性者。"这威古龙丸可以说是当时统治阶层中不少人常服的壮阳药物。于是，一切正直人士无不拍手称快。而黎纯一则恼羞成怒，借口报纸主笔李劼人写小说讽刺杨森，怂恿杨森把报馆封闭了。作为主笔，他也被抓去关了七八天。释放以后，他还刊登了一则充满机趣的启事，感谢亲故营救。当年四川的名教育家夏斧和在一首讽刺杨森的打油诗中，有一联提到这事："报馆无端遭封闭，威古龙丸引兴长。"

李劼人还有件事给我印象更深。成都大学成立的时候，张表芳（即张澜）当校长，许多人不支持他。李劼人大为不平，觉得张表芳为人正直，不畏权势，在保路同志会事变中是有功的，他就约了一批人到成都大学去教书，支持张表芳。后来，因张表芳比较进步，受到军阀官僚的排斥，准备到重庆去，不当校长了。他也愤而辞职，在指挥街租佃的住宅内开饭馆，命名"小雅"。这可以说是个"夫妻商店"，因为厨师、堂倌主要是他和夫人。三○年，我从上海回四川探亲，路经成都，大半出于好奇惊羡，还应一位同学之邀去尝试过一次，葱烧鱼，红烧牛肉。就只一间铺面，但是菜搞得好，很有特色，真正做到了"雅俗共赏，小大由之"。

还有件事给我的印象也深。成都大学有个教授叫舒新城，外省人，当时有些名气，在成都大学教心理学。他与一个女学生往还亲密，因而被一些老顽固认为不成体统，中伤他们师生恋爱。恰好杨森有一个小老婆也在成都大学读书。杨森听到这个传闻非常生气，"文化军人"一下现了原形，扬言要逮捕舒新城。舒新城听到这个消息，就去找李劼人。因为舒新城是少年中国学会会员，李劼人则是成都少年中国学会分会的负责人。于是，李劼人就让他藏到自己家里。随即又想方设法，派人掩护舒新城离开成都。

我是抗战初期，1938年，认识李劼人的。1944年，因为桂林、独山相继失守，贵阳吃紧，敌人有进犯重庆、成都的趋势。为防万一，组织上要我从重庆回转故乡，准备一些地方，如果将来外籍文化人需要疏散，可以有地方居住。在经过成都时，还得通知在成都工作的四川同志，进行一些同样准备。在会见一些需要交付任务的同志后，在动身回转家乡前夕，我去跟李劼人辞行，同时也拜托他支持我所安排的疏散外籍作家的工作。他吃惊似的叫道："我还说请你吃饭哩！"于是借故去到邻室，随即拿来一个"红纸封封"，说："好！一点小意思，你回去安排吧。"我记得他还引用庄子的话："相濡以沫"。这倒不是客套

427

话，因为除去为防日军轰炸而经营的菱窠，他就别无恒产了。而他年未入冠，就靠卖文养活家口。可以说，从抗战到1950年四川解放，他对共产党员、一般进步人士，都很关心。在和谈破裂、内战吃紧的时候，陈翔鹤同志因为已经变成特务追捕的对象，在得到组织上要他离开成都的通知后，他找到李劼人。于是改名换姓，被介绍到乐山嘉乐纸厂去当文书。他还掩护过一两位三十年代参加过"左翼"文艺运动的同志，帮助他们脱离险境，转移到外地去。他还破例安排我儿子杨刚锐，去乐山嘉乐纸厂当学工。

他的"小雅"，在成都很有名，一些进步人士又常去聚餐，每于酒酣耳热之际，揭发当日统治阶层的丑闻。一般都传说他生意兴隆，赚了不少的钱，因此一个军阀部队的连长，指使一些散兵游勇，把他的儿子绑架了，当了"肥猪"。那时他儿子才八九岁，在一些袍哥大爷帮助下，出了一笔钱，才取出来。直接出面斡旋的一位袍哥叫邝瞎子，这人就是《死水微澜》中那个"罗歪嘴"的原型。这真所谓塞翁失马！虽然损失了钱财，饱受虚惊，但通过这次同哥老会一些人物的接触，他却了解到不少成都近郊场镇上的人情世态，为创作《死水微澜》这部名著取得了丰富的素材。当然，因为是老成都，对于天回镇这类地方早就十分熟悉。而他笔下的蔡幺姑，则已被法国文评赞扬为中国的"马丹波娃丽"！这也因为，他翻译过福楼拜的这本名著。他在勤工俭学运动中去法国后，就开始介绍法国的小说了，单是都德的作品就有几部。抗战期间，姚蓬子在重庆开办作家书屋，就翻印过好几种。李劼人曾经向我笑道："嗨，这个姚蓬子，翻印了我几种书，一个版税没有！"

他对法国文学的修养相当深厚，但对我国的文学传统却更有造诣。二十年代初，他就开始用文言写作小说了。我记得，五十年代邵荃麟同志在成都，曾当面谈到对他的小说创作的一些看法。其中有一点我记得比较准确：从《死水微澜》到《大波》都显示了一种特点，在艺术上他对中国的旧小说，同法国的现实主义文学作品都有继承，而且融合得恰到好处。如果我理解得不错，用今天的话来讲，荃麟同志的意思是赞扬他在艺术上力求达到"古为今用，洋为中用"的要求。可以说，他一系列的长篇创作，都形象地反映了辛亥革命前后四川的现实社会生活，具有鲜明的时代烙印和风土人情。

李劼人对写作是非常认真的。他的《死水微澜》《暴风雨前》，三卷《大波》，早就在中华书局出版了，曾经得到过郭老的赞赏。解放后，他又逐一加工，力求在历史真实性和艺术性上都进一步得到加强。《死水微澜》较少改动，加工最多的是《暴风雨前》，而三卷《大波》则几乎等于重写。为加工这三部作品，他曾经跟我说，作为借鉴，他看过很多世界名著，特别是苏联阿·托尔斯泰的《苦难的历程》和《彼得大帝》，还有费定的《初欢》和《城与年》。更查对了不少重大历史事实，比如端方被杀的具体时间地点。改完这三部长篇以后，他还准备写反映五四运动在四川掀起的思想、社会风习的变化，以至抗战时期、解放战争时期，民族资产阶级时起时落，最后濒于破产的遭遇，使之联系起来，成为一幅巨大的历史画卷。在他的设想中，每个历史阶段的主要人物都是有原型的，对他们做过深入的研究了解。比如，他曾向我谈到过号称"打倒孔家店的老英雄"吴虞及其家庭情况。我们还为对这些情况的理解交换过意见。而且曾经提过建议，最好先写自己最熟悉、读者也最关心的那几个历史阶段的现实生活，不必按历史发展循序来写，比如四川解放前夕，包括民族资产阶级在内，人民群众在中外反动派嚣张专横下对他们进行的各式各色斗争，就值得提前写……

因为曾在法国半工半读，留法学生中又有人是青年党的首脑，四十年代郭老在重庆问过我："你看李劼人是不是青年党？"我说："不是！他在主持成都文协分会的作为，他对陈翔鹤和我，以及其他同志的态度，就足以证明他绝不会跟曾琦这些人是一伙。而且他的豪迈、开朗的风格，也不像一个'醒狮派'，或者如一般进步青年说的'狗儿派'。"于今张秀熟老为他的选集所作序言，更进一步证明了我的推断。李劼人在张秀老出狱后，曾经表示，"三三一惨案"、"二一六惨案"都是血海深仇，这些仇将来是要报的！更有意思的是，前年才有人发现，列宁逝世后他曾经为《东方杂志》写过悼念文章，对列宁所从事的事业，做了一位进步知识分子可能做的充分评价。

人民政权建立以后，同他过去立身处世的态度对比一下，这倒很有意思。1957年夏秋之交，四川省委负责同志要我随同省委宣传部副部长李亚群同志，动员他出来反击右派。我们充满信心到菱窠走访他去了，希望他能参加文联即将举行的座谈会，说几句公道话。不料他拒绝了！就连座谈会也不愿意参加。而当我们告辞的时候，他把我拉到一边，跟我悄悄地说："老沙，现在水浑得很，你不要发言呵！"到了开座谈会那天，他自己可来了，还发了言。他的发言内容，主要是为文联负责人辩解。因为当时有人提出要文联公开向四川文艺界清算历年来的错误，同时认为"诗无达诂"，批判流沙河极不公平。而李劼人同意"诗无达诂"的论点，主要却是为文联主持日常工作的我和其他党内同志解围。他说：你们不要打"红娘"，应该打"老夫人"。意思是错在中央，不在我们。全国人代会后我才知道，他在统战部召开的座谈会上，曾经引用当时比较出名的一位人物的错话，说什么"其言虽不足取，其心可佳"，因此招致党内由省以至中央一些同志的不满。把我也在一个时期内弄得来很紧张。

原来我们一道从成都去北京参加全国人代大会途中，在成渝路上，在从重庆去武汉的轮船上和京汉路上，我们几乎每天都要谈及四川文艺界的鸣放情况，而且集中谈论那个所谓"诗无达诂"的问题。谈论中间，我把自己在省委一位负责同志指示下，通过报社记者了解到的一些有关流沙河同志的家庭情况向他谈了。在当年那种政治气氛中，毋庸讳言，他也多少受了点"左"的影响。这一来，他被我说服了，同样认为一个恶霸家庭出身，父亲又被镇压了的人，不会对党和我们的新社会有什么好感，《草木篇》无疑是棵毒草！会议中间，反右的气氛更浓重了，组织上要我搞个发言，揭露批判四川文艺界的反党言论，并且同意我和李劼人联合发言。因为我早已向他提过了，他也曾经表示赞同。

我们联名的那个发言，是由我起草，我们两个人商酌后定稿的。我记得，他曾经感觉我写得不够尖锐，还在他的建议下增加了两三句。因为他是个老前辈，我把他的名字放在前面，而且推他在大会上照本宣科。一般代表都认为这个发言不错，后来他告诉我，两三位外省代表在他走下讲台后，还当面赞扬过这个发言。可是，直到大会闭幕，才有党内一负责同志告诉我说，正是李劼人在大会发言的时候，毛主席看到是我和李劼人联名发的，曾经不以为然地说：这两个人咋联到一起呀？因为毛主席情况了解得全面，主要也就是知道他在四川省委统战部座谈会上，表示过欣赏那位有名人物的错话。按照以往的惯例，全国人民代表大会后，各省一般接着就开省人民代表大会。开省人代会时，组织上跟他谈话，指出他在统战部召开的座谈会上那个发言，是个严重错误。他这才大吃一惊，最后在大会发言时做了检查。可是事情并未就此结束，省人代会后，文艺界又开会批右，不少代表要求批判李劼人。因而省委同志要我找李劼人在大会上检讨。由于我青年时代对他的所作所为印象太深，一向认为此公性情直傲，他曾在省人代会上公开检讨，已经很不错了，他不大可能检讨了又检讨。事实证明，我对老一辈中国知识分子估计不足，他们在人民当家做主的新社会的态度，跟以往基本两样，因为我一提谈，他立刻就同意了。这同会场上已经出现了两三张大字报和漫画批判他，也不无关系，但这绝非根本原因。

此公秉性正直、豪爽、健谈，也很懂得幽默，这里且举一例。我记得，每逢来京参加全国人代大会，碰见巴金同志，他有时总会开一两句玩笑："老巴，把你的'标点符号'拿点来吃嘛！"意思是说巴老著作多，收入多，可以拿点出来一道聚餐。他体魄也好，简直不像已享高龄。寒冬季节，他是不穿皮袄的，也不穿大衣，只穿一件丝棉袄子。1962年冬，他从郊外到布后街四川文联开会，也只穿一件薄薄的丝棉袄，座位又正当风。但他照旧精神抖擞。那次座谈，讲话的人太多，到下午三点多才散会。后来听他家里人说，他一回去就分派说："赶快给我下碗素面。红重！"意思是多放点熟油海椒。随即来一瓶大曲，自斟自饮。没料到当天半夜里，哮喘病发作了。最初，他还以为是感冒伤风。可是哮喘越来越发严重，次晨就被送进医院，省委、市委对他都非常关心，一再指示医院全力诊治。我在那次座谈会后，因为答应过为《人民文学》赶篇小说，次日一早就到新繁的新民公社去了。不久，听说他进了医院，病情严重，我跟着就又赶回成都。

在省立医院看到他的时候，气色还很不错，但是正在输氧，吊盐水，无法交谈。他只望我点了下头，微微一笑。才隔两天光景，他可就去世了。据说，他的情绪始终是乐观的。病情恶化以前，他老是提醒医生，他的《大波》第四卷还有待于完成。末了，自觉医生已无法救治了，他曾高声吟哦："人生七十古来稀，我比古人稀又稀！"得到病危通知那天晚上，李宗林同志已先我到医院了，我们一道安慰他的儿女，商定一些必须赶办的后事，这才离开。本来医院建议进行剖腹检查，因为他的病情恶化得太快了，我们担心他的夫人难接受，没敢采纳。

因为他是成都市副市长、省文联副主席，他的治丧委员会主任是省统战部长兼成都市市长李宗林，我是副主任。组织上同他的子女都要我写悼词。写好草稿，经与统战部研究，可以说是字斟句酌，这才定稿。追悼会是在成都市府旧皇城明远楼开的，省长、市委书记都参加了。旧皇城明远楼，基于历史原因，在一些人心目中很不寻常，听说，就连副省长、起义的川军将领邓锡侯也不胜惊羡，事后向旁人表示过："呵哟，在明远楼开追悼会，从来还没有过呢！"悼词原本要我念的，我辞谢了，推荐了林如稷。因为反右斗争以后，由于我还"左"得不大可爱，我自己在党内做过自我批评不说，文联党内开会，有些同志还不时批评我，说我在党内板起面孔，见了李劼人这些党外人士却谈笑风生，亲如手足；而如果我致悼词，将会被认为已经"右"得不可救药！不过，后来我还是参加过一些有关他的身后事宜，举如捐献他收藏的字画，整编他的遗著。他收藏的字画不少，他逝世后都由他的亲属捐献给国家了。看来这也是他解放后陆续收买这些字画的本意。我记得，有幅名画，收藏者在画坠背面，题了行字："子孙宝之"。在转到他手中后，他也在附近添了一行："李劼人暂藏于菱窠"。他的遗著，我记得编辑小组只对《天魔舞》做过点校订工作，其余都未校阅；更未着手收集他早年的著作，"四清"一来，编辑小组就停工了，接着就是十年内乱！据我所知，为了完成他长达半个多世纪的历史画卷，他搜集了不少资料。大的社会动态不必说了，单是抗战期间，杨沧白就向他提供过不少第一手材料，有关风习人情的更不少。我看过他收藏的一篇祭文，其中有两三句我至今还记得："哭一声来叫一声，儿的声音娘惯听，为何娘不应!?"他还让我看过几大本家用流水账簿。这不仅对写清末民初的历史小说有用，对于研究当日社会经济情况的专家，也有一定价值。可惜都失散了。他写日记似乎从未断过，因为参加全国人代大会时，我发现他每天也记日记。与人来往，购买什物的名色、价钱，他都有记载。可惜据他女儿李远山前两年告诉我，全都下落不明，看来是被打砸抢抄分子给糟蹋了。因为它们是保存在成都红墙巷寓所的，曾经遭到过红卫兵抄查。这红墙巷的院子，是他逝世后市府为他夫人安排的住房。

可以告慰李劼人家属和文艺界同人的是，他的故居菱窠早已恢复旧观，而且增种了不少竹树。我1981年看见的围墙拆除了，所有早已为白蚁蛀蚀的梁柱，乃至绝墙颓壁，都已焕然一新，可以说是重新修建。大约八〇年吧，日本友好人士桑原武夫还曾向我提及这所李劼老的旧居，因为在五十年代，我们一道在那里尝试过"小雅"的佳馔；而当他七十年代末又一次去菱窠凭吊时，不免深为惋惜！……目前，不仅菱窠的房舍恢复旧观，就是家具也照李劫老本人设计的形式，制作齐全。至于文献资料，也正多方搜寻。去年我曾向省文联、作协分会和管理人员，提出进一步将这所幽静、别致的院落利用起来，作为研究他的著作、生平，而又宜于休养的场所。

我切盼在四川文艺界同人的支持下，两三年后逐一实现。

1986 年春

活在记忆中的人们

一个人生活了七十多个年头，从开始晓事的时候算起，跟成百上千的人打过交道，至今还留在记忆里的人们是不少的。要一一移到纸上，真非易事。首先精力和时间无法应付。那就从容易想起，已经辞世的写起吧。

杨　刚

1933 年，因为巴比塞调查团要到上海，反动派对党领导下的革命群众团体来了一次大逮捕。文总下面的左联、剧联和社联等都在准备热烈欢迎这一调查团。代表团之来是为了在上海召开国际反战同盟远东会议。我那时住在司高塔路口一个弄堂里，距离内山书店很近。

一天下午，左联党团负责同志跑来要我立刻转移，说是和我一个里弄住的一位社联同志被逮捕了。大约半点钟后，他又冒险跑来催促我转移。因为他知道我家保存得有左联的一些文件，而里弄内外，捕房已经逐渐增多。

我的新居在法国租界的姚神父路新天祥里。我原在左联常委会做秘书工作，转移至法租界后，被分配搞小说散文组，而第一位被介绍来同我联系的就是杨刚。我早已知道她的名字，常在北京《大公报》、沈从文主编的《文艺》上发表文章。她给我的印象不错，聪明、漂亮，一望而知其为家庭富裕，受过高等教育。我记得她到我家里来的次数，至多不过三次。左联党团负责人也就在这时候将叶紫介绍给我。

在两三次见面中，只有一次我还有些印象。我们一同讨论了《现代》杂志上的两三篇小说。主要是刘宇的《西乃山》。这是取材于《旧约》的一篇小说。因为手边没有材料，我们说了些什么具体看法，已经无从记忆。只记得我们曾经把它同当时的政治斗争联系起来，做了肯定的评价。这个刘宇原是写诗的，同沈从文很熟，四川人，1931年我在杭州曾同他有过数面之缘。不过自从《西乃山》发表之后，既不再见他写诗，也没有再读到他的小说了。

杨刚没有同我一直联系下去，可能她的工作变了。因为那次在上海文化界欢迎巴比塞调查团的茶会上，她竟是陪同外宾的翻译人员。作为调查团团长的巴比塞没有到中国来，伐杨·古久烈当天也没有到场，后来才听说参观晓庄师范去了。参加茶会的是一位副团长，由杨刚陪伴来的。她那天的装束使我大吃一惊，穿着时髦，简直像个贵妇人一样！但是态度端庄，翻译时从容不迫。

这次见面，我们当然视同路人，不便招呼。特别因为餐厅内外布满了巡捕。这事距今已近半个世纪了。

开国以后，五十年代初，我在作家协会工作期间，一位同她较为熟识的同志，曾经和我至煤渣胡同去看过她一次。那时她在《人民日报》副刊部工作。见到她嫂嫂"密斯沈"，名叫沈强，是杨潮的爱人。三十年代在上海我就熟识。

这次见到她本人没有，记不准了。但是即或是见到了，也是最后一次会见！而她的逝世一直叫人感到惋惜。

杨 潮

杨潮是杨刚的兄长，"密斯沈"的爱人。这位"密斯沈"，小小的个子，很清秀，满口上海腔的普通话。我对杨潮当然印象很深。因为打从1934年起，我就经常到他家去。碰到搬家，他也一定事先就告诉我新的住址。我去找他，主要是为联系工作。有时是闲聊，看他家里饲养的热带鱼。有时则是为了向他借一点钱。为自己，也为旁人，五块十块的，以救燃眉之急。因为他一直在法新社工作，收入较多，又固定。

杨潮和他妹妹一样，外文很好，不过他是交通大学毕业的，曾经在铁路上工作过。后来怎么又搞起文化工作来了，不知其详，也没有问过。他多才多艺，从工作关系说，是小说散文组的成员。这主要可能因为他当时喜欢搞点文学评论工作。小说散文组开会，很长一个时期多半在善钟路欧阳山家里。而杨潮每次去参加，大半都要捎上一瓶泸州大曲，因为他知道欧阳、杨骚和我，还有他自己，都对杜康有点感情。

杨潮身材魁梧，穿着整洁，冬天是高档藏青色呢大衣，谁也不会猜到他是一个左联盟员。他曾经写些什么评论文章，已经记不清了。就是他在新知书店用羊枣这个笔名出版的有关政治经济理论的翻译书，我也把书名忘记了。

抗战期间，他在香港，主要写国际问题一类文章。1940年、1941年，我从范长江那里知道他一点消息，还通过信。皖南事变后，我回到家乡，不久搬到安、绵、茂三县交界的睢水关，从事创作，一直避居到1944年才奉调前去重庆。

大约在香港失陷以前，几经辗转，我得到他一封信。说他很想找个静僻地方休息，探询是否可以到四川跟我同住？显然他已经对都市生活感到厌倦。这些年生活担子也把他压苦了。他可能是从桂林方面或皖南事变后由重庆疏散至香港去的朋友那里知道我的消息的。我把我的处境如实告诉了他：我自己都只能只身住在山区，而且常有转移，他一个外省人，恐怕不大安全。此后就没有得到他的信息，但随时都想念到他。

在国统区，在那种困难年代，特别在香港失陷以后，生存问题和生活都不容易对付，特别是他在上海那一套生活习惯，能适应当时的环境吗？若果没有逃出香港，他的处境又怎样呢？他的最后遭际，我是1944年去重庆那次听到的，抑或是四六年在重庆才知道的，已经记不准了。但有一点我记得很清楚：当时我很震动，也很难受，而且，就是以后，直至现在，我都一想起就不免感到内疚：要是我胆大些，甘愿为他冒点风险，多想一些办法，让他在睢水隐蔽下来，结果可能完全两样！

事情是这样的：香港陷落前后，杨潮去到福建的临时省会永安。不知何时，他被国民党反动派逮捕了。后来，他越狱逃往深山老林，最后却还是被反动派抓住了。据说，因为逃避追捕，他就在山林里乱窜，结果遍体鳞伤，衣服全撕破了，最后还是为穷凶极恶的反动派所杀害……

1957年，我在北京东总布胡同蔼子家里见到杨潮的儿子耿青。"八一三"前后，我记得曾在上海见过一面。据蔼子说，他是在新四军成长起来的，五十年代他在志愿军工作。后来我回四川不久，他也从朝鲜率领部队归国，到了成都。我曾经参加过欢迎这支部队的仪式。

我并不知道这批志愿军中有他。但是，一天，一位志愿军到我家里来了，送了两瓶朝鲜的人参酒，说是他们政委送我的，还有封信，好像说他们很快就会移防、休整……

我记得我当天就回了封信。这么多年来，我可没有得到他一点消息！

也许他从他父亲那里知道我喜欢两杯吧？他现在哪里呢？但愿他工作顺利，身体健康！

叶　紫

和杨潮比起来，叶紫的个子就未免太小了。而且瘦得可以，正面看起来，有点像侧面。我认识他，来自左联党团的介绍。那时他刚刚在《无名文艺》发表了《丰收》，是在杨刚同我发生联系之后，但我们是否一道讨论过刘宇的《西乃山》，记不大清楚了。但我们曾同欧阳山一道在他家里开过好几次会，我倒记得比较确切。

他当时的确比我穷困。他有母亲、妻子，还有个奶娃，要靠稿费维持生活很不容易。他住的弄堂是破旧的，屋里说不上什么陈设；不过，书桌倒有一张，可能是我们有了关系后才搞的一件旧货。这以前，他告诉我，经常以马桶当座位，伏在床铺上进行写作。屋子里好像有张帷幕，夜里一拉，一间就变成两间了。

他全家老小四口，看来只有他母亲健旺。他爱人也跟他一样单薄，显然营养不良。可能还有肺病。到他家里参加小组会的，只有欧阳山和我；那时杨刚已经不同我联系了。我和欧阳山有时也照例喝点酒，不过不是泸州大曲，而是白干。我们自己掏钱买，由叶紫的母亲供应菜肴：又香又脆的湖南泡菜。这对我这个四川人说来，真也再合口味不过了。

喝着白干，吃着泡菜，我们一面大谈当时出现在报刊上的小说散文，有时也谈自己在创作上一些想法。这方面，叶紫谈得较多。欧阳山呢，则从来不大泄露自己的写作计划。我却往往不自量力地喜欢帮人出点主意。我记得曾经出现过这样一种情况：在我向叶紫提出的材料做着这样那样建议的时候，欧阳总爱向我开点玩笑："呵喝！人家分明一件长衫，你这样一剪裁，一下就变成汗衣了。"我回嘴道："依得我

439

么，还得剪去袖子，改成背心！"

叶紫也到过姚神父路我家里，但我从未主动打听过他的出身、经历。这是我的习惯。我觉得这是一种对人不尊重、不信任的表示。但从我们的闲谈中，我却也多少知道一点他的经历。比如说，在谈到他有的作品，或者他准备写作的题材时，从他的叙述和感情，可以感到都同他直接有关。我记得，他曾经在《自由谈》上发表过一篇记述他的苦难生活的散文后记，他在写作中想起往事，哭了。我对他的整个印象，觉得他又坚强，又脆弱。

他坚强，因为尽管他的生活条件那么差，家庭负担重，又体弱有病，他在创作上却一直没有松过劲。他脆弱，因为在谈到反动派加给人民的灾难的时候，他总多少有些感伤情绪。不过，无论如何，在我读过他的部分作品中，就我记忆所及，这种感伤情绪却非常少，使人得到的都是鼓舞。不过，我的印象未必准确，因为我从姚神父路搬往迈尔西艾路以后，我们就没有联系了，中间只一道同鲁迅先生见过一次面。

这次同鲁迅见面，是在叶紫要求下，由左联党团负责同志同鲁迅联系后，在北四川路的一家饭馆里举行的，一共有六七位青年作者，除叶紫和我而外，还有谁，已经记不清了。不过，那次谈话不多，也许考虑到大家的安全问题，鲁迅并没有坐多久，就先走了。而近几年我才知道，那以后，他同鲁迅常有往还。

我1940年在重庆才得到他逝世的消息，是靳以告诉我的，他要我写点悼念文章，为叶紫在一家报纸副刊上出个专辑，将所有稿费汇寄他的亲属。

杨　骚

杨骚，在我还没有开始搞创作的年代，就在发表诗作和翻译了。我和他相识，是欧阳山介绍的。他之加入小说散文组，也跟欧阳山有

440

关。他瘦长，眼睛大而灵活，神态庄重，可是教人感到和气、亲切、乐于接近，有时还喜欢讲点笑话。他是左联较早的成员之一，算是我的前辈了。

1934年，我们经常一道在欧阳山家里开会。那时候欧阳山住在善钟路，虽然几经搬迁，我们都常在一道。其时，因为常患胃病，杨骚已经很少写东西了。但在1936年两个口号论争中，他却振奋起来，开始写作论文。完全出于一时激情，没有谁鼓动他。但凡认为义之所在的事，他一贯都是这样。他是拥护"国防文学"这一口号的，和我都是《文学界》的编委，欧阳山却是拥护"民族革命战争的大众文学"的。尽管时有争论，但这并不妨碍我们之间的关系，彼此照常来往，兴致来了，也照常喝一两杯。为了口号问题论争，他还曾经约巴人跟我一道辩论过一次，企图说服对方。因为巴人是赞成"民族革命战争的大众文学"这一口号的，而由此也可以看出他的热情不如外表那样稳重。

1940年我在重庆工作期间，他同欧阳山、草明的关系仍然很好，一道对门对户住在南温泉一条临时拼凑的小弄里。是所谓疏散房子，非常简陋；它只有一个好处：空气清新，躺在床上都可以欣赏自然景色。我住在"文抗"的疏散房子里，同他们隔河相望。晚饭后一般是到河边坐茶馆，如果谁得到稿费，就买点当时相当时髦的所谓"冷气大曲"，一面闲谈，一面呷酒。

在重庆这段时间，我同杨骚只有一件事印象较深：皖南事变后，我和以群曾一道动员他去南洋。这次疏散工作，是在南方局领导下进行的。在汇报了每个人的情况后，我们认为他去南洋最为合宜：熟人多，同乡多，而向侨胞揭露国民党反动派的阴谋又十分必要。当时正是雾季，我们在神仙洞街任钧家里找到了他。我们才一说明来意、目的和任务，他立刻同意了。路费则由组织解决。

从此一别，我们一直到五十年代初才又见面。那时我在北京作协总会创委会工作，早知道他已从印尼带了爱人、孩子回国了，住在广州。大约 1953 年吧，因下肢瘫软他来北京治病，我曾经约同天翼和他聚会过两三次。他相当瘦削、衰老，眉宇间有点苦趣，不像从前那样从容、庄重，更没有多少轻松愉快了。他在北京没有住上多久，因为治疗效果并不显著，就又回到了广州。

最近他儿子来信，要我代为收集他解放前的翻译、著作，我才知道五十年代他从印尼回国后，他还写过一些作品，可惜我一篇也没读过！而他三十年代的译著却也不少。感谢文学所一些同志的帮忙，总算搞出一个书目，同时也对出版单位做了必要推荐，希望能有一个出版他的文集的机会。

前不久，他儿子杨西北来信，说是花城出版社愿意出版，并代他母亲向我致谢。杨骚有两个儿子，西北是他小的一个，在福建东乡县委会办公室工作。这里，我得顺便提上几句，三十年代，对杨骚有不少流言蜚语，乃至说他身患恶疾，无人愿意同他婚配，现在，西北母子三人，算把这项传闻给彻底粉碎了！同时，它还拆穿了杨骚同一位前辈女作家的谣言。不过这里我不多说了，也不追述杨骚对这位女作家始终如一的关怀。

赵树理

1950 年在成都成立川西文联时，每位代表都由大会赠送一册赵树理的小说集，书名可能就叫《李有才板话》。但是作为艺术品，我最喜欢的却是《小二黑结婚》和《福贵》。而从他整个创作风格说，我感觉他确实做到了曾经争论不休的民族化和大众化。当然，它们之受人欢迎，还直接同人们欢迎解放有关，同渴望了解解放区的生活有关。

我是 1953 年在北京认识赵树理的。当时他住在中宣部宿舍，那次给我留下来的印象，现在想起，还叫人忍不住愉快地笑起来：身材高大，一看他的面貌你会觉得他正准备讲点笑话，而他的确这么说过：

"你看我像在演《三卖武》吧?"而且立刻十分有趣地做了两个演戏的动作,因为那时他一只手臂伤了,用绷带吊起,衣服又短又窄,似乎不是制服而是一般农民穿的短褂。单看这装束就很有趣。

文如其人,或者说风格即人,这用在赵树理身上真是再恰当不过了。质朴,单纯,自然得像行云流水一样。兴之所至,他真诚得那样朴素、天真,像无知无识,而又没有任何社会习染一样,同时也无所顾忌。有一次,作协举行茶会,和他同席的人谈起他一向喜爱的上党梆子,于是他一边念锣鼓,一边哼唱戏文,先还把嗓子放得很低,很快就声音响亮,全场都能听得见了。最后,他更离开座位,随手抓来一根竹棍,挥舞着表演起来;当然还有锣鼓、唱腔。

这是他已经搬到东总布胡同住家时候的事,而且已经完成了《三里湾》。因为我在创委会工作,又兼了个《人民文学》的编委名义。主要也因为在作家中同他接近感觉比较自由,无拘无束。在我们交往中,谈论得最多的是艺术形式和风格问题。拿他的用语来说,是"新统"、"旧统"的问题。他把他自己的一套称之为"旧统",具有浓厚的民族传统风格和气派,为群众喜闻乐见;而像我所采用的艺术形式,则是"新统"。这个"新统",是五四以来,吸收西方的艺术形式后逐渐形成的。而对"新统",他却是个地道的摆头派。

老实讲,我真也想学学他那一招!离开北京,回到四川以后,偶尔发表点东西,我总要向他征求意见,而他几乎总是这么一句评语:"内容很好,形式很坏!"他还不止一次,在谈到一般创作情况时,他曾向我叹息:"看来'新统'占上风了。"有一次,当他对我一篇小说,可能是《老邬》重复了他那一句照例的评价后,我曾向他提出:"就按这个内容,你帮我改写一遍怎样?"他立刻同意了。但是,隔了好久以后,他对我的催问却只顾笑着摆手:"不行,不行!"也不说明理由。

尽管他不喜欢我的作品,或者说他不喜欢我写小说的表现形式,但我丝毫也不感觉不快,因为我丝毫不感觉他是想占我的上风,而且神态那样和善、坦率。在作家之间，过去那种极不光彩的所谓"文人相轻"的坏习气，同他无论如何联不起来。他的这种品质的确值得珍视。而且尽管他不喜欢我的艺术风格和表现形式，你看怪吧，他还向我提供过一个短篇小说材料，鼓励我写。这个故事我至今还记得，也喜欢，可惜我至今还没有完成这个任务。

从他告诉我的这个故事看来，他对解放后农村的阶级分化，是非常清醒的，而且十分赞扬那种立场坚定的贫下中农。而我感到歉意的是，大连会议以后，对于"中间人物论"的说法，我也不以为然。其实我既未参加大连会议，也没有认真读过有关记录，更不要提研究了。只是在众口嚣嚣之下，也简单地把它同"塑造英雄人物"这一主张对立起来看待。回想起来，总不免感到歉疚，感到惭愧。而这也正是对粗枝大叶作风的一种惩罚。

其实，他是很重视写正面人物形象的。在一次作协讨论有关英雄人物问题时，他曾经非常风趣地说过："一个人给自己的爸爸写行述，总不会尽说坏话！"在创作方面，他有很多精到的见地。我记得他曾向我诉苦，最可怕的是"干部不敷分配"！而我自己就犯过这种毛病，有的人物既见之于短篇，也见之于长篇，这主要都是从"干部不敷分配"来的。可见自己的生活经历、积累太贫乏了！

最近，康濯谈至赵树理在农村的生活态度，我觉得很重要，值得我们学习。因为他去农村，正如回家一样，能够那么自然地立刻成为农民群众中的一员，而农民群众也很快把他当成自己的亲人。这是不容易的。当然，这同他在成为一个作家以前，就长期同农民群众一道生活、劳动分不开。而难能可贵的是，尽管在北京生活那么多年，生活待遇已经大不同于从前，但他在日常生活上仍然保持着农民的本色，自奉非常俭朴。

我记起这样一件事情来了：五十年代末一个冬天，我从四川来北京开会，到他家里去看望他，随后他约我去东来顺吃饭，这多少有点叫我暗自吃惊，但真也希望能尝尝涮羊肉！可是一进东来顺大门，他却并不领我上楼，一直走进楼下饭厅里去了，这是专门供应三轮车夫一类劳动人民用餐的地方。我们没有吃涮羊肉，只吃了两三份清炖、红烧荤菜……

但我当时并不感觉失望，便是现在回忆起来，也还觉得津津有味！

1979年春天陆续草成

杨伯恺烈士在辛垦书店的情况回忆

1929年春，我于白色恐怖中去到上海，在西藏咸斯路萧崇素家里寄居时，跟住在他家对门的葛人高，即葛乔也碰头了。我们都在成都省一师读过书。他低我两班，在校时没有多少交往，只是互相知道彼此的政治面貌。

同葛乔碰头后，陆续认识了南充人任白戈、王义林，他们也是在"二一六惨案"后分头到上海的。这两个人都是由吴玉章吴老作校长、杨伯恺（原名杨道庸）直接主持教务的"中法学校"的学生。杨和任当时都在招商公学教书。杨在"三三一惨案"后就离开四川了。

后来我从萧崇素家里搬到东横滨路口德恩里住下来，葛同王也搬到附近的景云里。白戈"三三一惨案"后曾在成都同周尚明一道工作过一段时间，而周又是我参加党的介绍人，且在"二一六惨案"中牺牲了，所以不只是了解我的为人，且有一种特殊感情。他在星期日到景云里看葛同王，总一定要到德恩里看望我。

有关成立"辛垦书店"的计划，就是二九年秋天谈起来的。随后，我也搬到景云里和葛与王同住，跟他们一道学习日文。因为大家组织出版社的意图就是出版自己的翻译著作，宣传革命理论，是同人书店性质的出版社，不是想做出版商人。计划基本决定后，我就同他们一道去见杨伯恺同志。因为他既是任、王的老师，又是四川的革命前辈，最后得由他拍板。

由葛说明我们商议过的具体情况后，他立刻同意了，还约了也在招商局公学教书的共产党员陈子中参加，并一再鼓励大家抓好日文学习，对革命理论认真进行研究。随后，他又到东横滨路来过两次，进一步商量成立出版社的问题，主要是资金，第一批出版的书籍目录。当时我的经济情况最好，首先就拿出五百元，并承允将陆续凑足一千元。此外，还可能向家乡亲友募集几千股款，因而大家要我做董事长。杨和任都各自可出二百元，陈子中出三百元，葛和王则都没有现金入股。

葛相当了解当年一般同人出版社的组织、经营管理情况，办事能力也相当强，大家就推举他做经理。书店的名称也是他提出来的。"辛垦"二字是英文"思想"一词的音译。从中文讲，则是辛勤垦殖的意思。出版社没有明确规定宗旨、方针，但有一点是一致的，宣传马列主义，这在第一批书目中也表现得相当明确：杨准备翻译列宁的《论帝国主义》和法拉格的《经济决定论》（后来由刘初鸣翻译）。任决定翻译《伊里奇的辩证法》。葛翻译苏联伏尔加编著的《一九二九年的世界经济》，我和王也参加这本书的翻译。

为了筹集更多股金，也为了自己能有较多收入，以便入股，并有充分时间进行翻译、著作，杨于1929年冬天在成都大学谋得一个教书职务。因为成大校长张表方是他青年时代在南充读中学时的老师，南充又是过去的顺庆府，杨的家乡营山则直接属顺庆。当然他本人的资历、学识也很有资格进入四川当时的最高学府讲课。还有"宁汉合流"一两年了，四川的政治气氛已经平静下来。

杨回川不久，1930年初开始出书，第一批预定的书目大体都陆续出版，还有一两本文艺书籍，一是美国左翼作家的《果尔德小说集》，一是日本左翼作家青野李吉的文学论文集。

1929年叛徒任卓宣到上海企图找党中央解决组织问题。他与杨伯恺是法国勤工俭学时相识的，又是顺庆府的同乡，他也找过杨伯恺说明意图。当他知道我们在筹办书店时，便通过杨伯恺要求加入。

在此之前，叛徒任卓宣曾在成大做张表方的秘书，并得张表方的帮助出了一本名叫《科学思想》的刊物，常用青锋的化名发表文章，有时也根据张表方的指示、意图代张草拟文章，在进步知识界取得相当好的反应。

我当初并不知道青锋是任卓宣的化名，对他曾在长沙背叛革命，出卖同志的罪行也知之甚少，经任白戈、葛、王等反对，这才知道他的反叛行为，当然也和他们一致表示反对。杨解释说，青锋来上海一事，他曾向四川省委请示过，四川省委批准了这一请求，让他到上海搞翻译、写作，六十年代初我在上海治病，市委统战部长陈同生曾在巴金同志家里向我证实过这件事。因为当时他也在成都工作，只是他认为当时省委不该点头同意，因为后来叶青又一次叛变了！

我们几位书店发起人同意杨伯恺提出的让他为书店翻译书，但不作为股东。此外我们还提出些条件，杨也表示可以向青锋提出来，并估计他会承认这些条件：不参加实际政治活动，不出头露面，只是从事翻译介绍革命书籍。这样，事情算相当圆满地解决了。

青锋到上海后，曾到东横滨路与宝山路邻近的一座楼房里，同几位书店发起人长谈过一次，详述大革命时期他在长沙自首变节，出卖同志的具体经过，尽力为自己开脱罪行，说他第一次被捕后，曾被枪决，未死；经人民救治伤愈后又一次被捕，这才自首。他把责任归于组织，说不该于他伤愈后，用他所隐蔽的住所做通讯联络地址。最后，并坚决表示，他来上海只想埋头翻译、著述，从事理论介绍工作，绝对不参加政治、社会活动。

叶青是任卓宣到上海后又一化名，不再用青锋这个化名了，同时真也做到深居简出。这都是为了避免外人知道他的底细，算是实行了对我们的诺言。此人似乎有些迂气，学究气味很重，所以我们互相间提到他，都叫他"老夫子"。除了向书店交出的第一本书稿蒲列哈诺夫著的《无政府主义与社会主义》外，尽是出的有关历史哲学的专著。并自我介绍说，他是根据马克思的学说写的。现在看来他倒也并不迂。

我至今没有看过这本书，其思想内容如何不便提出论断，我举出它只是想说明叶青一来就专心出版自己的著作，不是翻译马列的作品。现在想来，跟他提出的诺言有些不符。因为原早说主要是译介马列的作品。书店书稿看来问题不大，最迫切的需要是增加资金，于是我于1930年冬末回四川，募集自己承认过的股金。最低限度，我得设法凑足已经承诺的一千元。而且相信我舅父郑慕周是会支持我的，他热心文教事业，我曾为他在安县筹办过一所小学、一所图书馆。

回转家乡之前，路经成都，我会见了杨伯恺同志，他告诉了我一些募股的情况。看来并不怎么理想，只有南充人何伯庄向车耀先募集的一笔款目不超过五百元的股款，算落实了，但他寄希望于陈静珊。陈，还有张志和、吴景伯，当时在四川军官中是以亲共闻名的。我记得"三三一惨案"后他们中还有人公开表示过反对刘湘、王陵基对共产党员和革命群众的屠杀。是谁介绍他认识陈静珊的，我记不起了，但这一点很确切：他曾领我一道去看过陈。陈的防区是广汉、新都一带，其时恰好回到成都，住在自己寓所里。地点我都还大体记得，就在现在省广播电台附近，可能他的寓所就是广播局一个重要组成部分。我是以书店董事长身分同杨一道去看望陈的，而且向他直接说明，我是来募集股金的。而且向陈介绍了准备和已经出版的书籍目录，我在谈到我预想中的主要募股对象、我舅父郑慕周时，陈当时搭腔说了这样意思的话："他能入多少股哇？"因为他知道郑是下野军人，官阶也不算高，又没有多少文化知识，不大相信他肯为一个宣传革命理论的出版事业有什么热情。

陈静珊接着表示，他一定全力支持我们，要我们搞个具体详尽的书面计划给他，看得需要多少资金才能实现我们的出版计划，他将尽力满足我们的要求。听他的口气，大有倾囊相助的气概。可以说，这次会见，对于辛垦书店此后的发展、变化，具有关键性的作用。我把书面计划全部推在伯恺同志身上，自己回家乡去了。而由于我的婚姻问题，我舅父同其他故旧，都不愿支持我，后来还是向仁寿夏正寅募了两三百元股金。我自己的一千元算勉强凑齐了。不过到三二年冬我退出书店时，却已连同我的一点版税都陆续拉用光了。

回转上海，路经成都时，我又同伯恺同志见过两三次面。其时，他早把他承担草拟的书面计划交付陈静珊了。可我没有再见过陈，只是通过杨同何伯庄、皮仲和见过面。皮是成都大学学生，也出了几百元股金，本来约到同杨一道走的，因为他回营山，我去上海都得经过遂宁，彼此可以同一段路，然后在遂宁分手。因为我爱人黄玉颀已经放了寒假，在成都没有合宜的地方居住，就早两天动身了，以便能搭上长途汽车前去合川。三十年代初，在四川搭长途汽车很不简单，直到伯恺经过遂宁，我还在遂宁等车。

跟他一道的还有个跛子，姓王，也曾在法国半工半读，南充人，是成大的教职员。他们也住在那个比较现代化的旅馆里。次晨一早，他们就继续赶路了。当天夜里，伯恺同志单独向我谈了谈王的经历。曾经因为在大革命失败后搞武装起义，跌断了一条腿，幸而逃脱了反动派的追捕。我记得在谈到这一点时，伯恺同志说过这样意思的话："你十多条枪，百多个临时召集起来的群众，搞什么武装起义嘛！"神情颇为惋惜。这次谈话对我印象很深，因为它使我想起两年前绵竹的一次武装起义。

回到上海后，我先在法租界菜市路住了一阵，随即又搬到东横滨路德恩里。因为书店就在北四川路北四川里，我去书店比较方便。当时书店只有一位姓廖的营山青年做葛乔的助手，有时忙不过来，我得去做些具体工作，例如包装书籍，到邮局寄往外省。我记得，车耀先同志办的"我们的书店"，还有合川一家小书店，就经常代销辛垦出版的书籍。而我返回上海不久，伯恺同志陆续汇来两次陈静珊的股金，每次一千元。

大约就在三一年夏，伯恺同志就回上海来了。他告诉大家，陈将陆续汇寄股金，只要书店需要，他都可以尽量满足。这当然叫大家感觉辛垦在出版事业上大有可为。但是，他提出的计划中有一些也使大家，主要是我、白戈，乃至葛和王同他发生了程度不同的分歧：从四川搞一批革命青年来，让他们钻研理论，学习外文，书店对每人按月供给一定生活费用，将来在他们写出译出著作时，从应得的版税、稿费中扣除。我们反对，一怕书店拿不出钱来；二怕来的人写不出书；三怕坏人混入。可是伯恺同志却说，陈静珊支持这个做法，钱完全不成问题。他说得非常肯定，而且已经带了成大同学刘元圃和谭辅之一道来上海，作为培养对象。谭是南充人，刘仿佛原籍营山。从伯恺同志的谈话可以看出，陈静珊对他十分信任，曾经约他到广汉防区做客，并为当地修建的一座带有革命意义的纪念碑写过一篇序文。在我同任白戈同志于1932年底退出辛垦书店前后，还从四川来过三五名中青年，其中只记得有一位叫王宜昌，是民力大学的，不久就离开了。此外，还有老一辈的诗人邓均吾是来搞翻译的。但我同他们都无来往，只有邓老脱离书店后会见过一次，认为他早就不该参加辛垦书店。

除开对书店搞一批研究、翻译人员，几位发起人中存在过严重分歧而外，还有一两个问题，分歧也大。创办所谓"理论"刊物《二十世纪》，就争论过一阵子。我同白戈反对的理由，主要是担心稿源和稿件的质理。当然也担心销路，怕赔钱。这事显然是叶青策划，而且已经取得陈静珊的支持，因为叶青曾于伯恺同志回上海后去过成都，所以他们异口同声说陈静珊同意拨笔专款来办刊物。至于稿源问题，在我听来他们更振振有词。因为我既未写过理伦文章，又无翻译能力，最后只好让步，而且同意做刊物的发行人。任、葛、王也勉强同意了。对于接收与陈独秀在路线上一致的刘伯庄在书店出书的分歧，解决得比较迅速。因为他们同意指定他翻译马、恩和列宁的著作。可是后来，刘伯庄却用刘敏的笔名写了本《论物质》。

刘伯庄也是南充人，曾经在法国半工半读。回国后在北京李大钊同志领导下工作，于1928年夏在奉系军阀的屠刀下流亡上海，变成了"取消派"。当日自己的政治水平低下，学生时期对李大钊、陈独秀又相当推崇。所以虽然知道"取消派"是个分裂党的派别组织，经过争议，后来也同意刘在辛垦出书了，并同意可以同谭辅之、刘元圃一样，每月借支版税。当刘拿出所作《论物质》让书店出版时，叶青解释说，他法文生疏了，译过由书店指定的书，但是错误百出，也就未加反对，因为反正是理论著作。叶青又一直以研究和宣传革命理论相标榜。现在想来虽觉可笑，但我当时似乎相信，世界上真有这样纯之又纯的革命理论。从伯恺同志说，他对这一点也坚持得很认真，没有让任曙的《中国农业经济问题》在辛垦书店出版。后来倒是"神州国光社"出版了这本书。

任曙原名叫任昭明，南充人，也是个取消派。大革命时期在党内担任过一定负责工作，年纪比叶青小一些。经常到书店夸夸其谈，尤其喜欢谈党内一些负责同志的私生活，在两性问题上怎样瞎搞，乃至涉及陈独秀。当然也吹嘘他那本书的主要论点：当时中国农村经济呈现发展趋势，农民生活也有改善。其结论不言自明：农民没有革命的要求，这就无疑否定了党在农村搞武装割据、土地革命、成立苏区的前提。他还引证不少"资料"来证明他的论断确切。

任曙同叶青是否有来往，不得而知。因为叶青的住处相当秘密，他本人又很少到书店；有什么事总是由周绍章出面，我也很少去叶青的住处，他的生活情况，一般都是从周绍章口里知道的。他几乎成天都捂在家里为《二十世纪》写稿、看稿。吃、用相当简单，连多弄一样菜都认为麻烦，总主张饭和菜一锅熬，连吃肉都这样。尽管他自己不动手，周除了帮他做饭、跑街打杂，还有抄写他的稿件。他总担心为吃食把时间耽误多了，周经常把他一些生活细节当作笑话来讲，仿佛叶青有点古怪。当然也不无佩服的意味，而我却只感觉有些可笑。

伯恺同志的生活也很简朴，但却并不叫人感觉可笑。"一·二八"淞沪战争期间，我，还有艾芜和我妻子黄玉颀，白戈同志冒着生命危险，把我们从日军控制下的东横滨路，绕过两道岗哨，穿过几条小巷，领出越界筑路的北四川路，安顿在法租界吕班路一间楼房里，同伯恺同志以及刘元圃等住过一段时间，一道吃由他安排的大锅饭，印象相当深刻。这种艰苦朴素的生活，在省师读书时有过体会，是一种很好的锻炼。每逢假期，我本可以回家过得舒服一些，但在同班同学张君培影响下，我却甘愿留校，同这位思想进步，无家可归的级友一道生活。有时只买几个锅魁，就解决一顿伙食。而在淞沪战争结束后，我却婉言谢绝了伯恺同志的建议。

他的建议是，要我同他住在同一幢楼房里，以便就近商量有关书店的问题。而实际是想帮助我进行理论研究工作，认真学习日文。因为他辞去成都大学的教职，重返上海以后，曾不止一次语重心长地向我们这几个书店发起的青年人说："要拿出东西来啊！"对于个别喜欢社会活动的书店发起人，一提起他总要批评两句，因为他一直希望我们多出点书。可是，白戈、葛乔和王义林都在各自翻译了一本书后，就没有再从事翻译了，也没有写作理论文章。我呢，根本就没有出版过什么书。作为一位前辈，他自然感到惋惜。

其实，在"淞沪战争"爆发以前，我同艾芜一道在东横滨路德恩里居住时，就已经决心搞创作了，在向鲁迅先生请教后，更加坚定下来。因此，战争刚结束，我就前去杭州，住在"岳坟"附近的"汪社"进行写作。当1932年回转上海时，我就编成一部习作，准备交辛垦书店出版。当时我住在虹口菜场附近一个小弄堂里，伯恺同志也住在那一带。我之住到那一带去，主要也为了便于常去看他。但在出版我第一本小说《法津外的航线》问题上，却曾经弄到彼此都不愉快。这种不愉快主要在于我有些急躁,对伯恺同志未能爽爽快快表态,立即产生了反感。而他又一直强调出版理论性书籍的重大意义;在我们出版《果尔德小说集》后,他还表示过异议。因此,我对他的持重不免误认为他不同意出版我的第一本小说集,乃至拂袖而去。这弄得伯恺同志莫明其妙,也有些生气,幸而白戈从中解说。当伯恺同志派刘元圃到我家里取稿件时,我就将十一篇小说全部让他带走。稿子也可能是刘元圃看的,后来他通知我,已经送交印刷厂了,并让我看了将要刊发于《二十世纪》的《法律外的航线》出版广告。

这一来,我们应该相安无事了吧。然而,就在这一年年底,我同白戈都退出了辛垦书店。事情是这样发生的:由于当时反动派对时步文化事业的摧残日益严重,至于唆使特务捣毁进步书店。辛垦书店的书刊,特别《二十世纪》发刊后,曾经引起相当广泛的注意。我记得,邓初民同志还到过书店,抱怨买不到《二十世纪》,希望能在他们学院附近的小书店出售。甚至一位颇有名气的大学教授李石岑还四处探听叶青的住处,希望能同他见面,讨论一些哲学问题。

而所有上述两方面的情况,伯恺同志不必说了,便连我也感觉又喜又忧。叶青的反应如何,则可想而知。伯恺同志好几次向我和白戈大发感慨,对反动派发泄愤懑之余,深感自己为革命奋斗多年,经历过不少艰险,现在好不容易兴办起一桩事业,而且在客观上已经取得良好效果,可又面临险境,终日忧惧书店遇到反动派摧残。有一次,他向我们提出,叶青大革命时期的熟人在南京工作的不少,是否叫他去拉点关系,为书店减少一些风险。我和白戈表示,禁书、查封书店自然可虑,但决不能叫叶青向南京拉关系。伯恺同志也就没有再提说了。但是,过了一段时间,负责书店经常管理工作的张慕韩,喜不自胜地悄悄告诉白戈,说辛垦不会遭查封了,因为叶青已经去南京找过周佛海了。这个张慕韩也是个南充人,同叶青留法前就长期友好,是伯恺同志回上海不久,总揽一切事务以后,由叶青推荐的。此人外表朴实老好，长期在南充中学和小学作教师。他同叶青的关系，在辛垦书店的成员中，可以说是最密切的了。他还告诉白戈，当时《社会新闻》的主编，文化特务朱新亿找过叶青。

白戈很快就把张慕韩讲的情况告诉我了。我们都很不满。经过商讨，我们决定退出辛垦书店。这时候，艾芜已经加入"左联"，而且已经在杨树浦办工人夜校，发展工人通迅员时被捕。我同"左联"党团员负责人原本认识，由此有了进一步的联系。因为他不只告诉我艾芜被捕的消息，还送来鲁迅先生捐助的五十元作聘请律师的费用。我就顺便向他反映了叶青同南京的关系，并表示白戈同我决定退出辛垦书店。我得到了他的支持、鼓励，这对我们退出书店起了相应的作用。

在我们正式向伯恺同志提出退出书店时，他不免有些惊怪，而且从我们的措辞中猜到了我们对叶青去南京拉关系感到不满。他一再表示挽留，因为早在三〇年秋他返回上海不久，葛、王就相继脱离了书店，如果我们再退出去，五个发起人就只剩下他一人了。而且我还负担着董事长的名义。所以最后他约我前去叶青的住处一道谈谈书店问题。白戈是他的学生，态度比较缓和，我记得，在约定的时间，白戈没有同去。这时叶青已单独住一栋弄堂楼房了，而且他的兄弟、妹妹也早从南充来了，帮他料理生活。十分明显，他已从书店按时能拿到相当丰厚的稿费、版税。

这个家伙当天真是口若悬河，一坐定，他就向我大谈书店的发展前途，而且谈得具体、细致，似乎就连北新书店那样的规模、排场，都不在他话下，尽管当时辛垦的新店址较之北四川路四川里的房舍宽敞一些，却还没有设门市部。而在吹嘘一通书店的远景之后，他就回答我直接了当提出的问题：是否去过南京？他无疑早就有准备了，一来就肯定他去过，但是却诡辩说，他去南京，因为有人介绍了一位中央大学的女生同他交往，他得前去南京亲自面谈一次。他表示自己对这位女生相当满意，他们已开始通信了。因为对方是学历史和哲学的，他们的通信，主要也是谈这两方面的问题。并且将来准备出一本书信集，就用所得稿费、版税来做结婚时的开销。这家伙越来越得意忘形，我可再忍不住了，嚷叫道："你真会打算盘。"接着也就离开座位，匆匆下楼去了。在楼下，他的兄弟看了我的神情，显得惊怪地嘀咕了一句："咋就走啦?!"叶青的吹嘘掩盖，原在劝阻我散伙，结果却反而使白戈和我很快就退出辛垦，就连家也搬了。

现在想来，当年我们对伯恺同志那样强调革命理论的研究和传播，那样维护书店的安全，乃至同意叶青去南京同周佛海拉关系，是不够理解。他一直是搞宣传教育工作的。"北伐"前后，我们党在国共合作时期和被蒋、汪相继出卖以后经历的挫折，他都深有体会。"三三一惨案"后，他死里逃生，前去武汉；不料宁汉合作反共时，在右倾机会主义路线的领导下，工人武装纠察却规规矩矩向反动派交出武器。他到上海后，"左"倾机会主义又抬头了，飞行集会他眼见到过，王跛子那类事更时有所闻。

上述两类情况，他都向我谈过，可是当时并不理解这些挫折正是促使他苦心经营和维护辛垦书店的历史背景。同时，也可以由此探索到他的思想根源。当然，不能说他所采取的措施无疵可寻，但是，在重大问题上，我觉得除他同意叶青去南京拉关系一事而外，我从未听到过他有反对党在江西创建武装根据地的言论。他断然拒绝出版任曙的《中国农业经济问题》就是明证。同时我那本习作《法律外的航线》中，却有两三篇试图宣传当年的苏维埃运动和土地革命；尽管它们都远不是成功之作。

在退出辛垦书店，搬离虹口菜场一带以后，我就同伯恺同志没有什么往来了。白戈呢，因为他们有师生之谊，又在招商公学共过事，偶尔也到书店去坐坐，从而得知他和叶青之间也经常发生矛盾。而由于陈静珊对他的信赖，书店则基本上控制在伯恺同志手里。辛垦停业前一共出了三套理论丛书，有一套叫唯物论丛书，是出版十七八世纪法国百科全书派第得诺、拉梅特利、霍尔巴哈等人的著作，宣传唯物主义的，我一本也未读过。我认为四川的社会科学研究专家，应该对它们进行研究、评价一番，在当时历史条件下，其主要作用何在？就是《二十世纪》吧，尽管叛徒叶青又是主编，又发表了不少东西，其中就有几十万字的《胡适批判》和《张东荪批判》，究竟有无一点进步意义？"风物长宜放眼量"，在党所发动、领导的抗日战争时期，伯恺同志的政治面貌，终于越来越鲜明了。在他主持协进中学时期，曾经介绍了不少同学前去延安。而后又主持《华西日报》笔政，成都市民主同盟的会务。据我所知，邓锡侯、刘文辉在解放战争后期的起义，他都发挥了很大作用。陈静珊更加不必说了。特别在反动派土崩瓦解前夕，为了维护党的优良传统和革命的利益，他能临危不惧，同群众一起挺立在逆流面前，以致牺牲于成都的"十二桥"。

可以说，退出辛垦以后，我在抗日战争期间，才又开始同伯恺同志来往。去延安前夕，则在协进中学教书。从延安回转蒋管区后，也有过好几次接触。1944年，并曾受他之托，代他向南方局提出要求，为他正在筹办的一种报纸，提供政治上可靠的排字工友。后来报纸虽未办成，但由此也可看出他同党的关系。1950年春，我同他的夫人危淑园都参加了成都市各界人民代表欢迎贺龙同志等负责人的茶话会。散会时贺总曾经离开座位，走向淑园同志，并同她握手，说："杨伯恺是我们的一位好同志！"

上面我说退出辛垦后，抗战以前，我很少跟伯恺同志来往。很少，不是没有。因为为了营救白戈，我找过他。白戈是巴比塞调查团来上海前夕，在和我同住的一个弄堂里被捕的。我得到消息后就去找为艾芜作辩护的律师，即现在民盟的负责人史良设法，经她了解后，才知道是上海公安局那位办案人把门牌号码弄错，并不是当局指名要逮捕他，而且只发现他家里有马列主义书籍，幸而尚未上报，她可以找工部局一位翻译出面把人保释出来，但得赠送一千元作酬劳。

我到哪里去筹办这笔钱呢？只好去找伯恺同志，在说明经过、事由后，他慨然答应由书店借一千元，将白戈保释出来。于是那位翻译冒充白戈的表兄，很快就把白戈保释出来。而单从这件事也可看出伯恺同志的为人，因为他知道白戈当时已经是左联成员，如果公安局查出后将会麻烦不少。

农村见闻杂记

在尊胜

（一九五六年）

一到尊胜，我照例在王社长家里住下来了。当我问起王自立近两年的情况时，王达安不胜感慨。

"这个王自立呀，他么，因为不满意社，他连党和政府都怀疑呵！比如他就不相信颗粒肥的功效。闻一闻，说：'怎么没气味呢？'又喂到口里慢慢咀嚼，这都不算，又抓一把在荷包里，拿回去，撒在自留地里，——过后逢人就说：'有屁用！撒了还不是等于零！'

"开荒的时候，他把社的桐树秧子拔了！种上庄稼。引得好几户人都跟着他干。你去挡，他还不服气呵！说：'社解决不了问题，我怎么不开荒哇，难道这个坡没有我一份吗？'

"后来大家对他好多意见！可以说，他一直都不安心，总以为土地分红不大对头。去年同一户社员商量好了，只等秋收分配完了，就出门去拖板板车！……"

我昨天碰见他，问起开荒的事，他说："呵哟！只有两分多地！我全部种成大麦，苗价不错呢。"我又问他愿不愿意交出来归集体？他回答得很轻快："当然交出来呀，有什么心痛的？！……"

猪场、牛棚

我在猪场碰见了何清真。这是个十四岁的姑娘，矮，鼻塌，柿饼脸，眼睛细长，坐在灶门前烤火，不住唉声叹气："牛、羊都要下儿子了，咋办吗？"随即脱下红花布鞋子，在火上翻烤。

喂猪的老头子在一边只管用大道理教训她："我连一窝红萝卜秧都舍不得丢弃呀，你就这样糟蹋？也不知道你拿了多少走……"

何清真忍不住切断他说："我家里又没喂猪！"

"对！你家里没有喂猪，可喂得有公家的羊子！你可以给羊子吃，——你该自己去扯呀！应该懂得节约。"老头儿瘦削、慈厚的小儿子一直笑嘻嘻的，对于他们的顶嘴显然很感兴趣。

一个姓景的孩子，十五岁了，矮矮小小，不声不响走进牛棚去了。老头儿知道是来称牛粪的，就赌气向何清真说："我就让你去说！"便走到牛棚去了。按照规定，喂十斤草，缴十二斤牛粪。

王达发同母亲来给牛喂水，我又同他两母子谈起来。他是队长，经常到各队检查。他告诉我：有的偷懒，一根草扎三节，冬天，规定牛窝要多铺草，不照办；窝湿了，也不晒草、换草；窝子不干……

"罚了两起呵！"他接下去说，"一个三百分，一个五百分！还都是大人。检讨的时候还知道怕羞呢，勾着头！"

队长照旧生气勃勃，显然十分热爱自己的工作。

"牛尿好呵！"他回答我道，"这些牛踩过、牛尿浸过的泥沙，上棉花才好呢！一直到摘花了，叶子都不会黄，又稳挑！……"

王光明老头子也来了，无须，面赤，有不少面泡，就像蜂子糟蹋了的梨子那样。他为人开朗，愉快，健谈，一来就口若悬河，滔滔不绝。

"牛，也像人样，你要顾惜它，做一阵又息息。"他开言道，"一个劲使狠心牛，没有一点好处。它只有那么大的力气呵！勉强要它多犁田翻地，结果只有把牛拖倒。你们养牛的，看见哪个使狠心牛，硬要干涉！"

"有些人不知道啥思想，"队长说，"总讲我们不按规定办事，今天把草扎这么短，他不来检查了！……"

同青年人在一起

一天晚上，好些人在王社长门前坝子里摆龙门阵，我请一个女娃儿唱歌，其他在场的年轻社员立刻鼓掌欢迎，但她老不张声，于是我指明她是怕羞。

"倒是不怕羞，"她争辩说，"我喉咙转不过弯！不相信，我就唱一个吧：'山茶花来山茶花，十个大姐采山茶'，——哎呀，不唱了！……"

这更加使得大家笑个不停，"我过去胆小啊，"她接着又说，"反霸时枪毙刘湘发把我吓得直跑——枪一响，家伙就倒下去躺起了！……"

我忍不住惊叹了一声，她就又解释道："呵？人家那时才好大嘛，见了人么，就像鸡娃儿变的，光钻峡峡。"

我半开玩笑地问她有没有对象，她笑了："对象？没那么容易，不考验一年，也得考验半年……"

当我惋惜她那一队社员出工不怎么踊跃，并猜想干部工作不到家时，她解释了两句。"其实每一家都跑到了。"而她随又愤然嚷道，"就是没有一个一个地背！……"

王秀华当天晚上没有说多少话。下午，她推垫泥，我碰见她坐在车把上歇气，就问她："你要去学拖拉机手？"她吃惊地笑了："你怎么知道的呢？"我笑笑说："你愿意吗？"她回答道："他们在那么说呢。"我又问她："你说愿意吗？"她笑着瞪我一眼："这还要问！"随即撑身起来，一个劲把车子推起走了。

到四村去

同王自立一路到了四村。几个“船拐子”已经在院坝里等他了。铺盖卷、装着米和红苕的麻布口袋堆在一片竹笆子上。

他们还要回到三村去挖“桅子”，我单独走了。走了一阵，望见坡上有座庙宇，就爬上坎。庙子下面是一片肥沃的黑泥土。站在庙门口望出去，眼界一下宽了：北坝的光河坝和青青的田亩叫人神清气爽！

快到山边时才发现一片深广的壕沟。河岸很高，很斩切，水却很浅。一个担粪的娃儿帮我们叫唤王清真。听见了她愉快响亮的回答，不像老年人的声口。她家门前有很多石梯坎，竹林、坡道整整齐齐。

在竹林边上，一个长身材、黑布套头下露出斑白鬓角的中年女人出现了。穿着整洁：黑布棉鞋，旧式棉袄，蓝布新围裙。精干、愉快，瓜子脸、高鼻梁，一抬起头看人，眼睛就亮起来，使人感到她是多么精明和坚强。

王清真把我当成学校的教员，为我张罗凳子。我坐下了，她自己则坐在台阶上面。当问到她家里的情况时，才知道她丈夫前年就去世了。死后社管会为她多评了两千工分。她有一儿一女。女儿十七岁，八九岁就做活，已经抵一个全劳了，是个团员，正在乡上开会。这时，一个男孩子，矮，结实，脸盘红黑饱满，有些大麻子，穿着新制的黑布“四马裾”马褂，从屋里搬粪出来，但一转眼，他就跟他妈在台阶上坐下了。

她家是土改分的地，1953 年成立互助组就有她。转社时她也坚决。去年冬天又热烈赞成让几个社合并起来，成立了高级社。但她主要的表现是在土地加工上面，她不顾劝阻，主动上山搞土地加工：“将来搞水电我不享受?”人们说她干不了这种重活，她又说，“干不下来，你们把我剃掉好啦!”实际她一直坚持到全部改土工作结束，而且受到表扬。

当我赞扬他们社改土工作完成得好的时候，她叫道："还要搞一年呵！明年正月再把它挖一道，就全部挖透了！"她又说，"现在的工作么，只要有一两个人带头，一下就'操开'① 了。听我们女子说，她们挖豆腐沱的垫泥，王贵英一跳下去，别的人都不怕了，直望下跳！……"

随后，据那个姓吴的队长说，队上评劳模，已评好了，可没有评到她；但他才一提，全队人都叫道："怎么把她搞掉了呵！……"

队长同志是我们谈了好久才摸来的。他正在生病，旧罩衫下是黑色新棉制服，罩衫已经破烂不堪。棉制帽的耳朵把他整张脸都盖住了，脸色枯黄，话说有气无力。

他为我叙述了一些这带过去的苦况。特别是王清真家的苦况。她是佃青莲寺和尚的田，后来又佃了一个富农的田做。先交租，然后才准上庄，有时看见庄稼好了，和尚、富农还自己收庄稼。王清真插嘴说："每年只留几根草给你，我和他参就只好拿来打几双草鞋卖！……"

堂屋里正有两个人打草鞋，是王清真的弟媳，大个子，善良，和和气气，至少五十岁了；另一个是这弟媳的女儿，只有十岁。那当母亲的机灵地望我说："再过两天，开了学就不要她打草鞋了。"

王清真一面同我说话，中间扯了把麻来，坐在屁股下面，一面搓着草鞋练子。她谈到土地加工的经过：五六斤重的山锄，茧疤，红泡。她一面说，一面不断发笑，显然并不感觉工作怎么艰苦。

一个退社干部的下场

翟士丙蹲在堰沟边笑扯扯、懒洋洋回答我说："咋个闹起退社的呀？六月间，称猪勾子，队长要把猪牵出来称，我女人不同意，说是猪称了不肯吃，又容易遭病呀！队长就一口咬定：'怎么，你要退社，不干

---

① 操开：打开局面，突破困难的意思。

了哇?'我女人说:'退就退!'这一来就退社了。我赶紧把牛牵给王达发了。你不牵给他,毛毛货,万一瘟了呢? 这下我棉花也不捡了……

"我们想,自己几亩地就在门口,把大娃叫回来,我们是做得出来的。嗨,入的,他偏偏在三台考上中学了。我说叫他回来,女人不肯,说讨口告化都要让他读完中学。犟不过,我就低声下气去找社长,打算借点钱交伙食,——每个月六七元呵! 可是社长说:'缴不起的不止你一个啊! 你又退了社了,怎么好借给你呢?'找私人吧,结果脑壳都碰肿了! ……"

他说着,脸上一直笑扯扯的,但他突然对周围闹嘈嘈的放牛娃大发脾气,可是他们并不怕他。隔了一阵,他又同一个缓步走来的妇女大声争吵起来。这位女人白色套头,担了挑桶,显然是到沟里来打水的。她比他更会叫嚷,他很快不响了;嘀咕着,跳过沟去,走去叫翟维枝。

望着他的背影,我不禁想起老何前两天在谈到他退社时说的话:"翟士丙那个女人呀,骂起他来就像骂大儿小女样,泼得很。去年王社长给他说:'你呀,肯听你老婆的话嘛,谨防背时。'他回去给老婆说了。看你想得到吧,他老婆立刻找到王社长吵闹,要王社长还价:'我两口子,他不该听我的话吗?'"

老何还告诉我,退社后一般人总又大为失悔,要求重新入社,倒不止翟士丙呵! 王长林也是这样,他已经重新入了社。退社后他搞棉花,结果大为失望! 棉花秆子很高,只有几个桃子。县里文教馆提出买几棵,拿到县里展览。但是老头子死不答应,他怕公开出丑。

"大春既然瞎了,两爷子就找到队长,要求回社。"何说,"社里的条件是,公开说明退社回社的思想过程。这把两爷子难住了,老是推推诿诿:'你帮我说吧! 我们都不会说话,说好说孬不会有人怄气!'

"这一季单干,老头子连带走的二十多元耕牛投资都蚀了。回社后还欠下耕牛投资,直到去年才扣清楚。原本是很会盘算的人呀,他姐姐、女婿都吃过他的亏。……"

通过新党员

听说总支开会，我要求参加，被允许了。议题是通过新党员，先由支书汇报，然后一一加以讨论。大家提到这些新党员的缺点时，有时叫人感到是吹毛求疵。比如在指出某某有面子观点后，举的例证是，一提到他的短处，脸就红了。当然大多数都中肯，另一个男同志的缺点是用阿拉伯数字记账，时常搅不清楚，把一位小数弄成两位。而把原因归之于粗心大意，责任心不强。

有一位姓赵的石匠，唯一的缺点是：怕说话。你要他在什么讨论会上发言，他就要求："我不会，还是给我一点具体工作吧！"这个人平常也不大爱说话，总是不声不响。他气力大，工作从来不讲价钱。可是由于工作积极，被坏分子打击过两次。一次，深夜开会回去，听见公堰垮了，水流得哗哗响，他立刻跳下去把它补好。这块田恰恰在一个富农房子后面，次日富农到乡政府告状，说他同自己的儿媳妇搞男女关系！后来又到区里去告，但是都告瞎了。

又一次，去年他的屋子里保管着队上的小麦，忽然谣言来了，说有人亲眼看见他老婆偷了一大口袋。这是刚收获小麦一两天的事情，大家闹着要进行搜查。因为钥匙是他保管着的，他可任凭你闹翻天都不开门，等到把全队人召集拢，要他们说出收藏时的数目，多少箩筐，然后把门打开。而谣言立刻就破灭了。

尽管如此，不满意的人有时照样说讽刺话，但他毫不在意。如果说得太露骨了，他也不过笑一笑说："弄清楚呵，我是脸都不会红一下的！"这位石匠同志的入党问题，当然是通过了。

访问北坝

县委住尊胜的干部陪我到北坝走了一趟。地势平坦开阔，没有丘陵。在一株大樟树下，有几间工房，一长列打通的，里面堆着棉花秆，有好几个妇女在摘棉花，孩子们在门外玩耍，闹闹嚷嚷……

去之前，住社干部曾经告诉过我一个情况：由于离城近，对多种经营相当便利。但是也有缺点，紧张季节一过，好多人一溜就上街了，去找零钱。他还讲了一个故事，去年收菜籽那阵，都快晌午了，只有少数几个妇女下地。他挨家挨户一问，全在睡觉！

他感到莫名其妙！再一问，事情弄明白了，晚上进城，有人碰见管粮食的干部，说："来几个人翻点谷子吧！"他回来一说，就去了二十个人。以为几下搞完，明天好收菜籽。才不晓得要翻的谷子有那么多，一直搞到天亮。怎么不在睡眠上补点课呢?! 原来这个社每人平均只有六分地，不想方设法搞点临时工作，确也很难应付日常生活！

我们访问了两三户社员。一家姓郎的给我印象较深。二十岁，原本木鱼沟人，因为欠租太多，还不起，又随时有被抓壮丁的危险，两夫妇就暗中搬来北坝，帮地主干活，女人在家里织布。后来被地主解雇，就在家里领娃儿做饭，缝补衣服糊口。

这个青年人一解放就参加工作了，对搞互助组、合作社都很积极。还在乡上当过干部，每个月有点津贴。后来由乡上调回来管社，八元钱津贴没有了！医疗证也收回了。女人犯愁，自己又累病了。女人一天吃饭就抱怨："你看老张，一道起来参加工作的，都抬过滑竿，现在人家城里做供销社主任，薪水加到六十元了！"他说："你想想从前吧，睡在地主牛圈里……"

似乎有意挪开话题，郎的妻子谈起三台的一些情况。她说，那时候开贫农会，伪保长常来问她："你们开会讲些啥呀?"她啥也不肯说。

她还夸奖丈夫，说他在土改中拖病了，群众凑到凑钱为他治病。"三反"时检讨，他要退，群众不同意。她感慨道："可见群众是知道好歹的！"

郎接口说自己从不挪用一个钱。没有钱，女人闹也不管："稀饭有吧? 要跟从前比呵！"他随又告诉我，解放前有时上街搬运东西，腰袋上卡根口袋，找到钱了，就买点口粮回来。一次几个人都没有找到活路，一个姓丁的，家里还有病人。他把丁叫到自己家里，把自己的几斤红苕分了一半给丁。丁现在还常常提起这件事。

那位陪我走访的住社干部告诉我，丁现在当牛医生，很负责。有一次，听到一只牛病了，约到次日一早去。尽管早上下毛毛雨，等干部走到，他已经转来了。天刚亮时，他睡不着，担心牛出问题，鸡一叫就去了。

前去访问一个姓周的社员之前，住社干部告诉我：周个子不大，两夫妇的身材都差不多，因此经常把裤子穿错了。他们很少吵架，这个闹脾气时，那个总笑嘻嘻的，一齐对吵对闹的时候很少很少。他曾经问过，两夫妇为什么这么和气？周说："不和气不行呀！拿从前说，她发脾气，不会有人给我煮饭，带娃娃；我一发脾气，她会梭下机子，不织布了！"

周外表平常，忠厚老诚，还保留着一个地道庄稼人的本色。他的爱人衣服整洁，脸黄黄的，小鼻头，眼睛灵动，两根小辫子，有说有笑，聪明、开朗……

他们有个养女，又黑又瘦，但是精干、愉快，一笑就露出满口白净、整齐的牙齿。她是一家地主的使女，土改后分了田，自愿跟老周一道住，叫他伯伯。当时老周是农会主任。女子叫春花，才十六岁。

回转尊胜的路上，住社干部手臂一挥望我说："这是有名的养猪模范。"这个模范正从对面走来。花衣，赤足，白白胖胖，笑嘻嘻的，神色高贵而又开朗，不像个农村少妇。同我们打过招呼，就一直走去了。于是住社干部接着告诉我道："吃得苦呵！母猪下了，奶子不够，她挤自己的奶子喂。最后一个总是很小，她就揣在衣怀里！去年她两个人喂四十条，任务太大，现在减成二十条了。……"

我们还顺路去看了社办织布厂。有三十几台机子，社里每月有九百多元利润。这些织布的社员，一解放都陆续改了行：拉车、种地、做小生意，合作社后才集中起来办织布厂。

这个社办的副业不少。可是，因为不会捡"矿子"①，今年烧石灰蚀本了。养的浮鸭也都全部死掉。鸭子的损失是注定了的，有三四百元。烧石灰不久就会翻梢，因为已经找到内行，不会把石头都捡去烧了。

从三台到绵阳去

一位县委的同志陪我到尊胜对岸公路边等长途汽车，前去绵阳。等候中间，我回想起在绵阳了解的有关青年不安心农村工作的情况，就问他三台怎样？是否要好一些？因为这里离正在修建工厂的德阳相当远。

他回答说："前一个时候，这里的农村青年也叫喊得凶呵！他们要到大城市找工作。因为当时来招聘农村知识青年的有好几批，光到新疆去的就有一百多人。这些招聘都是不公开的，他们可偏偏打听到了！一般是会计、计分员。不少人还向县委写信控告社干部，说对他们百般阻挠。

"尊胜的巫世发，你知道的，会计工作搞得不错。可是，因为自己每年的收入不过六十六元钱，一个姓王的女娃儿，只抵个半劳力，文化程度也只有高小毕业水平，考上百货公司售货员了，试用期每个月就有二十多元收入！就经常要求让他到城里找工作！……"

我想起王达安告诉我的情况。今年上季，刘营区几个会计因为得不到外出就业的许可，其中一个姓周的，懂得点中国乐器，有一天，不请假就进城看戏去了。而恰好社员些眼睁睁等到他清算工分。他后来暗中嘀咕："我就是要犯点错误，让社委开除我！"

我记得王还告诉过我，今年成都一个单位去三台招聘，几个会计

_____

① 矿子：可以烧成石灰的那类石头。

都秘密约起一道去报名、考试，而且成绩不坏。当时他正在城里开会，县政府人事部门又去向他了解这几个人的政治情况，他向社委反映，就都卡下来了！

住社干部还向我谈了些社员的日常生活情况，说："农村最近叫得厉害的是没有猪肉吃！又缺乏细粮。县委、县人委每天要接几十封信，都是这类喊声：'养猪吃不到猪肉！现在，毛猪外运得太多了！难道只有他们城里人该吃？难道这叫改善生活？'很明显，生活水平高了，大家都想吃点肉了！"

他又向我谈到农村生产关系改变后一个个新的特点：妇女的地位提高了。因为她们不但能够劳动，有的常常比男的挣到更多的工分。因此夫妻间、婆媳间的关系完全变了。还有，一般人与人之间的关系也大不同于以前：欺骗是可耻的，互助受人尊敬。

坐大卡车，倒不比客车孬。而且两个钟头的卡车，使我感到比坐客车愉快。大家挤住一团，瞻前顾后都可以聊天，不像坐客车那么死板板的，各不相关。虽然前边有人呕吐，也不觉得怎么讨厌。只是不断为呕吐者出主意，让他舒服一些。这个叫站起来，那个偏过脸笑，还有让座位的，还摸出"人丹"让两三个受难者尝一尝的，说："我保险心里可以稳住！"呕吐的人，一个是炮兵军官的妻子，一个是供销社干部，前者是第一次坐长途大卡车。

有一个初次出门的青年石工，怕我经受不住颠簸，还替我打主意，希望我能坐得舒服一些。他一时要和我换座位，一时愿意把我的大提包放在他身上，都被我推谢了。他坐在靠近最前边的一个角落里，座位是一桶汽油。他姓羊，才十八岁，结实，红润，头发漆黑，高鼻梁，嘴唇翘翘的。他一直笑着，一切显然都叫他感到新鲜，眨着两只大而明净的眼睛。他身上只穿了两件衬衫，上面一件是黑洋绉的，白纽扣。

这件黑洋绉衬衫，是他在铁路上工作的哥哥上月给他的，因为自己穿起小了。他家里有八口人：母亲、嫂嫂、小侄女、一个兄弟、他的老婆。

想不到他去年就结婚了，而且比他要大两岁！个子倒同他一样。前年他去外婆家里玩，认识了她，两个人就搞好了。"这么说是自由恋爱了？"有人转过身问他。他随口答道："当然啦！"我接着又问："你出门她挡没有？"他笑道："这都挡得住么？！""走的时候一定哭过？""那才没有呢！只是忧忡忡的，——我天没亮就动身了，她提起包袱送了我一节路。"随即把脸掉向外面瞭望一阵，然后柔声笑道，"她会以为我还在等车呢！……"

　　我是坐在铺盖卷上面的，我们的对话很少停顿，附近的乘客有时抿嘴微笑，有时也插两句话。小石匠不仅有问必答，还主动谈他家里的情况，观感。能出门，显然叫他太高兴了。他老问我："走了多远了？"或者"到绵阳还有多少时间？"开车不久，他向车外张望一阵，然后回转身向我笑道："嗨，汽车老实跑得快呢，西边的山只往后蹦！"

　　他的家庭是富裕中农，今年春天才参加合作社。但他自己却在笋子山打片石，有时也放炮。他说他从来没有放过瞎炮；随又十分专注地问我："他们说我能够到铁路上就好了！经常有技术交流会，又不兴对技术保密，——是这样吗？"他已经打了九个月左右石头，七角钱一方，九扣。我问他："为什么要九扣？"他解释道："哟，堆起来有夹夹缝缝呀！"前几天，他那一队人的包工完了，该回去休息，帮家里种小麦，他一收工就动身了。不曾料到在路上碰见到工地找他的兄弟："铁路上正在招聘人啊！……"

　　他的家离工地六十里。回到家里，刚才住了三天，他就跟着建设科的招工干部从家里出发了。单是他们一区就有十六个人报名，可是他们不少人不是没有三十斤粮票，就是不会石工，被卡掉了。要带三十斤粮票，因为头一个月是学习，吃自己。旅费归公家发，每人十元。他不止一次为自己庆幸："恰好我们包的工完了，要不，那才来不成呢！队上也不会放呵！"他还一再问我："成都找工作容不容易？"因为听说我在成都工作，他还问过我，"要是我早前认识你，你能给我找个工作吗?"他曾经叹息道,"不知道我们还能不能见面哟!"

他是早就想出门的,曾经托付过他的姐夫,这姐夫在水库工作,对他无能为力,也不敢介绍他,那时候他妈不愿意他出门。但是,因为后来哥哥经常都要寄钱回家,每年又有轮休,老太婆想转了,认为出门是件好事,所以听说招聘石工,就为他报了名。他之去打片石,也因为听说学会手艺就有被招聘的机会。

虽然只有两个多钟头的行程,说话也不连贯,这个青年人给我的印象却非常鲜明。

由双龙到三台

29 日,我还没有起床,赵同几个社干就闯进来了。他们各人都拿着农具,显然是去双龙坝工作的,顺便跑来看我,因为我要回三台了。

我赶忙穿好衣服,下了床。这时天刚才发亮,至多是六点钟。

"怎么一下就走呵!"妇女主任潘尖声说,"我简直不知道哩!"

"请多给我们提意见吧!"赵和其他几个人同时说。

"意见陆陆续续都提过了,"我说,"没有其他新意见了。"

"这下不知道你啥时候才能来呵!"潘一唱三叹地说。

"容易得很!"我说,"你还愁没机会来呀!……"

"对!"赵说,"现在交通一年比一年方便!……"

接着他又一再叮咛,如果还有什么意见,在路上想起了,到了县上,可以向县委反映,或者直接写信给他;他们一定虚心加以考虑。因为怕耽误工作,我同他们一一握手,把他们劝说走了;但很快赵又跑转来了。

他是转来说肥料问题的,这件事很叫他感觉苦恼。

"我已经向总支反映了,希望买两千斤硫酸亚盐,"他扛着十字锹说,"但是乡上、区上都不可能解决,希望你同县委说说吧!……"

"你不叮咛我也会说的。今年你们的化肥太分少了。"

"是呀，比去年都要少，这个怎么样跃进呢！"

"你们放心吧！县委一定支持你们。……"

赵走后，我就忙着收拾行李，准备在十二点前赶到三元。

过了骡子岩后，仍旧在李老儿那里歇了好一阵气。

这是一个高大、健旺、脸色红润、沙白胡子垂到胸前的老人，已经七十二岁了。正和我来那次一样，他正坐在阶沿边择蘘草。但我们这次说的，却不再是改土问题，主要是说目前的旱象。

他对抗旱很有信心，认为大春满栽满播没有问题。

"你光说动员了好多人在搞呵！"他说，"一个人吐点口水也要拿些田来装呀！只是小春没有多大希望了，好多膀膀地简直看不得呢。"

一个眉清目秀、穿着整齐的孩子走出来了，背着一个背篼。

"这是我老幺呵！"当我问起的时候，老头儿笑答道；随又叮咛小孩子说："你不早点回来嘛，跟昨天样，回来饭都冷了。"

我向小孩子问到名字、年龄；又问他是否在住学校。

"十四岁了，怎么没读书！已经三年级了。这几天放农忙假。"

因为我感觉惊奇，李老头会有这样小的幺儿，等小孩走后，我问到他的经历。他笑着说了一句："不怕你笑，以前过了些苦日子呵！"接着便一面择蘘草，一面告诉我他的身世。他是南充人，祖父把庄稼做烂了。才"搬月亮家"逃到三元。后来就在三元安家立业。有十多亩土地。可是到了父亲一辈人手里，因为有三兄弟，每房人就只有几亩地了。

"我父亲是大房，"他接着说，"生了我五兄弟，你看，到了我五兄弟分家的时候，土地越加少了，就只有门口这一小块块地！……"

"那么你怎么生活呢？"

"怎么生活，租地当佃农嘛。那时候还没有结婚。两个老的已经把人弄得没办法了。父亲整整在床上躺了三年才死。父亲埋葬不久，母亲又病倒了，一躺又三四年！那些日子真够人弄呢！"

"你结婚不是很迟？"

"不怕你笑，五十二才结婚呵。她比我小十多二十岁。生了三个都是男的。老二生病死了，只养起两个。大的今年才十九岁，参军去了。"

"什么时候参军的呢？"

"去年。他是共青团的书记，要起带头作用呀！……"

他满足地笑起来，随即同两个过路的妇女张罗去了。

到了三元，才弄清楚，班车三点钟才能到。乡政府只有一个女同志在守电话。乡干部都到场外种试验田去了。区委书记也在那里。

这个区委书记，上次路过这里，我们是见过面的。乡干部我都认识。把行李寄存好后，我就按照那位女同志的指引，一个人跑到场外去了。这在场镇的东头，不当公路。场外第一家农民的住宅后面，有一个老太婆在推棉籽。这是猪饲料，拌些粗糠就拿去喂猪。

我没有料到乡干部们的试验田正在这家农民的住宅前面。更没有料到有那么多人插秧，而且有那么多人参观。后来才问清楚，那十几个参观的人，都是各村的社主任。他们每人都得栽种几行秧子，然后再开一次田间会，进行评比讨论，决定各自的栽秧时间。经过区委书记一再催促："不下不行呵！"才有两人下田去了。其他的人还在互相推诿。有的说："我只能推秧盆！"有的又说："我是旱鸭子呀！"

于是，到了最后，大部分社主任都陆续下去了。一部分乡干部起来歇气。因为田并不大，只有一亩二三，实在也容纳不下那么多人。同过去的旧办法不一样，秧苗很嫩，而且不仅栽的产秧，另外还要包粪。还有，就是窝距行距都短，只是每隔五六行留一个窄窄的人行道。在秧田里，除了乡干社干，还有三个女学生在送粪、送秧，都是农忙假回来的。

区委书记一个人在田角补秧。只有二十多岁，开朗、白净，看起

473

来斯斯文文的。解放前当过店员，刚刚高小毕业，家里的贫困，就逼得他用自己的两只手找饭吃了。在同长长的乡长说了一阵以后，我就走向那个田角边去，在一株桑树下面蹲下，同他攀谈起来。从区委所在地到富顺的食盐生产，一直扯到本区的其他矿产。

他告诉我，这里煤和铜都有，还发现有石油。只是产量不大，国家是不会开采的。但是，他们已经决定由地方经营，而且准备就在今年动手。他说得满有把握，显然决心在工业上也来个跃进。

但，我们似乎都对农业的兴趣大些，因而最后的话题自然而然就回到当前的旱象和大春生产的准备工作上面来了。这个乡的还不严重，水田缺水只占百分之几，而且都可以栽插了。

"已经栽插了多少呢?"我插进去问。

"这才是头一块呢!"他笑笑说，"今天我们找那些社主任来就是为了解决这个问题。前几天就动员过，要大家抢时间，可是，都说秧子嫩了! 要他栽密点也有抵触，说是将来插不进足，扯稗子不方便，栽铲秧又要包粪，他们也想不通!"

"这样恐怕很费粪吧。"

"是呀，这里一向都栽白水秧呵! 可是，他们没有好好算账，这样虽然粪用得多一点，增产大呀。你算账呢，他们不听!"

原来如此! 现在我算摸清楚这次田间会议的目的、干部老推推诿诿的原因了。

下午两点去公路上候车。没有车站，只有一个此处交接部件的木牌，表示停车的地点。木牌对面就是幸福公社办公室。乡上来的同志把我介绍给杨主任，总算找到一个落足点了。

杨主任正在吃饭，坐在他对面的是一位穿短棉袄的中年人，身材高大，有点愁眉不展。后来才知道这正是修建滑车的木匠老杨。滑车很大，一头在屋后山头上，一头安置在场口的空地上。这个计划相当大胆，才来的时候我就注意到了。

办公室前面的空地上安置着木马、木料和木匠工具，那就是杨木匠的工场了。木马足下散乱着十多个小车轮，是附在绞绳口挂盛土和盛粪的鸳篼的。还有一大圈篾制绞绳躺在旁边。

我向社主任问起这辆滑车的制作经过。

"是正月间去富顺参观回来做的，已经搞了一个月了。"社主任说，"经常十多个人搞，单是竹子就用了千多斤了！"

"试验过没有呢？"

"怎么没试验过？试验过七八次了，可是拉不上去！"

"困难在什么地方，你们研究过么？"我转向木匠问。

"困难么，就是轮子滑不动呵。我们这里又没有车工，一切就靠斧头、凿子，这样怎么行呢？找得到车工就好办了。"

木匠回答得有气没力的，社主任的嘴角上不时浮出苦笑。十分显然，他们大家都为这件事弄得很不痛快。正在这时，一群社员从河沟对岸场口上拥来了。中间一个女的特别活跃。

这个妇女有二十多岁，红花布短棉袄敞开着，亮出一件淡青色衬衫。赤足，裤管挽起一节，行动十分矫捷。

"杨木匠！"她边走边大叫道，"今天有把握么？"

"有家伙车几个轮子就好办了。"木匠说。

"像你这么说今下午不又是空事！？"一个男同志生气地问。

"再搞不成明天要叫你退饭呵！"那女同志说得更不客气。

接着，她蹦跳到社主任灶房里去了。随即又悄悄溜出来，悄悄走到绞绳边去蹲下，取出一根红苕，开始用牙齿去掉苕皮。

"我有个好办法，今晚上敬一下鲁班嘛！"她说。

"这个话对，恐怕你从来没有敬过祖师爷呵！"有人附和着说。

这立刻引起了一片笑声。就连木匠本人，也忍不住笑了。

这时候又来了几个人，都是来帮助试验那个滑车的。有一个是我上次同车来的复员军人杨文柏，医生的儿子，就在街上住家。一发现我，他就跑来同我握手。我问他是不是已加入了合作社？

"我是来支援的呵！将来究竟干哪一行，乡上还在研究。"

"你不是参加农业生产已经很久了吗？"

"一回来就参加了！那时候改土已热火朝天呵！……"

那位妇女正在把人分成两组，分头向山顶和场口上拥去了。我同杨文柏又握了握手，接着他就随即绕向屋后，向山顶爬去。

30日，下午去看了棉麻制造厂。厂址在河畔，是一座大庙子改建的。还看得见斗拱、鳌脊，可是庙前的匾额已经下了。

一进大门，照例就是戏楼，两边有两排走楼，右边住人，左边是成品陈列室。品种是按照工序分别陈设起的，从原料一直到棉絮、棉布和做成的帽子。当看到那些常见的野生植物和它们的表皮时，谁也不会相信这些东西有资格代替棉花。

发明人，确切地说，应该是创办人，是一个敦笃、聪明的青年，叫朱明君，只读过小学，解放前在酱园里学徒。到了解放，他不当学徒了，回到乡下参加征粮工作。民主建社时被选为乡文书，接着在供销社服务，搞收购棉衣的鉴定工作。他是五五年调到县联社的，五七年被派往重庆学习。

事情是这样的：那时地委吉书记在省上开会，看到报上重庆"五一制棉厂"利用废物制造棉衣的消息，就向重庆市委的负责人说了，遂宁专区可以派个人去学习。回来经过三台，就要县委立刻派人前去。于是朱明君入选了，很快就到重庆去了。

这好像有点偶然，但是，没有我们这个时代，这个机会，这个偶然是不会成为事实的。他在重庆一共学了三个月。回来时正当生产大跃进的高潮弥漫全国，三台也被卷进去。而在今年二月，他终于做到了"五一厂"始终没有做到的事：把棉麻的脱胶工作试验成功了！而且不止棉麻，枸树皮、芭蕉，都试验成功了！

同我一道去的，还有县委办公室的好几个同志。我们围在走楼前面一个泡料池子旁边。朱详细为我们叙述事情的经过。

"我差点厂都没进就回来啰！"朱说，"在旅馆里住了几天，打了几天电话，可是第二工业局根本就不知道有一个'五一厂'，我已经等得不耐烦了，都想往回跑了。一天上午，介绍信送来了！我很快进了厂，可是厂很小，搞出来的棉麻很粗，脱胶工作始终没搞好呵！还在试验。这是关键！就要脱胶好纤维才能全部分裂。"

"你又是怎样搞成功的呢？"有人好奇地问。

"不是说有个瞎了眼的化学教师是你们的顾问吗？"我想起了报上登载的消息，也插进去问，"这个人究竟起了什么作用？"

"这个人那个时候我还不认识呵！直到试验都成功了，自己感到化学知识太差，才找他教化学的。另外一个人对我倒启发很大：赤水人，解放前就用枸树皮搞过棉花。'五一厂'请过他，他不肯来只把他女儿打发来了，他女儿从前跟他一道搞。"

"那么是他女儿告诉你脱胶的办法？"

"不，是他自己。重庆没有把他请去，遵义专署又把他请去了。现在连厂都办好了。他路过重庆，在'五一厂'住过几天，可是跟几个大学生合不来，他一开腔就被他们给打转去了。

"他只在重庆住了五天。临走那天是十月革命节，我跟他女儿到他亲戚家去看他，他对我讲了一些，对我帮助很大。"

接着他告诉我，省委很重视这个厂，要他们每天产十吨棉。

"你觉得这个任务能完成吗？"我想起那些繁重的手工操作。

"单靠现在的设备有些困难。主要是锤打，每天十吨总要五六百人才行。我们已经到上海、天津买锤打机去了。"

最后，我们又谈了谈原料问题，然后才告辞出来。

晚上去看了看地委兰书记，陕北人，身胚矮而粗大。

他现在分工管遂宁的地方工业，几天前带了一个工作组来，研究、调查和规划三台的地方工业。他坦白地告诉我，他对工业是个外行。

"二月间去成都开工业会议，连好多名词都听不懂呵！……"

"搞一个时期就摸熟了。"我说。

"当然，我们好多东西都是逼着学出来的，好在我身体还棒！"

他是去年冬天才从高级党校回来的，因此我们从反右派斗争谈到一位姓徐的新闻记者。他在党校与此公宿舍相连，一直认为是个久经考验的党员……

兰显然是农民出身的老同志，朴实、稳重，对同志很亲切。

由三台到尊胜

31日，由三台到尊胜，同行的是一位公安局的下放干部，只有二十多岁，长条，看来聪明开朗，对下放是感觉愉快的。他带着一个油布被包，一个丝网笯，里面装着脸盆、书籍，此外是锄头、扁担。过河后他要替我搬运行李，我拒绝了，没有答应。

是林大爷——一个油黑、健旺、骨骼粗大的老头子在撑船。问起他的儿子，那个跟我比较熟悉的麻娃，他说挖麦冬去了。他已从对岸马路边的山坡上搬到尊胜。我一看那座几乎悬在陡壁上的草屋，竟连踪迹也没有了，只看到一些岩石、柏树，好像从来就没有人住过似的。这也算得变动。

我把行李留在船上，和那年轻同行者告了别，就独自走了。我那伴侣得走另一条道去乡上转关系。河滩大部分已经被开发了，种了小春。间或也夹着一小块麦冬。横过一条小沟，有几个孩子正在挖麦冬。一共四个人，最大的一个不过十三四岁。他们有的挖锄，有的抖掉附在麦冬上面的泥沙，扔到另一个孩子面前，那个孩子在一个凳上插把刀子，骑在胯下，一只手拿着麦冬的须根，一只手抓住叶子，在刀口上一拖，就割断了。

这是我第一次看见收获麦冬，我走过去了，看了一阵，跟大家谈起来。从麦冬的收获谈到放农忙假。他们都对学校表示不满，认为假太多了，学习不到什么。我尽力说服他们，可是那大的很调皮，始终听不进去。这是一个穿着整齐的孩子，显然家庭相当富裕。很会调皮，而且经常逗得孩子们大笑。……

王达安刚开会回来，正在睡觉；但很快就起来接待我了。我很赞叹他们的小春，因为个多月来，这样好的小春我在遂宁、三台其他乡下，就没有看见过。麦子乌屯屯的，麦穗也大。王本人也认为不错，只是觉得不少由于栽种不合技术规格，可能影响产量。随后我们又谈到今年的大春和生产指标。

在县上，兰书记向我谈到过他们的增产计划，我一直有点担心，感觉他们指标太定高了，因为山地太多，这会挪低坝里的产量，通产要达到一千斤，是会有困难的。但我没有料到，他们现在正在计划每亩达两千斤的通产呢。

他说得很稳，很有把握，因为发现我有点吃惊，他接着向我解释，由于县委的支持，全年的化肥、油磴比往年特别多。每一项有十五万斤，平均每亩是一百斤。此外，还有几万斤自然肥料。

同他谈话后，我好像丢心了。我们又谈到鸣放的情况，谈到王达贵的处分。王达贵因为套购粮食，工作消极，成为党内的重点批判对象，支部建议留党察看两年，上级审查后改为警告。

到社办公室去时，看见了那四十辆板板车。但是还未装配，只看到一长列轮圈的胶带，这是贷款买的，一共去了六千元钱。王刚才已经告诉过我了，同时他还说过这样的话："这个社员呀！有的人你就不好搞，昨天运起回来，就有人讲：'饭都没吃的，一花就六七千元！'……"

把行李安顿好后，王自立走来谈了一阵，他有点消沉，不像以前那样生气勃勃了。他把这推在胃病身上，而这胃病，又是因为管理木船拖出来的。但是，据我所知，他一共仅仅跟着社里的两只木船跑了一个多月。他是去年八月才结婚的，他那拉架架车的哥哥，当取丝工人去了。

关于王达贵的受处分，他又补充了些材料：他叫王达富拖坏了，他两个每天一道，咕咕哝哝，都想多搞点钱，把草房换成瓦房。

我记起吴向我说过：王达富也在争辩中受到过处分，可是检查得很不够，总是推口："你们都知道的，我不会说话呀！……"

"王的妻侄也说过怪话，批判的时候，他又跑了，睡着不起来！……"

又，尊胜的猪只，已由前年冬天每户 1.8 只增长到 3.5 只。

晚上，已经想睡了，听说要开支委会，又走去列席。

一个医药公司的经理，下放到本社四耕作区，中间跑来扯了很久。他的爱人在住高中，要求来社上一道住，在说到医疗室的问题时，他说他已经跟一个下放的卫生所长高谈过了。这个人态度矜持，喜欢卖弄，一个地地道道的小资产阶级知识分子。

支委会讨论了道路的规划问题，王取出一张彩色的地图，跟大家谈了很久。这张画，既不像图画，也不像示意图。对道路规划，有人显然很有抵触，怕占地太多了。王解释说在八条当中，主要先修一条干道，两条支路，其他按需要慢慢来。

在讨论到如何对待下放干部时，王首先介绍了一些情况。有个下放干部，因为房子问题没解决好，已经把锅提进城。还有一个，来的次日，吃两顿换了两家。因为答允包饭的那家，天不见亮就把饭煮起吃了，接着把门锁上，出工去了。不少社员不乐意下放干部在家里搭伙食，说："我不再上贼船了！……"

这些问题，看来该社员负责；但下放干部本身缺点也多。王曾找他们开过一次座谈会，几乎所有的人都提出一些不合理的要求。在住房上要求瓦房，要求住在坝里，而且要求住得集中一些，说是这样便于学习，便于商量工作。他们似乎是摆起一副专家架子下乡来的，希望能够用其专长。在选择住地方面，有的人甚至说："那个队乌猫皂狗的，另外调一下吧！"

王谈话的精神，主要是希望大家安顿好那些干部，让他们真能发挥积极作用。他说："你们都知道的，这是我们争取来的呵。分配那天早上，我把王达仁的衣服披起就赶进城了！"其他的人都同意他的意见，但有的认为，要为全家人找房子，是有些困难的，因为有的下放干部，老老小小有七八口。他们也谈到一般社员的顾虑：一来这么多人，我们的口粮就更少了！

最后又谈了些生产上的问题，主要是贯彻技术改革和每队在五天内完成拆五十方旧墙泥的任务，散会时已经十二点了。

1日晚上，参加了四耕作区的党小组会议。讨论的问题跟支委会昨天讨论的问题一样，在讨论干部问题上，反映了一些新的情况。王自立说，有个社员就对他讲过怪话："养这么多老太爷咋了呵！"

但是也有好的一面，这是支委会上没谈到的。这个情况发生在四耕作区，那个下放干部是个卫生所长，四十多岁。他一来就受到社员群众的欢迎，大大小小的都帮助他搬行李，抬床抬桌子。因为没有床笆子，一个社员立刻自告奋勇，拿起弯刀，跑到竹林里去了。

这个医生自己也很不错，社员做啥他就做啥。有一天担干粪，大家都劝他少担点，或者去做手头活路，因为一挑干粪至少有百把斤。但他不听，照旧和社员拼起干。可是毕竟岁数大了，又从没干过重活，所以王达仁说："走起来就那么呼呼地喘气，就像扯风箱一样！"他的形容使得大家笑了；没有一点讽刺味儿，充满了亲切和关怀。

在拆老墙泥问题上，大家都认为困难不大；只是有家姓徐的很难办，这家人的房子已经百多年了，墙泥最好，可是他就不愿意拆换！说是怕还不了原，又担心拆换时伤到人。王说："你咋不问他：这两年都在拆墙，究竟打伤过几个人？你们拍拍胸口，把责任负起来就好了。我这个墙才二十年都要拆呢。"

"这才糟糕！"王达仁说，"墙砖已经搬回来了！"

"这是什么人做的决定？"王追问着。

"哪个决定的？你不知道，那个婆娘一提起就又吵又闹！"

"她闹就没办法医治么？我刚才说过，你们给她说：'伤到人，还不了原，社里全部负责！'头一炮就打瞎了，你们想过没有，这工作怎么做？"

"好吧！"王达仁说，"明天又往转的推吧！……"

大家情绪都高，而且决定趁这几天月亮大赶夜工干。

2日同彭一道去文家。这是七耕作区四十二队的区域，我去，是想帮社里解决一件前几天发生的事情：各队检查，评比窝子苕，发现这一队把一块地的大窝子红苕种错了。不仅不合规格，还有栽错了的，把苕种已经发芽的一端倒栽在窝子里。大多数则是放平栽上。

早饭时候王曾经谈起过这件事，大家都怀疑是苟金芳干的。他入社较迟，"鸣放"中放过毒，被划为三类分子，栽种那块地时，他又主张过平起栽。还不止这些，他的大儿子偷过这块地已经栽上的红苕，而他门口那块大窝子红苕，也被偷了二十多窝。这一切都说明，大家的怀疑是有根据的，但是还得进一步调查，我同彭就去了。

我们先去李清富家里。李是队长，正在挨户收集水尿，准备为秧子催苗。我们在他屋侧地埂边谈了很久。这是个油黑苗壮的青年人，有胡苲子，光景三十上下。他告诉我们，栽种那块地时，他全部时间是在窖里选种。他所提供的情况，跟我们已经知道的差不多，只是更具体些。也有新的材料，就是副队长苟新华一向不负责任，那天他的责任又正是管栽种。对于苟金芳他也补充了一些材料：一贯唆使儿子偷鸡摸狗！

"不是说他的老大是哑巴么？"我问。

"三个儿子都是哑巴！"李的母亲，一个五十多岁的、矮胖胖的老妇说。她站得远远地在听我们讲话，这是她第一次插嘴，"可是却尖得很！分柴草，分粮食，不合他意的他硬不要哇哇地又比又说。"

"怎么会三个儿子都是哑巴？"我有点奇怪。

"好事情做得太多了嘛！"老妇人说，含讥带讽地笑一笑。

我们让队长淋秧苗子去了，我们向弯里走去，找副队长苟新华。这个山弯坡度不大，在最高一台土上，有十几个人正在地里工作；苟新华在使牛。我们在一块空地上坐下，同苟谈起来了。

副队长身材同李差不多，但是瘦些，而且带点狡猾神气。他对栽苕那天的情况谈得吞吞吐吐，但却一再强调："我把口都拌玉了。"

"那么为什么大家还那么听苟金芳的话呢？"我问。

苟没有回答。他绕着圈子，支支吾吾说他在后面淋粪，又说那天有不少妇女，都是没有种过大窝子红苕的。他的话漏洞很多，显然想替自己和苟金芳掩盖。因为他一再说："这样的事，没有根据怎么能随便说呢！"可是，当听到另外一块地的红苕被盗的时候，他却一张口就说是给放牛娃儿偷了！

从他显然不可能一下了解到事情的真相，我们让他回地里使牛去了。等他走后，彭向粮食局下放的杨同志，一个身材高大的中年人布置了任务，要他向一个姓赖的妇女从侧面进行了解。随后我们就到那块有许多人挖地的地里去了。人们正犁地，为大窝红苕挖窝子。但是，我们的目的，却想看一看苟金芳。但我们只看到他三个儿子。这三个哑巴，都面貌清秀，可是神情总跟常人不同，有点茫茫没没的憨气。

同哑巴当然谈不出什么，于是我们又到苟金芳家里去了。院子相当大，在挨近厨房阶沿上一张方桌旁边，老头儿正站在那里剥蒜薹。

人很瘦削，面白须黄，头上包着帕子，神色冷静狡猾。灶房外面有个高大健壮的妇女，这很可能是苟的大媳妇了，首先招呼我们的就是她。

苟金芳当然不会说实话的。他也把栽错红苕的责任推在那批妇女身上，又怪副队长叮咛得太松了。在谈到自己时，他说他是立起栽的，但他堆土时没有用手扶住，可能土一堆下去就压倒了。后来我又向他问到种红苕在这一带的经验、习惯，究竟怎么办好？

他并不直接反对栽大窝苕的先进经验，但是他说："五六年我们栽的大窝红苕最好，主要栽得密，每亩收五六千斤，那时我们几十户一个社，没取消土地报酬。并入高级社，去年的产量减少了。这个窝子红苕我还没有种过呢，不知道究竟怎样才能搞好。"

离开老头儿时，我的判断更明确了，事情是老头儿干的，而且是一种破坏行为。我建议彭多从侧面了解，最好晚上开个队会。晚上我跑去时，因为耕作区在召开队长会议，老何家里，已经到了一部分人，队会就未开成。

老何把灯照出来了，一看，四十二队两个队长，都已经来了。从他们那里得知：他们晚上正在吃饭，忽然听到林盘里有树子倒下的声响，但是，等到赶去，连人影也没有了。我想起来了，文家湾这两天正在砍树，准备做架架车；而且苟金芳有不少树入了社。

我靠近彭问道："你估计这是什么人干的？"

彭悄声告诉我："可能是苟金芳，冬天他就把竹林砍光了！现在社里砍树，他心里会舒服？除了他，就苟新义树最多！……"

随后彭建议副队长清查偷树的事。

"好嘛，"苟说，"可最好有人一道，多双眼睛看得清楚一些。"

他一边懒懒地说，一边叼着叶子烟卷，满脸都是疑神疑鬼的神色。而且直到我离开的时候，他还吧着烟一动不动。

我在路上想起了王说的话："那个鬼地方呀，提起没有一个人不头痛的！合社以后，随时都在出事。老何不知向我提过了多少次了，他都怕那个地方了！每次去解决问题，总要闹到天亮。……"

何的爱人在向王诉苦：她同何住不下去了，要求找点工作。

她是城里一个小商人的寡妇，解放后做了接生员。后来，大约五五年，才同何结婚，已经有两个孩子，大的是个女儿，很娇，儿子只有半岁。这个女人很能说，尽是夸张着何的粗暴，她自己对何的体贴，非常爱护何在群众中的威信。据王告诉我，她同何已经吵过几次了。

有些争吵，是何引起的。去年，何时常同人打扑克，打到夜深，她关了门不让他进去。但何几足就把门踢开了，这件事何在党小组会上曾经做过检讨。最近的事是这样发生的：有个队把豌豆割了，何知道了，照例大吵大闹："这是破坏行为！你们安心叫减产吗?!"他爱人认为他话多了，劝他。他吵得更凶，"我又不是为我个！……"

这样，两口子吵起来了，最后女的走来找王。在她的控诉中还谈到这样一个问题，何不肯动手术节制生育。"再养一两个怎么得了呢？现在就只这两个，他的负担已经不算小了。我呢，也要工作，不能老陷在家里呵！说不对我就把娃儿留给他，自己到城里去参加工作。"从她的语气看来，仿佛她已经被家务闹得不可开交，而她又多想参加社会活动！可是，事后王告诉我："她做啥呵，通共两个娃儿，连饭都弄不到嘴里！老何经常帮她煮饭喂猪呢，大的也是老何领，到哪里开会都带起一道！……"

这个女人的生活习惯显然很有问题。一般乡下妇女，尽管领起三五个小孩，但是同样把家务搞得很好。有的还得挤时间参加生产。她们总是用大带小的办法把孩子安顿得很好。一个小孩到四五岁时，就可以照看弟弟和妹妹了。如果是五六岁，就背个小背篼，领着两三岁的孩子玩，一面在田野间学着捡些猪草、柴火……

3日。这几天最新鲜的话题：给男子扎输精管。

有不少群众反映：才解放鼓励生娃娃，生多了还可当英雄母亲，现在又劝老的去阉！又不是猪呢。一句话，抵触情绪是普遍的。但是，不少社干部都报了名。而且，为了巩固情绪，社还在昨天夜里跑了几个队做动员工作。因为医生已经来了，今天要开始动手术了。

去吃早饭，王已经到乡上去了。他知道自己应当带头。我吃过饭就到乡上，已经有七八个人在会议室了，没有发现王，听说在手术室。一个女医生在为那些等候的人解说，还叮咛他们开始应该注意些什么。其中一条是一个月不同房！有人立刻叹息般地插嘴道："一个月算什么，我已经一年没有敢同房了！"这人瘦削，有四十上下。后来问起，才知道已经是七个孩子的父亲了。

王终于从手术室里出来了，后面跟着医生、助手。医生戴着口罩、眼镜，但看来很年轻。阶沿下烧了堆炭，上面有两个脸盆，用盖子罩着。那就是消毒的地方。王的行动有点不便，他慢慢走向我们，一面回答着那些等候者的问询："痛什么呵！就像蚂蚁子夹一下样！"陆续还有人来；但那女医生宣布，因为用具不够，今天只能做十几个人。这一来，好多人开始请求了："我路远呢，还是先给我做吧！……"

有好几个男男女女和孩子们看热闹。后来王跟我说，当他从乡上回家的时候，沿途有人说阴阳话："善人来了！"而且都好奇地看他。他又告诉我："老何通了，愿意动手术了。……"

正吃晚饭，一个穿着整齐、口齿伶俐的姑娘来了。十八岁，去年夏天才初中毕业，没有考上高中。城市整风时，在工会工作了一个多月，"是义务劳动"。她叫袁群碧，家庭是三台有名的富户，开着大酱园。算得是个资产阶级。她告诉我，农民对她很好，都关心她，不叫她做笨重劳动。

说来说去，不知怎么的，忽然谈到恋爱问题、婚姻问题上来了。她大笑着告诉我们，她最近接到一封给她介绍对象的信，把她笑了一天。又跳又笑，肚子都笑痛了。写信人是巫的隔房兄弟。

"你才来不久，他们怎么一下子就知道了？"我问。

"怎么会不知道？我们一道在工会学习了一个多月，早混熟了。我上次先来这里交涉了解情况，他们就听到我说过。"

"你的态度怎么样呢？"有人问。

"我痛骂了他一顿！真太岂有此理了！可以说是糊涂透顶。"

"是我，我就置之不理，太可惜时间了！"

"你不理，他又来信呢？"她回答，"就要狠狠痛骂他一顿！你看怪吧，约我昨天去新德赶场，当面谈呵！我都想这样回信，要他去新德等，我才不去，让你去等一天，这样的人就要这样收拾！"

"这个办法好呵！比痛骂一顿厉害。"

"可是我跟两个同学商量，她们都主张痛骂一顿。"

他们一共来了四个同学，三个女的，一个男的。我向她表示，希望同她们几个人谈谈。

"好呀！可是她们两个昨天才搬来呢。还说不上体会。……"

巫后来告诉我，她是高中毕业的，情绪很好，工作积极。来的那天下午就下地了。虽然只有几天，可是已经联系了几个妇女，组织了一个技术小组。还当巫的面批评过那个男同学，因为那个同学拒绝做队会计。

她也帮巫家做饭。但是春节时候，她和她妹妹拿到两斤肉毫无办法！

已经准备睡了。因为一些听广播的还在院子里闲谈，就走出去，同他们一道坐在院子里的青枫树下，参加了谈话。男男女女，老老少少有七八个人。

王达仁的老头子说话最多。声调照例那么硬朗、缓慢。他开始骂王方立，那个小计工员，说他不负责任，有些自私。这是下午记工时的指责的继续，他说："说他恍吧，你去查一查看，他自己就没有那回漏掉！"

"他一直都是这样！"他又说，"提到别人的账，总是懒妥妥的，把眼睛那么睡起；一提到他自己，眼睛鼓得像牛卵子样，生怕你把他评低了！我还担心他给自己多记。发觉不了算了，发觉了，我要捶他的肉！"随后他又指责一般人不爱社，自私自利，"看到麦子倒了，他都不愿意扶一把，把胯叉开，一步就跨过去了。好像弯下腰杆会累死人样！……"

"不要说大铺盖话，你指名指姓说呀！"李青云说。

"指名指姓还没有到时候，将来开队会你看嘛！……"

他站起来，走到王达金面前去了。可是李青云还在嘀嘀咕咕，仿佛老头儿骂的是他，他受到冤枉了。我把话岔开，问他"鸣放"中谈了些什么？他不开腔；可是王达金二人都笑嘻嘻开口了，说："他呀，他说王社长尽说假话，分明没有产那么多，硬要说那么多，骗人！……"

"是有这个事呀，难道自己做了，还不愿承认么？"

"他已经检讨过了，"有人插嘴说，"现在就要这样做才对呢。"

于是我问到王华立的婚事。这一来谈话更活泼了。大家兴趣很大，特别是几个妇女。她们告诉我，那个女的才十九岁，是翟级义的养女。"矮笃笃的，脸有盘子那么大。她才出得众呢，你问她：你们华立老汉呢？脸都不红一下说：'在山上扯猪草！'"

"他们是什么时候结婚的呢？"我问。

"结什么婚呵！在一起住，还有洞房。华立老汉怕批不准，人看起来太小了，那么矮，可是，听他们说，她天天催华立想扯结婚证呢。"

"他们是哪个介绍的呢？"

"有什么介绍呵，两人当面说的。有一天，都在割牛草，她问华立老汉，有没有对象？华立老汉说还没有，两个人很快就说好了。"

这立刻引起一阵轻微的笑声。接着妇女们开始谈到自己的感想。

她们显然都很同意由恋爱而结婚，对包办婚姻很有意见。"我们那时呀，管你光脸嘛麻子，八字落在人家手里，你就板不脱了。"

这晚上我才知道王老汉只有五十八岁，除开儿子媳妇，他自己也是模范。

4日，这几天避孕问题和下放干部问题，一有机会总有人谈起的。吃早饭时，谈话不知不觉又扯到这两个问题了。大家对下放干部显然有不满情绪。这在那个提了锅拂袖而去的干部身上表现得很明显。

有的说："事情正是这样：是铁是钢，一锤就考验出来了！"

有的又说："你们看到苞谷种子么？瘪壳子它就要浮起来呀！……"

如此等等，大家都说了些讽刺话，但也谈到几个较好的到农村落户的干部、学生，都认为学生最好，单纯、热情，积极性很高。……

在节育问题上，王说了一个故事：赖书记报了名动手术，他家里知道了，拼命反对，说："要说娃娃多，你从来管过吗？都是家里在帮你领呀！这对你有多大妨碍？偏要动什么手术，给弄得倒男不女的！"

赖的家离乡政府很远，他们几次打电话来阻止，赖尽力说服他们，这可叫家里更担心了，由母亲逼着老头子来到乡上，担着箩筐，硬要儿子把铺盖担回去，不要再工作了，说横竖有饭吃……

"结果怎样呢？"

王回答我道："赖自然不会回去！"

"动手术的事呢？该不会变化吧！"

"这个还不清楚，父亲是个老土，顽固得很……"

（实际赖并未报名，是家里犯疑。）

下午，去看了王华立，红润、肥壮，比前年更发福了。

他正在猪圈边划篾片做篓篼，仍旧是饲养副队长，可是从上个月起，他已经不喂牛了，专门喂猪。"干一门总要干出个成绩来！"他说，

"现在喂公猪，猪草、饲料都自己搞，工作比喂牛重多了。……"

他是去年春天入党的，说到这点时特别喜气洋洋。他对自己的婚事也很满意，他又告诉我，女的才十七岁，直到现在还没有扯结婚证。正在谈到这个问题的时候，一个身材矮小，脸盘浑圆的姑娘，背一大背苔子，尖堆堆的，她一直走来，把猪草背到屋子里去了。

这一定是王的爱人，可是我不好意思问，一直扯谈旁的事情。我问到几个小孩，才知道大多数不喂牛了，在搞生产。后来又问到那布客。"他思想不对头呀！那晚上我们大家都批评他，他有些吃不消。回去，同他小孩玩了一阵，就一个人摸到蚕房，吃挂面吊死了！"

"听说他两个儿都在当干部，态度怎么样呢？"

"只回来住了一天，把老头子安埋了就走了，没听到什么。那时候王社长从城里开会回来，两个人在谭家碰起，连招呼都不打，已经走过身了，才回转头说：'我家里要好生照顾下哇！'"

"这是王社长在会上说的。看来儿子思想也有些不通呢！……"

那个小女孩拿起个空簸箕走出来了，向王问道：

"她们要去择棉种呢。"

"那你就快去嘛。"

于是小姑娘跨上田埂，随即在乌顿顿的麦苗中隐没了。

下午，杜同一个女医生向四十多个队做了计划生育的报告。

这中间又来了两个下放干部。是两夫妇，男的高大、瘦，棉军服敞开背着一个油布背包；女的矮小结实，红花棉袄，背着帆布背包。他们到我房里来找王，随即将行李搁在我房子里，到隔壁办公室去了。

后来我才打听清楚，男的在油脂公司工作，女的在医院当看护，是油脂公司经理的妻妹。这个妻妹跟姐住了几年，从护校学得一些文化，后来就随便在街面风来风去，有些野。她是去年春天才考上护士的，不久就结了婚。这两人给人的印象不大好。

他们是抱着怎样的理想和心情到农村的呢？我一直想着这个问题，

可是老想不通。我很怀疑他们是否经得住考验。

正在院坝里避热，何维林走来了，比前两年长高了许多，但看来却更瘦了。可是精神饱满，过细的眼睛仍然那么灵活，十分吸引人注意。他告诉我，他已经不喂牛了，在搞生产。恰恰跟他父亲打了个掉，因为他父亲多病，已经六十岁了，喂牛比搞生产合适。

他问我什么时候来的，什么时候离开，很亲切热情。正月间三台来了些学生支援他们，他告诉他们，我是时常来这里的。于是他们委托他一项任务，等我来这里时，一定去信告诉他们。……

他是去年入团的。当告诉我这个时，他满脸红润，有些兴奋。

晚饭时彭告诉我，四十二队的队会已经开了。这次讨论热烈，很多人发了言，不像上几次默不作声了。而且大家都证明在大窝红苕问题上苟金芳有责任，一致主张给他处分。苟的态度是倔强的，到了最后，看见辩不脱了，他说："好，我一个人背了就是了！……"

彭又说，据他侧面了解，苟的破坏生产，已不止一次了，去年，正当拖时间下种红苕的时候，他把几个主要干部约在他家里打牌！他的恶意是多么显然呵！这个人可能是块石头；全湾二十四户人，只有四户没有向他借过钱。他脾气很硬，钱一到期，就非归还不可！……

5日，去木鱼山看了看。刚到堰沟边，便看到好多人在山上工作了。向上一望，才感觉到这个山并不矮，因为人显得那么小。令我想起陕北高原。

爬了好久才到山顶，荒山上的广柑生长不错，青郁郁的。只有山顶上有耕地，一共有三大片，连成了一个丁字拐形。地盖全是用从河边运来的大鹅卵石砌成的。好多直冲沟都填塞了。靠坝几块地工作最好，有水池，砂函和排洪沟。后面一片地要差些，看来工程还没有完。

这后面一片地上，社员们已经在休息了。他们是种窝子红苕的。

男子们坐在一起抽烟，旁边放着粪桶、农具。几个妇女坐得较远一些，其中有一个中年妇女，正在为一个年轻人"扯脸"……

我坐在横在地里沟里的锄把上面，跟男人们谈起来。我对他们的水系工程提了些意见，问他们为什么没有给水留个出路？这时我才弄清楚，由于工作量大，大春备耕工作迫近，他们把排水系统工程搁下来了。大春栽种后，他们将抽时间完成这些工作。

这几片土的面土工程确是不小。所有的淀泥，全是由涪江边运来的，单是平路就有三五里路，还有这么陡一个山坡。而每亩地沟面的淀泥是一千担，合七百多方。先由鸡公车从河边推到山足，然后再往山顶上担。而这三片地一共有二十多亩，可见运土数量之大。

单拿这片种大窝苕的地说，面的淀泥就有一尺多深！因为这些土都是死黄泥夹青石子，挖起来得用铁锹，原草多半是荒起的，即或牛力、人工用足，每年也只产五六百斤红苕；但是他们都希望搞一万斤！……

另两片地是王达贵那一队的。在山上工作的全是妇女、儿童。主要男劳力都在运粪，从坝里运到山顶上来。山顶每片地都有口大粪池，可是，为了保证增产，他们还在抢运干粪。只有一个中年人在犁地。妇女儿童都在休息。儿童都跟着犁沟跑，希望抢根红苕。

妇女们围着坐在干粪旁边，有的在锥鞋底，有的在缝衣服。她们当中有的把娃儿也背上山了。娃儿有的在玩泥土，有的在吃豌豆角。其中一个，最多两岁，不时又从围裙荷包里摸两颗豌豆来吃。这显然是母亲事先剥好给装在荷包里的，光景吃得很香……

我告诉妇女们，在篾匠坡，社上规定，妇女出工，是不允许带鞋底板的。她们大笑道："这才怪呢！让人打赤足么？"她们的工作是向那块正在翻抄的土地面些淀泥，然后播种花生。因为那个犁地的中年人的催促，她们收拾起针线，又动手工作了。

那些跟着犁沟捡红苕的孩子们，也都各自向淀泥堆走去；一面吃着红苕。而且还互相嬉笑着，十分撒野地说着怪话。

"咋不蔫呢？我这根红苕吊起十几年了！"他们有谁说。

"丁点小就这么怪，我看你怎么长得大呵！……"

妇女们责骂着，同时响起一片哄笑。……

天很空旷、浩大，上上下下都可以望得很远。心情非常开朗、舒畅，感觉到无穷无尽的生命力的奔驰。这种感觉，我好久已经没有体会过了。广阔的代古坝，规规整整的田亩，涪江缓缓地往南流去……

我又绕着这几片耕地走了一圈，查看着地盖、沟道……

王的爱人到刘营开会去了。王一个人在煮午饭。米已经下锅了，我进去的时候，他正在灶门口生火，我蹲在门口同他谈起来了。

我谈了谈我对木鱼山的观感，提了些建议。然后话题自然而然滑到去冬今春的基建工程。大约是去年十一月，他们正在搞坝地的面土工程，葛书记来了，他检查了工作，于是建议他们把力量转移到土地去。因为这里的增产之所以不大，就在于给山地拖住了。

王认为这是一个方针问题，懊恼自己知道得太迟了。

"听说你用党籍担保过一千斤呀？"我问。

"那是四级会议时候的事。那个会议给人的压力大呵！光说好些社这几年都搞得很不错，先进经验也多，我们却什么也拿不出来！恰恰去年又减了产。都那么说，尊胜社是老社，应该有一些经验呀!? 听到真是惭愧！恨不得往土里钻。这下劲头子就来了！

"也不是没有根据，我是仔细盘算过的。可是，回来以后，党内首先不通，怪我的计划冒了。老何是好同志，说干就干，但对一千斤的指标，他首先就反对。党内思想搞统一了，社干部又不通了！那时白天黑夜都在开会呵！比大鸣大放还要热闹！

"可是一搞通了，那个劲头子也大呵！坝里，山上，每天都像赶场那样，只看见人来人去，牵线不断。连四五岁的小娃儿都出动了，背的背，拉车子的拉车子。我们社里过去只有两百多个鸡公车，现在一千多了，平均一户一辆还有多的。做起来那个劲头呵，没有木匠就自己干！……

"许多工作只有动起来才摸得到底。开初，好多人认为平均一千斤太多了，还有人骂我冲天壳子！可是，一动起来，随后我们提双千斤，都说没有问题，认为办得到了，'这样搞还办不到？我都可以拍起胸口保证！'"……

这次谈话很好，对他们去冬今春的工作有了一个较为明确的概念。

列席了治保委员会。会上反映了一些情况：部分地富反是不太规矩的。最突出的例子是陈家庙，又叫蚊子包的地方，有个富农，支孩子一连剥了几次丰产田的油菜叶子。这里是个麻烦，最落后的地区，问题很多。

王告诉我，去年冬天，一个老头子死了，这人一向顽固落后，他的一个十二三岁的孩子，曾经在大路上拦住王质问，措辞异常恶毒。

"王达贵！看究竟还要饿死多少人哇！"

"你说的啥呵？我没有听清楚呢。"

"就是这个：×××又叫你饿死了！……"

叙述到这里，王恼激地慨叹道："那个背时地方，就连小孩子都有这么怪呵！跟着大人一样的吊怪话。面土的时候，那些小舅子才推一两挑淀泥，他就躺下息气，晒太阳，躺一阵，晒一阵，休息够了，就爬起来往家里跑，还动员旁人：回去吃饭了！你看坏吧。……"

这是一个冗长沉闷的会。道理讲得多，具体情况反映得少。

六十年代在尊胜见闻杂记

农业合作化高潮后我就经常去三台尊胜社，而且一去就在王达安家堂屋里搭个铺住起。每有值得记录的见闻，就写下来，可惜只剩这一小部分了。

揭穿骗局

一天，区委王书记来了。王达安正在电话室里打电话，一个穿着破旧的农民来向王书记诉苦告状，诳称队上经常卡他。而在追问当中，王达安从措辞、语气推测区委书记是相信了，因为他流露出了同情。于是王达安搁下电话插嘴道："你们等阵谈好吧？我这里听不清呵！"可是，诉苦的照旧进行。最后，他实在耐不住了，就又忍不住张声了："王书记：你先问问他啥成分吧！"这一来，告主迟迟疑疑，一言不发了！于是他又向区委书记指明："你不好开口，让我说吧：他是个地主！而且是不法地主！"于是，一场骗局很快就结束了。

事后王告诉我，那个地主住家的地方，情况相当复杂。解放初期，他叫一个女同志去那里主持会议，因为地点离乡政府近，来去方便。但才去了一夜，这个女同志整死也不去了，问起原因来呢，又不肯说。最后另一个妇女听见了，这才替她答道："一开会下面就歪嘴巴挤眼睛，又做怪相，又说怪话。你叫她一个姑娘家咋个去嘛！"可是这个女同志现在已经变得很泼辣了。

婚姻大事

一天，我跟王达安一道进山检查工作。回来时在路边歇气，一个老头子走过来了，说："快来吃支烟息息气，——好久都没看到你了！"这是个老贫农，叫张守全。他们摆起家常来：生活不错，他的儿女已经成人，刚把人户定了。"好呀！是哪一家呢？"在得到答复后，王达安摇摇头说："这是一个富农呀！""是个富农，依你看不行吗？""咋不行呢！可是以后你的子女就不能参加贫协小组了。因为那家子不止是富农，还是不法富农。""那这怎么办呢？""你拿了他些啥呵？赶快还给他吧，犯不着让你女子去跟富农混呵！"老头儿连连点头，表示决定退还他收到的财礼。

气歇够了，在回家的路上，王还向我摆谈了前些年出现的一两桩婚姻问题。一个姓张的雇农，娶了一个寡妇。而这个妇女的前夫，是富农，又是特务。事前，王曾经劝过他。可是，这人当了半辈子长年，解放后又老找不到对象，劝他的话他哪里听得进去！

那个女人有四十上下，本来就病蔫蔫的，过门后，更经常装病，闹病，张就用车子推她去刘营找医生。碰到涨水，还要先背她上船，然后又把车子搬上船划到对岸。过了河又让她坐上车推起走。有人当面挖苦他说："你的孝心好啦，现在该说二十五孝了！……"

下坝有个贫农，娶了个地主的老婆。好吃懒做，还拖起两个娃儿一道，大的高小快毕业了。结婚后经常扯皮。因为那个地主老婆不但懒，而且还嘴臭。她还不跟丈夫一道睡觉，不是推病，就是推身上不干净。丈夫时常这样价想："把活老人养起了！"去年，俩夫妻又大闹一次，甚至动手打架。因为当时谣风大，老婆认真以为要变天了，甚至于威胁说："看你洋得到几天！"而在互相扭打的时候，那大孩子还帮妈的忙呵！

他弄得招架不住，只好去找大队支书。支书说："原早劝过你不听呀！"因为事情涉及反革命谣言，支书亲自出马了解。他在书堆里发现一个小本子，翻开一看：那个大孩子在上面详细记载着母亲挨斗受气的细账呵！那位贫农听到支书一念，生气了，也害怕了，马上提出离婚！而且，就在当夜搬到另外一户人家里睡觉去了。他怕遭地主婆娘几母子暗算。

他最后又叹口气告诉我："老婆是个大问题呵！霍干人就是老婆拖垮了的。他老婆个子比他大，叫起他来就像叫大儿小女样：'霍维棣！这龟儿，叫你来嘛你就来嘛！'立刻皈依服法去了，顿都不打一个。碰到队上搞私分呀，拿摸呀，干人闹起追查，只要她一顿吼起：'狗入的，人都叫你得罪完了！'或者：'你再顶起砂锅相碰，老娘就跟你离婚！'干人立刻就让步了，一切听之任之。干人现在不是干部了，可还是党员啊！"

既是挫折， 也是锻炼

从五九年到六二年春天，约有两年多时间，王达安在大小会上都少发言，特别在县区的会议上，他总默不一语。领导和同志们问起他："你好几次都没发言啦？"或者鼓励他："你也谈一谈吧！"他总是这么回答："说什么呢？我思想跟不上呀，落后了。"当谈到这些时，他告诉我："人家一来就一千斤、两千斤，我的天啦！你叫我咋开口呵？跟着大家叫罢，我不愿意骗人；说老实话呢，又会挨斗！"而一听到旁人发言，他总是发愁地想："都说些大话，将来咋下台呵！"当时尊胜是全县重点之一，一个由县委农工部长领导的工作组住在这里。不管是产量呀、技术规格呀、夜战呀，领导上的决定他都服从，就是心里不以为然。领导也看出来了，就说："你同这里的空气不大适合，去里程蹲点吧！"

王达安告诉我，他被调往里程，一方面因为他在尊胜不合时宜，一方面呢，里程垮了，生产老板不起来。一到里程，他就发现丢了不少的荒。这并不是社员懒，青壮年男子都被调去找矿、炼钢去了。区上又盯得紧，一天来两三次电话："今天进度怎么样？"而每次都要被刮胡子。龚玉清也是乡上的住社干部，经常被刮得哭。她当时已经自动辞了职。可是，但凡电话来了，她依然不敢接，哪怕走三五里路，也得把王达安叫来。幸好安排得当，调动了妇女们的积极性，小春总算大部分按下去了。可是，等到要种大春，却又出现了困难。因为妇女一般不能下田，不能担粪。他硬起头皮，去向区委反映。他被"刮"了："你们没有把积极性调动起来呀！"他恳求说："劳力硬不够呀！……"

区委派人来检查了后，认为劳力的确少，就叫刘营各单位、居民停业一个星期，到里程帮助突击。这时也不讲规格了，不牵起绳子插秧子了，一切都照老规矩办。因而当年的大春有了显著上升。可是后来总结增产经验，只总结了一条：刘营的大力支持。他认为："这一条当然重要，但也有个规格的问题呵！"

王达安在里程生活很苦，连泡菜都没吃的。好在有的社员偶尔去办公室闲谈，总要带一碗泡菜给他。粮食呢，当然是低标准，不够吃；幸而有点意外帮助。尊胜的王达发他们支援了他一些红苕。起初他拒绝接收，可他们说："这是社员大会上通过的呵！都说全靠你出主意。"原来事情是这样的：有一次，王达发从尊胜到里程去看他，诉苦说："今年恼火呵！比往年卡得更紧，这个庄稼咋个搞得好嘛！"他给他们出了个主意："你们可以把木鱼山开出来搞增种呀！"既是增种，又在山上，技术规格也就自由得多。所以小春收了不少豌豆、胡豆，大春的红苕也很不错，有的甚至比坝上还好……

党内通信

六〇年冬，毛主席那封给公社干部的内部通信下达了。王达安告诉我，他看了好激动呵！当晚立刻四处奔跑，把几位支委找起来宣读。接着又召开支部大会，向所有党员宣读。反应非常强烈："毛主席把我们心子把把上的话都说出来了！""现在可以不做贼娃子活路了！"

本来准备次日早上向所有社干部传达，没想到刚上床，区委又打电话来了："《党内通信》你还没有按规定读过吧？""我们一接到文件就在党内读了！准备明天一早向全体社干传达。"他得到的回答是："哎呀，你们这回才积极喃！"这原是好话，但口气不大对劲，他有点懵懵然，紧接着就反问："怎么，搞错了呀？""你错什么！是我们布置的呀。可是赶紧把信烧了！"在一阵恼人的沉默中，王不自觉地嘀咕道："真不懂！"区委书记立刻向他解释："这有什么不好懂的？那封信是指全国的情况说的，我们这里的情况是另外一回事，赶紧把那封信烧了！凡是听过的党员都要一个个通知到，以后不能再提这件事了！给他们讲清楚，这是纪律！"王早把电话搁下了。他闷坐了好一阵，就又连夜分别通知党员同志。

1959 年、1960 年那段时间，他在尊胜和到县上参加会议，好几次有人提议要同他辩论，其实是要批判、斗争他。但在领导的保护下，没有受到多大委屈。我想，他之受到保护，因为他作风正派，群众关系好，又做过不少工作。而且，在碰到一些钉子，眼见一些说老实话的人挨斗以后，他不发言了。同时领导决定怎么样做，他就怎么样做。但是，六〇年尊胜整社，工作组把他从里程调回去参加时，却差点挨一场斗！

有力的反击

他不止自己没有在大会上挨斗，他还抓住时机，对阶级敌人进行过一次有力的打击。同时，也让那批从成都下来整社的干部、大专院校学生增长了知识才干。当时情况复杂，一个姓陈的富农分子确也导演过一幕"夺印"的把戏。

他向我指明，我所认识的富裕农民王达富是有野心的，一向就不满意他和生产队长王达发他们。对于过去食堂照顾老弱和病号也有意见。而工作组下来，又是奉命专门整领导的。他们一发现队委会都姓王，疑心也更大了。加之，不少地区都发现领导问题最大。所以一来就四处摸领导的底。但因缺乏经验，他们给王达富钻了空子。王达富一听风声就在富农指示下，纠集不满分子收集材料。他们还把贫农王志金也拖下水。这个贫农因为生病偷了只集体鸡吃，给发觉了，队上就罚他赔鸡，他很不满。

这批企图夺印的人很有一手：一天，刘营赶场，工作组好多人闹起赶场。他们知道了，也借故运饲料去赶场。他们装作不认识工作组的同志，一边走，一边大发牢骚："我们饿疲了嘛，领导吃胖了嘛！"又说："工作组！工作组不照样受他几爷子包围那才怪呢！"这一来，那几个知识分子鼻子胀了："呵哟！你们这里的干部本事这样大呀？""不大！不大他们又不把持这么多年了！?""嗨！有这么深沉！你们就说说看。"工作组的人进一步追问。"你们是工作组的?"家伙些故意装傻。"这个你不要管，先谈谈嘛！"看见大家迟迟疑疑，那些知识分子又说："不要害怕，我们就是工作组的！"于是几个人放下车子，就开始控诉了，叽叽喳喳一大堆。

赶场回来后，当天夜里，他们又送了一份书面材料给工作组，其中一项非常严重，王达仁拖了两条血债！经过调查，证实了他们的控诉。工作组于是义愤填膺，准备发动群众进行斗争。王达安已经从里程调回来了，在布置停妥的斗争大会上，他按照几年来的习惯，挤在一个角落里不声不响。但当控诉人的揭发告一段落，他站起来发言了："刚才提到的两条命债，是不是指的×××、×××呵？"工作组长大为吃惊："你都知道？""这一带好多人都知道呵：×××是地主，×××是劳改犯！连他们死的经过我都清楚。"这一来，场子里一下就雅静了，随即是一阵嘀嘀咕咕："地主、劳改犯也不能虐待呀！""是呀，整死人总不对！"工作组长接着宣称："不管成分怎样，把人家整死就不对头。"一个组员从旁插言："邻居都这么说，是整死的！"王达安笑了，轻声问道："你说的那个邻居，是不是×××呵？脚有点跛，年轻时候滥嫖滥赌，见啥偷啥，他爹把脚筋给他抽了。你们要了解最好找×××、×××，这些人都正派，又是贫下中农。"看到火色不对，王达富他们就节外生枝："这个集体偷盗，多吃多占总不假吧？"王达安答道："口说不为凭要查账呵。"原本坚定沉着的工作组犹豫了："这么说今晚这个会呢？"他随即建议："我的意见先把问题摸清楚再开会。弄到会上一斗，问题更复杂了，不好下台。这些人横竖不会跑的！"

他说得有根有据，情况也比他们清楚。工作组于是采纳了他的意见，尽管不大痛快。而真正不痛快的，当然是王达富他们。因为他们早已安排好了打手，而且还安排好了新的生产队负责人的名单，准备开过斗争会就搞选举，由他们粉墨登场；结果斗争会流产了。

他告诉我，事后他进一步了解到，新的队委会的名单，是前一夜在一次秘密会议上决定了的。开会地点就在那个姓陈的富农家里，单门独户，少有人去。当人们到齐时，陈就取出一包纸烟，请大家抽："你们开吧，我要睡觉去了。"有人还挽留他："一道坐下来谈嘛!""开啥玩笑，我成分不对头呵!"实际上他同王达富早把一切商量好了，大部分人都有职务，而且没有一个不是地富反坏分子。

重返尊胜

王达安是五九年去的里程。当年尊胜减产，接着六〇年又减产了，而且减产更大。六一年地委开会，把他和几个老社的社主任都叫去了。地委李书记要他搞个当年小春生产计划。他说："好嘛，可是我只能搞里程的。"李书记要他搞尊胜的，他申辩说："我已经调到里程去了。"李书记责怪地说："怎么，一年年的减产，你就走啦!?"有人从旁插嘴："对! 把烂摊子丢给别人!"他有点激动了："李书记! 我五九年就调到里程去了呵! 我只能搞一个里程的生产计划。"书记同志毫不通融："搞尊胜的! 既然调走了就赶快回去。"

当他在会上做了有关尊胜生产计划发言后，李书记说："地委批准你这个计划，会议一完你就回尊胜去!"他住在里程时，平时很少回家，但他多么想回家呵! 而且，这次他是带了地委批准的计划回去的；可是，不久就碰见了一次十分丢脸的现场会议。

里程不是重点。他在留住里程期间，因而能够偷偷地按照自己和群众的意见办事。

官僚主义和瞎指挥

地委开会回来，王达安对里程的工作做了交代，就回尊胜种小春。他带回来的生产计划是地委批准的：麦子、油菜种搞稀大窝，间种胡豆。群众都很拥护，认为这样一定增产。刚刚种到一半，区委带起一伙人开现场会议来了。连他自己在内，大家都很高兴，以为区委会表扬和推广他们的做法。但是出乎意外，开会时，区委书记冷冷问道：

"这是谁出的主意哇?"总支第一书记赶忙回答:"我不晓得!"王达安接着说:"是我主张这么搞的。""这样能增产吗?""我保证增产!""你保证将来向国家伸手! 保证婆娘娃儿饿饭! 你保证——,你们说这个能增产吗?"一阵连珠炮般的责难之后,钟又立即转面向所有到场的书记要他们作答,可是大家都不张声。因为他们都认定能增产,过去不合理的密植,已经把他们搞苦了,可是他们害怕钟书记刮胡子。打开冷场的还是王达安本人:"像你这样讲,我就没话说了! 好在这个做法是地委批准的。"区委书记哼了一声,叫道:"去个人把生产队长叫来!"

王达发不在,副队长王达仁来了。钟指责了一番面前的庄稼不合规格之后,问道:"你这个生产队长说说吧,这样能增产吗?"王达仁鼻子早就有些胀了,他站起身嚷叫道:"他娘的! 自己没做过庄稼,我也向庄稼人问问呢!"接着冲气走了。王达仁是个大炮。而且,对于过去两年的瞎指挥,每个庄稼人都记忆犹新! 但他立刻引起另外一个区委书记的责难:"嘿,这个生产队长是他妈个怪物! 连区委书记他都敢骂。"一些社员则向区委书记解释:"这个人脾气坏,可是个好队长呵!"钟一挥手,指着王达安:"不管你怎么说,都得按区委的规定办事,已经搞了的马上返工!"随即带头领大家到霍家营去了。

半路上,两个老把式扛起犁头,顺田径走来,去耕地。钟拦住他们,问道:"你们都是老把式哇,我问你们,像十六队那样胡搞能增产吗?"一个老头笑扯扯说:"他们胡搞你又来重新布置嘛。"书记同志反以为真,开始安排起来:"对呀! 你看这样行不行? ……""行啰!"并不让他把话说完,老把式们就扛起锄头笔直走了。

最后书记们在霍家营找到了霍维簾。这一队正在下种,同样是小麦稀大窝间种胡豆。钟火了:"你像也安心饿饭呀!"于是刮了干人一顿胡子,并做了布置,回刘营去。

晚上王达安召集队长开会,研究该怎么办? 有的担心王达安受处分,不免灰心丧气说:"返工吧! 咱们罪还没造够呵!"有的说:"管他的，就做错了总不能抓去砍头！"后来得到一个折衷办法：耕种了的不返工，没有种的，按照区委规定办事。其间，有人一再问王达安："地委是不是批准过呵！真的曾经批准就不要理他吧！"有的却说："谁知道地委的主意是不是又变了呢！再说，区委是顶头上司呵！"而在得出决定以后，次日就按区委规定种起庄稼来了。可是全都懒洋洋的，一面做，一面抱怨，进度非常之慢。

大约一天之后，王达安被县委叫进城了。县委杨书记拿了支纸烟给他，又从抽匣里取了一份文件，说："谈谈你们的小春是怎么种的吧！"他照实说了。杨又说，"就为这个，区委写了份材料，来要求处分你呵！"他很坦白："只要是做错了，处分好啦！""你不怕？""这有什么怕的？顶严重也不过砍头呀！""这么说你不承认你的错误啦？""我觉得我做得对。"杨又笑了："好吧，那我不处分你，还批准你的做法！"

王告诉我，杨书记做事干脆，很有魄力，而且相信群众懂得种庄稼，相信群众的生产热情。第一次他来尊胜，正碰见区委在这里召开干部大会，布置生产，他听了一阵，就到礼堂外面去了。一出礼堂，他就坐在窗子脚下，一面听，一面同王闲谈。可能因为天快黑了，那位书记也讲得太久了，太细致琐碎了，他忽然站起来，将头从窗口伸进去，大声叫道："散会吧！——农民都懂得怎样做庄稼呵！……"

还有一次，区委限定立刻动手，五天之内种完小春。可是秋雨之后，田底子湿，王迟迟不肯下种。区委呢，可每天必来电话："怎么还不动手？安心想饿饭哇！"这真叫他进退两难。一天，杨书记来了，问他："你们小春还没开种？"他如实回答："田底子太湿呵！""来，我们出去跑一转吧！"于是，他扛把锄头，跟随杨书记一道到田坝里去了。每逢杨一停下，便会问道："像这块田怎么样？"他立刻顺下锄头，挖了几锄，说："你看嘛！"最后，杨就这样问了："照你看，还得几天才能够下种呢？"他说："像这个天气么，至少也得个三五天。""好吧，我批准你们，可以延迟个五天下种！"

县委杨书记

王达安告诉我，六一年种小春引起的纠纷解决之后，杨书记还来尊胜了解过大春栽播情况。一同四处逛了一转，最后肯定了他们的做法："你们搞得不错！只有两条我不满意：第一条，秧子栽插密了！"他惊叫道："呵哟！一尺二啦，还密了？以前都规定三寸见方呵！"书记同志摇摇头说："不行！还要稀点。在潼南，我为这个还打过官司呵，一直打到中央！现在说第二条，你们不应该把些小脚妇女弄下田踩肥！"这一条他没有接受："田一大坝，人只有这么几个，你不把小脚弄下田踩肥，抢不到时间呀！"

县委书记认为他说得有理，随又问道："那么说吧，有什么要求没有？""大家希望有点烧酒喝呵！一天躬腰弯背的，水又还有些浸骨头。""一天有多少细粮呢？""六两。""太少了，栽秧子的至少每天得添二两。""这当然好呀！可是从哪里来？""×××！"杨向一个跟随他来的干部吩咐："赶快去打电话给刘营供销社和粮站，叫他们明天一早送××斤烧酒和××斤细粮到青鼻嘴，社上派人拿条子接收！"

那个干部立刻就走了。但很快又转来了，说："不行呵！他们要县委批准才拨！"杨听了很生气："那就只好等秧子栽完了才喝酒了！走，我们一道去打电话！"到了乡政府后，杨又吩咐那个干部："你再打一次吧，就说是杨××批准的，明天不送来就准备受处分！"那位干部当即照样说了，随后就一气"喂喂喂"叫起来，可是没有得到回答！当他继续"喂"下去的时候，杨笑了："不要叫了——大约是默认了！他们怕受处分。"他猜得不错，社上的干部次晨在青鼻嘴如数收到了酒和细粮。

杨书记每次来尊胜，王达安为他安排住处的时候，他总是说："我哪里都不住，就要住你家里！"而他一到那里，总又立刻围一堆人。因为他同什么人都谈得来，一般社员全都反映他解决问题干脆。他尊重群众和干部的意见，有了分歧就平心静气跟你辩论。有一次，他同王达安因为养牛问题，就坐在大门外磨盘上扯了很久。王主张只有下到生产队才养得好，干部也不至于起五更睡半夜，走来走去检查耕牛。特别冬季，那个味道更不好受！杨不同意："你这是开倒车呀！""我不承认你这个说法！生产队也还是集体呀，怎么算开倒车？"由于当时核算单位还没有下放到生产队，所以他们继续扯了半天，谁也没有说服对方。最后杨就这么说了："这样，你保留你的意见吧，我也保留我的，只是一条：若果县里将来做出决定，采纳了我的办法，你得遵守！"

县委熊同志告诉过我，杨书记对农村干部，态度的确很好，但对县区两级干部，脾气可躁极了。错了就要批评，刮顿胡子。因为这一两年县区级干部喜欢指手画脚，乱出主意，而他们又经常在农村工作，对下面影响大，因此不能不严格要求。杨书记读过大学农科，解放后才参加工作的，在农业上很有办法，特别在作风上很正派。

区委书记

王达安告诉我，他同区委张书记很早就有隔阂。这人解放前做过小学教师，解放后参加工作，一直做到乡长。在当乡长时，恰好展开反霸运动。一次开公审大会，准备镇压一个当地的恶霸地主。但当宣布枪决的时候，不少叫花儿嚷开了，一齐跪下，为这个坏蛋求情。弄到无法执行枪决。事后查明，这些叫花儿，是那个坏蛋的家属从区、县出钱收买来的。

1955年，王达安在过组织生活时，对他提出这件事来，说："那时候你是乡长，又在主持那次大会，别人收买了那么多的告化来，你事前一点都不知道吗？真的一点都不知道，那就太麻痹了；如果知道，怎么又不设法阻止？这是个大问题，应交代清楚！"可是没下文。隔了一年，在县上讨论张转正问题的时候，他又提出这件事来，说："上一次你没把事情说清楚，以后交代没有，我不知道。现在要转正了，应该认真谈谈！"参加会议的都赞成他的意见。这可把张给弄苦了，因为他的解释没有使大家满意！恰好他们同住一个房间，又同睡一张床。当天夜里，张几次忽然从床上坐起来，把王达安叫醒："你对我究竟还有些啥意见呵？""没有了，就只会上提出的那一条！"后来张一直做了三次检讨才算通过。

同十六队队委们的一次谈话

5日夜，在王达发家里同队委们闲谈了不少五九、六〇、六一年间的一些情况。同我一向知道的情况，基本上是一样的。值得记下来的不多。王达仁说："有一次，我去县里开会，讨论当年生产指标，好多人说大话哩！我一直不开腔。后来，心想吃了四天不要钱的饭，不说一句话过不去呵！牙巴咬了又咬，我硬起心肠保证红苕一亩产一万斤！也不管办不办得到了。可是，嗨！我对面角落里一个胡子，一蹦站起来了。披在身上的棉大衣都掉在地上了，好劲仗呀！他一跳起来就说：'我保证产一万五！'接着就讲具体措施。可是我想，一万五千斤红苕要铺多宽、多厚呵——我倒去你妈的！也有人始终一句话都不说。就那么一天闷起，吃饭，开会，睡觉——一没事就睡！有时也躺在铺上不住嘀咕：'老子就是不愿意说假话，让你们去先进吧！'"王达发说："那次整社，把死人啦，生病啦，都往干部脑壳上推，连赖体臣都挨过斗呵！这个人块头大，嗓门又高。斗他那天，吃早饭的时候，他说：'妈的，今天多吃碗饭，胀饱点，看他们斗得到好凶吧！'到了斗他的时候，群众嚷着要他跪下，他笑嘻嘻说：'又不是斗地主哩！站到说不一样？'有人用扁担打他，他也不跪，只是当开玩笑，说：'唉，这是辩论嘛，咋个兴动武呵！'真是活天冤枉！工作组硬相信他不只多吃多占，还拉过命债呵！诉苦的呢，不是地主、坏人，就是落后分子。当时吃大伙食，对这些人不能不管紧点。像拿摸粮食啦，偷懒啦，就一顿批评！工作组一来，恰好把这些人找上了。赖这个人胆子大，啥都

506

满不在乎，结果没有吃多少苦。那些一上台就给吓怕了的，反而受饱了气：喊跪就跪，一跪下来，婆婆大娘就拿鞋底板打！……"

一个外来干部的经历

霍家营的何青云原是三台城关镇的人，父亲是推丝烟的。小的时候，家里搬过两三次月亮家①。一次逃往蓬溪，一次逃往遂宁。成人后卖过油糕、纸烟和瓜子。后来被国民党拉了壮丁。他参加解放军相当早，参加过保卫延安的战斗。有一回，他的一个排被敌人包围了，为了靠近敌人突围，他们在窑洞门口搭根竹竿，一齐爬上窑顶。他一个人留在最后才上，可是刚才爬了一半，竹竿倒了，他跌坏了腰杆和尾脊骨。解放后，因为这个残疾，五四年转了业，指定要到尊胜这个已经成了旗帜的初级社来。何青云才去霍家营落户时，手上有近千元的存款，工作相当顺利。因为有人哭穷，他总照例借钱，还不还无所谓。这样，他的钱很快就弄光了。而很多人对他的态度也改变了。在经营管理上，有一次，他们把责任田给他划到梁子上去。

最近两年，打击他更凶了。一个妇女小产死了，他们怂恿病家大喊大叫。因为他爱人是接生员。何一当上保管，他们又叫嚷苕子丢失了。而且说得有眉有眼：某人在某处卖了的，买方呢，是绵阳人。何气不过，就设法把那个所谓买方从绵阳找来了。事情是这样：这人在买苕子，何向他说过："我们队上也有苕子卖呢！要买，那天你到霍家营来。"

去年，何该分一千斤谷子，但才分了五百，就说他分够了。过称的这样说，会计也这样说。何气得不得了："一千斤一个柜子，一个小囤包就装完啦？你们到我家里去清查吧！"可是都不肯去查："哪晓得你弄到什么地方去啦？"后来又借口生产忙没有工夫。何没办法，只好

---

① 搬"月亮家"：即半夜偷偷搬家躲避地主追逼欠租。

等。而为慎重起见，一次，他想磨点谷子，就先向队干部打招呼："你们来过称吧！要不，将来这个账不好算。"他们都不理睬："你吃谷子我们过称？"到了以后他重新提出没有分够粮食的时候，人们的理由就又多了一条："你磨了好几回了，那不要些粮食吃呀！"

同老何不断捣蛋的那个党员，也是个转业军人。社上特别从四村调回他，就为了支持何，因为他原本是霍家营的人，又是本家。回去之前，社上就向他交代了情况，并且叮咛他："你要跟你们本家某些人划清界限，同何青云搞好团结。"他答应得很肯定。可是，不到半年，他却变成宗法关系的俘虏了。对于何，就在日常言谈之间，也表现出明显的不满："嗨！这个何秃子专门跟我唱对台戏呢！"因为有一次晒粮食，碰到下雨，何临时从田里叫了几个人去抢收粮食。自从那个姓霍的年轻党员回到霍家营后，几个坏人就造谣说："党不相信何了！他在国民党军队里干过事，历史不清白呵！"又吹嘘说："我们那娃是党一手培养出来的，清清白白！"

那小霍是大队干部，作为参谋住在生产队，能说会道，又跳得起。乡长是一个外乡调来的年轻人，不明底细，因此事事找他。这也引起坏人些胡思乱想："你们看乡上找过他吗？他已经臭了！"更加对何怪话连篇。事实上，年轻乡长也的确认为身为大队副支书的何没有那对手强，听信了坏人的一些谣言、中伤。

对工作组的态度值得重视

何的爱人还向我讲过一个有趣的小故事：两月前，两位解放军同志来向王达安了解何转业回来后的情况时，整整一天，霍连奎五心不做主地到处找这两个解放军。最后，在王社长家里找到了。于是向他们坦白，那次分配谷子整何，他之所以闹得起劲，是霍海清叫他闹的："你怕啥哇？烈属！"并且谈了不少霍海清的诡计，一心想把老何挤走。有一次，他们想偷何为集体保管的谷子，为了便于下手，他本人故意鬼头鬼脑地把何两夫妇叫进房去，又掩了门，说有重要情况反映。因为何就在保管室隔壁住家，又盯得紧，不来个调虎离山之计不行；而他们果然轻轻巧巧就把很多粮食偷了。

这些情况，因为三番两次没有找到那两个解放军，霍连奎就已经向何本人坦白过了。但他不很放心，觉得还应该向"工作组"谈谈才行。当时大家已经知道了要搞运动，而把军区两个同志误认为工作组的同志。坏人们也是这样想的。可是他们却又诳骗群众："是放电影的，有啥好谈的呵！"

这个霍海清，就是前面王达安提到过的那位六少爷。解放前，他就几乎贫无立锥之地了，流落在刘营、里程一带。土改时，在里程评为贫农；随后区委批准他重返尊胜。

霍海清回尊胜后，装得很规矩。由于五九年王达安又调往里程，特别是当时困难重重，许多人不愿意当队长，区委张书记又不了解情况，让他当上队长。六一年王达安从里程转来，接着整风，霍海清就被认为是坏分子，被清洗了。这的确是个坏人，两面派的手法相当高明，所以在霍连奎坦白前，何青云两夫妇一直没有注意他，而且疑心都少。因为他经常向何反映情况，表示好感。看来，老何的爱人对坏人的诡计是一清二楚的。她经常四处接生，又懂点医，群众关系不错。

何青云夫妇之间的纠纷

王达安一面编簸箕，一面同我闲谈。当谈到何青云的爱人昨晚上找他时，他说："她已经一年多没有找过我了！因为她同老何扯皮，要离婚。我狠狠批评了她一顿，把她批评哭了。她一来就要我写条子让她搬迁，我一问经过，就说：'这个条子你永远扯不到手！老何是正确的，你错了！'

"事情是这样的：头一天晚上，两口子在床上扯皮，老何捶了她一顿！我批评她说：'坏人组织搞私分，老何一直大会小会宣布，非要搞清楚不可！你咋个劝他不要管闲事呵？'她一来就边哭边说：'我向他反映情况，他动手就打！'好像老何蛮不讲理。她又不是不知道老何的脾气，她自己上了当了。因为坏人些笼络她：'老何应该多分点呵！一群娃儿……'"

王达安告诉我，前两年秋收时，他们特别调了干部去霍家营当保管员，结果还是被偷了不少粮食，以致产量比别的队要少三分之一。他自己搬去住了三天，通过一个过去当过队长的老贫农才查出头绪，把偷的粮食全部搞出来了。那老队长当时是伙食团长，为人正派，又了解情况。原来，在风粮食时几个队干部就预先把风车弄来东一架西一架的，互相掉得很远；验收这一边时，那一边就把粮食大袋大袋偷起走了。他能够清查出来，一方面是算账，一方面是教育启发。因为这些人之间还是有矛盾的；出手的人总分得最多。

王认为，在农村，任何瞒产私分，只要个把月时间，就会暴露出来。因为分赃不匀，他们会扯内皮。而且妇女、小孩会不知不觉地几句话就把马脚露出来了。

六十年代在武胜烈面区

一位大队党支部书记的谈语

要谈过去两年的情况么，真是三天三夜都谈不完！

有一天，一个担粪的诉苦说："明年不知道吃不吃得成这个庄稼呵！""你多大哇！"我批评他，"才三十几岁的人怎么就说这种没出息的话呵！"小春好极了，我叫大家抹胡豆吃，有人说："嗨，平常吃点新他就骂，今年叫我们抹来吃！"你想，咋不叫他们吃吗？走路都在打偏偏了！嗨，你看吧，才吃了一天，大家走路就精神了，好像飞都飞得起来了。

那时候，一些小娃儿，一到晚上，就脑壳荤起，坐在门扇后边……

我们当时规定，三斤青胡豆，折合一斤干胡豆，一共也才吃了三百多斤青胡豆！不让他吃，他要偷呀！我不如让他们明吃好些。我向他们说："这下不要偷啰！?""这下哪个还偷啥嘛！"嗨，硬是就没人偷了呢，你说这好不好？饿了硬要吃呵！

当然，还是要做思想工作，有时讲点故事给他们打气："你们看，人家罗成打仗，肠子都杀出来了，挽起，又动手干！"那时候，干部恼火呵！忙得要命，社员还要骂你："妈的，分它这点口粮，当不得我往年收一根田坎！"这个话是任月庭六○年说的。情况六二年才扭转来，当时集体生产好，特别是苞谷，比自留地的收成高得多。

因为六一年大减产，六一年冬天最困难了。社员的集体思想非常淡薄，主要是靠几定扭转来的。起初，群众半信半疑，通过算细账，大家毕竟看到了希望了。去年大春又确实好。六二年不止大春增产没有增购，反而减少了增购。肥料奖售粮也很起作用，大家积极投肥、拾粪。还有偷粪的呵！我们就派人守社队的茅厕，有一点就担一点。

大队支书口中的一位生产队长

大队支书姓杜，一般都叫他杜书记。他对本大队一位生产队长十分赞赏，一介绍起这位队长的工作干劲和为人就眉飞色舞！

"六一年他安排平秧田的工作，陈廷木首先就叫唤起来：'二十分一排田我都不犁！'队长说：'你不干我来嘛！'这个生产队长叫二麻哥，又叫二吵吵，平常对那些懒懒散散的人，一来就训！群众可对他没有多少意见。因为他孤人一个，六十七了，啥子活都顶起干，你咋个怪他吗？这个队从前八户贫农，八户中农，一户小土地出租者，又是敌属！还有三户地主。情况复杂，很不容易搞啊！

"六一年玉麦干死了，红苕栽不下去，只有谷子希望大点，二麻哥就提出沿河两岸车水，借了十二架水车。社员听到车水，胡子眉毛都皱在一起了。

"有天赶场回家，袁老八恰好碰见他了，就说：'你倒抓得紧，都在抱怨你呵！'他可满不在乎：'抱怨他的，只要他们在干就好了，跟筒车样……'

　　"敖惠文还公开反对：'坡上都干死了，你还车水，太阳又大，有啥用呵！'这个人做过巡官，嘴一张就是一大篇道理，他可不跟他多讲空语，只是说：'不管你说上天，吃了饭就得做活！'

　　"贫农杨二合也吊二话，他不理睬，只顾自己到时候就去干，大家也就跟着去了。扯早稻秧子，恰好碰到下雨，都不下田，他又自己带头下田栽插。于是大家说：'二爸都去了，我们还是去吧，看他骂人！'……'

　　"一个姓陈的社员，他去喊他出工。这家伙滑得很，刚从前门出来，一眨眼又从后门溜回去了。他到梁子上一看：'咋没人？'就回转去看个究竟。卧室里漆黑，他用手在床上一摸：'睡起在呢！'这人平常爱吊二话，但他照样把这个家伙叫起去出工了，心想：'告聋子菩萨，我才不管你呢！……'"

拿摸小春

　　"二麻哥这个人啥事都逗硬呵！"杜书记继续追述，"又不怕得罪人。

　　"打麦子的时候，他去胡豆地里一看：到处是空壳壳。把细一查，大家荷包胀鼓鼓的！他立刻招呼说：'你们这样也不方便嘛！——空出来吧！'

　　"随后又发现一个人在搓小麦，搞了一小口袋，他走过去：'这叫啥哇？''光是我一个人在偷呀？我这个贼娃子好收手呵！''要得吗，可是下一回不行呵！'这个人后来果然没有偷了。

　　"收成很少，区委毛书记要他找原因。他回答得很干脆：'田里、屋里都在偷呢！……'

　　"他有回叫社员车水，有人说：'这是在逼我这二两气呵！'可是他照旧把群众动员起来了。

"车水时候他到处检查，看见大家累了，就叫他们停下来息气、抽烟，跟他们摆龙门阵。这很有效，息一阵气，一些积极分子说：'裤带紧一紧，再车他半根香吧！'有的人不张声，故意坐得远远的，可是最后照旧同大伙一道继续车水。

"二麻哥这个人就这样，啥事都鸣锣响鼓，决不讲半截话！喜欢训人，可也会体恤人。"

一次秘密拜访

杜书记告诉我，他搬回白庙后，二麻哥去年去看过他。一天，他正在犁田，二麻哥来了。他爬上田坎，把牛牵在一根树上，就领二麻哥到家里去。一到家，他就说："想不到你会来呢。坐呀！有啥事吗？""来找你这个老师呀！""怎么我是老师？你是在折磨徒弟呀？""庄稼上我是老师，你是徒弟；论到政策，你又算是老师，我呢，变成了徒弟了。这不是讲笑话呀！"

于是二麻哥告诉他：那个新选出来的队长，串联了一批人在"抢他的营"了，说他同一个青年妇女乱搞男女关系。杜听了大笑道："你稳住吧，这个谣言不会有人信呵！你已经六十几的人了。""可是你要知道，谨防跟戏上说的一样：一计未了，二计又生。这个整不到我，他们又会另外编框框呀！我准备自己下台，免得将来丢脸！"

杜书记请他吃了午饭，还喝了点酒，而且极力劝他"稳住"，因为区委是信任他的。老头儿临走时，一再叮咛杜："你没向什么人讲哇，我是借赶场来的！"回转烈面后，他一直积极工作，没有自动下台。虽然后来有人又造谣说，跟老头儿有染的，是个四十出头的炊事员，因为杜在烈面为他辟谣时说过："你说他同炊事员有关系还能骗到人！"

杜书记离开烈面时，我们一直送他到"三八"食堂。路上，他告诉我："你没讲，老头儿也有些板眼哩！"事情是这样的：前年插秧，他违反惯例，把正沟田水放了，抢着先栽。肖区长一看就大吵大闹："怎么兴乱搞呵？还是老把式呀！我看你将来膀膀田又哪里搞水！""你闹啥呵？就跟调兵遣将一样，我自有道理嘛！"

过了两天，上沟的队长办交涉来了，他们要放正冲田里的水，希望老头儿同意。也就是同意让水从他们已经插好秧的田里流过，他不同意，说："这咋行呢！你不把我的秧苗浸死？""我们明天就要栽呀！""等两天吧，马上放不行！""都是一个大队的，不要那么方吧！""那么只有这样，往我们膀田里车！""也行呀！""万一你们队上说闲话呢？""负责不会！"

于是，仅仅架了两架车子，花了一天一夜工夫，他就把自己队上的膀田全灌满了，比从本大队正冲田里车水少花几倍劳力。这是他早就计算到的哩！曾经向杜露过口风："看他有好扯吧，总有一天会向我告饶嘛！"原来经过查看、计算，他早已料到这着棋了。据杜说，老头儿喜欢津津乐道《三国演义》的故事。

医治懒人

杜书记本人也不简单，可以说心眼更灵，办法更多。

一个生产小队队长向他诉苦，自己队上一个社员，好久不出工了。"说他病吧，又吃得走得；没病吧，一天呻呻唤唤，咋办嘛！"杜就跑去看这个社员，说："你这屋里空气太不好了，起来吧，到指挥棚养息几天！"他东说西说，终于把那个装病的社员领到叫作长梁子的指挥棚里去了。每天叫人给他送药送饭；可才两天，这个假病号就受不住了。觉得自己才二十带点，怎么能躺起来不做活呢！因为这指挥棚看得很远，每天社干部都要在这里开两次碰头会。最后，他要求杜让他回本队工作，而且做出保证，以后决心认真做活。

专业队也有人窝过工，偷着睡觉。其中两个青年，相当狡猾，他们睡的地方，总很隐秘。可是，一天中午，杜在梁子上一棵黄桷树下发现了他们，就把他们叫醒，问道："睡得好吧？"两个人站起来了，开始辩解："一连打了两晚上夜战……"

"是呀，所以该多睡一下，补补课嘛！只是这里太不平顺，让我铲一铲吧！"于是顺下锄头，把地铲平，要他们再睡；而两个小伙子立刻满脸羞愧，赶去出工去了。

精简节约

有关会计结婚的故事，杜书记讲述得相当具体生动。由于神经衰弱，他由区委介绍到南充军区医院治疗去了。住了十天光景，一天，他出院散步，看见早稻已经黄了，可以打了，于是想起自己队上的庄稼，想起晚稻，特别那年因为晚稻，起初受到地委李书记的批评，随又受到表扬。他着急起来，感觉非回去不可：抢收早稻，抢栽晚稻。他向事务长说明了他的担心，诳称头痛已经好了。请他设法让他搭车回去。交涉的结果不错，他已经回到队上来了，而且正碰上会计结婚。

杜还告诉我说，会计人很不错，就是不大说话，有些沉闷。女方姓蔡，在胡兰队做会计工作。所以好多人都为他们的喜事忙忙碌碌，准备做二十斤面，热闹一番，玩他一个晚上。杜知道了，建议说："这样影响不好，就做点瓜瓜菜菜吃吧！"会计说："将来要从我口粮当中扣呀，又不是白吃呢！""我信你不会多吃多占。可是一来就二十斤，你有多少粮来扣呵？未必到个好对象，肚皮就不饿了？"

会计被他问得哑口无言，其他社干部看不过了，就插嘴说："人家干了这么多年了，照顾点吧！一个人一辈子只结一次婚，弄得来闹情绪也不好呵！""他可能闹情绪，过两天也就好了！"随又极力解说，"只要煮软合点，把调料搞好，瓜瓜菜菜比面条还好吃，今晚上由我来提调吧！"最后，他便自告奋勇去找调料。

当天晚上，空气相当沉闷，就连新娘也很少喜色。但杜不仅兴高采烈地忙得不亦乐乎，当厨子又当堂倌，而且，他打趣，他讲笑话，空气很快也就变了，新郎新娘也相当高兴。他一直忙到深夜才同大家一道离开。

干部口中的杜书记

小莫向我谈起杜书记也很钦佩，说："尽管有病，干起工作来劲头大呵！还不止是动嘴巴呢！"她举了个例，六〇年冬天搞堆堆肥，一块大田没有搞好，眼看要评比了，他衣服一挎，裤脚一挽，跳下去干了一个整天。堆堆肥算搞好了，人可是病倒了。

小莫又说："六一年抗旱，群众有时不大起劲。也难怪呵！就是我们也觉得无济于事，浪费劳力。你想，干得那样，走几里路挑水去淋，这能管什么事？"她又谈到六一年政府贷粮的情况，粮是苍溪运来的，要合七角一分一斤，因为需要量大，运输不便，拿到烈面，每人每户只能领一天吃一天，所以街上天天牵起长线子领粮。六二年归还贷粮的情况也很动人。按照规定，每人分小春二十五斤以下的，暂时不归还。有一个寡妇，家里劳力少，每人只分二十斤，但她强着非还不可！……

好几个干部、社员都一致承认，杜原则性强，干脆开朗，从不对困难焦眉皱眼，总是那么乐观。

小莫又补充说："其实他经常着急得睡不着呵！不过表面上看不出来，——他怕影响群众！"她又举了两个例子，可是，相当空洞，几乎没有什么具体细节。除开这个小姑娘外，其他三个人都对杜的离婚、结婚表示庆幸，觉得理应如此。只是谈得也不怎么生动。

有关杜书记离婚的事，陈秀碧向我倒谈得相当详细，说："闹了好几个月呵！过去他也同我谈起这件事：'这一辈子我完了，我两个永远搞不好的！'"他的爱人姓周，手足不干净，做不来庄稼，安排不了生活。她养了四个孩子，两个被她睡觉时压死了。一个杜交给旁人养大，领回去，又死了！她不会招呼。所以最后一个孩子，杜不让她带，自已领，可是后来还是死了！这孩子的死，可以说促成了他离婚的决心。至于他爱人之单独离开，因为她偷了集体粮食，埋在床下，杜搜出来了，要她公开检讨；她不但不检讨，还拼死抵赖。这样，杜就要她回白庙去单独生活，不许再来烈面。

为了她偷东西，杜一再向陈秀碧他们诉苦："你叫我咋个领导这个工作？她就老是给你掷臭！"这也是的确的，大部分社员都相信他很清白，但少数坏人却讲阴话："对，老婆偷起来老公吃！两口子难道还分彼此！？"这样的怪话还多。自从周迁回白庙，因为食堂撤了，自己又不会劳动，也不爱劳动，生活弄得很苦。杜给她的口粮，又不会节约，几下就吃光了。杜知道了，还给她送过萝卜……

因为杜决心离婚，他夫妇也很难一道生活，陈秀碧曾经从中做过不少工作，可是周不同意离婚，说："既然嫁跟他了，我这一辈子都不会离！"可是多劳多得，基本工分的政策贯彻以后，杜要养活她更困难了，她自己也感觉不能再跟杜一道了，于是提出："要分开也行，我可连一点农具都没有呵！"杜立刻借钱为她制备农具、锅、瓢、碗、盏，因而很快就离了婚。这时，杜还提出："你嫁人不说了，如不嫁人，一定帮助你到底！"后来果真是这样做。但她不久就结婚了，是吉安一个从未结过婚的中年雇农。

杜后来也结婚了。对方是个寡妇，有三个儿女，已经能够做饭、做些轻便劳动，可还不能养活自己。

这样一来，杜的生活担子又重了，可是两夫妻关系却很不错。那寡妇在当妇女主任，还可能是党员。从前，家里有点米，周几下就吃了。现在呢，全家人都因为杜经常生病，把米让给他吃。他去县里，不在家的时候，他们干脆只吃红苕。有时，杜于深夜开完会回到家里，大女儿尽管已经睡了，也会立刻起来，为他烧开水和洗脚水。

周同那个老雇农结婚后也相当幸福，每次从吉安回来，还常到杜家玩。周和杜目前的爱人，原本是同一个院子居住的人。不少人在提到杜同周时，都说："这一下两个都搞对了！"

陈秀碧还对五九年杜收拾晚稻螟虫做过详细叙述。因为地委戈书记说："五次都没有搞光，这说明你们的本事还不大呵！"送走戈书记，他去"三八"食堂歇气，很快就晕倒了！这个人很爱好，总经常向我们说："响鼓不用重锤，一定要领导臭骂一顿才叫作批评么？脸总是个脸呀！当人们把他扶回家后，他躺在床上，立刻叫陈她们到他屋里，说："同志，你们把摊子摆起就得收呀！我又挨批评了！"在说明情况后，他问她们："怎么办呢？"大家回答："再用草木灰和六〇六粉撒一遍吧！""改变下办法吧！要不，还会刮顿胡子！"他主张用竹筒装了六〇六粉，筒口上包匹棕，一棵一棵地撒。女孩们叫起来："两亩多田的稻子，这咋行呵！就是一棵一棵撒也不一定顶用！"但他终于说服大家，而在次日开始扑螟的时候，他还抱病去给她们排头，然后蹲在田坎上指点她们。一般是：早上撒粉，其余时间摘黄叶子，经过两天时间，就全部搞完了。

治螟以后，她们还进行了车水的艰巨工作。一共八架水车，杜这时病已稍好，他帮她们做码头，安车子，还提出要火箭队协助。但那批男娃儿提出："等你们把人排定了看吧！"这是有意要卡她们，但是，她们相当好强，硬把所有的人都弄去车水。而且那些男娃儿一天三班，她们只有两班，因为她们毕竟人少一点。杜有时也帮她们车一阵，不仅如此，碰到车子出了毛病，总是由他负责修理。她们的劳动没有白费，这两亩晚稻终于救转来了，而且每亩收获了五百多斤谷子。

陈最后告诉我，杜对干部的要求是严格的，她们刘胡兰队很多同志都曾经被他批评得哭鼻子。但在批评过后，过一天两天，他又心平气静，向她们分别做思想工作。因而从来没有人对他不满，只是感觉更亲切了。她们当中不少人至今还想念他。

她还举了个例子：六〇年，她父亲死了，她请假回去，因为工作紧，只请了一天假。可是，因为她大姐回来了，想一道多玩两天。就在她父亲安葬后的当天晚上，杜就派人来催她回去。一连催了三次。最后一次，催的人说，她非当天回去不可。她只好回队了，一见面，杜批评她："埋都埋了，守在家里他能活转来吗？""我大姐回来了，我想陪她。""你家里另外没有人陪么？怎么连自己的事情都忘记了！""我知道工作紧。""不止是这个！今天是好久呀？你的申请书呢，忘啦!?"

陈这才想起，原来她这个预备党员明天就该转正了。可是，由于杜的口气太硬，而她回来的路上又充满了一肚子的委屈，当时陈气得哭鼻子。其他女娃儿都同情她，所以这一来情绪更受压抑。但才隔了一天，她不但毫无委屈之情，反而对杜更尊敬了。因为杜乘休息时间向她做了解释：成为一名共产党员是光荣的，关系到一生，怎么能对转正那样疏忽?!……

据陈说，她本人，还有王家坝一个青年队长曾向碧，隔一两个月，就要去看看杜。特别在有思想问题的时候，总想找他谈谈。去年整社以后，那个青年队长向陈秀碧说："怕要找杜书记谈谈呢，这一向思想上有些问题！"隔两天，他果然去了，可是他没有找着杜，所以回来向陈连声叹气："今天倒霉！……"

这也是杜在烈面工作时候的事，因为三队工作落后，他去住了一段时间。一个十三岁的孩子，连裤子都没穿的。他看见了，进行了解，原来母亲是个后娘，父亲又死了，家里穷得可以，加之这个后娘自己也有两个孩子，所以就由那娃儿自己安排自己的生活了。晚上就在苕窖里睡，冬天呢，睡灶膛子！杜了解到这一切后，得到了那孩子和后娘的同意，把他带在自己身边，还用仅有的一点钱为那孩子做了裤子，现在这娃儿已经能单独干活了。

陈有一次还告诉我，杜在烈面工作，是有不满和苦闷的。这个人气性陡，有时忍不住了，也会流露一句两句。区委把一大队作为重点，经常直接布置工作，而任务大都又很紧急，在社党委做同样的工作安排时，因为他很忙，往往不能参加会议，这引起了社党委何西北的不满:"他只认得区委,自高自大!"

一次两次听到这些指责,杜很难过,但又不便公开辩解。大队幼儿园的曹是个很能干的姑娘,遇事自有主张,不大听话;可是,区委又是把这个幼儿园当作重点办的,经常要杜传达这样那样批评,这样那样意见,而曹对杜却不大买账,凡事都顶!这也叫杜很不遂意。

陈很赞扬杜对工作从来不讲价钱,哪个队有困难就到哪个队。六一年春天,由一队调到三队突击,栽插时,已经迟了,田还是干的。悲观思想在社员中相当严重,大家都认为不能下种,只有等待天下雨了。杜找到一个老农,同他商量:"把堰扎起,车干为止,可以种高粱吧!""不行!""说个道理嘛!""车的水,一碗只能打湿一块碗大的土,这点水怎么行!""就依你说,单栽这块土总够呀!""天不落雨还是收不到呵!""不栽下去,等到天落雨了,那时候栽就来不及了呵!""这还有点道理。"于是他跑去抬水车,请老头子做码头:"我们两个人搞一块让大家来参观吧!"

车好水,栽好高粱,当天下午他就召开了现场会,当众宣传必须抢栽的理由:"拖下去,天就下雨,也把季节错了!栽下去,就不下雨,多少总还有点收呵!"接着,他把出这个主意的功劳归之于那位老农,大大吹嘘了一番。然后继续说道:"不相信,他在这里,你们问罢,张大爷,你不是说这样做有救吗?"老头儿点了点头,接着大家都同意照样办了!

这因为老头儿经验丰富,为人又很正派,在群众中有威信,他一点头,社员也不再反对了。杜到三队不久就看出了这点:碰见甚么疑难,社员总爱说:"张大爷,你看行么?"或者:"请你说一说吧!"老头子沉默寡言,常用点头、摇头表示意见。而这简单的摇头、点头,都对群众影响很大,有时与命令相当。

搬回白庙

杜在秋收后就从三大队搬回白庙八大队了。因为他原是白庙人，当地群众知道干部都得调回原地的时候，就来了两个人劝他回去。五四年他当过那里的社主任，人们不仅知道他，而且信任他。特别由于当时领导班子很糟，对社员的拿摸乱打乱罚，而他们自己呢，却常常深夜关起门来吃油煎饼！

当他们来劝他回去时，他说："这咋能自由行动呵！我连申请都没有写！""我们找人帮你写吧！"过了两天，那两个社员果然把请人帮他写好的三份申请拿来了，还说："你的自留地，我们都给你划好了！""还要看批不批得准呵！"等到批准以后，一天夜里，他们就把家给他搬了。主要是一个立柜和一张床，这是张单人床，以往，要到哪里包干突击，他总是带上它。

家倒搬了，杜本人并未立刻回去，因为他在三大队还有未了任务；同时回去的职务也未确定。但他终于是回去了，而且党委指定他做支书。一到家，当天夜里他就煮了一大钵稀饭，去请原任支书饯行，介绍情况，可是客人老没有来。原来他早已回到老家去了；群众却拥来一大堆！而一看见钵子里的稀饭以及一些蔬菜，大家都叹息了："这才是个当家人的派头嘛！妈的，从前一来就油煎饼！……"

人们还揭发了一桩事：有一次，一头公猪死了，干部立刻宣称，吃瘟猪肉最不卫生，赶快埋了！"他几爷子可关起门好吃死猪肉呀！"杜连连劝阻："过去的事不要提了，人家没有功劳，还有苦劳嘛！""咋不提哇？老子还要骂呢！看到他的影子我都要骂！"……

前任支书显然了解自己在群众中的声誉，所以尽管他到烈面赶场，走白庙很捷便，他却宁肯绕一个大圈子，从桥亭到烈面，因为他担心碰见白庙的群众。

杜本人在谈到前任支书的错误时，相当克制，所以比较空洞。但在扯到如何对待干部和群众的错误时，他还是谈了一个具体例子：他有一个外甥，快成人了，一天向他说道："那次硬把我搞惨了，一斤红苕罚了我一元钱，四斤就四元。可是，我向你坦白吧，我在那天夜里，气不过，又去偷了他二十斤，一家人吃了一天！"这个青年并非惯偷，所以在他的帮助下，很快就改变了。他相信人都可以教育转来。

有一次农具站的同志，在谈到前面讲的那个常受后母虐待的孤儿时告诉杜，说那娃儿有偷摸习惯，过后，队上抓住他偷东西，毒打了他一顿。杜给他搭个棚子，让他住在棚子里守做种用的红苕，说："这就看你自己的造化了，有造化呢，你就把小偷和你自己一齐管住！没造化呢，你就挖几窝来吃吧！"这孩子后来受到了表扬，因为不仅那些种红苕一个没掉，他还捉住一个偷儿！现在已经是个好劳动了。当杜回白庙时，他曾经一再要求跟随杜一道去。

顶住单干风

六二年七八月间，白庙也刮过单干风。杜住家的那个生产小队的队长，是个斗争经验不多的年轻人，一天，愁眉苦脸地跑去找他，诉苦说："咋办呵！都闹起要把土地分到户呢！""你的意思呢？""有什么办法呀！大家都讲南充、岳池的土地都分下户了！""你是准备分啦？""大家闹得凶呵！""所以来征求我的意见？""你这一关通不过不行呀！""可惜我这一关就通不过！你又怎么办呢？""那就不分下户好啦！等将来党委指示来了……""什么指示？""分田到户呀！""小伙子！心里放明白点，分田的指示永远不会来的！我看你是被歪风吹昏了……"

接着，他说了一番不会分田到户的道理。并且提议当天夜里开一个社员大会，他在会上不止把单干风顶转去了，还进一步弄清情况：这股风，是一个到岳池走人户的社员带回来的。原来他亲戚住家的那个大队非常落后，的确出现过分田到户的单干情况。

杜的续弦问题

杜对自己回白庙后离婚和结婚的经过，谈得很多。主要是谈结婚，对于离婚，他几句话就带过去了。他住的院子里有个姓杨的寡妇，有三个儿女。回去以后，他住在保管室，没有和他前妻同住。因为弄伙食不方便，又老是忙于工作，经常吃过时饭，那寡妇主动把他的饭做在一道。

在杜离婚以后，一天，他向她说："你这样年轻，又拖起三个娃儿，该结婚呵！""结婚我倒愿意，人户不好找呵！有娃儿的，我不愿意；没有娃儿的，又怕人家不愿意。""我两个结婚你看行吗？""行到行，只有一件，你搬来住，我舍不得这几间屋子呵！""我可舍得我的房子，就这样吧。"

在党委批准之前，党委书记曾经提醒过他："你怕不怕分口粮补钱呵！"因为他表示不在乎这一点，党委立刻同意了。他们做了登记，就这样结婚了。在他们"对啄"① 当中，他还说过这样的话："可惜我有病呵！""我的病难道还比你轻？我看这倒合适呢。"结婚以后，她对他招呼得十分周到，儿女也很听话，都体贴他，把好东西全让他吃；他不在家，就单吃粗粮。

拒不借贷细粮

六二年那段困难时间，杜一家人吃了一两个月胡豆叶和糠麸。政府曾经贷过一批细粮，但他是个干部，他总尽量让群众中的困难户和老弱贷，自己不肯伸手。因为吃糠麸，痔疮把他弄得很苦，但他始终一声不响。有人问起，他总说贷过了。

可是，党委书记终于从他面色上看出来不大对劲，又瘦又黄，显

---

① 对啄：当面就重要问题进行商量。

然吃食太差，一天问他："你是不是贷过粮呀？说老实话！""当然！难道这个还骗人么？"他回答得很坦率。书记同志沉思一会之后，关照他道："不忙走哇！"随即找办公室主任去了，立刻查出他一颗粮也没贷！党委书记于是拿回一张由杜具名贷粮四十斤的条子，叫道："闲话少说，快盖章吧，将来你还不起我还！"

在收到这四十斤细粮后，他爱人，以及几个孩子，一颗也不肯沾，全都让他吃。由于他的再三责备，他们才偶尔熬一点稀粥喝。他们的大女儿十三岁，二的个男孩八岁，每天都要给队上割牛草，可以挣点工分；小的只有四岁，负担当然比以前大。但他们都比以前快活，而只要猪喂得好，就能立刻扭转局面。

当杜的离婚消息传出以后，曾经有两三起人来为他介绍对象，但他都拒绝了。因为有的成分不好，他想："弄坏政治影响我倒不干！如果被她拖污，那就更糟！"有的成分虽好，又太年轻了，他也有顾虑："都想找年轻的，我也想啊！可是，像我这个身体，莫把人家害了。再说，没有尝过酸、甜、苦、辣、麻的人，也不大好处呵！"而且他心里早已对那寡妇有好感了。

他的好感是扎根在这些事实上面的：她穷，她吃过不少苦头，对人又很温和。他还听人说过，她的丈夫病了一年多才死的。生病当中，她把家里的坛坛罐罐都卖成钱，请医生吃药花费掉了，直到费尽她所有的力量。这样的妇女是真正会爱一个人的。当他搬回白庙的时候，她的丈夫已经死了半年多了，生活很苦。何况离开白庙到烈面前，他就知道她是一个好妇女，土改时还当过妇女代表。自己今年三十八岁，她呢，才三十三，年龄也很相当。

在曹惠芳心目中的杜离婚、结婚

杜书记搬回白庙以前，就在大队办幼儿园那个院子住家。尽管在怎样办好幼儿园问题上彼此有过矛盾，曹惠芳对杜书记的感情却很真挚，十分关心他的婚姻问题。她向我惋惜说："现在没从前活跃了，也不那么喜欢了，站在哪里就站在哪里，不大爱动。"

有一次，曹去白庙开会，杜约她喝碗酒，她曾向杜提起这个变化。杜说："担子重了，咋喜欢得起来嘛！"她告诉我，杜目前是有苦说不出。党委不止曾经提醒过他，将来会出钱买口粮，还准备慢慢给他介绍个合适的；但他很快就结婚了。

曹告诉我，杜现在的爱人，模样是要好些，只是冬天生病，夏天生疮，劳动力弱。她认为，这个妇女体贴杜，相当自然，因为杜替她担了很重的担子。她还惊喜交加地说："真怪！周玉碧结婚后人就变了，比从前精灵，也淘气些。嘴也会说了！"

她们赶场天一碰见，周总要向她探问杜的情况，很关心，还说她去看过杜。因为她一个姐姐就在杜附近住家。杜对周也有感情，有一次向曹说："有时候睡觉还梦见她呵，我两个是童子结发的呀！"我没有见过周，据曹说，个子大些，高些，眼睛鼓鼓的；可是白天锄草她会锄掉粮食！她为杜养过四个孩子，但都死了！杜对此很伤心。而刻薄嘴却说："杜书记八字大了，连儿女都不会跟他！"

关于那次周偷幼儿园米食的事情，刚一问起，曹就说："这件事该怪我！"接着追述具体经过：因为她找秧盆，有人说周借了，她就去杜房间里拿。杜在生病，躺在马扎上面。看见她从床足把秧盆朝外一拖，接着有米落在泥地上了。看来，米是装在箩筐里的，上面用秧盆压着。杜追问起来，曹无法掩饰了，因为一看见米，她就想起了周的习性，而且料定杜会吵闹起来。

果不其然！杜立刻把周叫回来，问她米是哪里来的？周说："自己前回春的！""你又扯谎了！颜色也不对呀。"随即抓来自家的米和幼儿园的米互相比较，这一来就糟了！杜拿起柴块子就打。后来又批评曹："你们知道么，为这些娃儿们搞这点米淘了多少神呵！"最后，他赔了损失不说，还要周当众检讨；但周硬不开腔。这下他们关系更恶化了，杜就把她送回白庙。

杜的衣服烂了、脏了，要洗要补，一直是请曹她们帮忙，因为周搞不好。曹认为杜的缺点是：脾气太陡。可是，每当说过伤害人的话后，经过仔细思量，又很失悔，还要当面道歉："不知怎么搞的，一口气总在心里梗起，几吵几闹，就痛快了！"曹也一再说他从不记恨，而在培养干部，关心群众上很突出。

在烈面的西关公社

种南瓜

由于"大跃进""三年困难"，给农民印象太深刻了，公社张书记对这些年的情况谈得不少。

六〇年，张叫三队社员种南瓜，都推说没有种子；张去社上拿四十多斤种子，分给大家。一户种三十窝，后来，丰收了，全靠南瓜当顿！社员都说："要不是社管会发动我们种南瓜呀！……"

六一年搞三秋，妇女们不出工，社干部要她们检讨。她们出工时扯谈："张书记，问你一个问题：往年要我们避孕，还是生；现在不叫避孕了，老不生，咋个办呢？"又自己回答道："母猪不发情，是吃得不好，人也是这样呵！"张动员了九个假病号出工以后，曾经不无自豪地向公社一位医生说："你一服药能医好几个人哇？"张有时很有风趣。

六二年大旱，社管会又号召增种红苕，开始，大家都照样想不通。他算了算账："一个人三十窝，一窝三个，这么多田边地角该种多少窝、收多少苕呀?!"可是社员又借口缺种苕，于是张找了几十斤种，育苗、分配到户，还帮着栽插、淋粪，所有田边地角，几乎都种上了。秋天，红苕大丰收！他们有的原先说："会丰收拿粪糊我们鼻子！"现在不张声了。

一个老农说："冬天衣服薄了，该扎紧点；碰到灾年，只有抓瓜菜呵！"

种红苕、贷粮引起的纠纷

张书记告诉我，六一年打从三月份起，一直干了一百三十多天！不少队种了四次：秧子、红苕、胡萝卜、秋荠，可都死了！只有最后一次白萝卜获得丰收。西关大多是白墙泥田，秧子干死后锄头都挖不动，只能用钢钎、撬棍撬。将撬棍插在裂缝里，由三两人用力搬，都是大块大块的，跟石头样，两个人抬一饼，粉碎后做苕厢。雨老不下，担水淋，插上苕藤。他们这样不辞辛苦，因为想到即或栽不活，土坑松了，对于明年生产也有利。

当时群众思想很乱。干部几乎逢人就做思想政治工作，像说佛样："我们总不能坐起来等死呀！"一般的回答是："口粮标准这样低，哪有气力呵！"于是干部就又说服他们："吃过东西总要干他一两点钟呀！我们早点休息好了。"这当中青年人起了积极作用，因为都相信这一点："年纪轻轻的，不干以后更不好搞！"对于悲观失望的人，干部则反问他们："若果拖不死又怎样？不管多少，活一天总要吃一点呀！难道躺起来吃现成？"对付懒人，大家也开动脑筋："做不得，你就在一旁参观吧！"想方设法把这类人引到工地以后，群众的冷嘲热讽，很快把他们的懒病医治好了。

当时的吃食，除贷粮外都是瓜瓜菜菜。特别是南瓜，解决了很大问题。但在夏天发动人们种南瓜时，三大队三小队却有两家人不肯种，一个地主，一个手足不大干净的单身汉。这个单身汉有一次在家里嘀嘀咕咕："我一个人吃得到好多哇？老子逼慌了，一个'夜战'就解决了！"这家伙的语言，恰好被队长听见了，就警告大家："要注意呵！有人已经在打你们的主意了！"这一来，所有的人都动员他种，而在得到否定答复之后，又都异口同声地警告他："二天你来偷吧，谨防老子把腿杆给你砸断！"以后一见面大家就重复一遍警告。最后，他让步了："光叫种，就没有南瓜苗呀！""我们给你！""连粪都没有一瓢又咋办呢?""这也由我们负责解决!"

在三小队,拿摸之风相当普遍,恰好黄勤明要下放,党委就派他去工作。在他任职以前,这个队没有一个党员、一个团员,五六年来,就以落后驰名全区,荒地也多。县里、区里都先后派人去过,甚至调过一二百人去突击过两三次。突击后,荒地被消灭了,可是收成仍然很坏。因为突击是暂时的,队伍一走又垮台了!

黄勤明是六二年春天去的。他一去,不仅把生产抓得紧,还大力纠正社员中的拿摸风。所以社员对他很有意见,党委书记一去就告状:"快把人折磨得活不出来了!"坚决要求撤换他。

张还告诉我一个有关黄勤明制止拿摸风的故事。一天晚上,一个老太婆在床上被一阵响声惊醒。她用手随便一摸,立刻发觉床沿上有只腿杆。她叫喊起来:"有贼呀!"可是她喉咙被扼住了,当她清醒过来,擦燃火柴一看:她吊在屋里一口袋花生种不见了!她继续叫喊,于是来了好几个人,其中一个跑到坎下,把队长叫来了。

黄到场后,都同大家开始清查。由于偷儿走得匆忙,是把口袋倒转来,又倒转去,胡乱提起走的,因此一路都落得有花生,大家随着这线索追踪,最后,掀开一户人家的篾笆门,进到一个有拿摸习惯的单身汉家里。到了床边,黄问道:"刚才你到哪里去来?""我动都没动,在家里煮牛皮菜吃,锅都还是热的,去摸摸嘛!"黄没有摸锅,倒去摸了摸他的脚、裤子。脚是冰的,裤脚上焦湿;后来又发现几颗花生!他无法隐瞒了,大家一逼,他就又咬出一串拿摸过小春的社员来……

黄通过一系列斗争,直到去年秋收,才扭转了这股歪风。其中,大的一次斗争发生在小春分配问题上。通过与社员串联、清查肥料,把几乎全靠拿摸过日子的几家人弄清楚了,分配时候全部扣除。可是,这些人都是不好惹的,他们围着黄和粮食堆不散,大肆辱骂。黄呢,只是不冷不热地说:"随便你们骂吧,就是要扣!"他不同他们对骂,因为他很清楚:"你一句我一句顶嘴下去,会闹来打架的!我挨一顿,那是黑打；一还手就只有准备检讨。"

另一场大的斗争，是种子贷款问题。开始他们贷了二百斤米，换成红苕。种红苕需要的红苕种相当多，因为自己已经有大部分，所以贷得不多。可是，后来发觉自己留的苕种完全烂了，就又贷了六百斤来，准备换红苕藤。这时已经五月底了，社员分的小春都快吃完了，于是大家吵吵嚷嚷："把米分来吃呵？"理由是，时间已迟，天又太旱，红苕种不成！随后又提出借口："让我们各家自己拿去换吧，土也分给我们！"

这一来，老黄更坚决不同意把米分配给大家了。人们质问、谩骂，可是他连米都不让他们看见！只是说："将来失掉一颗，我赔你们十颗！"于是有些人又放出谣言，并向党委控告："米叫队长偷起吃了！"并且当面向黄进攻："你是来给我们挖坑坑的呵！"硬的不行，随后又来软的："这样好吧，我们把米卖了，买些羊子来放。现在还搞啥红苕呵！"

黄在向部分社员交涉买苕藤的时候，也很机警。人家要他先交米，指定两亩地，将来一发、二发藤子都包给他。他不肯，心想："将来他交不齐，再不然都给你坏的，你跟他打官司？当时的堂子有点乱呵！"后来，他只用了四百斤米就把苕藤子买齐了。余下的分给社员。米是他用柜子装起的，上面还捡了些烂家什盖着。因为他很担心社员打进屋搜查。现在，当他凭了人众过秤的时候，真的做到了原秤进，原秤出；还多出二两。他最担心的是米生虫，好在只是面上有点开始发霉。

等到过大端阳，从河里担些水，红苕算栽下去了，他就给社员分配剩下来的大米。而这下大家都认为他是个好当家了，相信他了。党委书记来时，从前告状的那些人也都跟着大家一道对他进行表扬。一个姓陈的老头就对我说过："你给我们选了个好当家人！""你不是说，他是来给你们挖坑坑的吗？""我从来没讲过这个话！""怎么没说过啦？我记得很清楚，你跑了两根田坎把我叫住说的呢！""哎呀！那个时候都在那么讲嘛！"

由于去年收成较好，拿摸风没有了。过去两年么，分点红苕不能装窖；也用不上苔窖，只有那么一点，都拿口袋装好，吊起，既不怕偷，也无须担心耗子。现在，谈起拿摸的事，大家都纷纷坦白说："今年我该没拿摸哇！"偶然看见个社员拿摸，还要制止："你弄清楚，我也有一份呵！"要不，就在评工分的时候给端出来："这咋说呢？今天我亲眼看见你抱了捆集体的谷草！"是过去么，你拿我摸，互相包庇，遇到被捉住了，还要帮着证明："他的确没拿！"

为照顾劳弱户，黄还收拾过一个生活富裕的泼妇。这个女人一直负责养蚕，任何人插不上手。一个拖着三个娃儿的寡妇，经常做不够工分，黄提出分一部分蚕由她养，这女人不但不同意，还霸占着养蚕的家具不拿出来。老黄几次去要，又晓以大义，还是一个不理。一天，她赶场去了，因为她丈夫比较老好，他就派了十多个社员把养蚕的家具一起搬了！她回来后到处破口大骂："我以后看到他的影子都要骂一个够！"

有天下午，那个泼妇正在煎油饼子，老黄一直走进厨户，说："让我帮你烧火，你就尽力地骂吧！不过，挨骂挨饿了，油饼子我也要吃！"他硬就坐到灶门口去，烧起火来；可是他不仅没有挨一句骂，反而吃了两三个油煎饼子！她连粮票也不肯收。

曲折的道路

张书记的谈话，促使我走访了一次黄勤明同志。通过这次谈话，他在六〇年、六一年、六二年的活动线索，就更清楚了，内容也更加丰富了。他下到三小队是六二年三月。因为尽管挨过斗争，还是党员，又是当作干部下放去的。而且经过张的帮助，思想包袱也卸掉了。他工作积极，专管生产的副队长也经常找他。

他告诉我第一批借的米，是拿到岳池去买红苕。队上规定，去买红苕的人，每天一斤米，折合四斤胡豆；另外给二斤柴。他们可把新胡豆留在家里，柴也卖了，一路偷红苕吃。原本一斤米换两斤半红苕，他们回来少报二两不说，还唉声叹气，这个说脚走痛了，那个说拖得恼火，要求增加工分。黄已掌握了这些人的材料，就说："事情弄清楚了增加你们的工分！你们把柴怎么卖了？回答吧！"一个人赌咒发誓："天晓得！"黄顶上去说："不是天，我晓得了！地点我都指得出来。"可是对方并不松口："你恐怕连多少钱一斤都晓得呢！""当然晓得！不过还是你们自己说出来漂亮点。"

最后，大家都承认柴是卖了。至于红苕调换比例，因为别的队都是二斤二两，没有强辩多久。可是，由于没有增加工分，都赌咒下次不干了。但下一次派人换苕藤时，这几个人又一涌来了，都自告奋勇，说他们愿意去。

二次又贷米，解决栽红苕的问题，是四月间。因为队上发觉原先留下的种苕，都烂掉了；季节也不对头，雨水又少，自己拿红苕育种相当危险。同时了解到，附近的南充和岳池一些社，苕种栽得多，准备将来卖苕藤，所以他主张把米存起，将来买苕藤栽插。于是大家都赞同说："对，就分户保管起来吧！"有的说得更加直率："天老不下雨，这样干，还种得成啥庄稼呀！不如分到户做救命粮。"一句话，都想分掉那六百斤米！黄等他们吵闹够了，他才讲清道理，提出建议：借口柜子装起，用锁锁住，将来原秤进，原秤出。柜子二十工分，他看管一分工不要。闹了好久，这个办法算勉强通过了。

而当派人去那个寡妇家里抬柜子的时候，几乎没有人肯出头。而且从此以后，一直到阴历七月，因为这几百斤米，不管家里地里，他受到好多讽刺和攻击呵！他们当初故意激他，说他偷了多少多少；后来又威吓他："少了你要赔呵！"到了后来，不少人真相信他偷了，又不断告他的状。等到七月改选队长时，那时米的问题还未解决，都声称不选他，党委只好改为暂时委派。

去年七八月间，黄还顶过一次歪风。当时四处都在叫唤：岳池、南充都分田到户了！黄给他们一个不理。有些人当面质问他，他照样懒洋洋说："你们慌啥？指示来了分也不迟呀！"对于个别正派的社员，他就耐心解释。"不要伙着闹吧！单干有什么好处呵！"他举了一个例子：某人土改时四口人，现在十口了，把分的那点地退给他有多大用处？谁敢保证自己就不结婚，结了婚不生孩子？……

可是，后来谣言更厉害了：本社的三管区已经在分田了！他去公社了解，才知道是搞划增种地的试点。当时张书记还在地委开会。不久，各管区都在划了，他们才开始划。他紧紧抓住这一条：只有不能耕种的零星土地才能划。他想，除了乱石窝，哪块地不能种呀？由于他抓得紧，当然也受到埋怨——已经不是骂了。可是，当张书记回来后，好些地方都得返工。张首先查他的说："太划少了！"普遍检查三队社员增种地的时候，张认为一般都很合格，又说："你划少点好些！"

他那次挨斗，是商业局一个下放的外籍干部搞的。被斗前，有人说："他是一个党员，还是支部书记呵！"而得到的回答是："把他的党员暂时搁一下吧！"他被扯了耳朵，膝头也跌伤了。因为群众要他跪在板凳上，他不干，被摔倒了。张书记回来后问起，他一声不哼。再一追问，他可哭了！开始诉说他被斗的经过。张不信，认为有些夸张：支书要经县、地委批准才能斗争！张很生气，带起他一道前去公社，又把那个商业局的干部找来，准备开个干部会把情况搞清楚，然后进行批评。因为怕出意外，张没有叫黄参加。会议开了一夜，次晨，他找到黄说，那个干部，已经在会上受到批评，又写了检讨，而且调到另外一个大队去了。这是处分，也是为了避免他们之间再出问题。

根据黄的谈话，社员生产情绪之所以低落，任你喊破嗓子都不出工，除开口粮低外，他们对前两年工作坚持技术规格，意见很大。而且曾经做过各种抵制。有一年种小春，工作组坚持条播小麦，群众不干；可又担心会摸起来检查！好在这些工作组的干部不仅不懂生产，对于人情世故，也不大懂，一摸来检查，他们就装傻说："挖不来沟呀！"于是把黄叫起来，叫黄挖："你挖起来试试看！"最后告诉社员："就这样挖吧！"他以为群众一定照办，嚣身走了。可是社员们都照老规矩干起来。还有一次，看见工作组的干部来了，社员们就对黄说："你赶快去犁田，让我们来对付他。"

在黄的谈话中，每当他讲到群众大吵大闹，或者工作组指手划足的时候，总爱说："我这个人呀，一辈子都懒垮垮的，就不理睬你那一套！"在讲到种玉米问题，划增种地问题和制止单干风问题的时候，则爱这么样说："一个人呀，有时候就是磨眼也要钻呢！"而从这里可以看出中国农民的韧性和坚强。

黄对过去那位党委书记非常不满：简单粗暴，命令主义作风严重。有一次开干部会，开到四点钟了，除了支书、副支书，党外的干部都走了。而且一个个筋疲力尽，他看了大嚷道："问题搞不通你们就躺下来都不准走！"黄在整风会上给他提过意见。黄笑嘻嘻说："嗨，我这个人就怪，有意见就是要说！"带点调皮捣蛋的神气。我想，他可能对官僚主义还有怨气。

他对张讲的那个偷花生的故事也补充了些细节：那是社里的种花生，负责保管的是队会计。那天夜里，会计守种红苕去了，只有母亲留在家里。母亲已经有七十岁。当捉住那青年人时，黄主张拉到他订婚不久的爱人住家那个队去，因为张书记早就在社员大会上提出过："姑娘们！你们不要嫁给那些东拿西摸的青年人，让他们打单身！"

那个小伙子一听害怕了，表示他愿意到公社去受处分。由于去他爱人住家那个队路太远，主要又是吓唬他的，因而答应了他的请求；不过，结果还是失去了爱人。而有趣的是，他从一个泼妇家里搜出一坛子麦子来，那泼妇一见是他，就更加闹得起劲："你才几天没偷东西啦？倒冤枉起我偷小麦来了！"而在他抱起坛子走下坡后，她又朝他背上扔过一块石头。

偷小春的问题，是这样制止住的：一天去扯胡豆，人们边扯边偷。有的让跟在一道的孩子拿起走了，两夫妇的，让老婆先一步回去做饭，也带走了！单身来的呢，就藏在荷包里。他们还不时自买自卖嘀咕道：

"咋尽是空壳壳呵!"……

黄看在眼里,可是不声不响,等散工了,记工分了,都要走了,黄留下几个荷包胀得满满的社员,要他们把胡豆倒出来:"称一下还是交给你们,不要干叫唤吧!""单是我一个人偷的么?别人摸的你咋不收呀?!""你闹吧,不过不称一下就是不行!"这中间,他们说出一大堆偷青的人来。等到小春分配,因为要折合扣除,这一下又来了个进一步大暴露,几乎所有偷过青的,都给翻出来了……

不止出于好奇

为了进一步理解黄的性格,我又一次坐在西关公社办公室里,对张书记进行又一次的访问。作为党委第一书记,他对黄勤明的为人、经历,知道得最充分。

张也四十岁了,可是头发已经斑白。没有蓄发,头戴黑绒便帽,身着草黄色制服上装,上面披了件棉短大衣。瘦长、精干,朴素而又直爽。他是健谈的,而且很少空空洞洞的词句,几乎全是生动的事实。

十分显然,他了解干部,了解下情。初次见面,也许由于那件上装,我还以为他是转业军人,结果却是个道地的农民干部。他肯定黄是个好同志,对黄为安排劳弱户同那个富裕农户的斗争,比黄本人谈得更为充分、生动。此外,他还讲了一个故事:两个没娘没老子的男孩,大的眼睛还是瞎的,他也细心为他们做了安排:一个洗红苕,一个扯草,生活都完全解决了。

今年队上分猪肉,他又提出:那两兄弟连鸡都没有养一只,应该为他们各自多分半斤。好多人不同意,他就宁肯自己少分,让那两兄弟多分一点。但是黄的生活并不富裕。他有老婆和三个孩子,只能把生活糊得匀静。六一、六二年就更苦些。而尽管如此,他却没有挪用过一分钱,也没有占用过集体庄稼一根草。

黄的妻子,是土改之前,由地主设下圈套,唆使自己的女子先勾上他，后来有了孩子，就拼命塞给他的。看来这件事对他是个思想包袱，因为曾经有人说他包庇地主；六二年春，三队的社员也用这个罪名控告过。但他曾经向张诉苦："都三个娃儿了，你叫我咋办嘛!?"据张说，这个地主女儿既不漂亮，也不聪明；既没有拖过他的后腿，更没有过什么破坏活动。

那些社员，在六二年初不止向张告过一两次状。一见面大家就包围了他，说："本本取出来写吧!"上面说的包庇地主，就是罪名之一。其次说他偷了豌豆、胡豆。此后，是调换苔种的大米。这些事后来都查明了。黄家里存放了五小捆胡豆，社员晚上有时在他家里开会，这个拿一捆垫坐，那个拿一捆垫坐；临走时候，只要时机对头，就来个顺手牵羊。就这样，五捆就只剩下四捆了。

豌豆呢，是装在箩筐里的，也是个好座位。大家都抢着去坐，因为可以顺便摸几把揣在挎包里带回去炒起吃。而当大家用这些罪名控告黄时，因为是一股风，次数又多，张书记总是这样回答他们："让党委查查看吧! 他是干部，我们总不能单凭这些话把他撤职呀!"张曾经坦率地向区委书记申诉过黄前后受过的多次委屈。

反右倾时黄就挨斗了，由大队支书降为支委，随后又派往五排水库工作。事情是这样发生的：黄在六〇年，也许是六一年向区党委的易书记反映："今年硬是减了产咧! 我分了点口粮，一天只能吃到几两，两个小娃儿每顿都饿得哭!"就为这个，他挨了批评。接着住社干部就开了他的斗争会。当时张在县里开会，住社干部打电话向他征求意见："我们准备让他今晚上在会上检查一下，也好教育大家，行吧?"张同意了，但他回家时候，黄却找到他诉苦："你看，把耳朵都差点扯烂了!"他哭起来，又卷起裤管让他看他足胫，浸血的腿杆、膝头："还跪了大半夜炭渣子呀!"追述到这里，张叹了口气，继续道："我没有想到是开斗争会呵! 我只好安慰他，鼓励他不要泄气……"

也许情绪一时欠佳吧，沉默一会，接着他约我出去找黄勤明本人来一道谈。

我们停留在一个小山坡，黄已经被他吆喝来了。装束跟前天一样，只是新剃了头，上唇上的黄胡子没有了，头儿光光的。他叫人感觉年轻多了。他很少说话，只是有时插一句半句，或者单只发出愉快的、带点抑制的笑声。睥睨着躺在面前的几沟几坡生机勃勃的庄稼。

我很谨慎地问起他的过去，他回答得很简单：十一岁就当放牛娃了，随后就在河对面一个地主家里的粉房工作，一直帮到解放。这中间，他曾经离开过四次，可是后来都被找回去了。离开，是因为工作上的事吵嘴；回去呢，则显然因为那地主做了必要让步。从这里，可以看出他的性格，脾味，而且劳动一定不错，我很想到他家里看看那个地主的女儿，可惜他的房子在正沟右首坎上，要走相当长一段路。我记起来了，社员们还控告过他侵占集体的房屋，实际当然不是，由于他在另一个队的瓦房，被拆去用做修建食堂的材料，这才住的公房。

张书记的身世、经历

四岁起，几乎三年一次，他们就搬了六次家！最后才在西关六管区住下来。每一次搬都由于破产，由于缴不足租，全部家私，一个背篼就背走了。一床用麻布缝起的棉絮，一只破锅和一点农具。口粮呢，只有一口袋红苕鼻子。有一次是三斤红苕。家庭开销，就靠父亲出门抬滑竿，母亲纺点线子，种点不成气候的薄土。孩子们，只要能够劳动的，就割点牛草卖。

丙子年干了四十天，他们不止吃草根树皮，还吃过观音土做的汤团、饼子。他一个弟弟，因此拉不出屎，天天哭闹，大人只好用竹竿从肛门上朝外挑。后来伤了肛门，得下病，就这样夭折了。在六次搬迁中，有两次是租了地的，也因此带了账。他家里还害了两次窝窝寒，父母躺在床上，妹妹走不动，弟弟爬到灶房里去煮野菜。身上、床上虱子一饼一饼的，只能用扫帚扫掉；地主看见了，反而奚落了他一顿：

"狗入的一家人咋不害窝窝寒嘛！一点不爱干净，脏死了！"又说又吐口水，同时赶忙走开。

有一次害窝窝寒，父亲快要死了，一个诨名干地主的，为人极为刻薄，向他说："三娃子呀，也给你爹抓服药呢！""没有钱哟。""这样吧，看你人还老实，卖三斗菜籽给我，别人是一元一斗，我多给你点：一元二！"张当时把他当成恩人，后来也感激他，因为父亲吃下药果然好了。可是，到了收小春时，他们收获的一点菜籽，全都抵给了地主。还骂了他们一顿："你们这些人真忘恩负义！"因为他的斗特别大，又嫌菜籽潮湿，一斗敷了一升，张家再三求情，他才不发慈悲呢！

最后，当然如数偿还，可是干地主还是逢人便说："三娃子这杂种不老实，跟我抵赖——二辈子人不要做好事了！"还有一户地主，一年，大春熟了，张家弄了酒菜，要求他去看看庄稼，因为年成太坏，希望将来能减免点租税。当张去请他时，地主问："割了好多肉哇！""三斤。""三斤这够啥呀！我昨天割了三斤，太肥了。吃起腻人，全部借给你吧！"到了吃饭那天，又去请他，他去了，吃了，可不去看庄稼，说："有啥看的，都晓得今年年成坏呀！"而到了收租时，却一口咬定那年风调雨顺，要加租！

张身材高大，但据黄说，他父亲的身材比他还要魁梧，嗓门也大。在六一年旱情严重的日子里，张一回去，他就破口大骂："老子过去拉趟水脚，还要给老的伙买点东西回来，你回来总是空起双手，——亏了你还是个干部呵！"而张总是耐心说明道理。他家累重，爱人经常病蔫蔫的；三个孩子呢，都不能参加劳动，小的太小，大的都在读书。

他的兄弟是个党员，很棒。参军后在浙江住军事学校，连几何、三角都学会了。前年回家，张特别向他谈起过去的遭遇，他伤心得哭了。这兄弟很懂事，桌子上撒颗饭都要捡起来吃。张本人也很节省，碰到社里伙食团吃鱼，他会说："我从来不吃鱼！"碰到吃肉，又会说："我今天头昏！"他怕钱花多了，但他经常为病号张罗鱼肉……

一天，在谈到他本人解放前的家景时，他哭了，说："人家讲，鸭棚子搬家都有三挑，我们么，一背篼就把家搬了！那时候能买多少米呀？就买一点，也磨成粉，用瓜瓜菜菜捏成汤团吃！"他告诉我，有一年闹春荒，没钱买米，又实在饿得慌，想起有人说过，装过米的柜子，刮点木头，都可以管事！恰好有一只装过谷子的柜子，是地主的，他就拿扫帚去扫了点谷子吊吊，熬起水，煮了些鹅儿苕一类的野菜，又拌些白墙泥捏成汤团来充饥。他父亲吃后拉不出大便，肚腹胀痛得喊天叫地。幸好有人来给他姐姐说亲，送了块腊肉，立刻煮了点吃，大便这才通了。有年过节，全家人只割了九两肉！刀耳匠还算心好，搭了节大肠！他认为丙子年的日子最不好过，吃萝卜都只敢摘缨缨吃。

正因为过去吃过不少苦头，解放初张参加工作，他父亲一个劲鼓励他："去吧！现在的江山是我们的了！"两年前他也受过批评，但他显然不愿意说这个。只是午饭以后，当我们一道去三小队，坐在岩边息气，谈到这一带的庄稼时，他一面指点三队几坡几沟、零零散散的旱地，一面告诉了我些在大跃进那年他的遭遇。

在三队突击收获红苕引起的纠纷

六〇年他被分派到三队突击三秋。当时他是副书记，第一书记限他五天收完红苕。到了第五天上，夜里就来电话催问："完了吧？"他回答说："还差得远呵！""你们这是怎么搞的？不是讲过五天完吗？"对方大发雷霆，指责起来。这把他弄火了，就回嘴说："不管你怎么讲，我是尽了最大的努力的！一个月二十几块钱没有白拿。领薪的时候手也不会发抖，吃了也不会屙秋痢！"他啪的一声把电话挂了。后来区委向县委反映，说他嫌工资少了，闹名誉地位结果开会要他检查。……

西关六〇年就遭过旱灾，只好吃胡豆叶和野菜度荒。楼房沟那一沟水田，早稻死了，晚稻死了，后来就种成藤藤菜。张书记自己，他的家属，每天吃的也跟干部、社员一样，所以当时风气相当平静，很少怨言。

一天，他去了解社员的生活情况，一个正在推磨的妇女，一眼望见他们走去，立刻慌慌张张收捡起磨的东西，退进屋里去了。后来他弄清楚，是在磨芭蕉根！他说："真叫人又高兴，又难过；高兴，他们不愿意让干部知道他们的苦况，不愿张扬他们的苦况；难过，老百姓连芭蕉根都磨来吃了！这说明我们的工作没有搞好！"

拿摸的当然也有，但是很少，只出过两起。一天夜里，他都睡了，一个生产队长把他叫醒，说抓到偷儿了。是个青年人，成分是地主，可是土改时还未成年。这个年轻人瘦得来皮包骨，只有两只眼睛在动了。他对那位队长说："这样吧！你把他带回去，叫你爱人搅点搅搅，煮点牛皮菜让他吃，等他将养两天，然后我去处置。"十分明显，如果来个："关起！"这人当夜就会完蛋。这个青年人目前劳动不错，又听教管，有时见了张，他会说："那一次要是换一个人，关我一夜，我早就变了坟了！"他只偷了几包苞谷。

还有一件处理拿摸的事，主人公是个贫农。那也是一天深夜，一个生产队长把一位贫农押起来见他。这人也是偷了几包苞谷。他知道这是个本分人，只是家累重了，人又有病。他提出建议：立刻释放，苞谷拿来称了，还给他，将来在分配上扣除。末了，他把队长单独留下，说道："你这样做工作不行呵，太粗糙！明天认真去了解一下他家里的生活情况吧！"次日，他自己也去了，在了解情况后，他们替那家贫农贷了一些口粮，而且劝告道："节约点吧，国家粮也少哟！……"

在去三队的路上，张还向我们谈过一件反右倾当中的故事。一个姓杨的党员，被工作组定为混入党内的富农分子，准备斗争。而三个本地同志，都知道这不确切，因为杨在解放前庄稼做得多，但未雇过长工，一个割牛草的娃儿是他亲戚的孤儿。妇女主任也知道这实情，曾经再三要他出面说话："你都不讲，就没人敢讲了！"

最后一次，他警告那位女同志道："你啥话都向我说吧！我用箩筐装起，等将来撞倒了，就像滚西瓜样！"他向我追述当时的心情："那怎么能说呢？就是说了也没用呵！后来硬是被定为富农分子，挨了斗争，开除党籍，最后还来了个扫地出门！"他的口气说明他是能克制自己的，但却没有开始谈时那样开朗。可以看出他还心有余悸。

坐在三队那个狭长山梁的岩包上，他还向我补充了一些三队从前的落后情况。指出哪一沟，哪一坡从前抛过荒。他说，过去干部都怕这个队，说："要有三不怕的精神才敢来。一不怕丢脸，因为回去都得检讨；二不怕饿饭，因为群众不让你搭伙；三不怕跑烂草鞋。你看！这面四个山；这面五个；前面一直拖到四队那块大田。单是催人出工，也就够你受了！"现在呢，遍山遍岭却都是青幽幽的，正沟当中的水田，已经全部犁过一次。社员出工，也用不上喊了。这个变化的确不小！

我们正谈得上劲，一个大块头中年妇女，扛起锄头从下面一块地里走过来。等那位女社员走远了，张对我讲了一个六二年小春分配前不久发生的小故事："就是这个女人，横得很呵！社员到她家里检查肥料，发现她几个坛子都装得有拿摸集体的小麦。她大吵大闹，说是自留地的。可是，大家都不理她，准备搬走。大坛子端不起，黄勤明就端走一个小坛子作为证据。她没有阻拦住，就跟着赶。后来看见很难近身，她就停下来，捡起一块石头，正打在黄勤明背上，这把老黄给气慌了，搁下坛子，准备揍她；她可三跨两步赶来，把坛子抢回去了！……"

这个小故事黄勤明也讲过，但没有张讲的详尽、具体。

黄勤明心目中的张书记

黄在九日来区委，也谈到张书记一些琐事，使人更觉得他的可爱了。

比如黄遭斗争，张本来也谈到过，但很简单。主要是谈党委找黄谈过两次，有关他对黄的帮助就谈得少。当时张早已被批判过了，由第一书记改为农业书记，并被下放去抓三队，因此他每天都要到黄家里。而一见面总是说："不要背包袱呵，一个党员受批评是常事！"又说："我来这里，将来还不是要受批评，可是总得干下去呀！"他还说过："我不比你挨斗挨得凶么？从万年斗到烈面，后来又在西关挨斗，最后是在县上。你看我不是一样在工作么？"

黄一再加重语气说："的确，张书记在三队跟过去一样认真负责！"他告诉我，张每天早上，都要跑到每个队布置工作。当时生活还那么苦，社员态度也不大好，你不先打招呼，饭都弄不到吃！有一次，几个干部跑了大半天了，无处搭伙，就回大队办公室去煮。每人称了二两谷子，磨成粉，搅了一锅羹羹。就是招呼过后，搭到伙了，有的社员，也不把二两粮称够，只有一锅清汤寡水的菜帮子。我说："张书记，这个伙食你怕吃不下吧？"他会这样回答："好得很呵！丙子年你不是还吃过观音土呢？这个的确好吃！"但对几个临时来的干部，他都事先招呼队长："人家是外来的，叫他们搞好点吧！……"

从黄的谈话中，我们还了解到：五九年张当农业书记的时候，上面就已经提出技术规格来了，但在他所负责的片，他却尽量尊重社员的意见，没有放弃行之有效的传统做法。等到往上报了，检查团来的时候，他却挨了一顿批评。而出乎意外，到了秋季，他又受表扬了。因为那片庄稼比其他片好，丰收了。因而还提为第一书记，可是问题也就出在这里。因为县、区盯得更紧，他就不能不严格贯彻什么技术规格了。结果庄稼苗价很差，在岳武广评比时，烈面的红旗也跑掉了。

而且，为了贯彻技术规格，必须集中力量，因而还丢了不少荒！这样就造成了六〇年的减产。他的受批判和又降为农业书记，就是这么来的。而他总一直把原因归之于贯彻政策不力。

解放初的情况

那天张书记来区委同我们谈话当中，他还讲了点解放后征粮时的情形。地主向他抽过田，他三次找过区委，最后得到区委的支持，田没有被抽去。他曾经有过怀疑："不是讲穷人要翻身么？怎么保甲长还当家？"他找区委，就想试一试党对穷人究竟怎样。

他从小没上过学，一个大字也不识。五三年才被调到南充去学文化，当时他已三十过了。说到这里，他从口袋里取出前两天一份报告提纲让我们看。我看了，不免有些吃惊。因为拿字说，就比许多大学生写得好，这个人看来很有毅力！

妇女主任的一次谈话

西关妇女主任王素兰，也向我谈了不少有关张书记和黄勤明的情况。她很赞扬张的作风，还举了不少生动事例：那个六十三岁的黄老头儿，一天腰带上卡把弯刀，在三队的小坡上碰见张，说："张书记，你是肯听老实话的，今天我想向你说点老实话呵。"张同他在路边蹲下了，一眼瞧见了弯刀，就问道："你带起弯刀做啥？"老头说："砍那根桑树！这就是我要向你说的老实话呢。"张劝他："不要砍吧，太可惜了！我们正要大批养蚕。"老头儿叹息了："单我一个人可惜也不成呵，都在砍呀！"而张终于说服了他，随又大会小会劝社员不要砍掉桑树。

张住家的六大队，土质最坏，河对岸却是一大片黑泥土。他的爱人多病，三个孩子，最大的女儿才十三岁，每年要补二三十元的基本工分口粮。土改时分的两间瓦房，一间草房，早已破烂不堪了。去年，他一次回去，正碰上下雨，屋漏得不行，他只好在一个可以避雨的屋角坐了一夜。

次日早上，县委一位寄宿在社员家的部长跑去看见，立刻向公社、区委建议，一定得设法给他修理一下房子。他不同意，照旧忙于工作；而干部、群众趁他不在，七手八脚修理起来！等到房子快要修整好的时候，恰恰领了一点薪水，他立刻交给六队，抵偿人工、材料用费；但是人们却拿去买了钉子什么的，花费掉了，尽量把房子给他搞得更牢靠些。在贷粮上，党和群众也常照顾他的家小。

从这位妇女主任口中我才弄清楚，张六一年受的处分是留党察看。这是最后一次决定，在这个决定前，他被下放到三大队工作。他住在一个小队半山上一间残破的哨棚子里，因为多余的房子已经被撤掉了，原料拿去盖了公共食堂，社员几乎一家人只有一两间房子，匀不出他住的地方。家具更加说不上了，连用点水都不容易。一个月难得洗五次脸！

后来，一个区上供销社的青年干部到他那里下放锻炼，每天做不到两三个钟头，就叫唤："张书记，饿啦！"他一个劲给那个年轻人打气："要挺住呵！你才来几天呀？我已经搞了大半年了！"一次吃米糊糊煮胡豆叶，那个青年人一看见就愁苦脸，说："这咋吃嘛！""不要嫌嘴，我还吃过个多月光胡豆叶！"这个青年人十天不到，就请求调回烈面去了。

王告诉我：那几年进行了好多次整风、整社，对于张，从未翻出一点多吃多占的行为。现在他去三队，社员们总爱说："张书记！前两年硬是对不起你，连搭伙我们都推三推四。今年我们可以请你吃了，连粮票都不要你拿！"

那时候第一书记姓易，是县里委派的，在贯彻技术规格上一贯不折不扣！她和张书记经常被叫去参加公社的和区的落后队的会议；日常的批评，那就更加不用说了。而张书记总是一声不响，并且很快承认错误，最后表示要努力改正。有时，他也辩解几句："我们给社员说过呀！还示过范，一转眼他们又胡乱干起来了。"

事实究竟怎么样呢，领导上去查问，群众都回答道："当然他们说过，还做起来示过范，可惜我们太笨，没学好呵！"原来张书记同群众早有默契，彼此互相支持，因为大家的想法一致：以多打粮食为原则！他在三大队坚持工作有一年多，这个真不容易。据王说，张当时有病，身体也弱，爬个坡要歇两三次气。

我记起来了，张曾经告诉过我，当一位县委的部长把他叫到烈面，将最后做出的处分告诉他后，问道："你有意见吗？"他回答："没有意见。"那位部长又追问他："是不是想通了呀？"他的回答更加干脆。"当然是想通了。这是党对我的考验。"他还向我申说，当时，他回答这些话，完全是诚意的。因为张曾向她说过："人家一面问我，一面眼睛闭起，简直张不开了，看了心里难受。这些负责同志，被工作磨成个啥样子了？我还有什么想不通呢！"

据王说，张书记和黄勤明受批判后，都遭到过一些群众的讽刺。不过讽刺张书记的要少得多，因为他没有在群众中被斗过。对黄呢，可就多得数都数不清了！因为他不但在群众中被斗过，地主、富农还打过他的耳光，扯过他的耳朵。王比张书记先一天从县里回来，在路上碰见黄，他正在铲田坎，王向他一提到工作，他就哭了，说："一解放就当干部，落到这个下场，还搞啥工作呵！"

黄随又边哭边嚷："群众斗，我不说了，地主也上来打你的耳光！"这一斗，他的威信损失得很厉害，落后分子讽刺他说："唉，现在咋不声不响了呢！原早跳得好展劲啦！"正派社员都同情他："跳一阵有好大意思呵！……"

一个社干部的出身和经历

在离开西关之前，一个偶然机会，我还挽着一位姓段的干部，坐在田坎边谈了很久。他讲了四十年来的经历。从丙子、丁丑年的旱灾谈起，所谓丙子、丁丑，也就是公历的 1938 年和 1939 年。那时候米卖到半个银圆一升，贫苦人开始抢米，吃大户，他家里的成年人也跟大家整治老财。在被官厅镇压以后，就流落他乡，家里只好吃观音土过日子。大路边随时都有人躺起，他当时才八九岁，每天领起五岁的妹妹去讨饭，越走越远，终于流落在南充了。

可是乞讨并不容易，后来又得了病，在妹妹死掉后，他又回到家里，但是照样无法过活。他又跟姐姐出门去乞讨了，在一次过河时姐姐被淹死了。回家不久，母亲生了个弟弟，被烈面一家地主请去喂奶，时常托人带点米、剩饭回来养活他同弟弟。弟弟由他领，经常把饭煮烂了来喂他。

母亲帮了一年人后，春节回来看见两个小人的惨状，哭了。她决定死也死在一道，不当奶妈了。但是家里没有吃的，就由他独自出门去给人当放牛娃。可是谁也不愿雇他，都说："这点大，请起来吃饭呀！"他辗转流浪了四个月，他失望了，准备回去。一天，他刚走到一个山坳坳上，坐在一棵黄桷树下息气，就睡着了，忽然一个人摇醒了他。

来人是他一个远房哥哥，在附近一座院子里当长工，听了他的诉苦以后，就说："你在这里等我下吧！"不久，他拿来一个背篼、一把镰刀，叫他去割牛草，说："碰一碰运气吧！割完了送回去再吃饭！"他展劲割了满满一背篼草，他算被收留了。可是整整做了半年，他不敢提工钱，也没有回一次家，生怕丢掉工作。

一天，那个地主吩咐他说："回去把你娘找来，议一议工钱吧！"从此他开始挣点钱养活母亲和他弟弟。大了又当长年。解放战争时，他被抓了壮丁，在四九年变成了解放军，还当过班长。

他是五二年复员的。复员时候听过司令员的报告，上了几天大课。主要是鼓励他们回去后积极参加国家的建设工作。领到路费，几天就到家了。家乡的变化真大，土匪恶霸、地主阶级都消灭了！他家里也分了田。可是，怎样来开始参加祖国的建设呢？他没有看见过，也不知道怎么办好。后来，办互助组了，他很快参加进去，以后是合作社和人民公社。人民公社建立之前，他到华蓥山炼过铁，直到六一年才回来当大队的支书，现在是生产队长。他也谈了不少生产自救的情形，而且谈到他那个用饭喂了一年的弟弟同他的冲突。他把那弟弟叫作"敖捧"，自从一个工厂下放回来以后，他一直对用粮标准低有意见，怪话连篇。

从谈吐、神色，可以看出这是一个沉着自信，肯用思想的同志。下面一件事说明他的修养不错：六二年夏，他经手管理的一两亩早玉米被人偷了四十多包，当天他在烈面赶场。一个社员抓住他说："你那块地的苞谷遭偷了！你爱人在家里好哭呵！"但他照常赶完场才回去。回去以后，他就约起本队社员到现场清查。他们发现了脚印，就跟着脚印一路走去。脚印一直到一家劳弱户门口，就没有了。大家心里已经明白，这是谁搞的鬼；可是都不张声。他呢，也没有张声，赓即又在那家人的猪圈里发现两包新鲜苞谷叶子！可是他照旧一声不响。因为这一户人口多，劳力弱，正常年景都分不够口粮，得出钱买一些。晚上，他召开了社员大会，叮咛大家都得对自己照管的庄稼注意，万一失了，要负责赔偿！同时不点名地批评那偷了四十几包玉米的人，以后不要再胡干了！……

不上十天，他负责经管那块地里的早玉米要掰了，他叫一个大家信任的社员，拣大的先掰了四十包，过了秤。掰完分配的玉米后，他坚持自己少分四十包，作为赔偿。大家看到他这样过硬，在管理上也都更负责了，而且他如此宽厚待人，使大家对他产生了好感。

白庙一个青年妇女干部

一位青年妇女同志，五十年代我在烈面就认识了，是幼儿园的老师，叫曹惠芬，想不到现在她成了白庙大队的副支书。她照样年轻，可是老练多了。精神爽朗，眼睛灵动，谈吐无拘无束，问起什么来总是随口作答，顿都不打一个。

六一年她们队的旱情不算严重，但也抗过灾，吃过低标准，群众中也有悲观失望情绪。认为天不下雨，靠车水、担水毫无用处，一切都是白费气力。她找老农请教，同时进行耐心说服："你是有道理的，不过我们先做一小块试试，这个也浪费不到多少气力呀！"

她得到了大多数人的同意，就又进一步鼓动青年小伙子，把一小块田担水灌了。早上和晚上灌，免得泡死秧苗，人也少吃点苦。隔了两天，苗子转青了，她就召开现场会，由那个老农说明经过。这样，社员就都认真干起来了。

她直率地向我们谈到瞎指挥风，一面大笑。六〇年一大队栽插早稻，大家脱掉棉裤，只穿裤衩，准备一个劲干下去，这样也会暖和一点；可是要求牵起绳子栽！人又多，每一行一个人只能栽上几窝，就又得停下来牵绳子了。她冷得受不住，就老是催快一点；后来索性不要干了。可是，当晚支部会上她受到领导同志的严厉批评："哪里像个党员？这点苦都吃不来！"她有很多理由，但她只能承认她做错了。否则还会挨斗！……

有天夜里，大风大雨，支书蒋老头忽然接到党委来的电话，说是地委明天要来检查，如果马路边上没有搞堆肥的，得准备挨批评！老支书披起蓑衣把她叫了起来，又一道去发动社员。好在一点多钟任务就完成了，因为他们队的田地只靠一边马路。更重要的，那不是什么肥！尽是石块，外面涂一层泥。当时都不约而同地这么做，并没有讨论过。她只担心一点："万一挖开来看，可就糟了！"

曹告诉我们："当时好多事情，都明知道不对呵，就是没人敢说。"因为大帽子多得很，要斗一个人也很容易。她说："就连平素说一是一，说二是二的蒋老头，那一次在马路边搞堆肥，也做起假货来了。"但是，六一年上级要他们种多少油菜，他却公开顶回去了！叫社员按照自己的计划种了大量粮食，等种好了他才到公社汇报。

临到前去公社的时候，副支书为他十分担心："今天你去怕要挨批评呵！"他可满不在乎："有什么办法呢？大家要吃饭呀！"因为按照当地的土质，只有少许土地产油菜，其他最适宜种粮食。他算过账，就拿三斤粮抵一斤菜籽，种粮食也有利得多。他当然挨了顿批评："你这不是按计划办事呵！好吧，就依你三斤粮食抵一斤菜籽算，将来缴不齐再跟你算账！"而他后来不仅缴齐了，群众还多分了好些口粮！

曹很尊敬这个老书记，他五十多岁了，当过乡长，当过总支书记，在群众中威信很高。因为他公正，脾气好得像个妈妈。他身材高大，只是行动相当迟缓，你向他请示，或者有什么事情找他商量，不管事情大小，他都要想一阵才开口。有两件事很可以说明他的细致、公正和好脾气。

有一年，六一年吧，收获不大，保存在他家里的红苕、苞谷，被他家里人偷了一些，给群众知道了。可是都不愿说，怕伤他的感情，丢他的面子。曹知道了，就十分谨慎地告诉了他，老支书吃惊道："这咋要得？你怎么不早说呢！"他立刻追查出来了，接着当众做了检讨，把损失按群众的估计赔偿出来。

她很赞扬老书记对党的忠诚老实。六一年整风，他自动坦白：前几年骂过两三次人。这在她是想不到的，因为全都知道他脾气好，是个出名的"妈妈"。坦白以后，受到了批评。事后曹向他说："有的不但经常骂人，还打过人，都没坦白，你谈它做啥吗？冤枉挨顿批评。"老支书答道："今天多挨点批评，明天少犯点错误，对党要狡猾划不来呵！"

去年冬天，老支书被调到另一个大队当支书去了。曹对新任支书也很满意。外表和脾味跟蒋完全不同：身材很矮，人也活跃，不管你去同他商量什么事情，总是很快做出决定。只有三十带头，姓王，父亲卖凉粉很有名。这位青年支书还喜欢摆龙门阵，也爱搞点文娱活动。因为副支书主要搞民兵工作，搞青年工作的干部每月又只有十分补贴工分，公社的干部会，一般都不参加。但是，每每碰到召开传达方针政策的会，王总爱把他们拖去听，说："这对我有好处，可是一个跳蚤顶不起一床铺盖呵！对你们呢，加点钢也好嘛，不要怕误工吧！"

有一次，她要去区上开妇代会，打算卖点谷子缴粮票。王知道了，跑去挡她："这时候卖谷子？我这里拿点粮票去吧！"她不同意："将来咋还呢？"王回答得很轻松："将来的事，将来再说，只要多学点本事回来就值得了！"他能拿出粮票，因为支书每月有五斤补助粮、三块钱；他家里副业也搞得不错。

这位青年妇女干部，也谈到过去年的单干风。人们纷纷议论，有人甚至当面向她提出："分了算啦！"她断然拒绝："你们说得来好撒脱！"他们可缠着她不松劲："先试一下哩！搞不对头，又还原好了。"

她反驳道："试了几千年还没有试验够呀？不要痴心妄想！"可是，谣言更厉害了。说是邻近南充的几个乡坊，都已经下放了！谈到这里，她笑起来，承认自己有点拿不稳了，因为她无法否定那些捏造的事实。恰好那几个乡当中，有一个是她老家所在的地方，离白庙四十里，她一向少回去。现在她回去看望她母亲去了，准备探问明白。

她大哥是公社党委第一书记，一听到她探问，立刻告诫她道："你看来有一点相信啦？谣言越多，旗帜越要鲜明！你是个副支书，要稳住阵脚呵！"她还坦率地告诉我："幸得我是试探到问，若果明明白白地问，还要挨一顿批评呵！"至于为什么会传说那一乡已经下放了土地，搞单干了，原来人家是划增种土地；有的乡也干过糊涂事情，冒冒失失把所有三类地通通划了！……

她告诉我，经过社会主义教育，单干思想，已经彻底批判掉了！这次教育的主要内容，是由贫苦的老农诉苦。中兴乡有一个姓杨的干部，呢制服，黑皮鞋，穿着很像样，他家里可讨过三辈人口！他在烈面干部会上诉苦："我还没有落地就讨口了！因为我娘怀起我的时候正在讨口。后来，我跟我妈一路讨口，一直到十三岁。"杨刚说到这里，烈面一个老婆婆已经泣不成声了。

还有一位干部诉苦说，他家里从前一年要讨几个月口。特别每年腊月倒牙以后几天，从不例外。因为春节前后几天，就是吝啬鬼也会给点肉和粮食。地主些怕告化儿咒骂。有一年，腊月三十，全家三个大人和成年人都出马了，只留下小兄弟守房子。可是，当他们讨到点米和肉回来的时候，因为那个看家的小兄弟冷慌了，烧了点火烤，结果，把两间草房，连同破棉絮和那兄弟本人，全烧光了。这是个风雪漫天的日子……

曹的父亲从前也很穷，当过团丁。经常被那个老团总用大烟竿的烟锅把脑壳敲打得大包小包，有时是大洞小眼。因为叫他押解壮丁，壮丁总是半路跑了。叫他带人去抓指名要抓的壮丁，也常常给跑掉了。

一句话，他对这类事情板眼很多。

她兴致勃勃地告诉我，她父亲每每把壮丁押在路上，一见四下无人，就说："快跑吧，我要放空枪了！"而碰到半夜里抓壮丁，他总要点个火把，而且还没走到被抓对象的门前，就大声招呼："记清楚哇，是抓张洪顺呵，不要让他逃了！"

根据曹的叙述，我想象这个人一定豁达乐观，因为当他五八年去世前，曾经对儿女嘱咐："我一不信神，二不信鬼。就是喜欢热闹。我死过后，请一批玩友来闹两天吧！"平常还告诫子女："不要挖苦群众！我从前替恶霸干事，都没有对穷人挖苦过……"

她母亲还在，已经六十几了。一共养了四个儿女，二男二女，每五年生一个。身体都"齐蹬蹬"的，只是大哥身胚高大一些。大哥是公社党委书记，二哥原是个社主任，现在是一个钻探队的副主任，她本人行三。大哥、大嫂、二哥和她都是党员。

母亲一直是乡人民代表，身体十分健旺，照常参加劳动。前年冬天车水灌田，好些田都关得满满的，可是有块田漏水了。她一眼发现，立刻跳下去把漏补好。她一双小足，还是连鞋子一起跳下水的哩。

在遂宁

六十年代初评功摆好

枇杷湾队会计杨先荣告诉我：一位叫赵顺真的女同志，三十四岁，去年担秧子，很积极，但才担了两天，就有点萎了。尖嘴子讽刺她："我怕要一直积极下去，咋个才两天就萎了?!"有人接着帮腔："前两天把劲使过头了。"她不理，仍然一跛一跛地担下去。

随后，就连队长也不满意她了："咋个又息气呵？群众对你有所反映了！"她这才忍不住告诉队长："我昨天右脚刺了个玻璃，生了脓了。""你怎么不说呢？我看！"她跷起腿让队长看：右脚心已经肿了！队长于是劝她："赶紧搁下来医治吧！你早该告诉我一声呵。"但她不肯休息，而且请求队长不要张扬："过两天芒种了，秧子白了线怎么办？"

会计还满口赞扬评功摆好的作用，并举例说，杨兆林工作一向积极，自己也以为不错。因此，由于评功时对于自己只评个四好，颇为不满。后来群众给他指出："你不要闹情绪吧！等把你的私心克服掉了，我们也举你当标兵！"随又举出事实："你娃儿捡的狗屎，沾了很多沙子，你也不打整下，就送去过秤；说起你还要辩，这算什么？"他终旧还强辩了一句："又不是哪个故意拌上的呢！"以后就不响了，心服了，而且很快就改正了。

杨洁文才有意思。四十八岁，平常你一喊他，立刻答应："有！"分配他啥工作，总是顿都不打一下："好！"但他只是嘴巴上积极，工作疲沓松垮，常常不能完成任务。这个他自己也知道。所以这次评功，他装病，叫他女儿、妹子参加；可是，最后还是把他劝起来了。没想到他一坐下来就检讨："我的缺点大家都知道的，就是嘴头子积极，可我能改！……"

蔡家两爷子最难办了！父亲叫蔡天理，五十九岁，儿子蔡宗林，二十八岁。评功前，儿子态度消极，说："未必我还挂得上名啦？"谁知群众给他评了个三好！当然大家也提到他的缺点："你对你参帮助太不够了！"原来老头儿很自私，挖地懒拖拖的，你劝他："锄头下去，重点子呢！"他就回嘴："我这锄头是拿钱买来的，不是偷来的！"散会后，儿子一回去就跟他吵起来："你把我都连累了！"老头子大叫："住口！一个人不当标兵还是要活下去。"儿子感到非常难受："那你就永远当后进分子吧！"

六大队彭大兴在评功摆好中有些话有点道理。这个人四十五了，一手好庄稼。不管投肥、做活，他都比到框框做：一点不少，也一点不多。若果同他一道工作的是积极分子，他总能够跟上，超额完成任务。可是，若果是疲沓客呢，他疲疲沓沓，毫不在意。经群众指出后，他说："这一条呀，改起来并不难，只要不怕得罪人就行了。"

后来全队投肥，完成定额后，他家还剩三挑。因为知道同他一个院子住的侄儿还剩了一挑半，一天早上，他向那侄儿说："把它全部都投了吧！"他侄儿反问他："你喃？"他回答说："我昨天晚上就给会计说了，全部投！"当他两叔侄将超额肥送去过秤以后，队长大肆表扬，于是全队掀起一个超额投肥的运动，多收三千多斤。

杨先荣还告诉我，他们六队的队长，从前只知道刮胡子。通过评功摆好，这才体会了表扬的作用。评功摆好后，他凡事就心平气和了。比如，他所属那个作业组堆红苕厢，厢脑壳都做得不好。他笑扯扯地提意见了："大家算算账吧，一个厢脑壳能收多少根红苕？得做来拱起呵！"把苕厢头做来拱起，得多花劳动，可是全都按照规格另外做过。

访省贫协会成员

仪陇高坡公社四大队支书王福胜，个子不大，精力充沛，说话干脆响亮，简直有点震耳。他头戴棉制帽，敞开上衣，用了全部精力谈了约半个钟头。后来，我又单独同他谈了几分钟话，讲述他本人的经历。

他是五九年做支部书记的，才十九岁。当时有人反映："他又把乌龟老壳捡到了，看他跳得起，将来还不是猫抓糯米粑，脱不到爪爪！"又说："只有那点本事：跳得起！"

县委批准他做支书，因为知道他是苦水里泡大的：他的哥哥，因为恶霸谋占他的嫂嫂，给秘密杀害了。姐姐，被坏人奸污了，因羞愤而自杀。父亲1947年被抓去当铁肩队，给敌人运东西，回到家里，已经拖得像根藤藤了。直到解放过后，才慢慢医治好。至于母亲，则因为姐姐受辱，她出面抗争，被坏蛋用枪把子打了一顿，至今一身残疾……

他对工分问题谈得很多:"有人说是良心工分,其实有好多良心呵!我们三生产队队长,全家每人每天都是二十七个工分!你看怪吧,就是你变条件,也不可能天天做,每天都做那么多呀!我跑去检查,才两天就清楚了:伙同会计偷盗计算工分的筹码,偷一次就是几百!"

他告诉我,权力下放时,三队队长也想搞鬼,吓唬社员:"现在我有七条权了,他公社、支部都管不到。"接着就调了几百斤红苕回去喂猪,又向队上卖了几箩空仓柴灰。一听反映,我就托人找他来谈话,他不来,说:"请他来喽,我这里忙得很!"我想:"咦,这家伙尾巴都还翘得高呢!你不来吗我又去嘛。"我去了,一开口他就放黄腔,说他有这样那样权了,我管不着!我说:"无论如何你总没有贪污权!"

这个队长硬怪,去年看见有两万斤储备粮,脑子又发热了,说:"这个粮得拿一些分到户呵,有户贫农都断炊了。"他跑去了解,那家人很奇怪,说:"你怕碰到菩萨了呵!我三口人,还有五六百斤存粮!"这一来,这位队长像磨光了的磨子,开不起齿了。这个人根子不正,上中农,爷爷是红军杀死的。难怪他要耍花枪呵。经过群众讨论,储备粮全部集中起来保管。这只是个例子,一般说,粮食增产了,吃光,分光,借光的思想值得注意。

他说:"对于贫下中农,一般富裕农民,就是不大看得顺眼呵!这个队长就是一个代表。有一回,大队开管委会。那是夜里,我们在路上听到前面有人摆龙门阵。没有贫下中农一道,他说:'×呵,我肯信几个蚤子还把铺盖给掀开了!'我接着从后面搭腔说:'铺盖就掀不开,你那个狗肉,我总要给咬几口!'家伙听了,冷笑说:'嗨,又叫你把辫子抓到了!'"

六○年、六一年,由于天灾严重,四类分子大肆活动,他主要是抓阶级斗争,制定了"五红包一黑"的制度,把四类分子认真管制起来。这中间,有过这样两件事情:他爱人坐月子,一个地主老婆去送鸡蛋。他开会回去,正碰上,就连人带蛋,送到大队部去,召开群众大会斗争。大约过了年把，一天夜里，他去开支部会，走到学堂边垭口上，富农鲜惠觉一连三次把他撞翻在地。最后，他和另外两个社员把这富农捆起，也在队部开过一两天群众大会。

对在积肥上作虚弄假者的整治

王福胜还谈过一件投假肥的故事，从这可以看出他的性格和他的作风。

事情是这样的：一个成分是富裕农民的女社员投肥弄虚作假！她一家三口人，一个月投的尿肥，计算起来，每人每天要投二十五斤尿水！他有点怀疑，但从重量说，从浑浊情况说，都像尿水。但他仍旧不肯相信："就是条牛，一天也撒不到二十五斤尿呀！"于是他找来当事人，队干和一部分社员，要大家谈一谈，评一评；而对方死也不肯承认有假，只是说："有没有假大家有眼睛嘛！"好多人都知道这个人不好惹，就说，"算了！算了！"他却不肯罢休，末了，提出一个办法：决定派人在她家里住十天半月，考验一下，究竟一天能屙多少？"我未必不出工啦？"对方火辣辣反驳了。他顶住说："你不要吵！只要将来证明你没有作虚弄假，误了工不扣你的工分！""不出工我就屙不了那么多！""这就怪了，出工，你还要在外面屙些，却会有那么多！点水不漏地屙在家里，倒不够了！"他抓住了辫子，那作假的就只好坦白了：她的确在尿水里掺了假。不过不是水，是清米汤，以致看起是浑的，重量也比水重，人就很不容易识别。

妇女队长胡世碧向我谈过一个故事，也很有趣：她们队上有一个小土地出租者，是一个寡妇。公公在街上"测字"，两个大的儿女在外乡工作。按照身体条件，她是能劳动的，但她老是请人帮她做五口人的自留地。又因为子女经常寄钱回来，一请人做活就吃油大。于是，好多人都抢着帮她做活，而且做活时故意磨洋工，以便多做两天，多吃点肉。这叫胡发觉了，就对她进行教育。并提出警告：不准拖垮集体生产！她死也不承认她想拖垮集体生产，说自己的确病了，做不得！在受到训斥以后，她气慌了，发起泼来：当着部分社员，把衣服、裤儿全部脱了，请大家看她多么瘦弱……

胡说，这个女人在困难时期还提出过："把土改分的田退还我吧，做不出来我该饿饭！……"

任金花

任金花的形象跟我想象的有点两样，不是中等身材，也不瘦，事实上个子不高，相当丰满。神色开朗，又很沉着，有气魄，可是毫不显得鲁莽。就在谈到尖锐的斗争时，也从不吹胡子瞪眼睛，眉宇间有一种英爽之气。

听了她在小组会上两个钟头的发言，以及我们单独谈话过后，我觉得她具有"四清运动"涌现出来的青年积极分子的主要特点，跟土改时期，合作化高潮时期，"大跃进"时期涌现出来的青年积极分子有很多不同，真正值得做些比较、研究。

她一共十姊妹，两个哥哥。最大的哥哥早死了，姐姐妹妹也夭折了四个。现在只有六姊妹。可惜我来不及细问那四姊妹夭折的原因，但无疑同旧社会、旧制度有直接关联。

她的哥哥参加过抗美援朝战争，立过好几次功。复员后做本大队的支书，经常受到表扬。"四清"中他仅仅在政治上、思想上有"四不清"问题，受到不少批评。于是充满委屈，"四清"一结束就退党了。连一些负责同志的耐心劝阻都未被接受。值得深思的是，他递申请要求退党那天，正是任金花在家里写入党申请的时候。

"四清"以前，她哥哥很自满，他经常在家里说："我这个党员么，硬得很，是凭炮火打出来的！"在谈到朝鲜战场上的情况时，他总忘不了他在马粪堆上一连睡了一个月的故事。他爱人是地主的女儿，已经有两个孩子了，这看来对他颇有影响。在知道妹妹准备申请入党以后，

555

一天，他在她面前自言自语地说："入了党，这个油水都像大的样子。"这一来，她母亲也跟着说："鬼女子呀，看将来跟你哥哥一样，又失悔呵！"金花回答得很坚定："我一辈子都不失悔！"

她不仅如此自信，而且准备帮助哥哥回到党的怀抱。这当然有不容易的一面，因为好久以来，他们之间一开口就针锋相对。她哥哥讽刺她："我们家里怕得请个人呵，好给四小姐煮饭。"她也不甘示弱："是呀，该请个人给大少爷领娃娃！"有一次，她要哥哥一道学习《毛选》，他回答不得空，她说："没空？不愿意改造思想就是了！"

她是刚读完一学期高中就因病停学的。那是六三年五月，火花社正在开展"四清"运动，她很快就卷进去了，做宣传工作。看来她当时孩子气还相当重，因为当人们告诉她已被选为妇女代表的时候，她在棉花地里恼怒得哭起来，心想："一个女娃儿当妇女代表?！"后来，也是在棉花地里，群众酝酿她做贫农组长。工作组黎秘书将这个消息告知她时，她又哭了，怕担任不下来。一个姓温的老太婆热情地安慰她道："这个背时女子哟，咋哭呀？慢慢学到干嘛！"

贫协成立初期，在全部委员中，好几个都是老头子，只她一个女娃儿！因此她想："算了，横竖是栽个桩桩在那里面配相！"后来她在政治技术推广站学习了一段时间，算是摸到了门路。当时，地主分子又开始蠢动了：拿玻璃渣倒在田角！……

她的工作劲头无疑很大，因为搞农田基建时，工作团周秘书长曾经警告过她："我要给你这个主席建个议：试到来呵，步子不要太跨大了！"母亲听到这些话，不免替她着急，劝她道："快放下来，不要搞了，谨防搞瞎了大家拿棒棒把你赶下台呵！"她回嘴道："就说得那么凶，错了吗检讨就是了嘛！"

"错了吗检讨就是了嘛！"这话她在谈话中不止说过一次，很值得人思索。这个女青年，不仅观点明确，道理讲得透彻。在她谈到一些人物、故事和情节时，也讲得很生动。

为了论证"四清"后阶级斗争仍旧存在，她说："一天夜里操练民兵，他们发现一户地主屋里漆黑，走拢一看，又倒扣了门。出于好奇，也因为操练民兵，自然会注意到敌情，就打开门进去。而更叫人吃惊的，帐子是放下的，铺盖也盖得严严实实，显然床上睡得有人。可是，检查结果，地主并不在床上呵！大家于是猜测起来：这家伙一定跑了，或者搞破坏去了！接着分头前去追查；最后在队办公室附近田塍上找到了他。在对他进行了一场斗争以后，组织上警告他："将来若果出了乱子，你得负责！"不料这个家伙酸溜溜回答说："而今天下太平，会出啥事情呵！"她发火了："你狗东西还要酸哇!?""我怎么敢酸呵，说的是老实话。"

　　在谈到自发势力的时候，她举了这样一个例子：一个转业的铁路工人，六三年带了几百元转业金回来了。当时连年灾荒，口粮低，生活苦，好多人弃农经商，走上邪路。他本来是回来搞生产的。一到家里，同熟人一摆谈，他的计划变了，认为做生意不错。手里又有现钱，做生意方便得很。开始，他买了五六只半大的鹅来，每只二十多元。当时大鹅要卖五十多元一只，又快要打谷子了，不出钱的饲料随处都是。而只需一两个月，就是一个对本。讨厌的是到处都有人守庄稼，鹅群刚才走到田边，就有人喊了："哪个的鹅管倒下呵！"这一来他就得去照管。

　　这真有点烦人。但是还有更糟糕的！第四天上，一群鹅到邻队去找吃的，在稻田里几乎全都做了俘虏！只有一只逃回了家。照规定，每只得罚五十斤谷子，否则就休想把鹅要回去了。算盘一敲，他决心放弃了那些鹅，而且决心不养鹅了。买了百多只鸭子来放，不久可就全部瘟死，无一幸免……

　　对于那个告化出身的贫农妇女，她也谈得相当生动。只有四十上下，一只眼睛坏了。丈夫双目失明，五十几岁就住进养老院。她很少参加劳动，一个人没事就在家里哼唱着"哭嫁"的流行调门；教她唱革命歌曲，也像"哭嫁"那样地唱……

"四清" 运动

南充县新民公社谭寄百，给我印象也深。党员，生产队长，年龄和王福胜差不多。但块头大些，说话也高喉咙大嗓门，却又不像王那么费力、严肃，比较自然、随便，老是笑嘻嘻的。这同他参过军很有关系。他基本讲的自己怎样同歪风邪气做斗争，也涉及自己的一些弱点；但是照样坦率，照样笑嘻嘻的。比如，在他谈到他本人上地主的圈套时，就是这样。事情是这样的：有一次，地主邀约他打平伙，说："有没有钱都没关系。"而在饭馆坐下以后，他可又跳起跑了，说："去你妈的！"感觉自己差点失掉立场。

他是这样叙述起这件事情来了的："'四清'搞了，可是问题仍然存在！我们的大队支书、队长，因为同地主拉拉扯扯，就下过水。'四清'当中检查了好几次才下到楼，应该医治到了吧？嗨，工作团一走，老毛病又发作了。地主做生，公然跑去做客。后来我跟他提出来，你猜咋个回答？'人家居孀守节了几十年，又吃长斋……'这叫什么话呀！'摸哥'头子徐金贵做生，他没有再去了，可是支使他老婆去；这个姓徐的坏得很，引诱了好几个青年人去当扒手。他是居心拖干部下水的！做生的前几天，他就放出话来：'随便送点礼我都欢迎，吃两顿，腊肉尽大家吃个够！'这次我又给队长提意见，他把老婆骂了一顿，不准她再去；可让儿子去了，因为还有顿腊肉没吃！

"我们这个队长在干坏事上的带头作用没哪个比得上'四清'以前，有这样一件事，从这件事可以看出这个人多么自私。他一对三四十斤的小猪，就由家里人敞起放，到处糟害庄稼，群众反映很坏。我给他提意见，他回答：'没圈！'我说：'绳子总可以找一根吧！'总算听了我的劝告，用绳子套起，而且打个桩桩，拖到坡上去了。可是，桩子没有栽稳，不久，猪儿又遍山遍坡跑起吃庄稼了。而且不加制止。这一来，一般社员也开始有人在坡上放敞猪了。这笔账细算不得，没有多少时间，坡上点的豌豆就被糟塌了十多亩！"

他以上谈的是"小四清"前后的情况。"大四清"以后，当然完全变了样了。他可能是"大四清"后出来作队长的。我觉得还有两件事情值得一记：他有事到一个落后队去，正碰上在开队会，讨论分配问题。本来方案已经落实，就只两条肥猪价钱的处理问题老得不到解决。一些富裕户主张卖掉分光，因为都叫唤现金不够用；贫农则主张把肥猪卖来的钱全部买成小猪，大力发展公养猪只。彼此相持不下，因为贫农中有人的确也缺钱用，以致正面力量一直占不到优势。他一去，队长就说："你来得正好，帮我出一点主意吧！"于是告诉了他事情的经过。而他不假思索地嚷道："×！你这点钱，分下来一个人两块不到，你们再筹备这么一笔钱，可就不容易了，不如拿去买成小猪翻它几番，你们的家底子就垫起来了！"首先，贫下中农思想通了，大部分富裕户，也开口不得，可是也有人公开说怪话："会管，管自己，管到我们队上来了！真管得宽。"他笑嘻嘻回答道："你今天才知道啦？共产党员就是管得宽呢！"

他还对一些因为在运动中受过批评的人做过思想工作。本队的会计问题不能算大，但是群众意见不少，因而自己感觉受了委屈，不想当会计了。于是他三番两次前去动员，说："你屋里两代人讨口，我屋头两代人也讨口，听我父亲说，他同你父亲还同到一道讨过饭，这些恐怕你都知道吧？那个日子才叫不好过呵！现在我们不把印把子掌住，难道还想讨口，把田地交给富农和地主吗？同志，振作起来吧，这是我们自己的事情呵！"这样，会计又重新干起工作来了。

他也谈到"大四清"以前的情况。大家看见"小四清"翻出来的问题没有得到解决，有的悲观失望说："算了，搞一伙还是没事！"有的产生一种等待思想："现在你跟他扯不清，等'大四清'来了说吧！"有的把握不大："那不晓得要等到哪一天呵！"也有掉二话的："×，至迟六八年它总要来嘛！"

三年困难时期城市见闻

六二年开始恢复，市面上有东西卖了。一天，希娃妈领他从幼儿园回家，路经一个卖烤红苕的摊贩，他停下来不肯走了，就那么想买来吃。他妈想起价钱不会便宜；但眼看他可怜兮兮的，又想到就是自己也想吃呵！就给他买了根比较小的，可价钱并不少：三角！

我同玉顺在重庆南泉住招待所，一天转街，碰见卖地瓜的。很想吃，价钱高得吓人，结果买了一枚小的，一斤不到，花去一元多钱。招待所的饭食，算是优待，但是每顿都是"无缝钢管"① 首当其冲，不过做法别致一些而已。

园林局一次在招待所宴客，请我作陪，客人则是上海派来参观、学习的三五个同志。聚餐中，我一直感到害臊，因为就没有一两样荤菜！其实他们在市委书记家里做客那段时间，也好不了多少！每餐多一样猪头冻肉而已。

当时不少人认为，"无缝钢管"不坏，最怕的是牛皮菜。因为吃了最不好受：把肚子里的油水全刮完了！越吃越馋，越想吃点油大。就是一般农民的小孩，也不愿吃。有人说，他在青白江，看见一个母亲，在孩子身上抽打一下，儿子才勉强吃两口。而为了不致拖死，一顿饭菜要把孩子抽打好一阵才吃得完。

---

① 无缝钢管：即藤藤菜。

还有一件事也相当叫人难受：一个老太婆告诉我，整社那年春节，社上每户发一斤糯米，这真使人高兴透了，几次家庭会议后商定：决定磨成水粉，掺菜做粑粑吃。但是，米刚用水泡起，队长上门来了："赶紧捞起来！"因为上级指示，不要发糯米了！

　　一位青年同志说，他们在青白江工作时，因为馋得很，还捉过耗子煮来吃。这些耗子，都是仓库里的，平常就偷公粮，所以又大又肥，炮制出来，有多厚一层油，很解决问题。

　　那阵子我同家里人每次出街，打从锦江剧场经过，几乎都会发现三两个衣服褴褛的告花儿，坐在剧场右首一条小巷口墙脚边，津津有味地啃着骨头。显然是从街对面卤菜馆，以及附近两三家饭铺里拾来的。还有，就是商业场前门电灯下，经常有人蹲在电灯杆下，面前摆个提篮，卖凉拌"无缝钢管"，而公然有不少蹲下去买一盘吃。还有穿呢制服的干部！

　　中午，下午放学时，由学校回家的小学生，一路吵吵嚷嚷，多半是计算粮食账："我这个月还剩五斤粮了！""哪个叫你每顿吃那么多呢？我还剩七八斤呢！"据说，有的家庭，夫妇间，父母和子女间，尽管事先就各自说明这一顿我煮多少米，吃起来也常发生争吵……

　　老戈和我随同亚公去峨眉那次，也很值得一记。一到报国寺，他就到庙门口一个池塘边钓鱼去了。而且每天如此，从不游山玩水。他有经验，见天都能钓到十条左右，供我们食用，借以改善生活。否则全是素食，不见油腥。妙在每次煎的鱼都要少两三尾；尽管从未钓到过一二两重的大鱼，都很小，照样感觉可惜。

　　在成都，虽然后来有高价食品，但数量太少，经常是吃瓜菜煮面片！家里人为照顾我，也经常向农民买些鸡蛋，而且只让我一个人吃。价钱呢，一个鸡蛋起码一元。因此不到三年，存款就用光了！只好向出版社借支版税。短篇集《祖父的故事》就是为还账编起来出版的。

　　有一件事我至今感到内疚。大约六〇年，我哥哥杨印如突然跑到成都来了，向我大诉其苦。不止说物价高涨，我按月寄他的生活费少了，他还大讲瞎指挥、高征购给农村、小城镇带来的困难。说是连顺义坝那样的好田土都荒草丛生，人都病倒或逃荒到外乡去了！

这后一点很叫我生气！完全不予置信。我忍不住气恼地问他："你忘了我们解放前的情况了吗？你不知道那时候我经常都有生命危险？现在你可轻信谣言，大讲党和政府的坏话！"他双目早已失明。当时反动分子又蠢蠢欲动，我十分怀疑，他是受了坏人利用，这才摸到成都来散播流言的。最后我答允每月增加他一点生活费用，但却劝他不要受骗上当，吊起嘴乱说了！

后　记

搜集在这本集子里的杂记、日记和回忆，记录了我在解放后已经过去的那些岁月里生活中的许多感受。

《农村见闻杂记》是我在五十年代农业合作化高潮中以及六十年代初在农村的所见所闻，也是这本集子中写得最早的一篇杂记。我写的这些杂记，统统在"文革"中被抄家抄走了，好不容易才得物归原主。现在，我把这些杂记提供给搞创作、搞文学研究的同志作参考。虽然所记情景，早已过时了，然而它们毕竟不是新闻报导，而且同目前农村的繁荣有一脉相通之处。

我是1949年离开故乡安县的，直到十年动乱结束以后，我在去年才又回到我那久别的故乡。而今，故乡的变化真是太大了！我相信在我曾去过的其他农村，其变化之大，至少不会下于安县。例如《在烈面》中我所见到的烈面区西关公社，《双龙在飞腾》中的双龙公社。三台尊胜公社已经退休，但仍主动向该社接班人出计献策的王达安，去年在绵阳告诉我的一些近三年的变化，就十分使人咋舌！

上面提到的文章，都是我在生活中随手记录下来的人物、事件和印象，它们可以说是进行创作的原料库。我要直说，几年前我出版的中篇《木鱼山》，其中主角汪达非，就是以王达安为原型，兼采我所熟悉的其他农村基层干部加以塑造的。有不少情节则取之于武胜烈面区西关公社那位沉着干练的张书记。

写作年代较近的是近三年写成的《活在记忆中的人们》。他们全是早已先后逝世的老友，有几位由于接触不多，只是印象较深，而且都是在反动派的血腥统治下由于工作关系而结识的，所以写得比较简短。《在动乱刚刚结束的日子里》，则是我们国家民族史无前例地遭受十年浩劫后我第一次去北京写的一束日记，它保存了我不少珍贵的记忆。

在这一束日记中，我同郭老一次暂短的会见，至今记忆犹新。探望茅盾同志的次数要多一点，我们还谈过一些往事，他已逝世了！在老一辈作家中，冰心大姐虽年事已高，但仍写作如昔。三十年代与我过从较多，而且长期在其领导下工作的周扬同志，那时还在中组部招待所潜心研究马列主义，可在几年后却病倒了，至今还在北京医院疗养。天翼、立波都已先后逝世。光年同志尽管在作协"四大"时主动退居二线，但仍精力充沛，十分关心作协工作。

这里，我要特别感谢严文井、冯诗云两位。在我那次留京期间，他们给了我那么多的照顾！我同骆宾基同志过去并无多少交往，而为了让我会见许多劫后余生的文艺界同仁，竟两次邀约了一些旧好新知宴饮。吴组湘正是我在他安排的一次宴饮中会见的，尽管四十年代我们就熟识了。

在编选这本集子时，《在动乱刚刚结束的日子里》引起我的感想最多，情绪也最激动，它使我想起我自己，想起整个文艺界乃至整个民族在"文革"中的遭遇，从而联想起巴金同志修建"文革"博物馆的建议。是啊！我们应千方百计使我们的子孙后代牢记这个惨痛的教训！

沙汀

1986 年 9 月 9 日